Stories
of
Resistance:
Early America's Nation Building and
the Criminal Unconscious

白川恵子

抵抗者の物語

初期アメリカの国家形成と
犯罪者的無意識

小鳥遊書房

故・白川（石井）千代子へ

目次

第2章　アメリカン・イーグルとバード・ウーマン

――国璽決定プロセスと先住民ピース・メダル「外交」

第3章　魔女の物語とインディアン

――ジョン・ニールの『レイチェル・ダイアー』とアメリカ文学の独立

第8章　奴隷的不服従

――ルイザ・メイ・オルコットのセンセーショナル・スリラー

第9章　そして誰もが黒くなった

――アリス・ランダルの『風は去っちまった』における再生の政治学

第10章　ツァラル島再訪

――マット・ジョンソンの『ピム』におけるダーク・ピーターズの復権

序章　自浄作用としての抵抗と犯罪の物語

0. 憲法と独立宣言の非文言化事項

合衆国憲法制定二〇〇周年記念にあたる一九八七年、ハワイ州マウイにて開催されたサンフランシスコ特許・商標登録法会議年次セミナーで、連邦最高裁判所判事サーグッド・マーシャル（Thurgood Murshall, 1908-1993）は、「憲法――生きている文書」（"The Constitution: A Living Document"）と題する演説を行なった。愛国心が高まる折の記念の年に、憲法草案者の知見や正義感、偉大なる功績を讃えんとする祝賀ムードを、マーシャルは敢えて牽制し、連邦の完成や自己満足を促す空気を諫めている。マーシャルにとって、憲法は文字通り「生きている」文書として、常に変容するテクストである。いわば、スピーチアクトの際たる例であり、だからこそ、その解釈は、社会の健全性を図る指標になると言えるのだろう。よって、マーシャルは、憲法それ自体を完璧なものとはみなさない。なぜなら、憲法起草者たちが作り上げた政府は、発足段階から欠陥や矛盾を孕み、時にあからさまな差別を是認しながらも、多くの修正条項や内戦や社会改革を経て、個の自由と人権に対する敬意を醸成してきたからである。

この短い演説は、独立当時から――否、ややもすると、それ以前から――合衆国がいかに欺瞞に満ち、制度的不平等を隠蔽してきたのかを、われわれに簡潔に教えてくれる。以下、少々長くなるが、引用してみよう。

憲法が常に変容する性質を備えていることを理解するのには、序文の最初の三語を見るだけで十分です。「ウィ・ザ・ピープル（われわれ人民は）」。一七八七年に、建国の父祖がこの言葉を使用したとき、かれらはアメリカに住む市民の大多数を除外してきました。祖父たちの「われわれ人民は」という言葉は、「自由民の全体」を意味していました。たとえば投票権というきわめて基本的な権利について、ニグロの奴隷たちは除外されていました。いっぽう、議員選出基準の人口数として、ニグロの奴隷は、その総数の五分の三が認められました。女性は、一三〇年以上も選挙権を獲得することができませんでした。

除外は意図的でした。奴隷問題に関する草案者たちの検討記録では特に明らかです。南部諸州は、奴隷貿易を継続する権利と引き換えに、ニューイングランドの主張だった、議会に強い商業統制権を与えることに同意しました。奴隷制度の恒常化によって、南部諸州は主財源を確保しました。

新しい共和国における奴隷制度の役割を、このように明確に理解していたにもかかわらず、憲法の文言では、「奴隷」、「奴隷制度」を注意深く避けています。下院議員の選出には、各州の「自由民」に「その他の人々」すべての五分の三を加えた数を基準にしています。奴隷制度反対の道徳的信念――それを持っていた人々にとってですが――は妥協を迫られ、アメリカの独立革命の大義、すなわち自明の真理である、「万人は生まれながらにして平等で、造物主によって奪うことのできない権利を賦与され、その中には、生命、自由、幸福の追求が含まれる」と抵触することに、何ら説明もありませんでした。

これは唯一の妥協ではありませんでした。独立宣言の明々白々な文言にも、多くの皮肉が含まれています。独立宣言の最初の草案では、英国王が奴隷貿易廃止に向け法律制定の努力を抑圧し、奴隷の反乱を促していると非難し攻め立てました。[1]一七七六年に採択された最終稿では、この批難は削除されました。そしてふたたび憲法制定会議では、奴隷制度反対の熱心な意見をまったく無視し、反対者は次第に原案に同意するようになりました。その結果、やがて悲惨な出来事が発生することになりました。（荒 338-340）

憲法第一条第二節三項――いわゆる3／5条項――は、奴隷に対する差別規定であるばかりではない。先住民に対しては、そもそも市民としての算出対象にすらしていなかったことも、念のため、ここに付け加えておくべきだろう。要するに、アメリカ大陸の先住者は、その大地を占有し、国家形成をなした後続者たちによって非民扱いされ、“We the People” の概念内から徹頭徹尾、除外されたのである。[2]マーシャルが、一九六七年、連邦最高裁判事に任命された初の黒人であった事実に鑑みれば（最高裁判事在任期間は一九六七—一九九一年）、この演説の意義は、いやがうえにも増すけれども、マーシャルは、ここでさらに同様の被抑圧者として女性の存在を含めていることにも注目しておきたい。

マーシャルは、つづけて、憲法制定から七〇年後の一八五七年のドレッド・スコット判決（the Dread Scott Decision）を例にとり、奴隷を「われわれ人民」とみなしえないと当時の主席判事が再確認し、公言した際の憲法解釈を批判的に示している。もちろん、マーシャルに倣ってさらにつづければ、常に変容する憲法が、南北戦争を経て、修正第一三条、一四条、一五条によって改定されたものの、一旦は、連邦レベルで是正された差別撤廃規定も、南部諸州の憲法における人頭税、識字テスト、祖父条項により、さらには一八七五年の公民権法違憲判決（一八八三）により、事実上無効化され、最終的には、一八九六年のプレッシー対ファーガソン事件（*Pressy v. Ferguson*）判決による人種分離政策——「分離すれども平等」の原則——に至った歴史は周知である。また女性に関しては、一九二〇年になってやっと参政権が与えられたにすぎず、性別による差異解消を盛り込んだジョンソン政権下の一九六四年の包括的公民権法成立後ですら、長らくつづいた周縁化の残滓が、こんにちに至るまで存続していることを、われわれは知っている。事実、一九七二年にやっと議会を通過した男女平等憲法修正法案（Equal Rights Act）は、激しい論議の末、結局、一九八二年、廃案となった(3)。

憲法や独立宣言における重層的な二枚舌は、南北戦争以前期にも、挑戦を受けてきた。たとえばフレデリック・ダグラスが、一八五二年、ニューヨーク州ロチェスターで、独立記念日記念式典にて行なった演説「奴隷にとって七月四日とは何か?」（"What to the Slave Is the Fourth of July?"）は、タイトルが示す通り、独立宣言が謳う所与の権利を拒否されてきた人種からの、論理的な口撃であり、独立宣言にせよ憲法にせよ、奴隷制問題を棚上げする際に、あたかもその問題が表層上は存在しないかのように、修辞的隠蔽を成してきた体制への批判であった。宗主国イギリスからの独立を宣言する際に、自由平等を高らかに謳い、所与の生得権と革命権を保障する文書を世界に向けて発した植民地が、自国内には、奴隷制を担保し、農民叛乱や奴隷叛乱を鎮圧し、先住民を殺戮してきた矛盾を、ダグラスは熟知していた。ジョージ・ワシントンやトマス・ジェファソンが、アメリカに最初の恒久的入植者およびアフリカ人移送者を得たヴァージニアの大農園主であったことは、誰もが知っていたはずである。

国家の独立と自律に際して最たる基礎とするべき文書内に、斯様な矛盾と修辞的隠蔽がみられるのならば、アメリカには、常に抵抗者が叫びをあげ、それを文字化し、物語化するテクストが存在するのではないか——仮に、それが文学史や文化史の表舞台で取り上げられない、単なる個人のレベルの、取るに足りぬと思しき抵抗であったとしても——との発想のもとに本書の各章は執筆されている。憲法が「生きている文書」であるならば、そこに拠って暮らす人民は、また人民とみなされなかった者たちは、その文書を巡る解釈が、時代によって変容するに合わせて、あるいはそれゆえに、個として、生命、自由、財所有、幸福追求のために苦闘した片鱗を、どこかに残してきたのではないか、ないしは、そうしたものの表象を、大衆／作家たちは提示してきたのではないか。もちろん、抵抗する主体はいかなる時代にも見出せるかも知れないけれども、本書では、植民地時代から建国時の理想と矛盾との交差が最も顕現し、修正を迫られた南北戦争前後までの時間幅を想定し、その間の文化事象や大衆文学テクスト、あるいはその時期を舞台として扱う文学作品を分析対象としている。

「初期アメリカ」を、具体的に、いつからいつまでと措定するかについては、研究書によってもまちまちで、厳格な規定はない。新大陸発見から第二次対英戦争後のナショナリズムの高揚をもって、共和政期の文学の顕現との連関から、概ね、一八二〇–三〇年代あたりを想定するのが一般的であるようだし、あるいはまた、アメリカン・ルネサンスの文芸興隆現象を含むアンテベラム期あたりまでを含めて発想する考えもあるようだ。本書は、前者の措定を若干、敷衍して、後者まで含めた時間幅としたい。地域的、党派的、人種的、階級的対立をさまざまに抱えるアメリカは、建国時の根源的矛盾を、ひとまず建国の精神 “E Pluribus Unum”（多からなる統一）という理想的「合意」に落とし込んだが、燻る対立の火種は、一九世紀半ば以降にまで持ち込まれざるをえなかった。アンテベラム期が、アメリカの政治的、社会的問題の噴出期であり、同時期に開花するアメリカン・ルネサンスが、アメリカ文学の独立を国内外に宣言する文化現象であるのならば、そのテクストのなかには、時の帝国主義政策に合致した合衆国内外の領土拡大やら、人種問題やら、抵抗者鎮圧といった主要政治課題が内包されているのは当然であろう。イギリスに対しては革命権を行使し、それを正当化したにもかかわらず、アメリカ国内においては人種的抑圧体制を確保し、愛国と従順さを強いた国家的矛盾の温存は、同時期の文学現象の名称の矛盾とも響きあう。アメリカン・ルネサンスとは、独立時の「政治的起源」を映し取りつつ「初めて」開花した国民文学の興隆現象であるにもかかわらず、同時に字義的には「再生」を意味している。つまりそれは、起源（初）であるにもかかわらず復興（再）をも併せ持つ極めて奇異な文学的現象であったと言えるし、マーシャルが問うた憲法の――ひいては建国時の――矛盾のために、アメリカが国家分裂を余儀なくされたのは、まさに南北戦争前後の時代であった。よって叛逆者によって独立した国家の矛盾が、その後およそ一世紀にわたって投射される時代のうちに、抵抗者の物語を見出そうとするのが、本書の目的である。

本書は、独立宣言や憲法そのものについて考察するのでも、また建国期や南北戦争の戦闘そのものや、それらの時代の政治的指導者個人につき論じるわけでもない。また、共和政期やアメリカン・ルネサンス期の主要作家の研究や主流作品群は、分析対象としていない。むしろ、従来の文学史や文化史が、ほぼ黙殺してきた事象なり作品なりのなかにこそ、個の抵抗の苛烈な試行が見出せるのではないかと考え、できうる限り、新規であると思える事象を取り上げているつもりである。非主流であること自体が、ある意味において、抵抗であるともとれるわけだし、それをすくい上げる行為は、独立宣言から削除された奴隷制文言や、憲法に隠蔽された人種条項の背後に、何かを読みこまんとする営為に通底するように思われるからである。よって、そうした意図が明確である場合、本書には、現代作家の作品であっても、前記の時代を舞台とし、初期アメリカ史を複合的に含みこむ作品も分析対象に含めている。無論、抵抗する主体たる被抑圧者が人種的周縁者に限定される必要はない。

1. 叛逆者と英雄との修辞的瓦解——犯罪者的無／意識

所与の権利の枠外に置かれた被抑圧者側が——あるいは比較上、周縁に置かれている側が——現行法下での体制批判を公表し、転覆を試みるとき、場合によっては犯罪行為・叛逆行為とみなされることがある。否、むしろ単に犯罪者として扱われる可能性のほうが格段に高い。抵抗精神の発露と叛逆行為の断罪とが、紙一重であるのは必定。よって、西半球の未開の植民地が、世界に冠たる大英帝国からの独立を図る際には、謀反人・叛逆者とならぬように、あらかじめ解消しておく必要があったし、少なくとも、その行為を正当であると明言しうるための文言は必要であった。譲渡不能たる生得権を叫んだのち、独立宣言では、悪しき政府の改廃につき、次のように述べている。「権力の濫用や略奪が長くつづき、人民を絶対的な専制下に落としめようとする企てが絶え間なくみられる場合には、人民が権利としてばかりでなく義務としても、そのような政府を転覆し、将来の安全を確保するために新しい警護者を見つけなければならない。アメリカの植民地はまさにそうした事態を耐え忍んできたのであり、いまや植民地が従来の政府機構を改編しなくてはならなくなってきているのも、以上述べてきた事由によるものである。」当時は、この前提部分の権利よりも、ジョージ三世への数多の告発事項こそが焦点であったけれども、この数行のおかげで、国王攻撃が正当化され、その後の長期にわたる武力行使の戦いも容認されるわけである。蛇足ながら、この折に植民地が王制批判ではなく、あえてジョージ三世への個人批判に終始したのは、欧州王制列強国の支持を取り付けたかったからであったわけだが、この言語的戦略が功を奏したのは言うまでもない。

だが社会契約説に基づくこの発想は、もともとは英国啓蒙主義の恩恵であったし、右記はあくまでも植民地側の言い分であって、宗主国は、植民地の動きを「陰謀」とみなしていた。アイラ・D・グルーバー（Ira D. Gruber）によれば、イギリス王を含め、政府閣僚や将軍は、独立宣言発表後ですら、植民地側の独立の意思——本気度——を十全に理解しえず、一部の者たちが課税に憤った大衆を煽情的に教唆している類の陰謀とみなし、植民地民衆の多くはイギリスに忠実であると考えていた。英国側にとっての誤算は、本来は計画段階で終わるはずの陰謀が、実際の政府転覆と革命行為にまで至った植民地の反応であった。ジョシュア・イライアス（Joshua Elias）の記事は、なぜイギリス側が植民地の憤怒を把握しえなかったのか、当時の見解を分かりやすく示してくれている。そもそもフレンチ・アンド・インディアン戦争（French and Indian War 1754-63）に際して、英国は、米大陸の住民のために大西洋を越えて戦力と経済力を費やし領土保全のため尽力してきた。海を越えて文明果つる地を保護防衛してやったのだから、それゆえの経費負担を、かの地に居住しつづける者たちに求めるのは道理のはず。なのになぜ斯様に苛烈に憤り、叛逆的抵抗をされなければならないのか理解不能といったところであろう。あるいは、また「代表なくして課税なし」について、スタンリー・ヴァイントラウベ（Stanly Weintraub）は、当時、英国政府内ですらその代表構成は甚だ不均衡で、たとえばマンチェスターもバービンガムも代表を議会に送ってはいなかったのだから、植民地が一体何を問題にしているのか、英国側には不可思議に映った旨、教えてくれている。これらは、期せずして敗者となった大英帝国側の見解の、ある種の合理性や重要性を示唆している。イライアス曰く、つまり「一方にとっての自由の戦士は、他方にとってのテロリストなのである」（para #5）。

とはいえ、叛逆行為・犯罪行為が、必ずしも負の要素のみだけでなく、時に称賛を以て大衆に受容されていた事実と経緯は、「牧師の説教と犯罪者の告白」（execution sermons and crime narrataives）という一七世紀以来のアメリカ文学ジャンルの系譜においても確認できる。(4) 犯罪者個人というより共同体全体の罪を断罪し、共に嘆き、救済を祈る初期ニューイングランドの神権制下での処刑が、独立革命を経て、その意義を変化させていったのは、カレン・ハルトゥーネン（Karen Halttunen）、ルイス・マジュア（Louis P. Masur）、リチャード・スロトキン（Richard Slotkin）、ダニエル・ウィリアムズ（Daniel E. Williams）、ダニエル・コーエン（Daniel A. Cohen）といった多くの研究者が明らかにしてきた通りである。(5) 本来、植民地のキリスト教社会全体が享受すべき原罪をことさら強調する牧師の説教から、個人の、より現実的犯罪に対する関心へと興味の対象が変わっていったのだ。たとえば、初期アメリカにおける大衆公開処刑は、まず監獄につながれた犯罪者のもとに牧師が訪れるところから始まる。そして、その後、犯罪人が公衆の前へ引き出され、その罪と処刑の告知が行なわれる。牧師は、聴衆に対しても犯罪者と同義の原罪を説き聞かせ、犯罪行為と彼の忌むべき一生を提示し、最後に、牧師による祈りと見せしめとしての処刑という順で進行する。犯罪者の処刑台は、説教者であり、裁判官であり、弁護人であり、政治家であり、教育者であり、また処刑という一連の舞台の演出家である牧師によってなされる大衆教育と体制維持の場であった訳だが、当の大衆の側からみれば、単調で過酷な労働と宗教的束縛の日々にあって、好奇心を満たすための見世物の一種であったのである。自らの罪を認め、贖罪と神の赦しと権威への屈伏を求めた罪人が、一八世紀後半の独立革命を経て、体制への反抗をあらわにし、むしろ犯罪に対する自己の正当性すら主張するようになる。その結果、軌道を逸した反社会的な個人そのものが注目され、ヒーローあるいは、アンチ・ヒーローと化すのである。もちろん、こういった変遷の下敷きになるのは、文字化されたテクストが、読者によって徐々に現実から虚構へとスライドしていく暗黙の潜在性だ。奇異な経験談であれ叛逆者的美談であれ、表象可能な代表者を望んで止まない大衆側の要求により、英雄神話は構築されていくのであり、彼らに従順さを求めた体制側が、結局は大衆の公然たる服従拒否を助長する結果となった皮肉が、ここには存する。

こうした事情が示すのは、アメリカでは、建国以前の段階から、既に犯罪者と英雄との脱構築がなされていた実態である。その修辞的・字義的伝統を引き継ぐ植民地の独立に際しても、英国への叛逆者と愛国の勇者という正反対の立場が、何ら齟齬なく等号で繋がれるのだから、アメリカの抵抗者のなかには正義の意識が、英雄の側には犯罪者の無意識が――あるいは、双方ともに逆の無／意識が――さらに場合によっては、相矛盾しつつも受容されていく潜在意識が――刷り込まれていたと考えられるだろう。だとすれば、宗主国に蹂躙されてきた植民地内で、さらに抑圧されし者たちのなかに、「犯罪の正義」や「不道徳の道徳」といった撞着語的な概念が、時に弁別不能な状態で混在していたとしても、何ら不思議はないだろう。人種的他者・階級的下層者・性的弱者といった国内の被抑圧者は、その抵抗精神を示す際に、表層的には罪を糾弾される立場となりつつも、反抗＝犯行が正義であるとの情動を、常に抱いていたに相違ない。しかもアメリカにおいて「叛逆者」を意味する"rebel"は、独立革命時の愛国派にも南北戦争時の離脱した南部諸州にも使用されるという、錯綜したメンタリティが存する事実を、われわれは忘れてはならない。

独立革命期以降に構築された英雄物語が、その政治的矛盾を、いかに国民的合意へと読み替え提示したのか。そもそも最たる体制転覆的革命行為であるはずの独立戦争が、愛国的行為となるためには、英雄像が必要である。けれども、同時に、それは、反英雄をも作り出す。合衆国という新体制権威が確立したのちに、それに対して抵抗を示すものは、叛逆者として抹殺されるか、あるいは、反英雄となるか、はたまた権威言説内部に取り込まれて、無効化されるとともにまた別の権威と化していくのか。一旦封じ込めた建国時の矛盾がさまざまに顕現する共和政期からアンテベラム期にかけて、同時に作られていく英雄像と抵抗者表象のなかに、私たちがまだ知らぬ事例がありはしないか。そして叛逆者＝英雄という物語の登場人物たちの表象は、アメリカン・ルネサンスの背景や他者としての人種を内包する制度的「捩れ」とどのように関連し、こんにちにまで連なっていくのか。一七世紀末から一九世紀の国家生成期――ひいては再形成期――に、本来的にはその営為の妨げになるはずの叛逆的精神と、そうした主体を輩出した状況を逆照射しつつ、初期アメリカの多面性や異質な構成要素の相克を示したい。

もちろん、抵抗者の物語を描く作家の表象内部にも脱構築的契機が存するはずである。だが、それらがいかなる表象形態や表象内容を呈していても――犯罪者の意識・無意識によらず――そしてそれが真に断罪されるべきものであるか否かにかかわらず――自由と自律を獲得し、所与の権利を個人として享受せんとする意図には貫かれていたのだろう。本書タイトルは、そのような発想のものに設定されている。マルクス主義批評家フレデリック・ジェイムソンは、あらゆる批評的営為を政治的無意識という語に落とし込んだが、アメリカにおいて、ことに初期アメリカにおける抵抗者／正義遂行者（と思しきもの）の体制転覆的物語の発露には、犯罪者的無意識が蟠踞しているのだ。

2.「生きている文書」としての文学——本書の構成と概観

前節でも述べたように、本書は、アメリカ国家生成・独立建国に際しての矛盾と、矛盾を潜在させたままスタートさせたがゆえに、以降、合衆国がいかに叛逆者精神の提示を伴う物語群や関連する事象の挑戦をうけていったのかを、「権威への反抗精神の発露を示す物語」、「叛逆的暴力と愛国的雄姿との転倒的ゆらぎ」といったテーマのもと、多様なテクストの具体例から探ることを目的としたアメリカ文学・文化についての研究書である。本書は、序章以外の一〇章から構成され、各々が独自のテーマを保持しつつも、それらが総体として、大きな「抵抗者の物語」群を成すように意図されている。よって、各章および本書全体の双方のレベルにおいて、制度的矛盾の隠蔽や修辞的解釈への疑義が、いかに文学作品内に再生産されるのか、あるいは修正改定が試みられながらも、抵抗精神と犯罪行為とが、同時に提示されざるをえなかったのかについての論考がなされている。その際に、従来の文学史から、あるいは、アメリカ史から注目されずにきたテクストや事象を、積極的に考察対象とする。各章は、原則的に分析対象とする作品の出版年順に提示されており、取り扱う歴史的事象からすると若干、年代順が前後するものの、植民地時代から独立、共和制期を経て、南北戦争前後のテクストから、その時代を舞台として描く現代作家作品に至るまで、歴史的、文学史的流れが概ね明らかになるよう配置されている。各章は、それぞれ異なる内容とテクストについての個別事象を扱っているため、どの章から読み始めても良いし、それそのものでも完結しうる。

本書第1章は、建国の父の父ウィーイームズの『ワシントン伝』(一八〇〇-、決定版は一八〇八)についての考察である。フレンチ・アンド・インディアン戦争で英国側に与して武勇をなしたワシントンを、叛逆者の長から愛国の勇に変容させるために、この伝記が果たした役割は計り知れない。誰も知らないはずのワシントンの幼少期を創作し、国王ジョージから大統領ジョージへと国家の父親像を変換させせしめた牧師の筆は、建国祖父の伝記や愛国精神を綴る冊子だけでなく、煽情的な犯罪や不道徳を諌める教訓譚パンフレットも執筆していたのだから、抵抗精神の発露と犯罪者的無意識を想定する本書の最初の章にふさわしかろう。有名な桜の木と正直者のジョージのエピソードそのものが牧師の捏造という罪に依拠しているのも興味深い。慈愛の父、民衆の手本たるワシントンは、言うまでもなく奴隷所有の大農園主であり、彼がひとたび国家の最高権力者になれば、国家分裂の危機や地方叛乱を徹底的に鎮圧し、矛盾に満ちた憲法を批准する力を行使する。

第2章は、憲法制定と同時期に取り組まれた国璽制定過程と先住民政策との相関をたどる。植民地が先住民女性になぞらえられて表象されてきたのは、当時の数多の図版に詳しいが、植民地の為政者たちが、アメリカ大陸側のアイデンティティを先住民に求める一方で、彼らを支配し、駆逐する政策は必須であった。ことにその折に、初期アメリカの歴代大統領が国璽の白頭鷲を有すインディアン・ピース・メダル「外交」を展開していた事実は注目に値する。よって本章では、国璽からインディアン・ピース・メダル鋳造の接点に白頭鷲の意匠が採択された過程を探ると同時に、国家拡大に利用されたサカガウィーア（Sacagawea）が示す暗黙の抵抗を、ミレニアム以降の一ドル貨鋳造との関連から論ずる。ここでもアメリカは、先住民殲滅の犯罪を領土拡大の神意のレトリックのもと、英雄的に、意識的あるいは無意識的に読み替え、幾重にも利用可能なサカガウィーア神話を構築する「暴力」を発揮していく。

第3章は、こんにちでは、文学史的にぼほ取り上げられることがないジョン・ニールの『レイチェル・ダイアー』（一八二八）について論ずる。アメリカ文学独立の父として、英国文学からの独立宣言をなした作家が素材としたのは、セイラムの魔女狩りであった。だが、ニールが魔女狩りを単純な物語にするはずはなく、ここに先住民とクエーカーとの協力、反律法主義論争を背景とした「魔女」の抵抗が描かれている。体制逸脱者とみなした魔女、すなわち犯罪者を狩った体制の側が正義の意識のもとで犯罪者的無意識を行使し、冤罪という最たる犯罪をなしてしまったわけだが、悪名高きセイラムの魔女狩りが、アメリカ史・アメリカ文学史のなかで、前章とはまた別のかたちのインディアン・コネクションを形成するさまを読む。

第4章は、スティーヴン・バロウズの自伝と創作説教について分析する。独立革命前夜に生を受けたバロウズは、敬虔な牧師の息子にして、贋金作りで悪名高い初期アメリカの詐欺師第一号となるのだが、盗人猛々しくも、『回想録』（第一部、一七九八／第二部、一八〇四）で、彼は、自身を犯罪者として認識せず、それどころかニューイングランドの偏狭な地方根性と抑圧的社会体制の犠牲者であると自己規定するのである。この犯罪者による体制批判と転覆精神は、アメリカ独立とその後の国家形成のあり方と一致している。ことに彼がシェイズの叛乱を揶揄して修辞的権力を身にまとうとき、詐欺師的独立宣言と説教者的叛乱鎮圧言説との相克は一層強まることとなる。

第5章は、ジェファソン縁戚のヴァージニアの名門一家の醜聞について紹介する。アン・ケアリー・ランドルフ（通称、ナンシー・ランドルフ）と義兄との不倫および嬰児殺害疑惑（一七九二）は、ジェファソンの混血奴隷との関係などを差し置いて、一八世紀最大のスキャンダルと言われた。だが、彼女は、不倫殺害容疑を乗り越え、建国期の政治的要人の一人ガバヌーア・モリス――憲法起草者にして、憲法修正第一条の言論の自由の先駆たるゼンガー事件被告側支持者の孫――と結婚する。本章では、彼女の人生の実例が、当世の文学流行であった誘惑小説のフォーミュラを覆す機能を果たした点を論ずる。ナンシーと義兄リチャードとの疑惑については、法的に無罪が確定したけれども、奇しくも独立宣言公布の前々年に誕生した彼女の人生が、女性としての自律と正当な相続を巡る闘いであった実体をふまえて、その抵抗精神の発露と周辺のランドルフの没落とを対比的に探る。

第6章では、元奴隷と白人妻のダブル・パッシングの具体例を、彼らの先住民への偽装とモルモン・コネクションとの相関から論ずる。未開地――インディアン居住地――に隣接するミシシッピ州ナッチェスに一八一〇年、奴隷として生まれたウォーナー・マッケアリーは、自らを先住民首長の攫われた息子と称し、出自を捏造し、インディアン・パフォーマーやインディアン・メディシンマンとして名を馳せるに至る。彼が自由を得るために、また禁忌であった白人妻との異人種間結婚の罪を免れるために夫婦で成したインディアン偽装は功を奏し、舞台上でも、自伝内でも、妻の出自を疑われることなく、最近まで末日聖徒教会創成期との関係が指摘されることがなかった。自伝読者のみならず、歴史・文学研究者をも騙して獲得したマッケアリーの自由と独立について考察するのが本章の目的である。

第7章で試みられるのは、建国からアンテベラム期に至るまでの階級格差が、いかに都市犯罪を助長したのか、また都市犯罪の背後に、上流階級の背徳と抑圧が、犯罪者側の抵抗精神をいかに生成させしめたのかを、三人の大衆的煽情作家——ジョージ・フォスター、ジョージ・トムソン、ジョージ・リッパード——の小説内に探る作業である。こんにちでは、読み捨てられたまま、文学的分析対象とされない一九世紀半ばの大衆小説物語群は、しかしながら、二〇世紀初頭の社会改革思想とマックレーカーズの先駆けとして注目すべきである。資本家による容赦ない搾取が、階級格差を顕現化させ、犯罪者が暗躍する暗黒社会と上流階級の堕落が、都市の表層と深層をつかさどるさまを、これら三人の作家がいかに描いたのか。さらには都市問題の解決手段として提示される西方領地への移動が、どのように南部黒人奴隷制および北部白人労働者搾取と関連するのかを、特にリッパードの連作を通じて考える。これらの煽情作家たちにとって、上流階級の犯罪者的無意識と下層階級の道徳的意識とは、もちろん相反するものであったけれども、結局、両者ともに国家拡大に貢献してしまう皮肉もまた、ここにはある。

第8章は、『若草物語』（一八六八）作家としてではない、煽情的犯罪スリラー作家としてのオルコットについて論ずる。アメリカ独立革命時に戦闘開始の舞台となったコンコードは、市民的不服従を表明したソローを生み出したが、オルコットは、ややもするとソロー以上に実践的かつ直截に奴隷的不服従を物語化し、一家の経済を支えるべく、作家として女性としての自立を果たした、もう一人のコンコード人であるのだ。本章で扱う四本の短編は、いずれも性的要素を含む恋愛物語でありつつも、「奴隷」の犯罪と抵抗精神が顕著に示されている。

本書最後の二つの章は、先行する有名小説のパロディー作品を取り上げる。それぞれ、アリス・ランダルとマット・ジョンソンは、二一世紀のアフリカ系アメリカ人作家であるけれども、二人が扱う舞台となるのは、いずれも南北戦争前後である。スカーレット・オハラには、混血の異母姉妹がいたという設定によってマーガレット・ミッチェルの大衆文学傑作をことごとく覆すランダルの奴隷犯罪物語について考察するのが第9章である。『風は去っちまった』（二〇〇一）という人を食ったタイトルを有する小説設定自体が、被抑圧者側の抵抗以外の何物でもなく、もちろん、作品内容は体制転覆的要素満載だ。本作の出版を巡ってミッチェル財団と訴訟事件になった事情と結末は、これに輪をかけるほどの大きな権威への挑戦であり、マイノリティの側からの積極的な抵抗であった。財団という権威が正式認可した続編の「生真面目さ」に対して、徹底的に揺さぶりをかけるランダル作品の煽情性の対比は、南部の罪とミッチェルに代表される白人至上主義的無意識とに、風穴をあけた。もちろん、KKKを修辞的に正当化するミッチェルに対して、白人農園主一家の嫡子たちをひそかに殺害し、かつプランテーションを実質上支配しつづける奴隷とその子孫たちの物語は、意識的であれ、潜在意識的であれ、復讐する犯罪者精神に満ちている。

最終章の第10章は、同じく、南部白人作家作品のパロディーである。ジョンソンが『ピム』（二〇一一）で行なうのは、ポウ小説における副次的存在であったダーク・ピーターズの出自の訂正および復権である。ジョンソンは、ピムおよびピーターズが実在の人物で、その冒険体験譚は元来ピーターズのオリジナル作品であったのに、ポウが搾取剽窃したのだという、何とも意表をつく設定を作り上げた。一九世紀南部白人作家の犯罪者的無意識が、二一世紀黒人作家によって意図的に転覆され、再生産されていく。そして、その過程で、被抑圧者ピーターズが世界史上唯一植民化を免れたツァラル島を白い魔の手から救った英雄として認識されるようになる。しかも、ポウのピーターズが先住民の血を引く混血という設定であるのに対して、南部白人作家の無意識を読み取るジョンソンは、ピムの追随者の人種の「真実」を暴きだす。アメリカにおける二大被抑圧人種である先住民性と黒人性がピーターズに集約され、それらが複合的犯罪や罪の意識を伴い提示される作品は、本書の最後の分析対象として、最適であろう。

本書の最後の二章が示すパロディーという文学形式は、文学の消尽に対する生産的反抗であり、またこれら二作のオープンエンディングは、アメリカにおける被抑圧者側の抵抗精神の発露でもある。というのも、抑圧と抵抗、犯罪と正義、体制転覆と体制再建との境界が、必ずしも明確ではないアメリカにあって、文学が拓く発展的再生産性、つまり、テクスト間で成されるテーマの反復とその解釈幅の拡張・修正は、まさしく、本序論の冒頭で引用したサーグッド・マーシャルの「生きている文書」に匹敵する可能性を示すと考えられるからである。その意味において、二一世紀版の歴史的文学改変物語を本書の最後に据えるのは、建国期以前からのアメリカ史およびアメリカ文学史が、常に内省と精査を要請しつつ、複合的重層性を再生しつづける証左を示すことにつながるように思われる。なぜならこんにちのアメリカは、建国時の理念であったはずの「多の一」が疑問視され、「別の真実」（alternative facts）を、特定の意図をもって捻出しようという概念が敷衍しているように思われるからである。表象は、常に、非表象を抑圧して存在する。だからこそ、一見、確立され、固定化されてしまったかに思われる「文書」や文字化されたテクストが、「生きている」のだと再確認することの意義は、より大きく、重要になる。またその一方で、合衆国には、常に自らの言説とその構築を見直していく物語的自浄作用があることも明らかになると思いたい。

3. はじまりのおわりに――本書における表記と体裁

「平等」を謳い、「生命・自由・幸福追求の生得権」および「悪しき政府を改廃する市民の権利」を保障した合衆国は、しかしながら、自国内に奴隷制度を温存し、先住民殲滅を是認つつ、矛盾に満ちた国家を誕生させた。そのような矛盾のなかで、意識的に、無意識的に育まれていった批判精神や反駁の契機を文学史・歴史の目立たぬ側面に探りつつ、アメリカの抵抗者の物語を紡ぎ出そうとする本書は、正史として扱われることが少ない事象やエピソード、あるいは正典作品以外のテクストを発掘し、それらがいかに豊かに、初期アメリカの言説空間を構築したのか、またその際に、人種や性別への政策に関する齟齬が、いかに物語内に炙りだされるのかについて検討する。

よって、本書が目指すのは、特定の文学理論に基づき、テクストを技巧的かつ精緻に読み解き提示するのではなく、ターゲットとする事象に対して、多面的かつ関連するエピソードを紡ぎだし、それらを複合的に重ねつつ、アメリカ史、アメリカ文学史の目立たぬ側面に光を注ぐ作業である。いわば国家形成の背後に存する闇が、アメリカ合衆国という国家を、複雑にも、豊かにもしているさまを示したいのだ。この試みが、どの程度、達成できているのかは、読者や批評家の判断に任せるほかないけれども、各章で扱うジェンダーや人種のバランスを取り、またできうる限り多くの図版や書誌を含め、研究書としてのみならず、連関する挿話群としても成立するようにできればと考えた。

人種的考察を含む本書において、先住民に対しては、インディアンやネイティヴ・アメリカンといった語を、またアフリカ系アメリカ人には、黒人という表現を、同義として使用している。第一義的には、分析対象とする作品や事象の同時期に、最も一般的に使用されていると思しき表記を使うように心がけたつもりだが、その使用については、本書執筆者に特定の意図や区別はない。なお、本文中、主要名ないしは必要と思われるものには、原語表記を付している。同様に、引用は、原則、日本語のみを記したけれども、論考上示しておくべきと判断した部分には、原語を挿入している。

タイトルが示す統一テーマによって本書全体が貫かれている一方で、各章が単体としても独立して読める内容となっている構成に鑑み、註と引用・参考文献は、それぞれの章末に付した。文学作品あるいは事象の背後に、さらに説明を必要とする事情がある場合、後註において説明した。ひとつには、本文中では示しきれない、だが、興味深い情報を共有したいと思ったからであり、また、もうひとつには、本文の流れを阻む可能性のある説明は、別所での説明が好ましいと考えたからである。註は、情報や理解を補完するものであるけれども、註を読まずとも、本論内容が把握できるように配慮したつもりである。とはいえ、個人的には、小ネタから広がる興味の拡散が、最も楽しく、実は、密かに有益であるとも思っている。もし万が一、本書がアメリカ関連書籍群で何らかの独自性を発揮でき、また文学史に貢献できる可能性がほんの少しでもあるならば、これほど喜ばしいことはない。

◉註

（1）マーシャルがここで述べている草稿からの削除文言は、以下の通り。「彼［英王ジョージ三世］は、彼に何ら危害を加えたことのない遠い地の人間をとらえて、西半球に送って奴隷とし、あるいはその輸送途上において惨めな死に至らしめ、これらの人間にとって最も神聖な権利である生命と自由とを侵害してきたが、これはまさしく人間性自体に対する残虐な戦いというべきである。この海賊的な戦い、信仰に背く権力行使が、キリスト教徒なるイギリス国王の戦いのやり方なのである。彼は、人間の売買のための市場を長く開放しておくために、このいまわしい通商を禁止ないし制限しようとする立法上の試みを一切抑えようとして、国王の拒否権を悪用した。このような恐るべき事実があってもまだはっきりした印に欠けてでもいるかのごとく、彼は今この奴隷たちをして、われわれに歯向かわしめ、彼らから奪った自由を、かつて彼らを売り渡した相手方［つまり植民地のアメリカ市民］を殺すことによって、買い取らしめようとしている。かくしてイギリス国王は、黒人の自由に対してなした犯罪を、別の人々の生命を犯せしめることによって償おうとしているのである。」（明石　217）

（2）第一条第二節第三項の文言の前半部分（当該部分）は、以下の通り。「下院議員（Representative）および直接税は、連邦に加入する各州の人口に比例して、各州の間に配分される。各州の人口とは、年季契約労役者を含む、自由人の総数をとり、課税されないインディアンを除外し、それに自由人以外のすべての人数［つまり奴隷人口］の五分の三を加えたものとする。」

（3）男女平等憲法修正法案とは、「法の下における権利の平等は、合衆国またはいかなる州によっても、性別を理由として拒否または制限されない」とするもの。一九二三年、全国女性党の女性権利運動家たちによって初めて議会に提出されて以来、毎年議会に提出されてきた法案であったが、一九七二年三月二二日にやっと議会を通過した。しかしながら、この法案をめぐって、激しい賛否の論議がなされ、一九七〇年代の終わりまでに、国法として成立するために必要な三八の州での批準がなされなかったので、議会は一九八二年まで、その期日を延期した。結局、レーガン大統領により廃案となった。

（4）初期アメリカにおける犯罪者処刑の日の説教と言えば、ニューイングランドのサミュエル・ダンフォース（Samuel Danforth）、サミュエル・ウィラード（Samuel Willard）また、インクリース、コットン・マザー親子（Increase and Cotton Mather）やジョシュア・ムーディー（Joshua Moody）らが有名であるが、大衆の面前での犯罪告白は、ボストン、マサチューセッツ、プリマス植民地ばかりか、ヴァージニアでは少なくとも一六一一年までに、つまりナサニエル・ホーソーン『緋文字』の主人公ヘスタ・プリンが晒し台で屈辱を受ける、なんと三〇年も前に行なわれていたのである。詳しくは、以下の資料の533-34頁を参照のこと。Ernest W. Baughman, "Public Confession and The Scarlet Letter," *The New England Quarterly*, vol. 40, 1967, pp. 532-50.

（5）初期ニューイングランドの処刑の日の牧師の説教と犯罪者の告白（execution sermons and crime narratives）およびアメリカにおける犯罪物語（criminal narratives）の系譜研究については、以下を参照のこと。Sacvan Bercovitch,ed, *Execution Sermons*. AMS, 1994; Ronald A. Bosco, "Lectures at the Pillory: The Early American Execution Sermon." *American Quarterly*, vol. 30, 1978, pp. 156-76; Daniel A. Cohen, *Pillars of Salt, Monuments of Grace*, Oxford UP, 1993; Karen Hultunen, *Murder Most Foul: The Killer and the American Gothic Imagination*. Harvard UP, 1998; Louis P. Masur, *Rites of Execution: Capital Punishment and the Transformation of American Culture, 1776-1865*. Oxford UP, 1989; Wayne C. Minnick, "The New England Execution Sermon, 1639-1800," *Speech Monographs*, vol. 35, March 1968, pp. 77-89; Richard Slotkin, "Narratives of Negro Crime in New England, 1675-1800," *American Quarterly*, vol. 25, March 1973, pp. 3-31; Daniel E. Williams, "Rogues, Rascals and Scoundrels: The Underworld Literature of Early America," *American Studies*, vol. 24, no. 2, Fall 1983, pp. 5-19; Daniel E. Williams, "The Gratification of That Corrupt and Lawless Passion: Character Types and Themes in Early New England Rape Narratives," *A Mixed Race: Ethnicity in Early America*, edited by Frank Shuffelton, Oxford UP, 1993, pp. 194-221; Daniel E. Williams, "Behold a Tragic Scene Strangely Changed into a Theater or Mercy: The Structure and Significance of Criminal Conversion Narratives in Early New England," *American

Quarterly, vol. 38, 1986, pp 827-47.

◉引用・参考文献

Douglass, Frederick, "What to the Slave Is the Fourth of July?" 1852. *Nation*. July 4, 2012 〈https://www.thenation.com/article/what-slave-fourth-july-frederick-douglass/〉 Accessed 28 Aug, 2018.

Elias, Joshua. "A British Perspective On The American Revolution." *Odyssey*. Sep. 6, 2016. 〈http://www.theodsseyonline.com/british-perspective-american-revolution〉 accessed 28 Aug., 2018.

Gruber, Ira D. "The American Revolution as a Conspiracy: The British View." *The William and Mary Quarterly*. Vol. 26. No. 3., July 1969, pp. 260-372.

"The Bicentennial Speech: Remarks of Thurgood Marshall at The Annual Seminar of the Sam Francisco Patent and Trademark Law Association in Maui, Hawaii May 6, 1987." *Thurgood Marshall: Supreme Court Justice and Civil Right Advocate*. 〈http://thurgoodmarshall.com/the-bicentennial-speech/〉 accessed 23 Oct. 2018.

Tylor, Stuart Jr. "Marshall Sounds Critical Note on Bicentennial." Special to *The New York Times*. May 7, 1987. 〈https://www.nytimes.com/1987/05/07/us/marshall-sounds-critical-note-on-bicentennial.html〉 accessed Oct. 23, 2018.

明石紀雄『トマス・ジェファソンと「自由の帝国」の理念――アメリカ合衆国建国史序説』ミネルヴァ書房、一九九三年。

荒このみ編訳『アメリカの黒人演説集――キング・マルコムX・モリスン他』岩波書店、二〇〇八年。

第1章　売れる偉勲・憂うる遺訓

——メイソン・ロック・ウィームズの『ワシントン伝』再考

0.「アメリカの父」の父

建国の祖、独立の英雄であるジョージ・ワシントン（George Washington, 1732-1799）の伝記は、当時の合衆国連邦最高裁判事ジョン・マーシャル（John Marshall）による五巻におよぶ公式伝記（*The Life of George Washington*, 1805-07）を筆頭に、これまで数多書かれてきた。独立戦争に先んずるフレンチ・アンド・インディアン戦争において武勇を成し、独立革命後、二期にわたる大統領職を全うしたワシントンは、没後、彼の逸話や肖像がさまざまに量産される以前からアメリカの父としての象徴的存在を担い、神格化された一方で、アメリカ独立革命と建国事業の理想と矛盾を暗示する存在として、こんにちでも各研究分野に影響を与えつづけている。こうした多面性が、初代大統領の人生を再生産するテクスト群や表象例の多さにも表れていると言えよう(1)。

【図版1】（左）作者不詳 Mason Locke Weems (11 Oct 1759 - 23 May 1825 Date: c 1810) National Portrait Gallery, Smithonian Institution
【図版2】（右）Weems Collections: Maps, Ships and Architecture より転載 http://weemscollections.com/mason-locke-parson-weems

ワシントン研究およびその伝記研究において、しばしば学的価値と信憑性に疑問を付されているにもかかわらず、初代大統領伝記群中で、こんにちに至るまで、民衆のワシントン像構築に多大なる影響を与えたのが、正直者のジョージと桜の木のエピソード(2)を作り上げたメイソン・ロック・ウィームズ牧師（the Rev. Mason Locke Weems, 1759-1825）【図版1-2】の『ワシントン伝』（*The Life and Memorable Actions of George Washington*, 1800-、決定版は1808）である。ワシントンを深く敬愛するこの牧師は、さる信頼すべき筋からの伝聞というもっともらしい物語提示によって、ワシントンの極めて印象的かつ道徳的な逸話のいくつかを作り上げ、また、戦いの際に発揮される将軍としての先見性や指導力と同時に、慈悲、敬虔、愛国の精神を強調し、誕生したばかりのアメリカ共和国の美徳を説いた。

ウィームズは、フィラデルフィアの印刷出版業マシュー・ケアリー（Mathew Carey）らと契約を結び、中部大西洋岸地域から南部辺境地域にかけて書籍販売の行商をして一生を送った特異な牧師である。彼はどのような書物が大衆に受け、売れるのかを熟知しており、英雄伝説教訓譚による大衆教化の有効性を信じていた。既に万人に尊敬され畏怖されていたワシントンの没後すぐに、親しみ易く、人間的で、だが同時に、更なる神格化を促進するようなエピソードを付加して出版された伝記は、事実、絶大なる人気を博し、かのリンカーンも幼い頃にウィームズの『ワシントン伝』を愛読していたとの伝説が残るほどである。

『ワシントン伝』は、元大統領の死の直後の一八〇〇年に、八〇頁の冊子として出版された。この初版には、作者ウィームズの名前は記載されなかったが、同年出版の別刷版には明記された。この後、ウィームズは、版権をマシュー・ケアリーに売る一八〇八年まで、この伝記を拡大改訂しつづけた。一八〇六年の第五版では、頁数は初版と変わらぬものの、全面的に章立てや構成の書き換えが行なわれ、有名な桜の木とキャベツ種子のエピソードが加えられた。一八〇八年の第六版は、二〇〇頁以上の長さとなり、ヴァリー・フォージにおけるワシントンの祈りと母親の夢のエピソードが加えられた。同年の第七版以降、二二八頁に固定され、さらに同年の第九版（*The Life of George Washington; with Curios Anecdotes, Equally Honourable to Himself and Exemplary to His Yong Countrymen*）が、こんにち完成版と言われているテクストである（Cunliff ss, lxiii）。同書は確定版出版までの間、何度も版を重ね、頁を増し、ウィームズが没する一八二五年には二五刷、一世紀後には八〇刷にまで及び（Cunliff xx）[3]、「アメリカ文学史におけるいかなる伝記作品もこの人気の記録には及ばない」（Kellock 97）と言われた。

ウィームズによる伝記は、のちのワシントン伝記作家たちにも影響を与えている。たとえば、独立革命の精神を称揚したジョージ・リッパード（George Lippard）は、ウィームズに依拠しつつワシントン伝説物語を創作し、サミュエル・G・グッドリッチ（Samuel G. Goodrich）は、ピーター・パーリー（Peter Parley）の名前で、ウィームズ教訓逸話を子供向け教科書に仕立て上げ、その結果、この創作伝記は、さらに広く、長期にわたり流通しつづけた。

一般的に、『ワシントン伝』について言及される際には、桜の木と同類のウィームズの創作エピソードに注目が集まるようだ。たとえばそれは、キャベツ種子の発芽によって神の恩寵を諭す父オーガスティンと息子ジョージとの愛情あふれる関係（15-16）、学校で教師にも仲間にも信頼され、仲間の喧嘩の仲裁者となるジョージ少年の人徳（19）、ワシントンの母が見た、戦争の辛苦と独立の成功を予知する奇妙な火事の夢（55-57）、激しいインディアン戦において一七回も矢の標的になりながらも決して当たらなかったワシントンの不死伝説（42）、冬の野営地ヴァリー・フォージにて、辛酸な戦いの最中に神に祈りを捧げるワシントンの宗教的敬虔さ（181-82）である。これらのエピソードはウィームズの創作であり、のちに多くの伝記作家によっても繰り返し再生産された。

ウィームズの『ワシントン伝』が広範な影響力を持ったのは、しかしながら、右記のような、印象的な、もっともらしい教訓譚のためばかりではない。むしろこのような教訓譚提示以外に、どのような要素が大衆を魅了したのかについて再考するべきである。というのも、この伝記は、同時代の読者に広く訴えかける煽情的かつ感傷的な物語要素を有するとともに、共和政期から南北戦争以前期にかけてのアメリカの不安定な社会状況に警笛を鳴らすワシントンの遺訓を巧みに提示し、独立戦争から南北戦争への、つまりワシントンからリンカーンへの国家的アイコンの交代に貢献していると思われるからである。実際、ウィームズのテクストには、のちの大統領ジェファソンやリンカーンの有名な演説に影響を及ぼしたと思しきくだりも見出せる。

本章の目的は、アメリカ国家の起源ワシントンの文学的父――ワシントン神話の生みの親――とも言うべきウィームズのテクストが、いかに大衆に受容され、ひいては、それがアメリカの国家生成期から一九世紀前半までに、どのような社会的・政治的役割を担ったかを探るものである。たしかに、ワシントンはアメリカにおける最も尊敬され人気が高い大統領として、常に上位に位置する国家的象徴である。だが植民地を独立に導いた将軍が、英雄になり、カリスマ性を発揮できたのは、第一義的には、アメリカが辛勝できたからであって、宗主国側からは、叛乱軍の大将、いわば最たる叛逆者と映ったはずである。叛乱側大将が、世界の民衆に名を轟かすようになるためには、ワシントン自身の武勇や政治的手腕だけではなく、物語的作用が必要で、それを成したのが、ウィームズであったのだ。以下のセクションでは、こうした点を『ワシントン伝』に求めるが、その前に、まずはウィームズの略歴、販売戦略と彼の他の作品について概観しておきたい。

1. 異色の牧師の教訓冊子

ウィームズの生涯は驚くほど波乱に満ち、その作品にも煽情的側面が見え隠れする。一七五九年、植民地メリーランドに生を受けた彼は、当初イギリスにて医学を志し、独立戦争勃発時には、英国海軍の軍医として従事したとの逸話も残る。ただし、これは推測の域をでない。一七七九年の父の死に際して一旦は植民地に戻るも、再度渡英し、監督派牧師に転向する。英米の抗争の最中に英国国教会からの牧師叙任を受けるのにはかなりの苦労をしたようで、このとき、ベンジャミン・フランクリンに援助を求めている。一七八四年に晴れてカンタベリー大主教より正式叙任を受けたのち、ヴァージニア各地の教区牧師を務める。青年期に英国教育の洗礼を受けたウィームズが、のちにアメリカ共和制精神の提唱者となり、「ワシントン伝の父」となるのも皮肉な話だが、一説によると、彼が携わった教区のなかには革命以前にワシントンが礼拝していた教会も含まれていた。そのため、ウィームズは、一八〇八年出版の『ワシントン伝』第六版の表紙には、「元マウント・ヴァーノンの教区牧師」と記し、自らの権威を喧伝している。この間、ウィームズに説教壇におけるワシントンとの直接面識があったかどうかは定かではないが、少なくともこのような教区は存在しない。マウント・ヴァーノンという立派な肩書きを誇示したにもかかわらず、彼は聖職者としての地位に留まりはしなかった。一七九四年、マシュー・ケアリーと契約し、書籍巡回販売を三〇年以上の長きにわたってつづけたからである。その死亡記事に「ペンシルヴァニア州からジョージア州の辺境は彼の飽くなき仕事の第一の舞台」であったと明記されるほどに、ウィームズは生涯をこの仕事に費やした(Leary 151)。ちなみに彼は、ジョン・マーシャルの『ワシントン伝』を出版したフィラデルフィアのケイレブ・P・ウェイン(Caleb P. Wayne)とも代理販売契約を結び、巡回販売を行なっている。(4)

マーシャルのあまりに長く形式的な歴史背景や、ワシントンその人に焦点を当てずに堅苦しい革命史を延々と綴る冗長かつ高額な巻に失望したウィームズは、これを党派的意図に満ち、道徳的にも不十分であると考えた(Cunliff xvi, Furstenberg 142)。そして民衆に分かりやすい教訓と娯楽の双方を提供する冊子を自ら創作し、伝道集会や公判などの民衆が集まる場に出向き、入手しやすい値段で販売する方法をとった。もともとケアリーに、独立戦争の英雄たちの勇気、才覚、愛国心、偉業を興味深い逸話と肖像つきで、安価に提供すれば、大衆の関心を惹き、ひいては利益をもたらすこと間違いないと進言していたウィームズは(Skeel II: 72, 120)、ワシントン存命中から伝記執筆の資料を集めていた。こうした姿勢を如実に物語るのが、伝記の草稿のタイトル「真の愛国者あるいは美徳のワシントン――驚異と興味に満ちあふれた伝記的逸話」("The True Patriot, or Beauties of Washington: Abundantly Biographical & Anecdotal Curious & Marvellous") および一八〇八年の第六版以降、副題として付された「尊敬に値し、若者たちの手本となる興味深い逸話」(with Curios Anecdotes, Equally Honourable to Himself and Exemplary to His Yong Countrymen)であろう。大衆の「好奇心をそそる」ような「驚嘆すべき」逸話を豊富に提供することによって売り上げ増加を図る世事と金銭感覚にかけては、彼はウェインもケアリーをも凌駕していた。この極めて真面目な大衆啓蒙の意識と世俗的商売感覚を併せ持った牧師は、『ワシントン伝』の拡大増版はもとより、『博愛主義者』(*The Philanthropist* 1799)、『真の愛国者』(*The True Patriot* 1802)の二つの政治的パンフレットや、『フランシス・マリオン伝』(一八〇九)、『ベンジャミン・フランクリン伝』(一八一五)、『ウィリアム・ペン伝』(一八二二)といった民衆の英雄である建国の父の伝記物語を次々に出版し、共和国アメリカの理想と理念を知らしめたのである。

ウィームズはまた、自著の宣伝にも長けていた。一八〇三年のワシントン伝の宣伝広告には、「マウント・ヴァーノン近隣にて注意深く収集した正真正銘の記録の数々」と謳い、ワシントンの美徳を列挙した上で、「彼の優美な銅板画の肖像つき」の文句を付している（Furstenberg 131）。加えてウィームズは、要人の裏書を巧みに利用することも忘れなかった。彼は、ワシントンの伝記の草稿を仕上げた一七九九年、大統領退任演説に倣い、党派抗争の危険と国家の和合を説いた政治パンフレット『博愛主義者』を出版しワシントンに送ったが、元大統領から推薦の言葉を得ると、すかさずそれを表紙に印刷し流布させた（Furstenberg 115-16, Leary 27-28）。[5] また一八〇四年、『真の愛国者』の簡約版を含む『ウィームズのワシントン暦』（*Weems's Washington Almanac*）においては、ジェファソンがワシントンを賛辞していると読者に思わせるような文言を、反党派主義的見解をまじえて巧みに盛り込み、さらに一八〇九年には、ジェファソンに『ワシントン伝』の推薦の辞を求める書簡を送っている（Furstenberg 119, 142; Cunliff xlvi; Skeel II: 389)。

ウィームズが異彩を放つのは、書籍巡回販売者としての彼の戦略や、英雄伝記作家としての文学的技量ばかりではない。ウィームズは、アメリカ建国の父の伝記群と並んで、多くのセンセーショナルな犯罪物語のパンフレットを残しており、アンテベラム期に花開く犯罪文学を先取りする一人であるとも考えられているのである。なるほど、一見、道徳的清廉に貫かれた美徳の共和国を提示した牧師が、同時に犯罪物語の作者でもあるのは、奇妙に映るかも知れない。だがウィームズは、共和国に必須の美徳を教化啓蒙するためにこそ、大衆の関心を惹く煽情的悪徳を提示したのである。『殺人に対する神の報復』（*God's Revenge Against Murder* 1807）、『賭博に対する神の報復』（*God's Revenge Against Gambling* 1810）、『酔っ払いの姿見』（*The Drunkard's Looking Glass* 1812）、『不倫に対する神の報復』（*God's Revenge Against Adultery* 1815）、『決闘に対する神の報復』（*God's Revenge Against Duelling* 1821）、『悪妻の姿見』（*Bad Wife's Looking Glass* 1823）と、タイトルを概観しただけでも、何とも直裁な内容の察しはつく。これらはすべて五〇頁程度の、悪行に対する訓告例示で、読みやすい長さと安価な設定もあり、実際によく売れた。ウィームズは、『ワシントン伝』の物語手法と同様に、伝聞形式によって実際の事件を脚色し、凄惨な殺人やグロテスクな遺体の煽情的描写のあとに、牧師の教訓話、神の教えへと読者を導くようにナラティヴを構成している。因果応報を煽情と教訓の対比によって読者に知らしめる牧師の意図は、悪事の顛末の悲劇を示す挿絵により、さらに効果を上げている。(6)

無論、当のウィームズは、これらの冊子を、真剣に宗教的道徳改革の一環として書いているのだが、皮肉なことに、大衆の好奇や関心が教訓よりも犯罪そのものの煽情性に向けられるという本末転倒の事態を招いた。ウィームズの煽情的なナラティヴ特性である「不埒な」道徳提示が内包する潜在的危険を、文学批評家デイヴィッド・S・レナルズ(David S. Reynolds)は「転覆的」と呼んだが、感傷的道徳のために煽情的不道徳を例示せねばならない矛盾は、そもそも体制転覆の最たる例であるアメリカ独立革命の英雄を描いた『ワシントン伝』において、共和国の美徳の一要素である正直を賞揚する桜の木の逸話そのものが偽りであったという矛盾と、奇妙に共振しあう。ウィームズの教訓冊子において、道徳と不道徳が表裏の関係であるのと同様、アメリカ独立革命も、体制転覆が愛国となる矛盾を孕む現象であったのだ。宗主国イギリスから見たときに、犯罪の最たる例である叛逆行為を英雄行為へと読み替える植民地側の政治的意図の下で、娯楽的煽情を交えつつ感傷的道徳を説くウィームズは、あたかもその伝記においてワシントンが幼少から青年期を経て将軍へ、大統領へと変転するのに呼応するかのように、アメリカを叛逆する子から慈愛の父の国へと変化させるのに大いに貢献した。と同時に、「偉大な父」像は、新国家内部の不和と齟齬を封じ込め、牧師が提示した教訓は、単に読者の好奇心を喚起する以上の政治的影響を招く結果となったのである。では、ウィームズの『ワシントン伝』において、その煽情と感傷とは、どのように描かれ、そうした提示はいかなる政治性を有するのだろうか。

2．起源としての煽情、和合としての感傷

ウィームズの『ワシントン伝』を通読して気づくのは、ウィームズが、共和政期から南北戦争以前期の読書する大衆の好みを熟知し、物語に典型的とも言える煽情的、感傷的場面をふんだんに盛り込んでいたという事実だ。なるほど、共和政期からアンテベラム期の大衆文学を席捲した、感傷小説と煽情小説という物語ジャンルは、一見、相反するようにみえるかもしれない。だが、レナルズによれば、たとえば、リッパードの『クエイカー・シティ』（George Lippard, *Quaker City*, 1845）のような、社会改革を意図した当時のベストセラー大衆物語内にも、それらの要素は、分かち難く織り込まれている（"Introduction," xxii）。レナルズによって、ともに体制転覆的作家として位置づけられ、また、ともにワシントンと独立革命にまつわる物語を執筆したウィームズとリッパードが、興味深い共通点を示すのは、教訓的な大衆啓蒙を目指しながら、多くの犯罪物語を発表しつづけた皮肉にある。両者は、独立革命の崇高な精神に傾倒し、英雄物語による道徳教化をめざす一方、煽情的筆致でグロテスクな犯罪場面を読者に提供しつづけた。もちろん、こうした犯罪提示は、あくまでも社会改革の意図の下になされているが、その読者受容が、作家の改革の意図以上に、興味と娯楽の対象となったのは、レナルズの指摘の通りである。従って、一般に、教訓ばかりが強調されるウィームズの『ワシントン伝』を注意深く読むならば、煽情的、感傷的描写が散見され、しかもその背後に、政治性が潜んでいたのだとしても、なんら不思議はない。

ウィームズの伝記に表象された煽情と感傷を探る前に、まずは物語の構成と内容を確認しておくべきだろう。全一六章と結びから成る物語は、ワシントンの子供時代から死去するまでを、基本的に時代順に描きながら、エピソードの合間に、作家自身が読者に直接語りかけ、訓示を垂れる体裁をとっている。まず第一章にて、ウィームズは、ワシントンの偉業を讃えつつも、この書の目的を、公人として誰もが知るワシントンの業績を羅列するのではなく、私人としての彼の美徳を描く点にあると定める。衆人が知りえぬ私生活において発揮される高貴さこそ、真の偉人の資

質であるとの文言は、明らかにマーシャルの公的伝記形式に対するウィームの私的対抗宣言であり、だからこそ、作家はワシントンの幼少期を印象的なエピソードで飾る必要があったのだ。さて、第二章以下の内容を概観すると、ワシントンの出自と父オーガスティン・ワシントン（Augustine Washington）の教え、父の死とその後の教育、測量技師としての活躍、軍隊入隊、フランス軍のオハイオ侵攻、ディンウィディー副総督（Lt. Gov. Dinwiddie）への貢献、フレンチ・アンド・インディアン戦争での武勇、ブラドック将軍の攻防と死、英国指導者たちの失策とワシントンの慧眼、マーサ・ダンドリッジ・カスティス（Martha Dandridge Custis）との結婚、ワシントンの母の夢、バンカーヒルの戦い、独立宣言発布、独立戦争の模様、将軍職退役、運河建設への貢献、国政への要請と大統領就任、ワシントンの死、ワシントンの徳性から成り、結びにおいて彼の遺言を紹介して終わる。フレンチ・アンド・インディアン戦争と独立戦争の二つの戦いの描写にかなりの頁が費やされ、たとえば、お馴染みのコンコード、レキシントンの戦いやジョン・アンドレ（John André）とベネディクト・アーノルド（Benedict Arnold）のエピソードなどが巧みに配置されている一方で、二期つづいた大統領時代についての語りは、驚くほど少なく（全二二六頁中で一〇頁にも満たない）、特に目立ったエピソードもない。その意味において、ウィームズの『ワシントン伝』は、政治家としてではなく、武将としてのワシントンの活躍を中心に構成されていると言って良いだろう。

こんにち、ワシントン将軍率いる植民地が大英帝国に勝利できたのは、それに先立つフランスおよびインディアン軍との戦闘経験があったればこそだというのが常套の見解だが、この伝記において、独立戦争前哨戦は、文学的にも政治的にも、更に重要な意味を持つ。フレンチ・アンド・インディアン戦争におけるイギリス軍総司令官エドワード・ブラドック将軍（General Edward Braddock）の敗北神話の重要性を指摘する批評家シルヴィア・ニーディー（Sylvia Needy）は、英国式の教練された連隊戦法の優位性を説くブラドックと、小戦闘と奇襲による対インディアン戦法を薦めるワシントンとの対比に注目している。本来、イギリスは植民地と互いに協力することによって対フランス・インディアン戦に当たらねばならないにもかかわらず、ワシントンの忠告を無視して部隊を全滅させたブラドックの死と、その後、部隊の立て直しを図り、英軍の敗北を補ったワシントンとの明暗は、のちの独立戦争におけるアメリカ勝利の伏線となっていると分析しているのである。アメリカ大陸特有の戦術、つまり個人戦を強いられる荒野でのインディアンとの戦いは、来るべき一九世紀アメリカの個人主義の萌芽、およびレオ・マークスやリチャード・スロトキンが提示するアメリカン・ヒーローの典型像を体現していると考えられる。野蛮なインディアンと貴族的イギリスとの中間に位置するワシントンは、荒野において征服すべき敵に対峙する戦いの精神の象徴であり、そうした英雄的武人を求めるナショナリスティックな希求と共和主義の価値観の双方を映し出す存在であるのだ（Needy 67-68）。

だが、ここでニーディーが見逃しているのは、ウィームズによる凄惨な戦場描写であるとともに、煽情・感傷という文学装置の背後に張られた別の政治的伏線である。ウィームズは、ブラドックの失策によりインディアンの残忍な攻撃を受けたイギリスおよび植民地兵の惨状を次のように描く。「獲物が手中にあると見るや、インディアンはただちに恐ろしい叫びを上げたので、森は何万もの豹で埋め尽くされたかのように思われた。インディアンは、イギリス軍に恐怖を与え、また攻撃の合図のためにそうしたのである。ほどなくして戦いの炎が燃え上がると、瞬く間にあらゆるおぞましい死で大地は覆いつくされた。ただちに青ざめ、生気なく崩れ落ち、恐ろしくうめきつつ、幽霊のごとき様相を呈する者や、痙攣し断末魔の苦痛の叫びを上げて地面を転がる者もあった。その間、彼らの胸からは生命の暖かい血潮が音を立ててほとばしりつづけていたのである。」（39-40）。もちろん、このような惨状が煽情的に描かれれば描かれるほど、読者の興味をひき、かつそれを収束させたワシントンの武勇は賞賛されよう。と同時に、その背後には、アメリカが本来アメリカたるべき姿——つまり、ワシントンによって象徴される部隊の調和と権威への臣従とを全うした上での個人主義の発露——が阻害され、それを発揮しえない場合には、外敵から攻撃され、惨状に陥る可能性があるという教訓をも暗示していることになるのである。ブラドックの失策は、のちの英米対立構造の暗示のみならず、独立後のアメリカが常に直面した党派的抗争に対する懸念をも内包しているのだ。なぜなら、このとき英と植民地は同胞同士の協同戦線を張っていたにもかかわらず、両者間の和合の欠如と内部的不信が、斯様な惨劇を招いたのだから。対インディアン強硬政策が施行される前の、依然インディアンが脅威であった時代に、かつインディアン捕囚体験記における蛮族の残忍な描写に慣れ親しんでいた大衆にとって、ウィームズは、最も効果的な煽情性のなかに、イギリスに対するアメリカの優位性とともに、同胞同士の調和協合の必要性を暗示したのである。

ウィームズの筆の辛らつさは、ブラドックばかりではなく、当時ヴァージニアの副総督であった英国植民地行政官ロバート・ディンウィディー（Robert Dinwiddie）にも向けられている。ブラドックの敗北につづいて紹介される、デュケーヌ砦での三年におよぶフランス軍との攻防に際してもまた、ウィームズは、人々の惨殺遺体の描写を織り込みながら、ワシントンの叡智と英国側指導者たち、とりわけディンウィディーの無策を対比的に描いている。もしワシントンの要請に従って多くの英軍兵を送り込み一気呵成に攻撃戦に出ていれば、三年におよぶ人々の苦しみも無駄な犠牲や荒廃も無かったであろうものを、ディンウィディーの防衛戦略の失策のせいで、攻め込まれ、惨劇が多々目撃されるに至ったと強調しているのだ。この間、ワシントンは、しばしば荒廃しきった光景に出くわした。死屍累々たるそのさまは、「いかなる冷酷な心の持ち主であっても、哀れを感じずにはいられぬもの」であった。あるとき、部下たちと不運にも攻撃された農園に足を踏み入れてみると、彼らは「鋤の傍らに横たわっている半分貪り食われた男の遺体を見つけた。その男の胸に空いた穴は、彼が銃で撃たれたことを示し、彼の馬の頭の深傷は、トマホークの一撃を食らったことを示している。住居の灰のなかからは、母と子のチョークのように白い骨がのぞいている。彼らが不意打ちを食った庭や裏庭には、時折、豚に食われたあとの生々しい血の跡がついた残骸が見出せるのである」（47-48）。さらに、頭を割られた生後一ヵ月の双子の赤子を胸に抱き、自らも斧で額を割かれて血を流しながら息絶えている母親や（48）、畑で作業中の父親が撃たれたのを目撃し、家にいる母親に知らせようとするものの、追いつかれ殺された少年が、父の遺体の傍で血を流し倒れている姿（49）といった鮮烈な場面がつづく。ニーディーに倣えば、ディンウィディーの失策が原因で生じたこうした事態は、のちの独立革命への布石として、イギリス側の軍事的戦略における無能ぶりと英米戦争時の二項対立構図を先取りし、浮き彫りにしていると言うことができる。だが、対戦する外敵がいまはフランスとインディアン軍である以上、こうした民衆の苦しみが、同胞同士の内部対立によってもたらされたとも考えられる。とすると、ウィームズはここでも大衆の直接的な情動に訴えかける煽情的な描写によって、その後の教訓譚で強調される国内における不和の危険性の伏線を張っていると思われるのである。

　こうした煽情的な死の描写による英米の対比と不調和とは裏腹に、ワシントンの父およびワシントン自身の死は、感傷的調和と神格化によって特徴づけられる。愛する父の臨終に間に合わなかったワシントンが、その遺体に取りすがり嘆き悲しむ場面は、感傷物語の典型である（18）。そしてまたワシントンに教訓と慈愛を注いだ父の死が暗示するのは、共和国の理想的父親像の継承でもある。一般に、独立革命期の父親像の交代は、イギリス国王からワシントンへの転覆的な交代であると考えられている。その一例として、バリー・シュワルツ（Barry Schwartz）は、独立宣言発表後に、ニューヨークのボーリング・グリーン広場に設置されていたイギリス王ジョージ三世像が民衆によって取り壊され、その後、その空いた台座の前方に将軍ワシントンが立ち、肖像画に収まるさまを、二枚の絵画を対比的に取り上げながら紹介している（30-36）。同様の後景は、ウィリアム・W・ウォルカット（William W. Walcutt）によっても描かれている。背景の建造物をなくし、傾く王像と混乱する大衆を前景化したウォルカットの構図は、より動画的な効果を上げている【図版3–5】。ポール・ソレンティーノ（Paul Sorrentino）もまた、独立戦争を親子間の転覆行為とみなし、その上で、アメリカが新たな権威と系譜を確立していくさまを大衆に知らしめる役割を果たしたのがウィームズの『ワシントン伝』であると指摘している。ソレン

【図版3】（左）作者不詳　独立宣言発表後、ニューヨークのボーリング・グリーン広場における英国王像の取り壊し。
【図版4】（右）John Trumble, *George Washington*（1790）英国王像が取り払われた後の空の台座が遠方の後景に描かれている。

【図版5】
William W. Walcutt, *Bowling Green—Putting Down the Statue of George III.*
1776年7月9日、独立宣言が読み上げられた後、兵士と市民が一緒になって英王像を引き倒した。

ティーノは、幼少のジョージが伐採したのが、イギリス桜の木であった点に注目し、ここにイギリスの起源を断ち切るアメリカ革命の意図を読み込む（232）。しかし大切にしていたイギリス桜以上に、アメリカの息子の実直さを賞賛した父オーガスティンの信条が、感傷的な死の床において息子へと受け継がれるとき、ワシントンは、転覆行為による父親像の奪還者にして新たな起源の開始者という以上に、むしろ啓蒙的慈愛を体現する父親像継承の体現者となり、革命が本来的に内包する叛逆という負の側面を封じ込め、共和国の美徳を前景化する役割を果たすと考えるのが妥当であろう。

ワシントンはもともと武将なのだから、称賛すべき才覚として武勇が描かれないはずはないし、『ワシントン伝』には、戦闘に伴う煽情的な死の描写が散見されるけれども、それがどのような戦いの、どのような事態によって引き起こされたのかについては、改めて注意深く確認しておかなくてはならない。これらの多くは、イギリスと同盟して戦ったフレンチ・アンド・インディアン戦争において、とりわけインディアンの襲撃によってもたらされた被害であり、植民地アメリカ側が敵に対して残忍かつ非人間的な暴力行為を働いたという描写ではない。すなわちウィームズが描く陰惨な死は、どの戦争においても、あくまでも被害者としてのそれであり、体制転覆を図った植民地側の暴力行為については言及されてはいない。抑圧されつづけた植民地側が、やむない行為として敢行する革命は、ひとえに英雄的行為でなくてはならないし、独立宣言と合致する正当性を示さなくてはならない。ウィームズのテクストに描かれる「父」ワシントンは、独立宣言において革命権として是認された叛逆行為の暴力性を希薄化し、感傷的親和力による抗争／和合の新たなる基準を構築する一助となったのである。

感傷的な死の描写が、より政治的意図を孕むのは、何よりもワシントン逝去の場面である。『アンクル・トムの小屋』のリトル・エヴァの死を先取りするかのように、それは、次のように描写される。「ただちに天使の翼に乗り、輝きに満ちたこの聖人が昇天していった。（鑑賞力をもつ者の耳には）この世のものとは思えぬような声が聞こえ、幸せのあの世を通って美しい歌が流れ、賛美歌の祈りが天の門に響いていた。荘厳なる彼の到来が彼方に見え、数多の偉大なる天使たちが金色の琴を携えて、この栄光の新参者を迎えるために進み出た」（168）。ウィームズの描写は、視覚化にも適している。ジョン・ジェイムズ・バラレット（John James Barralet）やデイヴィッド・エドウィン（David Edwin）は、あたかもウィームズの描写に合致するかのように、天使に導かれ逝去するワシントン昇天画を描き、その神格化を更に強く印象づけた【図版6−7】。こうした文字と絵画の相乗効果は、大衆の直接的情動を喚起し、だからこそ政治性も刷り込まれやすい。ウィームズは、ワシントンの昇天場面に、彼の偉勲および建国のための殉教精神を結びつけるくだりをただちに接続させる。「天上にて歓声を上げてワシントンを迎える天使たちの前には、[ベンジャミン・]フランクリン、[ジョゼフ・]ウォーレン、[ヒュー・]マーサー、[アレクサンダー・]スカメルの壮麗な姿が見られる。そしてケベックの戦いで倒れたかの将校とともにコロンビアの側につき自由と真実のために傷つき血を流したすべての高潔な愛国者たちの姿もある。」（168 強調原文）。かつて血と汗にまみれ国のために息絶えた彼らは、いまや「金色の朝衣のごとき長衣をまとい、頭上に輝く王冠のごとき天上の星を得て、天使の容貌となっている。彼らの頬は、不滅の若さと天上の薔薇のような赤みを呈し、その眼は、永遠の優しさと慈愛の光を放つ。ああ、コロ

【図版６】（左）
John James Barralet, *Apotheosis of Washington* (1800- 1802)
【図版７】（右）
David Edwin (after Rembrandt Peale), *Apotheosis of Washington* (1800)

ンビアよ、これが汝が息子たちの姿、汝が殉教せし聖なる兄弟たちの姿なのだ。いまや彼らは、敬愛する将軍、その死の戦線の時代に、彼らの中隊を率いて戦ったワシントンを迎えいれるために、広く開け放たれた天の門より出で来るのである」(169 強調原文)。

一方、元大統領逝去の知らせが議会に届くや否や、重要案件の審議すらも中断し、この突然の訃報に対する大きな悲しみのため、両院は、ともに一時休廷を余儀なくされた。憲法批准をめぐって顕現化した連邦党と民主共和党との対立は、当時、最たる政治的課題であったわけだが、ウィームズは、元大統領への追悼を、巧みに党派対立の緩和へと接続させている。「数日間というもの、ほぼ何も議会では成すことができず、逝去したワシントンについて語り、褒め称える以外には何も考えられなかった。あらゆる党派が同様の機敏さと熱意をもって「ワシントンの偉業を讃える」この愛国的取り組みに加わった。この意味において、すべての者が連邦主義者であり、すべての者が共和主義者なのであった」(170)。注目すべきは、これが、ウィームズの『ワシントン伝』第一版出版直後に行なわれたジェファソンの第一次大統領就任演説のおける超党派的言辞と、まさに一致している事実である。ジェファソンは、このとき、党派対立の激化を牽制し「あらゆる意見の相違は、必ずしも原則の相違ということにはなりません。われわれは同じ原則の仲間を、違う名前で呼んできただけなのです。われわれはみな共和主義者であり、みな連邦主義者なのです」と述べた(Fliegelman 69-70; Furstenberg 121)。

そもそも党派対立を諫める牧師の文言は、『ワシントン伝』に先んじて、『博愛主義者』にも書き込まれている。前述のように、牧師はこのパンフレット表紙のタイトル下に、「ジョージ・ワシントンによって推薦された」文言をつけ、二頁目には、ワシントンに宛てて手ずから書いた書簡を添え、最後は、大統領賛辞で終わっている。しかもその内容といえば、共和国の美徳満載なのだから、ある意味において、これを「もう一つのワシントン伝」とみなしても齟齬はない。個々人の才能を社会で分かち合い、誰しもが各々の不足や欠陥を補完し合いながら、兄弟愛によって共働的結束をなす平等の共和国——そんな政体への貢献と公益のために果たすべき義務(納税)を美徳と謳うのが小冊子の概要なのだが、これらの行為の実現のために、ウィームズが最期の数頁でことさら強調するのが、党派心の危険性と有害さなのである（26-28）。よって「政治的感情が異なる者にすらも、そう、すべての者に敬意を表明しようではないか」と呼びかけるのである。「［政治的信条を異にする］者たちも、われわれ同様に深く国を愛し、かりに同じ手段に依らずとも、恐らくは同等の真摯さで、国家にとって最も良いことを目指さんとしているのだから」（27）。そもそも本パンフレットのタイトル、すなわち『博愛主義者、ないしは、アダムス派とジェファソン派にとって二五セントの価値がある政治的媚薬、ジョージ・ワシントンの以下の推薦つき』（*The Philanthropist: Or, A Good Twenty-Five Cents Worth of Political Love Powder, for Honest Adamites and Jeffersonians: With the Following Recommendation by George Washington*）自体が、先のジェファソンの言葉を先取りし、喚起させる含意を持つ。「政治的な愛の粉」という奇妙に煽情的／感傷的な言語使用によって、政治的党派心の「火薬」を友愛の「媚薬」へと変換せんとする本冊子の表紙体裁を見るだけでも、ワシントンの博愛精神を前景化しながら、まさに連邦党と民主共和党の対立を、仲裁・緩和するかのような文字配置をしていると思われるのである【図版８】。

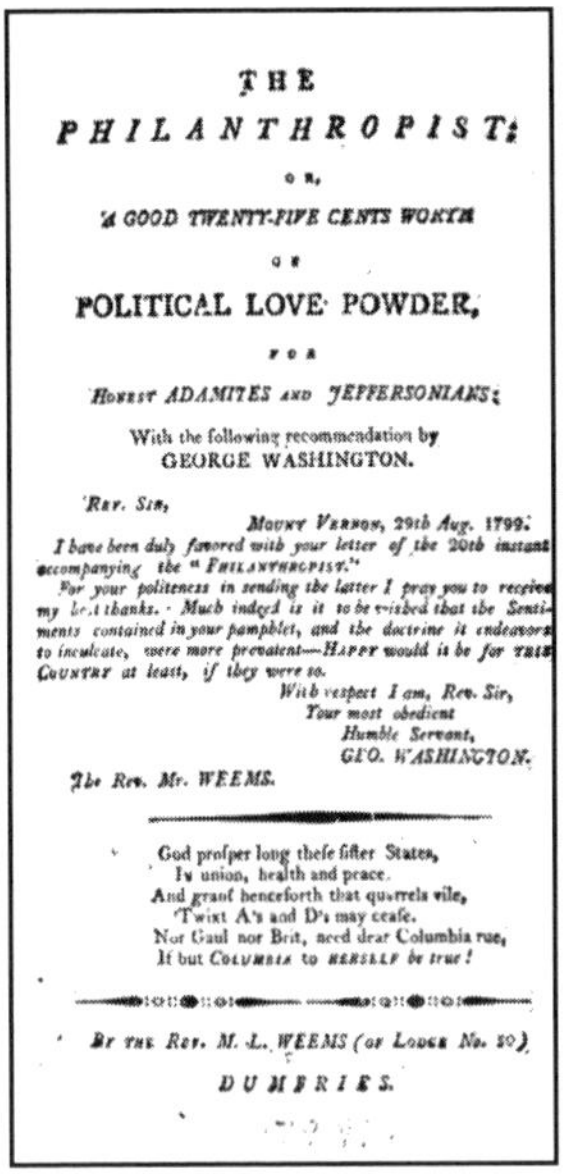
THE
PHILANTHROPIST:
OR,
A GOOD TWENTY-FIVE CENTS WORTH
OF
POLITICAL LOVE POWDER,
FOR
HONEST ADAMITES AND JEFFERSONIANS;
With the following recommendation by
GEORGE WASHINGTON.

REV. SIR,
MOUNT VERNON, 29th Aug. 1799.
I have been duly favored with your letter of the 20th instant accompanying the "PHILANTHROPIST."
For your politeness in sending the latter I pray you to receive my best thanks. Much indeed is it to be wished that the Sentiments contained in your pamphlet, and the doctrine it endeavors to inculcate, were more prevalent—HAPPY would it be for THIS COUNTRY at least, if they were so.
With respect I am, Rev. Sir,
Your most obedient
Humble Servant,
GEO. WASHINGTON.
The Rev. Mr. WEEMS.

God prosper long these fifter States,
In union, health and peace.
And grant henceforth that quarrels vile,
'Twixt A's and D's may ceafe.
Nor Gaul nor Brit, need dear Columbia rue,
If but COLUMBIA to HERSELF be true!

BY THE REV. M. L. WEEMS (OF LODGE No. 50)
DUMFRIES.

【図版8】『博愛主義者』表紙
タイトル内にある「アダムス派」と「ジェファソン派」の２行下に、ジョージ・ワシントンの名があるが、文字配置上、ワシントンが、アダムスとジェファソンとを、中央で下支えしているように見える。

ウィームズの筆が喚起する感傷の力は、このように、新たな大統領をして党派対立という政治的不和を「多の一」へと変換させた。こうしてウィームズのテクストは、ワシントンの死去とジェファソンの就任とを和合の修辞学によって繋ぎ、独立戦争から建国期にかけての政治的軋轢を物語のなかに落とし込んだ。つまりウィームズは、感傷の力によってワシントンを神話化＝脱政治化するという、きわめて政治的なテクストを生産したのである。

3. 「内戦」への憂慮

ウィームズの『ワシントン伝』がアンテベラム期に至るまでその影響力を行使しえたのは、しかしながら、煽情と感傷という文学装置のみによるのではない。読者を惹きつける手法に長けたウィームズにしては、一見、構成上のバランスを欠き、プロットの流れを阻むかに思われるテクスト後半の提示にこそ、実はワシントン遺訓の、引いてはウィームズ教訓の真骨頂がある。

前述の通り、ウィームズは、政治家としてのワシントンには、ほぼ頁を割いていない。大統領就任式以降は、内閣人事と内憂外患の政治状況を数頁で説明しただけで、ほどなく退任に至り、その後すぐに死去の場面への接続という何とも早急な展開がなされる。しかも、この間に、創作的な逸話によって構成される本書には極めて不似合いと思しき、直裁な政治文書である退任演説の全文がそのまま掲載されている。ワシントン死後の四章分（一三―一六章）は、いわばウィームズによる教訓譚である。大統領の信仰心、慈愛、勤勉、愛国心を、具体的エピソードを交え賞賛しつつ、こうした美徳が実践されなかった場合、共和国の独立と自由が保証されず、いかに悲惨な結果に至るのかを説いている。だが、そもそも年代順提示を旨とした伝記において、逝去後にもう一度時間を遡及する形で、ワシントン存命中の逸話と徳性を紹介するのは、一般的物語の形式上、完成されているとは言い難い。この部分は、本来、前章までのナラティヴに組み込まれるべきであり、ウィームズ教訓章の前後に、元大統領の死の模様と遺言が配置されている構成に鑑みても、こうした追加挿入的エピソード紹介は、伝記の自然な流れを阻害していると考えられる。

だが、この奇妙に挿入された数章、特に、告別演説を受けて展開される説教章最後の第一六章にこそ、共和政後期以降、アンテベラム期に至るまで、読者に積極的に受容された最大の特徴があると思われるのである。というのも、これらは党派争いによる連邦解体の危機を回避し、アメリカの孤立主義を保持すべしというワシントンの演説を受けて、ウィームズが共和国のために何を避け、何を成すべきなのかを説く章であるからだ。ならば、第一章で、公人としての伝記ではなく、ワシントンの私的側面を紹介すると宣言した執筆意図に反して、ここに敢えて全文掲載された告別演説には、ワシントンのいかなる遺訓が込められているのかを、再確認しておく必要があるだろう。

ジェイムズ・マディソン（James Madison）、アレクサンダー・ハミルトン（Alexander Hamilton）、ジョン・ジェイ（John Jay）の助力により一七九六年九月一九日に紙上発表された告別演説（Farewell Address）には、フランシス・ファーステンバーグ（François Furstenberg）曰く、ワシントンが考える共和制の結束を脅かす三つの危機――地理的分裂、政治的党派抗争、列強諸国による干渉――に対する懸念が表明されている。確かにアメリカは、建国以降、常にその地理的分裂の危険性に苛まれつづけた。シェイズの叛乱（一七八六）やウィスキー叛乱（一七九四）といった相次ぐ農民叛乱による西方地域に対する治世への懸念から、一七九〇年代のアメリカは、アパラチア以西がイギリス、スペイン、フランスなどの西欧列強と結び、合衆国から分断するのではないかとの差し迫った可能性に怯えていた。一八〇三年のルイジアナ購入後は、西部地域に対する分裂の危惧がひとまずなくなったものの、一八一二年の第二次対英戦争を睨み、ニューイングランド地域が分離し、元のイギリスに接近するかもしれないという恐怖感が沸きあがり、さらに一八三〇年代以降には、州権論の高まりから南北の対立の激化へと、地政学的分離の可能性をシフトさせていった。既に独立革命によるイギリスからの政治的分離を敢行した共和国にとって、地理的分離は、政治問題ばかりではなく、独立宣言に明記された革命権の行使というイデオロギー問題をも開いてしまう。政治的党派抗争に、ワシントンが最も強い忌避感を持っていたのは周知であろう。連邦主義と共和主義の対立が顕現化していた当時、党派的対立と不和が加速すれば、同胞間の敵意や嫌悪感が叛乱を誘発し、無政府状態を招き、ひいては共和国の自由を侵犯する専制へと陥る蓋然性に、大統領は憂いの念を強く表明したのである。こうした内憂は、列強からの干渉を誘導する格好の素材になる。告別演説中、最も頁を割かれたアメリカの不干渉主義は、のちのモンロー主義に繋がるアメリカ外交政策の基盤となった。当然ながら、これは、他の危機と密接に関わるからこそ、提唱された外交姿勢である。アメリカ領土が、未だ発展段階にあり、イギリス、スペインと国境を挟み対峙していた時代に、党派争いによる内部不和と地理的分裂は、常に諸外国からの干渉・影響と直結していたのである（Furstenberg 8-12）。加えて言えば、国内には先住民という列強外敵といかようにも結び付く内敵が潜むのを、アメリカは嫌というほど知っていたはずだ。

アメリカの和合を説くワシントン告別演説は、その後もさまざまな媒体に繰り返し再版・転載されつづけた。発表直後から南北戦争終結の一八六五年までの間に、ジェファソンの独立宣言およびこの告別演説が、毎年、何件再版されたのかを調べたファーステンバーグは、連邦解体の危機的状況に直面し、共和国への忠誠と合意に基づく和合が声高に叫ばれた年——具体的には、ワシントン逝去の一七九九年、一八一二年の対英戦争時、州権論に基づく連邦法適応拒否論が席捲した一八三二年、一八三七年の経済危機、一八五〇年の連邦解体の危機、そして南部が連邦から脱退した一八六一年——にその再版件数に増加が見られると分析している（239）。ファーステンバーグが対象とした再版媒体のなかに、ウィームズの『ワシントン伝』は含まれていないのだから、伝記の長きにわたる売れ行きと最終的には八〇刷に至った人気の程度に鑑みれば、告別演説の潜在的読者は、さらにかなりの数にのぼるはずである。翻って言えば、ワシントンが危惧した共和国解体の可能性は、その危機の中身を時代の経過に伴いさまざまに変化させつつも、南北戦争終結まで常に存在し、だからこそ忠誠心・愛国的姿勢に基づき和合を求める演説が再版意義を失うことなく、読者に影響力を与えつづけたのである。

ウィームズの『ワシントン伝』は、こうした初代大統領の懸念を、一層煽り立てるかのように、内戦によって引き起こされるであろう民衆の惨状を具体的に説明している。もしワシントンの遺訓が守られなかった場合には、アメリカは、先の壮絶な独立戦争よりも更に悲惨な事態に陥ると言うのだ。ウィームズは警告する。「ワシントンの死後、これほど短い間に、分離分裂という恐ろしい考えが世間に周知となるなどと、この傑出した愛国者は、疑うべくもなかったであろう。あまりに馴染みになりすぎたので、惑う多くの市民の心から、その恐怖を半ばかき消すほどである！　分離分裂とは！　慈悲深き神よ！　これを裏切りと考える以外に、そしてわれわれの愛する国家に荒廃と惨事をもたらす、あらゆる呪いに満ちたパンドラの箱と考える以外に、善良なる者が、何と考えることができようか！」

(217 強調原文)。党派抗争に警笛をならすワシントンが最も恐れたのは、「州間の分離であり、その結果、内戦 (civil war)」に至る事態である。「然り、各州が分離すれば、内戦となるのは、まさしく明白なのだ。というのも、もしもある州が、分離の意思を固め、満場一致でそれを決定した場合、政府はこうした背信的行為に対して無為に傍観することはできず、それを阻止せねばならないからである。そしてそのためには、造反した州を鎮圧すべく、連邦の残りの軍隊を召集せねばならないからである」(219)。まるで南北戦争勃発時を思わせるような対処法が独立後に既に想定されており、それが教訓冊子作家の牧師によって提示されていたことにわれわれは改めて驚かされる。もちろん、こうした内戦には、対イギリス国王という分かりやすい外敵は想定できず、従って独立時のように自由と平等の御旗の下で叛逆を正当化するに足る言説も構築しえない。

ウィームズがとりわけ強調するのは、同じ国土に暮らす同胞同士が党派対立の憎しみから戦うときの陰惨さである。そこには名誉や武勇を求める気風や自由の精神の標榜などは存在しない。敗者にも慈悲と敬意をもってあたる戦いではなく、無数の残虐な殺害と憎悪のみを喚起する身内同士の争いは、互いの精神をも身体をも破壊しあう。「不運な党派同士がまみゆるとき、彼らの苛烈な復讐心に火がつき、戦いのらっぱの合図を待つこともできず、人間というより悪魔のように、互いに突進しあい、射抜き、突き刺し、叫び、喚き、互いに忌まわしい殺し合をするのである」(220)。無論、このような戦いには、大義も理想もないのだから、「兄弟が剣を互いの腹に向けるとき、戦争は殺人となり、戦闘は、虐殺へとなり下がる」(221)。そして同胞同士による状況は、実は、既に独立革命時の南部においても目撃されていたとウィームズは語る。「先の戦争において、南部諸州にて英国支持派（トーリー）と独立派（ホイッグ）との間で成された事例のように、［復讐の犠牲となった者たちは］、家から引きずり出され、妻子が叫ぶなか、最も残忍な歓喜をもって、木に吊るされ、あるいは、剣で切り刻まれるのである。一方、家財は略奪され、家は焼かれ、家畜や奴隷は奪い去られる。そしてその妻や子は、泣き叫びながら、パンも無く、荒涼とした森に追いやられるのである」(221)。ここに読者は、子の親に対する叛逆である独立戦争と、来るべき最悪かつ最大の兄弟抗争である南北戦争とがウィームズのテクストによって接続される実例を見る。父子間の転覆的革命は、兄弟間の内的対立を招くが、結局、建国時の捩れは、容易に正すことができない。蛇足ながら、ワシントン自身、皮肉にも兄弟間抗争の火種たる南部ヴァージニアの大農園主であり、決して奴隷解放をしなかった白人主人なのだから、『ワシントン伝』において、負の遺産である奴隷の影は徹頭徹尾、隠蔽されていることを、ここで付け加えておくべきだろう。

ワシントンを神格化させ、その遺訓をかくも鮮明化したウィームズの筆致は、元大統領の演説文書を凌駕する強い印象を、一般大衆に与えたに違いない。殊に、内戦（civil war）が実際にのちの州間分離＝南北の（党派）抗争になる事態を予期し、リンカーンの「分れたる家」演説を先取りするかのごとき訓示が人々の関心を惹くとき、ウィームズの物語は、いわば「内戦」の連続であったアメリカの国家成立過程を明示する役割を果たすことになる。フレンチ・アンド・インディアン戦争における英国と植民地との対立も、独立戦争時の英米の勇将のスパイ事件や悲劇的な戦いも、独立後の共和国内の党派争いも、要は、一貫して同族内部での対立が国家的危機を招いたと解釈されうるのだから。ウィームズが多くの頁を尽くした戦いの描写は、実はそれそのものが伝記のハイライトなのではなく、『ワシントン伝』最終部において、合意、協力、共和、兄弟愛を強調するための、いわば前書きであったのだ。

ウィームズは、ワシントンの憂慮を、大衆に受容されやすい煽情的かつ感傷的な描写によって具体的事例を付して強調し、共和国に和合に基づく結束を呼びかけた。だが、奇しくもそれによって、革命権を賞揚したはずの合衆国が、国家分裂を忌避するあまり、革命権の行使を無効化すべく、建国の父ワシントンが作り上げた共和国への合意と忠誠を意図的とも思えるほど強要せざるをえず、かつ建国期に隠蔽された奴隷制という党派抗争の最たる火種を内包しているさまを、炙り出してしまっているように見えるのである。従って、のちに内戦を回避せんとしたリンカーンのレトリックは、ワシントンとウィームズの教訓があったればこそ、より現実味を帯びたと考えられる。

このようにウィームズのテクストは——恐らくは本人の意図をはるかに超えて——独立革命と南北戦争とを関連づけてでもいるかのように、兄弟間抗争と州間分離の危機を喚起するものとしても読むことができる。しかも、『ワシントン伝』初版出版から二年後の一八〇二年、ウィームズが、共和国に対する忠誠と法の遵守を喚起するために出版したパンフレット『真の愛国者』にも、内戦に関する言及とリンカーンへの影響が散見されるのである。この六〇頁弱の小冊子は、共和国アメリカ政府の卓越性を、「合理的良識」「正義」「叡智」「慈悲」「平等」「兄弟愛」「愛国心」の七つの美徳とした教訓的説教で、その対照軸は、王制や専制主義がもたらす不利益や災難であるのだから、無論、直接的には、奴隷制を巡る南北分断を想定して書かれたわけではない。だが、共和国アメリカの右記の美徳を、神が与え給えし救済と恩恵と規定するパンフレットの終結部には、次のような文言が躍っているのである。すなわち、神がなしたる「この最後の、最良の試みである、自由と平等の政府」(“this *last, best* trial of a free and equal government”)を与えられし者たちが、「神の手によって署名され、[ヒュー・] マーサーや [リチャード・] モンゴメリ [といった独立革命で命を賭した愛国派の大陸軍准将たち] の血で聖別され、ワシントンやフランクリンによってもたらされ、数多の寡婦と孤児の涙で浴された、その慈悲の契約を受けし」者たちが、神の思し召しを拒否して、「これ以上想定できぬほどの最悪な不和によって、恐ろしい内戦へと突入する」(“by a discord worse than devilish, plunge into such horrors of civil war”) ことなど、断じてできようはずがない。「神が国の繁栄のために成し給うた最良の善意」を損ない、「われわれのエデンを流血と殺人の荒野」に変えることなど、「慈悲の父であるワシントンという神」が、「禁ずる」のだから (55 強調原文)。

神意を政治的意図に連結させるウィームズのレトリックは、パンフレットの冒頭にも見て取れるが、ここでの言辞は、先の文言の部分的反復であると同時に、より鮮明にリンカーンとの補助線を浮かび上がらせてもいる。「地獄で告げること能わず、破壊の地で発することなかれ。自由な政府という、至上の、最良の試みが、この地上で失し、いつか天上の秩序が終わりを遂げるのだと、悪魔どもに喜びの鎖を打ち鳴らさせぬように」(“Oh tell it not in hell, publish it not in the regions of destruction; lest devils should clank their chains for joy, that the *last, best*, trial of free government has failed upon the earth, and that one day order may cease in heaven.” 6)。ファーステンバーグは、このリンカーンのゲティスバーグの演説を髣髴とさせる表現と概念——「自由な政府という最上かつ最良の試みが、この地上で失してはならぬ」(“the *last, best,* trial of free government . . . [shall not] fai[l] upon the earth.”)——の伝播こそが、自身の使命であるとウィームズは認識していたのだと指摘している(Furstenberg 118)。共和制政府を揺るがす「悪魔」は、独立革命直後から南北戦争後に至るまで、変幻自在に、その対象を入れられるがゆえに、修辞的利用価値が高く、翻って言えば、アメリカの国家的危機の素因が多々出現することの証左でもある。

よって、ウィームズは、その記念碑的演説に関する限り、直接的にも間接的にも、ジェファソンやリンカーンに、修辞的/政治的影響を与えたことになる。彼は単にワシントン神話を構築しただけでなく、その神話内部に潜む建国時のひずみが、共和政期からアンテベラム(ひいては、ポストベラム)に至るまで合衆国の歴史の地脈に流れつづけている事実を読者に知らしめ、かつそれを修正するための修辞法をも提示したのである。換言すれば、ウィームズは、伝記によってワシントンの売れる偉勲を創作し、大統領の憂うる遺訓を裏書きしたのである。

不幸なことに、ワシントンが憂えた——そしてウィームズが箴言した——連邦解体と内戦は現実のものとなったが、国家再生を図ったリンカーンは、ワシントンが象徴するアメリカの父親像を引き継いだ。ジョージ三世の圧制から植民地アメリカ人を解放したワシントンの偉勲は、奴隷制という圧制からアフリカ系アメリカ人を解放したリンカーンの偉勲へと継承され、その英雄的行為を結ぶための新たな再生神話が作られていったのだ。いまやワシントンに匹敵する偉大なる大統領となったリンカーンは、初代大統領を伴って、多くの図像によって示されている。南北戦争終結の年に発表された、S・J・フェリスの絵画『ワシントンとリンカーン(神格化)』(*Washington & Lincoln (Apotheosis),* 1865)は、天上にてワシントンがリンカーンを抱き入れ、月桂樹の冠を掲げようとする姿を描いている。キンメルとフォルスターによる『コロンビアの最も高貴なる息子たち』(*Colombia's Noblest Sons,* 1865)では、絵画中央に据えられたアメリカの女神が、その左右に位置する両大統領の頭上に月桂樹の冠を掲げている。また、クルッとショーバーの『国家の肖像』(*National Picture,* 1865)において、ワシントンとリンカーンがそれぞれ手に持っている文書は、合衆国憲法と奴隷解放宣言であり、その背後には、「神の導きの下で、ワシントンが我が国を創り、リンカーンが救った」との文言が記されている。さらに、独立宣言発表後百年目の一八七六年にワシントンDCのリンカーン・パークに設立されたトマス・ボール作のリンカーン像は、ワシントンを刻んだ円柱を支えとしながら、その上に、奴隷解放宣言を持った右手を置いて立っている（Schwartz 図版 40; Greenhalgh 289; Furstenberg 227-28）【図版9–12】。これらはリンカーンの死からワシントンの偉業を逆照射し、両者をともに束縛の鎖からの解放者とするものだ。だが、もちろん、ワシントンがヴァージニアの農園主であり、妻マーサとの結婚後には、さらにその奴隷所有を拡大させ、しかし一切奴隷を解放しなかった事実などは、この際、描きこまれない。宗主国からの隷属を暴力的に断ち切った独立革命の総司令官は、3／5条項を含む憲法を批准させ、アメリカの国家的矛盾を解消できないままに、リンカーンにその任を譲ったのだけれども、リンカーンが幼少期に

【図版 9】（左）　S. J. Ferris, *Washington & Lincoln (Apotheosis)*　(1865)
【図版 10】（右）　Kimmel and Forster (after Gilbert Stuart's Washington and Anthony Berger's Lincoln), *Colombia's Noblest Sons* (1865)

【図版 11】（左）Louis Kurz (artist) and Charles Shober (lithographer), *National picture. Behold oh! America, your sons. The greatest among men.* (c. 1865)
【図版 12】（右）Emancipation Monument, Lincoln Park, Washington D.C., Thomas Ball, sculptor
リンカーンの右手に握られた巻物の文書は、奴隷解放宣言で、その手が置かれた台座の側面には、初代大統領ワシントンの横顔が刻まれている。奴隷が跪く足元には、EMANCIPATION の文字が刻まれている。

ウィームズの『ワシントン伝』を愛読していたとの伝説を、いまいちど考えるならば、ワシントンというアイコンの再生有効性に、疑義を唱える余地はない。

ウィームズの筆の力は、恐らくわれわれが想定する以上に大きいのだろう。ワシントンが喚起する「犯罪者的無意識」と「英雄的意識」を矛盾なく物語に映しこみ、だからこそ、内戦への危惧を、南北戦争に先立つ半世紀も前に――それこそ無意識的に――完成させていたのだから。ウィームズが、読者の情動に働きかける筆致で、英雄の生涯を「創作」していた事実に気づくとき、彼の『ワシントン伝』を再評価する意義は更に深まることになるだろう。

◉註

（1）アメリカ独立から南北戦争終了までの間、伝記および文学テクスト内でワシントンがいかに取り上げられ、表象されてきたかについては、ウィリアム・ブライアンが既に一九五〇年代に網羅的な研究を提示している。ワシントンの伝記は、たとえば、アーロン・バンクロフト、デイヴィッド・ラムジー、ジャレッド・スパークス、エドワード・エヴァレット、ワシントン・アーヴィング、ジェイムズ・カーク・ポールティング、ジョージ・リッパード、ウッドロー・ウィルソンらによって書かれてきたが、ワシントンおよびワシントンをモデルとした建国期の歴史ロマンス、戯曲、詩作、あるいは初代大統領への言及を含む文学先品となると、ブライアンが網羅する範疇では収まらず、列挙が極めて困難となる。また伝記、詩、物語、頌徳の辞のみならず、絵画や彫像や貨幣等によって、ワシントン像がどのように構築され、神格化され、政治的、文化的に受容されたかについても、たとえばバリー・シュワルツやケヴィン・コープがその研究成果を残している。アダム・グリーンハルは、数多のワシントン肖像画のうち、ギルバート・スチュワート（Gilbert Stuart 1755-1828）による未完のそれが生誕二〇〇周年記念時に全米に散布され、一ドル札で示される通り、のちのワシントン像の規範となっ

【上右】Gilbert Stuart, *George Washington* (1796) 未完
【上左】Charles Wilson Peale, *The Artist in His Museum* (Self-Portrait, 1822)
【下】Grand Wood, Parson *Weems' Fable* (1939)

た経緯を詳述している。【上右図版参照】。なお、桜の木のエピソードを絵画化したグランド・ウッドの『ウィームズ牧師の逸話』（一九三九）【下図版参照】は、父と息子の教訓話が一目で分かる図像であるが、ジョージ少年の頭部は、スチュワートが描いたワシントン像が採用されている。画面左手後方には、奴隷たちの姿も確認できる。幕を引き上げて父子の様を指示している人物は、タイトルからしてウィームズであると思われる。蛇足ながら、この構図は、初期アメリカの画家チャールズ・ウィルソン・ピールの自画像のそれに酷似していると、しばしば指摘されており、ピールが幕を持ち上げて示しているのは、自身で設立したフィラデルフィア博物館（のちにピールの博物館）である【上左図版参照】。このように、ワシントン表象の重層的な影響力は、非常に大きい。

（2）桜の木のエピソードは、以下の通り。ジョージ少年は六歳の折に、手に入れた斧をいたく気に入り、行く先々で、その切れ味を試していたのだが、ある日、庭に植えられていた英国桜の若木に、斧を振り下ろしてしまった。翌朝、ジョージ少年の父が、気に入っていた桜の木の無残な姿をみつけると、屋敷に戻り、穏やかに、優しく、誰の仕業かと尋ねた。ちょうどその折、斧を手にしたジョージ少年が姿を現すと、父は息子にも、同じ問いかけをした。ジョージは、しばし怯んだものの、すぐに、輝く面持ちで、まっすぐに父を見て、勇気を出して言った。「お父さん、僕、嘘はつけないや。僕が斧で切っちゃったんだよ。僕、嘘はつけないもん。」すると父は、怒るどころか、いたく喜び、息子の勇気ある正直な告白を称賛した。

「我が息子の、斯様な英雄的行為は、金銀を実らせる千本の桜よりも、ずっと価値がある」と言い、息子を抱きよせるのだった（Weems, 12)。

（3）註2をあわせて参照。なお、批評家によっては、「版」と「刷」が必ずしも明確ではない。ちなみに、ヴァン・タッセルは、独仏の翻訳を入れて、約一世紀後には八二版に達したと報告している（89)。

（4）ウィームズの人生および書物巡回販売の経路、またその方法については、Gilreath, Green, Harris, Kellock, Leary, Purcell, Zboray, 山田を参照。

（5）パンフレットの表紙に掲げるワシントンの「推薦文」は、以下の通り。

「拝啓、

一七九九年八月二九日、マウント・ヴァーノンにて、「博愛主義者」に添えられた今月二〇日付の貴殿の手紙を、私は大変好ましく思っております。

ご丁寧に冊子をお送り下さった貴殿に対する私の感謝の気持ちを、何卒お受け取り下さい。貴殿のパンフレットが描く所感や、目指さんとする教義は、望ましく、まこと有益であると言えましょう。かくのごとくなれば、少なくとも、この国にとって幸いでしょう。

敬意をこめて

あなたの従順にして、卑しい僕たる

ジョージ・ワシントン

ウィームズ牧師様、」

（6）試みに、いくつかの物語を概観してみよう。たとえば、飲酒が引き起こす犯罪例を列挙する『酔っ払いの姿見』は、悪魔の責め苦に屈した牧師が、父親の殺害、妹の陵辱、飲酒のうちの何れかの悪を選択するように迫られ、一番軽い罪であると考え飲酒を選ぶものの、結局は酔って妹を犯し、父を殺し、翌日、我に返り自害するというショッキングな逸話から始まっている。『悪妻の姿見』のレベッカは、最初の夫を斧で殺害し、その遺体を弟に手伝わせて始末する。裁判で彼女の妖艶な美しさに同情したエリス大佐のお陰で、無罪放免となり、すぐに彼と再婚する。しかしその後、エリスの娘と結婚した弟と金銭上の口論となり石で頭を殴打されてしまう。死までに一日中苦しみ抜くレベッカのさまを、ウィームズは以下のように描く。「彼女の砕けた頭蓋からは絶え間なく脳味噌が滲み出しており、……あまりに強い痙攣状態のために男性一〇人の力でも彼女を抑えつけることができないほどであった。と同時に、発せられる痛烈な悶絶と叫びは、最も無情な者たちからも涙と血を引き出すのに十分であった」（Clinton 32）。あるいはまた、典型的誘惑物語でもある『殺人に対する神の報復』において、父と継母に捨てられたポリーは、とある男性に誘惑されて身ごもるものの、生まれた子供を五歳で失う辛酸を味わう。その後、父の死によって遺産を相続したポリーは、金目当ての悪党ネッドと再婚するが、ほどなく夫に殺害されてしまう。この不幸な娘の生涯と教訓譚の好評により、わずか結婚八週にして夫に殺害された妻と、夭折した彼女の息子の等身大蝋人形が、巡回博物館に納められることとなり（Clinton 30）、更に、湖上のボートで慈悲を求める妻を無残に殴打し溺死させる殺害場面は、のちにセオドア・ドライサーの『アメリカの悲劇』（一九二五）における想像力の原型となったという（Moore 21-22）。牧師の意図が、道徳強化、大衆教育であるのは、間違いないのだけれども、むしろウィームズのパンフレットは、アメリカにおける犯罪物語の系譜上で注目されうる要素を持っているのだから、何とも皮肉だ。犯罪物語作家的無意識と牧師的意識とが、同義であることの証左となっている。

（7）農園主としてのワシントン、ワシントンの家族が集うさまを描いた絵画における周辺的影の存在、あるいは農園神話よろしく主人を敬愛する満ち足りた姿として描かれる奴隷存在については、ファーステンバーグの第二章を参照のこと。

◉引用・参考文献

Bryan, William Alfred. *George Washington in American Literature 1775-1865*. Columbia UP, 1952.

Burnstein, Andrew. "Immortalizing the Founding Fathers: The Excesses of Public Eulogy." *Mortal Remains: Death in Early America*, edited by Nancy Isenberg and Andrew Burnstein, U of Pennsylvania P, 2003, pp. 91-107.

Clinton, Catherine. "Wallowing in a Swamp of Sin: Parson Weems, Sex, and Murder in Early South Carolina." *The Devil's Lane: Sex and Race in the Early South*, edited by Catherine Clinton and Michele Gillespie, Oxford UP, 1997, pp. 24-36.

Cope, Kevin L. ed. *George Washington in and as Culture*. AMS, 2001.

Cunliff, Marcus. "Introduction." *The Life of Washington*, 1806, edited by Marcus Cunliff, Belknap P of Harvard UP, 1962, pp. Ix-lxii.

Fliegelman, Jay. *Declaring Independence: Jefferson, Natural Language & the Culture of Performance*. Stanford UP, 1993.

Furstenberg, François. *In the Name of the Father: Washington's Legacy, Slavery, and the Making of a Nation*. Penguin, 2006.

Gilreath, James. "Mason Weems, Mathew Carey and the Southern Booktrade, 1794-1810." *Publishing History*, vol. 10, 1981, pp: 27-49.

Green, James N. "'The Cowl knows best what will suit in Virginia': Parson Weems on Southern Readers." *Printing History*, vol. 17, no. 2, 1995, pp. 26-34.

Greenhalgh, Adam. "'Not a Man but a God': The Apotheosis of Gilbert Stuart's Athenaeum Portrait of George Washington." *Winterthur Portfolio: A Journal of American Material Culture*, vol. 41, no. 4, 2007, pp. 269-303.

Harris, Christopher. "Mason Locke Weems's *Life of Washington:* The Making of a Bestseller." *The Southern Literary Journal*, vol. 19, no. 2, 1987, pp. 92-101.

Kellock, Harolod. *Parson Weems of the Cherry Tree.* Gryphon, 1971.

Leary, Lewis. *The Book-Peddling Parson*. Algonquin Books, 1984.

Moore, R. Laurence. *Selling God: American Religion in the Marketplace of Culture*. Oxford UP, 1994.

Needy, Sylvia. "Mason Locke Weems's *Life of George Washington* and the Myth of Braddock's Defeat." *The Virginia Magazine of History and Biography*, vol. 107, no. 1, Winter, 1999, pp. 45-72.

Purcell, James S. "A Book Pedlar's Progress in North Carolina." *North Carolina Historical Review*, vol. 29, 1952, pp. 8-23.

Reynolds, David S. *Beneath the American Renaissance*. Harvard UP, 1988.

---. "Introduction" *The Quaker City, or The Monks of Monk Hall: A Romance of Philadelphia Life, Mystery, and Culture*, edited by Reynolds. U of Massachusetts P, 1995.

Schwartz, Barry. *George Washington: The Making of an American Symbol*. Cornell UP, 1987.

Skeel, Emily Ellsworth Ford, ed. *Mason Locke Weems: His Works and Ways*. 3 vols. 1929.

Sorrentino, Paul. "Authority and Genealogy in Mason Locke Weems's *Life of Washington*." *Early American Literature and Culture: Essays Honoring Harrison T. Meserole*, edited by Kathryn Zabelle Derounian-Stodola. U of Delaware P, 1992, pp. 227-39.

Van Tassel, David D. "The Legend Maker." *American Heritage*, vol. 13, Feb. 1962, pp. 58-59, 89-94.

Weems, Mason Locke. *The Life of Washington*. 1806, edited by Marcus Cunliff. Belknap P of Harvard UP, 1962.

---. *The Philanthropist: Or, A Good Twenty-Five Cents Worth of Political Love Powder, for Honest Adamites and Jeffersonians: With the Following Recommendation by George Washington*. Dubfries, 1799.

---. *The True Patriot, or an Oration on the Beauties and Beautitudes of a Republic; and the Abomination and Desolations of Despotism. With an Affectionate Persuasive to the American Peiple or Fear God, and to Honor Their Rulers; To Love One Another; and to Beware of Discord.* Woodward, 1802.

Wright, Richardson. *Hawkers & Walkers in Early America*. J. B. Lippincott, 1927.

Zboray, Ronald. *A Fictive People: Antebellum Economic Development and the American Reading Public*. Oxford UP, 1993.

山田史郎「本の行商とワシントン伝――メイソン・L・ウィームズと建国期の書物」『同志社アメリカ研究』30号　一九九四年三月、一一一四頁。

第2章　アメリカン・イーグルとバード・ウーマン

——国璽決定プロセスと先住民ピース・メダル「外交」

0. ワシントン・パロディーとバード・イメージ

【図版1】（左）K&M, *The Wing's Will Grow*, from the *American Dreams* project (1996-97)
【図版2】（中央）K&M, *Air of Superiority*, from the *American Dreams* project (1996-97)
【図版3】（右）K&M, *Our Way of Life*, from the *American Dreams* project (1996-97)

ロシア人画家ヴィタリー・コマール（Vitaly Komar）とアレクサンダー・マラミッド（Alexander Melamid）による『アメリカの夢』（*American Dreams*）と題された連作絵画（1996-97）には、建国の父ジョージ・ワシントンと白頭鷲（the American Bald Eagle）が効果的に配され、アメリカ国家覇権の皮肉が明示されている。(1) たとえば『翼は伸びゆく』（*The Wings will Grow (Father of the Nation)*）では、大型地球儀の背後に佇むワシントンが、白頭鷲の頭と人間の身体を持った半鳥半人の怪物的赤子を抱き、『優越感』（*Air of Superiority*）と題された作品においては、鉤爪にアメリカ国旗を挟み持つ巨大白頭鷲に跨ったワシントンが、ソ連製携帯型対戦車ロケット弾、通称RPGを担いで攻め込む姿が描かれている。さらに『我らが生き方』（*Our Way of Life*）では、白スーツを身にまとった白頭鷲頭の男性が、ワシントンの肖像つきの真紅の旗を高々と頭上に掲げ持っている。初代大統領が描かれているのは、国璽にて白頭鷲が抱える盾の内部であり、くちばしにアメリカ標語の帯をくわえるこの白頭鷲男の右足元には、あたかもアメリカのあり方を全面肯定するかのように、一〇〇パーセントの文字が配されている【図版1−3】。米ソ両大国の革命に触発されて創作されたと言われているこれらの絵画が、ソ連崩壊後の二〇世紀末アメリカ覇権主義を揶揄しているのは言うまでもなかろう。だが、コマールとマラミッドの連作によってわれわれが改めて気づくのは、このように分かち難く結びついたワシントンと白頭鷲の象徴によって、アメリカが暴力的な権力行使をしたのは、何も二〇世紀末や現在に限ったことではなく、まさにそれらのアイコンが構築された建国期からであった事実である。

そもそも国家の象徴たる印章決定のために国璽選定委員会が三次にわたり召集され、六年間の協議の末、さまざまな提案を退けて最終的に一七八二年に決定された白頭鷲のシンボリズムは、古代シュメールの伝統や古代ローマの共和制の理念に依拠すると同時に、ネイティヴ・アメリカンとの関連を意識した図案でもあった。すなわち白頭鷲と十三の矢、および「多の一」（"E Pluribus Unum"）との標語が刻まれた国璽は、アメリカの連邦制がイロコイ連合の政体を参照し構築されたのと同様、ネイティヴ・アメリカンの精神性と実利性を踏襲する意匠でもあったのだ。こうしてアメリカは、独立革命に際し、新国家形成のために、ヨーロッパの伝統と同時に、それとは異なる先住民の精神性をも意図的に自意識内部に織り込み、彼らの合議制の実質的合理性を取り入れた。にもかかわらず、その後、「和合」の名のもとに行なったのは、自らが手本とした先住民を征服、駆逐していく暴力的な国家拡大政策であった。

皮肉にも、ワシントンが先住民との交渉に際して諸部族の首長に贈ったインディアン・ピース・メダルの裏面には、国璽が刻まれた。またトマス・ジェファソンのルイジアナ購入後、大統領の命を受け、先住民に「偉大なる白き父」への服従を強いたルイス＝クラーク探検隊が先住民に贈ったピース・メダルにも、白頭鷲が用いられた。この折に、和平を意味するメダルを贈った軍隊一行が、こんにち最も有名なインディアン女性の一人であるサカガウィーア（Sacagawea）通称バード・ウーマンを同行させ、彼女の存在が隊の成功に大きな影響を与えた経緯をわれわれは知っている。しかもアメリカの領土拡大という「明白な運命」遂行に図らずも貢献してしまったサカガウィーアは、その後、二〇世紀初頭の女性参政権運動のためのシンボルとして、また多元文化主義のイデオロギーとしても利用された。アメリカが地政学的にも、政治的にも「羽ばたく」のに奇しくも関与した伝説のインディアン女性の姿は、以降、とりわけ中西部北部地域に設立された多くの彫像によってアメリカの象徴的存在として讃えられるようになる。その賞揚ぶりによって、彼女は、初代大統領の一ドル札と同等価値を持つ貨幣にすらなり、彼女の肖像の裏面に刻まれた国璽の白頭鷲や先住民に関連するさまざまな意匠とともに、こんにちも流通し、使用されているのは周知である[2]。

以上の経緯が示すのは、国璽および国家成立・成長過程において、鳥のイメージが比喩形象として用いられ、ネイティヴ・アメリカンとの関連性が暗示されているという事実である。本章の目的は、独立革命以降の国家生成期において、アメリカがいかに先住民の精神性や実質性を内包し、合衆国のイデオロギーのために利用してきたのか、より直截な言葉を使えば、利用したのちに駆逐する国家的犯罪を、いかに糊塗してきたのかを示すことにある。以下の論考では、まずは植民地アメリカと先住民との関連を概観したあとに、国璽がどのように定められ、それが合衆国連邦制の理念をどのように表しているのかを考察し、さらに国家拡大に際する対ネイティヴ・アメリカン政策とインディアン・ピース・メダル、およびサカガウィーアとの関連について論述する。

1. 先住民と白頭鷲

興味深いことに、アメリカ共和制の実質上の手本をイロコイ連合の体制に求めたフランクリンは、第一次国璽制定委員会の一員であったのだが、白頭鷲を用いた第三次委員会の改定最終案を好ましからざる面持ちで眺めていた。フランクリンが一七八四年、娘のサラ・ベーチ(Sarah Franklin Bache, 1743-1818)に送った手紙によると、白頭鷲(Bald Eagle)は、自身で餌を捕獲せず、他の鳥が仕留めた魚を盗み取る狡猾で不誠実な行為ゆえ、かつ雀ほどの小さなヒヨクドリ(King Birds)にも撃退されてしまう臆病な性質ゆえ、実直かつ勇壮を旨とする新国家のシンボルとしてふさわしくないと考え、その意匠を採択した議会を批判したと言う。なるほど、独立を果たした植民地は「喧しく攻めたてる英国王の軍隊(“King Bird”)」を退けたのだから、王鳥に蹴散らされる不甲斐ない禿鷲を国璽とするのに抵抗があったのも当然かも知れない。[3] しかもこの意匠が、独立革命時にワシントン将軍につき従った将校たちによる貴族的組織にして、その会員資格を長子継承とすると定めた「シンシナティ協会」（Society of the Cincinnati）の象徴として使用され、独立宣言や共和制の理念と明らかに反する封建的かつ排他的な世襲制組織と白頭鷲とが結びついたのだから（Olsen 117-130）、フランクリンの嫌悪感がさらに高まったとしても不思議はない。[4]

白頭鷲およびローマの名将キンキナトス（Lucius Quinctius Cincinnatus）になぞらえられた初代大統領に関するこうした矛盾とフランクリンとの関連を分析するレスター・オルセン（Lester Olsen）の指摘は、共和国アメリカの二面性を示す例として極めて興味深いが、他者の占有物を横取りする狡猾さに関して言うならば、結果的にアメリカは、皮肉にもふさわしい鳥を国璽と定めたと言えるのかもしれない。旧世界の支配と隷属を断ち切ったはずのアメリカが、共和制発足後にも、奴隷制を温存させつづけ、その帝国主義的領土拡大という「明白な運命」が、先住民の叡智を搾取したのち、彼らを駆逐・殲滅する暴力を正当化したのは周知なのだから。

だが、ここで考えるべきは、こうしたアメリカの矛盾よりもむしろ以下の点であろう。そもそも植民地は、独立に際して、どのようにしてヨーロッパとは異なる新世界を構築しようとし、そのための自己アイデンティティを何に求め、それをいかに表象していったのか、そしてそれが国璽デザインにどのように反映されていったのか。確かにフランクリンは、白頭鷲に旧世界の封建と略奪の暗示を読み取ったのかもしれないが、反面、国璽のシンボリズムには、彼が賛辞したイロコイ連合の和合と崇高さも確実に込められていたはずだ。建国時のアメリカには、旧世界との分かち難い絆を熟知しつつも、それとはまた別のアメリカの固有性を前景化せねばならない必要性が、確実にあったのだ。ならば、まずは植民地と先住民との相関がどのように白頭鷲へとつながるのかを確認しておくべきだろう。

国璽として定められて以来、白頭鷲は国家そのもの、およびアメリカ精神を表象する証となったが、アメリカそのものを形象化し、擬人化する例は、国璽選定よりもずっと前から存在していた。新大陸発見以降、ヨーロッパの画家たちが新世界を描く際には、必ずや半裸の先住民女性を用いていたのである。ヤン・ファン・デル・ストラートの有

【図版 4】（左） *Personification of America*, copy by Adrien Collaert, II of an engraving by Martin de Vos, (ca. 1590)
【図版 5】（右） *America*, engraved frontispiece taken from Ferdinando Gorges's *America Painted to the Life* (1659)

名な『眠れる「アメリカ」を覚醒するヴェスプッチ』（*America*, ca. 1575）は言うまでもなく、それ以外にも、たとえば、マーティン・ド・ボス作品を模したエイドリアン・コラート二世（Adrien Collaert, II）の『アメリカ擬人図』（*Personification of America* ca.1590）は、アルマジロ（あるいは鰐？）の背にのる勇猛なアマゾンが、多種多様な新種の動植物を背景に、ヨーロッパ軍隊と戦い、狩猟をする先住民の野卑な様子とともに描き込まれている【図版４】。また、一六五九年のフェルディナンド・ジョージ（Ferdinando George）の書物『実物のアメリカ描写』（*America Painted to Life: The History of Spaniards Proceedings in America, their Conquests of the Indians, and of their Civil Wars among themselves*）の扉頁に掲げられた『アメリカ』は鳥羽の頭飾りとスカートをつけ弓矢と人足と思しき肉塊（トマホークにも似て見える？）を持つインディアン女性として描かれている【図版５】。これらのアメリカの擬人画は、ヨーロッパの特徴を併せ持つと同時に、新大陸が先住民女性と等号でつながれて認識されていたさまを一目瞭然で示している（Issacson 1-3）。

独立革命期前夜の植民地が、イギリスからの分離を睨み、ヨーロッパの伝統とは一線を画すネイティヴ・アメリカンに自国の姿を重ねたのは、モホーク族に扮装して襲撃したボストン茶会事件からも窺える。イギリス商船に乗り込んだ愛国派が、わざわざ先住民に扮したのは、決して偶然からでも悪戯からでもなく、「輸入もののお茶がイギリスの圧制と重税を象徴するのに対し、インディアンのイメージはその反対のものを象徴していた。すなわちインディアンは、台頭しつつあるアメリカ人としてのアイデンティティを表す〝商標〟であり、ボストンのみならず大西洋沿岸の諸都市を含む新しい土地での自由を意味する革命的シンボルだった」からで

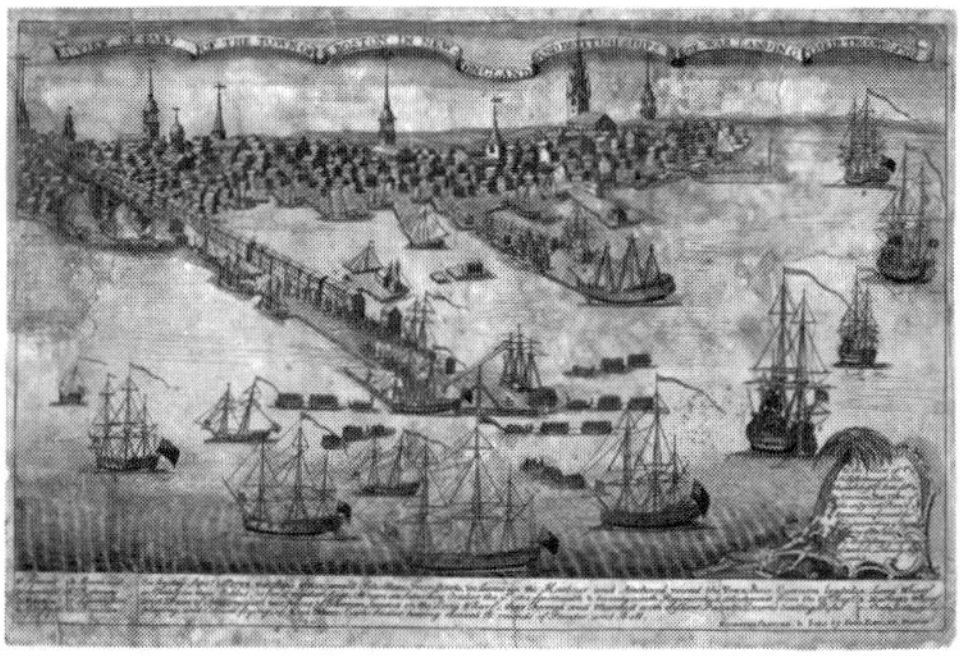

【図版 6】（上）Paul Revere's engraving, *A View of Part of the Town of Boston in New-England and British ships of War Landing Their Troops! 1768* (1770)。
上右は画面右下部分の拡大図。
【図版 7】（左）Paul Revere, *The Able Doctor, or America Swallowing the Bitter Draught* (1774)

ある（Grinde Jr. & Johansen 121）。ドナルド・A・グリンデとブルース・E・ヨハンセンは、この時期、先住民、特にネイティヴ・アメリカン女性が、革命の歌、スローガン、版画などに頻出し、愛国と自由のシンボルとなったと報告する。

数多の具体例のなかからいくつかを挙げてみよう。「真夜中の早駆け」（midnight run）で名を馳せたポール・リヴィア（Paul Revere）による一七七〇年の銅版画『ボストン港から臨むイギリス海軍の上陸図』（*A View of Part of the Town of Boston in New-England and British Ships of War Landing Their Troops! 1768*）は、その題名の通りボストン港に停泊する八艘のイギリス艦が、英国の威信を喧伝し植民地を懲戒するために入港する模様を示す風景画だが、絵画右下には、唐突にも、椰子の木の下に座し、ボストン大虐殺で有名になった第二九連隊のイギリス兵を踏みつけにするネイティヴ・アメリカン女性が挿入されている（Isaacson 4-5）**【図版6】**。リビアは、さらに一七七四年六月号の『ロイヤル・アメリカン・マガジン』（*Royal American Magazine*）に『名医、あるいは苦い飲み物を喉に流し込まれるアメリカ』（*The Able Doctor, or America*

【図版 8】（左）Anonymous, *The Female Combatants* (1776)
【図版 9】（中）Massachusetts Copper Cent of 1787
【図版 10】（右）Playing card by Coughtry &Dougherty, New York (1824)

Swallowing the Bitter Draught）と題する銅版画を掲載し、英国貴族院議員に身体を押さえつけられ、紅茶を無理に飲まされる半裸の先住民女性を描き、英国の横暴とそれを見守るヨーロッパ諸国の日和見主義を揶揄した（Grinde Jr. & Johansen 125-28）【図版7】。また作者不明の銅版画『女闘士たち』（*The Female Combatants* 1776）では、「必ずお前を服従させてやる、ふしだらな叛逆娘め」と言うイギリス貴族女性に対し、「私の命がある限り、自由、永遠の自由だわ、お母さん」とネイティヴ・アメリカン娘が答えている（Grinde Jr. & Johansen 133-34）【図版8】。ポンパドールに結い上げた髪に豪奢に着飾った英国貴族に対し、アメリカを表象するのは、鳥羽の頭飾りに腰蓑という『実物のアメリカ描写』に登場するのと同じ姿の先住民女性である。だが、「自由」が「服従」を凌駕するのは、娘が母の頬を実際に抓っているのに対して、母の拳が娘に届いていないのを見れば明らかだ。

　このようにアメリカの表象として使用されたネイティヴ・アメリカンが、のちに国璽となる白頭鷲と直接的かつ形象上の関係を結ぶ最も分かりやすい実例は、一七八七年のマサチューセッツ州銅貨においてであろう。[5] 硬貨の表面には、鳥羽を頭につけ、両手に弓矢を持ち、モカシンを履くネイティヴ・アメリカンの姿が、裏面には、国璽と同様の白頭鷲が刻まれている（Isaacson 8）【図版9】。ちなみにマサチューセッツ州は、ポール・リビアに州章の意匠を依頼し、一八九八年に採用したが、その紋章とは、「シャツ（とモカシン）を着用したインディアンが、威儀正しくベルトをつけ、右手には弓、左手には先を地面に向けた矢を一本持つ。……インディアンの頭の右側には、アメリカ合衆国を表す星が一つ。……

紋章のぐるりにはラテン語で『マサチューセッツ共和国』」を配すものであり、一八七八年の硬貨表面とほぼ同じ図象であった（qtd. in Grinde Jr. & Johansen 133）。グリンデとヨハンセンは、これを「アメリカ先住民の文明とヨーロッパの文明の融合を示す例」（133）とみなしている。アメリカ的アイデンティティの極致としてのネイティヴ・アメリカンと白頭鷲の結合の具体例は、一八二四年のトランプのデザインにも見て取れる。ここでのネイティヴ・アメリカン女性は、定番の鳥羽の頭飾りをつけ、右手にアメリカ国旗をつけたリバティー・ポールを掲げ持ち、翼を広げた白頭鷲の背に乗っている。オリーブの枝と矢を掴む鷲の下には、十三の星と縦帯紋（ストライプ）を付した盾が配され（Isaacson 5）、さしずめネイティヴ・アメリカン版自由の女神といったところである【図版10】。

これらの複数の事例から明らかなのは、植民地が旧世界とは異なる新たな国家成立を図るときに、ネイティヴ・アメリカンの形象を意図的に採択し、この新国家と先住民の同化が白頭鷲のシンボリズムと実質的に結びついていった経緯である。だが、国璽のデザインには、はじめから白頭鷲が提案されていたわけではなく、当初は、むしろ極めて伝統的なヨーロッパ式の意匠が候補となっていた。では国璽の白頭鷲はどのように現在の意匠として確定したのだろうか。以下のセクションでは採択の経緯とともに、ネイティヴ・アメリカン文化において、鷲はいかなる意味を持ち、どのように表象されてきたのかを探る。

2. 国璽制定とイロコイのシンボリズム

先住民を体制転覆の象徴的記号とした植民地は、一七七六年七月四日、独立を世に知らしめる。そして独立宣言が採択された同日、大陸会議はもう一つ、重要な決議をする。それは「フランクリン博士、J・アダムス氏およびジェファソン氏を委員とし、アメリカ合衆国国璽のための意匠を提示する」委員会の発足であった。以降、銘の決定は紆余曲折を重ね、足掛け六年にわたり一四名が携わる長き論議ののち、一七八二年六月二〇日、現在の国璽デザインと

【図版11】シミティエールによる国璽表面デザイン素描（1776）

なった。この間、委員会は複数回、組織され直し、第三次委員会が提示した図案の一部に小さく描かれた白頭鷲が、大きく中心に据えられるようになる。この最終決定されたデザインこそが、先住民の叡智を内包する図像として、こんにちわれわれが知る刻印となるのである。ちなみに、国璽には裏と表があり、現在のそれは、白頭鷲が表面、一ドル札裏に描かれた建設途上のピラミッドと三角形のなかの神の目の意匠が裏面である。国璽制定のための各委員会は、毎回、表裏両面の図版を考案・提出してきたのである。

独立宣言署名者で構成された第一委員会は、デザイン考案に際して、アンティル諸島のフランス人ピエール・ウジェーヌ・デュ・シミティエール（Pierre Eugene du Simitiere）を相談役として迎える。シミティエールが提案した素描を見ると、中央に配された大枠の盾内に中小複数の盾が幾重にも入り込む入子構造によって、アメリカとヨーロッパとの新旧と歴史的つながりが示されている。新生アメリカ人の元々の出自を示すシンボルであるところのイングランドの薔薇、スコットランドの薊、アイルランドの竪、フランスの百合、ドイツの鷲、オランダのライオンが中盾の枠内に描かれ、それを一三州の略名を記した小盾が取り囲んでいるのである。またヨーロッパ中世末期に発展した「支えられ飾られた盾」の紋章に倣い、盾の右側には自由の女神が、左側には、銃とトマホークを持つアメリカ戦士が配置され、盾の上部には、三角形の中央に、こんにちの国璽裏面にあるのと同様の神の目が描かれている。注目すべきは盾の下に、アメリカの標語「多の一」（“E Pluribus Unum”）が既に登場している点であろう【図版11】。但し、第一次委員会が実際に議会に提出した表面デザインは、シミティエールの素案とは若干異なる。中央盾内に入っていた各州を表す小盾は、国璽の丸枠に沿うように、図案全体を取り巻くように外側に配置され直した。また中央盾左側の兵士は取り除かれ、その代わりに、剣と天禀を持つ「正義の女神」に代わった。第一次委員会のデザインのうち、現在の国璽に採択されているのは、盾、神の目、「多の一」の標語、一七七六年の年号である（Patterson & Dougall 21-

【図版12】第１委員会が議会に提出した最終案デザイン（表面・裏面）（1776）

22）。またフランクリンが提案した裏面デザインは、出エジプト記をモチーフとし紅海を割って民を導くモーゼの姿が描かれる。図版を取り囲む文字「抑圧者への叛逆は神への従順」（“Rebellion to Tyrants is Obedience to God”）に鑑みれば、これがアメリカ独立革命を賞揚する意図で提示されたのは間違いない【図版12】。

　アメリカの独立を強く意識しながらもヨーロッパとの繋がりが前景化された第一次委員会の図版は一七七六年八月二〇日に議会に提出されたものの、その案は受け入れられず、ジェイムズ・ラヴェル（James Lovell）を委員長とし、ジョン・モーリン・スコット（John Mortin Scott）、ウィリアム・チャーチル・ハーストン（William Churchill Houston）による第二次委員会にその任を譲る。第二委員会が提出した図版は、アメリカ国旗とニュー・ジャージー州璽をデザインしたフランシス・ホプキンソン（Francis Hopkinson）に相談役を依頼するのだが、最終的に第二委員会が一七八〇年五月一〇日に提出した国璽案は、ある意味、第一次よりも更にヨーロッパ的な意匠となっている。国璽表面に関しては、第一次委員会のそれとは、大きな変化はない。ただし、各州略語の小盾はすべて取り除かれ、中央の盾の内部は、ヨーロッパとの繋がりを暗示する形象文様ではなく、斜め帯紋となる。中央の盾を支えるのは、中世騎士風の甲冑を着けた兵士（右側）と女神（左側）である。当初ホプキンソンは、半裸に弓矢を持つネイティヴ・アメリカンを描いていたのだが、委員会の議会提示図案時には、それがヨーロッパ中世の騎士に変更され、明らかに旧世界的様相を呈するようになったのである。また国璽裏面のデザインは、フランクリン案から抜本的に変えられ、リバティー・ポールを持ち座る自由の女神となった。その線の細さは、力強く独立を勝ち取った新世界を示すというより、むしろヨーロッパと繋がる貴族女性の印象を強く残す。第二委員会が考案した表面中央の盾内の一三本のストライプと色、盾の上部の雲に取り囲まれた一三の星や平和の女神が持つオリーブの枝など

【図版13】チャールズ・トムソンによる国璽表面デザイン素描（1782）

は、現在の国璽に取り入れられたものの、結果的にこの提示案もまた却下されることになった。

第三次委員会は、エドワード・ルートリッジ（Edward Rutledge）、アーサー・ミドルトン（Arthur Middleton）、イライアス・ボウディノット（Elias Boudinot）によって一七八二年五月四日に組織され、ウィリアム・バートン（William Barton）が相談役として図案を考案した。議会に提出された国璽表面のデザインは、中央の盾を美徳の女神（右側）と武徳の植民地軍兵士（左側）が支える図案であり、基本的には、第一次、第二次の構図を踏襲しているのだが、バートンの最大の功績は、中央盾の頂飾としてアメリカ国旗と剣を掴む、羽を広げた白頭鷲を登場させたことであろう。ただし頂飾の白頭鷲は、全体の構図のなかで端役的アイテムに過ぎず、多くの象徴の一要素として提示されているのみである。だがその直後の一七八二年六月一三日に、第三次委員会に送り込まれた議会書記官のチャールズ・トムソン（Charles Thomson）により、白頭鷲は端役ではなく、中心的存在として大きく描かれるように提案される。このとき、トムソンは、両羽を広げ、オリーブの枝と矢を掴み持ち、第一次委員会提案の「多の一」の標語の帯を嘴にくわえる白頭鷲の素描を残している【図版13】。トムソンによるこの図案に、相談役のバートンが若干、修正を施した最終意匠は、一七八二年六月二〇日に議会を通過した。こうしてバートン、トムソン二人の共作により、こんにちの国璽の基本図案が決定されたのである。国璽最終案の細部を見るならば、これが、第一次から第三次に至るまでの間に提示された各委員会図案の一部を巧みに取り込み統合して成り立っているのは明らかであり、その意味において、国璽の図像そのものが「多の一」のモットーを文字通り体現していると言っても良いだろう。なお、国璽裏面のデザインには、バートンが第三次委員会で提案した建設中のピラミッドと神の目の図案がそのまま採用され、こんにちも一ドル紙幣裏面に印刷されつづけている。

白頭鷲を中心に据えて描く図案を提案した、いわばアメリカ国璽の「生みの親」チャールズ・トムソンは、植民地時代から独立後に至るまで一五年の長きにわたり（大陸）議会の書記を務め、議長であるジョン・ハンコック（John Hancock）を除けば、各植民地の代表者でないにもかかわらず、独立宣言文に署名した唯一の人物である。ゆえに、その政治的実務の才は容易に推測できる。また彼は、国璽制定後、連合規約下で成された最大の成果である北西部領地条例（Northwest Ordinance of 1787）の主な起草者と目されており（Grinde Jr. & Johansen 194）、憲法制定会議の書記も務め上げ、その誠実さや知性、公正さや博識は、高く評価されたと言われている。恐らくトムソンは、先住民との関係、およびアメリカが領土を拡大し成長するさまを幻視した上で、実質的な国家体制モデルの構築と運営に貢献した建国の父の一人であるのだろう。だが、トムソンに関して、こうした実務レベルの偉業とともに興味深いのは、その公明正大で実直誠実な性質ゆえ、先住民と植民地との間に取り交わされた一七五八年のイーストン条約（the Treaty of Easton or the Easton Treaty）の際、その議事進行を記録するよう先住民より直々に指名され、一年後には、デラウェア族（別名レナペ族）の一員として認められるべく養子縁組がなされ、「真実を語る男」を意味する部族名を与えられたという、興味深い来歴である（Patterson & Dougal 71, Hieronimus 157; Grinde Jr. & Johansen 194, 247）。つまりアメリカ国璽の考案には、植民地が独立を具体的に考え始めるおよそ二〇年も前に、先住民と養子縁組していた人物が深く関係していたことになる。

【図版 14】ヨアヒム・カメラリウスの紋章図鑑（1597）に収録されているデザイン

　白頭鷲図案は、いわば各委員会の叡智を集結した上でトムソンが考案したわけであるが、白頭鷲を意匠とする事例そのものは、古代ギリシャ、ローマ、エジプトの神話にも、ヨーロッパ各国の通貨にも、また紋章図鑑にも数多の例が確認されている。しかも採択された国璽に極めて近似のそれが、バイエルンはニュルンベルグの医師兼、植物学者ヨアヒム・カメラリウス（Joachim Camerarius）による紋章図鑑（一五九七）のなかに、トムソン案の二世紀以上も前に既に紹介されている【図版14】。実際、第一次委員会メンバーのフランクリンが一七〇二年版の同書を所有していたことから、フランクリンと親しかったトムソンが、この紋章図鑑の白頭鷲を参照したと考えるむきも多い。カメラリウスの紋章図鑑の例があまりにもそっくりであるため、国璽決定に際しては、カメラリウスを踏襲したのだと考えるのも、なるほど極めて自然であるのかもしれない（Patterson & Dougal 95-102, Hieronimus 166-67）。

しかしながら、そもそも植民地アメリカが、新たな国家としてのアイデンティティを模索するに当たって、一方では、ヨーロッパ旧世界との関係を完全に断ち切れないまま、だが他方で先住民との強い繋がりを前景化して独立を果たしたのならば、国璽決定に際してもまた同じプロセスを経たのだと考えるのが妥当であろう。長らく書記を務め議会での議事を正確に記録しつづけたトムソンは、フランクリンをはじめ、アダムスやジェファソンがどれほどイロコイ合議制の利点に傾倒していたか、誰よりも良く知っていたはずである。憲法批准期間中にイロコイ連合について「ガリア時代のローマ人に比せられる」（Grinde Jr. & Johansen 246-48）と評したトムソンの言からも、先住民と古代ローマ人とを等価とみなしていたことが分かる。トムソンは、ヨーロッパの紋章学とともに、ネイティヴ・アメリカンにとっての白頭鷲の意義もまた理解していたに相違ない。デラウェア族の養子となった彼は、その優れた実務的バランス感覚によって、国璽製作に際しても、ヨーロッパの伝統と先住民の精神性を接合し、アメリカの意匠へと描き直したのである。

元来ネイティヴ・アメリカンにとって白頭鷲（およびイヌワシ）は、率直、真実、壮麗、強靭、勇気、叡智、権力、自由を象徴する崇高なる鳥であった。先住民の伝統によると、神はこの世を創造なさる折に、鷲を空の主として選んだという。創造主に近き空の高みにまで舞い上がり、他のどの鳥よりも広い俯瞰を得られる鷲は、創造主の使いであるとされ、こんにちでも神聖な鳥と考えられているのだ（"Eagle Symbol"; "Native American Eagle Mythology"）。アメリカの連邦制、憲法制定時に、建国の祖父たちがイロコイ連合の合議制を研究し、参照した事実は、既にヨハンセンとグリンデの研究に詳しいが、興味深いことに、イロコイ連合——モホーク、カユーガ、オノンダーガ、セネカ、オナイダの五部族から成り、のちにタスカロラ族が加わり六部族連合となった——が、部族間抗争を廃し、合議による和平体制実現のための象徴と考え国章とした「大いなる平和の木」(The Great Tree of Peace)の頂には、羽を広げた白頭鷲が必ず描かれている。この先住民による共和制組織は、抑制と均衡、大衆による討論、合意に基づく和平、同胞愛を強調し、構成員全員の自然権保護と資源の共有を図るために作り上げた「平和の大いなる法」は、常緑樹ホワイトパインの巨木によって象徴される。松の木は、自然と和平のための法則枠内で生きる人間同士の関係を示しており、その大きく張った枝は人々を庇護し、四方に広く伸びた根は、人種や部族の差異を超えて、この木の下に集まるよう人々を誘う。そしてその上に座する鷲は、和平を乱す敵に目配りし、かつ権力濫用を監視する、いわば見張り番の役割を果たしているのである(Hieronimus 158-61, Grinde Jr. & Johansen 22-27)。

トムソンが参照した可能性が高いとされているカメラリウスの紋章図鑑における白頭鷲が掴むオリーブの枝と矢束は、それぞれ平和と戦いを象徴しているが(Patterson & Dougal 99)、ネイティヴ・アメリカンにとっての矢束は、戦争ではなくむしろ団結と和合の意味を持つ。もちろん、協同結束の含意は、我が国にも毛利元就の三本の矢の教訓があるし、同様の概念が旧約聖書の三つ撚りの糸(伝道者の書四章)にも示されているから、和合の象徴としての矢束は、先住民にのみ見られる特質なのではない。しかし先述の通り、植民地人は独立に際し、敢えて自らを先住民になぞらえて提示したのだから、その意図は明白であるはずだ。アメリカは、鷲の頭をオリーブ側に向けることで戦いよりも和平への願いを示しつつ、同時に一三本の矢に見立てた州の和合のために、先住民の教訓をも取り入れ、矢束の意味をいわば二重に利用したのである。「大いなる平和の木」の頂で鷲が掴む五本の矢が、イロコイ五連邦の力と統一の象徴であったのならば(Grinde Jr. & Johansen xxi)、アメリカは、植民地の出自にふさわしく矢の数を一三に変更させることで、旧世界の専制を回避しながらも、広大な面積と多数の邦を民主的に統治する連邦制の政治機構を構築する術を大衆に示すことに成功したのだ。

先住民による矢束の寓話は、死期が迫った父親が、一本一本は簡単に折れる細い矢を用いて、それらをまとめたときには強靭な力となる団結と和合の教訓を息子らに説いたものである。国璽制定後に行なわれた憲法制定会議時には、この逸話がフィラデルフィアの新聞、雑誌に繰り返し取り上げられたため、先住民の教えはアメリカ大衆にも広く知られるようになった（Grinde Jr. & Johansen 192, 206）。既にフレンチ・アンド・インディアン戦争の頃より、フランクリンの双頭の蛇や、分断された蛇の挿絵に親しんでいたアメリカ人にとって、ネイティヴ・アメリカンの矢束の喩えは、限りなく自然に受け入れられたに違いない。一七八七年八月、この逸話を紹介した雑誌は、読者に以下のように呼びかけている。「コロンブスの一族よ、……いまこそ、この教えに学ぶ時ではあるまいか?……議員諸君、団結か死かである」（Grinde Jr. & Johansen 207）。

さらに共和国アメリカが、政治体制のみならず、国璽制定においてもヨーロッパおよび先住民文化の混成主体国家として成立しているのだと示すために、いまひとつ別の例を紹介しておきたい。トムソンは、国璽の図案を議会に提出する際に、鷲が支える盾のデザインの意味について、以下のような説明を付した。「[白頭鷲の胸部分の] 紋章盾は、盾上部（the chief）の横縞紋と縦縞（pale）紋によって構成されており、この二つの紋は、盾に用いられる最も高貴なるかたちである。異なる二色の同幅の縦帯（paly）部分は、幾つかの州が堅く一つに結合しながら盾上部（a Chief）を支えており、盾上部の横縞紋は、全体を統合する議会を表現している。[鷲がくわえる] 標語は、こうした和合を暗示している。つまり縦帯紋（the pales in the arms）は、盾上部（the Chief）によって堅く結びついており、また盾上部も、縦帯紋の強き結合によって支えられている。これらはアメリカ合衆国連合と議会を通じた和合の保持を示しているのである。」（アメリカ国務省公務局 5）（The Escutcheon is composed of the chief [upper part of shield] & pale [perpendicular band], the two most honorable ordinaries [figures of heraldry]. The pieces, paly [alternating pales], represent the several states all joined in one solid compact entire, supporting a Chief, which unites the whole & represents Congress. The Motto alludes to this union. The pales in the arms are dept closely united by the Chief and the Chief depends on that union& strength resulting from it for its support, to denote the Confederate of the United States of America & the preservation of the union through Congress.）このトムソンの説明が、まさしく合衆国連邦制を表しているのは言うまでもない。だが、盾文様を表すこれらの語が、ネイティヴ・アメリカンとの関係性のなかで使用されたときには、別の読みも可能になる。先住民の首長（sagamore, sachem）は、最も一般的に chief と表現され、一方、先住民が白人を往々にして pale, paler と呼ぶ慣習に鑑みれば、白頭鷲は、比喩形象としても、また字義的文書としても、ネイティヴ・アメリカンとヨーロッパ系アメリカ人とが、協合して――しかしあろうことかのちには、前者が後者の武力行使をうけて――成立した国家の意匠なのだと幾重にも強調されていることになるだろう。

国璽決定に大きな影響を与えたトムソンは、クエイカーの教育を受け、ネイティヴ・アメリカンから土地を奪いとる横暴な手法を嫌ったといわれる。ところが皮肉にも、彼が作成に関与した北西部領地条例が、その後、領土拡大と州昇格に伴う人種問題を前景化させていったのもまた事実である。実際、アメリカは、ほどなくルイジアナ地域を入手し、かの地を治めるべく「発見の軍隊」（Crops of Discovery）という名の探検隊を派遣したジェファソンは、新国家のアイデンティティを求め、政体の手本としたはずの先住民およびその文化を征服凌駕する政策を引き継ぎ、貫くことになる。こうした矛盾を映し取るかのように、その折にも白頭鷲が象徴的に使用されたのである。

３．インディアン・ピース・メダルとルイス＝クラーク踏査隊

建国以来、アメリカの先住民政策において、インディアン・ピース・メダルが果たした役割は計り知れない。インディアン・ピース・メダルとは、主として時の元首の肖像や紋章や象徴的な図像を刻んだ大小さまざまの大きさの銀製、または銅製メダルの総称で、部族および部族連合の交渉や条約締結時、また先住民要人が合衆国首都を訪れた折や、アメリカ政府代表が先住民居住地域を訪れた折に、友好と忠誠の証として首長や戦士らに贈られた。その起源は、ジェファソンが「太古の昔からの慣習」と言うほどに古く、合衆国以前に、フランス、スペイン、イギリスによって

既に導入、実施されていた（Prucha xiii）。ヨーロッパ列強がこうした習慣を確立していたということは、新大陸覇権をめぐって、ネイティヴ・アメリカンとの友好的な関係の構築――換言すれば、彼らを「友好」という名目で懐柔し、支配下に治める政策――が必須であったことを物語る。一方、先住民側は、このメダルを名誉・名声の証として重視し、死に際しては、ともに埋葬し、あるいは代々子孫に引き継いでいくほど、極めて高い価値を置いていた。(6) ヨーロッパおよびアメリカの覇権を示すメダルを、先住民側が好んで求めたというのも皮肉な話であるが、メダルを贈られた先住民の首長や戦士が、誇らしげにそれを首に掲げ像画や写真に納まるさまが、こんにちでも多数残っている【図版15】。

もちろん、メダルそのものには何ら法的効力はなく、単に外交的かつ補足的なものでしかなかった。しかしその意義と効果を当初から熟知していたワシントンの陸軍長官ヘンリー・ノックス（Henry Knox, Secretary of War）は、これで親イギリスである先住民をアメリカ側につけられるなら鋳造の費用など安いものと、一七八七年、アメリカの国璽を刻んだ銀製メダルの製作を、早々に初代大統領に進言している（Prucha 3）。アメリカ造幣局設立以前より生産されたピース・メダルは、以降、一九世紀を通じて数多作られて先住民に贈られ、ルイス＝クラーク探検による太平洋までの陸路探索に際し辺境の部族との交渉が必須であると改めて証明された後には、ピース・メダル配布に関する一応のガイドラインも作られた。ルイス・カス（Louis Cass）とウィリアム・クラークによる五項目から成る「政府のためのインディアン局規定」（一八二九）によると、メダルは部族のなかで影響力を持つ者にのみ贈り、その際に、儀礼的行為を印象づけるために適切な演説を行なって配布すること、またどの大きさのメダルを、部族のどの地位にある者に贈るべきか等が定められている。なかでも注目すべきは、首長が既に他国のメダルを持っている場合には、それを放棄させアメリカのメダルと取り替えさせるというくだりである（Prucha xiii）。つまりインディアン・ピース・メダルとは、先住民がメダルに対して持つ名誉観

【図版15】セネカ族首長レッド・ジャケット。1792年製のワシントン・ピース・メダルを身につけている。

【図版16】（左）〔表・裏〕George Washington medal (1789)
【図版17】（右）〔表・裏〕George Washington medal (1792)

を利用しつつ、「友好・和平」という糖衣錠により彼らを支配するとともに、ヨーロッパ列強との北米大陸の領土獲得戦線の前哨としての役割をも果たしていたのである。

こうした重要な意義を有する初期ピース・メダル、すなわちジョージ・ワシントン・ピース・メダルとトマス・ジェファソン・ピース・メダルには、興味深いことに、白頭鷲が刻まれている。最初のジョージ・ワシントン・メダルは、一七八九年の大統領就任の年に鋳造された。楕円形メダルの表面には、鳥羽の頭飾りの先住民がトマホークを棄て、アメリカを表象する女神ミネルヴァからピース・パイプを手渡されるさまが粗野な彫りにより示されている【図版16】。その後、比較的精巧な彫塑となった一七九二年のメダルにおいては、甲冑のミネルヴァが軍服のワシントンに取って代わり、友好の手を結ぶ二人の背景には、あたかも先住民の野卑なる狩猟慣習と対比させるかのように、アメリカ文明を示す農耕の模様が描かれた（Lubbers 83）【図版17】。これらの二種のワシントン・メダルとも、裏面には、国璽の白頭鷲が刻まれている。興味深いのは、双方ともメダルの表面図案に描かれている先住民がトマホークを棄て友好を示しているのに対して、女神であれ将軍であれ、合衆国を示す側は、腰にサーベルを下げたままとなっている点である。もっとも、ミネルヴァもワシントンも武勇と直結しているのだから、これ以上の作為は他にないのだが、一方には武器の放棄を強いておきながら、もう一方が武力を保持しているということは、先住民をアメリカのイデオロギーのなかに同化してしまおうという意図の現れに他ならない。

ワシントン・ピース・メダルの白頭鷲が、とくに際立って強調されたのは、アンソニー・ウェイン将軍（General Anthony Wayne）が、一七九四年インディアン部族連合との抗争に勝利し、その後一七九五年にインディアンとのグリーンヴィル条約（Treaty of Greenville）締結を記念して、数日後、メダル贈与とともに行なった演説においてであろう。ウェインは、先住民に対して、アメリカへの忠誠を、以下のように説く。「ここに集いしすべての部族の者たちよ、聞くが良い。私はあなた方に兄弟として話をしよう。私は大統領とアメリカ一五大国家の名の下に、あなた方をすべて、その子供として受け入れよう。私はあなた方にメダルを授ける名誉を与えられたが、これは、アメリカ一五大国の父でありあなた方の父である大統領が手ずから与えているのだと考えて頂きたい。アメリカ合衆国があなた方とあなた方のすべての部族に平和を与え、あなた方を白頭鷲の翼の庇護の下に受け入れた今日という日を記念して、これらのメダルを、あなた方の子供のまたその子供にまで引き継いでいって頂きたい。」ちなみに、この折に贈られたメダルは、両面にまったく同じデザイン――白頭鷲と条約名および日付（TREATY OF GREENVILLE 3rd August 1795）――が刻まれたワシントンのインディアン特殊メダルであった（Prucha 9, 88）。こうして本来先住民の叡智の表象であったはずの白頭鷲は、皮肉にも彼らを抑圧・支配する国家権力の象徴へと変化し、しかもその教えを子孫へと引き継ぐよう推奨されたのである。

ジェファソンのインディアン・ピース・メダルは、大中小の三種の大きさで鋳造された円形のメダルである。このジェファソンのメダルは、一九世紀の前半の合衆国ピース・メダルの雛形となる。というのも、元首交代に伴い表面の肖像は変化するものの、先住民とアメリカ人との友好を図案化した裏面の基本デザインは、第一二代大統領のザッカリー・テイラー（Zachary Taylor）のメダルまで踏襲されていったからだ。メダルの表面には、伝統的ヨーロッパのピース・メダルのように、国家元首であるジェファソンの肖像とそれを取り囲むように「合衆国大統領ＴＨジェファソン一八〇一年」の文字が刻まれている。裏面にはトマホークとピース・パイプが交差して配置され、その

【図版18】ジェファソン・ピース・メダル裏面（1804）と白頭鷲が刻まれたアームバンド

下に、白人と先住民の二つの手が握手するデザインとなっている。将校の軍服袖の手はアメリカ政府を象徴し、銀製の腕飾り（リストバンド）をつけた手は、アメリカに忠誠と友好を誓うネイティヴ・アメリカンを表している。そしてこの先住民の腕飾りに、羽を広げた白頭鷲がくっきりと刻まれ、これらの図案の間に「平和と友情」（PEACE AND FRIENDSHIP）の文字が付されているのだ（Issacson 194, 20; Prucha 90-91）【図版18】。先住民との「平和と友好」が合衆国軍人の手によってもたらされる皮肉や、戦いを示すトマホークと平和を表すパイプの奇妙な交差もさることながら、ここに刻まれている白頭鷲つきの銀製腕飾りそのものが、ピース・メダルとともに先住民側に贈られる貢物であったことからすると、メタレベルで提示された鷲には、二重の意味でネイティヴ・アメリカンを支配せんとする合衆国側の意思が刷り込まれていると考えられるだろう。

このジェファソン・ピース・メダルは、ルイスとクラーク探検においても、その効果を遺憾なく発揮する。周知のとおり、ルイス＝クラーク探検隊とは、一八〇三年のルイジアナ購入に伴い、セントルイスからミズーリ川上流地域を経て太平洋岸に至るまでの陸上通商路と、周辺地域の地勢や先住民の生活、動植物の生態を調査する命を受けたメリウェザー・ルイス大尉（Meriwether Lewis）とウィリアム・クラーク大尉（William Clark 但し、このとき正式には少尉）が率いた約三〇名からなる「踏査隊」（“Crops of Discovery”）である。隊は軍隊の将校と兵士に加えて、クラークの奴隷のヨークや毛皮商人や通訳、先住民女性から構成されていた。彼らは一八〇四年五月一四日にセントルイスを出発し、約一八ヵ月をかけて太平洋に至った後に帰路につき、最終的には一八〇六年九月二三日にセントルイスに帰着する。この間約二年四ヵ月、ルイスが準備期間を始めた一八〇三年三月からの時間も含めれば、約三年三ヵ月間、一行は探検に従事したのである。[7]領土拡大の「明白な運命」を具現化した初期西部開拓部隊が、こんにちのミズーリ、カンザス、ネブラスカ、サウスダコタに及ぶ広大な未開の荒野探索とそこに居住する先住民について、どれほど貴重な情報をもたらしたかは、想像に難くない。だが一行が成した最大の成果は、陸路探索や博物学的学術貢献以上に、アメリカ政府代表として、先住民にルイジアナ購入に伴う利権譲渡の説明をし、アメリカ合衆国大統領が全先住民の新たな「偉大なる父」であると知らしめたことにあった。なぜならば、ミシシッピ川以西の同領土は、一七六二年以降はスペインの支配下に置かれ、一八〇〇年以降はフランスによって治められたため、同地の先住民首長たちのなかには、両国からのピース・メダルを受け取っていた者が多く存在したからである。

ルイスとクラークが探検を命ぜられた地域、ことにミズーリ川流域のインディアン部族は、既にヨーロッパ列強の「メダル外交」に精通していたので、彼らと友好関係を築くには新たにアメリカのインディアン・ピース・メダル配布が必須であると考えられた。そこでルイスとクラークは、ジェファソン・メダルやワシントン・シーズン・メダルなど、[8]大きさの異なるメダルを少なくとも実質四種、しかも大量に取り揃え、出会った部族の要人たち――大首長や首長、武勇の誉れ高き戦士ら――に、アメリカ国旗や探検隊が先住民部族と友好を結んだことを示す証明書（サーティフィカット）、また貝殻玉（ワムパム）、上着、腕飾り（アームバンド）、ハンカチなどとともに贈っている（Prucha 17-24）。前述のように、この類のピース・メダルは、これまで他国の官吏によっても贈られているものの、たとえば総督や高級官吏のみが贈与の権限を持つスペインが、限定された数しか配布できなかったのに比べ、この折の軍隊一行は、独自裁量による多量のメダルばら撒きが可能であり、またメダルと共に贈ったさまざまな貢物によりアメリカの豊かさを誇示したことが、探検隊の成功に繋がったとも考えられる。ネイティヴ・アメリカン側が、こうした気前の良い行為をいかに解釈したかはさておき、少なくともアメリカ側は、先住民がメダルを重視する慣習を巧みに利用し、儀式的演説で効果的演出をしつつ、アンソニー・ウェイン将軍の例と同様に、あらゆる部族は、白頭鷲の庇護の下に屈しなければならないのだと刷り込みつづけたことになる。

ルイスとクラークの探検隊が最初にメダルを贈ったのは、一八〇四年八月三日、一行の野営地カウンシル・ブラフス（Council Bluffs）においてであった。オットー族およびミズーリ族に対し、「子供たち」と呼びかけるルイスの語りは、彼らが以降出会うことになるネイティヴ・アメリカン部族への演説の原型となる。「子供たちよ。われわれはアメリカ十七大国家［当時アメリカ合衆国は十七の州で構成されていた］の偉大な支配者から認可され派遣されて来た。われわれはあなた方のみならず、ミズーリ川流域の赤色人《レッド・メン》［インディアン］のすべてに対し、アメリカ十七大国家の偉大な族長とあなた方の以前の父であるフランス人およびスペイン人との間で会談が持たれ、ミズーリ川およびミシシッピ川沿いに住むルイジアナの全白人は偉大な支配者の命令に従うと決められたことを伝えるために来たのである。偉大な支配者は彼らを自分の子供として受け入れた。……彼らは、もはやフランスやスペインに属する臣民ではなく、アメリカ十七大国家の市民となったのであり、あなた方の偉大なる父である大統領の命令に従わなければならない。」このあからさまな支配者論理を、ルイスはさらにつづける。「子供たちよ。知るが良い、この偉大な族長は、力強く公平を重んじ、賢明であり慈悲深く、アメリカの赤色人に対しては誠実であり友好的である。われわれ主要戦士に対し、この長い旅に出ることを命じた。多くの努力と費用を費やした後、われわれは、あなた方およびその他の赤色人とさまざまな問題について話し合い、幸福をかち得るために行くべき道を示すために、やって来た。われわれの偉大な族長は、あなた方がこの旗とメダルを受けるなら、あなた方は彼の友情の手を受けることになると伝えるようにわれわれに命じた。あなた方が悪い鳥の集まりで議せられることに耳を傾けることはせず、彼が族長を通じてあなた方と行う話し合いに応じるならば、その手は決して引かれることはない」（明石 60-61）。こうした儀式的演説の折には、偉大なる白人の族長の権威を示すために、ショットガンや大砲の砲火がなされたというが（Soldier 132）、軍人の手を刻んだメダルを、軍人一行が、武器の顕示とともに贈るさまは、「平和と友好」とは明らかに不似合いだ。

初代ワシントンから第二三代大統領ベンジャミン・ハリソン（Benjamin Harrison）に至るおよそ一世紀間のインディ

アン・ピース・メダルのデザインの変遷を分析したクラウス・ラバーズ（Klaus Lubbers）は、「平和と友好」の構築のために対等であるべき白人と先住民の関係が、初期のピース・メダルにおいては、左右対称の構図に体現されていたが、強制移住が進む頃には、対照関係が次第に崩れ、前者が後者を抑圧し、アメリカ文明に同化しえない先住民は滅びていく運命にある旨を示す意匠・構図にとって代わっていったと指摘する。同化か絶滅かの選択を突きつける暴力的意図は、先住民を表象する絵画や彫刻にも示され、そもそも「友好」とは支配・征服を正当化し、「明白な運命」遂行のための詭弁でしかなかったと主張する（Lubbers 79-94）。共存を意図したワシントンやジェファソンの時代から、強制移住と駆逐へ、さらに同化への先住民政策転換に従い、メダルの左右対称の構図および図案が変化していくというラバーズの指摘には、なるほど説得力がある。だが、白頭鷲を掲げるワシントンとジェファソンの初期メダルが、一見、先住民とアメリカ人との同等の関係を示すように見えたとしても、常にその意匠内外にアメリカの武力が暗示されていることに鑑みれば、共和政期アメリカが先住民との対等な関係を意図していたとは決して言いえまい。彼らが考えた「共存」の背後には、共栄があるのではなく、優劣と支配の概念こそがあったのだ。これらのピース・メダルが明示するのは、既に初期の段階から、平和の名の下に、先住民を服従させ、アメリカ政府の権力下に取り込むための手段として、白頭鷲の力が象徴的に発揮されていたという事実なのである。だとすると、先住民に数多配布された白頭鷲は、次には何を、誰を、その「翼の庇護の下に」加え入れ、従えるのか。白頭鷲のアメリカは、どのような支配と利用をバード・イメージによって継続させるのか。

4．サカガウィーアの利用価値

ルイスとクラークの探検隊は、その道程で出会った先住民部族にピース・メダル外交を展開したが、興味深いことに、先住民の口承では、このメダルが、探検隊に従事した隊内部の人物にも与えられたとの伝説が残っている。いかにももっともらしい、このような伝聞が報告されつづけるほどに探検隊の成功に大きく貢献したとされる人物の名は、サカガウィーア（Sacagawea）といい、探検隊のなかで唯一の女性であった。この先住民女性の名称は、ヒダーツァ族の言葉で「バード・ウーマン」を意味する。(9) こんにちアメリカ史上最も有名な伝説の先住民女性の一人であるサカガウィーアにジェファソンのピース・メダルが贈られたとの伝承が——その真偽のほどはさておき——残り、かつ現在、彼女自身の肖像が初代大統領と同価の一ドル硬貨に白頭鷲とともに刻まれ流通しているという偶然、初期アメリカの「バード・コネクション」とも言うべき関連は、いささか出来過ぎの感があるけれども、これがアメリカ国璽と先住民政策との関係性を示す一例であり、またピース・メダルが白人側の戦略のために相当に配布されていたことの一例を示すには相違なかろう。

クラークとエドモンドの研究によると、サカガウィーアの孫アンドリュー・バジル（Andrew Bazil）は、彼の父であり、サカガウィーアの息子であるバジル（Bazil; 姉の死によりサカガウィーアの養子とした甥）とその弟バプティスト（Jean Baptiste Charbonneau ＝探検隊に参加したサカガウィーアの実子）が、特別な機会には、銀のメダルを身につけていたのを覚えているという。また彼は、父バジルが「革袋のなかに注意深く折りたたまれた、とても貴重な紙」を持っており、それは「祖母が偉大なる白人の首長らから与えられた」ものだと教えられたと言っている。このメダルと書類に関しては、バジルの曾孫やショショーニの情報提供者らの複数の証言がある。たとえば、サカガウィーアは、「大いなる白人の将校ら」からもらった書類を「小さな革のケースに入れて常に携帯していたという。また「白人の首長がサカガウィーアに与えた美しいメダル」を、彼女は時折首から下げ、彼女の子供たちは、より頻繁に身につけていたとも報告されている。メダルは銀ドル貨程度の大きさで、金の縁取りがなされていたとの証言があり、またバジルの孫にあたるジェイムズ・マックアダムス（James McAdams）によると、その一面には、ジェファソンの胸像と名前が刻まれていたという（Clark and Edmonds 126-28）。

探検終了後のサカガウィーアがどのような一生を送ったのかについては、以下に示す通り、一八一二年に娘を出産したのちに、同年暮れに二〇代半ばで死亡したとする見解と、フランス人の夫シャルボノーのもとを離れ、一時アパッチ族の集落で暮らしたが、その後ショショーニ族の地に赴き、一八八四年まで生きたとする口承伝説とが残っている。その真偽は不明とはいえ、前者は歴史的資料による説であるのに対して、後者は、伝聞と口承による研究結果でしかない。サカガウィーアのその後の人生については、研究者や伝記作家らのなかでも見解は二分されているため、最終的な決着はついていないが、一般に、こんにちの歴史家の間では前者の説をとる傾向にあると言って良いだろう。しかしながら、もし仮に、先住民口承伝説に基づき後者の説をとるクラークとエドモンドに倣い、サカガウィーアが、ルイスとクラークからジェファソンのピース・メダルと友好証書を授けられたと考えるならば、奇しくもバード・ウーマンが白頭鷲を受け取ったことになる。もちろん、伝聞にどれほどの信憑性があるかは図りがたいので、サカガウィーアが本当にショショーニの集落で老齢まで生きたのか、また彼女が本当にピース・メダルを授けられたのかどうかについては、最終的には確固たる証拠はない（Summitt Ch.9）。だがここで重要なのは、その信憑性以上に、少なくともそのような伝聞が残るほどに、メダルと先住民とが分かちがたく結びついていたこと、すなわちアメリカによる先住民支配政策が、のちの時代の「ありそうな」口承伝説を成立させるほどに影響力を発揮していたという指標としての意義であろう。

さて、くだんのサカガウィーアだが、先達ポカホンタス（Pocahontas）に勝るとも劣らぬほど、アメリカの発展のために自己犠牲的貢献をした伝説の先住民女性の役割を与えられることとなる。彼女は、白頭鷲の権威を知らしめる軍隊一行に貢献したのみならず、没後も繰り返しアメリカの進歩・発展のイデオロギーを喧伝するために利他的な役割を強いられつづけたのである。ならば、われわれとしては、ルイス＝クラークの時代からいまに至るまで、彼女がいかに表象され、いかに利用されてきたのかを問うてみるべきだろう。

複数のバージョンが存在する彼女の伝記情報は、多分に伝説的であり、彼女の名前の綴りや意味、出身部族に関しても諸説あるものの、主にルイスとクラークおよび隊員の日誌に基づき構築されたサカガウィーアの一生は、概ね以下の通りである。まず生年と出自に関しては、一八〇四年にマンダン砦にてルイスとクラークに出会ったとき、およそ一六歳であったとの記録から、サカガウィーアは恐らくは一七八八年頃の生まれであると想定され、こんにちのアイダホ州テンドイ周辺に居住するショショーニ族（別名スネーク族）の集落に生まれたと考えられている。その後、およそ一二歳のときに、ヒダーツァ族（別名ミネタリー族）による捕囚にあい、彼らの居住地に連れて行かれる。同地にてヒダーツァ族、マンダン族に対して毛皮交易をしていたフランス系カナダ人の商人トゥーサン・シャルボノー（Toussaint Charbonneau）が賭けの対象として彼女を入手したため、彼の妻の一人となる。ルイス＝クラーク探検隊がミズーリ川をさかのぼりマンダン砦に到着したのは一八〇四年一〇月で、隊はここで越冬するのだが、このとき、シャルボノーは、先住民との通訳役として探検隊へ雇い入れられるように自ら働きかける。夫の探検隊参加に伴い、サカガウィーアの同行も決定される。このとき、彼女は身重であり、翌一八〇五年二月にジャン・バプティスト・シャルボノー（Jean-Baptiste Charbonneau）、通称ポンプ（Pomp）を出産。探検再開の四月には、生後二ヵ月の乳飲み子を背負い、過酷な道程に参加することになり、このさまがのちに北西部各地に設置される立像や貨幣に表象されることになる。サカガウィーアは、途中、熱病を乗り越え、幾多の自然の猛威にも極めて勇猛に耐え、食糧確保と隊の世話役として、時に通訳として、シャルボノー以上に有益に一行に貢献したという。ことに平原地帯から太平洋岸までのロッキー山脈越えの道程には、馬が必要であり、ショショーニ族出身の彼女の助力は、不可欠であった。事実、兄カメアウェイト(Cameahwait)首長率いるショショーニ族との再会の折には、彼女のお陰で探検隊は馬と案内人を確保できた。兄妹の再会も束の間、一行は更に進み、一八〇五年一一月に太平洋岸に到着。二度目の越冬の後、一八〇六年三月に岐路の旅につき、八月にマンダン砦に到着する。クラークはサカガウィーアの家族に、ともにセントルイスに来るように提案するが、それを断り、探検隊一行とここで別れる。探検隊一行が旅の始まりの場所セントルイスに帰還したのは一九〇六年九月二三日であった。その後のサカガウィーアがどのような人生を送ったのかは定かではない。彼女について現存する数少ない資料の記述によると、一八一二年に娘を出産した後、同年暮れに現在のノースダコタで腐

敗熱（"putrid fever"）のため二五歳にも満たずに夭折したとされている。(10)

　クラークは、一八〇五年一〇月一三日付け日誌に「通訳であるシャルボノーの妻がいることは、全インディアンにわれわれの平和的な意図を伝えるのに役立っているようだ。男性の集団の中にいる女性は平和の印である」と、また一〇月一九日付け日誌にも同様に「通訳のインディアンの妻を見ると彼ら［ワルラ族］は皆出て来た。彼女の姿から彼らは、われわれは平和的な意図しかもっていないことを確認した。この地域では女性は戦闘の部隊に随行することはない、と信じられている」と記載している（明石 150-151）。さらにルイスが一八〇六年八月二〇日付けのシャルボノーに宛てた手紙には、「われわれが認める以上に、その仕事に対し大きな報奨を与えられて当然である」（明石 220）としたためられた。だが、両者の日誌に、彼女の行動や交渉力がシャルボノーよりも数段有能であると度々記されるほど、サカガウィーアの存在は探検隊にとって重要であったにもかかわらず、彼女自身は、あくまでも夫につき従う先住民女性でしかなかった。昨今のサカガウィーアに対する注目度の高さから、あたかも彼女が通訳兼、案内役として「雇われ」、ルイスとクラークの先頭に立ち、積極的に隊を率いたかのように解釈される向きもあるが、実際には、彼女は正式契約によって通訳として雇い入れられた訳ではない。また彼女の幼少の頃の記憶が、一行の辿るべき道を選択する際に役に立ったとはいえ、彼女自身がそもそも「道案内（ガイド）」として依頼され探検隊に加わったわけでもない。ショショーニ族との交渉のために、ルイスとクラークが、実際にはシャルボノー以上にサカガウィーアを当てにしていたにせよ、正式には、彼女は副次的参加者でしかなかった。従って、踏査終了による解任時にシャルボノーには報酬が支払われたのに対して、彼女には何も支払われなかった。また、戦いには幼児や女性を同行しないという先住民の習慣のため、本来は軍隊集団である彼らが先住民部族からおしなべて友好的であると認識されたのも、赤子を背負ったサカガウィーアの存在に負うところが極めて大きく、その意味においても彼女はルイスとクラークの成功に貢献したのに、結局、探検終了後のサカガウィーアが重用されることは一切なく、事実上、長らく忘れ去られる存在となる。つまりサカガウィーアは、隊に対し十分に貢献した実績を私的には認められながらも、公的には、その働き以下の実質的評価しかされなかったのである。

ところが、その後およそ一世紀の時を経て、彼女は「復活」する。世紀転換期に巻き起こったサカガウィーアの再評価により、彼女の偉大さが改めて注目されたのである。たしかに彼女の復権は、「消えてしまった」先住民とその文化への理解を深め、ネイティヴ・アメリカンの真の価値を見出す契機となるという意味では意義深い。しかしもう一方では、白頭鷲に屈したバード・ウーマンが、死してなお、「アメリカ的民主主義」の喧伝のために利用されたという穿った見方も可能にする。というのも、彼女はこの後、アメリカのイデオロギーの体現者としての格好のモデルとさせられてしまうからである。そもそもサカガウィーアの「伝説」が量産・受容されるようになったのは、ちょうど探検隊一〇〇周年記念にあたる世紀転換期に、アメリカ辺境の消滅と、女性選挙権獲得運動が同時に巻き起こった歴史的背景に依るところが大きい。ワンダ・ピロー（Wanda Pillow）によると、サカガウィーアは、具体的には、「明白な運命」、女権運動、多元文化主義の三種のアメリカン・イデオロギーの体現者として伝説的存在となったのだという。探検隊の一〇〇周年記念に際し、先住民女性が、少なくとも二人の英雄的白人将校以上に劇的なリバイバルを遂げたのには、以下の事情があった。

国勢調査によりフロンティア消滅が報告された一八九〇年は、同時にウーンディット・ニー（Wounded Knee）の戦いにより、先住民との西方地域における長年の抗争が終結し、その脅威が消え去った年でもあった。実利的な恐怖からの解放に伴い、今度は先住民殺戮に対する罪の意識と領土拡大の「明白な運命」の概念とが結合し、「殲滅・虐殺」の実体を「文明化・進化」へと読み替える弁明の傾向が強まっていく。そんな折に一〇〇周年記念を迎えつつあったルイス＝クラーク探検隊のサカガウィーアは、格好のモデルとして見出される。既にほぼ一世紀も前に、「明白な運命」の旗手として白人軍人一行に西方への道を指し示したネイティヴ・アメリカン娘が存在したとの言説は、暴力的服従を強いた先住民政策を進化の行程にすり替えるために最適であった（Pillow 5）。本来は犠牲者側に属する先住民女性が、率先して領土拡大に貢献し、探検隊の太平洋路踏査を成功させたとの言説が紡ぎだされれば、一〇〇年前に白頭

【図版 19】*Alice Cooper, Sacagawea* (1905). オレゴン州ポートランドのワシントンパーク内にある。

鷲が成してきた服従政策への罪悪感を薄めるのに役立つのだから、彼女は生前も死後も、願ってもない「協力者」となる訳だ。ところが一方、先住民の側から見れば、彼女はネイティヴ・アメリカン版「マリンチェ」（"Malinche"＝アステカを征服したスペイン人コルテスの情婦として同胞の先住民を裏切ったとされる先住民女性）とも映る（McBeth 61）。彼女が白人文明のために尽力したとの言説が強調されればされるほど、同時に彼女は先住民の大地を白人に奪わせしめた裏切り者にならざるをえない。こうしてサカガウィーアの「先導者」神話（the guide myth）が構築されるとともに、愛国者にして売国奴であるという、相反する立場を同時に負わされることになったのである。

　女性参政権獲得運動とサカガウィーアという、一見無関係に思われる組み合わせには、オレゴンの小説家エヴァ・エメリー・ダイ（Eva Emery Dye）が深く関連している。彼女はルイス＝クラーク探検一〇〇周年記念を睨み、『克服――ルイスとクラークの真実の物語』（*The Conquest: The True Story of Lewis and Clark*）を一九〇二年に上梓するのだが、そもそもある種の意図をもって執筆のため資料にあたっていた彼女は、この折に「ヒロインを見つけたわ！」と叫んだという。クラックマス郡オレゴン女性参政権協会（the Clackamas County Oregon Equal Suffrage Association）の会長を務めていたダイにとって、女性として、母としての資質を発揮し、探検隊の男性たちの世話を引き受け、生まれたばかりの赤子を背負いながらも、男性に劣らず苦難の旅に耐え抜いたサカガウィーアの勇敢さは、まさに女権獲得運動のシンボルに映ったのである。また、のちに、一行が二回目の越冬地をどこにすべきか定めるため隊員による多数決が行なわれた折に、クラークの黒人奴隷ヨークとサカガウィーアにも投票権が与えられたという日誌報告が、初の女性参政権の事例として「発見」されていく（Jensen 75; Thomasma 68）。ほどなく、ポートランド女性クラブでは、ダイを会長として、このショショーニ族の伝説の「プリンセス」の塑像設立基金のために「サカガウィーア像協会」が組織され、アリス・クーパー（Alice Cooper）により、ポンプを背負い、白人文明が荒野を切り開くための道を示すべく、前方に向かって手を差し伸べるサカガウィーア像が完成する【図版19】。一九〇五年、ポートランドでは、ルイス＝クラーク一〇〇周年記念博覧会と全米女性参政権協会の年次大会が開催されたが、この折に像の除幕式が行なわれた。さらに「サカガウィーアの日」（Sacagawea Day）の開会式では、当時、既に八〇歳を越えていた女権活動家スーザン・B・アンソニー（Susan B. Anthony）が「愛国的行為を成し遂げた女性を記念して像が建てられたのは、歴史上これがはじめてです。……ですが、この国の広大な地域の発見において、女性がその手助けをしたと知ることは、ほんの始まりでしかないのです」と演説したという（McBeth 58-59; Pillow 5; Landsman 273-74）。マイノリティー内マイノリティーの先住民女性ほど、利用し易い存在はない。こうしてサカガウィーアは、白人文明推進の貢献者と同時に、女性参政権運動のアイコンをも負わされ、白人女性からすらの利用される記号になったのである。ちなみに、このとき、サカガウィーアを白きアメリカのための「愛国者」としたスーザン・アンソニーは、先住民女性に先んじて、一九七九年に一ドル貨に採用されている【図版20】。アンソニー硬貨は、一九七九年から一九八一年にかけてと一九九九年に鋳造されたので、二〇〇〇年に登場するサカガウィーア硬貨は、奇しくもその後を引き継ぐことになった。しかも両者のコインの裏面を司るのは皮肉にも「明白な運命」を喧伝するかのように先住民に配布されたピース・メダルに積極的に使用された白頭鷲であった。

【図版 20】The Susan Anthony Dollar Coin

　さて、白頭鷲が嘴に咥えるアメリカのモットーは、「多の一」であるのは前述の通りだが、探検隊におけるサカガウィーアの存在そのものが、このアメリカ理念の具現化に一役かうとみなされたのである。白頭鷲のピース・メダルを配り歩いた探検隊の構成員が、極めて雑多であったからだ。あらためて隊の構成を再確認するならば、そこには、軍隊の将校と下士官に加えて、毛皮商人、山師の探検家、さらには黒人奴隷と先住民女性も含まれているのが分かる。こうした構成員の多様性によって、まさしくアメリカ民主主義の理想であるところのさまざまな出自と階級と人種、両性が、「多の一」を証明するかのように探検隊を成功に導いたと解釈され（Pillow 7-8）、さながらハーマン・メルヴィル（Herman Melville）の捕鯨船上の文化的多元性の先取りの様相を呈したのだった。大西洋からインド洋を経て白鯨を追うピーコッド号は太平洋上で沈没して物語を終えるが、同じく鯨を目指して太平洋に向かった踏査隊の冒険は、成功裡に幕を閉じる。ことに、一行のなかで先住民であるとともに女性であるサカガウィーアがもたらした多様性は大きい。捕囚によって異なる部族文化を知り、フランス系カナダ人の夫との間に生まれた混血の赤子の母でもある彼女の存在そのものが、文化的・人種的融合を暗示する。多元文化的な隊のなかで、非白人として中心的役割を果たしたサカガウィーアのイメージは、こうして一ドル硬貨のみならず、子供向けの本や歴史教科書でも取り上げられ、ショショーニ族やヒダーツァ族といった特定部族のアイデンティティを棄て、発見隊全体のため、ひいては全アメリカのために献身する「万人のためのサカガウィーア」像が構築されるようになっていく。ネイティヴ・アメリカンに対する殲滅政策を封じ込め、白人側の罪の意識を無効化するために、これほど都合の良い説明はなかろう。「多の一」のイデオロギーの下、サカガウィーアは、主体的な個から数多の他のための客体へと変化させしめられたのである。こうしてサカガウィーアは、「明白な運命」の体現者から女性参政権獲得運動のアイコンとなり、最終的には「人種のるつぼ」のなかに溶かし込まれ、まさしく白頭鷲が示す多文化主義のアメリカを支える一つの記号的存在として、植民地化される歴史的客体として、賞揚されると同時に消費されてきたのである（Pillow 7-8）。サカガウィーアをめぐる「解釈」は、常に文化的、政治的意図と無関係ではいられないのだ。(11)

白人文明敷衍のために尽力する「インディアン・プリンセス」としてのサカガウィーアは、当然ながら他の「スクウォー」とは異ならねばならないのだから、文学作品においては、彼女の容貌も思考も行動そのものも白人化され

【図版 21】

（上左）(a) Henry Lion, *Lewis and Clark with Sacajawea* (1905), created from a sketch drawn by Charles M. Russell
（上中）(b) Leonard Crunelle's statue of Sacagawea (1910). ノースダコタ州議会議事堂敷地内にある。

（上右）(c) Leo Friedlander, *Lewis and Clark Led by Sacagawea* (1938). オレゴン州議会議事堂入口に掲げられた大理石レリーフで、彫像の下部には「帝国の星は西方へと向かう」と記されている。

（左）(d) Agnes Vincen Talbot , *Sacajewa and Pomp* (2003)


表象されてきたとピロウは指摘する。だがこれは何も文学テクストに限ったことではなく、彫像においても同様の傾向が見られると言ってよかろう。前述の探検隊一〇〇周年の折に設立されたアリス・クーパー作のそれもさることながら、オレゴン州議事堂入り口に付されたレオ・フリードランダー（Leo Friedlander）によるルイス＝クラークを先導するサカガウィーア彫像も、チャールズ・M・ラッセル（Charles M. Russell）のスケッチを基にヘンリー・ライオン（Henry Lion）が創作した立像も、またノースダコタ州議事堂内のレオナード・クリュネル（Leonard Crunell）作品や、さらに最も直近では二〇〇三年のアグネス・ヴィンセン・タルボット（Agnes Vincen Talbot）によるポンプを抱くサカガウィーアの立像も、いずれも先住民女性というよりは多分に白人女性に見える（Chuinard 18, 23, 27, 28; Summitt 66）【図版21(a)〜(d)】。

この傾向は、映画におけるサカガウィーア表象にも、まったく同様に確認できる。ルイス＝クラー

【図版 22】〔表・裏〕Sacagawea gold one dollar coin: The obverse is designed by Glenna Goodacre and the reverse, "Eagle in flight," by Thomas D. Rogers.（表面　2000- 現在／裏面 2000-2008）
裏面は、2000 年から 2008 年までが羽を広げた白頭鷲で、2009 年以降は、毎年、先住民にちなんだモチーフが図案化されている。それぞれの年の裏面意匠の意味については、アメリが合衆国造幣局ウェブ頁に詳細が説明されている。以下を参照。
< https://www.usmint.gov/news/image-library/native-american-dollar >

ク探検隊を描く『遠い地平線』（*The Far Horizons*, 1955）において、サカガウィーアを演じた女優ドナ・リード（Donna Reed）は、完璧に白い。また、リード同様、三つ編みとバックスキン衣装という定番のサカガウィーア・イメージに貢献したコメディー『ナイトミュージアム1・2』（*Nights at the Museum 1 & 2*）（2006; 2009）では、日系白人女優のミズオ・ペック（Mizuo Peck）がサカガウィーアとなっている。後者には、アジア人的風貌がやや加味されてはいるものの、いずれも白人タイプが目立つ。

しかしいくら白人化されたとしても、白人にはなれないところに彼女の利用価値は存する。政治的・文化的マイノリティーの分をわきまえ、決して白人と同等の主体とはならぬこと、すなわち白人のために己が身を挺するが、あくまでも自身を劣勢領域内に留め置き、その境界を侵犯しないことが物語の要請であり、彼女がかくも評価される際の必須要件なのだ（Pillow 8-13）。こうしたサカガウィーアの限定的かつ特徴的な表象は、同価であるワシントン紙幣を凌駕する流通には決してならぬ通貨であること、否、むしろワシントン紙幣の前に全面降伏したかのようなお粗末な流通ぶりのドル貨であること、(12) そしてまた白人女性の先達アンソニー・コインの後を引き継ぎつつも、同時にワシントンとアンソニーの一ドルが共に有する白頭鷲のモットーを受け入れ、その裏面に納まる存在として全米に知れ渡っている事実と奇妙に共振しあう。ついでに言うと、一九九九年一月の合衆国会計検査院（United States General Accounting Office）発行の報告書が露呈させたのは、そのタイトルが示す通り、「大衆はサカガウィーアよりも自由の女神像を好む」

という調査結果であったにもかかわらず、その後のワイオミング州上院議員によるロビー活動によって彼女が最終的にドル貨に採択されたのだから（Thomasama 5）、サカガウィーアの政治利用ぶりは、なるほどたいしたものだと言わざるをえない。二〇〇〇年に造幣局が発行したサカガウィーアの金色一ドル貨は、グレナ・グッドエイカー（Glenna Goodacre）がショショーニ族の女性をモデルに、サカガウィーアを想像しつつ、肖像を描いた。ポンプを背負いこちらを振り向き見定める彼女の傍らには、「自由」（LIVERTY）と「われわれは神を信じる」（IN GOD WE TRUST）というアメリカ定番の標語が刻まれている。実はだれもその姿を知らないサカガウィーアは、斯様にアメリカの産物として図案化され、アメリカの信条を背負わされつづけているのである【図版22】。

5．コインのなかの巨像とアメリカン・イーグル

初期アメリカにおけるバード・コネクションを求めて国璽成立過程、ピース・メダルの先住民政策、およびルイス＝クラーク探検隊について考察してきたわれわれが、本章を閉じるにあたり、アメリカ国家の拡大と完成に「貢献した」サカガウィーアに関して、最後にいま一度問うておきたいのは、果たして彼女が、単に抑圧され、搾取され、利用されて終わるだけの存在であったのかということである。サカガウィーアは、本当に「白人性」（whiteness）を繰り返し提示しつづけるために再生産されてきただけの存在に過ぎないのか。彼女は、何を奪われ、何をもたらしたのだろうか。

まずはサカガウィーア・リヴァイバル以降、彼女が白人言説構築の役に立ったのと同等に、先住民伝承の豊かさを知らしめた功績を指摘せねばならないだろう。もちろんサカガウィーアに関する歴史的資料の少なさそのものが、マイノリティーとしての彼女の立場を明示し、ひいては彼女にアメリカの先住民政策を正当化する役割を負わせてきたのは否めない。しかし一方で、記録されなかったからこそ記憶され、その伝説が語り継がれているのもまた事実だろ

う。踏査隊終了後、彼女が出身のショショーニ族のもとに戻ったとの説は、こんにちでも根強く残り、学術的研究書でも、その真相探求につき言及されてきたのである。先住民の伝説によると、サカガウィーアが、シャルボノーのもとを去ったのち、息子や養子とした甥と再会し、ウィンド・リバー居留地（Wind River Reservation）で首長の妻ポリヴォ（Porivo）として尊敬され、指導者的役割を果たしつつ一八八四年まで生きつづけた伝説の女性となっている（Clark and Edmonds 126-28; Summitt Ch.9）。無論、伝説の重要性は、確定しうる真偽にあるのではなく、生成過程や伝承／受容者の希求にあるのだから、こうした伝説が、地元観光のためにも一役かっているのは明らかだ。要するに、サカガウィーアに関する白人言説と先住民伝説とは、ある意味、コインの表裏の関係にあると言ってよいだろう。

サカガウィーアがアメリカのイデオロギー喧伝の道具として「白色化」され「啓蒙化」されてきたと主張するピロウは、論考の最後に、逆の動き、すなわちサカガウィーアを「褐色化」する動きを紹介する。白人性再生産のために植民地化され他者化されつづけたサカガウィーアは、しかし同時に、単純で一元的な解釈を拒む「抵抗する主体」でもある。彼女の解釈不可能性、換言すれば、多種多様な解釈を可能にする豊かな表象主体は、たとえば、ポーラ・ガン・アレン（Paula Gunn Allen）による一九八三年の詩「サカガウィーアいろいろ」（"The One Who Skins Cats"）において、放浪者、雄弁家、指導者、母、妻、奴隷、案内人、愛国者、首長、裏切り者として描かれる。スーザン・アンソニーを揶揄し、伝説と事実とを多様に操るアレンの詩におけるサカガウィーア表象は、明らかに搾取された先住民女性の声を取り戻さんとする「反」物語の意図に満ちている（Pillow 13-17）。

だが、サカガウィーアが提示する暗黙の抵抗は、彼女を「褐色化」する言説のなかにわざわざ探さずとも、実は、サカガウィーア・コインのなかに、より厳密に言えば、われわれが辿ってきた国璽とインディアン・ピース・メダル成立の歴史および彼女の一ドル貨鋳造の背景に、見出せるのではなかろうか。サカガウィーアの解釈不可能性／解釈多様性が、「褐色化」を開くのは、彼女が白人イデオロギーのために利用されてきたのと同様、要は、元々彼女についての正確な詳細を誰も知りえないという大前提に依拠しているからに他ならない。だとすると、押し付けられてきた役割に対するサカガウィーアの復讐は、利用可能性の一環として採択されたコインの意匠内部にも刻み込まれているはずだ。一つには、一見、白頭鷲の配下に服するかに見えつつも、その実、白頭鷲を裏面に従え、それと同等の権威を纏った先住民の存在を知らしめる形象として。もう一つには、アメリカに、暴力的国家形成の歴史を露呈させる装置として。なぜなら、独立に際して旧世界とは異なる新国家としてのアイデンティティを先住民に求め、連邦制構築と国璽制定において、彼らの叡智を採択して誕生した国家が、領土拡大であれ、女権獲得であれ、多文化主義であれ、そのイデオロギーをネイティヴ・アメリカン女性に負わせるとき、われわれは、先住民殲滅政策正当化への弁明の背後に、実際には、常に立ち現れ、決して消え去ることがない先住民の影が、存在しつづけてきたことに気づかざるをえないからだ。アメリカは、西暦二〇〇〇年という記念すべき年に、サカガウィーアと白頭鷲を同時に鋳造することによって、自らが構築してきたはずの正史を無意識的に解体してしまっているのである。

白頭鷲の中心に配置された楯が上部横帯紋（chief）と縦帯紋（pale）による分かち難い結合であるのと同様、バード・ウーマンとアメリカン・イーグルは表裏一体となり流通している。「滅んで」しまった先住民の鳥女は、皮肉にも白頭鷲を裏面に従え「戻って」きたのだ。サカガウィーア・コインの最終決定が多分に政治的になされたものであろうとも、また仮に彼女が、依然、白きアメリカのイデオロギーを背負わされているように思われようとも、別の見方をすれば、著名な女権活動家の後を引きつぎ、自由の女神を差し置いて白頭鷲の表面を勝ち取ったサカガウィーアは、国璽に、ひいては初代大統領に匹敵する権威と実質的価値を手に入れたのだ。もともと先住民にとって和平を乱す敵を監視する役割を果たしていた鷲は、合衆国の国璽として採択されたが、ひとたび国璽の権威を有するや、その本来的な意義を変化させ、知恵を授けてくれた先住民に暴力支配を強いていった。ところが、自らが殲滅させた先住民への罪の意識を払拭すべく利用してきたサカガウィーアを二〇世紀末に改めてコインの意匠に決定し、その裏面に白頭鷲を刻むとき、結局、アメリカは、過去の歴史に対する正当化に成功しているどころか、その罪を清算できずに、かえって反復しているさまを露呈させてしまう。アメリカ発展神話を担わされてきたからこそ、サカガウィーアは、国璽の白頭鷲に潜む和合と暴力の歴史をわれわれに知らしめ、アメリカの弁明への自己瓦解を促しつづけることができるのだ。恐らくサカガウィーアの最大の抵抗は、アメリカ発展のために好都合なペルソナを与えられつづけてきた暴力に対する無言の抗議と警告なのであろう。コインに刻まれた彼女も、実は真の彼女の姿ではないのだから。

◉註

(1) これらは、コマールとマラミッドが、デイヴィッド・ソルジャーとともに創作した、ワシントン、レーニン、およびデュシャンについてのオペラ『革命の真実』(*Naked Revolution*) の上演後、それに関連し『アメリカの夢』シリーズの一環として描かれた連作絵画であり、本章が言及した以外の、たとえば、レーニン、スターリン、ヒトラーが登場する作品なども、同シリーズには含まれている。アメリカおよびソ連の革命と両国の関連性に触発されて創作されたこれらの連作については、以下のサイトを参照のこと。http://www.komarandmelamid.org.

(2) サカガウィーア・コインのデザインの詳細やその裏面の変遷、および先住民一ドルコイン法については、アメリカ合衆国造幣局のウェブ頁を参照のこと。http://www.usmint.gov/mint_programs/nativeAmerican/. 図版22も併せて参照。

(3) フランクリンが一七八三年の国家重要文書の表紙に国璽を付した事実、および一七四七年のペンシルバニア協会の旗と一七七五年の植民地三ドル紙幣のデザインに白頭鷲を提案した事実から、彼が国璽の白頭鷲を好ましく思わず、むしろ七面鳥のほうがふさわしいと娘に書き送ったのは、本心からではないと考える向きもある。だが、オルセンの解釈によると、フランクリンが諸外国に対する文書に国家の威信を示す国璽を付すのは、全権大使としての立場上の義務からであった。また彼が提案した紙幣の白頭鷲は、君主制・貴族制国家であるイギリスの権力濫用を象徴しており、この意味において、フランクリンは白頭鷲を封建制と略奪の記章と捉えていたのは明らかだと主張している（Olsen 118-125）。

（4）シンシナティ協会とは、独立戦争時にワシントンの側近として活躍し、のちに陸軍士官学校設立を提言したヘンリー・ノックス将軍（General Henry Knox）以下、植民地軍将校らによって設立された、いわばエリート組織である。戦争後も互いに親密な関係を保ち、退役軍人およびその家族への恩給制度の構築も意図されていた。この組織の記章デザインをしたピーター・チャールズ・ランファン（Peter Charles L'Enfant）は、国璽の白頭鷲を模して使用したため、世襲制度を保持する排他的エリート集団を反アメリカ的と考えたフランクリンは、国璽意匠というよりも当組織への批判をこめて白頭鷲揶揄を行なったとも言える。但し、皮肉なことに、当組織に批判的であったフランクリン自身、のちに名誉会員の資格を受け入れている（Hieronimus 170）。

（5）白頭鷲の意匠が初めて使われたのは、一七七六年のマサチューセッツ植民地の幻の銅貨であると長らく考えられてきた。アイサックソンによれば、しかしながら、その存在は確認できず、植民地の造幣局が硬貨を鋳造したことを示す図案も説明も見出せないという（8）。こんにち確認しうるのは、一七八六年が最古の銅貨であるが、国璽は既に一七八二年に議会で批准されているので、少なくとも現行で確認できる限りは、マサチューセッツ硬貨の白頭鷲は、国璽に先立つどころか後追いにしかならない。だが、ここで重要なのは、どちらが先かという時間的な問題ではなく、少なくとも共和制初期の段階で、白頭鷲とネイティヴ・アメリカンの意匠が、文字通り表裏一体となり分かち難く結びついているという事実である。

（6）インディアン・ピース・メダルについては、Hilger, Isaacson, Lubbers, Nute, Prucha, を参照。

（7）ルイスとクラークが残した詳細な記録は、準備段階の物品リストやコスト、探検隊の構成員の性質や行動、また幾多の苦難を乗り越え、厳しい自然、危険（な先住民）に遭遇し、いかなる行程を経て太平洋に辿り着いたかを示す歴史的にも文学的にも価値がある。探検隊に関しては、彼ら自身の日誌 *The Journals of the Lewis and Clark Expedition*、並びに、明石、ホロウェイ、を参照のこと。

（8）ワシントンのピース・メダルは、農耕・牧畜・手工業と当時の生活の模様を描いたワシントン・シーズン・メダルと呼ばれるものも含め、大量に鋳造され、またイギリスで生産されたこれらのメダルが、初代大統領が職を退いた後になってアメリカに到着したため、大統領交代後にもかなりの数が余ることとなった。そのためジョン・アダムス大統領は自身のピース・メダルを作らずに前大統領のそれを用いた。ルイス＝クラークによる記録には、探検にジェファソンのピース・メダルのみならず、ワシントンのピース・メダルも持参する旨のメモが残されているため、一八〇三年時点でもまだ陸軍省にワシントンのメダルが多く残っていたと考えられる（Prucha 17）。

（9）彼女の名前の正式な表記と発音は、定かでない。ヒダーツァ族の伝統主義者や言語学者のなかには、Tsakakaweaish（tsukaka=bird, wiis=woman）と表記するものもいるが、Sakakawea も容認されるという。他にも一般的にヒダーツァでは Sacagawea が使われている。一方、彼女の出身部族であるとされているショショーニ族やコマンチ族の口承では、Sacajawea を用いている。だがその場合、意味が「船を進めるもの」（"boat launcher" or "boat pusher"）となり、ルイスとクラークが日誌のなかで記述する「鳥女」（"bird woman"）とは字義がずれる。そもそもルイスとクラークは、彼女を「通訳の妻」や「インディアン女」（squaw）と記載することが多く、また彼女の名前を表記する場合にも、Sah ca gah we ah, Sah-kah-gar-wea, Sar kah gah We a, Sah-cah-gar-wheah など統一されていない。従って、研究者の間でもその表記はさまざまに異なるのが現状である。Fenelon and Defender-Wilson 99; Mcbeth3-4 参照。本章では、バード・ウーマンの意味であるヒダーツァに倣いつつ j を用いない Sacagawea と表記する。

（10）サカガウィーアについては、Chuinard, Clark and Edmond, Summitt, Thomasama, Lewis and Clark を参照。ちなみに探検隊のアイドル的存在であったサカガウィーアの子供ポンプを、ルイスはいたく気に入り、彼を自らの養子にするように提案する。この申し出は、赤子がまだ余りにも幼く母親と引き離せないとの理由で一旦は保留されるが、のちに、実際にとり行なわれ、クラークの庇護の下、ポンプはその後ドイツでも教育を受ける。帰国後、彼は英語、独語、仏語、西語に加え先住民の複数の言語を操る通訳兼毛皮商人として活躍し、一八六六年にオレゴン州ダナーにて六一歳で没する（明石 206-207, 221; Thomasma 92)。

(11) 従来の、多分に誇大化され、ロマン化されたサカガウィーア像への反動として、文化的多元論に基づく解釈では、彼女を、全米の発展のために尽力した偶発的参加者――踏査隊の副次的参加者であり、単なる食料調達人――と捉える解釈もある。踏査隊の指揮者以上に、非公式参加者を称揚する動向は、本来の隊の序列にたち戻り、むしろルイスとクラークこそ、より注目すべきとの方向性を生みだしてもきた。たとえば、ケン・バーンズ（Ken Burns）監督の二〇〇五年のＰＢＳ（公共放送協会 Public Broadcasting Service）映像作品は、踏査隊を描く当たって、*Lewis & Clark: The Journey of the Corps of Discovery* と *The Journey of Sacagawea* の二本に分けた提示をしており、双方を別々に注目する方法を採択している。

(12) 二〇〇二年五月、既にサカガウィーア・コインが発行されて二年も経過するのに、ほぼまったく市場流通していない現状とその原因を探るため、政府は公聴会を開き、九月にはそのための対策レポートが会計検査院から発行された。公聴会については、*Challenges and Achievements of the Sacagawea Golden Dollar Program* Hearing Before a Subcommittee of the Committee on Appropriations, United States Senate, One Hundred Seventh Congress, Second Session, Special Hearing, May 17, 2002. Washington D.C. を、会計検査院報告については、United States General Accounting Office. *New Dollar Coin: Marketing Campaign Raised Public Awareness but Not Widespread Use.* Report to the Subcommittee on Treasury and General Government, Committee on Appropriations, U.S. Senate. September 2002 を参照。

◉引用・参考文献

Belden, Bauman I. *Indian Peace Medals: Issued in the United States*. N. Flayderman, 1966.

Challenges and Achievements of the Sacagawea Golden Dollar Program Hearing Before a Subcommittee of the Committee on Appropriations, United States Snate, One Hundred Seventh Congress, Second Session, Special Hearing, May 17, 2002. Washington D.C.

Chuinard, E. G. "The Actual Role of the Bird Woman: Purposeful Member of the Corps or Casual 'Tag Along'?" *Montana: The Magazine of Western History*, vol. 26, no. 3, Summer 1976, pp. 18-29.

Clark, Ella E. and Margot Edmonds. *Sacagawea of the Lewis and Clark Expedition*. U of California P, 1979.

"Eagle Symbol." https://www.warpaths2peacepipes.com/native-american-symbols/eagle-symbol.htm. Accessed August 8, 2018.

Fenelon, James V. and Mary Louise Defender-Wilson. "Voyage of Domination, 'Purchase' as Conquest, Sakakawea for Savagery: Distorted Icons from Misrepresentations of the Lewis and Clark Expedition." *Wicazo Sa Review,* vol. 19, no. 1, Spring 2004, pp. 85-104.

Gillingham, Harrold E. "Indian Trade Silber Ornaments Made by Joseph Richardson, Jr." *The Pennsylvania Magazine of History and Biography*, vol. 67, no. 1, Jan., 1943, pp. 83-91.

Grinde Jr., Donald A. and Bruce E. Johansen. *Exemplar of Liberty: Native America and the Evolution of Democracy*. American Indian Studies Center, 1991. 『アメリカ建国とイロコイ民主制』星川淳訳、みすず書房、二〇〇六年。

Hieronimus, Robert with Laura Cortner. *The United Symbolism of America: Deciphering Hidden Meanings in America's Most Familiar Art, Architecture, and Logos*. New Page Books, 2008.

Hilger, Sister M. Inez. "A 'Peace and Friendship' Medal." *Minnesota History*, vol. 16, no. 3, Sep., 1935, pp. 321-23.

Holloway, David. *Lewis and Clark and Crossing of North America*. 1974. E. P. Dutton, 1976.

Isaacson, Philip M. *The American Eagle*. Little, Brown and Company, 1975.

Jensen. Earl L. "The Bird Woman Cast a Vote." *Montana: The Magazine of Western History*, vol. 27, no. 1, Winter 1977, pp. 75.

The Journals of the Lewis and Clark Expedition. (The full and digitalized the Nebraska edition of the Lewis and Clark journals, originally edited by Gary. E. Moulton.) http://lewisandclarkjournals.unl.edu/. Accessed August 7, 2018.

Kessler, Donna J. *The Making of Sacagawea: A Euro-American Legend.* U of Alabama P, 1996.

Lansman, Gail H. "'Other' as Political Symbol: Images of Indians in the Woman Suffrage Movement." *Ethnohistory*, vol. 39, no. 3, Summer 1992, pp 247-84.

Lubbers, Klaus. "Strategies of Appropriating the West: The Evidence of Indian Peace Medals." *American Art*, vol. 8, no. 3/4, Summer/Autumn, 1994, pp. 79-95.

McBeth, Sally. "Sacajawea: Legendary, Historical, and Contemporary Perspectives." *Women's Place*. Edited by Karen Hardy Cardenas, Susan Wolfe, and Mary Schneider, U of South Dakota P, 1985. 57-63.

---. "Memory, History, and Contested Pasts: Re-imagining Sacgawea/Sacajawea." *American Indian Culture and Research Journal*, vol. 27, no. 1, 2003, pp. 1-21.

"Native American Eagle Mythology." http://www.native-languages.org/legends-eagle.htm. Accessed August 8, 2018.

Nute, Grace Lee. "Indian Medals and Certificates." *Minnesota History*, vol. 25, no. 3, Sep. 1944, pp. 265-70.

Olson, Lester C. "Franklin on National Character and the Great Seal of the United States." *The Cambridge Companion to Benjamin Franklin*. Edited by Carla Mulford, Cambridge UP, 2008, pp. 117-131.

Peterson, Richard S. and Richardson Dougall. *The Eagle and the Shield: A History of the Great Seal of the United States*. Washington D. C. The Office of the Historian, Bureau of Public Affairs, Department of States, 1978.

Pillow, Wanda. "Searching for Sacajawea: Whitened Reproductions and Endarkened Representations." *Hypatia*, vol. 22, no. 2, Spring 2007, pp. 1-19.

Prucha, Francis Paul. *Indian Peace Medals in American History*. 1971. U of Oklahoma P, 1994.

Remley, David. "Sagajawea of Myth and History." *Women and Western American Literature*. Edited by Helen Winter Stauffer and Susan J. Rosowski, Whitson, 1982, pp. 70-89.

Soldier, Lydia Whirlwind. "Lewis and Clark Journey: The Renaming a Nation." *Wicazo Sa Review*, vol. 19, no. 1, Spring 2004, pp. 131-43.

Summitt, April R. *Sacagawea: A Biography*. Greenwood, 2008.

Thomasma, Kenneth. *The Truth about Sacajawea.* Grandview, 1997.

Turner, Erin, ed. *Wise Women: From Pocahontas to Sarah Winnemucca, Remarkable Stories of Native American Trailblazers*. Globe Pequot P, 2009.

U. S. Department of State, Bureau of Public Affairs. *The Great Seal of the United States*. July 2003.

United States General Accounting Office. *New Dollar Coin: Public Prefers Statue of Liberty Over Sacagawea*. Report to the Honorable Michael N. Castle, House of Representatives. January 1999.

United States General Accounting Office. *New Dollar Coin: Marketing Campaign Raised Public Awareness but Not Widespread Use*. Report to the Subcommittee on Treasury and General Government, Committee on Appropriations, U.S. Senate. September 2002.

Wrone, David R. “Indian Treaties and the Democratic Idea.” *The Wisconsin Magazine of History*, vol. 70, no. 2, Winter 1986-1987, pp. 82-106.

明石紀雄『ルイス＝クラーク探検——アメリカ西部開拓の原初的物語』世界思想社、二〇〇四年。

ジュディス・セントジョーンジ『明日はどの道を行こう——インディアン少女サカジャウィア物語』杉本恵理子訳、グリーンアロー出版社、二〇〇〇年。

ケネス・トーマスマ『アメリカの空へ——大探検を助けた少女、サカジャウェア』加原奈穂子、西江雅之訳、出窓社、二〇〇〇年。

デイヴィット・ホロウェイ『ルイスとクラーク——北米大陸の横断』池央耿訳、草思社、一九七七年。

第3章　魔女の物語とインディアン

――ジョン・ニールの『レイチェル・ダイアー』とアメリカ文学の独立

0. ジョン・ニールと魔女狩りロマンス

こんにち、セイラムの魔女狩りの背後に、体制転覆の可能性をはらむ人種的、身体的、宗教的逸脱の要素をみる解釈はもはや新しいとは言えまい。植民地アメリカの悪名高き出来事の一つとして、セイラムの魔女狩りの発端や原因を巡っては、村の党派対立や天災・疫病の影響、本件に先立つ魔女言説の流布、思春期の少女たちの鬱屈した精神状況や、果ては麦角中毒説に至るまで、さまざまな見解がなされてきた。これらと並んで顕著なのは、ネイティヴ・アメリカンと植民者間の抗争の影響を積極的に見出そうとする動向である。第一次、第二次インディアン戦争の影響から魔女狩りを再構築したメアリー・ベス・ノートン（Mary Beth Norton）や、当時の環大西洋地域の人種的相関関係を射程に入れて奴隷ティチューバ・インディアン（Tituba Indian）のアイデンティティを探り、アラワク族と推定するエレイン・G・ブレスロウ（Elaine G. Breslaw）らの歴史的研究は言うに及ばず、文学においても、たとえばセリア・リーズ（Celia Rees）のメタナラティヴによって、初期アメリカ植民者による魔女狩りの歴史がネイティヴ・アメリカン社会と連接しあっていた事実が、技巧的に提示されている。

魔女狩りは、映画化によってこんにち最もよく知られているアーサー・ミラー（Arthur Miller）の『るつぼ』（*The Crucible*, 1953）を筆頭に[1]、ジョン・マコール（John C M'Call）、ジョン・グリーンリーフ・ホイッティア（John Greenleaf Whittier）、ヘンリー・ワーズワース・ロングフェロー（Henry Wadsworth Longfellow）、ジェイムズ・ネルソン・バーカー（James Nelson Barker）、ジョン・デフォレスト（John William De Forest）、ナサニエル・ホーソーン（Nathaniel Hawthorne）、アン・ペトリー（Ann Petry）、マリーズ・コンデ（Maryse Condé）、アン・リナルディ（Ann Rinaldi）等、多種多様な作家

ジョン・ニール

が同時代の政治的・文化的状況をテクストに反映させて物語化してきたが、(2) 特に注目すべきはジョン・ニール（John Neal, 1793-1876）の『レイチェル・ダイアー』（*Rachel Dyer*, 1828）であろう。というのも、文学史上ほぼ黙殺されてきた本作品は、魔女狩り物語群中にあって、異色のロマンスであると思われるからである。

決闘反対、死刑反対、健康増進、奴隷制反対、禁酒運動、マイノリティーの権利獲得、女権運動など多くの社会改革運動に従事し、ホーソーンをして「あの放埒なる輩」（"that wild fellow"）（Lease epigraph）と言わしめた作家兼、批評家兼、法律家兼、建築家のニールは、『レイチェル・ダイアー』においても型破りな歴史改変物語を提示する。ロバート・ケイレフ（Robert Calef）による著述『見えない世界の更なる驚異』（*More Wonders of the Invisible World*（一七〇〇年、一八二三年に再版）を参照して描かれた本作には、ニールのニューイングランド史およびアメリカ建国史への深い洞察と改革精神が見て取れる。コットン・マザーやサミュエル・パリス牧師など、史実上の人物をそのまま登場させ、人種的、宗教的不寛容を基盤とするニューイングランドの歴史を概観し、生霊証拠と告発による裁判の不当性、為政者側の欺瞞性を暴くという点において、ニールは、のちの作品に影響を及ぼす内容を早い時期に提示していると言ってよい。ピューリタン上陸以降の異端者の抑圧を魔女狩りへ連動させながら、物語は、パリス牧師の娘の異変、奴隷ティチューバの告発・告白、サラ・グッド（Sarah Good）とマーサ・コーリー（Martha Corey）の裁判へと展開し、その過程でインディアンとピューリタンとの関係が強調されるのである。

何よりも興味深いのは、ニールが昨今の歴史家による解釈を先取りするかのように、魔女として処刑された村の第二代目牧師ジョージ・バロウズ（George Burroughs）のインディアン・コネクションを前景化している点である。実際のセイラムの魔女狩りで魔女の頭目（Ringleader）と称されたバロウズは、作中、白人とインディアンとの混血という出自を与えられており、一六六〇年に処刑された実在のクエーカー教徒メアリ・ダイアー（Mary Dyer）の孫娘として設定された主人公のレイチェルとともに死刑判決を受ける。物語のサブプロットには、レイチェルとメアリ・エリザベスのダイアー姉妹とバロウズとの間の恋愛感情を組み込みながら、魔女狩り旋風が吹き荒れる直前のファルマス（Falmouth）におけるインディアンとの攻防や、反律法主義者（antinomian）追放譚も含まれ、ニールが多大な影響を与えたホーソーンの諸作を彷彿とさせる場面にもこと欠かない。

もちろん、インディアン捕囚体験記の大衆的人気を明らかに意識し、白人とネイティヴ・アメリカンという異民族同士が文化的にあるいは生物学的に混交する可能性を描いた同時代のロマンスは多く存在するものの、そのようなインディアン・ロマンス執筆をセイラムの魔女狩りを素材として試み、しかもバロウズに焦点をあてて行なった点において、ニールはきわめて斬新であり、かつ初期ニューイングランドの歴史の批判的再評価を早い段階で行なったロマンス作家とも位置づけられるだろう。

このようにいち早く人種混交ロマンス・ジャンルの構築を企てた、いわば進取のロマンス作家としての挑戦性ゆえに、かつまたその改革者精神ゆえにレナルズ（David S. Reynolds）によって「アメリカにおける体制転覆的小説の父」(212）と目されたニールが、作中に配置された周縁的存在の反逆精神を際立たせるとき、ロマンスの批判的眼差しはいかなる対象と時代をその視野に捉えていくのか。さらにはこのロマンスをその執筆の時代に置き直してみるとき、そこからはいかなる叛逆的文学精神が読み取れるのか。『レイチェル・ダイアー』を素材と執筆両面の歴史文脈性から解読していく作業を進めるために、まずは歴史家によるセイラムの魔女狩りとインディアン戦争との関係を、バロウズを中心に整理することから始めたい。

1. セイラムの魔女狩りとインディアン戦争

周知のように、セイラムの魔女狩りは、一六九二年、村の第四代牧師サミュエル・パリス宅の娘エリザベス・パリスの原因不明の発作が村の娘たちに飛び火し、それが魔女に起因していると判断されたために、セイラム村のみならず、エセックス郡全域にまで派生した告発騒動である。最初に魔女と告発されたパリス家の奴隷ティチューバが、告白と懺悔、さらなる魔女の指摘によって罪を免れたことが以後の尋問・審判において範型となり、以降、一五〇人以上が魔女の容疑者となり四四名が告白し、有罪宣告を下された三〇名中、一九名が処刑された。ちなみに、のちにロングフェローによって戯曲の主人公となったジャイルズ・コーリーは、証言を拒んだために圧死することとなった。

セイラムの魔女狩りの遠因として、一六六〇年以降のニューイングランド地方を襲った一連の不幸、すなわち、特許状の無効化、相次ぐ対インディアン抗争、疫病の蔓延と天災による被害、セイラムの町と村との間の勢力関係、村内の党派的対立、コットン・マザーによる出版物の影響などが指摘されてきたが、リチャード・スロトキン（Richard Slotkin）、ジェイムズ・E・ケンシーズ（James E. Kences）、メアリ・ベス・ノートン（Mary Beth Norton）、ジョン・マックウィリアムズ（John McWilliams）は、フィリップ王戦争（あるいは第一次インディアン戦争、一六七五–七六）およびウィリアム王戦争（あるいは第二次インディアン戦争、一六八八–九九）時のネイティヴ・アメリカンと植民地人との抗争が直接的に魔女狩りに影響を与えていると指摘する。

もとより、ニューイングランドにおいて、要塞はインディアン、すなわち、目に見える悪魔（visible demon）からの攻撃を防ぐ場であり、教会は目に見えない悪魔（invisible demon）からキリスト教社会を死守する砦であるというアナロジーが確立していたわけだが、前述の研究者たちは、セイラムの魔女狩りの告発者となった少女たちのなかに、それ以前に、当時辺境であったメイン植民地で起こったインディアン戦争を経験した者がいた事実に着目した。当初、少女の発作とティチューバ、サラ・グッド、サラ・オズボーン（Sarah Osborn）の告発から始まった魔女騒動は、ノートンが跡づけたごとく、ジョージ・バロウズの告発（一六九二年四月一九–二〇日）以降、セイラム村からエセックス郡全体へと広がり、辺境のメイン植民地におけるインディアン体験の恐怖へと連鎖していった。魔女に苦しめられていると叫ぶ少女たちは、セイラムの事件以前に辺境地域でインディアン戦争に関わった者たちを魔女とみなし告発する傾向にあったのである（Kences, 282）。告発の矛先がインディアン戦争での生存者に向けられるのに並行して、彼女たちの悪魔の描写はインディアンの形象と酷似するようになる。証言を求められた少女たちが語る悪魔像はインディアンそのものであり、悪魔との契約のときには、インディアンとの戦争を思わせるような太鼓やトランペットの音が鳴り渡っていたとされ、フランス軍およびインディアン側についたと思しき者があからさまに魔女として非難され、その恐怖がまざまざと語られている(3)。

では、研究者たちが注目し、しかも、ニールの作品において標題人物であるレイチェル・ダイアーを差し置いて事実上の主人公となっているバロウズとは何者なのか。バロウズは、ファルマス、カスコ湾地域での牧師職の後、セイラム村の一代目牧師ジェイムズ・ベイリー(James Bailey)の後続として着任し、一六八〇年から八三年まで在職した人物である。その後、教区民と負債をめぐって衝突したため、北東部のメイン植民地へと再び戻っていった。フィリップ王戦争と、それに引き続き起こったウィリアム王戦争下にあって、エセックス郡のカスコ湾地域は、たびたび襲撃をうけている。特に魔女狩り直前の三年間(一六八九年、九〇年、九一年)は立てつづけに攻撃され、バロウズ自身、一六七六年と一六八九年にインディアンとの攻防を経験している。この際、被害をうけた者たちの一部が、のちにセイラムに移り住むのだが、魔女狩りでバロウズを告発した数人の少女たちのうちアビゲイル・ホッブス(Abigail Hobbs)とマーシー・ルイス(Mercy Lewis)は、バロウズ同様、ファルマスでの惨劇を目の当たりにしており、一六八〇年代半ば頃はバロウズとも頻繁に顔を合わせうる環境にあった。特にインディアン戦で両親を殺され孤児となったマーシー・ルイスは、バロウズ宅に女中として住み込んでいたこともある。インディアンとの戦いで生き残った指導者たちに対する疑念と、少女たちの疎外感および罪の意識から生じる告発衝動が魔女狩りの背後に蟠踞していたという歴史家たちの指摘通り、バロウズに対する容疑は複雑を極める。激烈な戦いを体験したにもかかわらず、バロウズが無傷で生き残ったのは、インディアン、すなわち悪魔が手を引いていたからだと曲解されたのだ。さらに言えば、彼の類まれなる身体的な強靭さもまた、悪魔によって保証されたものであったと解釈される。

こうしたインディアンとの繋がりを作品内に探る前に、まず、悪魔とインディアンを排除する意図の下、体験記(narrative)ジャンルに積み重ねられた言説と魔女狩りとの相関を確認しておきたい。一六八二年から一七一六年にかけて出版されたフロンティア関連のナラティヴが、すべて捕囚のテーマに貫かれていたとするスロトキンは、生霊／亡霊に取り憑かれることと、インディアン捕囚経験との間にある共通の物語素の連鎖を看破した。つまり、悪魔＝インディアン襲撃の後、悪魔ないしは悪魔的インディアンの支配下で蹂躙され、しかしながら神の恩寵と信仰心、忍耐によって最終的に心身ともに救済されるという捕囚体験記のフォーミュラは、そのまま魔女狩りにもあてはまるというのである。カスコ湾でのインディアン襲撃時に両親を惨殺され自らも捕囚を経験した後、セイラムにおいて、魔女に苦しめられたとして告発者側に立ったマーシー・ショート（Mercy Short）の証言は、メアリ・ローランドソン夫人（Mary Rowlandson）、ハナ・ダスタン夫人（Hanna Duston）、ハナ・スウォートン夫人（Hanna Swarton）の捕囚体験記を出版したコットン・マザーによって記録された。しかも魔女狩りに先立つ二年前、マーシー・ショートと同様にインディアンの攻撃をうけ攫われたスウォートン夫人が、カナダのフランス人宅にて知り合った捕虜ジョン・オルデン（John Alden）父子の父のほうもまた、インディアン側に与したとして、セイラムの魔女狩りで告発されているのである。[4]

インディアン捕囚体験記出版と魔女狩りの双方を促進・助長し、最終的に騒動を収束させたマザー父子は、史実上もまた『レイチェル・ダイアー』内においても、明白にバロウズと対峙する（第一一章）。マザーが規定した、外なる、そして内なる悪魔排除の言説は、ニールの挑戦を受けることになったのだ。マックウィリアムズは、北部地域のインディアン戦争を魔女狩りと関連づける妥当性は歴史家たちによって保たれはしたが、セイラム魔女狩りを扱った南北戦争後の文学的想像力からは両者の関連づけは忘れ去られてしまったと述べているけれども（McWilliams, 177）、文学的想像力が忘れてしまったこの連接関係を一八二八年という時点で最も鮮鋭に示して見せたのがニールであった。それも魔女狩りやインディアン戦争を含むニューイングランドの迫害の歴史を、史実と物語とが交差するナラティヴによって構築したのである。ニールは物語冒頭、セイラムの事件がまだ幕を開けぬ時点で、「この時代の正確かつ信頼に足る記録を紐解けば」、魔女狩りはインディアン戦争の最中に起こったことが分かると述べ、かつ「この物語に関わる一人［レイチェル］が獄中死を遂げた」旨を挿入することによって史実と虚構とを密接に関連づけている（33）。では、こうした為政者側と迫害者側の関係を含め、本作はどのように魔女狩りとインディアンとを関連させ、作中に捕囚体験記の要素を絡ませているのか。そもそもこうした批評精神を携えたニールとは、どういった背景を有する作家なのか。作家の人となりと物語プロットを概観しよう。

2.「あの放埓なる輩」のプロット

ニールは、ニューイングランドのファルマス（Falmouth ＝現メイン州ポートランド）にクエーカー教徒の両親のもと生まれた。幼くして父を失い、ボルチモアで商売に携わったのち、法律を学び弁護士になるが、イギリス・ロマン派のバイロン（Gepрge Gordon Byron）の諸作に触発され文学を志し、以降は小説、戯曲、詩、文芸評論の執筆をつづける。一八二四年イギリスに渡り三年間の滞在中にジェレミー・ベンソン（Jeremy Bentham）と交友を結ぶ。一八二四–二五年に『ブラックウッド・マガジン』（*Blackwood's Magazine*）にアメリカ作家についての記事を連載。ポウやホイットマンの才能をいち早く見抜き、賞賛し、またホーソーンにも大きな影響を与えた。独立革命の精神に傾倒し、文学においてもイギリスの模倣ではないアメリカ独自の文学を提唱した。

アメリカ文学の独立を目指し、アメリカ特有の物語の構築を叫んだニール作品のテーマの多くは、独立革命の精神とネイティヴ・アメリカンの表象であった。ニールは、『レイチェル・ダイアー』に先立ち、一八一八年には第二次対英戦争についての詩『ナイアガラの戦い』（*Battle of Niagara*）を世に送り、一八二二年には独立革命時の歴史小説、『一七七六年』（*Seventy-Six*）を出版する。同年発表の『ローガン』（*Logan*）の主人公は、イギリスのアメリカン・インディアンに対する抑圧を語るスポークスマンの役割を果たす。タイトルのローガンとは、ジェファソンが『ヴァージニア覚書』（*Notes on Virginia* 1782）において、フランスのビュフォン伯のアメリカ批判に対抗し、自国側の優位性を主張した際に、その卓越した雄弁を紹介したイロコイの酋長である。更には独立戦争の精神に傾倒しアメリカ側について戦ったインディアンの悲劇的物語「オター・バッグ——オナイダ族長」（“Otter Bag: the Oneida Chief,” 1828）においても、ネイティヴ・アメリカンを賞賛するくだりを書いている。インディアンの言葉は、大仰な装飾や比喩ではなく、厳粛で、簡素かつ率直で明瞭であるがゆえに素晴らしいと、ニールが語るとき、『レイチェル・ダイアー』の読者は、魔女狩りとネイティヴ・アメリカンとの関連とともに、革命精神を雄弁に語るインディアン・バロウズを想起せずにいられない。

作中主人公に熱弁をふるわせるニールは、物語開始以前の「前書き」段階から、自ら高らかな「宣言」をする。一八二〇年、『エジンバラ・レビュー』（*Edinburgh Review*）において「一体、世界のどこにアメリカの書物を読む者がいるというのか?」と述べたシドニー・スミス（Sydney Smith）の言に憤ったニールは、本作序文において、イギリス文学追随・模倣の傾向を批判し、英米の読者に文学的独立の必要性と自身の作品の独創性・斬新さを訴えた。『レイチェル・ダイアー』には、二つの序文が付されている。一つ目は、二頁ほどの序文で、旧来の文学規範——すなわち、道徳的、知的美徳と身体的美麗とが分かち難く結びついている人物を登場させる物語上のお約束——を覆し、醜い異形の同名主人公に、高潔な徳義をまとわせる作家の意図が、悪名高き事件への疑義とともに示されている。第一の序文の末尾に補遺として付した第二の序文は、そもそも『ノース・アメリカン・ストーリー』誌（*North American Stories*）に上梓するために書かれたものであったが、日の目をみず、このほど、熟慮の上、『レイチェル・ダイアー』に収めることとした旨が記されている。よって、一つ目の序文は、いわば、「未発表序文」（“Unpublished Preface”）と題された二つ目の序文の「前振り」に当たるのだが、この二つ目の序文こそが、「文学的独立宣言」と称されるニールの真骨頂なのだ。アメリカン・ルネサンスに先駆けて、ニールは、本作にて、英文学からの独立を喚起したのである。「アメリカ文学の称揚に関心をお持ちの方のなかには、小説執筆の主題に関する私の当時、および現在の意向を知って、遺憾に思わない者もおられることだろう。」（“Among those who are interested for the encouragement of our native literature, there may be some who will not be sorry to see what my ideas were on the subject of novel-writing, as well as what they are." (v)」との言や、第一の序文に比べて七倍以上の一五頁——しかも文字のフォントとフォーマットは非常に密度が高い——にも及ぶ長さからも、ニールがいかにこの「文学的独立宣言」を重視していたかが窺える。

国家と文学の双方の独立を意識し、その背後に先住民の雄姿を幻視するニールのロマンスが、作為《プロット》に満ちているらしいことは、既に十分、察しがつくが、『レイチェル・ダイアー』のあらすじそのものは、比較的、単純である。史実との相違はあるものの、本作は、基本的にセイラムの魔女狩りを下敷きに、事件の経過に従って物語化されている。ピューリタン上陸から魔女狩り当時のマサチューセッツ湾岸植民地の歴史的、社会的背景を概観したのち、パリス牧師の娘の異変、奴隷ティチューバ・インディアンの告発・告白によって魔女狩りがスタートする。サラ・グッド、マーサ・コーリーの裁判に対して、ジョージ・バロウズが抗弁するも、二人は処刑されてしまう。そこにバロウズのインディアン混血の出自、クエーカー殉教者のメアリ・ダイアーの孫娘レイチェルとメアリ・エリザベス姉妹との関係が織り込まれる。レイチェルとメアリ・エリザベスの姉妹は、ともにバロウズを愛しており、バロウズは秘かにメアリを想っているという設定。その意味において、本作は恋愛小説でもある。バロウズとレイチェルは「魔女」と告発され、有罪となり、バロウズは物語終結間際で監獄のレイチェルに虚偽の告白をし、延命するよう説得する。それそのものが虚偽の茶番と化した裁判での表層上の自白は、罪にはならないし、むしろ命を粗末にするほうが罪であるとの概念は、ミラー戯曲の主人公の逡巡を想起させる。だが、レイチェルはこれを拒否。バロウズとくちづけを交わしたレイチェルが、処刑の日の朝、獄中で静かに死んでいるのが発見され、物語は幕を閉じる。

初期ニューイングランドにおけるピューリタンの負の歴史と魔女狩りロマンスについて考察するとき、異端者迫害やインディアン捕囚に造詣の深いホーソーンを思い出さずにはいられない。『緋文字』(*The Scarlet Letter*, 1850)の税関にも描かれているように、一八三〇年、ジョン・ウィンスロップとともに英国からマサチューセッツ湾植民地にやって来て、セイラムに定住したウィリアム・ホーソーン(William Hathorne, 1607?-81)は、クエーカー教徒迫害で後世に名を残し、セイラムの魔女裁判で判事を務めた二代目の John Hathorne（1641-1717）は、少なくとも絞首刑の執行に一八回も立ち会ったといわれている（八木『緋文字』387）。魔女狩りに関する先祖の宿怨を物語化した『七破風の屋敷』（*The House of Seven Gables*, 1851）において、モールの呪いの後、歴代ピンチョンが血眼になって追い求めるメイン州の未開拓の荒野は、そもそも魔女狩り当時、抗争の最前線であり、インディアンから入手した土地であった。ホーソーンが直接的に魔女狩りを作品化しなかったのは、ニールが先行して書いてしまったからとの見解もあるようだが、だとするとアメリカン・ルネサンスの正典作家に一目置かれたニール作品には、ホーソーン以上の植民地史への批判精神が看破できるだろう。次のセクションでは、魔女狩りに先立つニューイングランドにおける迫害、魔女狩りとインディアン抗争との関連、バロウズの出自の三点に注目して考察したい。

3. 畸形のレイチェル、混血のバロウズ

初期ニューイングランドにおける迫害といえば、魔女狩りに加えて、反律法主義《アンチノミアン》異端、クエーカー教徒、ひいてはインディアンに対するそれが挙げられるが、ニールは、レイチェル・ダイアーという結節点に位置するキャラクターを生み出すことによって、これらすべてを魔女狩り物語内部に集約させている。魔女狩りに関する一般的見解を述べた第一章につづく第二章は、ピルグリム・ファーザーズのプリマス上陸の歴史を紐解き、ピューリタンが、マサチューセッツ湾岸植民地におけるこれら三種の「異端者」を、いかに迫害してきたかを早々に提示する（35; 45-46）。そもそもイギリスを追われてきたピューリタンが新大陸に降り立った瞬間、迫害者となるさまを冒頭部に配置する構成は、狩られる者が狩る者へと転ずる魔女狩りの図式をあらかじめ提示するために他ならない。魔女狩りのもうひとつの舞台とも言うべきメイン植民地のファルマスの出身で、自身、クエーカーとして幼少より差別を経験してきたニールは、このように、徹底して被迫害者側に立って物語を構成している。

『レイチェル・ダイアー』において、ダイアー姉妹の祖母として設定されているメアリ・ダイアーなる登場人物は、実在の人物である。史実上のメアリ・ダイアーは、反律法主義者アン・ハチンソン(Anne Hutchinson)と友人関係にあり、ハチンソンに従ったのち、ともに一六三八年、マサチューセッツ湾岸植民地を追放になる。その後、イギリスに渡りクエーカー教徒となるも、一六五九年にボストンに戻り、追放の禁を幾度も破ったため、翌年、ボストン・コモンにて処刑された。ちなみに二人はともに畸形の未熟児を死産しており、思想的異端は身体的畸形を誘発する、すなわち体制叛逆者の内的異常は外的歪曲となって現れいずるとみなされた。この二人の異端者は、物語においても、史実と同様、処刑され、あるいは追放ののち不幸な死を遂げる。

ただし、ニール作品の提示とは異なり、実在のメアリ・ダイアーに娘はいないし、クエーカー教徒がそれがゆえにセイラムの魔女裁判にかけられた事実もない。また、物語上では、メアリ・ダイアーは、裁判時、友人のエリザベス・ハチンソンに擁護されているが、もちろん、そんな史実もない。作中、二人の追放や処刑の年はずらされており、ハチンソンはアンではなくエリザベスと名を変え、ダイアーにはレイチェルとメアリ・エリザベスの姉妹の孫娘がいる設定になっているものの、これら二人の女性たちが魔女的な存在として造型されているのは間違いない。異端の子孫はあくまでも異端、怪物的思考の持ち主は形象においても怪物を再生産するとのピューリタンの概念を、ニールは効果的に利用しているである。加えてニールは、アンチノミアン論争(一六三六―三七年)とクエーカー教徒迫害(一六五〇年代)とを魔女狩りに直結させる時代錯誤的提示を敢えて行なうことによって、旧来的な英国法に基づく為政者側の過ちをまとめて批判してもいるのだ(Carlson 162)。

ここで特に注目すべきは、ダイアーの孫娘、姉レイチェルの容姿であろう。彼女は「巨大な頭部」に「ごわごわした赤毛」をたたえた「そばかすだらけ」の「せむしの魔女」という極めて醜い「歪んだ形象」(distorted shape)を与えられている(226)。ピーコッド戦争勃発とハチンソンの追放決定がともに一六三七年であった事実に注目したアン・キビー(Ann Kibby)によれば、ピューリタン神学はその正統性保持のために、比喩/形象(figura)の観点からインディアンとアンチノミアン論者を歪んだ思想、奇異な形象を有す異端とみなし、両者の破壊、駆逐を目論んだ。だとすれば、初期ニューイングランドの二大異端女性の精神を引き継いだレイチェルとは、死産で終わった二人の女性の畸形の未熟児を、ニールが文学的に復活させ、新たに生を与えし姿であると言えるだろう。しかもレイチェルは、敬虔なクエーカーとして、インディアンと極めて近しい関係を築き、悪魔に与したと言われたバロウズを終始支え、愛しつづけ、果ては自身も魔女として処刑判決を受けるに至るのだから、ピューリタン社会にあって、彼女が何重にも「歪んだ」異端者とみなされうるのは確実である。

しかしながら、ニールはこの畸形のレイチェルに、人々を圧倒する威厳と魂の美しさを付与することによって、逆にピューリタンの迫害の非道さを浮かび上がらせる。と同時に、二人の異端女性にちなんで命名されたレイチェルの妹メアリ・エリザベス・ダイアーを、姉とは対照的に美しい容姿をもつ女性とし、そのメアリ・エリザベスが処刑を免れることで物語を締めくくることにより、異端とみなされたアンチノミアンとクエーカーの精神が、身体的にも思想的にも回復され、「正しい」形象として受け継がれていく反転のさまを暗示している。

さて、生きながらえる妹と対極的に、監獄で静かに死を迎えるレイチェルは、歴史上、あるいは物語上に表象される異端者の処刑と魔女狩り、およびインディアンという三つの主題的要素を接合する役割を果たしている。魔女狩りとインディアン抗争との相関をテクストに探ると、興味深いことに、『レイチェル・ダイアー』においては、異端者にせよ、魔女にせよ、迫害が行なわれるときには、その前後どちらかに、必ずインディアンとピューリタンとの間の対立が配置されている構図が浮かび上がってくる。つまり迫害の後、共同体ないしは個人を襲う不幸は、インディアンによってもたらされるか、またはインディアンとの関係が悪化する事態の後に、魔女狩りが展開されるよう挿話配置がなされているのだ。

たとえば、メアリ・ダイアーとエリザベス・ハチンソンに関して言うなら、ダイアーの処刑に際してハチンソンが不吉な予言をした後、ニューイングランドには疫病、自然災害、党派争いに加えて、フィリップ王戦争が勃発する。「邪悪な野蛮人」との戦いは、ハチンソンの予言が現実となったことを意味し、「人々に形のない恐怖」、「名づけようのない不安」を喚起する（40）。そしてその打撃からようやく立ち直ったと思った頃にウィリアム王戦争がつづき、さらにその間に、魔女狩りが席巻するのだ。しかもダイアー、ハチンソンを迫害した主席判事の娘が、今度は魔女狩りで死を迎える因果応報のおまけつきだ（36）。

魔女の容疑者の処刑にも、インディアンとの関連が見られる。無実を訴えつづけたサラ・グッドは、処刑宣告の場において、「死には死を、血には血を。この仕打ちによって、お前たちは血を啜ることになるだろう」と叫ぶ（62-63）。この処刑に際し彼女を罵った男は、その後インディアンに捕えられ、部族の法廷に引きずり出され有罪を宣告される。この男は若い頃、モホーク族と共に生活したことがあり、インディアンの習慣や戦い方にも精通していたにもかかわらず、別の男の死肉を食べよと強要された挙句、殺される（65-66）。このようにニールは、魔女狩りが引き起こす復讐の連鎖にインディアンを絡めつつ、残虐の最たる例によって劇化していると考えられる。

さらに本作第七章から一一章までの五章分を費やして行なわれるマーサ・コーリーの裁判・処刑の後には、時間を遡及する形でバロウズの出自とメイン植民地ファルマスにおけるインディアン戦争の模様（一二―一三章）がつづく。バロウズは、抗争の最中に自ら捕虜となり、インディアンとともに去った後、数年を経てセイラムに戻り、その直後に魔女狩りに遭遇するのである。ここでロマンスの時間の流れは、バロウズがサラ・グッドの法廷へと突如姿を現す場面（五章）へと接続される。このように、魔女として処刑された二人の女性の法廷シーンは、単に並列されているというよりも、ニールの挿話配置および時間処理を通して巧みに提示されており、よって読者は、インディアン戦争とバロウズ捕囚から魔女狩りへという大きな循環のなかに法廷シーンが置かれている物語構成を再確認することになる。

バロウズおよびダイアー姉妹が魔女容疑をかけられ、追尾される場面でも、インディアンの影が関与し、結果的に不幸を招く。クエーカー教徒のダイアー姉妹は森のはずれに暮らしているのだが、彼女らは、ピューリタンが言うところの「悪魔の契約」によってではなく、信頼関係によってインディアンに守られている。魔女として狩られる側のレイチェル一行は、闇のなか、馬を走らせ、捕獲者から逃れんとする。逃走するレイチェルたちに秘かにつき従い、「目に見えない護衛」(body-guard of invisible creatures) として、彼女らを援護するインディアンは、ピューリタンの追っ手を威嚇し、攻撃を仕掛ける (244-45)。暗闇のなかで逃亡する異端者一行を守る別の異端者――姿を見せぬインディアン――が放つ矢は妖術とみなされ、レイチェルは魔女裁判へと送り込まれる。ここには、悪魔＝インディアンと契約した者は戦で生き残る、という魔女告発の訴因に対するニールの批判が織り込まれていると考えられる。

このように『レイチェル・ダイアー』においては、魔女狩りとインディアンとの連接関係がさまざまに示されるが、本作品の最大の特徴は、作家がバロウズに混血の出自を与えた点にある。この創作こそ、ニールのオリジナルであり、物語の白眉であると言ってよい。バロウズは、「幼少時にインディアンに捕えられ」て「彼らの風習を身につけ成長した」白人女性と「白人の血をひく［インディアン］戦士」との間に生まれた子供として、インディアン社会で育ち、のちに、ジョン・エリオット牧師 (the Rev. John Eliot, 1604-1690) に師事した母親の影響により牧師となる設定なのだ (150-52)。アルゴンキン語翻訳聖書を携えてインディアンに布教した実在の牧師エリオットは、ピューリタンから讃えられる存在であるけれども、『レイチェル・ダイアー』においては、間接的とはいえ、彼からの影響を受けたバロウズが、皮肉にも体制側と対峙し魔女狩りの対象となってしまう。

本来、白人ピューリタンであるはずのバロウズが、物語内で、混血主体へと文化的・人種的変容をとげるのは、体制側から見れば、悪魔的かつ劣性の要素の強調に他ならない。ところが、嫌悪されるはずの劣等人種との混血とみなされていたにもかかわらず、彼は作中、多くの女性から愛され、嫉妬の対象にすらなるのだ。史実上では、アン・パトナム・ジュニアが証言したバロウズ告発の理由は三点で、そのなかには、インディアンとの共謀が批判的に提示されているのに、物語上のバロウズは、むしろその男性性、性的魅力が強調されているのである。ニールは、ここで、ロマンスの典型ともいうべき、村娘の愛憎劇をさしはさむ。バロウズが悪魔との契約を結んだ異端者として告発されたのは、メアリ・エリザベスを愛するバロウズに思いを寄せる村娘が、その成就しえない恋愛感情ゆえに、彼を名指したからだと説明しているのだ。個人的悋気が告発の真の理由であったとする作家解釈は、アーサー・ミラーの不倫劇『るつぼ』に引き継がれていると言えるだろう。ついでに言えば、ともに捕えられたレイチェルに対して、獄中、「偽りを語りさえすれば命を救える力を有しているのに死ぬのは大罪だ」(255) と諭すバロウズと、それでも真のクエーカーとして虚偽の告白を拒否するレイチェルの姿は、まさにミラー戯曲におけるヘイル牧師と主人公プロクターとに重なり合う。

セイラムでの牧師奉職中に妻との死別を経験したバロウズは、妻の死を悼み、傷心をかかえヨーロッパに渡ったのちに、インディアン戦争の最中のファルマスに戻る。インディアンの突然の攻撃に際して、彼は白人側兵士を指揮して応戦するも、戦況は悪化の一途を辿る。ロマンスでの混血バロウズにとっては、白人もネイティヴ・アメリカンもともに兄弟であるからこそ、双方にとっての被害を食い止めるべく、彼は和解のために敢えて捕虜となる道を選ぶ。年月を経てイロコイ・インディアンの部族で信頼を勝ちえたバロウズは、酋長から彼の娘との結婚を申し出られるほどの存在になるのだが、それを辞して部族を去る。「白人としての私は白人の同胞と戦うことはできない。心に湧き上がる赤い血潮をもった赤人の養子、勇敢なイロコイ族に育まれた捕虜として、私は赤人の敵になることもできない」という彼の言は、混血の苦悩を切実に物語る (171)。しかしこうしてイロコイの部族を離れたバロウズは、皮肉にも白人社会において自らが狩られる立場となる魔女騒動に遭遇する悲劇に見舞われるのである。もちろん、そもそもインディアンの血を引くバロウズが「自ら積極的に行なった捕囚」(voluntary hostage) (169) を英雄的に描くのはあまりに単純にすぎるきらいもあるが、捕囚をインディアン駆逐の正当化の手段としてではなく、あくまでも和解の模索のために敢えて行なう行為であると考えるとき、ニールはピューリタン側からのみ捕囚を捉える姿勢に対するアンチテーゼを提示しているとみなすことができるだろう。物語本体はバロウズ処刑判決およびレイチェルの監獄での死によって幕を閉じるが、ケイレフの著述を参照して巻末に付された「歴史的事実」において、バロウズの誇り高き死にざまが示されている（272-73）。[5]

このように、文字通り、白人とネイティヴ・アメリカンとの境界越境的存在であるバロウズは、その混血の出自ゆえ、悪魔として狩られる悲劇的英雄となり、標題人物のレイチェルをも凌駕する中心的な存在となると同時に、ピューリタンとインディアン、英本国と植民地、救済と迫害という二項対立を瓦解させる役割をも担う。魔女狩りとネイティヴ・アメリカン抗争との関連を混血牧師の捕囚体験記で結んだニールは、斯様にピューリタンたちが本来的に内包していた矛盾を暴いたのである。その過程で、登場人物たちが、神への敬虔や為政者への追従という受容的立場から、理不尽な共同体に対して抵抗精神を顕わにし、自我を拡大させていくさまをも描き出し、滅私奉公を基盤とするマサチューセッツ神権政治が揺らいでいく経過を鮮明に映し出したのである。

4．法廷闘争する先住民、独立宣言する作家

パリス家の奴隷という周縁的な存在にもかかわらず、自らが告白・告発による処刑免責の雛形となることで魔女狩り拡大の根幹的な構図を作り上げたティチューバの例に見られるように、セイラムの魔女狩りには、為政者側を前にした社会的被抑圧者および人種的他者の言語操作能力が多大に影響していた。被抑圧者側の語る言語がいかに体制を揺さぶるかは、事実を虚構化する作家の意図、ことに「魔女」の人種を積極的に混血化していこうとするロマンス作家の作為によってさらに強化される。たとえばバルバドス出身のティチューバの人種的アイデンティティは、これまで魔女狩り物語群中においてさまざまに取り扱われ、インディオ、インディオとアフリカンとの混血、アフリカン、果てはアフリカンと白人との混血と変容してきた。[6] この変容の幅は、すなわち、魔女狩りがニューイングランドの人種的・言説的多様性と密接に結びついている事態を示唆している。

グアドループ出身の作家マリーズ・コンデは、二〇世紀後半の一九八六年、ピューリタンにとっての人種的他者

の視座から、魔女狩りを見直した作品『わたしはティチューバ――セイラムの黒人魔女』(*I, Tituba, Black Witch of Salem*, 仏語版 1986; 英語版 1992)を発表したが、[7] それより一五〇年余も早く一九世紀前半のＷＡＳＰ作家ニールが数多の魔女狩り物語のなかで、いち早く人種的・宗教的他者を主人公とする歴史改変小説を完成させていた事実に読者は改めて驚かされる。ポスト植民地主義の勃興期において、コンデは歴史の表舞台から抹殺されたティチューバの「声」を取り戻そうと、白人とアフリカ人との混血主人公の人生を創作し、魔女狩り再構築物語を完成させた。一方ニールは、アメリカ帝国主義の原型とも言うべきモンロー主義(一八二三年)の言説空間の最中にあって、白人とインディアンとの混血であるバロウズを主人公とする歴史改変ロマンスを作り上げた。[8] 確かにコンデのティチューバは、英国人水夫に凌辱されたアシャンティ族女性によって生を受けた設定だが、作品の序文でアンジェラ・デイヴィス(Angela Davis)が、ティチューバの出自を先住民に求める史観と可能性について敢えて言及している事実に鑑みれば(xi)、両作は声を武器に、雄弁という要素によって結びつく、いわばバロウズ・ティチューバ間のインディアン・コネクションを共有していることにもなる。ともに史実とは違った混血のアイデンティティと体制転覆的精神を作家によって付与されたこれら二人の魔女狩り犠牲者は、両作品中、助言者の忠言に従い、言語を駆使して魔女狩り言説を翻弄することによって、かたや抑圧者に復讐し、かたや法廷に挑みかかるのだ。

実際、『レイチェル・ダイアー』におけるインディアン・バロウズは実によく語っている。なるほどニールは、史実に従い、バロウズの身体的強靭さ、道義的・精神的卓越を際立たせているけれども、「類まれなる口説の才」(an extraordinary gift of speech)こそが彼の真骨頂だ(149)。それは、ニールが、バロウズの法廷での判事ならびに為政者側との対決・弁舌の場面に、物語全体の約1/3という破格の分量を割いているさまからも窺える。『レイチェル・ダイアー』全二一章のうち、バロウズがサラ・グッド、マーサ・コーリーの法廷に登場しインクリーズ・マザーや判事たちとの言語戦を展開するのは五章から一一章まで、またバロウズ自身の裁判は一八―一九章である。もちろんこの法廷シーンの長さと詳細さは、ニール自身が作家になる以前に弁護士として法律に携わっていたからこそであろう。

サラ・グッドに対する証人・証拠の妥当性が認められず、マーサ・コーリーに対しても証言・弁明の機会を与えられずに窮地に陥ったバロウズは、裁判の途中で「さる法律家」による言語戦略の手ほどきを受けて以降、ある種のデマゴーグとしてピューリタンの法廷を煽り、陪審に大仰に語りかけ、為政者側と対峙する（97）。バロウズは、証拠の検証、被告を正当に保護すべき司法制度のあり方を、時に煽情的に、時に理路整然と語り、あたかも「生命、自由、幸福追求の権利」を謳う独立宣言さながらに、人命と自由を強調して魔女裁判の不当な抑圧を批判する。こうした彼の雄弁な法律論が、魔女狩りを助長させていく告発者および為政者側の狂気と対比されるとき、魔女側に身を置く彼の節度ある厳粛さが逆に際立つのは、言うまでもない。だがピューリタンの狂信が勝った法廷は、最終的に、サラ・グッドやマーサ・コーリーのみならず、バロウズやレイチェルをも魔女として処刑するよう判決を下すのである。蛇足ながら付け加えれば、法廷におけるバロウズ弁舌は、本作品のハイライトだが、史実上のマーサ・コーリー裁判（九月九日）は、バロウズ処刑（八月一九日）の後なので、バロウズがコーリーのために弁護をする筋書きは、完全にニールの創作である（Carlson 161-62）けれども、バロウズは、訴訟に精通していたがゆえに拷問の圧死を遂げたジャイルズの妻のためにも雄弁をふるうべきと、作家は判断したのかもしれない。

『レイチェル・ダイアー』を旧世界の権威とそれに対して、自己信条を掲げるアンチノミアン的個人との対立の物語と捉えるウィリアム・シャイク（William Scheick）は、英国王の権威を盾にとって裁判を展開する判事に対して自らの内にある倫理観に従い抵抗する被抑圧者側の体制転覆的な姿勢を、アメリカ独立革命精神の反映であると結論づける（“Power” 143-55）。確かに、法廷シーンで英国法に基づき糾弾する判事と理想的アメリカ法のあり方を説くバロウズとの対立は、王党派と独立派が拮抗する独立革命期の状況を想起させ、南北戦争以前期のアメリカの読者にその愛国心を再燃させる。たとえば、被告囚人側に立って行なう弁護や証言は、英国王に対する叛逆とみなされるという為政者側の主張に対して、バロウズは、「人命を尊重するための証言者が英国王に抵抗する証拠であるとみなされるのならば、神よ、王を救いたまえ、と言わねばならぬ」と叫び、危険を顧みず不条理な王制と対峙する（93）。また、ニールはバロウズに、英米を対比させながら、被告人保護や弁護人を有する権利、満場一致の判決、疑わしきは罰せずの原則といった近代民主的な司法制度のあり方を語らせる（104-05）。デイヴィッド・J・カールソン（David J. Carlson）は、本作を、文学および法の先例——すなわち、旧世界の文学伝統と証拠に基づかない悪しき旧英国法——からの、二重の意味での「独立宣言」であると捉えているが、このように悪しき英法の影響からの独立を求め、アメリカの理念を代弁するバロウズの犠牲の上に社会的安定が確立するさまは、独立期アメリカの状況そのものを映しとっているとも考えられよう。

『レイチェル・ダイアー』の核心には、だが、シャイクが見落としている歴史的アイロニーが据えられている。混血で、しかも魔女の頭目という本来駆逐されてしかるべき異端者バロウズが、為政者側を揺るがす言語操作の威力を発揮し、かつその体制叛逆的行為が英雄視されるとき、そもそもアメリカの独立が、人種に関わる内部的矛盾を隠蔽した上で成就された事業であったのだと、読者は気づくことになる。問われるべきは、政治的叛逆というポリティックスと雄弁というレトリックの危うさを孕んだ連接関係である。

アメリカ革命精神をピューリタン第三世代の時代に上書きした魔女狩り物語が一八二八年に出版されるとき、しかも、このように混血のバロウズがかくも雄弁に仕立て上げられるとき、作家ニールの意図はより鮮明に映し出される。フィリップ・グールド（Philip Gould）は、ピューリタンの狂信を描く一連のニューイングランドの魔女狩り物語には、一七九〇年代から一八三〇年代の政党興隆期における党争を懸念する共和主義の遺産、すなわち、あざとい民衆煽動的熱狂と誠実かつ愛国的な理知・理性との間に危ういバランスを見取る感覚が反映されていると指摘し、このバランス感覚は、『レイチェル・ダイアー』においてはジャクソニアン時代の大衆ヒーローたる技巧的デマゴーグから理性と節度を携えピューリタンの狂信に冷静に立ち向かう理性的雄弁家バロウズへという変幻によって表象されていると述べる（Gould 172-209）。魔女狩りロマンスというジャンルの枠内で取り扱われるバロウズの口説には、革命期の政治的煽動者の言語技巧と愛国心の率直な発露があいまって表象されているのだ。煽情的な情動に支配された抵抗精神の発露は、英雄的に映りはするが、それが過剰に表れ出たとき理性が狂信へと取り込まれてしまう危険性を孕む。言語操作は、煽動に転じうる危うさを孕みはするが、能弁なパフォーマンスは劇的な政治的効果をもたらしもする。この危うい両義性を最も意識していたのは、独立宣言文を起草し、かつパトリック・ヘンリー（Patrick Henry）の雄弁に魅了されていたトマス・ジェファソン（Thomas Jefferson）であった。ジェイ・フリーゲルマン（Jay Fliegelman）が見事に読み解いてみせたように、ジェファソンの時代にあってアメリカ独立革命とは同時に雄弁術の革命でもあり、独立宣言という文書公布である以上に、宣言するという言語パフォーマンスそのものこそが重要であったのである。

極めて劇場的な魔女狩り法廷という場において、煽動的熱意と愛国的誠実さの双方を醸し出すバロウズは、「豊かな叡智」を身につけ、「強烈な声音、浅黒い顔立ち、大胆で堂々たる身ごなし、素晴しい語気の強さ」を携えている。その結果、誰もが彼の前では口をつぐみ、「何ものをも圧倒する畏敬の念」を覚え、死をも恐れぬ威厳と勇壮さを感じとる（222）。こうした物腰は、まさしくジェファソンが賞賛する雄弁術のための必須要素であったはずだ。しかも、この雄弁なインディアンたるバロウズを描くテクストそのものもまた、ジェファソンを魅了した語りの技法的効果を高めているのだ。もともと『レイチェル・ダイアー』は、地の文と口語的な会話との境界が不鮮明で発話・会話文が非常に多く、殊に法廷場面はほぼ発話のみで構成されているテクストであるため、読者は物語を読むというよりも、聴いているかのごとく感じられる。こうしたニールのテクスト特性は、ジェファソンが独立宣言を目で読むテクストというよりは、語り、聴くためのテクストであるとの意識の上に構築した文書であったというフリーゲルマンの解釈と共振しあう（Frliegelman, 4-28）。

権威からの自立を図る叛逆的精神が言語営為と共鳴しあう構図は、物語本体の前に掲載されたニールの「前書き」によって更に補完されることになる。『レイチェル・ダイアー』に付された二つの前書きのうち「北アメリカの物語に対する出版されなかった序文」（"Unpublished Preface to the North American Stories"）と題された二つ目のそれが発信するのは、ニールが繰り返し主張しつづけた信条、つまり、イギリス文学の模倣でないオリジナルのアメリカ文学構築を提唱する「偉大なる共和国文学のもうひとつの独立宣言」（"another DECLARATION OF INDEPENDENCE, in the great REPUBLIC OF LETTERS"）であった（xviii）。もちろんこうした「アメリカ文学の独立宣言」そのものは、この時期の言説においてさして珍しくは映らないかもしれないが、少なくともニールは、本作品においてのみならず、独自の文学の称揚を繰り返し呼びかけ、アメリカにおける歴史的背景、小説素材の乏しさという当時の作家・批評家たちの嘆きに真っ向から対抗し、『ブラックウッド・マガジン』に自身を含めアメリカ作家を盛んに紹介しつつ、国民文学の興隆に努めた。序文が示すように、ニールは『レイチェル・ダイアー』を北米独自の物語であると意識していたのだ。アメリカ共和国文学の独立を体現せんとした文学作品が、混血の牧師とインディアンに対する親和性の高いクエーカー教徒を主人公に据え、捕囚体験記の要素を内包したうえでセイラムの魔女狩りを物語化したロマンスの形態をとるとき、それは、言うまでもなく、まさにアメリカ特有の素材満載の物語となる。だが、『レイチェル・ダイアー』は、作家が意図したイギリス文学の模倣・亜流からの脱却・独立という極めて直接的な文学的独立宣言であるのみならず、同時代アメリカの文脈に向けられた政治的意義を発するテクストでもあるのだ。

5. 一八二八年の意義

ジョン・セイダウ（John J Seydow）が主張するごとく、英文学からの独立に関して言えば、一八二八年はアメリカにとって決定的な年であった。その事由として彼は、『レイチェル・ダイアー』の出版、ノア・ウェブスター（Noah Webster）による『アメリカ語辞典』（*American Dictionary*）の上梓を挙げ、さらには、ジェイムズ・フェニモア・クーパー（James Fenimore Cooper）やジェイムズ・カーク・ポールディング（James Kirke Paulding）といった文人が、ともに一八二八年出版の著作内――『アメリカ人の概念』（*Notions of Americans Picked Up by a Travelling Bachelor*）と『旅行者のための新ガイド』（*The New Mirror For Travellers; and Guide to the Springs*）――で、王制批判とアメリカ人気質の称揚を盛り込み、アメリカ人の未成熟を嘲笑するイギリス側に対し反駁した事例を示しつつ、この時期の文学領域において、米英対立の構図が明白に打ち出されていたさまを看破する（Seydow 153-54, 177）。こうした潮流が顕現化するゆえんは、同年、平民階級出身のアンドリュー・ジャクソン（Andrew Jackson）が大統領に選出されたことにより、憲法が保障するところの機会平等が大衆意識にまで象徴的に浸透し、人々のなかに、民主国家アメリカ国民としての気概が高まったためだと、セイダウは指摘する（Seydow 153）。

同年の第七代大統領選出から二年後に成立したインディアン強制移住法（一八三〇）からも窺えるように、一八二八年がさらに重要な意義を帯びるのは、当年が、先住民をアメリカ社会機構内に取り込むか否かをめぐる国内問題にある決着を迎えた年であったからである。つまり一八二八年とは、この問題に関してジェイムズ・モンローが提唱した否定的な見解をジョン・クインシー・アダムズが反復し、組み入れを放棄の上、白人文明の体制・制度が及ばない地域へ彼らを強制移住させる構想が確立した年でもあったのだ(Maddox 5-6)。この時をもってインディアンは、もはや悪魔的脅威ではなく、消えゆくアメリカ人、換言すれば使用可能な過去の存在として、以降作家たちによってロマンス化される対象となったのである。こうした背景に照らせば、一八二八年が注目に値するのは、ニール作品に代表されるように、単にアメリカ文学の独立が具体的に顕現した年だったからという単一の事由からではなく、より複合的な事象によると考えたほうが良い。つまりそれは、インディアン強制移住という国家プロジェクトの決定の同年に、文学独立の気運の高まりとも合致して、アメリカ独立革命の精神を映し取ったインディアン・バロウズが英雄的犠牲者となって共同体を救うという正真正銘アメリカ特有の物語が、知的独立宣言を序に掲げて出版されたなんとも皮肉な年であったのだ。アメリカ史上、先住民は、なるほど周縁へ追いやられたが、「独立」を叫ぶインディアンは、ニールによって物語の中心へと据えられたのである。

このアイロニーは、いわばインディアン狩りの時期に出版された魔女狩り物語内において、迫害され犠牲となったバロウズの姿を通じて書き込まれ、植民地時代から独立革命期を経てアンテベラム期に至るまで、アメリカがこうした人種的犠牲の上に自由と独立を確立してきた負の歴史を暴きだす。『レイチェル・ダイアー』は、文学的独立宣言という言説形態を通して政治的・宗教的自由と独立への希求を謳いあげ、インディアン捕囚体験記の物語構造を内包する魔女狩りロマンス形態を通して自発的捕囚を敢行する雄弁なるインディアン・バロウズの物語を提供することによって、ポリティクスとレトリックを不可分に繋いでいるのである。しかも、魔女狩りの遠因でもある植民地人とインディアンとの抗争を、その混血の出自ゆえに調停せんと身を挺したバロウズという境界的存在は、アメリカ国家建設が白人とインディアンによるハイブリッドな政治モデルによって形成された建国史をも想起させる。

こんにち、アメリカ建国の父祖たちが連邦制国家設立にあたり、ヨーロッパの叡智と同時にイロコイ連合の統治モデルを参考にしたことは、グリンデとジョハンセン（Donald A. Grinde, Jr. and Bruce E. Johansen）によって詳細に検証されている。合意形成と民意によって連邦の法と自治機構を形成するイロコイ同盟は、オルバニー連合案、連合規約、憲法の精神にまで通底する均衡と抑制による団結「多からなる統一」（E Pluribus Unum）を既に実現していた。建国の父たちを賞賛する背後で忘れ去られたインディアンの父たちの範型が、アメリカ国家成立にあたって確実に存在していたのである。このようなネイティヴ・アメリカンの政治的実在は、独立革命期にアメリカ独立と自由の象徴としてインディアン像が用いられていた事実によって証明されたわけだが（Grinde Jr. and Johansen 168）、(9) そうした事情は、第2章でも、詳述した通りだ。こうして北米植民地への入植から独立革命までの間に、白人側のインディアン表象は、悪魔から気高い野蛮人へ、さらにはアメリカ国家形成のための社会的先達へと変化し、アメリカの自由と独立のシンボルとして利用されるに至った。にもかかわらず、斯様な表象機能を果たし終えるや、最終的に彼らは駆逐されつづけ、ジャクソンの強制移住によって北東部から一掃されてしまったのである。

ネイティヴ・アメリカン表象の利用から遺棄へという経緯は、『レイチェル・ダイアー』において、魔女の頭目とみなされたバロウズが身を賭してピューリタン社会とインディアン社会との和平を結び、英国法が支配する魔女狩り法廷との対立の果てに共同体の健全な秩序回復を成したにもかかわらず処刑判決を下されるプロットと奇しくも合致する。魔女狩りの際も独立革命時も、イギリスの外圧に曝されるという植民地の危機的状況にあって、アメリカ内部におけるインディアンの「声」は、撃退され抑圧されるにせよ、あるいはアメリカ政治体系に取り込まれ懐柔されるにせよ、最終的には歴史の表層から掻き消されざるをえなかった。『アメリカ建国とイロコイ民主制』および、それに先行して一九八二年にジョハンセンが上梓した『忘れさられた建国者たち』（*Forgotten Founders*）の書名自体が何よりも、アメリカ史の表舞台におけるインディアンの不在を物語る。だがグリンデ&ジョハンセンとニールのテクストが明らかにしたのは、そのようにして一見、正史から消し去られたかのように映るインディアンが、それでもなお残存し、表象されつづけ、暗黙の影響力を持ちつづけた実態である。前述の歴史家たちの指摘は、煎じ詰めれば、イロコイ民主制の政治的成果の恩恵がこんにちまで存続しているという事実の再発見に他ならない。

『レイチェル・ダイアー』において混血のバロウズが体現する独立・叛逆の精神とは、ハイブリッドな性格を有したアメリカ国家成立の反映であった。彼のかくも雄弁な語りから発せられるのは、対英抵抗精神を際立たせた愛国的心情の吐露であると同時に、インディアンの口承伝統よろしく、声を駆使してロマンス出版当時の対インディアン政策に対する抵抗を暗に企てる言語営為でもあったと言えよう。ニールのバロウズは、すなわち、いくつもの「声」を代弁する存在として造型されていたからこそ、劇的なまでに雄弁な語りをせねばならなかったのだ。だからこそその声は、国家的人種抑圧とその隠蔽の歴史の最中にあってなおかき消されえない者たちの存在を知らしめるのである。

従って、対外的・対内的、ピューリタン時代と一八二〇年代、これら多方面的な射程に向けられた批判と叛抗の精神を体現すべきバロウズを造型したということの点にこそ、ニールが「体制転覆的小説の父」と考えられた事由が存する。ニールは単に魔女狩りを批判的に再構築し、ニューイングランドの迫害史を提示したから体制転覆的なのではない。彼は、為政者側と対峙しつつも己を賭して体制全体を救ったインディアン・バロウズを描くことによって、アメリカ建国が「忘れさられた建国者たち」の存在によってこそ為しえた事業であった事実を、インディアン駆逐を国家政策とする時代に大衆に知らしめたからこそ、換言すれば、アメリカ国家誕生に孕まれていた本質的矛盾を突いたからこそ、体制転覆的であると言えるのである。しかもこうした矛盾・葛藤に満ちた建国史を照射する物語に「アメリカ文学独立宣言」を付すとき、ニールが称揚する独立の精神は、奇しくも作家自身によって転覆されるという解体的契機をも含んでしまう。だからこそ、ニールはレトリックにおいてもポリティクスにおいても体制転覆的構築／脱構築のロマンス作家として異彩を放つのである。歴史上のピューリタン牧師バロウズはインディアン・コネクションのために処刑された。だがニールは、バロウズを敢えて混血のインディアンとすることで、一八二八年という早い段階で、ニューイングランドの迫害史と魔女狩りを批判的に再構築し、ひいてはそこに潜むアメリカ独立精神の持続とネイティヴ・アメリカンの決して完全には駆逐されえない実在性を示したのである。

※本章においては、魔女狩りおよびニール作品執筆時の通常呼称に従い、ネイティヴ・アメリカンや先住民よりもインディアンという表記を多用していることを、書き添えておく。

◉註

（1）セイラムの魔女狩りは、映画化作品も多い。アーサー・ミラーの『るつぼ』は、複数回映像化されているが、とみに有名なのは、フランス版（一九五七）とアメリカ版（一九九六）であろう。レイモン・ルーロー（Raymond Rouleau）監督『サレムの魔女』（一九五七）は、ジャン・ポール・サルトル（Jean-Paul Sartre）が脚色し、イヴ・モンタン（Yves Montand）がジョン・プロクターを、シモーヌ・シニョレ（Simone Signoret）がエリザベス・プロクターを、ミレーヌ・ドモンジョ（Mylene Demongeot）がアビゲイル・ウィリアムズを演じた。一九九六年のニコラス・ハイトナー（Nicholas Robert Hytner）監督作品『クルーシブル』（ダニエル・デイ・ルイス（Daniel Michael Blake Day-Lewis）、ウィノナ・ライダー（Winona Ryder）主演）は、ミラーが手ずから脚本を書いた。フランク・ロイド（Frank Lloyd）監督の『セイルムの娘』（*Maid of Salem*, 1937）は、史実に基づく冒険恋愛劇ではあるが、登場人物の造形や家族構成は、事実とはかなり異なる。男女ともに主人公は、まったくの虚構である。母を魔女として処刑され、おばの蝋燭屋を手伝う美しい娘バーバラ・クラークは、ヴァージニア植民地からの逃亡者ロジャー・カバーマンと恋に落ちる。若い二人の恋心と正義感は、ピューリタン社会で物議を醸し、折からの魔女狩り騒動に巻き込まれていく。処刑寸前でバーバラがロジャーに救われるハッピーエンドは、三〇年代のハリウッド映画の予定調和の反映だろう。ハリウッドは、さらに娯楽性の高いファンタジー・ロマンティック・コメディ『奥様は魔女』（*I Married a Witch*, 1942）を製作。監督はフランス人のルネ・クレール（René Clair）で、のちのテレビドラマシリーズの原型と考えられている。一方、史実に沿って作成された映像作品もある。裁判の証言記録に基づき、告発された三姉妹のうちの生存者の視点から事件を描いたＰＢＳ放映の『サラの三ポンド金貨』（Philip Leacock, dir., *Three Sovereigns for Sarah*, 1986）や、同じくテレビ放映されたジョセフ・サージェント監督の『セイラムの魔女裁判』（Joseph Sergent, dir., *Salem Witch Trials*, 2002）、さらに同名タイトルのヒストリーチャンネル放映作品（*Salem Witch Trials*, 1998）などがこれに相当する。最近では、二〇一六年のロバート・エガーズ（Robert Eggers）監督による『ウィッチ』（*The Witch*）が、サンダンス映画祭で、監督賞を受賞し、話題になった。『ウィッチ』は、セイラムの魔女狩り以前の一六三〇年、宗教的敬虔を厳格に貫こうとするあまり、ニューイングランドの共同体から追放された一家が、荒野で暮らすうちに、怪奇現象に襲われていくさまを描いた作品である。長女トマシンを魔女と疑う偽善的な夫婦や、孤立した一家の狂気、思春期の少年・少女の性の発露を、魔女狩りの遠因に捉えた作品として興味深い。

（2）魔女狩りを扱った文学作品として、たとえば、以下が挙げられる。Arthur Miller, *Crucible* (1953. Penguin, 1968); John C M'Call, *Witch of New England* (H. C. Carey, 1824); John Greenleaf Whittier, *Legends of New England* (1831. Clearfield, 1992); Henry Wadsworth Longfellow, *The New England Tragedies* (1871. Library of America, 2000); James Nelson Barker, *Superstition* (1824. *American Plays*. Ed. Allan Gates Hallinem, American Book Company, 1976); John William De Forest, *Witching Times* (1856-57. Collage & University P, 1967); Nathaniel Hawthorne, *The House of Seven Gables* (1851. Norton, 2003); Ann Petry, *Tituba of the Salem*

Village (Harper Trophy, 1964); Maryse Condé, *I, Tituba, Balck Witch of Salem* (1992. Trans. Richard Philcox, U of Virginia P, 2009), *Ann Rinaldi, A Break with Charity* (Gulliver, 1992).

（3）たとえば、インディアンとの戦いで両親を失い、自らも捕囚されたマーシー・ショート（Mercy Short）がコットン・マザー（Cotton Mather）に語った悪魔像は、「背の低い悪魔」（"a Short and Black Man"）で、「黒人ではなく、インディアンのような黄褐色人」("hee was not a Negro, but of a Tawney, or an Indian colour")であったという。バロウズ告発に対するメアリ・トゥースエイカー（Mary Toothaker）の証言において、バロウズ＝悪魔＝インディアンの三者の契約関係が明言されている。Ann Putnum Jr. の証言においても、バロウズは、1．二人の妻を殺した、2．ローソン牧師の妻、子供を殺した、3．フランスおよびインディアン軍との戦いの際、アンドロスが指揮するニューイングランド軍の兵士を魔法にかけて殺したとされた。同様に魔女告発を受けたキャプテン・ジョン・オルデン（Captain John Alden）は（恐らくはMercy Lewisによって）仏・インディアン軍のために武器を売りインディアン女性と関係を持ったと中傷されている。Slotkin 132, McWilliams 166-68, Hill 195 を参照。

（4）ハナ・スウォートンのナラティヴの註には、以下のような説明がある。「このジョン・オルデンなる者は、建国祖父の孫息子であるのだが、父キャプテン・ジョン・オルデン（一六二三頃生―一七〇二年没、魔女狩りの被告）とともに捕囚された。彼はケベックにて拘束されていたが、父のオルデンは解放されてボストンにメッセージを届けた。父は、マサチューセッツ隊のスループ帆船を指揮して、一七世紀末を通じて、英国人捕囚者を救い出すために積極的に尽力した。ジョン・オルデン父子は、一六九一年、エドワード・ティングとジョン・ネルソンとともに、フランスのフリゲート艦によって捕らえられた。息子のほうのオルデンはティングと一緒にフランスに連行されたが、のちに解放された。父のオルデンは、その後、ほどなくして一六九二年のセイラムの魔女狩りヒステリーの折に、糾弾され、ボストンの監獄に一五週間、収監された。結局逃亡した彼は、魔女狩り騒動が消え去るまで、隠れていたのである。」（Vaughan & Clark 156）

（5）ちなみに、この、処刑されるバロウズと馬上でそれを見守るコットン・マザーという構図は、同様に魔女狩りをモチーフとし、ニールの文学的影響を受けたとされるナサニエル・ホーソーンの『七破風の屋敷』（*The House of Seven Gables*）において、処刑されるモールと馬上で見守るピンチョン大佐として描かれていると考えられている。

（6）前述の Norton, Breslaw を参照。また、ティチューバの人種的表象が、セイラムの魔女狩り物語において如何に多岐に渡り、かつ変化してきたかに関しては、Hansen, Morsberger, Rosenthal, Tucker を参照。

（7）コンデはティチューバの出自をアフリカ人と白人との混血であるとしているのに対して、『レイチェル・ダイアー』における彼女は、呪術を操るインディアンとして描かれており、パリスの娘の異変、ティチューバ告発以降は、作品の表舞台から完全に姿を消し去る。

（8）モンロー主義構築の背景とアメリカ文学における混血インディアン表象に関しては、Murphy, Brown を参照。

（9）Grinde, Jr. & Johansen は、以下のように述べている。「新生アメリカ市民――新しい自由人――が用いた自由と平等のシンボルの一つは、アメリカン・インディアンであった。フランクリン、ジェファソン、ペインらは、イロコイをはじめアメリカ・インディアン社会の基本概念の一部に精通しており、それらを言説のなかに取り入れて、彼らが欠陥を見出すヨーロッパの価値観とアメリカ人の経験とは異なることを強調した。そうした批判は独立革命期、アメリカ人たちの耳目を集めた。そこへ盛り込まれたアメリカ先住民のイメージや理念は、アメリカ人の経験に深く浸透して、アメリカ・インディアンのように装い、話し、踊るヨーロッパ系アメリカ人の結社が林立したほどだ。かくして、アメリカのエリート層も一般人も、自分たちのアイデンティティと政府を変革するという共通目標を目指し、一つの重要なシンボルを共有することになったのである。」（168）

◉引用・参考文献

Breslaw, Elaine G. *Tituba Reluctant Witch of Salem: Devilish Indians and Puritan Fantasies*. New York UP, 1996.

Brown, Harry J. *Injun Joe's Ghost*. U of Missouri P, 2004.

Carlson, David J. "'Another Declaration of Independence': John Neal's *Rachel Dyer* and the Assault on Precedent." *John Neal and Nineteench-Century American Literature and Culture*, edited by Edward Watts and David J. Carlson, Bucknell UP, 2012, pp. 159-84.

Condé Maryse. *I, Tituba, Balck Witch of Salem*. 1986, translated by Richard Philcox, Caraf, 1992.（マリーズ・コンデ『わたしはティチューバ――セイラムの黒人魔女』、風呂本惇子、西井のぶ子訳、新水社、一九九八年）

Davis, Angela Y. "Foreword" in Maryse Condé, *I, Tituba, Balck Witch of Salem*. 1986, translated by Richard Philcox, Caraf, 1992, pp. ix-xi.

Fleischmann, Fritz. *A Right View of the Subject: Feminism in the Works of Charles Brockden Brown and John Neal*. Verlang Palm & Enke Erlangen, 1983.

Frliegelman, Jay. *Declaring Independence: Jefferson, Natural Language, & the Culture of Performance*. Stanford UP, 1993.

Gould, Philip. *Covenant and Republic: Historical Romance and the Politics of Puritanism*. Cambridge UP, 1996.

Grinde, Jr., Donald A. and Bruce E. Johansen, *Exemplar of Liberty: Native America and the Evolution of Democracy*. U of California P, 1991.（ドナルド・A・グリンデJr. &ブルース・E・ジョハンセン『アメリカ建国とイロコイ民主制』、星川淳訳、みすず書房、二〇〇六年）

Gustafson, Sandra M. *Eloquence Is Power: Oratory & Performance in Early America*. North Carolina P, 2000.

Hansen, Cnadwick. "The Metamorphosis of Tituba, or Why American Intellectuals Can't Tell an Indian Witch from a Negro." *The New England Quarterly*, vol. 47, no. 1, Mar. 1974, pp. 3-12.

Hill, Frances, ed. *The Salem Witch Trials Reader*. Da Capo, 2000.

Kences, James E. *Some Unexpected Relationships of Essex County Witchcraft to the Indian Wars of 1675 and 1687*. (July 1984), Essex Institute Historical Collections, reprinted in *The Salem Witch Trials Reader*, edited by Frances Hill, Da Capo, 2000.

Kibbey, Ann. *The Interpretation of Material shapes in Puritanism: A Study of Rhetoric, Prejudice, and Violence*. Cambridge UP, 1986.

Lease, Benjamin. *That Wild Fellow John Neal and the American Literary Revolution*. U of Chicago P, 1972.

Lease, Benjamin, and Hans-Joachim Lang, eds. *The Genius of John Neal*. Lang, 1978.

Maddox, Lucy. *Removals: Nineteenth-Century American Literature and the Politics of American Indian Affairs*. Oxford UP, 1991.（ルーシー・マドックス、『リムーヴァルズ――先住民と十九世紀アメリカ作家たち』、丹羽隆昭監訳、開文社出版、一九九八年）

Myles, Anne G. "From Monster to Martyr: Re-Presenting Mary Dyer." *Early American Literature*, vol. 36, no. 1, 2001, pp. 1-30

McWilliams, John. *New England's Crises and Cultural Memory: Literature, Politics, History, Religion 1620-1860*. Cambridge UP, 2004.

Morsberger, Robert E. "The Further Transformation of Tituba." *The New England Quarterly*, vol. 47, no. 3, Sep. 1974, pp. 456-58.

Murphy, Gretchen. *Hemispheric Imagination*. Duke UP, 2005.

Neal, John. *Rachel Dyer*. 1828. Prometheus, 1996.

Norton, Mary Beth. *In the Devil's Snare: the Salem Witchcraft Crisis of 1692*. Knopf, 2002.

Plimipton, Ruth. *Mary Dyer*. Branden, 1994.

Rees, Celia. *Witch Child*. Candlewick, 2000.（セリア・リーズ『魔女の血を引く娘』、亀井よし子訳、理論社、二〇〇二年）

---. *Sorceress*. Candlewick, 2002.（セリア・リーズ『魔女の血を引く娘２』、亀井よし子訳、理論社、二〇〇三年）

Reynolds, David S. *Beneath the American Renaissance: The Subversive Imagination in the Age of Emerson and Melville*. Harvard UP, 1988.

Rosenthal, Bernard ."Tituba's Story." *The New England Quarterly*, vol. 71, no. 2, June 1998, pp. 190-203.

Scheick, William J. *The Half-Blood: A Cultural Symbol in 19th-Century American Fiction*. UP of Kentucky, 1979.

---. "Power, Authority, and Revolutionary Impulse in John Neal's Rachel Dyer." *Studies in American Fiction*, vol. 4, 1976, pp. 143-55.

Seydow, John J. "The Sound of Passing Music: John Neal's Battle for American Literary Independence." *Colsterus: Essays in English and American Language and Literature*, vol. 7, 1973, pp. 153-54, 177.

---. “Power, Authority, and Revolutionary Impulse in John Neal’s *Rachel Dyer*.” *Studies in American Fiction*, vol. 4, 1976, pp. 143-55.

Sears, Donald A. *John Neal*. Twayne, 1978.

Slotkin, Richrd. *Regeneration Though Violence: The Mythology of the American Frontier, 1600-1860*. 1973. Harper Perennial, 1996.

Tucker, Veta Smith. “Purloined Identity: The Racial Metamorphosis of Tituba of Salem Village.” *Journal of Black Studies*, vol. 30, no. 4, March 2000, pp. 624-34.

Upton, Gilbert. *The Devil and George Burroughs*. Wordwright, London, 1997.

Vaughan, Alden T, & Edward W. Clark, eds. *Puritans among the Indians: Account of Captivity and Redemption 1676-1724*. Belknap P of Harvard UP, 1981.

八木敏雄「訳註」『完訳　緋文字』岩波書店、一九九二年。

第4章　詐欺師的独立宣言

——『スティーヴン・バロウズ回想録』とシェイズ叛乱のパロディー

0. 父は牧師、息子は詐欺師

一八一三年五月二四日、ヴァーモント州ハートフォードにて、ダートマス大学の長老派教会牧師であった故エデン・バロウズ（the Rev. Eden Burroughs, D. D. 1738-1813）の葬儀が執り行なわれた。説教を行なったジェイムズ・W・ウッドワード牧師（the Rev. James W. Woodward）は、葬送の儀のご多分にもれず、バロウズの牧師としての生前の業績を称え、キリスト教徒として今生で素晴らしき働きを全うした師が、いまや天上の勝利を得て、神の御国にて眠るさまを、参列者に向かって朗々と語った。地域を襲った猩紅熱は、まずバロウズの妻アビゲイルの命を奪った。妻を見送ったわずか四日後の五月二二日に、自らも天へと旅立ったこの善良なる牧師の葬儀は、さぞや人々の涙をさそったことだろう。一七七三年から一八一三年まで四〇年の長きにわたって大学評議員を務め、「大いなる誠実さと豊かな学識を持つ規範的人物」（Smith 68）と評された老バロウズ師にとって、聖書の教義は、まさに「信仰の枢要」（Woodward ii）であった。ダートマスはさぞや手厚く送ったに相違ない。ウッドワード牧師による葬送の説教は、翌一八一四年、バロウズの来歴記録の後註とともに、ボストンの印刷業者ジョン・エリオットによって出版された。

このエデン・バロウズなる牧師の一生は、しかしながら、さほど劇的なものではない。その人生を簡単に紹介すると、以下のようになる。エデン・バロウズは、一七三八年一月一九日、コネチカット植民地のストラトフォードに生まれた。一七五七年イエール大学を卒業し、マサチューセッツ植民地トーントン（Taunton, MA）のエフライム・ジャドソン牧師（the Rev. Ephraim Judson）の教えをうけ、ロングアイランドの学校で教鞭をとった後、一七六一年には、コネチカット植民地キリングリー（Killingly, CT）に牧師として赴任。同地にて一二年間の牧師職を全うした後、ニューハンプシャーに居を構える。その後、ホプキントンからの牧師依頼を断るも、一七七三年、ハノーヴァーからのそれをうけ、三〇余年にわたり教区牧師を務める。この間、彼は三人の子供を失う悲しみと、福音の教えを教区民に実践させる上での試練を経験する。しかし彼が主張する教義は、最終的に受け入れられることとなり、教区民との間の合意によって同地牧師職を辞した後、招きに応じてダートマス大学の長老派教会牧師として着任する。一八一〇年一〇月、ヴァーモント州ハートフォードに大学牧師として居住。平穏と啓発に満ちた学びの場が、彼の終の棲家となった。なお、バロウズ牧師は、キリングリーに赴任した直後、マサチューセッツ植民地オックスフォードのアビゲイル・デイヴィス嬢（Miss Abigail Davis）と結婚し、彼女との間に八人の子をもうける。だが、成人まで成長したのは、息子一人と娘二人のみで、それ以外の五人を幼少で失っている。(1) 一八一三年五月、バロウズ夫妻は、猩紅熱により、死亡。夫、享年七五、妻、享年六八（Woodward 17-19）。

この来歴を見る限り、植民地時代から建国期にかけてのニューイングランドで、指導者としての牧師職を全うした彼の人生には、ことさら注目すべき大事件や、歴史に名を刻むような出来事があるようには思えない。なるほど、誠実なる牧師エデン・バロウズの説教は、何点か現存しており、(2) その名も、地方史や大学史に僅かに記録されてはいるけれども、ニューイングランド全域およびアメリカ全体に歴史的影響を及ぼすようなアメリカ史上の重要人物とはお世辞にも言えない存在である。ダートマスでの尽力は理解できるものの、彼の説教は、内容・形式ともに典型的ニューイングランドのそれであるがゆえに、かえって特筆にはあたらないように思われる。だからこそ、これまでこの一地方牧師の存在や説教に関して分析し、批評する歴史家や文学者がおらず、少なくとも米文学史上で取り上げられることは皆無だったのだろう。

もしエデン・バロウズの名前が、初期アメリカ史およびアメリカ文学史上で言及されることがあるならば、それは、彼自身というよりも、むしろ彼の息子との関係のためであるに相違ない。エデンの八人の子供のうち、男子では唯一成人した総領息子スティーヴン（Stephen Burroughs 1765-1840）は、父親とは正反対の「落後者」であった。つまり、善良を絵にかいたような牧師エデンは、悪名高い放蕩息子の父だったのである【次頁の図版１】。

幼少より町一番の悪漢と目された放蕩息子スティーヴンは、父が要職を務めるダートマス大学から放校処分を食ら

【図版 1】バロウズ肖像　青年期と晩年
（左）*Memoirs of the Notorious Stephen Burroughs* (Boston: C. Gaylord, 1832) より
（中）*Memoirs of the Notrious Stephen Burroughs* (New York: Cornish Lamport, 1852) より
（右）晩年のバロウズ　J. I. LITTLE より転載

い、コソ泥行為、船上での偽医者代行、偽牧師、猥褻容疑教師等の遍歴によって行く先々で騒動をおこし、不倫やら強姦やらの噂を立てられ、かつ贋金作りで逮捕収監された刑務所を放火の上、脱獄を繰り返し、さらに不動産詐欺まがいの事件にも関わった挙句に、教師職も追われカナダに逃亡し、一旦は和解した父とも疎遠になるのだから、少なくともエデンの一生に匹敵するような模範的人物とは甚だ言い難い。しかも、あろうことかスティーヴンは、いかなる場合でも「犯罪者」とみなされた自身の正当性を主張すべく、その半生を『回想録』（*Memoirs of Stephen Burroughs*, 第一部一七九八年、第二部一八〇四年、決定版一八一一年）[3]にしたためて、作中にわざわざ父との間に交わされた書簡を複数通も掲載している。父子の情は変わらないのだろうけれども、正直、息子の騒動ぶりは、品行方正な父としては、よい迷惑であったに違いない。この詐欺師は、カナダへ逃れたのちですら、自らの息子をも巻き込んで贋金作りに従事しつづけ、最終的にはカトリックに改宗し、泰然自若として、権威的雰囲気すら漂わせる紳士となって一生を終えたとの伝聞が残るのだから、まったくもって性質が悪い。要するに、『回想録』は、牧師の父の説教とは正反対の、典型的悪漢による冒険体験記あるいは反面教師的教訓譚と言うにふさわしい。

興味深いことに、かつて詩人ロバート・フロスト（Robert Frost, 1874-1963）は、文学史上長らく黙殺されていたスティーヴン・バロウズの『回顧録』再版時の一九二四年序文において、本作を、ベンジャミン・フランクリン（Benjamin Franklin, 1706-1790）とジョナサン・エドワーズ（Jonathan Edwards, 1745-1801）のそれと一緒に同じ書棚に並べておくべき書物と評した（vii）。なるほどバロウズは、これら二人につづく世代として、一応、同じ時代を生きはしたが、アメリカ史上、有名かつ認知度の高いこれらの指導者に対して、こんにちでは、悪漢の名を知る人は、多くない。かつ初期アメリカの社会規範逸脱者を、エドワーズやフランクリンと同列比較するのは、いくぶん不可思議にも思われる。むしろ、父親エデン・バロウズのほうが、比較の対象としては適している。エデンは、世代から言っても、エドワーズと同世代であるし、前述の通り、規範的な長老派牧師として、地域の指導者であったのだから。

敬虔な牧師の父と詐欺師の息子という好対照が初期アメリカに存在していたとは、まさに「嘘のような本当の話」としか言いようがない。唯一の息子と絶縁した挙句、妻を見送り、自らも熱病で世を去る厳格な牧師エデンと、犯罪と逃走を繰り返す放蕩息子スティーヴンとの対照は、滅私奉公を旨とするピューリタンの伝統や道徳的啓発を旨とする共和制の価値観が、世代とともにことごとく転覆されていく一例とも映る。だが、このスティーヴン・バロウズなる人物、『回顧録』中では、「犯罪者」「悪党」とみなされることへの疑義を掲げ、むしろ終始、自身を圧制の「犠牲者」であるとし、自分こそが、善人の仮面を被った指導者たちの虚像を暴き、社会的権威に抵抗する社会正義であると、実にコミカルに主張するのだ。実際、自伝には、アメリカ独立革命期の定番である「抑圧」「抵抗」「解放」のレトリックが散見される。要するに、彼は、ある組織や共同体の不合理に対し、「市民的不服従」を実行したがゆえに、皮肉にも「犯罪者」扱いされ、悪名高き存在となってしまった「社会的犠牲者」であるというのである。

本章では、アメリカ文学史上、忘れ去られていたバロウズの『回想録』、およびさらにユニークな『乾草上の説教』（*Hay-Mow Sermon*）と呼ばれる創作説教を紹介し、抵抗する主体としての彼が、自伝および説教によって、犯罪者的独立を宣言した挙句、最終的には、修辞的権威と化すさまを示したい。これらのバロウズのテクストが興味深いのは、その犯罪者的無意識が、植民地から叛逆して独立を果たし、覇権を成すアメリカの姿に重なるからなのであるが、その結論に向かう前に、まずは、テクストの出版経緯と自伝の内容を紹介することから始めたい。

1．悪漢の圧巻なる人生

本作の内容を紐解く前に、こんにちまでの出版の背景や特徴を述べておく必要があるだろう。『スティーヴン・バロウズの回想録』（*Memoirs of Stephen Burroughs*）は、二部形式である。まずは、幼少期のエピソードからウースターの刑務所脱獄までを描いた第一部が、一七九八年に出版され、その六年後の一八〇四年、逃亡以降の人生が、同名タイトルで、第二部として出版された。同年、両巻ともに同時再版されるが、二巻組だけでなく、合冊本も出版されたようだ。追記と補遺（postscript と appendix）が加わった一八一一年（事実上の決定版）の『スティーヴン・バロウズの回想録、註と追補つき』（*Memoirs of Stephen Burroughs. To Which Are Added, Notes and An Appendix*）では、そのタイトルが示す通り、筆者のその後の伝聞を紹介する数頁が追加されている。一八三二年版には、筆者の銅板肖像が掲載されたが、それ以外、取り立てて新しい内容の追加はなかった。自伝は、その後も一九世紀半ばまで再版されつづけ、また、一八〇九から一八一八年にかけての一〇年間で、簡略版『悪名高きスティーヴン・バロウズの人生。彼自身が語る人生の最も興味深い事件の数々を含むスケッチ』（*Sketch of the Life of the Notorious Stephen Burroughs. Containing the Most Interesting Events of His Life, ad Given by Himself*）が九ヵ所の北東部各都市から出版されている。これら複数版の自伝が、それぞれ重版された経緯から、バロウズのナラティヴは、共和政期後期からアンテベラム期にかけて、かなり人気を博していたと考えられる。ただし、その後、バロウズのテクストは、一九二四年にロバート・フロスト（Robert Frost）が注目するまで、忘れ去られ、かつ、さらには、一九八八年にフィリップ・グラ（Phillip Gura）の前書きによって、再度、復活するまで、半世紀以上も注目されることはなかった。なお『回想録』出版の発展経過については、一九八八年版のグラによる「前書き」（"Foreword" ix, xix-xxi）とダニエル・コーエン（Daniel A. Cohen 155）を参照として、次頁の年表にまとめておく。

『回顧録』は、書簡体形式という当時の文学的流行を踏襲しており、身内や知人との間に交わされた手紙をそのま

【年表】バロウズ自伝の出版経緯

1798 年	*Memoirs of Stephen Burroughs* 初版出版（「第一部」1st volume のみ）(Hanover, NH: Benjamin True より出版)。ニューハンプシャー州ハノーヴァーは、バロウズが幼少期を過ごした故郷。
1804 年	「第二部」出版（Boston; E. Lincoln for Caleb Bingham）。ビングラムは、バロウズの大学時代の旧友。同年「第一部」、「第二部」ともにハノーヴァーにて出版。
1809-1818 年	簡略版が *Sketch of the Life of the Notorious Stephen Burroughs. Containing the Most Interesting Events of His Life, as Given by Himself* のタイトルで、ニューヨーク州ハドソンにて出版される。以降、以下の８つの版が再販された（Albany, NY in 1810 and 1813; Oswega, NY in 1810; NY city in 1811; Greenfield, MA in 1812; Philadelphia, PA (1812), Brookfield, MA in 1814; Wilmington, Delaware in1814; Hartford, CT in 1818）。この簡略版は、キャッスルアイランド（Castle Island）の刑務所から脱獄を試みたバロウズが厳しく鞭打ちされる時点（つまり 1787 年）までの説明が主で、それ以降の人生の出来事は、わずか４頁にまとめられてしまっているため、1812 年までの出来事が記されている『回想録』とはだいぶ印象が異なる。
1811 年	*Memoirs of Stephen Burroughs, To Which Are added, Notes and An Appendix*（２巻本）出版（Albany, NY: R. Packard for B. D. Packard）。事実上の完成決定版。批評家ダニエル・コーエンによると、この版は、かなりの数のコピーが存在し、２巻本もあれば、一冊にまとめた合冊版もあるという。以降、若干の変更を施しながら、再版されていく。
1812 年	1811 年オルバニー版の appendix 内の註が、一ヵ所、［1812］の年号付きで追加記載。
1832 年	1811 年のオルバニー版、これ以降、19 世紀半ばまで、以下の各所で再版（Boston in1832, 1835, 1840; New York City in ca. 1840s, 1851, 1852; Philadelphia in 1853; Amherst, MA in 1858,1861）。1832 年版は、「新たに修正した拡大版」との触れ込みではあったが、実際には、何ら新たな素材は入っていない。筆者バロウズの銅板肖像つき。
1924 年	完成版再版。ロバート・フロスト（Robert Frost）による（“Preface”）「序文」つきテクストが Dial Press より出版される。
1988 年	1924 年のフロストの「序文」を巻頭に掲げ、そのあとに Phillp F. Gura による「前書き」（“Foreword”）つきテクストの出版 (Boston: Northeastern UP)。本章では、この版を使用した。

ま掲載することによって、読者の情動に直截に訴えかけ、共感を引き出している。手紙によって、バロウズ以外の人物の「なまの言葉」が挿入されることで、テクストにある種の臨場感と真実味が増す。そもそも第一部の冒頭は、バロウズの人となりを「謎」であると考え、その人生について知りたいと願う友人――誰であるかは特定されていない――に促され、筆者が自ら人生の「騒動や、大変動や、苦悩の過程」を、「親愛なるあなた様」(“Dear Sir”)」(1)に向けて語る体裁をとっており、よって、二三章、二〇〇頁以上費やしたのち、第一部終結部では、くだんの紳士にむけて、バロウズの署名入りで一旦手紙を締めくくる形式をとりつつ、次章(第二部)に接続している。第二部でもバロウズの波乱万丈はつづくが、最後には、土地投機に失敗し、代理人に金を持ち逃げされ、ニューヨークへ、南部へと向かう自伝内容が、書簡によって再度、示されるようになっている。なお、自伝内容から言うと、第二部の終結部は、中途のまま途切れ、その後、唐突に一〇通の書簡が提示され、また自伝出版編集担当者による数頁分の「追記」(postscript)、「補遺」(Appendix)、および「註釈」(Note)が付されている。もちろん各巻の始まりと終わりだけではなく、『回想録』内にも、おびただしい数の手紙のやり取りがなされている――合計約五〇通、しかも、たとえば、わずか数頁の「追補」内ですら、父エデンが出版社に宛てた手紙が大部分を占めている――ので、本作は、徹頭徹尾――書簡体小説ならぬ――書簡体自伝であると言ってもよいかも知れない。(4)

『回想録』の唐突な終わりかたは、何とも不可思議で、もしかすると、この後、第三部の出版を目論んでいたのではないかと思わせるほどだ。執筆者自身が姿をくらまし、編集者が追記や補遺で「尻ぬぐい」しているのが実際のところで、本来、自伝ジャンルの終結部に典型的にみられる、来し方への自省や締めくくりの言などは一切ない。『回想録』は、このように、文学形式的完成度という観点からは、お粗末であると言わざるをえない。だが、読者を惹きつける本作の魅力は、何と言っても、バロウズの波乱万丈の人生提示にある。ジョージ・ヘンリー・ハバード(George Henry Habbard)は、彼のアイデンティティの謎や不確定性を「カメレオンのような性質」(63)とみなしたが、では、その人生は、どのようなものだったのか。また、本テクストに書かれていない、その後のバロウズは、いかなる晩年を過ごしたのか、以下に紹介したい。

バロウズは、一七六五年、コネチカット植民地サウス・キリングリーで生を受ける。七歳でニューハンプシャー植民地ハノーヴァーに移転し、町一番の悪漢と目されたやんちゃ坊主は、些末な盗みや悪戯をなし、周囲を当惑させる。一七七九年、一四歳の折に、独立戦争への貢献を夢見て、父の反対を押して植民地軍に入隊するものの、小戦闘を目の当たりにして怖気づき、戦いに参加することなく軍から脱走。このとき、父エデンは、ワシントン将軍に、不甲斐ない息子のために特別除隊の恩赦を乞う手紙を書き送らねばならなかった。翌年、牧師兼、教師のジョゼフ・ハンチントン師（Joseph Huntington）のもとで学び始める。この間も、コソ泥行為などを繰り返し、両親や教師を困らせる。一七八一年、ダートマス大学に入学を許可されるのだが、二年生時に落第し、放校されたため、家出。一七八三年、偽医者代行として定期商船に乗り込み、フランスへ。航海過程でイギリス私掠戦の攻撃を受ける。船は無事、帰港したが、バロウズに敵意を抱く船員によって積荷窃盗の容疑をかけられ、ニューベリーポート（Newburyport）で、しばらく投獄される。船上での実学を学び、落胆した彼は、釈放後、故郷ハノーヴァーの父のもとに戻る。ハヴァーヒル（Haverhill）およびオックスフォード（Oxford）で学校教師となるも、蜂の巣箱を盗み、また某人妻と夫の留守中に不倫し――バロウズ自身は既婚女性とは知らず求婚しようと考えていたと主張しているが――よからぬ噂のため、町から離れざるをえなくなる。

このあたりから、バロウズの無法ぶり――ひいては自伝の修辞的闊達さ――が加速化していく。一七八五年春、父の説教一〇編を盗み、母方の苗字デイヴィス（Davis）を名乗って、ルドロウ（Ludlow）の町で偽牧師としての説教を大成功させたのち、気をよくした悪漢は、さらにマサチューセッツ州ペラム（Pelham, MA）に出向き、空席であった町の牧師職代行として採用される。ところが、若干二〇歳の青年牧師が行なう説教は、あまりにも洗練されており、また説教のヴァリエーションが豊富であったため、ペラム町民から疑われ、牧師としての力量を試されるも、その難も巧みにかわす。だが、最終的には、無資格の偽牧師であると判明し、ドタバタ喜劇よろしく、逃亡。ペラム住民に

【図版 2】*Memoirs of the Notorious Stephen Burroughs*.（Boston: Charles Gaylord, 1835）扉頁よりする。『乾草上の説教』の場面。偽牧師であると露呈して逃亡したバロウズを追い詰めるペラム教区民と、彼らに対して、逃げ込んだ納屋の乾草の上で説教をするバロウズ。右は、『回想録』図版頁の拡大。

追われ、逃げ込んだヴァーモント州ラトランド（Rutland, VA）の納屋の乾草の山の上で、開き直り、彼らに向けての説教を行なった旨、報告される【図版2】。これが、俗に『乾草上の説教』と言われているバロウズの創作パロディー説教である（この説教については、後述する）。

ちょうどこの頃、バロウズは、友人ライサンダー（Lysander）とともにグレイジャー・ウィーラー（Glazier Wheeler）なる詐欺師の錬金術師に騙され、だが、それがヒントとなり、友人が提案した贋金造りに――本人曰く、不承不承ながら――加担する羽目に陥る。当時マサチューセッツ州は、独立戦争後の貨幣不足による大不況の最中であり、贋金鋳造は、世のため人のためと、説得されたがゆえであった。スプリングフィールド（Springfield）にて贋コインを使おうとしたところ、あえなく逮捕され、ライサンダーの罪まで被って、一七八五年八月二三日、ノーザンプトン（Northampton）の監獄に収監される。同年一〇月の裁判で三年間の服役を課されるが、鞭打ちや四肢の拘束、また衣食や暖の不足といった監獄の非人間的、非合理的体制に耐え切れず、脱獄を計画。当然ながら計画は失敗し、更に厳しく幽閉監禁されるも、次には刑務所の放火を試みる。一七八六年、ボストン湾のキャッスル・アイランド（Castle Island）刑務所――島の要塞のような牢獄――に移送されたバロウズは、ここでも懲りずに、数人の仲間と脱獄――今度は煙突から穴を掘って逃げる目論見――を計画。湾を渡り、脱獄そのものには成功したのだが、仲間の不手際によって村民に見つかり、再逮捕される。キャッスル・アイランドに戻されたバロウズは、強制労働のサボタージュや囚人による叛乱まで組織したが、あっけなく失敗し、厳しい鞭打ちにあう【図版3】。結局は、当初の刑期の三年以上もの「おつとめ」を果たし、一七八八年九月末に釈放となる。

出所後、しばらくはウースター郡チャールトン（Charlton, MA）にて、母方の叔父の農場で働くが、一七八九年には、同地の教師職につき、同年九月、叔父の娘サリー・デイヴィス（Sally Davis）と結婚。チャールトンの学校では、バロウズの貢献により生徒数も増え、教師としての評判は上々だった。ところがここでも知人の妬みと策略にはまり、二名の女生徒および老婦人への強姦未遂という二件の犯罪容疑で逮捕されてしまう。裁判では、各々の容疑での評決は異なったものの（一件はレイプ未遂、もう一件は無罪）、地元弁護士の勧めにより、些末なほうの容疑——公然猥褻罪——を認めたため、鞭打ち、投獄、晒し台上で絞首装備での見せしめ刑を言い渡される。だが、すべての刑の執行がなされる前に、バロウズの無罪を確信し、同情した町のさる有力者たちの尽力により、一七九一年、ウースターの刑務所から、逃亡する。ここで『回想録』第一部が終了する。

【図版3】公開鞭打ちされるバロウズ
Memoirs of the Notrious Stephen Burroughs (New York: Cornish Lamport, 1852) より

『回想録』第二部は、ウースターの監獄から逃走したのちの様子から始まるのだが、率直に言って、第一部ほどの冒険性はない。また、第一部（一―二三章）に比べて第二部（二四―三一章）は、分量的にも短い（全体の四割弱）。一七九一年、出自や身分を偽装し、ロンドン生まれのスティーヴン・エデンソン（Stephen Edenson）と名乗り、ニューヨーク州南部のシェルターアイランド（Shelter Island）にて短期間の教師職につく。その後、ロングアイランド（Long Island）のブリガムトン（Bridghampton）にて、より実入りの良い教師職を得る。ここでのバロウズの評判は良く、真のアイデンティティが発覚しても、さしたる問題にはならなかったのだが、図書館設立時の選書を巡り、

地元牧師アーロン・ウールワース（Aaron Woolworth）とハールバット判事（Judge Hurlbut）を含む町の有力者と対立し、地元党派争いに巻き込まれてしまう。一七九三年春、反バロウズ派は、彼に町を去るように要請するが、これが州法規定上、上手く果たせず、彼を追い払うことができなかったため、強姦未遂事件を捏造して、法廷闘争へ。バロウズは、強姦罪では無罪、暴行罪では有罪とされ、この判決について、彼自身は、道徳的勝利とみなしている。だが長期に及ぶ裁判と妻の出産で、経済的に困窮し、生活費を工面するため、当地を後にせざるをえなくなる。

一七九四年春、バロウズは、身重の妻と二人の子供を残してロングアイランドを離れ、旧友ハンチントン（Mr. Huntington）を頼って、単身、南部ジョージア州へ向かう。道中、知人どころか見知らぬ人々にも無心を繰り返さざるをえず、やっとジョージア州ワシントンにたどり着くと、友人は当地を離れており、頼みにならぬ旨、判明する。バロウズは、地元学校つき牧師職を得て、六—八ヵ月ほど過ごす。このときにも、彼は、南部の甘やかされた金持ち子息に規律を導入したため、学院は地域の人々から高評を得る。結果、彼は理事会メンバーにも加えられた。だが、その後、バロウズは投機ビジネスに転向する。この背景には、ヤズー詐欺事件（Yazoo land fraud）と呼ばれた政治スキャンダルが関連していたらしい。これは、一七九五年の立法に基づき、ジョージア州がヤズー川流域西部地方の一四万平方メートルに及ぶ広大な土地を、四つの土地投機会社に破格の安値で譲渡する際に、知事と立法府議員のほぼ全員が、これらの会社に収賄されていたことが判明した事件なのだが、折からの世間の土地投機熱に乗じて、一儲けしようと考えたバロウズは、フィラデルフィアの商人とともに土地取引に手を出し、代理人に金を持ち逃げされ、あえなく失敗に終わる。

ここで、ナラティヴは突如、終了する。前述の通り、あたかも『回想録』執筆の継続を放棄したかのように、筆者自身がテクスト上から姿を消してしまい、これまた唐突に、主に家族間でやり取りされた書簡——たとえば、バロウズと妻サリー、バロウズと両親、バロウズとサリーの両父親間で、一七九四年六月から一七九五年六月までに交わされたもの——が添付される。これらの書簡は、必ずしも日付順に配置されているわけでなく、第二部でバロウズがニューヨーク州を離れて以降の一家の心情が、補足的かつ散漫に説明されるにすぎない。この間、バロウズ自身は、ニューヨークからジョージア州各所、フィラデルフィア、ニューオーリンズ、再度、フィラデルフィアと各地を転々とし、だが結局、何一つことが成功裏に運ばなかった様子が窺える。最後に掲載されている書簡は、一七九七年五月二〇日付である。バロウズがジョージア州ワシントンのジョン・グリフィン氏（John Griffin, Esq.）に宛てたもので、ハノーヴァーの父のもとで、妻子と両親、妹とともに平穏に暮らしていると報告される。最後の書簡の後には、ボストンの自伝編集者による短い付記――わずか二〇行程度しかない――が掲載されている。付記によると、一八〇四年現在、バロウズは、ロワーカナダ（Lower Canada）はメンフレマゴク湖（the lake Memphremagogo）にほど近いスタンステッド（Stanstead）という町で義父が所有する農場および製粉所で働いているという。妻サリーの父（Ebenzer Davis）は、「仕事における義理の息子の態度に、いたく満足している」（363）とのこと。ところが、夫婦双方の両親との和睦という説明もつかの間、これまでの書簡や付記を、すべて覆すのが、『回想録』の最終三頁分の補遺である。本作編集者曰く、一七九九年春まで、バロウズは、父エデンとともに三世代一家円満に暮らしていたが、家の建設費用を巡って不和が生じたため、息子一家はカナダへと向かう。しばらくは、真っ当に数年を過ごしたらしい。しかし噂によると、かの地で、合衆国の複数紙幣を偽造し、モントリオールとケベックの刑務所に投獄されていたというのである。一八一一年現在、バロウズは、家族とともにロワーカナダのシプトン（Shipton）に在住していると信じられている。その筋の仕事をつづけているのか、あるいは同地の法によって、その無謀な職の遂行が阻止されているのかどうかは不明だと言う。さらに補遺の脚註（一八一二年の追加記述）では、バロウズがスリー・リバーズ（Three Rivers）にて教師をしている旨が記されている。

この有名な悪漢については、さまざまなエピソードを交えて、雑誌や書籍にたびたび詳述されており、[5] なかには、『回想録』に書かれていない、カナダ逃亡以降の彼の様子が報告されているものもある。たとえば、チャールズ・マンリー・スミス（Charles Manly Smith）やハバードは、ごく簡単にではあるが、晩年のバロウズが悔い改めて、カトリックに改宗し、尊敬される教師となったと伝えている。また『ニッカー・ボッカー』（*The Knickerbocker, or New-York Monthly Magazine*）は、一八五八年二月から四月にかけて、「犯罪の教訓」（"The Lessons of Crimes"）と題する記事を三号にわたって掲載し、自伝からの抜粋を含めて、詐欺師の人生を紹介しているが、そのうちの最後の号では、後年のバロウズ一家に関する比較的詳細な説明を施している。記事は、一八三三年夏と一八三八年冬、セント・ローレンスのバロウズ宅を訪ねたヴァーモント州主席判事アイサック・F・レッドフィールド（Isaac F. Redfield）の文書をそのまま転載している。レッドフィールドの目には、バロウズが善行善意の理想的好々爺として映ったようだ。礼儀正しく威厳があるけれども、よそよそしくなく親し気で、多大なる知識と経験から紡がれる会話は、そのくせ説教がましいところがない。過去の罪や悪しき人生から改悛と地域への貢献の生活へと劇的な転換をなしたバロウズの図書館には、多種多様な書籍と絵画が並び、そうした品々のすべてが、彼の改心を物語っている。

バロウズの息子のうち、長男は、当初、父の偽造紙幣作りを手伝っていたが、自ら主席判事の元に出向いて改心し、熱心に働き、主席書記官として名を成し、現在ではケベックで最も裕福な若手として法曹界で成功している。また別の息子は、モントリオールで高く評価される商人となっており、娘は、ウルスラ会の修道女として女子教育に従事しているという。レッドフィールドの報告以外にも、『ニッカー・ボッカー』は、さらに「二二年前のニューヨークの雑誌」からの記事——つまり一八三六年時点の記事——をも転載しているが、ここでも、バロウズを表す形容として、慈愛に満ちた心、豊かな知性、慈善的行為、素晴らしい気質といった言葉が並ぶ。また、「齢六〇ほどにして、魅力的な黒い瞳の一九歳の娘と再婚し」、娘を授かったこと、さらには、モントリオール、スリーリバー、ケベックの富裕層の子息を教育し、生徒に知性を分け与えることに父親のような幸福を感じ、若者から尊敬されているとも記されている。

詐欺師から聖人君主へのこの変容を、字義どおりに捉えるべきか、あるいは修辞と理解すべきか、複数のテクストによって示されるバロウズの人生は、何とも盛沢山で、一様には解釈しえない。ゆえに、バロウズの『回想録』は、これまでに多くの歴史家や文学研究者の興味を引き、分析対象になってきた。[6] そのなかで、カナダに逃走後のバロウズの人生を最も緻密かつ詳細に提示しているのが、Ｊ・Ｉ・リトルの研究である。先の複数件の報告は、いずれも改心して善人になったバロウズの「自伝的転回」を示しており、確かに、カトリック改宗やら家族の経緯は、その通り間違いないのだが、リトルによると、結局、バロウズの人生は、アメリカ時代とさほどかわらなかったようだ。つまり、彼は、カナダにおいてもさまざまな騒動と逮捕・収監を繰り返し、そのたびに、自身が不合理かつ不当な扱いを受けていると訴えていたのである。たとえば、一八三六年にバロウズは、『ゴズフォード伯爵閣下への請願書にて示されたロワーカナダにおける実際的正義の執行についての一見解』（*A View of Practical Justice as Administered in Lower Canada, Displayed in a Memorial Addressed to His Excellency the Earl of Gosford*）を「印刷」し――これを自伝第三部として出版しようと思っていたふしもあるようだが、叶わなかった――英王から所有を約束されたはずの土地の一部権利を、アイサック・オグデン判事の領有主張のもと、事実上奪われることに対して、政府からの保証金と利子を求める陳情をしている。もちろん、この要求は聞き入れられなかった（Little 209-12）。これ以外にも、毎度お騒がせバロウズは、借金返済不履行による訴訟を複数件（一七九七年、一八一七年、一八一九年）起こされたり（219）、偽造紙幣ビジネスのため治安判事から暴力的な家宅捜査を受けて、投獄されたり（212-14）、一八一二年の第二次対英戦争の際には、英国に合衆国側の情報を伝える諜報活動者として雇われたのに、かえってカナダ部隊に不利益になる行為を働いたため、米国側スパイと誤解されて収監されたり（216-18）と、まことトンデモ話題に事欠かない。一九四五―四六年に、モーリス・オブレディ牧師（the Rev. Maurice O'Bready of the Sherbrooke Seminary）が書いたバロウズに関する講演原稿に対して、リトルが述べた以下の言は、犯罪者の人生を簡潔に表していると言えるだろう。曰く、「バロウズのカトリックへの改宗がいかに奇跡的であったかを示すためにも、［オブレディの］公演原稿は、彼の過去の罪に糖衣をかけようとはしなかった。むしろ［犯罪に対する刑罰を、以下のように］注意深く項目別に数え上げている。一一三回の職業変更、二〇回の刑事告発（うち一一回は、カナダ当局による告発）、七回の禁固刑、三回の脱獄、二あるいは三回の晒し刑、およそ三〇〇回の鞭打ち」(Little 228)。

この矛盾にみちた劇場的なバロウズの人生を、時にユーモラスに、時に悲痛に感じてしまうのは、バロウズの『回想録』が、修辞に長けた——あるいは弁明に優れた——表象として機能する一方で、独立建国間もない合衆国自体が抱える矛盾と、どこか重なるからではなかろうか。だとすれば、彼のテクストのいかなる点が特異なのか。そしてバロウズはいかにして、自身の変幻性を言語表象によって演出しているのか。また、その過程でどのような体制批判を行なっているのか。

2. 抵抗と独立のレトリック

投獄された身を「奴隷」になぞらえ、「自由」を得るために脱獄や逃走を繰り返し、果てはカナダへ渡り、周囲を巻き込み体制を混乱させながらも、最終的には自伝を執筆・上梓する成り行きは、明らかに奴隷体験記フォーミュラの先取りであり、パロディー化でもあるだろう。体制側から見たとき、奴隷の逃亡は、個の財産権を侵害する「犯罪行為」であるとみなされたわけだが、犯罪を誘発する社会規範自体に齟齬がある点を突くバロウズの筆致は、共和政期アメリカに既に多くの矛盾が顕現化していた事実を炙り出す。本来、糾弾されるべき犯罪者および犯罪行為が、アメリカ独立革命における国家的反逆精神の発露によって、むしろ正当化され、不当な体制への抵抗を示す犯罪者がアンチヒーローと化していった初期アメリカの犯罪ナラティヴ発展経緯は、既にダニエル・ウィリアムズ(Daniel Williams)やダニエル・A・コーエン(Daniel A. Cohen)、カレン・ハルトゥーネン(Karen Halttunen)といった批評家によって確認されてきたけれども、バロウズ『回想録』の読者がおしなべて感じるのは、まさにこうした経緯の具現化サンプルなのである。悪漢のテクストが提示しているのは、実体としてのバロウズの犯罪行為が、表象としての自伝内部で正当化されることによって、抑圧された犠牲者の抵抗として読み替えられ、受容されていく変換行為に他ならない。バロウズの特異さは、連続する違法行為ゆえではなく、彼が新たな自己規定のあり方、すなわち外部からの判断とは無縁の自己をいかようにも自身で造形できると気づき実践した点にあるのだと、ラリー・セビュラ（Larry Cebula）は看破する。前時代のピューリタンのイデオロギーでは、個人および社会は、本質的かつ運命論的にあらかじめ決定されていると考えたが、バロウズは、演者が自らの物語を創作するがごとく、改変可能であると提示しているのである。

その意味において、他者になり替わりつづけ、通貨をも偽造しつづける詐欺師人生を送ったバロウズの自伝は、表象（the represented Burroughs）が内在（the immanent Burroughs）を凌駕・決定してしまう本末転倒の修辞／政治性を標榜している（66）と述べたラーザー・ジフ（Larzer Ziff）の批評は、説得力を持つ。自伝全般を通して、社会的権威への抵抗と反逆をしめす筆者が、徹頭徹尾、自身を被害者であると主張し、いかに権威が個人に対して誤った権力を行使しているのかを指摘し、個の自由と幸福追求の権利を叫ぶとき、彼の姿勢は、ある意味、独立宣言のレトリックの個人バージョンとも考えられる。独立宣言が、植民地の国家的犯罪行為を正当化したのと同様、『回顧録』もまた、バロウズの実態を積極的に読み替えさせる行為遂行のテクストとして立ち働いた。実態と虚像、権威の転覆と譲渡といった要素こそ、アメリカに馴染みのレトリックであり、バロウズは、それらを巧妙に提示したからこそ、読者に受け入れられたと思われるのである。

では、具体的に『回顧録』には、実態と虚像（あるいは内在と表象）、隷属と解放、権威の転覆と使用に関して、どのような記述がなされているのか。幾つかの事例を取り上げて見ていこう。医師、牧師、教育者、投機家として変幻自在にアイデンティティを変化させてきたバロウズにとって、「個人」とは、演出可能な代喩的存在である。主体とは、いかようにも形成しうる演劇的産物であって、言語によって自己を創造していくのは容易い。彼にとっての人生とは、劇場舞台と同じであり、それを言語に映し取り読者に自伝として提示しているのだ（Arch 114-15）。それは、自伝の初期段階から明示される。バロウズは、無害だけれども不活発な社会人たることを否定し、「己が能力に従って、自分の役を演じるよう、［父が］私を世の中という広大なる劇場に解き放ったのだ」と述べる（30）。いかなるときにも、共同体が求めるところの人物であらんとすべく、「私は舞台上で社会のメンバーとして演ずるべき役柄についての立ち居振る舞いをせねばならなかった」（190）。要するに、彼がなしたあらゆる事例は、芝居としての提示に他ならない（223）。

自身を演出することは、己が能力の証左であるのだから、周囲の要請に従って——実際には、多分に場当たり的なのだが——本来の自分でないものになりすましたとしても、そこに罪の意識はない。それはたとえば、父の説教を盗み、偽牧師として赴いたマサチューセッツ州の小さな長老派教会の町ペラムにて、正体が露呈した折の彼の言辞にも見て取れる。ペラム町民は、バロウズを責めたてるが、そもそも人々が非難する詐欺とは一体どのような行為なのかと、バロウズは、自問自答し、以下のように述べる。

> 詐欺師という名称は、したがって、私の資質に簡単に当てはめられるわけだ。一般的にわれわれが考える詐欺師とは、自分自身の権威や重要度を誇大化し、他者に損益を与えるために、うわべをでっちあげるのだが、それが私の行為にあてはまらないのは明白だ。私の場合、［偽牧師として仕えたのは］ひとえに生きるために必要だというに過ぎない。私はただの一度だって、ペラムの人々が私に対して抱いてくれた信頼を利用して彼らを傷つけ、自分に利益をもたらしたことはない。それは、みな知っている真実だ。そんな状態であるのに、一般的な認知でいうところの詐欺師の名称を私が負うのは、おかしいのではないか？（67）

バロウズは、自身を詐欺師であると認識していない。仮に父の剽窃説教であっても、徳を説き、良い教えに導き、ペラム住人に実質的利益を与えたのだから、共同体の貢献者であるとすら思っている。バロウズが名前を偽り、有資格者を装って給金を得たのは確かだが、それは双方に実害を及ぼしてはいないというのが彼の言い分だ。「名前など、教義の重要性に関して、益にも害にもならない」し、教区民が満足する説教を提供しえた事実をこそ評価すべきなのだから、その振る舞いには、何ら齟齬はないというのである（71）。彼が常に問うているのは、表層／内在という本質論であり、自身の偽りを棚に上げつつ、後者よりも前者を優先するペラムの住民の浅薄さを批判しているのである。バロウズの自己正当化は、ペラム町民に対する民族偏見に満ちた非難により、さらに補完される。ペラムの町は主に北アイルランドからの移民によって構成されているので、住民は、「乱暴な感情をあらわにし、ひとたび気に障ることがあると、怒り狂い、理性による抑制がきかない。作法も洗練されておらず、嫉妬深い気質を持っている」のだと主張する（52）。ゆえに、これ以前にも町民と気質が合わず、既に町を去っていった複数名の牧師に比べれば、自分の尽力・貢献は大きいとでもいわんばかりである。

実体的価値よりも表層的な表象にのみ重きをおく風潮への揶揄は、たちの悪いことに、贋金作り肯定論理へも適応されている。友人ライサンダーが提案する違法行為に、バロウズは当初、躊躇するのだが、友人に奇妙な理屈で説明されると、いたく納得してしまうのだ。ライサンダー曰く、通貨とは、もともと、使用者間の合意によって、実質価値を付与された所有物＝資産の表象でしかない。通貨は、その形態が金であれ、銀であれ、われわれが互いに取引を行なう際に使用する恣意的な約束事の体系にすぎない。世に出回っている信用証券は、実質上なんの価値もないけれども、一度その約束事を認めたとたん、金銀と同価の財産となる。重要なのは、それが価値あるものだと人々に思い込ませることである。要は、贋金鋳造したところで、貨幣の信用体系そのものに、何も変化を生じさせないのだから、贋金が、正統な貨幣同様の価値を持つと考えられる限り、その鋳造によって、誰も傷つけることはないというのだ（83）。

国家経済を根本から破綻させる可能性のあるこの詭弁的な弁明が、悪漢によって納得され、また、それなりに信憑性を持つのは、当時の事情として、シェイズの叛乱の直接原因となった経済逼迫が反映されているからだろう。独立革命後の新国家の債務増大と通貨不足のため、民衆は、経済的困窮に苛まれ、家財を失い、債務不履行によって投獄される羽目に陥っていた。紙幣発行を強く要望した民衆に対して、政府はこれを退けていたため、ライサンダーの言および、それを是とするバロウズには、彼らの希求に応えんとする悪党なりの「正義」の意識があったと言えなくもない。本来、価値のないものに便宜上、価値を付与する信用経済社会に生きる以上、自身にも表層的信用という権威を裏書していく詐欺行為は、単に、社会的営為の投影であるのだという、バロウズ式根本認識が、ここには見え隠れしていて興味深い。

結局、ライサンダーへの「高潔」なる「友情」とその妻への同情心から、バロウズは、友の名を語ることなく、たった一人、贋金製造と流通の実行首謀者の「役割」を肩代わりし、極悪人として逮捕・収監される。友人に唆され、錬金術師に騙され、かつ貨幣偽造の罪を肩代わりさせられた——つまり、詐欺師が詐欺師たちに騙された——のだ。ペラムの町をめぐる二つの詐欺のエピソード——説教を駆使して教区民を騙した詐欺師バロウズが、詭弁的解説によって友人に操られ、犯罪の代償を支払うことになる因果律／修辞的操作の微妙なずれ——は、言説構築の可変性の危うさを読者に教えてくれている。

こうしてバロウズは、初期アメリカの監獄制度を体験する羽目になるのだが、彼が大人しく刑期を全うするはずがない。自身の自由を奪った司法制度と抑圧的権威に対して、徹底抗戦するのである。この大胆な犯罪者は、司法刑罰制度批判と法の執行の不適切性について、声高に抗議する。その基盤概念は、皮肉にも、かつて自身が戦闘に参加しようとして挫折した独立戦争・独立革命時の理念である。

これは一体どういうことかと、私はひとりごちた。奴隷制の苦杯を舐め、だからこそ自由の価値を知り、その大義を真っ先に主張した国家が、自由の恩恵を獲得するや否や、今度は他者からそれを奪うというのか？　私の自由が剥奪されるのは犯した罪ゆえであると言われるだろうことは分かっているし、事実、裁判で、ことあるごとにそう言われてきたけれども、アメリカは、この美徳の原則を行使するに際し、国家の自然権のために懸命に闘ったのではなかったか。

私はアメリカの正義という大義名分に異議をさしはさむつもりはないが、この国の民衆が、本当にしみじみと自由の価値を知っているのだと示さんがためにも、彼らの状況や感情について少々もの申したい。万が一彼らがこの価値ある宝［＝自由］を、いたずらに軽々しく扱っているならば、いっそう不可思議に思われる。この国の指導者たちは、自由なき生など持つに能わずと、これまでずっと言いつづけてきたのだから。これこそが、戦時に民衆に大いに説かれ、多大なる真実と妥当性をもって主張されてきたことだった。よって、そのような精神の持ち主たちが、死刑という残忍かつ残虐な法を軽減するに際して、奴隷状況を代替とする法改定を行なうとは、まったくもって、不可解である。(98)

犯罪者が、自然権としての自由を希求する姿勢は、どう考えても無理があるけれども、アメリカ独立時の大義名分を、個人的利益のために利用する口説は、冴えていると言ってよいかもしれない。

加えて、法執行者の恣意性や、監獄や矯正院看守の非人間的な専制支配に対して、バロウズの非難はさらに凄烈になる。

われわれの自由と特権の礎となる根本的原理とは、陪審員裁判である。自然の人情に反する残虐な処罰を科してはならないし、個人は、法の手続きによらずに罰せられることがあってはならない。この優れた原則は、叛乱時の国家が危機に瀕しているとき以外は、逸脱することがあってはならないと、私は信ずる。その場合には、戒厳令がしかれることがあるかもしれない。だが、戒厳令下にあったとしても、事実の確定は、証拠によってなされなければならないし、刑の執行が保証されるためには、少なくとも三名の証言が必要である。私に科されてきた処罰に対して、そのような事前手続きは、皆無であった。私は、些末な専制者の気まぐれに屈服させられてきたのである。暴君が残虐を好めば処罰できるし、彼の楽しみが向かうところに合わせて、刑が科される。刑務所での私の行為ゆえに、私は罰を負わされるのだと言われるかもしれないが、私は決してそうは思わない。法の裁きによらぬ処罰は、法と正義が目指すところに、完全に反するし、それは私が実際、無実であることと同じくらい確かなのである。さらにまた、矯正院への収監という刑罰が言い渡されたのだから、私が院長の裁量による処罰を与えられるのは当然であると言われるかもしれない。だが、もしそうならば、われわれは、ある階級の市民の権利を奪い取り——その権利をわれわれは、これまでずっと正当に固守してきたのだけれども——その者たちを、西インド諸島の黒人たちと同様、悪しき奴隷制下に服従させているに等しい。(117-18)

ここでバロウズがあざといのは、自身の状況を説明する際の比較対象を、合衆国内の南部諸州における奴隷制とはせず、あえて英領西インド諸島の奴隷と記している点であろう。

もともと植民地アメリカは、独立宣言草稿段階で存在した国内奴隷制と英国王による叛乱教唆に関するくだりを削除し、そのうえで宗主国による隷属状況からの独立と解放を主張した。同様にバロウズも、自身の罪の糾弾を巧みに回避しつつ、専制的権威への服従の苦悩を、悪しき制度と執行者のせいにしているのである。父の非合理な抑圧が息子の所与の権利を脅かすとき、被害者側に許されるのは、革命権である。「人道にもとる親が、子を鎖につなぎ、子が自由を享受するのを阻み、その子を、他の子供たちに対して、軽蔑やあざけりの対象となるような状況下に置き、それでいてわれわれの胸のうちにある憤慨を感じることがないような場合、そんな自然の理に反する行為に、どんな利があろうか?」(128-29)。これらの件りは、バロウズが獄中生活を恨みに思い、その折の心情を説明する最中に挿入される文言である。彼の巧みな言葉は、読者に、まだ記憶に新しい独立宣言を思い起こさせたことだろう。アメリカは、「自然の法と神の法」に従って、専制王の圧政を覆した。英国王ジョージ三世の不法を列挙し、叛逆行為を是としたのだから、その歴史経験を直近で共有する読者ならば、監獄でのバロウズの批判や不当な権威に対する抵抗を、うっかり理解して、彼に同情し、その行為を是認する気持ちになっても不思議ではない。この延長線上にあるのは、植民地を独立へと率いた父であり、解放された新国家の臣民に慈愛を注ぐワシントン英雄神話の焼き直しだ。バロウズは、ジェイ・フリーゲルマン（Jay Fliegelman）が言うところの共和制教育論——つまり、悪行の矯正は、強制的拘束ではなく、父が子に対して示す慈愛によってなされなくてはならない——を、奇しくも称揚しているのだ。放蕩者の息子にこそ慈愛を注げと犯罪者自らが要請するのは、厚かましいが、こうして、本来、最も強い絆であるはずの父子関係は、エデンとスティーヴンの一家族の実例を超えて、国家的革命のレトリックに接続していく。

とはいえ、無論、監獄内に「父の慈愛」は適応されないのだから、子は、所与の権利として与えられた革命権を行使するのみ。よって、監獄内の不合理な強制作業を自分に対する政府の「宣戦布告」とみなすバロウズは、「勇敢さと不屈の決意に関しては最も信頼できる三五名のキャッスル・アイランド刑務所の仲間とともに「囚人叛乱」を決意する（164）。「計画の概要はできていた。私はそれを多大なる努力を払って、実行に移すと決めた。自由の大義のために命を失うか、栄光の自由を得るか、どちらかである」（161）。叛乱加担者を募るべく檄を飛ばす際にも（162）、精鋭一〇名を選び、最も難しい看守襲撃を行なう際にも（164）、あるいは計画があっけなく失敗した際にも（169）、パトリック・ヘンリーの「自由か死か」のレトリックは度々繰り返される。だがバロウズが自由を得るのは、結局、刑期を終えた後であった。

隷属状況から脱出すべく宗主国に対して革命権を行使して独立国家となったアメリカは、今度は、自らが権威とならねばならぬ苦難に直面する。放蕩息子は慈愛の父になる必要に迫られる。と同時に、この過程で、慈愛だけでなく、父の権威・権力を誇示する必要性にも迫られる。自らの独立のために是認された体制転覆権は、奴隷叛乱であれ、農民叛乱であれ、国内でそれを行使したいと思う輩が現れた際には、ことごとく封殺されなければならない。バロウズが『回顧録』で行なっているのが、独立宣言の個人版よろしく、不当な抑圧と隷属の強要に対する抵抗・叛逆であるのならば、そこには、こうしたアメリカの独立後の変化も写し取られているはずである。放蕩息子が権威的父に対して反旗を翻したのち、今度は、自らが「父」の権威を身につけるようになると、皮肉にも、自らが独立時に保障したはずの革命権を、自分以外の他者が使用する場合は、否定せねばならぬ矛盾と向き合わなくてはならないのだ。つまり、権威を否定したはずの息子バロウズもまた、他者を抑圧する存在となり、テクストにて修辞的権力を行使する事態に陥るのである。

その片鱗は、もしかすると、既に放蕩息子の時代からも垣間見られるのかもしれない。たとえば、自らが権威的主体となる折の高揚感を、バロウズは、偽牧師として「成功」を収めた折の成功感覚として表現している。もちろん、この成功は、自らの力によるものではなく、父の説教を盗み、その威力を利用し、称賛されたに過ぎないが、バロウズは「玉座に座りしいかなる王とて、このときの私の経験ほど、繁栄の感覚を味わうことはなかったであろう」(50)と述べている。この折のバロウズがなす己が父への叛逆行為とは、剽窃と逃亡の挙句、修辞的に「王」の権威を演出する行為であったわけだが、この悪漢が、最終的に英領カナダにて、字義通り、威厳ある父として、教育者として、アメリカ読者に報告されるとき、このエピソードは、あながち捨て置けない伏線であったと気づく。興味深いことに、このエピソードの直後に、バロウズは、彼自身の筆によるもう一つのテクスト『乾草上の説教』を披露する場面を迎える。そしてその折こそが、彼が最大限、修辞的権威をまとう瞬間なのである。

3. 修辞的権威表象としての『乾草上の説教』

牧師の父と詐欺師の息子という親子の絆を結ぶのは、『回想録』に掲載された書簡というより説教だ。なぜならば、そもそも息子スティーヴンが家出を決意する際に苛烈に意識したのは、説教師としての自身の才覚であり、かつ、マサチューセッツ州ペラムにおける偽牧師としての「成功」(と失敗)は、何よりも、父の説教を盗用したお陰であったからである。偽名を使い、父の言説的権威を利用して以降、彼は「詐欺師」としての道を「本格的に」歩むようになると言ってよい。ところが、皮肉にもエデンの説教の完成度の高さがあだになる。青二才の若造の、あまりにも周到な説教の用意に疑念を持ったペラムの住人は、即興で説教の課題を与え、彼の能力を試す。あざといレトリックに長けた息子バロウズは、一旦は、機転を利かせた独自の説教の提示により危機を乗り越えるものの、結局は、正体が露見し、一七八四年、逃亡を余儀なくされる。この背景には、牧師への報酬という非常に世俗的かつ実際的な経済事由が関連する。折からの経済不況で、偽牧師に払う金はないとの主張は、もっともだ。怒ったペラム住民は、バロウズを追跡。追い込まれた偽牧師は、ルトランドの納屋にて揉みあいの抗争となり、怪我人を出す大立ち回りを演じたのち、納屋に積まれた乾草の上に立ち、即興の説教を行なった。このときの説教を、バロウズ曰く、スプリングフィールド刑務所内で文字に書き記す（95）。シェイズの叛乱（一七八六―八七）を織り込みながらペラム住民への批判を野卑な言葉で綴ったこの「殴り書き」（95）こそ、スティーヴン・バロウズによる唯一の現存する説教であり、自伝と並ぶ詐欺師の真骨頂を示すテクストである。

『乾草上の説教』は、後づけで創作されたにもかかわらず、あたかもルトランドにてペラム住人にリアルタイムで（すなわち一七八四年に）語られたのだと誤解され、流通した嫌いがあるが、文字が生の音声説教を忠実に再現したわけではないのは、シェイズの叛乱の説明を含む事実からも明らかだ。いや、それればかりか、実際のところ、刑務所収監中に創作したとの作者自身の証言すら疑わしい。ペラムの住民との騒動が一七八四年であるのに対し、『乾草上の説教』に織り込まれたシェイズの叛乱は、一七八六年であるので、実際のペラム逃走劇の最中にこの説教が住民にむかって語られたということはありえない。『回想録』によると、彼は、贋金作りで逮捕監禁中に、『乾草上の説教』を書き記し、刑務所に彼を見物にやって来る人々に語って聞かせたところ、面白いと賞賛されたという（95）。ただし、この報告にも、少々の疑義が残る。バロウズが贋金作りと偽造通貨流通容疑で逮捕されたのは、一七八五年八月二三日。『乾草上の説教』は、正確には、スプリングフィールドでの逮捕後、裁判を待つまでの間に、刑務所にて書かれたことになっている。裁判による刑罰確定後にノーザンプトンに収監され、そこでの脱獄と放火に対する懲罰が一七八五年一二月から翌年一月にかけての計三二日間続いたとの『回想録』の記載からすると、スプリングフィールドの刑務所にいたのは、遅くとも一七八五年末までとなる。一方、シェイズが指揮したという農民蜂起の開始は、一七八六年九月であるから、『回想録』における説教の創作時期は、微妙である。シェイズの叛乱に関する噂と農民の憤怒は、実際の武力行使による蜂起以前にも話題となっていたであろうと推測できるものの、もし『回想記』における記述が、時期的にありえないとするならば、刑務所での説教執筆という、時宜を狙ったはずの「逸話」そのものもまた、虚偽の創作であることになる。

いずれにせよ、これら一連の騒動によって明らかになったのは、説教をめぐる史実と虚構との混成現象、すなわち、父の説教が、息子の詐欺行為に転用され、その結末創作されたシェイズの叛乱パロディー説教もまた、詐欺的な創作物語内部に溶かしこまれるという虚偽のレトリックの連鎖である。そもそも説教の長いタイトル内に、「筆者の『回想録』九〇―九一頁で言及されているように」との説明文言が含まれている時点で、メタレベルでのあざとい相関関係は、明らかだ。とはいえ、もともと、説教こそ、レトリックを駆使して無から有を生じさせしめるスピーチ・アクトの最たる事例、いわば内在と表象との二項対立が瓦解する最前線であった旨を考えれば、バロウズの説教と自伝において、場面ごとに変幻していく作者の表象に、政治的含意が潜むのにも納得がいく。

息子バロウズの煽情的な『乾草上の説教』に対して、父エデンの説教が、これまで完全に黙殺されてきたのは、典型的ニューイングランド説教における四角四面の面白みのなさにあったと推測できるが、エデンの現存する四つの説教から息子の説教への時間軸の進行は、そのまま一八世紀独立革命直後から一九世紀までの間の説教の変遷と連動し、父が喚起してきた伝統的道徳体制社会の維持が、息子によって鮮やかに転覆されるさまを示す。放蕩息子は、己の違法行為を棚に上げて、徹頭徹尾、ペラム住民＝アイルランド人を愚弄し、シェイズの叛乱を揶揄する、あるいは表象上、揶揄しているように見えるテクストを提示しているのだ。ここで読者は、説教創作者である悪漢自身が権威と化す修辞的娯楽を目撃するに至り、ひいては、体制叛逆を是としたアメリカ独立宣言の理念が、子が父になった暁には、無効化されていくという矛盾にみちた政治対応が、体制叛逆的説教内部に糊塗されている複雑さに驚かされるのである。

共同体に善を尽くし、益をもたらさんと――すくなくとも内心では――考えていた「友好的」バロウズの内在的才覚を完全否定し、偽牧師であるという表層のみによってのみ彼を退けたペラムの住民に対し、彼は『乾草上の説教』によって報復する。具体的には、シェイズの叛乱時の農民たちの無能ぶりとペラム住民らのそれとを結び付け揶揄したのである。では、このパロディー創作説教の直接的背景となっている叛乱とは、どのようなものだったのか、ここで説明しておかなくてはならないだろう。

シェイズの叛乱とは、一七八六年から八七年にかけてマサチューセッツ州西部地域で起こった農民叛乱である。独立戦争後、植民地の疲弊はすさまじく、東部の商業経済は壊滅的な不況に陥る。課税と負債のしわ寄せは、同地域の農民に集中するものの、戦争後の市民には、納税し債務支払いを順当に行なう経済力がなかったため、投獄され資産を失うものが多かった。また、不足する通貨に対して、大衆は紙幣発行増加を望んだが、これも叶えられず、人々の不満は増大した。独立のために尽力したのに、戦争が終わったら、資産をすべて失い投獄される者たちが続出したとあっては、農民の怒りは相当なものだっただろう。彼らの不満は、特に東部の商工業者層に向けられた。農民らは納税と監獄収監の延期を求め度々直訴するが、司法はこれをことごとく却下。一七八六年九月、約五〇〇人の急進的小農民が、独立戦争の英雄であった復員大尉ダニエル・シェイズ（Daniel Shays, 1747-1825）の指導のもと蜂起し、マサチューセッツ州スプリングフィールドの裁判所を閉鎖すべく襲撃した。この動きは周辺地域住民にも、広く波及した。叛乱者側は、翌八七年には、一二〇〇名の農民部隊を組織し、同地の兵器庫占領を図った。しかし政府は、同じく独立の英雄であった将軍ベンジャミン・リンカーン（General Benjamin Lincoln, 1733-1810）指揮下に特別軍を編成して、これを鎮圧した。シェイズは、その後、ヴァーモントに逃れ、マサチューセッツ最高裁判所から死刑を宣告されたが、八八年に赦免された。このとき、シェイズおよびその支持者たちに恩赦を与えたのが、マサチューセッツ州第二代知事であったジェイムズ・ボゥドウィン（James Bowdwin, 1726-90）である。シェイズの叛乱は、独立革命時に保障されたはずの革命権の行使が、独立後には、叛逆罪となる矛盾を露呈させるとともに、誕生したばかりの連合規約下のアメリカ政府の弱点を突いた。当然ながらジョージ・ワシントンおよび建国初期の国政を担う者たちは、このような地方叛乱・体制転覆行為に忌避感を抱いていた（本書第1章を参照）。

ダニエル・シェイズは、出身こそホプキントンであったものの、アメリカ独立革命時以降、ペラムの町に住みつづけており、かつ彼の叛乱に賛同したマサチューセッツ州西部の農民たちの多くがアイルランド系、あるいはスコットランド系住民であったため、バロウズという、また別の悪漢のおかげで、マサチューセッツ州の小さな町ペラムは、生まれたばかりの合衆国を揺るがす叛乱事件と、深い関連を読み込まれる場となってしまったのである。バロウズは、鎮圧されたシェイズおよびその支持者たちの弱腰と自身を糾弾したペラムの住民との横暴ぶりとを結びつけ、『乾草上の説教』のなかで、ペラム教区民を苛烈に嘲笑したのである。

創作説教の内容は、実に単純だ。神が遣わせた前任の三名の牧師――アバークロンビー師、グレイハム師、メリル師――を立てつづけに追放したペラム教区民に対して、神が怒り、彼らを罰するためにバロウズを牧師として送り込む。すると案の定、騒動となり、偽牧師は「ペラムの民をひどく苦しめ、彼らから一〇シケルの銀と力強い素晴らしい馬を盗み、衣装を変えて、ラトランドへと逃げて行った」(4)。ラトランドの納屋から逃走するバロウズを、ペラム住民が追いかけている最中に、シェイズ叛乱の鎮圧者リンカーン将軍率いる軍勢に出くわす。リンカーンを恐れる彼らは、出自を偽り、将軍をだまそうとしたが、「〈信仰〉(“faith”)と言ってみよ」との問いかけに対して、正しい発語ができず、「〈貧行〉(“fath”)と答え」たため、正体を見破られ、殺されてしまう(6)。アイルランド人の叛乱加担者としてリンカーンの部隊と全面戦争となることを恐れたペラム民衆は、聖パトリックに教えを乞うが、答えてもらえない。困った彼らは、呪術師に、没した指導者を生き返らせてもらい、教えを得ようとして、身分を隠し、マックフォール夫人の元に向かう。その際にも、「正直者のいでたちに偽装した」ペラム人であることが暴かれて、呪術師の怒りを買う(8)。夫人のまじないによって眠りから覚めた元ペラムの牧師アバークロンビーの予言通り、ペラムの民衆は、逃走むなしく、リンカーンの軍勢に追走され、討ち負かされる。捕虜として連行された彼らは、シェイズの叛乱支持者に恩赦を与えたマサチューセッツ州知事ボゥドウィンに命乞いをする。己が悪しき所業を認めつつも、聖パトリックに見捨てられた悲哀を訴えて曰く、「どうぞ私たちが集い、政治を語ること、そしてジャガイモを育てる生業を続けることをお許しください」と懇願する（10）。こうした混乱に乗じて、もちろん、バロウズは、「彼らの手を逃れ、姿をくらましてしまった」のである。（『乾草上の説教』を、以下、付録として訳出掲載する。）

自身を登場させる創作説教において、バロウズは、自らを「あらゆる欺瞞と偽善と不誠実に満ちた、彼ら［ペラム教区民］に良く似た牧師」と措定し、キャラクターとして己をも戯画化の対象としている。だが、ペラム住民と、アイルランド人と、シェイズ叛乱加担者とを等号で結びつけ、彼らを愚弄する説教は、かなり過激な偏見描写が目立つ。聖パトリックに見放された彼らが、困って相談に行くの先の夫人の名前をマックフォール――「堕落した息子」の意味――としたり、墓から目覚めた指導者が、かつて教区を追われた牧師で、いわばバロウズと共にペラム住民に復讐を果たすかのようなプロットであるのは言うに及ばず、極めつけは、説教の終わりに付された「讃美歌」にて、彼らを、悪魔と雌豚の交わりによって生じた民族の末裔として描いているのだから、煽情的に過ぎる。バロウズが、実際、個人的にアイルランドやカトリックに対して、偏見をもっていたのかどうかは、測りえない。カナダに逃れて以降、自身がカトリックに改宗したことに鑑みれば、恐らくこれは、バロウズ自身の強い民族偏見というよりも、ペラム住民への修辞的報復であり、かつ自己演出の一形態であると思われるものの、とはいえ、この創作説教におけるバロウズは、徹頭徹尾、権威的視点から、彼らを文字通り、愚弄・嘲笑しているのもまた事実である。ペラムの民は、神から見放されるほど、信仰心が欠如しており、権威に弱く、軍隊に怯え、死を覚悟して戦う気概など、絶対にない。偽牧師を追いかけていたのに、叛乱者一味としてリンカーン将軍の軍隊に見つかって、怯え追われる無様や、ボードウィンに命乞いする情けなさは、典型的な立場逆転のドタバタ喜劇でもある。もちろん、これを密かに目撃し、読者に報告する「バロウの民スティーヴン」（Stephen the Burronite）は、テクストを司る執筆者（author）としても、叛乱者鎮圧の将軍に感情移入する立場としても――なぜならリンカーンは、バロウズの代替として、ペラムの民を成敗してくれる存在、つまり敵の敵は味方となるので――権威（authority）的存在と化す。

しかしながら、ペラム＝シェイズへの揶揄によって権力を手に入れたバロウズは、同時に、自己内部に矛盾を抱える存在ともなってしまう。彼は、元来、一貫して権力に抵抗する「叛逆者」であったのではなかったか。しかも自らを建国祖父と同化させ、自由を希求して脱獄を試みる直接原因となった贋金鋳造は、シェイズの叛乱を招いた為政者側の経済政策に対する批判ゆえの行為であったはずである。奇しくも、この矛盾は独立後の共和国の姿と合致する。体制叛逆を是としたアメリカ独立宣言の理念は、「子」が「父」へと成熟するに伴い、内部矛盾を封印すべく、無効化されていかざるをえない。その矛盾にみちた政治対応が、パロウズの体制叛逆的説教内部に糊塗されているのである。バロウズの『回顧録』と『乾草上の説教』は、同年の一七九八年に――少なくとも同時期に――出版されたが、シェイズの叛乱が制圧され、連合規約から憲法批准・発効（一七八八年）という新国家の基盤確定は、放蕩息子が修辞的権威と化すさまを描くテクストに、少なからず関連していると言えるだろう。バロウズは、自伝と創作説教によって、いわば詐欺師的独立宣言を発表し、同時に、叛乱者鎮圧と同等の修辞的権威を身につけたのである。だが、それゆえにこそ、彼を生み出したアメリカと同様、その内部には、抑圧と服従とが、不可分に混在せざるをえない。

『回想録』、『乾草上の説教』ともに、その終結は、バロウズが消えていなくなる点で一致している。いま一度、思い返せば、自伝出版の理由は、作家が、その「謎」（an enigma）に満ちた人生を、友人に説明するためであった(1)。執筆テクスト内容の信憑性はおろか、合衆国からカナダに逃走したのちの彼の人生の報告が、どの程度の真実をわれわれに伝えてくれているのか、一概には判断できない。バロウズに関するテクストは、事実を糊塗する修辞に長けているように思えてならないからだ。しかしながら、父の長老派を捨ててカトリックに改宗し、イギリスからの独立を果たした合衆国から離れて英領カナダにて、「成功」したと考えるならば、なるほど、バロウズの人生の「謎」は、結局最後まで、決して解明されることがない。詐欺師的独立宣言は、要するに、詐欺師的隠蔽宣言でもある。ゆえに、犯罪者的無／意識を溶かし込むユニークなアメリカン・ナラティヴの一例となるのだろう。

◉註

（１）エデン・バロウズとアビゲイル・デイヴィス・バロウズとの間に生まれた子供は、出生順に、(i)アビゲイル（F）、(ii)スティーヴン（M）、(iii)アビゲイル（F）、(iv)ルース（F）、(v)イレーナ（F）、(vi)ルース（F）、(vii)エドワード（M）、(viii)イレーナ（F）で、第三子のアビゲイルから第七子のエドワードまでが幼少で没している。

（２）筆者が現行、入手できたエデン・バロウズの説教は、以下の四点である。このうち、①、②は、エデン・バロウズによる。③、④は、エデン・バロウズおよびニューグランサムの牧師イースターブルックによる。原題は、参考文献に示す。

①『義と敬虔に対する忠心からの尊重、真の道義と愛国心のための唯一の方法。一七七八年一〇月八日、ヴァーモント州知事閣下、および名誉ある州議会と下院にて語られた説教における例証』（一七七八年）

②『キリスト教徒の信仰と実践――神の家におけるキリストの法の実践への怠慢が、あらゆる邪悪を生じさせしめ、それが教会の崩壊を招く脅威となることを示すための対照的提示』（一七八四）

③『ニューハンプシャー州ニューグランサムのポリー・デイヴィスに対して神が行なった驚異的な御業に関する忠実なる体験記――一七九二年九月一二日、ポリー・デイヴィス自身が語った告白と彼女の苦しみと突然の驚くべき回復のさまを傍にいて目撃した者たちの確たる真実の証言を含む真相』（一七九二年）

④『ある黒人の回心と経験の真実の報告』（一七九三年）

（３）ちなみに『回想録』の執筆は、彼が二九歳の一七九四年に始められた（Smith 67）。

（4）全三一章（三六七頁）中、五〇通ほどの書簡が引用されている。具体的には、以下の通り。第二章一通、第三章七通、第一六章一通、第二〇章四通、第二一章九通、第二二章一二通、第二六章一通、第二八章三通、第三一章一〇通、補遺一通。

（5）バロウズに対する関心の高さは、のちの時代に、彼がどのように紹介されたによっても分かる。彼の「有名人」ぶりを示す紹介記事として、少々変わった事例もあって興味深い。以下、出版された年代順に六つの記事を示す。

①一八四一年出版の *The American Phrenological Journal and Miscellany* は、当時の有名な骨相学者（Phrenologist）ファウラー博士（Lorenzo Niles Fowler, 1811-96）によるバロウズの頭部像と人格分析結果を報告している。ファウラーによる詐欺師の性格描写は、彼の『回想録』の記述と合致しており、よって博士の分析は、「完璧に正確である」と謳っている。下図は、同誌に掲載されたバロウズの頭部と骨相学的観点から分析した性質表で、「良心」「優秀」「崇敬」の要素は低い。ちなみに『回想録』にも、ある折に、バロウズと出会った医師が、悪漢の顔相から窺える資質について講釈を垂れるエピソードが盛り込まれている。医師は、自分が語りかけているのが当人だと気づかぬまま、聞き及んだバロウズの顔相（physiognomy）の特徴とそれが示す悪漢の犯罪者資質や不道徳行動について語り、一方で、目の前の当人には、善良な顔つきだと言ってほめそやす（223-24）。人の好い医師が、目の前にいるバロウズの顔相を、率直や誠実を示すといって称賛するのを、バロウズは、内心、楽しんで聞いていた。悪漢が、当時の疑似科学を大真面目に論ずる学者や医師を揶揄するさまが窺える。

ARTICLE V.

PHRENOLOGICAL DEVELOPEMENTS AND CHARACTER OF STEPHEN BURROUGHS.

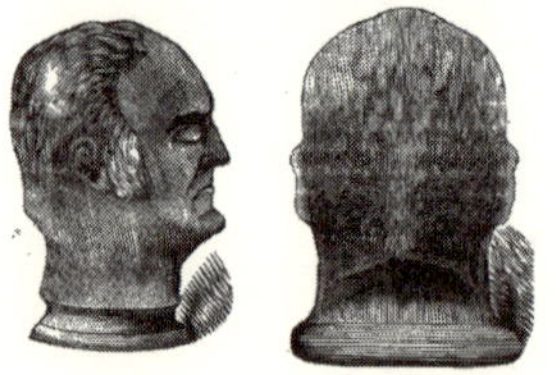

Cautiousness,	6	Individuality,	7
Approbativeness,	5	Form,	6
Self-esteem,	7	Size,	6
Firmness,	7	Weight,	6
Conscientiousness,	4	Colour,	6
Hope,	6	Order,	6
Marvellousness,	2	Calculation,	4
Veneration,	3	Locality,	7
Benevolence,	6	Eventuality,	6
Constructiveness,	6	Time,	7
Ideality,	5	Tune,	4
Sublimity,	6	Language,	6
Imitation,	6	Causality,	6
Mirthfulness,	6 to 7	Comparison,	6

②一九一〇年五月二七日付け *New York Times* の "To the Editor" 欄に、S. W. T. なる人物が "Modern Alchemy" と題してバロウズ簡略版『回想録』内のエピソートの錬金術を紹介している。ちなみに、「詐欺師」バロウズは、この錬金術よって、騙されて終わったので、利益を得るどころか、逮捕されて終わっている。ニューイングランドのローカル誌や地方史においても、バロウズは、さまざまな媒体で紹介されている。

③William Cullen Bryant and Sydney Howard Gay, *A Popular History of the United States , From the First Discovery of the Western Hemisphere by the Northmen, to the End of the First Century of the Union of the States. Preceded by A Sketch of the Pre-Historic Period and the Age of the Mound Builders.* Volume II (1878) は、大衆が馴染みやすいように、ふんだんに図版を取り入れて説明するアメリカ史であり、その一九章は、マサチューセッツはセイラムの魔女狩りについて説明する "The Witchcraft Delusion." である。興味深いのは、本書第2章でも取り上げた魔女狩りの折に、処刑されたセイラム村二代目牧師 George Burroughs の名前が、Stephen Burroughs となっている点である（フルネームが記載された二箇所とも Stephen と印字されている）。恐らくは、単に著者が名前を誤っただけであろうが、この書が出版された一八七〇年代は、依然として『回想録』およびその簡略版が流通していた時期であると想定されるため、「バロウズ人気」に影響されたがゆえに、こうした誤記になったのではないかという憶測も成り立ちうる。少なくとも、ブライアントとゲイにとっては、魔女狩りで処刑された牧師よりも、悪漢詐欺師のほうが、名が立っていたことの証左と言えよう。

④Parmenter の *History of Pelham, MA* (1898) では、バロウズが偽牧師に扮して騒動を起こしたペラムでの出来事を中心に紹介。バロウズの創作説教 "Hey Mow Sermon" を全文掲載している。

⑤ダートマス大学の歴史に関連する文書等を収集した William Carol Hill の *Dartmouth Traditions* (1902) には、Charles

Manly Smith の "The Notorious Stephen Burroughs" をという短い略伝（六頁）が収められている。ダートマスに貢献した父エデンを差し置いて「悪名高き」有名人となったバロウズの評価・受容が散見される。

⑥ *The New England Magazine* (1903) は、「古き良きニューイングランド」のイメージと対照的な道徳逸脱の「興味深い」例として、ニューイングランド広域およびカナダにて「有名な」バロウズの略歴を紹介する。記事中の図版を、④の Parmenter から転載しているため、当時のペラムの町の様子やシェイズの叛乱に関連する説明も多い。

（6）ダニエル・E・ウィリアムズとダニエル・A・コーエンは、初期アメリカの犯罪文学の系譜から本作を考察している。ウィリアムズは、『回想録』を、アメリカ犯罪ナラティヴの一形態とみなし、独立革命後に叛逆者が自己信頼、自己決定をなす英雄と目されていく受容の変化を追う。コーエンは、ニューイングランドの犯罪文学の伝統的ドグマやヒエラルキーを拒否するバロウズを「哲学的犯行者」と呼び、筆者の無実の主張を前景化する。

バロウズのテクスト内に、共和政初期時代の社会的、宗教的、法的体制の揺らぎを見出す批評もある。クリストファー・W・ジョーンズ（Christopher W. Jones）は、『回想録』を、実体を感じられない表象としての悪漢（ピカロ）によって提示されたテクストと捉え、バロウズの社会的真実に疑義を呈する姿勢を、革命後アメリカの法的、社会的正当性の不確定の反映であると考えている。ピーター・ジャロス（Peter Jaros）は、初期アメリカの演劇性と公共性の観点から、バロウズのテクストを分析し、キャラクターと実体との乖離の顕現について論じている。ジェイ・フリーゲルマン（Jay Fliegelman）は、バロウズのテクストそのものを分析の中心的対象に据えて批評を展開しているわけではないのだが、独立革命期から初期共和政期にかけての社会、文化を論じた二冊の著作において、父／子を啓蒙主義的教育論との関連から、また、自然／人工の関係を、脱構築批評の手法を使って論じている。同様に、ナンシー・ルッテンバーグ（Nancy Ruttenburg）は、「アメリカン・キャラクターの危機」の章の一部として『回想録』を取り上げ、バロウズの不安定で流動的なアイデンティティは、広大で表象不確定なアメリカの実例であり、そのアイデンティティの表層性の優位は、バロウズが向かう先々でさまざまに異なる解釈を増長していくと読む。

バロウズを同時代人や他作品と比較対照的に論ずる批評としては、ポール・ダウンズ（Paul Downs）やスティーヴン・アーチ（Stephen Carl Arch）、ロバート・A・グロス（Robert A. Gross）、ラーザー・ジフ（Larzer Ziff）があげられる。ダウンズは、バロウズとベンジャミン・フランクリンとの比較対照を行ないつつ、前者の変遷過程——声高に自己主張する主体から他者から解釈される客体へ——が、アメリカ民主主義形成と存続に通底すると看破する。アーチは、バロウズの『回想録』を、フランクリン以降の自伝と位置づけながらも、その技巧的言説構築と投獄に、のちのヘンリー・デイヴィッド・ソロー（Henry David Thoreau）における言語遂行的自己認証の前駆を見る。グロスは、シェイズの叛乱の時代、同時代人であった法学者兼劇作家のロイヤル・テイラーとバロウズを並列させながら、バロウズが、シェイズの叛乱を支援した名もない地方階層とは異なり、都市エリート層のアイデンティティ強化に一役買ったと主張する。本章の本文中でも言及したが、ジフは、『シャーロット・テンプル』（Susanna Rowson, *Charlotte Temple: A Tale of Truth*, 1791）や『アーサー・マーヴィン』（Charles Brockden Brown, *Arthur Mervyn*, 1799）について分析する章のなかで、表象と内在について論じ、バロウズの場合、表象が内在に優先すると結論づけている。

さらに、その他別の角度から作品を解釈する批評もある。ラリー・セビューラ（Larry Cebula）は、善悪の判断基準を神が定めた前近代とは異なり、啓蒙主義的自我意識を個人内部の求めたテクストとして、『回想録』中に、バロウズの近代自我意識を確立させた三例について論じている。スティーヴン・ミーン（Stephen Mihm）は、初期共和政期の経済との関連でバロウズの贋金造りを分析し、資本家と偽装者との境界線の不確かさを示しつつ、バロウズを起業家的経済視点の持ち主であるとする。最後に、J・I・リトル（J. I. Little）は、一七九九年以降のカナダにおけるバロウズおよびその家族の人生を紹介している。

【付録】

スティーヴン・バロウズの『乾草上の説教』

Stephen Burroughs's Sermon, Delivered in Rutland, on a HAY MOW, To his Auditory the Pelhamites, at a time when a mob of them after having pursued the author to Rutland, in order to apprehend him because he had abruptly departed and absconded from Pelham, where he had been preaching the gospel; shut him into a barn, to which he ran for asylum; when he ascended a hay-mow, which was inaccessible, except in one place, with a weapon of defence in his hand, with which he kept off his pursuers at pleasure, as mentioned in the author's Memoirs, p. 90, 91, and delivered to them the following sermon, on the occasion. Hanover. , N.H.(?): Benjamin Ture,

『ヴァーモント州ラトランドにて納屋の乾草の山の上でスティーヴン・バロウズが聴衆であるペラムの住民に対して行なった説教——ペラムの町にて福音を説く教区牧師であった彼が、突如ペラムから逃亡したため、ペラムの民衆が、彼を捕えようとして、ラトランドまで追跡した折、安全な場所を求めてバロウズが逃げ込んだ納屋に、ペラムの民衆は彼を閉じ込めると、筆者の『回想録』九〇–九一頁で言及されているように、バロウズは、防御のための武器を手に持って、周囲に人を寄せ付けぬよう乾草の上にのぼり、意のままに追っ手を退け、そしてその折に、彼らに以下の説教を行なった』（一七九八年頃）[*A]

バロウズが乾草の上で行なった説教（強調はすべて原文による）

当時、ペラムの民は、東から、西から、北から、南からと、集まって参りました。バロウの民のスティーヴンは、ペラムの指導者でありましたが、乾草に上り、声を張り上げてこう言いました。「ペラムの民よ、ペラムの民に対して叫んでおられる神の声を、お聞きなさい。神のお怒りは、あなた方に対する激しい憤りでくすぶっておられます。というのも、あなた方は、神と神が聖職に任ぜられた者に対して、愚かなる行為をなしたからです。まことに、神がおっしゃるには、我は、早々に立ち上がりて、汝らにわが預言者たちをつかわし、送り込んだ。しかし、汝らは、最初の預言者[*B]を早々に退け、汝らが残酷さは、次の預言者[*C]をして我がもとに戻さしめ、さらに三番目の預言者[*D]を、汝らは、激怒して追い払い、逆上して、悪意に満ち、かまびすしく追いかけた。[*E]」それから、神は、こうつづけました。「我は、あらゆる欺瞞と偽善と不誠実に満ちた、彼らに良く似た牧師を、ペラムの民に与えることにしようぞ。しかし、人の子らのなかから、誰をペラムの民のもとへ送るべきであろうや?」すると、偽りを語る霊が、進み出て、神の御前に立ち、こう言ったのです。「私が参りましょう。バロウの民スティーヴンの口に宿る霊となりましょう」と。そして神は「行くがよい」と仰いました。[*F]こうしてピューリタンの族にして、イスラエルの門徒であるバロウの民スティーヴンは、ペラムに赴き、ペラムの民をひどく苦しめ、彼らから一〇シケルの銀と力強い素晴らしい馬を盗み、衣装を変えて、ラトランドへと逃げて行ったのです。

それからペラムの民は、強力な嵐が森の木々を揺らすがごとく、怒りに駆られ、集まって、彼らの預言者［であるところのバロウの民スティーヴン］をラトランドまで追いかけてきました。さて、あなた方の預言者にして牧師である私［バロウの民スティーヴン］は、［納屋の］乾草の上にあがり、あなた方に、天国から天使が舞い降りてきて、こう叫んでいるのが見えると申し上げましょう。「ああ、悲しいかな。ペラムの民よ。最初の災難は過ぎ去った。だが、見よ。他の二つの災難が来ることになり、それは、強大な破壊力で汝らを一掃するであろう」と。そのとき、ネヘミアの息子のネヘミア、ジョンの息子のダニエル、ジョンの息子で灰汁商人のジョンが上がってきて、今にも預言者バロウの民スティーヴンを荒々しく叩きのめそうと致しました。そこで預言者は、手に持っていた杖を振り上げて、灰汁商人のジョン[*G]の右腕を強打し、バラバラに打ち砕きました。しかし杖が壊れ預言者の手から落ちてしまったので、大きな石臼をつかみ、ネヘミア[*H]の頭上に落とし、彼を地面に沈めました。

ここラトランドは、丘と谷間の地ですが、あなた方がヘブライ語でアバンドンと呼び、シリア語でウースターと呼ぶ町ダンに行く折に通る路傍には、プラタナスやモミやアカシアの木々が生い茂っています。それは髑髏の地であり、トマス・ペインやペリシテの民がライシュと呼んだ［聖書の町の］ダンではありません。カルデアの民の町ウルへの途上で、預言者［バロウの民スティーヴン］は、この地ダンを通り、小川から五つの滑らかな石を探し、それらを自分の財布に入れました。それは、ヘシュボンの王シホンとバシャンの王オグが、偶然現れて、預言者と対峙しないようにとの願いからでした。しかしながら、エドンの地一帯に「バロウの輩がいないぞ、セドロンの渓流の彼方に逃げたのだ」との言が広まったのです。その結果、彼らは、ラッパを吹き鳴らしながら「おお、ペラムの民よ！　皆の者、奴が住処へと向かうのだ」と言いました。それで彼らは皆、預言者［バロウの民スティーヴン］を追跡しようと湧き上がりました。ところが彼らがヨルダン川を渡ろうとしたときに、ご覧あれ、強大な［リンカーンの］軍隊が川の浅瀬を占有していたものですから、ペラムの民は、とてもうろたえ、リンカーンの民の軍隊[*I]を、悪知恵を使って欺こうと考えたのでした。そこで彼らは、リンカーンの民に、言いました。「私たちは、古靴をはき、足につぎあてを当てて、遠い国から来た新参者でございます。」するとリンカーンの民は、ペラムの民に向かってこう言いました。「では〝信仰〟*[faith]*と言ってご覧なさい。」ペラムの民は、「信仰」と言えなかったものですから「〝貧行（ヒンコー）〟*[fath]*」と答えました。これでリンカーンの民は、彼らがペラムの民であると分かりましたので、彼らに襲いかかり、殺してしまいました。そのため「男性」は一人もいなくなりました。ペラムにて次のように語られると、「泣き叫ぶ悲痛なる嘆きがおこりました。われわれペラムの老人は殺され、若者は捕虜として連れて行かれ、われわれの聖なる地が忌まわしいもので汚され、荒廃してしまった。

すべての家族が、バラバラになり嘆き悲しみ、妻たちは、別れ別れになった。彼らの嘆きは、あたかもメギドの谷のハドラディモンの民の嘆きのようであった。」そして彼らは言いました「ああ、神の栄光は、ペラムから放れ去りました。預言者［バロウの民スティーヴン］が預言した二つ目の災難は、確かにわれわれのもとにやってきたのです。そして三番目の災難が来るのならば、誰がそれに耐えられましょうや？　ペラムの美は、高きところ、イーストヒルで殺されたのです。グレイ家、マックミュラン家、ヘインズ家、そしてコンキー家の者たちが、暗き山々の死の影にて倒れました。それをグリーンウィッチで語るなかれ、レヴァレットで広めるなかれ。異教徒の娘らを喜ばせぬように。ああ、われらの妻や子供らのためにも！」このようにペラムの民の心は苛まれ、彼らは、聖パトリックの祭壇の周りに引き付けられました。そしてこう言いました。「おお、偉大なる聖霊よ！あなた様が、われらが敵に、われわれを破壊させるがままになさいましたことに、どれ程われわれが傷つけられてきたことでしょう。われわれは、立ち上がりリンカーンの民と戦うことになるのでしょうか。われわれは勝利するのでしょうか？」しかしペラムの民は、ウリムによってもトンミム[*J]によっても、声によっても夢によっても、答えが得られませんでしたので、大いに絶望してしまいました。するとティシュベの民エイハブが言いました。「聞くがよい、おお、ペラムの民よ！　汝らがシンアルの地に行くと、罪の荒野に、一人の悪賢い女が住んでいる。その名はグッディ・マックフォール（Goody Mc.Fall）といい、一人で猫と暮らし、ことに精進しておる者だ。この女に、ペラムの民の父や指導者たちを、生き返らせてもらいなさい。ひょっとしたら彼女はわれわれにどうしたらよいか教えてくれるやもしれぬ」と。それでペラムの指導者、一〇人、一二人、二〇人からなる隊長たちが、立ち上がり、正直者のいでたちに偽装して、グッディ・マックフォールのところに行き、言いました「われわれに聖霊を呼び出して下さい。」すると彼女は「誰を呼び出しゃあいいのかね？」と言いました。そこで彼らは、彼女にこたえて曰く「ファーザー・アバークロンビー様をお願いします。」そしてグッディ・マックフォールは、まじないの道具を手に持ち、大地を踏み鳴らしましたが、その後、「ああ、なんてこった！　あんたたちは、あたしを騙したんだね。あんたらは、ペラムのお人たちで、正直者ではないじゃないか」と叫びました。彼らは、彼女に「大丈夫！　心配には及びません」と言いましたが、大地が荒れて、動き出したのです。そこで彼らは「どなた様なのでしょうか？」と尋ねたところ、彼女は「アバークロンビー様です」と答えました。するとアバークロンビー神父は進み出て、こう言いました。その顔色を見て、ペラムの民は、恐怖で震えあがりました。「なぜに汝らは、墓においてまで、わしを悩ませるのじゃ？」ペラムの民は答えて曰く「私たちは非常に困っているからです。私たちはリンカーンの民の手によって倒れ、私どもの偉大なる予言者の祭壇で尋ねたのですが、ウリムによってもトンミムによっても、声によっても夢によっても、答えが得られなかったからです」と。するとアバークロンビーは言いました。「明日、汝らには、行って、リンカーンの民と戦ってもらおうぞ。そして彼らの手によって倒れ、完全に破壊されようぞ。汝が妻や子供たちは、捕虜として連れ去られるのじゃ。それは汝らのやり方が、まったくもって邪悪であるからなのじゃ。」するとペラムの男たちは、みな地面に倒れ、彼らの心は沈み、恐怖と、耐え難い絶望がペラムの町全体に広がり、ペラムの民は、荒野へと逃げ、洞穴や大地のくぼみに身を潜めました。そして、見よ！　リンカーンの民の軍隊は、こう言ったのだそうです。「ペラムの者どもは、逃げてしまったぞ」と。そしてリンカーンの民は立ち上がり、ペラムの者たちを追跡して、彼らを完全に撃ち負かし、数多をダンの町に捕虜として連れて行きました。その後、リンカーンの民ベンジャミンが、トランペットを吹きならすと、すべてのリンカーンの民がペラムの民を追跡するのをやめました。ダンの町に捕虜として連れて行かれたペラムの者たちは、ボストンの民ジャミー*Kに懇願して言いました。「私たちは悪い者たちです。嘘をつき、邪悪な行ないを致しました。この地の善良なるものを滅ぼそうとして参りました。私たちは穴を掘り、そこに落ちてしまいました。聖パトリックを信仰してきましたので、私たちに聖霊をつかわせて下さるようお願いしたのですが、聖パトリックは私どもをお見捨てになりました。ですからジャミー様、お怒りかとは思いますが、ご慈悲をお与えくださいませ。どうぞ私たちが集い、政治を語ること、そしてジャガイモを育てる生業を続けることをお許しください。」そこでボストンの民ジャミーは、ペラムの民を憐れにお思いになったのです。
　こうして彼らは、以下の讃美歌を歌い、その後、預言者［バロウの民スティーヴン］は、彼ら［ペラムの民］の手を逃れ、姿をくらましてしまったのです。

讃美歌*L

アイルランド人のカトリック教徒いわく、私は、我がアイルランドの民が、
どこからやって来たのか知らないので、
聖パトリックの聖堂に行き、
そこで［民の起源について］の情報を得よう、と。
「我らが民の偉大なる神よ、お教えください、
「我らをお助けくださるのはどなた様なのでしょうか。
「アイルランド人は、まるで黄泉の国がごときさまであるので、
「私はアイルランド人が地獄に由来するのではないかと恐れているのです。」
これに対し、聖霊は、ブツブツと言いました。
「憐れなアイルランド人よ、我が汝を助けてやろう。
「おまえは我が助けを切願しているのだから、
「汝に喜んで救いの手を与えようぞ。
「かつて、ガダラの岸で、
「家畜の群れが餌を喰らっておった折に、

「羊飼いが率いる二百もの豚の大群が
「その関心がもっぱら殺生である
「[汚れた霊の] 大群にとりつかれ、
「豚どもは、まっさかさまに丘を下り
「水の中で死んでしまったのだ。
「しかし一匹のさかりのついた雌豚がいて、
「洪水ですらも、その雌豚を滅ぼすことができなかった。
「欲情に駆られた大悪魔は、
「この雌豚を楽しもうと考えた。
「このふしだらな雌豚との
「不浄な交わりが
「起源となって、神かけて言うが、
「アイルランドの民は生み出されたのである。
「アイルランド人は、であるから、双方の本質を未だ保持しており、
「彼らは悪へと傾倒しやすいのである。
「豚と悪魔の双方が存するところ
「欺瞞があって当然である。
「従って、暗く陰鬱な地である、
「ペラムの丘一帯には、
「この豚の群の生き残りが散在し、

「野卑たる［汚れた霊の］大群にとりつかれているのだ。

＊A　『回想録』同様、『乾草上の説教』もまた多くの版を重ねている。一七九八年だけでも複数の版があり、またこれ以降、少なくとも、一八〇〇年、一八〇七年、一八二二年にも再版記録がみられる。

＊B　［原註］アバークロンビー牧師（the Rev. Robert Abercrombie, 1744-1754）のこと

＊C　［原註］グレイハム牧師（the Rev. Richard Crouch Greyham, 1764-1771）のこと

＊D　［原註］メリル牧師（the Rev. Nathaniel Merill, 1774-1781）のこと

＊E　＊B～Dは、バロウズが赴任する以前にペラムの教区牧師を務めた者たち。牧師に敬意を払わず次々に追い出したペラムの住民に対する非難の表れである。なお、説教中でマックフォール夫人が呼び出した霊は、スコットランド出身のこの前教区牧師アバークロンビーとなっており、バロウズによる創作説教において、彼は、いわば自らを追い出したペラム住民に対して、復讐を遂げたことになる。

＊F　このくだりは、旧約聖書、列王記上二二章（「預言者ミカヤとアハブの死」）二一－二二を下敷きにして書かれているものと思われる。バロウズ説教テクストの表記は次の通り。“Then came there forth a lying spirit, and stood before the Lord, saying, ‘I will go forth, and be a spirit in the mouth of Stephen the Burronite.’ And the Lord said, ‘go.’” (4) これに対し、列王記の当該部分は、以下の通り。“And there came forth a spirit, and stood before Jehovah, and said, I will entice him. And Jehovah said unto him, Wherewith? And he said, I will go forth, and will be a lying spirit in the mouth of all his prophets. And he said, Thou shalt entice him, and shalt prevail also: go forth, and do so.” (The First Book of the Kings, 22:21-22) lying spirit とあるのは、牧師と偽りペラム住民を騙したバロウズの詐欺行為に対する自己嘲笑であると同時に、説教テクスト中、嘘つきと表象されるペラム住民の不正直さに対する揶揄であるとも考えられる。

＊G　［原註］コンキー（Konkey）氏のこと（ペラム住民）

＊H　［原註］ハインド（Dr. Hind）氏のこと（ペラム住民）

＊I　ベンジャミン・リンカーン将軍（General Benjamin Lincoln）のこと。シェイズの叛乱を鎮圧した将軍。

＊J　ウリムとトムミムとは古代イスラエルのユダヤ教大祭司が神託を問う折に使用していたとされる道具。

＊K　ジェイムズ・ボードン（James Bowdoin 1726-90）マサチューセッツ知事（1785-87）。前述のとおり、シェイズの叛乱時に、

シェイズおよび彼の支持者に恩赦を与えた。

＊L　巻末に掲げられた讃美歌は、新約聖書マルコによる福音書五章一―二〇に依拠して創作されている。マルコによる福音書の当該部分は、以下のとおり。https://www.wordproject.org/bibles/jp/41/5.htm#0.

1　こうして彼らは海の向こう岸、ゲラサ人の地に着いた。
2　それから、イエスが舟からあがられるとすぐに、けがれた霊につかれた人が墓場から出てきて、イエスに出会った。
3　この人は墓場をすみかとしており、もはやだれも、鎖でさえも彼をつなぎとめて置けなかった。
4　彼はたびたび足かせや鎖でつながれたが、鎖を引きちぎり、足かせを砕くので、だれも彼を押えつけることができ
なかったからである。
5　そして、夜昼たえまなく墓場や山で叫びつづけて、石で自分のからだを傷つけていた。
6　ところが、この人がイエスを遠くから見て、走り寄って拝し、
7　大声で叫んで言った、「いと高き神の子イエスよ、あなたはわたしとなんの係わりがあるのです。神に誓ってお願い
します。どうぞ、わたしを苦しめないでください」。
8　それは、イエスが、「けがれた霊よ、この人から出て行け」と言われたからである。
9　また彼に、「なんという名前か」と尋ねられると、「レギオンと言います。大ぜいなのですから」と答えた。
10　そして、自分たちをこの土地から追い出さないようにと、しきりに願いつづけた。
11　さて、そこの山の中腹に、豚の大群が飼ってあった。
12　霊はイエスに願って言った、「わたしどもを、豚にはいらせてください。その中へ送ってください」。
13　イエスがお許しになったので、けがれた霊どもは出て行って、豚の中へはいり込んだ。すると、その群れは二千匹
ばかりであったが、がけから海へなだれを打って駆け下り、海の中でおぼれ死んでしまった。
14　豚を飼う者たちが逃げ出して、町や村にふれまわったので、人々は何事が起ったのかと見にきた。
15　そして、イエスのところにきて、悪霊につかれた人が着物を着て、正気になってすわっており、それがレギオンを
宿していた者であるのを見て、恐れた。
16　また、それを見た人たちは、悪霊につかれた人の身に起った事と豚のことを、彼らに話して聞かせた。
17　そこで、人々はイエスに、この地方から出て行っていただきたいと、頼みはじめた。
18　イエスが舟に乗ろうとされると、悪霊につかれていた人がお供をしたいと願い出た。

19　しかし、イエスはお許しにならないで、彼に言われた、「あなたの家族のもとに帰って、主がどんなに大きなことを
してくださったか、またどんなにあわれんでくださったか、それを知らせなさい」。
20　そこで、彼は立ち去り、そして自分にイエスがしてくださったことを、ことごとくデカポリスの地方に言いひろめ
出したので、人々はみな驚き怪しんだ。

◉引用・参考文献

Allan, Nathan. “Article V: Phrenological Development and Character of Stephen Burroughs.” *The American Phrenological Journal and Miscellany*. Vol. III. Haswell & Barrington, 1841, pp. 86-89.

Arch, Stephen Carl. *After Franklin: The Emergence of Autobiography in Post-Revolutionary America, 1780-1830*. U of New Hampshire P, 2001.

Bryant, William Cullen and Sydney Howard Gay. *A Popular History of the United States, From the First Discovery of the Western Hemisphere by the Northern, to the End of the First Century of the Union of the States*. Vol. II. Charles Scribner’s, 1878.

Burroughs, Eden. *The Profession and Practice of Christians, Held up to View by Way of Contrast to Each Other; Appearing in the Neglect of Executing the Laws of Christ in his House; and That this Neglect is Pregnant with Every Evil that Threatens Ruin to the Churches*. Hough and Spooner, 1784.

---. *A Sincere Regard to Righteousness and Piety, the Sole Measure of a True Principle of Honor and Patriotism. Illustrated in a Sermon, Preached before His Excellency, the Governor, the Honorable Council, and House of Representatives, in the State of Vermont, October*

8th, A. D. 1778. J. P. & A. Spooner, 1778.

Burroughs, Eden and the Rev. Easterbrooks. *An Authentic Account of the Conversion and Experience of a Negro. To which is Added, A Faithful Narrative of the Wonderful Dealings of God, Toward Polly Davis*. Alden Spooner, 1793.

---. *A Faithful Narrative of the Wonderful Dealings of God, toward Polly Davis, of Newgrantham, in the state of New Hampshire. Taken from her own Mouth, and the Testimony of Several Witnesses of Established and Approved veracity, who were Present with her through the Scenes of Distress, and that Sudden and Surprising Recovery, Contained in the Following Account, Taken as above, on the 12th day of September in the Year of our Lord Jesus Christ, 1792*. Booksellers, 1792.

Burroughs, Stephen. *Stephen Burroughs's Sermon, Delivered in Rutland, on a HAY MOW, To his Auditory the Pelhamites, at a time when a mob of them after having pursued the author to Rutland, in order to apprehend him because he had abruptly departed and absconded from Pelham, where he had been preaching the gospel; shut him into a barn, to which he ran for asylum; when he ascended a hay-mow, which was inaccessible, except in one place, with a weapon of defence in his hand, with which he kept off his pursuers at pleasure, as mentioned in the author's Memoirs, p. 90, 91, and delivered to them the following sermon, on the occasion*. Benjamin Ture, 1798(?).

---. *Memoirs of Stephen Burroughs*. 1798, 1804. Northeastern UP, 1988.

Cebula, Larry. "A Counterfeit Identity: The Notorious Life of Stephen Burroughs." *Historian*, vol. 64, no. 2, 2002, pp. 317-33.

Cohen, Daniel. A. *Pillars of Salt, Monuments of Grace: New England Crime Literature and the Origin of American Popular Culture, 1674-1860*. Oxford UP, 1993.

Downs, Paul. *Democracy, Revolution, and Monarchism in Early American Literature*. Cambridge UP, 2009.

Fliegelman. Jay. *Prodigal and Pilgrims: The American Revolution Against Patriarchal Authority 1750-1800*. Cambridge UP, 1982.

---. *Declaring Independence: Jefferson, Natural Language, & the Culture of Performance*. Stanford UP, 1993.

Gross, Robert A. "The Confidence Man and the Preacher: The Cultural Politics of Shays's Rebellion." In *Debt of Shays: The Bicentennial of an Agrarian Rebellion*, edited by Robert A. Gross, U of Virginia P, 1992, pp. 297-320.

Hubbard, George Henry. "A Notorious Rascal of the 'Good Old Times'." *New England Magazine: An Illustrated Monthly*, vol. 28, March-

August 1903, pp. 62-69.

Hull, Mary E. *Shays' Rebellion and the Constitution in American History*. Enslow, 2000.

Jaros, Peter. "Personating Stephen Burroughs." *EAL*, vol. 44, no. 3, 2009, pp. 569-603.

Jones, Christopher W. "Praying Upon Truth: *The Memoirs of Stephen Burroughs* and the Picaresque." *EAL*, vol. 30, 1995, pp. 32-50.

"The Lessons of Crime, Or, Some Passages in the Life of An American 'Expart'." *Nickerbocker, or New-York Monthly Magazine*. Vol. 51, No. 2, No. 3, No. 4 Feburary, March, April, 1858, pp. 387-93.

Little, J. L. "American Sinners/Canadian Saints: The Further Adventure of the Notorious Stephen Burroughs, 1799-1840. *Journal of the Early Republic*. Vol. 27, No. 2. pp. 203-231.

Mihm, Stephen. "The Alchemy of the Self: Stephen Burroughs and the Counterfeit Economy of the Early Republic." *Early American Studies*, vol. 2, no. 1, 2002, pp. 123-159.

Parmenter, C. O. "Stephen Burroughs, The Supplyer." *History of Pelham, MA*. Carpenter, 1898, pp. 320-340.

Ruttenburg, Nancy. *Democratic Personality: Popular Voice and the Trial of American Authorship*. Stanford UP, 1999.

Smith, Charles Manly. "The Notorious Stephen Burrroughs." *Dartmouth Traditions: Being a Compilation of Facts and Events Connected with the History of Dartmouth College and the Lives of its Graduates From the Early Founding of the Collage, in 1769, to the Present Day*. William Carroll Dartmouth P, 1902, pp. 67-72.

S. W. T. "Modern Alchemy." "To the Editor." *The New York Times*. May 27, 1910.

Williams, Daniel E. "In Defense of Self: Author and Authority in *The Memoirs of Stephen Burroughs*." *EAL*, vol. 25, 1990, pp. 96-122.

Woodward, James W. *Sermon, Preached at Hartford, Vermont, May 24, 1813, at the Funeral of the Rev. Eden Burroughs, D. D. Pastor of the Presbyterian Church at Dartmouth College*. John Eliot, 1814.

Ziff, Larzer. *Writing in the New Nation: Prose, Print, and Politics in the Early United States*. Yale UP, 1991.

第5章　ナンシー・ランドルフ・モリスの幸福の追求

——誘惑小説の実演転覆とジェファソン周辺の「幸福の館」

0. スキャンダルの宝庫ヴァージニア

「生命、自由、幸福追求の権利」を謳って植民地を独立に導いたトマス・ジェファソン（Thomas Jefferson）が、不可侵の生得権から公的に除外された混血奴隷情婦一族を、モンティチェロの私邸内部に囲っていた事実が、一八〇二年、ジャーナリストのジェイムズ・カレンダー（James Callender, 1758-1803）によって暴露されて以降、ジェファソン家、ウェイルズ家、ヘミングス家の複数世代に及ぶ複雑な人間関係について、多くが知るところとなった。[1] ルシーア・スタントン（Lucia Stanton）の研究書のタイトルに倣えば、ジェファソン家の「幸福のために働く」農園奴隷たちの生活が明らかになる一方、建国の父一族の私的な幸福を血縁内部から支えつづけた奴隷母娘の存在が知らしめられたのである。[2] もちろん、サリー・ヘミンスグ（Sally Hemings）とジェファソンとの関係は、アメリカ文学の想像力生成にも一役買ってきた。ウィリアム・ウェルズ・ブラウン（William Wells Brown, *Clotel, Or The President's Doughter*, 1853）、バーバラ・チェイス＝リボウ（Barbara Chase-Riboud, *Sally Hemings*, 1979）、スティーヴ・エリクソン（Steve Erickson, *Arc d'X*, 1993）が、二人の関係を示す歴史小説を上梓してきたのは、周知であろう。[3]

ところが、ジェファソンがサリーと関係をつづけていた同時期に、彼の親族では、別の事件が発覚し、裁判沙汰となっていたことを知るものはあまり多くないだろう。大統領の混血情婦の噂がかすむほどの「一八世紀アメリカにおける最初の大スキャンダル」（クロウフォード）が、南部の名門ランドルフ家にて起こっていたとあっては、この不幸に注目せざるをえない。なるほど、大統領任期中に発覚した奴隷情婦の存在は、ジェファソンの政敵にとって、恰好の攻撃材料となりはしたが、南部奴隷制下では「よくある話」だったから、同時代人は、さして驚かず、ジェファソン自身も職務を追われることはなかった。では、在職大統領の批判素材をはるかに凌駕する、ジェファソン家を含む名門でのスキャンダルとは、いったい何だったのか。

本章では、ランドルフ家のスキャンダル――近親相姦不倫容疑と嬰児殺害遺棄容疑事件――を紹介し、その中心となった人物リチャード・ランドルフと、特にアン・ケアリー・ランドルフ（Ann Cary “Nancy” Randloph, 1774-1837）――通称ナンシー・ランドルフ――の生涯から、共和政期の個人の幸福――あるいは不幸――について、何が暗示的に読み取れるのかを考察したい。誘惑小説や感傷小説が華やかなりし折に、南部名家において、その実例と思しき事態が義兄妹間で起こったのは、それだけで十分に煽情的であった。不義の果ての殺人疑惑は、裁判に発展するも、ランドルフ家ゆかりの大物代理人を配置した弁護態勢のおかげで、被告無罪で結審する。ところが、二〇〇余年も経たのちに、当時の裁判証言が、当事者自らによって覆されたのだから、この事件が、歴史家や小説家の興味を引いて止まぬのも道理であろう。しかも、こんにちでも依然、事件の真相は藪の中なのだ。ランドルフ家の事件は、「幸福の追求」の社会的発展モデルの中枢概念を担ったヴァージニア（チェサピーク）を舞台として発覚しただけでなく（グリーン第四章）、米独立・建国の政治史に貢献したジェファソンと同等の大建物が複数関わっていたという意味においても、建国期の社会規範逸脱者の抵抗精神と個人による「幸福の追求」との相関を示す一事例として考察するに値すると思われる。名家内部のひずみを体現するナンシーは、犯罪や不道徳の汚名といかにして闘い、抗い、最終的には何を成しえたのか。

本章は――第2章と同様に――特定の小説を主に取り上げて詳細な文学的分析を行なうものではない。むしろ、歴史に埋もれた一事件が、その煽情的かつ感傷的な内容に関して、当世の文学流行との一致を示す一方で、それを転覆する契機をも有していた実態を示すことを目指している。もちろん、本件を物語化した文学テクストは存在するので、言及はするけれども、[4] 真相が闇に包まれている事件について文字化する場合、歴史的説明と文学的表象との弁別は、時に困難となり、その幸不幸の要素は、双方から暗示的に読み込まれうるはずである。共和政時代に、スキャンダルに翻弄されながらも、幸福を追求した女性とその周辺の「不幸な」農園の崩壊とを対比し、その過程で、キリスト教倫理導入のために作りだされた「幸福の館《マンション・オブ・ハピネス》」という名のボードゲーム（盤を使用する双六ゲーム）の多義性についても考えたい。

1. 正当な法の手続き――一族の名誉のために

本件の事件概要を示す前に、まずは広大な土地と財を有す名門旧家ランドルフ一族について、述べておくべきだろう。ランドフルの祖は、ターキー・アイランドのウィリアム（William Randolph of Turkey Island, 1651-1711）で、その息子リチャードの妻ジェイン・ボーリングは、ポウハタン（Powhatan）、ポカホンタス（Pocahontas）の血を引いている。北米英領植民地の始まりとともに派生した由緒ある血統を一族は誇りにしていた。ジェファソンの母ジェイン・ランドルフ（Jane Randolph）は、一族の三世代目で、父のピーター・ジェファソン（Peter Jefferson）は、ナンシーの父トマス・マン・ランドフル・シニア（Colonel Thomas Mann Randolph, Sr. of Tuckahoe, 1741-1793）の後見人をつとめていた。名門一族にスキャンダルの汚名を残したナンシーおよびリチャードは、五世代目にあたる。ナンシーは、二歳違いの姉ジュディスとの関係が緊密であった。また、姉妹の兄であるトマス・マン・ランドルフ・ジュニア（Thomas Mann Randolph, Jr., 1768-1828）は、ジェファソンの娘婿で、のちのヴァージニア州の知事である。ランドルフ一族は、その多くがいとこ同士で結婚する慣習を有しており、ナンシーの父母はもとより、ナンシーの姉ジュディスとその夫リチャードも、ジェファソンの娘マーサとトマス・マンもいとこ同士である。ナンシーの出産と嬰児殺害容疑の舞台となったグレンティヴァー農園のランドルフ・ハリソン夫妻（Mary and Randolph Harrison of Glentiver）もいとこ同士で、かつこの夫婦は、ジェファソンのいとこでもある（Crawford 6-7）【次見開き：ランドルフ家系図参照】。ちなみに、本章の説明の過程で言及する、のちの合衆国第四代連邦最高裁判所長官ジョン・マーシャル（John Marshall）――第1章冒頭にて紹介したジョージ・ワシントンの五巻におよぶ公式伝記の執筆者――もまたランドフル一族であり、よって、ジェファソンとも縁戚に当たる。要するに、奴隷一族を含めたモンティチェロの血縁のみならず、ランドルフ一族全体が、数世代にわたり親族間の緊密な血縁によって成立し、ヴァージニアの、ひいては誕生後間もない合衆国の国政を担う一門として存在していたのである。

タッカホーの農園で幸福な少女時代を過ごしていたナンシーの暮らしが変化し始めたのは、母親の死によってであった。一七八九年に母のアン・ケアリー（Ann Cary）が亡くなると、翌年、父トマス・マン・ランドルフ（Thomas Mann Randolph）は四九歳で再婚する。一九歳で前妻が残した一三人の子供の義母となったガブリエラ・ハーヴィー（Gabriella Harvie）と義娘とは折り合いが悪く、追われるようにして実家を出た一七歳のナンシーは、新婚の姉ジュディスが暮らす人里離れたビザール農園（アポマトックス川沿いの農園）に身を寄せる。ジュディスの夫リチャード・ランドルフ（Richard Randolph of Bizarre, 1770-1796）は、三人兄弟の長男で、知的である一方、不遜で怠惰な性質だったと言われている。学業を全うせず、プランター階級の貴族的プライドから、実際的な職業に従事するのを嫌っていた。次男セオドリック（Theodorick Randolph, 1771-1792）は、放蕩の末、病で早逝し、三男のジャック（John [Jack] Randolph of Roanoke, 1773-1833）は、のちにロアノーク農園に居を構え、断続的ながらも長期にわたって、上院、下院の国政の舞台で活躍し、ジェファソンにも重用された（Crawford 154-56）。だが彼は、のちにナンシーを脅迫し苦しめる宿敵ともなる。

さて、ナンシーがビザール農園にて姉夫婦との同居を始めて、しばらくたった一七九二年、リチャードとジュディス夫婦は、それぞれの弟妹――ジャックとナンシー――を伴い、グレンティヴァー農園のランドルフ・ハリソン邸を訪問する。このハリソンの屋敷で事件が起こる。ある日の深夜、ナンシーの具合が悪くなり、隣室にいたリチャードがメイドと共にこれに対応。若い女性の体調不良に対し、医者を呼びにやるでもなく、姉のジュディスやハリソン家の女性が世話するわけでもなく、義理の兄が対処するという不自然さに加え、夜中、奇妙な足音が響く。また枕カバー、廊下、屋敷の外に積まれた屋根板には、血痕が目撃された。これらから推察して、ハリソンの奴隷たちは、ある噂をささやき始める。近親相姦的不倫の果てに、妊娠を悟られぬように隠しつづけてきたナンシーが、ここでにわかに産

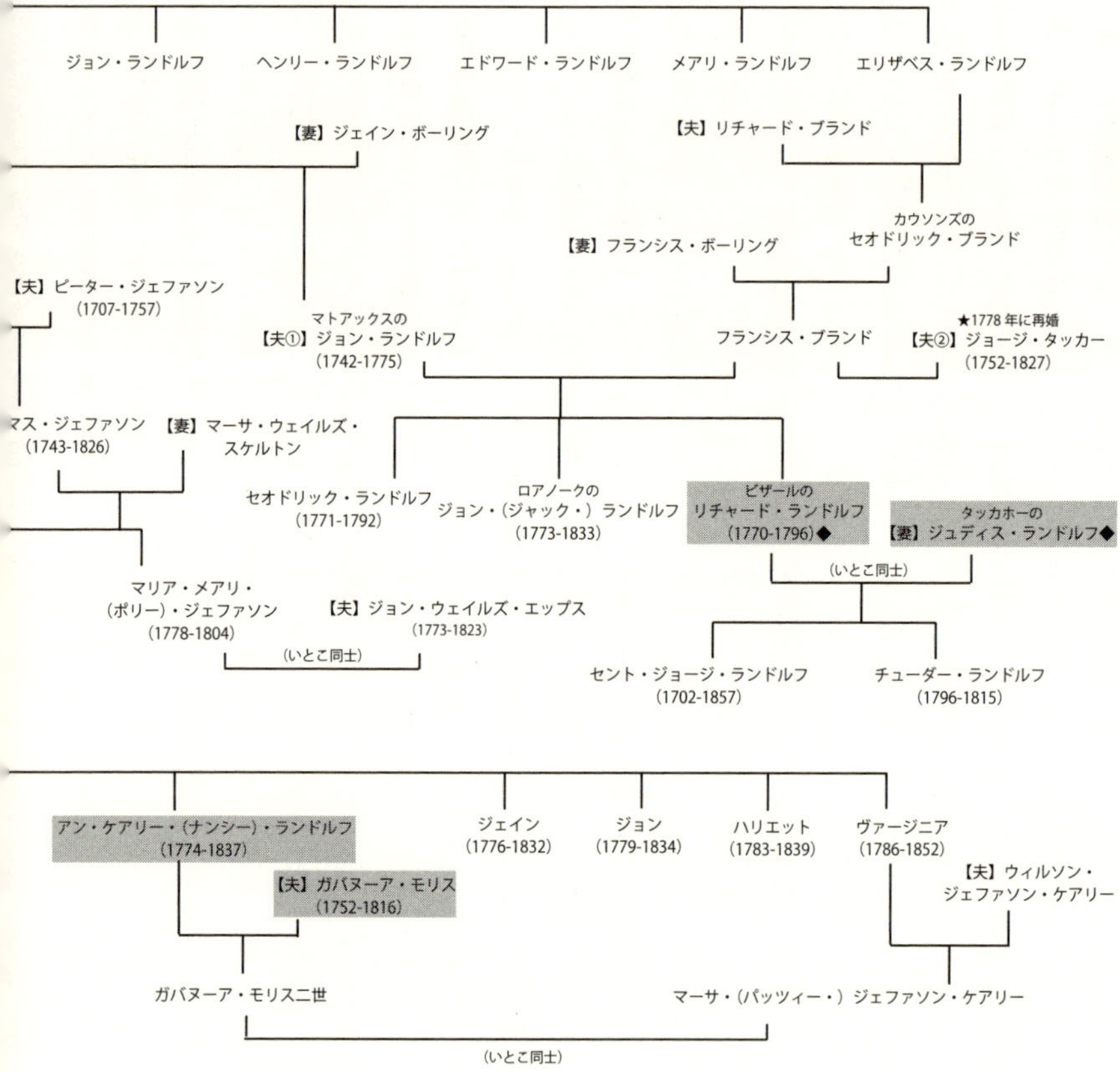

＊　上記は、Crawford, Kierner における家系図を参照し作成した。

＊　本論中の主要人物には、網掛けにしている。

＊　◆◇は同一人物である

ランドルフ家系図

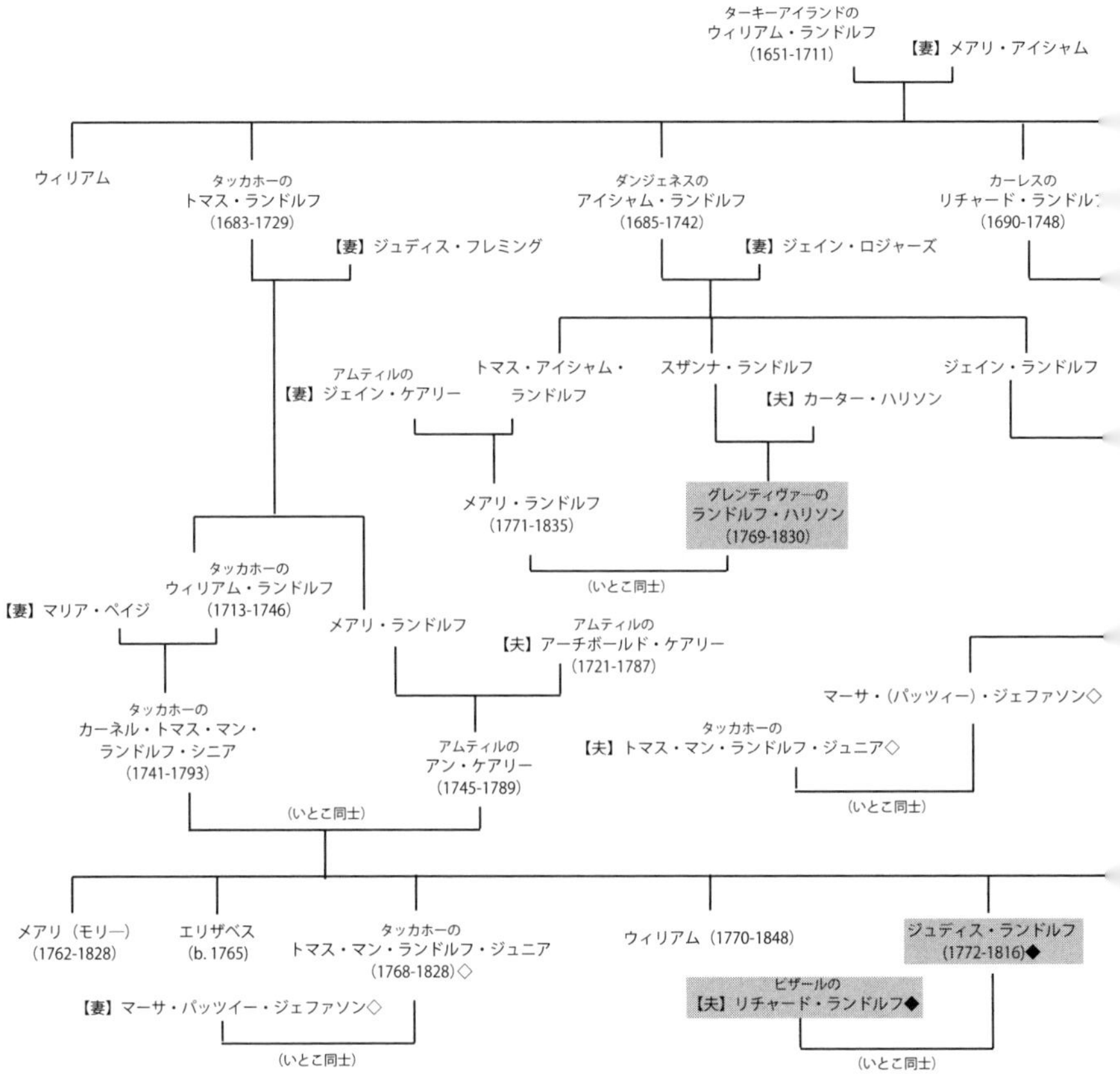
ターキーアイランドの
ウィリアム・ランドルフ
(1651-1711)
【妻】メアリ・アイシャム
ウィリアム
タッカホーの
トマス・ランドルフ
(1683-1729)
【妻】ジュディス・フレミング
ダンジェネスの
アイシャム・ランドルフ
(1685-1742)
【妻】ジェイン・ロジャーズ
カーレスの
リチャード・ランドルフ
(1690-1748)
アムティルの
【妻】ジェイン・ケアリー
トマス・アイシャム・
ランドルフ
スザンナ・ランドルフ
【夫】カーター・ハリソン
ジェイン・ランドルフ
メアリ・ランドルフ
(1771-1835)
グレンティヴァーの
ランドルフ・ハリソン
(1769-1830)
(いとこ同士)
タッカホーの
ウィリアム・ランドルフ
(1713-1746)
【妻】マリア・ペイジ
メアリ・ランドルフ
アムティルの
【夫】アーチボールド・ケアリー
(1721-1787)
マーサ・(パッツィー)・ジェファソン◇
タッカホーの
【夫】トマス・マン・ランドルフ・ジュニア◇
(いとこ同士)
タッカホーの
カーネル・トマス・マン・
ランドルフ・シニア
(1741-1793)
アムティルの
アン・ケアリー
(1745-1789)
(いとこ同士)
メアリ（モリー）
(1762-1828)
エリザベス
(b. 1765)
タッカホーの
トマス・マン・ランドルフ・ジュニア
(1768-1828)◇
ウィリアム（1770-1848）
ジュディス・ランドルフ
(1772-1816)◆
【妻】マーサ・パッツイー・ジェファソン◇
(いとこ同士)
ビザールの
【夫】リチャード・ランドルフ◆
(いとこ同士)

気づき、密かに産み落とされた嬰児を、その子の父親であろうリチャードが、始末したのではないかと言うのである。同時に、そもそもビザール農園において、リチャードとナンシーとが、過度に親しくし過ぎていたと指摘され、その日常のしぐさや態度が、改めて周囲から話題にされだした。もちろん、こうした噂を、グレンティヴァー屋敷の主人ハリソンも、リチャード自身も全面否定し、ナンシー一行は、何事もなかったかのように農園をあとにしたけれども、疑惑は深まるばかりだった[5]。

　感傷小説のプロットに精通していた共和政期の大衆にとって、これは、当時のベストセラー物語を、具体的には、ウィリアム・ヒル・ブラウンの『親和力』（William Hill Brown, *The Power of Sympathy*, 1789）やスザンナ・ローソンの『シャーロット・テンプル』（Susanna Rowson, *Charlotte Temple*, 1791）、さらにはハナ・ウェブスター・フォスターの『コケット』（Hsnnah Webster Foster, *The Coquette*, 1797）を彷彿させる現実として、まさしく「時節に合った」不祥事であった。これらの小説は、いずれも若い女性が誘惑されて身を持ち崩し、産褥により命を落とすという点で一致している。ことに義兄との間の近親相姦的不義を描写した『親和力』は、まさしくナンシーの実話との親和性が、文字通り、極めて高い虚構であった（Kierner 81-83）。

　一向に収まらぬ疑惑に対して、リチャードは、法律家である義父セント・ジョージ・タッカー（St. George Tucker, 1752-1827）に相談し、大胆な対策をとる。タッカーは、実際、ランドルフ家にとって偉大なる父でもあり、恩人でもあったことだろう。リチャードの実父ジョン・ランドルフ（John Randolph of Matoax, 1742-1755）が、一七七五年、三八歳で他界したとき、妻フランシス・ブランド・ランドルフ（Frances Bland Randolph, 1752-1788）は、若干二三歳。五歳のリチャードを筆頭に三人の息子と複数の農園および相当な額の借金を残され寡婦となった。三年後の一七七八年、フランシスがウィリアムズバーグの弁護士で広い人脈を誇るセント・ジョージ・タッカー（St. George Tucker, 1752-1827）と再婚すると、タッカーは、ランドルフの息子たちの継父として、彼らの教育、養育、一家の資産管理を担う。タッカーは、妻フランシスの死まで、義理の息子たちの後見人をつとめつづけたのである（Kierner 19）。

リチャードとナンシーのスキャンダルに際しても、タッカーは、有能な弁護士としての手腕を発揮して、リチャードの無罪と醜聞対策に貢献した。明らかに私的なスキャンダル処理のために、新聞紙上と法廷という公的な場を利用したのである。まず、一七九三年四月一七日付『ヴァージニア・ガゼット・アンド・ジェネラル・アドヴァタイザー』(*Virginia Gazette and General Advertiser*)紙上に「市民のみなさんへ」("To the Public")と題した弁明を掲載し、グレンティヴァー農園での噂を否定した上で、リチャード自らがカンヴァーランド郡裁判所に出向き、潔白を証明すると公言したのである。リチャード・ブルックハイザー（Richard Brookhiser）は、彼の大胆な行為を、醜聞を鎮静化させるためのある種の虚勢であったのではないかと推測しているが（181）、この結果、裁判所に姿を現したリチャードは、逮捕されることとなる。無論、係争は想定内だったようで、嬰児殺害容疑について審議した「ヴァージニア州対ランドルフ」事件裁判（一七九三）には、独立時の英雄であったパトリック・ヘンリー（Patrick Henry）と、のちの第四代連邦最高裁判所主席判事ジョン・マーシャル（John Marshall）——当時は、リッチモンドの弁護士だった——とが被告側代理人として雇い入れられて登場する。裁判には、ジェファソンの娘マーサ・ジェファソン・ランドルフ（Martha Jefferson Randolph）といった親族をも含む多くの証人が召喚された。リチャードとナンシー側に不利な証言もなされたものの、ヘンリーの弁舌とマーシャルの理屈が、ことごとくこれに反駁すると、状況証拠しか存在しなかった本件は、リチャードによる嬰児殺害どころかナンシーの妊娠・出産の事実すらなかったとして、ほどなく結審する。このとき、恐らくは真相を知る立場であったはずのグレンティヴァー農園の「奴隷証言」は、当時の司法の規定により、白人被告の裁判においては採択されなかった。これはもしかすると、容疑者にとって有利に働いたのかもしれない。リチャードもナンシーも無罪放免となったのだから、少なくとも司法の場においては、ランドルフの全面勝利である。疑わしき点は残れども、マーシャルによる指摘——本来隠蔽するべきはずの不義の子の出産を、敢えて他所で行なうことの不可思議や、遺体処理をしたと思しき痕跡の始末の杜撰さは、常識的見地を超えるとの弁論——が功を奏した。また、被告およびナンシーに不利益になる窃視情報提供者を効果的に揶揄する弁論の名手ヘンリーの口舌も冴えていた（Crawford 91-97）。

だが、ゴシップの力を熟知していたタッカーは、さらなる用心として、裁判直後にも、再度『ヴァージニア・ガゼット』を利用した。「市民のみなさんへ」と付した記事内に、嫁であるジュディスの手紙を掲載し、義理の息子をいわれなき噂の被害者、その妻を、無実の夫を支える健気な南部淑女として強調して見せた。シンシア・キエーナー（Cynthia Kierner）曰く、ジェファソン級の要人ならばまだしも、ランドルフ家の一員であるとは言え、政治的に無名のリチャードの個人的なゴシップが、公的な新聞紙上で取り上げられることなど、通常はありえず、しかも、それがジャーナリズム側のすっぱ抜きではなく、当事者側からの公示によってなされるのは、極めて異例であった（77-80）。こうした一連の展開によって、かえって醜聞の真相が不明瞭となってしまう。法廷や新聞紙上という、公的かつ政治的な場をいわば私的に活用したランドルフ家の「生命、自由、幸福追求の権利」は——各人の感情としての幸福はさておき——ひとまず遂行され、リチャードと継父タッカーの戦法によって、一族の名誉は辛くも守られた。しかしながら、驚くことに、本件には続きがある。一事不再理の原則に従えば、事件が問われ直すことはないにもかかわらず、しかも義兄妹の容疑は晴れたはずなのに、いま一人の当事者たるナンシーが、彼女自身の幸福の追求のためゆえに、のちに、このときの証言内容を覆し、偽証を告白した上で真相を公表したのである。こうした複数の点において、本件は、まこと、奇怪な事件であったと言えるだろう。

2. 相続権の確保——私的幸福追求のために

法の手続きにより、リチャードの無実が証明される一方で、では、ナンシーはその後、いかなる人生を歩んだのか。貞節を美徳とするジェンダー規範に基づくならば、醜聞がでた時点で、彼女にまっとうな将来がないと考えるのが「正しい」見方だろう。誘惑小説の道徳規範は、不貞には不幸をもって償うべしと教えていたはずである。だがナンシーの幸福の追求は、教訓物語の要請に沿ってはなされない。ナンシーは、フェデラリストの大物と結婚し、多くの南部農園が崩壊し、ランドルフそのものが疲弊していく一方で、婚家の広大な家屋敷を守り抜き、最終的に、「勝ち組」となったのである。

裁判から三年後の一七九六年、リチャードが二六歳の若さで夭折すると、奴隷解放を指示する遺言の影響もあって、主を失ったビザール農園の経済状況は悪化する。ナンシーは、その後一二年間、当地に留まっていたのだが、逼迫する生活のなかで、次第に姉ジュディスや、農園管理を任された義弟ジャック（三男ジョンの愛称）との折り合いも悪化していく。ナンシーのビザール農園での後年の生活は、かなり険悪であったと推測できる。クロウフォードによると、姉ジュディスは、ナンシーを「私の幸福を粉々にする人」と呼び（133）、妹が出ていくことを望んだ（163）。一八〇五年に、かの地を後にした彼女は、実家を含め、親戚縁者を頼って短期逗留を繰り返しながら、各所を転々とする「放浪生活」を送る。経済的困窮による金の無心が重なり、労働によって自活への道を余儀なくされたナンシーは、ニューイングランドで家庭教師職についたこともあったが、数年後、父の旧友であったガバヌーア・モリス（Gouverneur Morris, 1752-1816）を頼ってニューヨークへ向かう。

この折に、ナンシーがなぜニューヨークに出向いたのか、定かではないものの、実は、ナンシーとモリスとは、このかなり前に、一度、会っている。一七八八年、ヴァージニア州における合衆国憲法批准会議に出席した折に、モリスは、ナンシーの父トマス・マン・ランドルフのタッカホー農園を訪れた。当時、長兄のトマス・マン・ランドルフ・ジュニア――のちにジェファソンの長女マーサと結婚し、ヴァージニア州知事となるタッカホーのランドルフの跡取り――は二〇歳、ジュディスは一六歳、ナンシーは一四歳の少女であった。このときには、モリスは、ナンシーについて、日記等に何も記していない。二〇年後に、この折の少女が、大スキャンダルを経て、モリサニアを訪れ、さらには自身の妻になるなど、想像だにしなかっただろう（Adams 166-67）。

一八〇八年、モリサニアにやってきたナンシーは、個人的に没落したとはいえ、南部きっての名家の女性である。

モリスは慎重かつ丁重に、屋敷での使用人職を提案すると、ナンシーはこれを受諾。翌年からモリス邸に入ったナンシーを、初老の主人はいたく気に入り、「私の幸せのために必要な資質と感情を備えた」女性と絶賛する(Kierner 126)。ナンシーとの結婚を考え始めたモリスは、このとき最高裁判所主席判事となっていた友人ジョン・マーシャルに問い合わせ、ナンシーの過去のスキャンダルと裁判について、調べていたことが分かっている(Carwford 196-97; Kierner 126; Adams 287)。例のスキャンダル裁判の折に、もう一人の弁護人だったパトリック・ヘンリーは、既に鬼籍に入っていた。ジョン・マーシャルは、モリスの問い合わせにすぐに返信し、ナンシーの事件については、記憶が曖昧であるとして、注意深く言葉を選びながらも、当時、口さがない噂や数多の作り話が流布していたこと、また、ヴァージニアでは、ナンシーの容疑をそのまま信じて犯罪者とみなす者と、彼女は不幸な状況の犠牲者であったとみなす者との間で意見が二分されていたと伝えた。しかしながら、夫と妹のスキャンダルによって、最も傷ついたはずの姉ジュディスが、事件後も一二年の長きにわたってナンシーと一つ屋根の下に暮らしつづけたことが、すべてを物語るはずだと書き記した(Adams 185; Crawrod 197; Kierner 126)。

マーシャルからの返信によりナンシーの潔白の確信を得たモリスは、急遽、一八〇九年のクリスマスに、親族を招き、二人の結婚を披露。これにはモリスの親族も驚き、特に叔父の財産を相続せんと考えていた甥や姪は、自分たちと同年代で、かつ単なる家政婦にすぎぬナンシーとの結婚に猛反対したという(Adams 283-84; Crawford 200)。結婚当時、ナンシーは三五歳、モリスは五七歳であった。夫婦はいたって円満で、結婚の翌年に、対の肖像画を作成させるのだが、これがこんにち、われわれが比較的よく目にする双幅である【図版】。一八一三年には、息子ガバヌーア・モリス二世にも恵まれる。こうして不幸のどん底にいたナンシーは、一八世紀最大の醜聞を生き延び、親族と不和となり、いったんは家政婦に身をやつすも、最終的には、モリサニアの女主人、ニューヨーク名門一族の正当嫡男の母となったのである。

ガバヌーア・モリスは、連合規約の署名者であり、憲法制定会議と起草委員会、およびその批准にも貢献した建

【図版】（上段左）と（上段中）英国人画家ジェイムズ・シャープルズ（James Sharples）によるガバヌーア・モリス（59歳）、アン・ケアリー・ランドルフ・モリス（36歳）。
（上段右）ガバヌーアの肖像は、若い頃のそれを含めて複数枚存在するが、ナンシーの肖像は、1796年に書かれた素描以外には、上段中に掲げる一枚しかない。1796年、ビザール農園を訪れた建築家・技師のベンジャミン・ヘンリー・ラトローブ（Benjamin Henry Latrobe, 1764-1820）が22歳当時のナンシーの横顔姿を線描しているが、大きなフードを目深に被っているため、顔の様子が分からない（Kierner 30）。
（左）ガバヌーアは、1780年、馬車の事故によって左足の膝下切断を余儀なくされた。

国期の要人で、フランクリンやジェファソンとも親しいフェデラリストの大物政治家兼、資産家であった。落ちぶれ果てていたナンシーが、いかに「復活」したかの実態を説明するためにも、また南部始祖一族（the First Family of Virginia）と建国期の最重要人物とか、期せずして接続していった事実を確認するためにも、ここで、モリスが合衆国の基盤構築において果たした精神的役割について、いくつかの事例エピソードを紹介しておこう。

一七八七年五月二五日から九月一七日まで開催された憲法制定会議に、モリスが州代表として選出されたとき、モリスは若干三五歳で、最年少とは言わずとも、かなりの若手であったにもかかわらず、会議期間中、ジェイムズ・マディソン（James Madison）、ジェイムズ・ウィルソン（James Wilson）らの大物以上に発言回数が多く、その雄弁には自ずと注目が集まった（Brookhiser 83）。たとえば、各州代表の議員選出に関して、人口比によって、その数を決定するとの論議が展開された折に、モリスは、奴隷制批判を展開し、次のように語った。「一体どんな原則に基づいて、代議制において、奴隷を計上するというのでしょうか？　彼らは、ひと／男性なのですか？　ならば、奴隷を市民とみなし、投票権を与えればよいのです。あるいは彼らは財産なのですか？　だとしたら、なぜ、奴隷以外の財産を、これに含めないのですか？　フィラデルフィアの屋敷の数々のほうが、サウスカロライナの稲田を覆いつくすすべての不幸な奴隷たちよりも、資産価値がありますよ。」モリスはさらにつづけて言う。「代表選出の際に奴隷を数に含めると認めるというのは、つまりこういうことになりますね。アフリカの海岸に出向き、最も神聖な人としての法に逆らって、アフリカ人を家族の絆から引き離し、残忍な奴隷制下に陥れているジョージやサウスカロライナの住人に、こうした行為を、健全にも、極悪非道な振る舞いであると戦慄とともに眺めているペンシルバニアやニュージャージーの市民よりも、人権保護を掲げる行政府において、より多くの投票権を持たせることになるわけですね」(Brookhiser 85-86)。この件は、結局、悪名高き「3／5条項」として、憲法内に記載されることとなったけれども、最初期の段階から、奴隷制度の問題点を見出していたモリスの慧眼は、注目すべきだろう。

ウィリアム・サミュエル・ジョンソン (Dr. William Samuel Johnson) を議長とし、ルーファス・キング (Rufus King)、ジェイムズ・マディソン、アレクサンダー・ハミルトン (Alexander Hamilton) という錚々たる顔ぶれ五名で構成された憲法起草員会に、代表の一人として選出されると、モリスは、委員会の起草文から、曖昧で詩的な表現をなくし、より簡潔で、分かりやすい文章に改定した。また当初の序文の起草文にあった十三州の列挙をすべて削除して、「われわれ、合衆国市民は」に変更したが (Brookhiser 87-91)、この表現は、本書の序章にて論じたサーグット・マーシャルが言及しているとおりだ。つまりモリスは、独立宣言に掲げられた言辞を、国家建設に際して、実直に具現化せんとした正義感の持ち主であったと考えられるのである。

ナンシーとの結婚は、後年、モリスが駐仏大使（一七九二–九四）、上院議員（一八〇〇–〇三）を経て、エリー運河設立委員会の長を務めていた時期（一八〇一–一三）になされ、その後、一八一一年には、碁盤目状街区とするマンハッタン都市計画を策定している。ちなみに、異母兄のルイス・モリス三世 (Lewis Morris III, 1726-1798) はニューヨーク植民地代表の独立宣言署名者であり、またニューヨーク南西部（こんにちのブロンクス周辺）にモリサニアを築き、発展させた祖父のルイス・モリス一世（Lewis Morris, 1671-1746）――ニューヨーク植民地主席判事を経て、ニュージャージー植民地総督となった――は、憲法修正第一条、すなわち出版・言論・表現の自由保障の先例となったゼンガー裁判時（一七三五）[6]に被告側を擁護し、総督の権力濫用を批判した主要人物の一人であった（Hoffer 36-44; Lepore 25-26, 76-77）。ランドルフ一族の一員であるジェファソンは、独立宣言で所与の生得権を明示し、国家の最高権力者となったが、モリス一族は、植民地の独立を支え、共和国の政治機構を整え、基本的人権を憲法によって補完した者たちであったと言える。[7]だとすれば、ランドルフとモリスの両一族に深く関わったナンシーは、世紀的醜聞と言われた事件を乗り越え、民主共和党支持背景のヴァージニアから連邦党一族のニューヨークへ、ひいては南部農園主の娘から北部大物政治家の妻へと、地政学的越境を果たしえた、類まれなる抵抗精神と強運の持ち主であったと考えられる。

しかしながら、夫との、最高に幸せで、安堵でき、落ち着いた九年間の結婚生活にあっても、ナンシーは、自身の身内であるジャック――かつてのスキャンダルの相手義兄リチャード・ランドルフの弟――やモリスの遺産を狙っていた夫側の親族から中傷され、息子ともども正当な相続権を剥奪される危機に苛まれつづけた。過去のスキャンダルが掘り返され、根拠のない不貞を理由に、息子の嫡子としての正当性を疑われたのである。一八一四年、モリスの甥のデイヴィッド・バイアード・オグデン（David Bayard Ogden）および甥の息子マーティン・ウィルキンス（Martin Wilkins）と結託して書かれたと思しきジャックの手紙は、ナンシーの幸福な結婚を崩壊させんとする悪意に満ちていた。手紙の宛名はナンシーであったが、それを夫モリスが先に読むであろうと期待して、ジャックは、ナンシーを怪物のごとき冷血な犯罪者として記したのである。そこには嬰児殺害やリチャードの早すぎる死をナンシーの仕業――つまりナンシーによる殺害――とみなし、ビザール農園での彼女と奴隷男性ビリー・エリス（Billy Ellis）との昵懇ぶりが語られ、その性的放埒さゆえにこそナンシーは姉のもとから去らねばならなかったと書かれてあった。友人を通じて、ナンシーは頻繁に金の無心をしてきたが、その折の態度が非常に無礼であったこと、二人の結婚は、ガバヌーアを篭絡したナンシーの策略で、ガバヌーア二世は、モリスの子供ではなく、モリサニアの使用人との間の不貞の子であり、正統な嫡子ではないとも記してあった。すべての悪事を夫に知られる前に、ナンシーは、自分の真の姿を知る者たちを、殺害しようと計画している。そしてモリスも、リチャード同様、「吸血鬼」の「毒牙」にかけられるのだろうと綴ってあったのである(Crawford 228-40; Kiermer 136-37; Brookhiser 199-201)。

「世の中は誹謗中傷に事欠かない。われわれ[モリスとナンシー]の周囲は、嫉妬深い女性や、極悪非道な男性でいっぱいだ。そういった人間たちが言うことを、真剣に受け取るべきではない。私が胸に抱きしこの気の毒な家なき子[ナンシー]に対してがなり立て、彼女が幸せだからといって、これを憎むような輩がいたら、より高次の権威的存在が、ただでは済まさないだろう」(Crawford 242)――要するに、愛する妻の幸せを逆恨みするような相手を、深刻に相手にしても詮無いのだから、無視せよとの夫の勧めにもかかわらず、ナンシーは、真っ向から対抗する。翌一八一五年、ジャックが送ってきた手紙の写しとともに、それに対する論理的な反駁をしたためた四二頁にもおよぶ長さの返信を、中傷をうけたモリサニアの女主人は、首都ワシントンとヴァージニアのジャックの政敵、少なくとも二〇人以上に送りつけたのである(Carwford 245-53; Kiermer 139-40)。単なる私信ではなく、ジャックの性質を知らしめ、確実に政治的効果を与える手紙を意図的に流布させるのは、大胆な行為だった。というのも、反駁の過程で、ナンシーは、ジャックの非難項目を一つ一つ検証し、説破するとともに、かつての裁判での証言は虚偽であったこと、すなわちグレンティヴァー農園での出産は事実であったと暴露したからである。ただし、産み落としたのは、義兄リチャードのではなく、当時の恋人であった次男セオドリックの子供であり、死産であったと明かした。

ジャックの人格攻撃という確固たる目的意識の下に、過去の法廷証言が覆されたわけだが、結局、物証はないのだし、今となっては証人すら稀薄なのだから、ことの真偽は、より曖昧模糊と化す。ジャックが手紙のなかで指摘したように、そもそも当時、病床にあったセオドリックとの間に子を成せたのかどうかは、実際、かなり疑わしい。なるほど、婚姻以前の性的放埓の誹りは受けようとも、醜聞が立った際に、独身男性のセドリックとの関係を素直に吐露していたほうが、はるかに同情をえられたに相違ない。ジャックへの手紙のなかで、ナンシーは、当時の不可避的状況を切々と訴えかける。継母によって実家を追われ、遺産相続を見込めぬセオドリックとではなく、別の男との結婚を父から言い渡された一六歳の娘は、姉を頼らざるをえなかったのだと。出産は、セオドリックとの愛を貫いたにもかかわらず、死が彼を奪い去った末の悲劇だったのだと情感をこめて綴ったのである。その上で、早世した姉の夫リチャードは、未婚女性の死産という醜聞を南部紳士の名誉にかけて隠し通してくれたのに、その弟ジャックが今になってナンシーを誹謗中傷するとは、彼女ばかりか実兄の行為をも貶めることになると、激烈に批判した（Crawford 247-48）。ブルックハイザーが述べるがごとく、ナンシーはランドルフの一員として、ジャック同様、敵を攻撃する際に、まこと「手加減がなかった」のである（201）。

ナンシーの反駁の手紙は、彼女が確実に感傷小説のヒロインを意識していたためであると、キエーナーは指摘する（140）。実際、ナンシーが行なっているのは、かなり高度な文学的、政治的策略である。誘惑小説の物語形式を逆手にとり、一方で、愛する男とのロマンスに無防備であった幼気な娘を装いつつ、他方では、産褥死や自死による断罪という物語上の約束事を覆し、誘惑に屈したことなど払拭されうるほどの完璧な結婚生活――物語とは反する幸福なる結末――を、自己演出しているのだ。本来的には、実母から与えられるべきであった女性教育がうけられず、継母からの愛情が得られぬ家族的不幸も、このジャンルの定番要素である。しかもこれよりのちの一八二八年、ナンシーの妹ヴァージニア・ランドルフ・ケアリー――のちに息子カバヌーア二世の義母になる――が、『母親の死に際して若い淑女に宛てる女性の性質についての手紙』（Virginia Randolph Cary, *Letters on Female Character, Addressed to a Young Lady, on the Death of Her Mother*）を上梓し、男女間、夫婦間の関係を感傷的に描写し、女性の純潔と美徳、男性への服従を説いているのである（Kierner 120）。ならば、不幸から得た教訓提示によって、女性規範を完全に回復したさまを、姉妹協働で誇示していると穿った見方をされたとしても、致し方あるまい。若かりし頃の誤りは、ナンシー自身の資質のためではなく、母親欠如という環境因子による不幸でしかないのだから、世間の言うところの不貞とは異なる性質のものであると、思わせることができるわけだ。当然、これは現在のナンシーの家庭性や母性が、夫によって賞賛され、社会的指導者夫人の地位が保持されている場合、より一層の効果を発揮するだろう。感傷小説のフォーミュラを利用しつつ、かつて自らがついた嘘を暴露する一方で、恋人の死と子供の死産という悲劇を読み手に知らしめ、ジャックの人非人的批判を嘘と糾弾する戦略が、確実に効を奏すことをナンシーは熟知していたように思われる。

公的文書に家庭的な記録を挿入する技の有益性を知ったナンシーは、モリスの財産を狙う甥たちから息子を守るために、これ以外にも複数の対策を講じた。夫がいかに自分と息子を慈しみ、幸せな結婚生活を送っていたのか、善良な妻であり母である自身の立場を世間に知らしめるべく、妻への愛を語っている彼の書簡や詩作を、一八一八年、コロンビア大学の卒業生新聞『コロンビアン』(*The Columbian*)に掲載するよう、送付したのである(Kierner 156)。モリスは有名な卒業生であったし、大学の篤志家であったから、新聞編集者は夫の文書を掲載してくれるはずだと踏んだのである。さらに一八三二年、ジャレド・スパークス(Jared Sparks)がモリスの伝記を出版する際に、夫の日記から、あえて「家庭の幸福を説明する」部分を引用掲載するよう伝記作家に指示した。政治的・公的活動の記録に終始する当時の伝記の体裁に鑑みれば、これは特異なことで、スパークスは、私的な事案を伝記に記すことを好まず、ナンシーと議論となったようだ。だが、最小限の短さで、軽くという条件つきではあるものの、未亡人は、夫モリスが「家庭関係において幸福を極めてはっきりと述べている」何通かの手紙の部分を伝記に含めることを、執筆者に約束させた(Kierner 160)。

一八一六年七月六日付の手紙のなかで、モリスは、来し方を振り返り、ありえないような歴史をくぐり抜けてきたと述べつつ、人生の終盤で、誰よりも幸福を得たことを告白し、妻への愛情で、手紙を締めくくっている。即ち、「私が結婚した女性は、類まれな才能の持ち主で、教養深く、愛情あふれ、勤勉かつ秩序を愛する」気質であると述べ、長らく独身であったのは、「私のような」老人を愛しうる素晴らしい女性」と出会うためであったと、ナンシーに感謝の気持ちを表している。モリスは、遺書のなかで、家屋を息子に相続させると述べたが、息子への適切な相続は彼女の生涯の関心となった。モリスは、またナンシーにも相当額を贈与すると記している。生涯、年間二六〇〇ドルを受け取るよう差配し、再婚した場合、さらに六〇〇ドル与える旨を認めた。死の直前、モリスは、ヴァージニアのナンシーの親族に、手紙を書き送り、込み入った熾烈な事件を経てきたけれども、ナンシーは、決して自分に嘘をつかなかったと述べた（Adams 295）。こうしたモリスの現存する手紙もまた、二人の愛情の深さと、ナンシーの良妻賢母ぶりを伝える文書であると考えられよう。モリス家の家庭円満は、こうして世間に刻み込まれていったのだ。最終的にナンシーは、感傷小説における犠牲者像を内在化させつつも転覆的に利用し、男性の権力に頼らずとも生きるだけの独立精神を身につけたのだとキエーナーは喝破する（172）。

一八一六年、息子誕生からわずか三年後に夫が死して以降、モリサニアを管理しつづけたのは、他ならぬナンシーであった。モリスの死後、甥による不法横領と、未回収の貸付金があることに気づいたナンシーは、モリサニアの経済状況を回復させるべく、あらゆる努力を重ね続け、最終的に、財産を無事、息子に相続させた（Carwford 263-66, 274-76）。モリサニアという「幸福の館」は、ナンシーの過去の不幸な放埒を、結婚による家庭的美徳に変化させしめる場としての機能を果たした。そしてまた、幸福の一形態としての財産は、モリスの正当な嫡男によって引き継がれ、彼女の幸福の追求は、こうして完結していったのである。まさしくナンシーは、犯罪醜聞を乗り越え、両家の親族からの非難にも屈することなく、己が人生を貫いた、抵抗する主体であったのである。

3．隠喩としての「幸福の館《マンション・オブ・ハピネス》」

ナンシーが息子のためにモリサニアの財産相続権を勝ち得たさまは、われわれにいくつかのことを、改めて思い出させてくれる。一つには、ダリン・M・マクマーン（Darrin M. McMahon）が指摘するように、アメリカにおいて「幸福の追求」の概念は、「安全」「生命」「自由」に加えて「財産」とも不可分に結びついていた事実である。独立宣言にこそ含まれなかったが、「財産」という語は、建国時に作成された九つの州の憲法で使用されるほど、必須の概念であった[8]。そもそもジョン・ロック（John Locke）が掲げた「生命、自由、財産」の三番目を、ジェファソンが「幸福の追求」に変更したことは、つとに有名である（McMahon 317-19）。よって、モリスの資産を守り、「正当な法の手続きによらず、生命、自由、または財産を奪われることはない」と憲法修正第五条が定めところを自ら証明して見せたナンシーの行為は、夫が作成に尽力した憲法を、配偶者のレベルで遵守したのだと考えられるだろう。

「財産」を「幸福の追求」に内包させるとき、そもそもジェファソンが信条としていたのは、ロック的な個人の利益追求による満足や喜びと、古典的共和主義的な市民道徳という公益性の美徳の共存であったとマクマーンは述べている（324）。だが「幸福の追求」には、当初から、相矛盾する方向に向かう潜在的可能性があった。同一の局面に、個人の快楽と公衆の繁栄とが混在していたからである。もちろん啓蒙主義時代の知識人ジェファソンにとって、私益と公益、私腹と福祉とは相反せず、両者が同時に存在するのは、何ら問題のない概念であった。一八世紀のジェファソンと彼の同時代人たちは、個人的な幸福の追求が公益という王道を外れることはないという前提に立っていたからである。マクマーンは、これに対して警鐘を発したハンナ・アーレント（Hannah Arendt）の見解を付け加えることを忘れてはいない。幸福の追求が有する公私の両側面は、外部からの緊張によって、ほどなく「私」に有利に働くように偏って解釈されるようになるだろうとアーレントは語っている。共和国の美徳と幸福の追求は、公私の幸福な一致を捨て、個人の利益のみが追求されだす危険性を、常に孕んでいるのである（330-31）。

アーレントによる懸念は、もしかすると、のちの時代どころか、同世代のランドルフ・スキャンダルにモリス家の相続事情を含めた、ナンシー周辺の絶え間ないお家騒動にも当てはまるのかもしれない。新聞紙上で虚偽の潔白を叫ぶにせよ、政治的要人に個人的脅迫状への反論書状を送りつけ、過去の裁判証言を覆すにせよ、はたまた、息子の相続権を確保するために、夫の愛情証明を公的文書に入れ込むにせよ、一連の対処法は、個人の幸福が公益に直結するさまを示しているとは言い難く、むしろ私的実利の獲得のために、市民的美徳の概念を最大限に利用しているに等しい。長きにわたる公人としてモリスの国家への貢献・尽力に鑑みれば、この対比は一層、鮮明に映る。

アーレントの警鐘は、名門一族の「幸福の館」とボードゲームの「幸福の館」との間の相関にも見て取れる。ナンシー・ランドフル・モリスは、さましく、この皮肉な矛盾の体現者たるを先取りしているかのように思われるのである。娯楽ゲーム「幸福の館《マンション・オブ・ハピネス》」とは、もともと一八〇〇年以前、イギリスにてキリスト教倫理の訓育装置として編み出され、道徳的美徳と善行によって「幸福の館＝神の国」へと至る天路歴程双六ゲームを指す。このボードゲームは、一八三四年にアメリカに導入され、人気を博した。ほどなくして、これに基づきチェッカーゲーム（一八六〇）が考案されるのだが、この系譜がこんにちの人生ゲーム／モノポリーにつながっていることは、すぐに想像できるだろう。当然、ゲームの発展過程で、道徳や善行の意義も変化する。ゲームを遂行する場合、美徳それ自体が賞揚されるのではなく、美徳の文言獲得が個人の幸福実現のための実質的手段となり、現代版に至っては、公益よりも私有財産獲得の「富に至る道」にいかに効率よく向かうかが、勝者になるポイントとなるのだ。

ナンシー・ランドフル・モリスは、明らかにゲームの勝者となった。ランドルフ・スキャンダルに鑑みれば、キリスト教倫理や市民的美徳とは、にわかに関連がつけ難いにもかかわらず、彼女は、モリサニアという「幸福の館」を入手しえたのだ。ビザール農園が火災に遭い（一八一三）、モンティチェロが破産崩壊し（一八二六）、ロアノーク農園が相続者を持たぬまま主を失ったのに対して（一八三三）、南部プランテーションの崩壊をよそに、結局、ニューヨークの土地邸宅の相続と継承を全うしえたのは、スキャンダルの元凶であった当のナンシーだったのである。というのも、彼女の周囲は、不幸だらけで、姉夫婦ジュディスとリチャードの間に生まれた子供のうち、長男のセント・ジョージ（St. George）は、聾唖で、次男のテューダー（Tudor）は、一九歳で英国にて早逝している。当然ながら、夫と実妹とのスキャンダルに苦しんだ挙句、若くして寡婦となり、二人の息子の不幸に見舞われたジュディスの苦労は察して余りある。ナンシーを苦しめたジャックの晩年は、慢性的な病と精神病の発作にみまわれつつ、一八三三年に没した。ナンシーの敵の立場であったモリスの甥のオグデンも、一八二六年に自殺。ナンシー周辺縁者が、このように、単純に幸福な人生を送ったとは言い難い状況にあった。一方、意識的にも、無意識的にも、「犯罪者的」人生を、自ら演出するかのように、雄々しくも全うした、モリサニアの女主人は、いまや建国期の重鎮の横に葬られ眠っている。一八三七年五月二八日、六三年の生涯を全うしたナンシーは、一八四一年、息子によって創設され、妻を称える夫によってセント・アンと名づけよと指示された、モリサニア敷地内のエピスコパル教会に、ガバヌーアとともに埋葬された（Kierner 163-64）。

「幸福」とは、人の手によって操作制御できるものではなく、神によって与えられし運命であるとの決定論的概念や、滅私奉公を是とする古典的幸福観とは一線を画し、その追求が所与の権利であると明確に規定された一八世紀末にあって、公的な美徳と私的な幸福追求とは、不可分に混ざり合う。と同時に、独立宣言起草者自身によって、その矛盾が前景化されてしまっているようにも思われる。その一例は、ランドルフの姻戚であるジェファソン家の血縁内部に組み込まれてしまったヘミングス家によってもまた、表されるのかもしれない。もちろん、奴隷であるヘミングス一族は、白人主人の幸福追求のために所有される「財産」でしかないのだから、公私を問わず一方的に搾取されざるをえない者たちである。しかしながら、バーバラ・チェイス＝リボウがサリーの視点から描くモンティチェロの日常は、ジェファソンが発明した排泄物トンネル滑車屋外移動式便器を、彼の奴隷息子が「地下鉄道」（"the Underground Railway"）、「奴隷解放証明書」（"manumission papers"）とあだ名するのみならず、こともあろうに「大統領就任演説（大糞尿臭屁排泄ふうに発音）」（"in augural addresses" pronounced "in-all-urine-ass-dresses"）、「一般教書演説」（"State of the Union"）などと並んで「独立宣言」（"Declaration of Independence"）とすら揶揄する有り様を映し出す（294-95）。大統領の所有物である息子の側が、主人の私的領域を、「幸福の追求」の概念から奴隷を除外した公的政治文書に結び付けてしまっているのだ。サリーはまた、ジェファソンの娘マーサが嫁いだ先のランドルフの血筋を、「私の生活に悲劇をもたらすもの」と言い、トマス・マン・ランドルフル――つまりナンシーの実兄――を「完全なる狂人」と呼ぶ。加えて、その妹アン・ケアリー［ナンシー］――マーサの義理の妹――を、「いとこで愛人のリチャード・ランドルフとの間にできた嬰児を殺害した罪で裁判にかけられた」と、徹底的に断罪しているのである（295-96）。公益のために尽くすべき大統領やヴァージニア州知事の私的生活は、私有財産である奴隷によって、幸にも不幸にも言説操作されうる皮肉が、ここには存する。

こうした皮肉は、バーバラ・ベントレーによって小説化された『ミストレス・ナンシー』（Barbara Bentley, *Mistress Nancy*,1980）のエンディングによって、さらに鮮烈に意識されることになるかもしれない。あらゆる係争が終わり、モリサニアでは、ナンシーと息子、そしてヴァージニアの実家からずっと付き添ってきた元奴隷アギーの三人が、静かに、幸せに暮らしている。息子の健やかな成長と父親似の体躯を喜ぶナンシーに、アギーは、かつて女主人が出産した、あの赤子についての真実を語る。ナンシーが産んだのは、実は、リチャートの子供であり、生まれた子供は死産ではなく、奴隷娘のアギーがナンシーのためにこそ殺害したとの驚くべき告白がなされるのである（391-92）。アギー自身が言うように、もしも不義の息子が生き永らえていたら、確かに、女主人は、姉との間の修羅場を免れえない。だが、姉妹間の関係悪化などよりも、ナンシーにとってより大きな打撃になるのは、モリスとの結婚、ひいてはモリサニアという幸福の館での将来が閉ざされてしまう事態であったはずだ。グレンティヴァー農園での不義の子出産の噂の背後に、奴隷社会の情報伝達・拡散力、すなわち階級逆転の影響力を看破したのは、クリストファー・L・ドイル（Christopher L. Doyle）であるが（288）、作家ベントレーの物語的事実提示においても、奴隷の状況操作力は、斯様に示されている。嬰児殺しによって、最終的に幸福になったのは、その事実をまったく知らずにきたナンシーであり、長らく罪の意識に苦しみつづけたのは、白人プランター階級ではなく、本質的に善良な奴隷娘の側だったのだ。「私の幸福のために立ち働いてくれる」のは、そして、公益のために尽くせるように主人の不都合を隠蔽し、幸福における公益性と私益性とを矛盾なく示すよう立ち働くのは、ジェファソン家においても、ランドルフ家においても――3／5のカウントに甘んじた――奴隷だったのだと物語は強調するのである。こうして農園の擬似家族的幸福の理想は、糊塗と暴露によって「幸福の館」に至る道をナンシーに与えたのである。ナンシーは、合衆国が憲法という国家規範を策定する最中にあって、当時の道徳規範や誘惑小説の物語規範をことごとく覆しながらも、それを個人の成功体験に変えていく強靭な抵抗精神の持ち主であったと言えるだろう。

◉註

（1）トマス・ジェファソンの義父ジョン・ウェイルズ（Johy Wayles）は、サリーの母エリザベス・ヘミングス（Elizabeth Hemings）と長年関係を結び、末子のサリーを含む六人の子をなす一方、本妻マーサ・エップス・ウェイルズ（Martha Eppes Wayles）との間には、のちにジェファソンの妻となるマーサ・ウェイルズ（Martha Wayles Jefferson）しか儲けられなかった。妻マーサの死後、フランス駐在アメリカ大使となったジェファソンは、末娘のメイドとして渡仏したサリーとパリで関係を結び、その後長きにわたって二人の仲は続いたと考えられている。ジェファソンの妻マーサとサリーとは異母姉妹であり、ジェファソンの本妻と奴隷情婦の立場となる。またジェファソンの二人の娘マーサ・ジェファソン・ランドルフ、愛称パッツィー（Martha "Patsy" Jefferson Randolph）とマリア・ジェファソン・エップス、愛称ポリー（Maria "Polly" Jefferson Eppes）から見ると、サリーは、義理の叔母であり、父の情婦であり、奴隷使用人でもある。娘のマーサとサリーとは、マーサが一歳年長という年齢関係にある。

（2）ジェファソンとサリーとの関係は、一九九八年一一月五日号『ネイチャー』誌に、ユージーン・A・フォスター（Eugene A. Foster）率いるチームにより、サリーの息子のうちの一人が、ジェファソンを含むジェファソン家父方親族のうちの誰かを父親としているとのDNA鑑定結果報告が掲載されて以降、とみに盛んに論じられるようになった。ジェファソンには直系の男系子孫が存在しなかったため、このDNA鑑定によって、サリーの子供の父親をジェファソンであると完全に同定できたわけではないが、当時の状況と複数証言に鑑みて、その可能性が大きい旨は、知らしめられた。これを受け、モンティチェロの所有・管理運営を行なっているジェファソン財団（Thomas Jefferson Foundation）は、ジェファソンとサリーとの長年の関係を事実上認め、サリーの生んだ子供のうちの一人、あるいはすべての父親がジェファソンである可能性が極めて強いことを表明した。現在、財団のホーム頁では、ジェファソンを父親であると考えて、二人の関係を説明する文書を掲載している。（財団ウェブ頁〈https://home.monticello.org/〉内の “Plantation and Slavery” を紐解くと、ウェイルズ家、ジェファソン家、ヘミングス家の関係を示す家系図も掲載されている。）財団の報告に賛同できぬトマス・ジェファソン遺産協会（Thomas Jefferson Heritage Society）は、ジェファソン＝ヘミングス学会委員会を立ち上げて、この問題を調べた。その結果、ジェファソン父親説を否定し、ジェファソンの弟がサリーの子供の一人エストンの父であるとした。（協会ウェブ頁〈https://www.tjheritage.org/〉にある “Hemings” のバナー内文書を、右記の財団と合わせて読むと興味深い。）更なるＤＮＡサンプルが入手できない以上、本件については、完全に科学的に満足がいく解答は得られないが、こんにちでは、ジェファソンがサリーの子供の父である可能性を否定することはできず、一般的には、父親説を肯定する見解が主流となっていると考えて然るべきだろう。なお、ジェファソンとサリーの関係を論ずる書籍は数多あるが、ひとまず以下を挙げておく。Annett Gordon-Reed, *Thomas Jefferson and Sally Hemings: An American Controversy*, U of Virginia P, 1997; Annett Gordon-Reed, *The Hemingses of Monticello: An American Family*, Norton, 2008).

（3）チェイス＝リボウは、前述のＤＮＡ鑑定の二〇年前に、ジェファソンとヘミングスとの関係を直截に小説化した作家として注目に値する。『サリー・ヘミングス』訳者の石田依子は、翻訳あとがきにて、両者の関係につき解説を施しているが、その折、モンティチェロの屋敷内にあったとされる、ジェファソンとサリーの部屋を繋ぐ秘密の階段についても言及している（ただし、石田がモンティチェロを訪れた際には、無かったという）。二〇〇九年 Chicago Review Press からの再版時に、リボウ自身が「あとがき」を付け加え、秘密の階段が意図的に撤去されたと記している。リボウのあとがきは、本件をいち早く取り上げた作家の立場から、ジェファソン父親説論争について詳述しており、一読の価値がある。小説家による真相提示の可能性や歴史認識の深淵さは、ややもすると歴史家によるそれに先行する場合があることを示唆するくだり

(365) は、特に興味を惹かれる。ちなみに、リボウは、ジェファソンとサリーの娘ハリエット (Harriet II, 1801-1876) を主人公にした『大統領の娘』(*The President's Daughter: A Novel*) を一九九四年に続編として出版している (下河辺美知子訳、二〇〇三年)。

(4) 筆者が知る限り、本件について、これまでに上梓された文学作品は、以下の三点がある。Jay and Audrey Walz, *The Bizarre Sisters* (1950); Barbara Bentley, *Mistress Nancy: A Novel* (1980); Robert Bloom, *A Generation of Leaves* (1991)。いずれもアメリカ文学史上で取り上げられ、注目されることはないけれども、一具体例から歴史と文学との相関を考える際には、有益な素材となる。特に、ブルームの小説は、B5弱の版大に活字を詰めた六四〇頁にも及ぶ大著で、フィクションでありながらも、歴史的事実に基づき構築されているため、ヴァージニアおよびニューヨークにおける三名家の一族年代記を、植民地時代からアンテベラム期にかけて知るための素材として有益である。

(5) 本章内で説明するランドルフ家の人間関係、事件概要およびその対応、法廷での裁きについては、Adames, Brookhiser, Crawford, Kierner を参考にしている。特にクロウフォードとキエーナーは、ナンシー・ランドルフの生涯に焦点を当てた数少ない書籍であり、本論が主に依拠する文献であることを記しておく。

(6) ゼンガー裁判とは、一七三五年、植民地ニューヨークで起こった名誉棄損事件裁判である。当時の体制側の御用新聞であった『ニューヨーク・ガゼット』(*New York Gazette*) に対抗し、『ニューヨーク・ウィークリー・ジャーナル』(*New York Weekly Journal*) 紙上で、当時の総督ウィリアム・コズビー (William Cosby, 1630-1736) の権力批判を展開したドイツ移民の印刷業者ジョン・ピーター・ゼンガー (John Peter Zenger) を、総督をはじめとする体制側が、治安妨害を理由に逮捕し、文書誹毀罪に問うた裁判である。ゼンガーは、総督 (=体制側) の政敵であったジェイムズ・アレグザンダー (James Alexander, 1691-1756) (=反体制側) の庇護をうけ、一七三三年に『ジャーナル』の創刊を開始し、翌年、逮捕された。裁判に対して、アレグザンダーは、知人の弁護人に被告代理人を依頼。雄弁な被告弁護人アンドリュー・ハミルトン (Andrew

Hamilton, 1676-1741）は、ゼンガーによる掲載記事内容は、虚偽ではなく事実なのだから、名誉棄損には当たらず、また、英本国との距離の隔たりにより、総督の権力監視が行き届きにくい植民地状況下では、言論の自由はことさら重要であると抗弁。結果、ゼンガーは無罪放免となった。このとき、アレグザンダーやハミルトンと並んで、ゼンガー擁護の立場をとったのが、ガバヌーアの祖父にあたるルイス・モリス一世（Lewis Morris I）である。本件以前に、そもそもモリスは、ニューヨーク植民地の首席判事であったのだが、総督コズビーと対立したため、更迭された経緯があった。ゼンガー裁判は、こんにちの出版・言論・表現の自由確立の前例とみなされ、その精神は、憲法修正第一条に反映されるに至っている。

（7）ブルックハイザーは、憲法起草時の説明を施す際に、しばしば独立宣言起草時との比較対照を行なっているのだが、独立宣言と憲法との前文についても、以下のように説明している。「老齢［の叡智］ゆえに、［ジェイムズ・］マディソンは、憲法の前文を、創意あふれる構成の文言に費やすことを警戒していた。憲法の実質とは、その注意深く組成された条項にあると彼は信じていた。同様の疑義が独立宣言の前書き部分にある自明の真理にも適用できるかもしれない。独立宣言の課題は、英国王ジョージ三世に対する告発であり、植民地主権の主張である。厳密にいえば、ジェファソンによる人間、自然、神についての思考は、不必要である。そうした話題に興味を持つものは、だれであれロックを読めばいいし、聖書について熟考すればよい。だが、一七七六年のジェファソンは、第一原理を考えるのが重要であると思っていた。一一年後のモリスとその同僚たちもまた、どちらの場合にも、それに同意した」（92）。万人の平等と不可侵の権利を謳った独立宣言前書きも、正義の樹立、国内の平安の保障、福祉増進、自由の確保を述べた憲法前文も、どちらも未解決の人種問題を暗示あるいは明示する文言／条項を含むことになった点も、一致している。

（8）九つの州とは、ヴァージニア（一七七六）、ペンシルバニア（一七七七）、バーモント（一七七七）、マサチューセッツ（一七八〇）、ニューハンプシャー（一七八四）、ジョージア（一七七七）、ノースカロライナ（一七七六）、ニュージャージー（一七七六）、ニューヨーク（一七七七）である。

◉引用・参考文献

Adames, William Haward. *Gouverneur Morris: An Independent Life*. Yale UP, 2003.

Bentley, Barbara. *Mistress Nancy*. McGraw-Hill, 1980.

Bloom, Robert. *A Generaton of Leaves*. Ballantine, 1991.

Brookhiser, Richard. *Genetleman Revolutionary: Gouverneur Morris—The Rake Who Wrote the Constitution*. Free Press, 2003.

Chase-Riboud, Barbara. *Sally Hemings: A Novel*. 1979. Chicago Review Press, 2009.

Crawford, Alan Pell. *Unwise Passions: A True Story of a Remarkable woman and the First Great Scandal of Eighteenth-Century America*. Simon, 2000.

Doyle, Christopher L. "The Randolph Scandal in Early National Virginia, 1792-1815: New Voices in the 'Court of Honour.'" *Journal of Southern History*, Vol. 69, 2003, pp. 283-318.

Hoffer, Peter Charles. *The Great New York Conspiracy of 1741: Slavery, Crime, and Colonial Law*. UP of Kansas, 2003.

Kierner, Cynthia. *Scandal at Bizarre: Rumor and Reputation in Jefferson's America*. Palgrave, 2004.

Lepore, Jill. *New York Burning: Liberty, Slavery, and Conspiracy in Eighteenth-Century Manhattan*. Vintage, 2005.

McMahon, Darrin M. *Happiness: A History*. Grove, 2006.

Stanton, Lucia. *"Those Who Labor for My Happiness": Slavery at Thomas Jefferson's Monticello*. U of Virginia P, 2012.

Walz, Jay and Audrey Walz. *The Bizarre Sisters: A Novel*. Duell, 1950.

ジャック・P・グリーン『幸福の追求——イギリス領植民地期アメリカの社会史』、大森雄太郎訳、慶應義塾大学出版会、二〇一三年。

第6章　ウォーナー・マッケアリーの復讐と独立

——元奴隷とモルモン白人妻の奇妙なダブル・パッシングの一事例

0. オカ・チュビーとは何者か

南北戦争以前期の自伝文学に関して、作者の人種的アイデンティティにおける政治性を考察するとき、アメリカ文学史上、長らく黙殺されてきた極めて興味深い一事例があったことに気づく。自称オカ・チュビー（Okah Tubbee）なるミシシッピ州はナッチェス出身の奴隷ウォーナー・マッケアリー（Warner MaCary）は、自身をチョクトー族長の攫われた息子であると称し、巡回興行の舞台で、その血統について語りながら、創作楽器の演奏家として名を馳せ、妻や子供とともにインディアン・ショウの舞台で大衆を魅了した。巧妙に作り上げられた出自の秘密を武器に、あまつさえ先住民の苦境について訴えかけるマッケアリーは、のちにインディアン・ドクターとしての疑似治療行為でも「名を成す」に至る。彼は、識字力をもつ妻の助けによって一八四〇年代末から一八五〇年代初めにかけて、幾つかの自伝を出版し、その間、南西部辺境から北東部都市への移動興行をつづけたのち、最終的には、カナダへの逃亡を果たす。記録によると、逃亡後の一八五二年、トロントのセント・ローレンス・ホールでの興行は、大成功であったというのだから、自伝を読む限りにおいては、マッケアリーの人生は、元奴隷による自由獲得の典型的成功例であるように思われる。

マッケアリーの人生は、奴隷が自由と独立を手に入れる際に、白人ではなくネイティヴ・アメリカンへのパッシングを行ない、それを積極的に自伝化した事例というだけでも十分に興味深い。一般に、混血の元／奴隷が白人を装いパッシングする際には、当然ながら、目立たぬように、その偽装を極力隠蔽するのが常套であろうけれども、マッケアリーおよびその一家の場合には、虚偽を敢えて喧伝するかのごとく、極めて芝居性の高い容姿様相を人前に晒しつづける手法によって周囲を欺いている点もまた注目に値する。白人へのパッシングでは、自身の黒人としてのアイデンティティを強く意識するがゆえにこそ「黒さ」は「白さ」の背後に徹底的に隠されなくてはならないが、ネイティヴ・アメリカンへパッシングした彼は、「赤さ」を知らしめるために有色の己を上手く利用したのである。彼は、表層的「黒さ」と「赤さ」との交換可能性を知っていたし、むしろ、「赤さ」は、「黒さ」だけでなく「白さ」をも隠蔽できるのだという画期的な概念を見出した。黒白の二項対立を瓦解させるには、「赤さ」という利用可能なファクターが恰好の免罪符となることを発見したのである。換言すれば、マッケアリー一家のパッシングを可能にしたのは、彼がアンテベラム・アメリカの先住民に対する国民感情を逆手にとって利用しつつ、と同時に大衆が好む黒人の音楽性がインディアン・ショウに融合させうる可動域を有していると分かっていたからなのである。

だが、こうした彼自身のパッシングに関連し、マッケアリーの人生をより煽情的にしているのは、自伝から意図的に排除されたと思しき「事件《スキャンダル》」である。従来的な自伝テクストの解読では決して明らかにされず、これまで彼の自伝との関連性がまったく指摘されてこなかったマッケアリーのモルモン教への関与、そしてそれに伴う彼の「先住民」妻ラー・シール・マナトイ・エラー・チュビー（Laah Ceil Manatoi Elaah Tubbee）との関係にこそ、アンテベラム期の人種力学とその転覆が暗示されているのだ。本章の目的は、自伝から窺えるマッケアリーの人生を紐解くと同時に、彼が隠蔽した事実が――仮にそれが危ういものであったにせよ――いかに彼を自由・独立へと導いたのかを示すことにある。マッケアリーは、ミシシッピの奴隷の立場から、いかなる「復讐」を果たし、インディアン・パフォーマーとしての成功を収めたのか。そしてまたマッケアリーの権威に対する抵抗が、彼の一家を「独立」させる一方で、皮肉にも、いかに末日聖徒教会の人種差別的組織をも完成させしめたのかについて考察する。白人男性と同等の市民とみなされなかった人種が、国家形成期にいかにして、変幻自在な自己を演出したのか。またその巧妙さゆえに、後世の研究者たちが、いかにして「騙され」たのか。この一個人の特異な事例は、その偽装の人生や巧妙な自伝提示が特筆に値するだけではなく、その事実が明らかになる研究過程にも、興味深い変遷が見て取れるのである。混血の「詐欺師」がアメリカ歴史／文学研究を無意識的に操る過程を示すことで、マッケアリーの抵抗と偽装「犯罪」が与えた影響を探りたい。

1.「攫われた先住民首長の息子」の帰還

マッケアリーは、生涯に幾つかの自伝を出版しているが、われわれとしては、まずは、彼が自分の人生をどのように構築し、提示したのかを知らねばならないだろう。一八五二年に、カナダに逃れた後に出版され、その後、長らく捨ておかれてきた『オカ・チュビーの人生のスケッチ』（一八五二年のテクストが決定版）は、歴史家ダニエル・F・リトルフィールド・ジュニアが、一九八八年に再版編集することによって、二〇世紀末に、いま一度日の目をみた（Daniel F. Littlefield, Jr., *The Life of Okah Tubbee*, 1988、以下『人生』）。リトルフィールドは、再版の折に、序章を付し、その時点までの記録資料研究に基づき、マッケアリーの来歴を、できうる限り再現しようと試みた。主にリトルフィールドによって示された元奴隷の人生は、概ね、以下の通りである。ウォーナー・マッケアリー（別名ウィリアム・マッケアリー、あるいはジェイムズ・ウォーナー、あるいはウィリアム・（マック）チュビー、あるいはオカ・チュビー）[1]は、一八一〇年、ミシシッピ州ナッチェスのマッケアリー農園の奴隷フランキーを母として誕生した。一説によると農園主が父親であるとの見解もあるが、単に「混血」と書かれた記録からは、父の存在は明らかになっていない。よって、厳密には、マッケアリーの先住民の血統を必ずしも否定するべき確たる証拠もまた、ない。だが、母方の身分に従い、マッケアリーを「奴隷」と定めるミシシッピ法の下では、父方の血筋がどうであれ、彼が「アフリカ系アメリカ人」とみなされたのは確かである。フランキーには、他にも二人の子供がいたが、不思議なことにマッケアリーは当初から彼らとは明らかに違った扱いを受けた。農園主が死んだ折に、母と二人の兄姉は解放され、教育を施され、財産譲渡までなされたのに、彼は解放された自分の家族に仕える奴隷として使用されつづけたのである。こうした兄姉間の差異と抑圧的状況が、マッケアリーにアフリカ系の血統を拒絶し、別人種への希求をさせしめたのだろうとリトルフィールドは推測している（x）。

パッシングを、ある特定人種の範疇に半ば強制的に入れられた者が、社会的に優位な地位・身分を得るために、措定されていた劣性人種枠組み内から境界越境し、別の人種カテゴリーの一員になりすます行為であるとすると、マッケアリーの父親の人種的背景が、白人であれ、先住民であれ、マッケアリー自身が南部社会において、法的に黒人を母とする「混血奴隷」と規定される限り、先住民として生きる行為は、パッシングとなる。一般的にパッシングは、白人同等の容姿を持つ混血の「黒人」が白人になりすます行為だが、マッケアリーの場合は、白人になりすます容姿を持っていなかったために、白でも黒でもない人種を選んだのである。もし仮に、彼の主張どおり、マッケアリーの父親が先住民であった場合でも、自身の混血の半分である「黒人性」否定して、もう半分の「先住民性」を選択することによって、彼は、南部社会が定めた黒人奴隷という人種および地位区分から別の人種・地位区分へとパッシングしたことになる。また、仮に、彼の父親が白人であった場合には、その混血の容姿を利用して、自身の人種的アイデンティティ以外の「別物」となるべく、先住民へとパッシングしたことになる。このどちらの場合にも、奴隷制からの脱却という究極目的においては等しい。なるほど、マッケアリーが生きた一九世紀をとおして、先住民は、依然、劣性人種として殲滅されつづける存在ではあったが、消えゆく人種に対する「高貴なる野蛮人」というロマン化されたイメージは、農園の実質経済を支える労働力として南部社会で強制労働を強いられる奴隷の立場に比べれば、はるかに優位に見えたはずである。マッケアリーは、白人へのパッシングができなかったけれども、ここに先住民首長の息子という虚偽の「権威」を付加し、自らの価値を積極的に高めた。こうした権威づけは、ラー・シール（ルシール）との結婚が関連しているとも考えられる。なお、マッケアリーは、フランキーを偽りの母とみなし、一貫して「私の敵」と呼んでおり、ゆえに自身を完全なる先住民と措定しているが、フランキーその人が真の母親であるか否かは分からぬまでも、彼を純血の先住民とする報告・研究は皆無であり、かつモシュラチュビー（Moshulatubbee）の息子であるとの主張そのものもリトルフィールドおよびアンジェラ・プリー・ハドソン（Angela Pulley Hudson）によって全面的に否定されている。

マッケアリーがなぜ自身をチョクトー族長の攫われた息子と提示できたのかと言えば、当時、先住民の姿はナッチェス周辺で頻繁に目撃されているほどの身近な存在だったからだ。事実、先住民と黒人奴隷とは、農園と部族の集落にて、隷属しあう場合もあった。首長の息子として生まれたにもかかわらず、誘拐されて隷属状況下に売りつけられた悲劇を演出するのは、マッケアリーにとって奴隷制から逃れる手っ取り早い方法であったのだろう。逆の見方をすれば、当時のミシシッピ川流域には、彼の胡散臭い「出自の秘密」に信憑性を持たせ、そのパッシングを可能にする環境が整っていたことにもなる。

従って、マッケアリーは、ことあるたびごとに自身の「先住民性」を繰り返し読者に知らしめる。『人生』冒頭から紹介されるのは、父親に関する幼少時の記憶であり（Littlefield 17）、彼の乗馬や釣り技術獲得の速さ（19-21）、熊からの襲撃を避ける自然への適応力（18-20）、また不公平や不正義に対する「暴力的なまでの制御しえない気質」（27）はすべて先住民としての性質の証左となる。もちろん実際のインディアンとの交流にも多くの頁を割いている。たとえば、アレクサンドリアのインディアン・キャンプを訪れた折に先住民がマッケアリーを仲間として迎え、背中の鞭打ち跡を見て激怒したエピソード（32）などは、クライマックスへの序章である。こうした十分な交流の「仕込み」があるからこそ、のちに、父を良く知るチョクトー族長老プクチーヌビー（Puch-Chee-Nubbee）によって、マッケアリーの唇や足の傷跡から、彼が今は亡き首長モシュラチュビー（あるいはモショレー・チュビー）（Mosholeh Tubbee）の攫われた息子、すなわちチョクトー族の「若き首長」であると確認される語り（62-68; 81-83）が、真実であるかのごとく感じられるのである。但し、本作最大の山場であるはずのこれら長老との出会いや出自の同定は、マッケアリーの、ひいては彼の妻の創作であり、年代的にありえないと指摘されている（Littlefield xii）。

隷属状況下にあったマッケアリーに、独立の契機が訪れたのは、鍛冶屋への徒弟賃借契約を全うした頃であった（31）。奴隷は、五年に及ぶ労働対価を理由に母に解放を要求するものの、フランキーの高圧的支配はそれを認めず、むしろ更なる支払を強要し、横暴ぶりを発揮する。マッケアリーが終始一貫して「敵」とみなす母親は、マッケアリーに薬を盛って縛り上げ、鞭をふるいながら、自由になりたければ、自身を買い上げるべく、彼女に金品を渡すよう要求したのだった（45-47）。怒りにかられた彼は、これを不当とみなし激しく抗議している。実際には、いつどのようにしてマッケアリーが法的に自由の身になったのかは、はっきりしない。だが、リトルフィールドおよびハドソンによると、マッケアリーは、一八四三年に警察裁判所にてミシシッピ州居住許可を得た折には自由黒人と記録されているという（Littlefield xix; Hudson 40-41, 94, 131）。仮に法的に自由を得られたにせよ、滞在や居住そのものについての州法の規定もまた大きな課題であった。一八三一年、ミシシッピ州では、一六歳から五〇歳までの自由黒人に九〇日以内に州外退去を命ずる法律を通過させ、これに従わない場合、黒人たちは、奴隷制下に戻される危険があったのだ。そのためマッケアリーが州内に留まるには、検認裁判所で認可証を得る必要があった。彼は周囲の知人たちに働きかける。この演奏上手の黒人を支援する地元白人たちは、マッケアリーに有利な証言をし、尽力してくれたにもかかわらず、当初、事態は難航する。というのも、彼が自身の法的立場を主張し始めた頃は、折悪く、ナッチェスおよびニューオーリンズ周辺にて、馬泥棒や奴隷誘拐を働いていた悪党ジョン・A・ミュレル（John A. Murrell）が犯罪集団ミスティック共謀団を結成し、彼によって煽動されたミスティックの奴隷叛乱事件（the Mystic Rebellion, 1835）が勃発したせいで、白人たちは自警団を組成し、自由黒人たちへの警戒を強め、疑惑の目を向ける状況にあったからである（Littlefield x; xiv; 139-40）。結局、マッケアリーは、少なくともこの時点では、認可証獲得をあきらめざるをえない。もっとも、そもそも『人生』では、マッケアリーは、不当に攫われた先住民首長の息子というふれこみなのだから、認可証以前に、彼が正式に法的自由を得られた証拠を明示するわけにもいかないだろう。依然、母フランキーや兄姉が、その所有権を主張する状況下では、彼が奴隷でないと反論する根拠や裏づけそのものが捏造した出自との間の齟齬を暗示する可能性もあり、ややもすると「命取り」になりかねないからだ。事実、のちにカナダに逃れた後ですら、彼は「黒人奴隷」であったナッチェス時代の人種的措定を、繰り返し蒸し返されている。いずれにせよ、最終的に、マッケアリーは、判事や知人の勧めに従い、認可証の獲得の有無にかかわらず、故郷を離れる決意を固めるに至る。彼はこの後、幼少より長けていた口笛吹きや腹話術などの特性を楽器演奏と融合させ、既に評判を得ていた音楽的才能にさらなる磨きをかけることによって、実質的自由を得る道の追求に専心するようになるのだ（48-49）。

さて、マッケアリーがナッチェスやニューオーリンズを行きつ、戻りつしながら、ミシシッピを永遠に離れる一八四四年あたりからの数年は、特にインディアン・アイデンティティを発展させていった時期であった。この先住民性確立期と彼の結婚との間には、重要な関連がある。[2] というのも、ちょうどこの頃に、恐らくは旅の過程で、ルシール（ルーシー）・スタントン、のちの自称先住民首長の娘ラー・シールと出会い、結婚したからである。妻との家庭を築く一方で、マッケアリーは、ミズーリ、ケンタッキー、インディアナ、オハイオの各都市を転々としてまわり、さらには南西部辺境地のみならず、ヴァージニア、メリーランド、ペンシルバニア、ニューヨーク、コネチカット、マサチューセッツ、ロードアイランド、ワシントンDCといった北東部州の主要都市でも巡業公演をするに至る。こうしたショウの舞台には、妻のラー・シールや、のちに息子のモシュレー（別名ブルース）（Moshlee, aka Bruce）も加わり、インディアン装束に身を包んだ一家の登場は、観客を沸かせた。マッケアリーは、演奏だけでなく、白人がもたらした酒によって堕落していく先住民を危惧する禁酒演説家としても活躍し、妻とともに、消えゆくインディアンの苦境への理解を呼びかけた。

もちろんこうした自由な移動公演を可能にするために、マッケアリーは、元黒人奴隷ではなく、チョクトー族の高貴なる継承者でなければならないのだから、単に舞台上のパフォーマンスのみならず、自伝内でもそれを「証明」し広く読者に喧伝する必要がある。ゆえに、拡大改定されたのちの自伝では、マッケアリーと先住民との親密なる関係が中心課題となる。たとえば、駆逐されゆくクリーク族、セミノール族に対する同情や政府圧政下の彼らの苦難、およびフロリダ戦争に対する見解（57-58）、先住民の埋葬や名づけ等に関する風習（57-60）、先住民とともに赴いた山頂での神からの宣旨経験（73-81）が紹介される。また、あるとき神からの宣旨によって、片手鍋からソース・パナナ（Sauce Panana）なる奇妙な楽器を作り上げたのを契機として、駆逐されていく先住民を癒し、対立しあう部族や人種に和合をもたらすために、トマホークから楽器を創作し、ミュージカル・トマホークと命名の上、演奏した旨（85-87）も語られている。

　戦闘用の武器と楽器とを奇妙に融合させたマッケアリーは、その正真度合を増すべく、ヒーラーの要素をさらに発展させ、インディアン・メディシンマン（Indian Medicineman）としての「才覚」をも発揮していく。薬草医としての力量については、自伝内で白人医師に付き従い施術を習得したと力説しているが（25-26）、所詮、偽者は偽者でしかなく、のちに、この逸脱行為は、数件の治療費返還を求める訴訟事件を招いてしまう。最終的に、彼の過去の素性を知る人物から度重なる脅迫をうけた挙句（97-98）、一家は、一八五一年にはカナダへの逃亡を余儀なくされる。この背景に、一八五〇年の妥協による逃亡奴隷法強化が影響しているのは確実だが、皮肉にもマッケアリーは、元奴隷兼、似非医療従事者という二重の騙し行為の発覚危機によって、かえって究極的自由と独立を手に入れたのである。

　マッケアリーの『人生』は、彼の独立獲得へのスピーチアクトとして機能するばかりか、アンテベラムの人種境界規定が、騙しの語りによって容易に転覆されうる実例を知らしめたテクストであるとも言えるだろう。自由黒人と称したとしても逃亡奴隷として摘発されかねない南北対立激化の時代に、それを封殺する虚偽のペルソナを保持できたのは、ひとえに彼がトリックスターとしての技量に長けていたからだ。彼は、自らの黒人性によって、有色人種間の容姿上の差異を無効化し、インディアン殲滅に対する白人側の罪の意識と回顧の情を利用しつつ、チョクトー族首長を演ずることによって大衆の賞賛と信頼を得ようとしたのである。しかもこの場合、騙し《シグニファイン》の対象が、白人権威筋だけではなく、彼に強制的屈従を強いた黒人母や、先住民部族にすら及ぶのだから、マッケアリーは、単純な支配と被支配の二項対立を揺るがすだけでなく、アンテベラム社会の人種的境界線の脆弱さと複雑な人種共存関係をも暴き出すトリックスターでもあったのである。

2.「モホーク・インディアン妻」の演出技量

騙しつづけるマッケアリーの「成功」を文字化して、大衆に広く知らしめるには、妻の尽力が不可欠であった。既に黒人と先住民とに対する社会的扱いの差異を熟知し、演奏で身を立てようとの思惑が固まっていたであろう彼にとって、この伴侶を得た意義は大きい。ラー・シールによって、彼のパフォーマンス提示力は、更に磨きがかけられた。マッケアリーがモシュラチュビーの息子であると主張し始めたのは、ラー・シールとの結婚（一八四六年二月）後の一八四七年頃であったと考えられている。つまり夫婦は、各々の人種的立場と役割分担を確定させ、公演の成功によって名声を確立するのと並行して自伝執筆を目論み、文字通り、二人の人生を物語化し、世に知らしめんとしたのである。

夫婦の競合は、自伝テクストからも明白に窺える。『人生』のきわめて口語的な文体から、テクスト内の幾つかの挿話が、二人が競演した舞台上で聴衆に対して語られていたであろうこと、あるいはまた舞台での語り口を、そのまま文字化したのであろうと考えられるのだが、[3] その終結部近くになって、本来あるべき時間経過を遡及する形で、唐突に二人の馴れ初めが導入され、夫に促されたラー・シールがチュビーの語りに割り込むように、彼女自身の出自や幼少時の啓示体験、夫からの求婚などについて紹介し始めるのである（87-99）。結婚後に夫とともに巡業した東部主要都市の模様や、災禍の場面などを語る妻の日記からの挿入説明は、いわばマッケアリーの自伝を補完する役割をも果たしており、その間、夫婦の一人称の語りは交錯し、あたかも二人が人生を共作・共演するかのごとく、主格が混在していく。

『人生』において、ラー・シールが語るところによると、彼女は一八一七年、「［白人］文明の大いなる友人」であるモホーク族首長の父と「聖書を信奉する」デラウェア族の血を引く母との間に生まれた（88）。幼少時の啓示体験により「貶められている人々に善をもたらすために、天におわす父が、私を現世の父のもとに遣わせた」との夢のお告げを得ている（88）。ほどなく聖書を読破し、父が家に招くキリスト教徒およびクリスチャン・スクールにて、宗教的知識を得る。マッケアリーとの出会いもまた、ある種、宿命的である。二人は、出会った瞬間から、互いに結婚を運命づけられている相手であると察知し、翌日には婚約したという（88）。

批評家の指摘を待たずとも、読み書きのできない夫に代わって自伝のナラティヴ構成を司っているのがラー・シールであることは、タイトルおよび内容の変遷から確認できる。そもそも一八四八年、ニューヨークにて上梓されたマッケアリーの初版の自伝タイトルは『L・L・アレン牧師によって書かれたチョクトー・インディアンの首長モショレー・チュビーの息子で、別称ウィリアム・チュビーと呼ばれた偉大なる首長オカ・チュビーのスリリングな人生の物語』（以下『スリリング』）（*A Thrilling Sketch of the Life of the Distinguished Chief Okah Tubbee Alias, Wm. Chubbee, Son of the Head Chief, Mosholeh Tubbee, of the Choctaw Nation of Indians. By Rev. L. L. Allen*. New York: Cameron's Steam Power Press, 1848）であり、そこに妻の名前は記述されていなかった。マッケアリーが語る人生をラー・シールが中継ぎ役として口述筆記し、その後、ルイス・レオニダス・アレン牧師（the Rev. Lewis Leonidas Allen）[4]が編集し、自伝に仕立てたのである。実際の自伝ナラティヴが開始される前には、いくつか内容が混在する形式の文書が掲載されている。当初の自伝は、あくまでも牧師の編集に力点が置かれている。冒頭には、「インディアンの特性に関するエッセイ」と題する文書が掲載されていたが、署名記載は付されていなかった。ただし、名前がなくとも、これがアレン牧師の筆によるものであることを読者は察知できた。『スリリング』のタイトル内にも扉頁のタイトル表記にも、明らかに牧師の名前が記載されていたからである。ちなみに、扉頁のタイトル表記体裁は、敢えて牧師の名前を際立たせるように、改行して、「『リオ・グランデ素描』の作者であるL・L・アレン牧師による」と記載しているので、編者としての牧師は、自作宣伝を含めて、自身の立場をそれなりに主張していると考えられる。「エッセイ」の次には、大衆の先住民問題への関心喚起を狙ってか、モシュレー・チュビーについての四行ほどの「伝記」（Biography）[5]および「六部族連合とチョクトー族との協定」（The Covenant between the Six Nations and the Choctaws）についての説明が、ポチョンゲハハラ（Pochongehahala）の署名付きで掲載されており、さらには、チョクトー・インディアンの現状について、

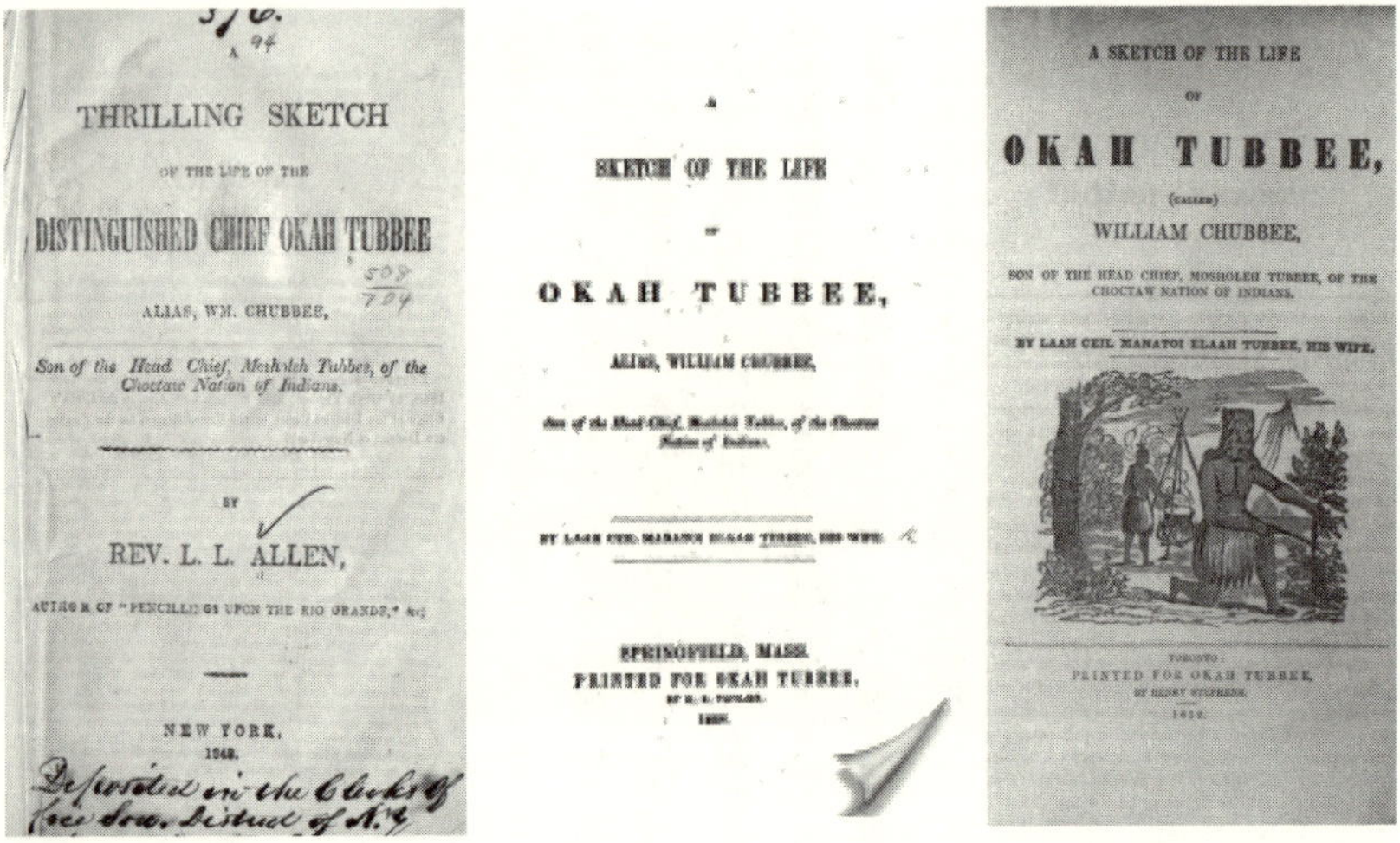
A THRILLING SKETCH OF THE LIFE OF THE DISTINGUISHED CHIEF OKAH TUBBEE ALIAS, WM. CHUBBEE, Son of the Head Chief, Mosholeh Tubbee, of the Choctaw Nation of Indians. BY REV. L. L. ALLEN, AUTHOR OF "PENCILLINGS UPON THE RIO GRANDE," &c. NEW YORK, 1848.

A SKETCH OF THE LIFE OF OKAH TUBBEE, ALIAS, WILLIAM CHUBBEE, Son of the Head Chief, Mosholeh Tubbee, of the Choctaw Nation of Indians. BY LAAH CEIL MANATOI ELAAH TUBBEE, HIS WIFE. SPRINGFIELD, MASS. PRINTED FOR OKAH TUBBEE,

A SKETCH OF THE LIFE OF OKAH TUBBEE, (CALLED) WILLIAM CHUBBEE, SON OF THE HEAD CHIEF, MOSHOLEH TUBBEE, OF THE CHOCTAW NATION OF INDIANS. BY LAAH CEIL MANATOI ELAAH TUBBEE, HIS WIFE. TORONTO: PRINTED FOR OKAH TUBBEE,

【図版】

（左）*A Thrilling Sketch of the Life of the Distinguished Chief Okah Tubbee Alias, Wm. Chubbee, Son of the Head Chief, Mosholeh Tubbee, of the Choctaw Nation of Indians. By Rev. L. L. Allen.* アレン牧師の名前が記載されている版。

（中）*Sketch of the Life of Okah Tubbee, Alias, William Chubbee, Son of the Head Chief, Mosholeh Tubbee, of the Choctaw Nation of Indians. By Laah Ceil Manatoi Elaah Tubbee, His Wife.* アレン牧師の名前が、削除されてしまっている版。

（右）1852 年のいわゆる確定版。リトルフィールドによって再版されたテクスト。


彼らに布教活動を行なったモントゴメリー牧師（the Rev. W. G. Montgomery）の見解（一八四六年）が引用を交えて提示されている。この部分もアレン牧師の筆によるのかどうかは、判断がつかないけれども、肝心のマッケアリーの人生の語り開始部分には、「ここから、真実に基づき、簡潔で、感動的で、美しい体裁で、彼の口から発せられた本当のナラティヴが始まる」と記されている（*Thrilling* 12; Littlefield xxiii, 17）。ナラティヴ部分は、さほど多くないが、明らかに拙い語りである。報告文と会話文の混在のせいで、主語が交錯しており、論理的提示にはなっていない。また、自伝の初期段階では、マッケアリーの語り部分は少なく、ナッチェス時代までしかカバーされない。なおラー・シールについては、名前などが一切記載されておらず、その存在は、影すらも分からない。

ところが、同年末にマサチューセッツ州スプリングフィールドにて出版された拡大改定版以降の自伝タイトル――この段階で、既にタイトルは、『人生のスケッチ』に変わっている――では、「～による」の部分に、牧師ではなく妻の名が取って代わる。つまり「アレン牧師によって書かれた」の部分が「妻であるラー・シール・マナトイ・エラー・チュビーによって書かれた」に変更されたのだ（*A Sketch of the Life of Okah Tubbee, Alias, William Chubbee, Son of the Head Chief, Mosholeh Tubbee, of the Choctaw Nation of Indians. By Laah Ceil Manatoi Elaah Tubbee, His Wife.* Springfield, Mass.: H. S. Taylor, 1848,『スケッチ』）【図版参照】。冒頭のエッセイ「インディアンの特性」や「インディアン協定」についていえば、『スリリング』掲載時の文書とは若干異なり、あちこち段落提示の順番を変えて配置したり、若干の段落追加が見られたりする。また、『スケッチ』には、モシュレー・チュビーの「伝記」部分はないものの、内容的には、さほど変化していない。だが、既に書名から牧師の名前が消されているため、このインディアンの特性のエッセイ、つまり、いわば「解説部分」が誰によって書かれたのか不明瞭になってしまった。ちなみに、どちらの版にも記署名がされているポチョンゲハハラなる人物について、リトルフィールド曰く、その実在は確認されておらず、文書内容には歴史的に齟齬が見られるようだが、チュビーの先住民としての「正真性」を高める裏書戦略としては十分に威力を発揮している。いずれにしても、自伝タイトルを変更したことによって、白人牧師の関与の痕跡は消えてなくなり、少なくとも表記上は、徹頭徹尾「先住民」によって構成された「オカ・チュビー」の自伝が誕生したことになる。右記の一八四八年の伝記は、同年、若干の編集修正を施して複版され、その後、主にメディシンマンとしての力量を強調するセクションを追加し、かつ、ごく一部のタイトルを変化させた版が、一八五二年、トロントで出版されている（*A Sketch of the Life of Okah Tubbee, (Called) William Chubbee, Son of the Head Chief, Mosholeh Tubbee, of the Choctaw Nation of Indians. By Laah Ceil Manatoi Elaah Tubbee, His Wife.* Toronto: Henry Stephens, 1852）。なお、マッケアリーに最初に注目し、研究対象としたリトルフィールドは、このトロント版テクストを、いわゆる確定版とみなしており、本章もこれに依拠して論じている（以下『人生』）。

改変されたタイトル以外にも、初版からスプリングフィールド版を経て確定版へと至る間には、幾つかの目立った差異がある。マッケアリーの人生の後半部分が付け足され、自伝の実質的な分量が約二倍に増えている。また当初は、延々とつづく語り聞かせをそのまま写し取ったかのように、テクストには章立てが一切なかったが、内容ごとに区切って小見出しが付され、より読者を意識した体裁に変えられている。とはいえ、編集され直した自伝内容で特に目を引くのは、マッケアリーの奴隷身分について語られるくだり——すなわちアラン牧師による『スリリング』の約八頁ほどの部分（『スリリング』33-40）が、削除された点であろう。アレン牧師による版でも、ラー・シールの版でも、マッケアリーは、「母」フランキーに、一杯盛られて意識不明になったのち、ベッドに括り付けられて、鞭打されるが、束縛を打ち破って逃亡し、だが結局、当局《オフィサーズ》によってナッチェスに連れ戻される（Thrilling 31-33; Sketch 45-47）。この折、アラン版では、マッケアリーの所有権を主張する「敵ども」は、マッケアリーに自分を買い取らせようとしたと語り、またその後は、奴隷とみなされている自身に対しての処遇改善を働きかけるマッケアリーの努力や、彼の身分を巡って語られる内容がつづく。たとえば、アフリカ系人種に対する法規制を適応することなく州に居住できる権利を請願した旨が報告されたり（35）、「敵ども」はマッケアリーの羽振りの良さを妬み、往来では、奴隷からも自由黒人からもいじめや侮蔑を受けたとも語っている（38）。また、おそらく一八三六年頃だと思われるが、未だ証書類《マイ・ペーパーズ》は得られておらず、「私の敵どもは、すぐに金稼ぎができるんだから、自分であの女から自分を買い取って、不和を解決すればよいと言っている」とも記している（38）。ところが、ラー・シール版では、これらを部分的にトーンダウンしたり、なくしてしまっているのだ。しかも削除箇所の直前の説明も、アラン版は、「巡査《オフィサーズ》が私を追跡し、ナッチェスに連れ戻した」だったのに、ラー・シール版では、「敵どもが、私に対して企てたかもしれない侮蔑的な矯正から、合衆国陸軍の役人《オフィサーズ》が親切にも、私を保護してくれた。私は、自分の家に平和裏に戻り、平素通りに日常に従事できた」（Littlefield 47）と、逃亡というより保護を強調するかのように記している。要するに、ラー・シールは、フランキーとその子供たちが、マッケアリーに対して主張する奴隷所有権や、彼の分身に関連して地元で論議された不都合なエピソードの証左を、すべて消し去ろうとしたのだと、リトルフィールドは主張する（xxvii, 139）。

こうしてマッケアリーのアフリカ系血筋が際立って示唆される部分を消し去る代わりに、彼のインディアン資質やインディアン・ネイションを訪ねたとの説明、また殊にモシュラチュビーの息子である「事実」がいかに同定されたのかに多くの頁を割いている。本来は、自由可動域を拡大するためにアフリカ系のマッケアリーが専売特許として利用したミンストレル的音楽の才も、苦境にある先住民を慰める手段へと転化される。しかも同胞を助ける究極目的を果たすためには、読み書きができる同胞パートナーが必要との認識に至るのだ。こうして存在意義が増したのだから、「オカ・チュビー」の自伝内部に「ラー・シールの自伝」がメタ・ナラティヴとして挿入されるのに何ら不思議はない。エピソードの意図的な削除・加筆によって、出来事の時間経過順の提示が不鮮明となり、特にマッケアリーが南部を離れたあたりの、夫婦の結婚前後の時系列がはっきりしなくなる（Littlefield xxvii）。だが、仮にこの不明瞭な提示を物語形式上の欠陥とみなすにせよ、そのあやふやな時系列こそが、彼らの人生の「秘密」を保持するためには有益に作用したのである。決定版自伝の最後には、その素性の正真さを立証すべく、オカ・チュビーの音楽とインディアン・メディシンマンとしての医術の才を賞賛・保証する三六通にもおよぶ「信用照会」が掲載されている。

マッケアリーは、先住民首長を喧伝する元奴隷なのだから、本テクストが捕囚奴隷体験記のフォーミュラを踏襲しているのは当然であるけれども、夫の語りを司るラー・シールは、そこにさらに文学的味つけをしている。『人生』の扉頁には、インディアンの風貌をしたチュビーの幾分粗雑な挿絵を掲載し、幼少期からの苦悩から抵抗精神の発露、ひいてはカナダへの逃亡という一連の規範的ナラティヴの枠組みを構成する。また母を含む権威筋から受ける鞭打ちの虐待や、同胞・同族に対する情愛、神の啓示による回心的体験挿入といった奴隷体験記の典型的物語素を配置している。加えて、彼女は、白人キャノン作家が描く先住民物語への知識をも夫の自伝に注入しているのである。たとえば、『人生』でラー・シールが彼女自身の来し方を語るなかで先住民部族についても触れ、「一般的に、多くの小説読者は、モヒカン族が絶滅してしまったと思うだろうが、実際にはそうではない」（95）と述べているが、これは明らかにクーパーの『モヒカン族の最後』（James Fenimore Cooper, *The Last of Mohicans*, 1826）を知る者の言である。

オカ・チュビーの名称を、どうやって思いついたのかについては、二つの興味深い報告がある。リトルフィールドからおよそ四半世紀の後、二人の伝記的事実を詳細に調べ上げたハドソン曰く、かつてセントルイスの劇場でマッケアリーが腹話術的なフルート演奏をしていたときに、劇場マネージャーであったソロモン・スミスが、この名前を考案してやったと主張しているのだという。劇場関係者のなかには、黒人が舞台に上がるのを好ましく思わない者もいたため、スミスは、マッケアリーにインディアンとして演じるように助言し、これよりオカ・チュビーを名乗るようになったと記している（Hudson 34, 42)。しかもスミスは、かつてマッケアリーに財布をすられたことがあると主張したとのおまけつきだ（Hudson 42)。

このエピソードに対して、ハドソンは、ありうるけれども、定かではないとの譲歩付きで紹介しており、確かにもっともらしくもあるのだが、それ以上に興味深いのは、リトルフィールドの指摘だろう。そもそもオカ・チュビーなる名前そのものが、ウィリアム・ギルモア・シムズ（William Gilmore Simms, 1806-1870）の短編集『ウィグワムとキャビン』収録の「オウカティッビィ——チョクトー族のサムソン」（"Oakatibbee, or the Chactaw Sampson." *The Wigwam and the Cabin*, 1845）からの剽窃ではないかと指摘しているのだ（Littlefield xviii)。呼称の際だった類似性もさることながら、この短編は、マッケアリー夫妻にさらに多くの示唆を与えたはずだ。というのも、シムズ作品は、禁酒教訓や掟を遵守する先住民の精神性を導入しうるテクストであるからだ。酒に飲まれてはいたとは言え、狡猾で卑劣な同族の「やくざな野郎」（Simms 154）を、正義感ゆえに殺してしまったオウカティッビィは、その正当防衛的殺害に対して、白人から同情され、逃亡を勧められる。いったんは逃亡しようと思うものの、彼はそれを潔しとせず、部族の掟に従って甘んじで処刑を受け入れ誇り高く死んでいく。そして何より、作中でナレーターとミシシッピ農園主とが話題にする実験、すなわち、「銅色の少年を仲間から引き離し、まだ幼児の頃に遠く離れた地方に連れ去った」場合、どのような影響と結果をもたらすのかを論ずる場面（Simms 144）は、「攫われて奴隷化されたオカ・チュビー」という虚構構築のための大きなヒントになったと推測される（Littlefield xviii)。ここで語られている「実験」は、先住民の子供を、部族から引き離して白人集団に入れる啓蒙的教化を想定した例だが、重要なのは、この少年がほどなく覚えるようになる周囲の人種との差異、および自己に対する苛烈な自意識が、まさにマッケアリーの『人生』におけるそれと酷似している点である。白人側の期待を裏切り、この少年は、むしろ自身の先住民性としての親和性を強めることになるのだから。要するに、シムズの「気品に溢れた」(Simms 163) 先住民勇士は、マッケアリーによって具現化され、さらに実在のモシュラチュビーとの間に想像的親子関係が結ばれるという虚実錯乱の「歴史劇」のなかに落とし込まれたのである。

もしラー・シールがシムズのテクストを換骨奪胎してオカ・チュビーを作り上げたのならば、恐らく彼女は、ジョン・オーガスタス・ストーン (John Augustus Stone, 1801-1843) の戯曲『メタモラ、最後のワンパノアグ族』(*Metamora: of The Last of Wampanoags*, 1829) についても熟知していたと考えてよいかもしれない。この典型的な「高貴な野蛮人」表象劇を、マッケアリー夫婦が観劇したとの記録はないものの、『メタモラ』は、初演と同時に好評を博し、その後六〇年間も上演しつづけられた一九世紀の大ヒットロングランであるのだから、同じくショウの舞台に立つ「インディアン」の二人が、メタモラ人気をまったく知らなかったとは考えにくい。白人男女の恋愛模様を織り交ぜて展開するプロットは、ロマンスを求める大衆の要請を満たし、またメタモラが妻ナメオキーと子供の側でこと切れるドラマチックなラストシーンは、ラー・シールに「消えゆくインディアン」ならぬ、「先住民とその妻子の登場」という演出ヒントを印象づけたのではなかろうか。そして何よりもマッケアリー夫妻にとって有益だったのは、ストーンが創作した先住民主人公が、白人俳優エドウィン・フォレスト (Edwin Forrest, 1806-1872) によって演じられた点であろう。シェイクスピア役者フォレストの壮観なインディアンの扮装は、観客を大いに沸かせ、劇作家ストーンの死後も、人気はまったく翳りを見せなかった。六〇年におよぶロングランのうちのおよそ四〇年はフォレストによって演じられたというのだから、いかに大衆が、フォレストのインディアン劇を望んでいたかが分かる。つまり、アンテベラムのインディアン劇に必要なのは、本物の先住民その人ではなく、インディアンのように見える演技者であり、観客の要請を知る演出家であることを、ラー・シールは察知していたと思われるのである。「メタモラ」が非先住民 (白人)

によって演じられたのと同様に、「オカ・チュビー」もまた、非先住民（元奴隷）のマッケアリーによって演じられつづけたのだ。

文学作品や戯曲から学んだマッケアリー夫妻の集大成が、「オカ・チュビー一家」でなされるパフォーマンスであり、自伝出版であった。先住民の戦闘用武器である手斧を、観客を魅了するミュージカル・トマホークに変換した夫は、自身の人種的二重性――インディアンに転じた元奴隷――によってブラック・ミンストレルと捕囚奴隷体験記のハイライトをインディアン・ドラマと接続させる混成パフォーマンスを生み出し、先住民演奏家かつ薬草医の仮面を被りつづけていく。そしてそれを効果的に演出したのが「インディアン妻」の存在であったのだ。こうしてチュビー一家は、先住民首長の子供としてパッシングを成功させつつ異人種間雑婚のタブーを隠蔽するという離れ業を敢行し、アンテベラム・アメリカの人種政治力学に挑戦したのである。

3. 隠蔽されたモルモン・コネクション

それにしても、マッケアリーの自伝内容の信憑性を高め、ショウの舞台上でも、『人生』内でも高い知性と識字力を顕示しているラー・シールとは、一体何者なのだろうか。一見して、先住民女性らしからぬ働きをする彼女は、本当に『人生』で紹介されている出自と背景を持つだけの人物なのか。夫のマッケアリーが、チョクトー首長に転じた元奴隷であったのと同様に、彼女もまた、デラウェア＝モホーク・プリンセスに転じた何者かであったのではないのか。実は、こうした疑問に対する答えが、文学研究領域からではなく、末日聖徒イエス・キリスト教会史研究領域から、部分的に明らかになり、また直近のハドソンの研究により、この「インディアン夫婦」の実態が詳述されている。従来、本テクストを分析する際に、『人生』には描かれなかったエピソードが存在することなど前提とされてこなかったし、ましてやアメリカ文学研究領域とモルモン教史研究領域との接点が必要であると想定されることもなかった。

だが、双方向からの資料をつき合わせたとき、自伝にまた別の解釈の余地が生まれ、何よりも、マッケアリーの、ひいてはラー・シールの更なる演劇的／詐欺師的人生が明らかになるのである。では、この夫婦が『人生』から全面削除したのは、どのような一コマであったのだろうか。

　マッケアリーとモルモン教会との影響関係は想定以上に大きく、ブリガム・ヤング（Brigham Young, 1801-1877）をして、一八五二年のかの悪名高き黒人聖職者禁止令を決定させしめたのは、マッケアリーのスキャンダラスな行動がその一因となっていた。初期の末日聖徒教会の生成と黒人聖職者との関連を探索した複数の研究から得た情報によってマッケアリーがモルモン・キャンプで過ごした短い期間をまとめると、次のような概要となるだろう。[6]

　自らを「インディアン預言者」と称するウォーナー・ウィリアム・マッケアリーが、イリノイ州はナヴー（Nauvoo, IL）に現れたのは、一八四五年末から一八四六年秋頃であったようだ。そして彼はモルモン教徒となるばかりか、驚くべきことに、翌一八四七年には、最高指導者のひとりであるオーソン・ハイド師（Orson Hide, 1805-1878）によって長老《エルダー》に叙任されている。ほんの短期間のうちに、マッケアリーは、モルモン教の指導側の地位に就いたのである。さらに同じ頃、地方教区長ダニエル・スタントン（Daniel Stanton）の娘であり、同じくモルモン教徒のオリバー・ハーモン・バセット（Oliver Hermon Basett）の元妻であったルシール（ルーシー）・アン・セレスタ・スタントン（Lucile/Lucy Ann Celesta Stanton）と結婚するに至る。そして、この白人モルモン女性こそが、のちにインディアン・プリンセスと自称し、夫の自伝出版を助け、その『人生』タイトルに名を刻むラー・シールなのである。[7]

　ルシールは、一八一六年ニューヨークに生まれたが、三歳で家族とともにオハイオに移住。モルモン教の創始者ジョーゼフ・スミス（Joseph Smith, 1805-1844）の教えに傾倒した一家は、その進展に合致するように、オハイオから、ミズーリ、イリノイへと移動していく。この時期インディアンへの布教に熱心であったのはモルモン教ばかりではないけれども、先住民をイスラエルの最後の種族の末裔とみなしたモルモン教は、ことさら、インディアンの改宗に熱心だった。熱心な信者としてしばしば異言を口走る恍惚や、ヒーラーとしての開眼を成したルシールにとって、モルモンの教えにあまり熱心でなかった前夫との結婚は、三人の子供を儲けたものの、一八四三年に離婚で終わり、その数年度に、「ラマンびとの預言者」たるマッケアリーと出会ったのである（Hudson 第二章）。

結婚後、マッケアリー夫妻はシンシナティに向かった。モルモン教の司祭として指導者的立場となった夫は、およそ六〇名の信徒を集め、自身をキリストであると主張しつつ、十字架にかけられた際の手足の傷を見せたり、黄金の杖で奇跡を演出したりしていたらしい。だが、言うまでもなく、シンシナティでの「演技者」の「人気」はすぐに陰りを見せる。翌一八四七年三月に、マッケアリーは妻ルシールを伴い、ユタに向かう前の一時期ブリガム・ヤングとその信奉者が野営していたウィンター・クウォーター（Winter Quarter, 現ネブラスカ州）に赴く。ここでもマッケアリーの奇異な素行は、すぐに他の指導者たちの目に留まるようになる。たとえばそれは、腹話術と演奏技術を駆使して超自然的現象を演出しつつ、インディアンの扮装をした自身を、原始のアダムの姿であるとうそぶき、はだけた胸を見せながら、失われた肋骨が白人妻の体内から見つかったなどと主張する類なのだが、こうした聖書の人物と自身とを同一化する背教的行為を問題視したモルモン指導者たちは、即座に最高幹部会議を招集し、ほどなく彼の追放が決定されたのである。

ところがマッケアリーの「活躍」ぶりは、これだけでは終わらなかった。追放後もウィンター・クウォーター付近に留まると、本家のブリガム・ヤングから信者を引き抜き、ライバルとなる彼自身のモルモン教団を設立したのだった。この「黒人預言者」は、依然、指導者としての影響力を行使し、一八四七年秋には、独自の新教団にて、複数の白人女性といかがわしい「婚姻の契り」を結ぶようになる。あたかもヤング自身の姦通裁判やモルモン教の一夫多妻を揶揄するかのような異人種間重婚の実践は、当然ながらヤングの逆鱗に触れ、またその淫らな行為は女性信徒の親族からも怒りを買うこととなった。なかにはこの不埒な教会分離者の教祖を銃殺せんとする者も現れるようになり、事ここに至って、マッケアリーは、ルシールともどもミズーリへと逃走せざるをえなくなるのである。こうしてマッケアリーのスキャンダルは、モルモン教における黒人聖職者禁止を決定づける一因となるとともに、モルモン教における異人種間結婚禁止の方針をも確立させしめたのであった。その後の夫婦が、先住民になりすまして、各所でインディアン・パフォーマンスを実演しつづけ、このモルモン・スキャンダルをなかったことにして何食わぬ顔で著名人として自伝出版を成功させていったのは、前述のとおりである。

モホーク妻ラー・シールならぬモルモン白人妻ルシールとの出会いが、双方にとって重要な結節点となったのは間違いない。ただし、この二人が結婚するに至った素地は、ずっと以前からできていたとも思われる。というのも、実は、ルシールは、この元黒人奴隷の演技者と出会う前に、一八三〇年から一八三一年にかけて活躍したモルモン教初の黒人聖職者ブラック・ピート（Black Pete）を熱狂的に支持し、帰依していたと報告されているからだ。自由黒人であったブラック・ピートは、「預言者」として、インディアンや黒人の民間伝承を巧みに取り込みながら、それを信者の神秘体験・回心経験のために導入していたらしく、カークランドにて、ピートに煽動された人々は、天使の姿や天界から文言がもたらされるのを目撃し、普通ではありえないような不思議な震えを体験したと言っている。スタントン姉妹以外にも熱狂的白人女性支持者を有していたブラック・ピートは、白人妻を娶りたいと表明したが、これはモルモン教創始者ジョーゼフ・スミスによって許可されずに終わった。このときブラック・ピートが白人妻にと望んだ相手がルシールであったか否かは定かでない。ただ一五年後にマッケアリーと再婚した事実からすると、ルシールは、抑圧されし人種を救済する意図のもと、同種の人物による神秘的宗教体験を通じて、その演劇性に惹かれる性質があったとの穿った推測もできる。ルシールが介在した二人の黒人モルモン聖徒の存在によって、奇しくも、初期モルモン教において、信徒に宗教的啓示経験を喚起するための「奇跡的」現象の提示とその行為者による「詐欺師的」演技との相関関係が確認されたことになる。しかもここには、一教派における人種見解とその排他的実践だけでなく、のちにアメリカ文学の主要テーマの一つとなるアフリカ系アメリカ人に対する白人社会の反応、すなわち「黒人恐怖」（black phobia）と「黒人愛好」（black philia）が表裏一体となって作用しているさままでもが映し出されてしまうのである。もちろん、この概念内部に性的抑圧心理が蟠踞しているのは言うまでもない。翻って言えば、これら二人の黒人モルモン聖徒は、聴衆からの支持獲得の際に、好むと好まざるとにかかわらず、積極的に人種マーカーを利用したと言えるだろう。少なくとも、マッケアリーにとってのモルモン教関与は、白人妻を娶り、のちのインディアン・ショウにて観衆を魅了するための演技に更なる磨きをかける場であり、ひいては、自身の人種的劣性を課す白人社会に対する、ある種の復讐でもあったのである。

モルモン・キャンプを追われたマッケアリー夫妻は、皮肉にも、かの地を離れざるをえなかったがために、逆に、偽装と独立精神とを加速させていった。「博物館のインディアン——ヘンリー・デイヴィッド・ソロー、オカ・チュビー、真の男性性」("The Indian in the Museum: Henry David Thoreau, Okah Tubbee, and Authentic Manhood") と題する論考で、ポール・ギルモア (Paul Gilmore) は、マッケアリーの『人生』を文学批評の側から分析し、彼が自身の人種的アイデンティティを黒人ではなく先住民と提示せねばならなかった必然性を説明している。曰く、ソローの先住民に対する賞賛の言辞やアンテベラム期の博物館展示が示唆する二項対立的人種規定は、黒人を女性化され、屈服に応ずる人種とみなすのに対して、先住民を男性的で、決して服従せぬ、誇り高い抵抗精神を示す人種であると弁別している。従って、マッケアリーは、自身が公演を敢行した場でもある博物館の区分要請に従い、自らをインディアンとして提示したのだと分析しているのである。皮肉にも、しばしば博物館でも催されたマッケアリー夫妻の公演／講演の観客は、白人に限られており、有色人種が彼らの「演技」を見ることはなかった。もちろん、これはマッケアリーにとっては好都合であったはずだ (Littlefield xxii)。

こうしたギルモアの分析は、もちろん十分に説得力があり、それそのものを否定するものではない。だが、既にマッケアリーのモルモン教関与についての事実を知ったわれわれとしては、ギルモアの見解にプラスして、マッケアリーが先住民でなくてはならなかった理由に、別の要因を付加しても良いように思わるのである。恐らくは、周囲から黒人愛好の誹りをうけても致し方ない状況下でのルシールの再婚と、マッケアリーの性的スキャンダルによる追放によって、夫婦は、単に先住民が示す男性的自律性を希求する以上に、モルモン・キャンプにて認知されていた立場とは異なる「別の何者か」にならざるをえなかったのではあるまいか。先住民首長の子供たち――インディアン・プリンスとプリンセス――同士の婚姻関係という偽装は、まさにそうした批判をかわし、ある種の権威を纏う好都合な選択肢だったのではなかろうか。夫婦は、一八四八年、P・T・バーナム（P. T. Barnum 1810-91）とも契約し、希代の興行師のアメリカン・ミュージアムでも公演しているが（Hudson 106; 108-09）、偽物と際物しか登場しない詐欺的見世物は、マッケアリーとラー・シールにとって、良くも悪くも似合いであったことだろう。

マッケアリーの自伝が、このインディアン偽装夫婦によって巧妙に創作され、また彼らの演技によって、その虚構が補完的に強化されたがゆえに、『人生』を再版したリトルフィールドはもとより、比較的最近まで研究者たちは、長らくラー・シールが主張するインディアンとしての出自を疑うことはなかったし、夫婦のモルモン・コネクションの模索はしてこなかった。無論マッケアリー自身の人種的アイデンティティの不確実性は、議論の対象となったけれども、結局は、自伝テクストに描かれた内容からしか、彼らの人生を探求しなかったのである。これを変化させしめたのは、モルモン教関連資料からの研究であり、またルシール・スタントンの白人子孫からの系譜の提示であった。

また先述のように、こんにち、夫婦の人生について、詳細に調べ上げたアンジェラ・プリー・ハドソンの『真の創造的天才――元奴隷と白人モルモン教徒は、いかにして有名インディアンになったのか』（*Real Native Genius: How an Ex-Slave and a White Mormon Became Famous Indians*, 2015）によって、本件全容が明らかにされた。ハドソンの書物は、マッケアリーの自伝の変遷の詳細を文学の視点から探るものではなく、歴史的資料を紐解き、この偽装夫婦の各々の――そして双方の――来歴や事実を繋ぎ合わせ、分かりうる限りの真相を、インディアン・リムーバルやモルモン教の興隆の背景と合わせて提示するものであり、マッケアリー夫妻について探るならば、これ一冊で事足りるのだけれども、とはいえ、この書だけを見たのでは、いかに学者たちまでもが、二人の伝記テクストに翻弄されてきたのかが、分からない。ハソドンによって、この偽装夫婦がなしたアイデンティティ詐称犯罪に至る諸事情が――モルモン・キャンプでの騒動や、ルシールとの結婚後のマッケアリーのさらなる白人女性サラ・マーレットとの重婚スキャンダル（1852）や、アメリカおよびカナダにおけるメディシンマンおよびメディシン・ウーマンとしての偽医者行為による訴訟事件に至るまで――解明された。興味深いことに、事件や訴訟や醜聞報道のたびに、マッケアリーの黒人出自疑惑が蒸し返される一方で、ラー・シールの偽インディアン出自は、疑問に思われずに済んだのだと言う（Hudson 134-35; 137）。しかも、一八五六年の夫婦離婚以降、資料が途絶え、息子モシュレーともども、消息が不明となったマッケアリーに対して、一八六一年以降も、インディアンのアイデンティティを保持したまま、ニューヨークでメディシン・ウーマンのマダム・ラーシール（Madame Laahceil）として数多くの堕胎を手掛け、殺人容疑で有罪となったうえ逮捕、収監されたルシールの後年、および釈放後、ユタの家族の元に戻り、前夫との間の子供や父母と暮らし、かつ前夫の弟と再婚をした彼女の最晩年までをもハドソンはカバーしているのだ。よって、モルモン教を徹底的に隠蔽してきた自伝のみを読んだだけでは、マッケアリー夫妻の「騙し」――いやもっと端的に言えば、ややもすると、徹頭徹尾ルシールの「騙し」と言ってしかるべきなのかもしれない――に気づかないことになるわけだ。

だが、われわれとしては、ルシールとウォーナーのマッケアリー夫婦が、自身の独立と自由のために、自分ではない自分になりつづけざるをえなかった歴史的、文化的背景に注目して然るべきなのであろう。マッケアリー夫妻のモルモン教への関与について知ったのちに、改めて、彼にインディアン名を提供したと思しきシムズ作品を読み返すならば、そこには、彼らに同一人種の夫婦としての人生を選択させしめた社会状況を示唆する作家の見解が表象されていたことに気づく。前述のとおり短編「オウカティッビィ」には、「一人のインディアンの少年が両親のもとから幼年期に引き離されて」南部白人社会へ連れて行かれた場合の「実験結果」が記されているが、語り手は、それにつづき、そのインディアン青年が「白人の乙女に言い寄っていたらどうなるか」についても語っていたのである。「この結婚の申し込みを耳にしたサクソン人の少女は胸中で道徳心と社会的意識がそれに激しく抵抗するのを感じたはずです。もしも少女が申し込みに同意するようなことがあったら、彼女が暮らす共同体では大きな騒動が持ち上がっていたでしょう。だって神は幾つかの特定の人種の間にはっきりとした区別をおつけになり、現実にそれを別々になさり、そのような分離が保たれることを要求しておられますから……」(Simms 146)。ルシールがこのくだりを読んだとすると、彼女は、なお一層ラー・シールとならねばならないと痛感したに相違ない。

一八五〇年代にさしかかるアメリカは、西方地域の準州承認に関して、南北の対立が激化し、逃亡奴隷法施行前夜には、有色人種マーカーを検知する意識がかつてないほど高まっていた時期である。『人生』で、ラー・シールが語るところによると、結婚当初、ラー・シールの両親は、娘が夫に付き従い南部へ赴くのに徹底的に反対したため、二人は別居生活をつづけたと記している(91)。そもそも結婚の条件に、娘を南部へと同伴しないとの約束があったのも、元奴隷である有色人種の男性と白人女性のカップルが、南部および南西部辺境地域では、あってはならぬ組合せであることを熟知していたからこそではあるまいか。マッケアリー夫妻には、白人社会の人種的見解と文学フォーミュラに合わせて一家全体を先住民化するための偽装時間／空間が必要であったのだ。しかもそれは、離別後に元夫が行方不明となったがゆえに、既にマッケアリーとの結婚や夫婦生活を意識せずに、元の白人のステータスに戻れたはずのルシールが、南北戦争開始後ですら、依然として偽装名を使用して、インディアンとして疑似医療行為を成しつづけるにまで、「深化・発展」してしまう。

それそのものが演技するテクストである『人生』の虚構性と、史実記録が断片的に提示されつづけたがゆえに、謎に満ちた提示となったマッケアリー夫妻の人生の大方を、読者であるわれわれは、拾い上げ、その研究発展過程を含めて、彼ら犯罪者の「隠蔽工作」に驚嘆するわけだけれども、本章を閉じるにあたり、いま一度、「オカ・チュビー」と「ラー・シール」の事例が興味深いのは、皮肉にも、本来、厳格に線引きされることを期待されていたはずの人種識別を、この元奴隷兼、「先住民首長」演奏家兼、モルモン教追放者とその妻が——そして字義通りの犯罪者たる二人が——無効化してしまったことにある。マッケアリー夫妻は、黒人男性と白人女性とのミセジェネイションを最たる禁忌とみなすアンテベラム社会において、その罪から免れるには、夫婦ともども「高貴なインディアン」になるのが最も有益な方法であると気づき、それを実践した稀有な一事例として、注目すべき「有名人」なのである。「オカ・

チュビー」と「ラー・シール」という赤き仮面を被りながら、マッケアリー夫妻は、白き社会を出し抜き、己が自律を勝ち取るダブル・パッシング・トリックスターとなったのだ。しかも、この「先住民」夫婦による偽装が、皮肉にも、彼らの長らく忘れられていた自伝を二〇世紀に蘇らせた歴史家兼批評家のリトルフィールドをも、騙す結果となってしまったのだから。[8] 彼らの犯罪者的無意識と意図的『人生』の創作は、アメリカ自伝文学の信憑性と虚構性を脱構築して止まぬ事例としてもまた、注目すべきなのだ。こうしてウォーナー・マッケアリーとルシール・スタントンは、「消えゆくインディアン」をロマン化する大衆の要請に従い、「消ええぬインディアン」を演じつづけ、人種規定とジャンル準拠枠双方に対して揺さぶりをかける存在となったのである。彼らは、自伝と演技によってアメリカ社会に挑戦し、自由と独立を果たし、幸福を追求すべく生涯闘いつづけた偽装者であったのだ。犯罪者の意識的テクスト操作は、このように、読者の読みの行為を、無意識的に揺さぶりつづけているのである。

◉註

(1) リトルフィールドの序論でも、すでにマッケアリーが使用した複数の名前が示されているけれども、のちのアンジェラ・プリー・ハドソン（Angela Pulley Hudson）のさらに詳細な研究によると、ウォーナー・マッケアリーは、本名以外に、多くの名前・通称を使用していた。以下、英表記で列挙する。James Cary, William Cary, William McCary (McCarey), Andrew Cary, William Chubbee, William McChubby, Okah Chubee, Okah Tubbee, Dr. Okah Tubbee, Dr. O. K., Wah-bah Goosh (Hudson 15)

(2) リトルフィールドは、マッケアリーがラー・シールと結婚した時期を、彼がナッチェスを離れ、オハイオへの旅から戻ったあたりの一八三六年頃ではないかと考えていた（xvi）。『人生』では、夫婦の出会いや結婚時期について極めて不鮮明にしか示されていないため、恐らく批評家は、保存資料を調べたうえで、ラー・シールの子供の誕生時期――すなわち、一八三七年に娘セラフィン（Seraphine）が、さらに一八三八年にはもう一人の娘セレスティン（Celestine）が、その後いずれかのときに息子ソロン（Solon）が誕生したと、リトルフィールドは認識している（xix）――から、二人の結婚時期を一八三六年と推測したのではないかと思われる。リトルフィールドは、「一八三六年から一八四六年までの彼の行動ははっきりしないが、明らかに二重生活を送っていたようだ」（xviii）と述べ、結婚直後、二人は別居生活を送り、マッケアリーは南部で鋳物工場労働や船上での演奏や煙草販売をする一方、カンザス州フォート・ラヴェンポート南部のデラウェア・ランドに暮らすラー・シールの元に通い、家庭を築いていったらしいと推測している（xix）。というのもラー・シールの両親は、娘を南部に連れて行かないことを条件に結婚を許可したため、彼女は結婚後も両親のもとに留まったからだ（91）。ただし、リトルフィールドによるこれらの推定の一部は、こんにち、モルモン教研究資料および家系資料、さらにはハドソンによって、修正される必要があり、事実、されている。まず、二人の結婚時期だが、（複数の資料間で少々の振れ幅はあるものの、）最も詳細な時期を記しているラインハート＝バセット一族の家系資料、およびハドソンの研究によると、一八四六年二月と記録されており、これは、複数のモルモン教史研究者たちによって、マッケアリーがモルモン・キャンプを訪れたと同定されている一八四六年頃という記述とも一致する。次に、リトルフィールドがマッケアリーとの間の子供であると考えた三人の子供であるが、彼らは、ラー・シールの前夫との間の子供であったことが、こんにち明らかになっている。ちなみに、『人生』では子供の出自の詳細は一切語られておらず、ラー・シールは、ごく簡潔に「私たちはこれまでに素晴らしく健康で、強い心をもった息子と、二人の娘に恵まれてきました」（91）と述べ、別の箇所で長男ソロンの名前のみを挙げている（97）だけであるため、リトルフィールドは、ごく自然に、これらを夫婦の子供であると解釈したのではないかと考えられる。だが、実は、マッケアリーと出会う前に、ラー・シール、本名ルシール（ルーシー）・スタントン（Lucile / Lucy Stanton）は、モルモン教徒オリバー・ハーモン・バセット（Oliver Harmon Bassett）との結婚・離婚（一八三三・一八四三）の経験があり、前夫との間に、三人の子――ソロン（Solon P. Bassett, 一八三四年生）、アン・C・セラフィン（Ann C. Seraphine Bassett, 一八三七年生）、セマイラ・ラセレスティン・ロザリン（Semira LaCelestine Rosalin Bassett, 一八三八年生）をなしていたのである（ラインハート＆バセット一族家系「ルーシー・セレスタ・スタントン」おおよび「オリバー・ハーモン・バセット」の項目：「セマイラ・L・ウッドによって書かれた簡略版自伝」：ドノヴァン「モルモン教会の歴史的レトリックと白人黒人間の結婚に関する慣習」セクション三「ナヴーにおける人種間結婚」）。なお、彼女は、マッケアリーとの間に、ブルース（別名モショラ［Bruce aka Moshola］一八四九年生）を儲けており、この子供が、一八五二年のトロント公演で、舞台に現れた「インディアン戦士」（当時二歳）である。蛇足ながら、ルシール／ラー・シールの次女セマイラの自伝および家系資料によると、バセットとの離婚後、ルシールは長らく三人の子供たちと離れて暮らしていたが、一八六九年にユタを訪れ、一九年ぶりに次女との再会を果たした。これは、ルシールが、一八六二年、堕胎による第二級殺人容疑に問われ、七年間シンシンの刑務所に収監され、釈放された後であった。さらにその数年後、元夫オリバー・ハーモン・バセットの弟であるハーモン・A・バセットと一八七三年に再婚し、その後、一八七八年に六一歳でユタにて没している。彼女は、前夫となした三人の子供とともに、バセット家の墓に眠っている。こうして、ルシールは、いうなれば、モルモンの地に帰還したのだ。ルシールの側は、このように、いくつかの記録が存在する。なお、マッケアリーとスタントンの人生については、筆者が二〇一四年三月に、リトルフィールドの提示内容を改める論考を、本章の初出の形で出版した（あとがきの初出一覧を参照）。その後、より詳細で徹底した研究が、ハドソン（二〇一五）によって提示された。こんにちでは、ハドソンの単著が、マッケアリー夫妻の偽装の全容を伝えているが、本稿では、研究史を示すためにも、また最も基盤になる自伝再版を刊行したリトルフィールドに敬意を表するためにも、論考内に彼の研究成果を示した。

（3）ノース・カロライナ大学のデジタル・アーカイブに収録されている一八五二年トロント版の確定版テクスト（イェール大学スターリング記念図書館のからの転記）には、マッケアリー一家による一八五二年一月のトロント公演のチラシが付されており、ショウの内容や演目の概略を窺い知ることができる。ショウの素晴らしさを保証する推薦の辞や、一風変わった楽器演奏項目、夫妻と息子のインディアン盛装もさることながら、チラシの文言で最も印象的なのは、第一行目「モホーク族子孫のラー・シール・チュビーに伴われて」の文言が「オカの登場」に先行し、かなり目立つ大文字記載されている点である。しかも夫の演奏以前に、公演第一部は、ラー・シールの同族先住民に関する興味深い演説で始まるのだから、最初の「掴み」は、むしろ妻によってなされていたのかも知れない。夫婦の舞台競演チラシを冒頭に配置する自伝構成のあり方からも、『人生』を実際に記述した妻と演じる夫の存在と同時に、テクストで展開されるエピソードが、舞台上でも語られていたことは容易に想像がつく。また、テクスト内で、しばしば複数の人物による一人称の語りが交錯しているのも、これがもともと話し言葉であったことの示唆となっている。顕著な一例を挙げるならば、マッケアリーは『人生』で妻との出会いを以下のように書いている。「さて、私はここで、妻自身に話をしてもらいたいと思います。というのも、妻は、私たちが互いを知る以前に、出会ったその日に婚約して、すぐに結婚したのだと私が言うのを聞くのが好きではないようなので。」マッケアリーのこの紹介の直後に、ラー・シールは、「私はニューヨーク東部に一八一七年一二月二八日に生まれました」と、自身の人生を語り始めている（88）。

（4）アレンは、メソディスト監督派教会の牧師で、米墨戦争にニューオーリンズのルイジアナ志願部隊の従軍牧師に志願した人物である。この民兵組織のために、数年前、マッケアリーは、オカ・チュビーとして、演奏を披露したことがあった。アレンとマッケアリーは、双方とも将軍と知り合いであったので、こうした繋がりから、自伝編集を依頼したのかもしれないが、さらに別の可能性としては、アレン牧師がワシントンやボルチモアで禁酒を呼びかける講演をしていた同時期に、マッケアリー夫妻も同地にいたことが分かっており、東部ツアーの際に知り合ったのかもしれないと、リトルフィールドは推測している（xxiii-xxiv）。

（5）「伝記」（"Biography"）に書かれている文言は、以下の通り。「モシュレー・チュビーは、この回想記［*A Thrilling Sketch of the Life of the Distinguished Chief Okah Tubbee, Alias, William Chubbee* のこと］の主人公の父にして、チョクトー族の首長である。チョクトー族は、ミシシッピ川の東およそ一〇〇マイルに位置するヤズー川に接する地域に暮らしている。彼らに関する現状と、東西インディアン間の条約につき述べる。」蛇足ながら、ヤズー川流域は、本書第４章のスティーヴン・バロウズの人生にも関連するヤズー詐欺事件の舞台となった地である。

(6)マッケアリーのモルモン教への関与、およびブラック・ピートについては、ブリングハースト、オドノヴァン、ジェラルド&サンドラ・ターナー、ジョン・ターナー、およびラインハート&バセット一族家系。およびハドソンを参照のこと。

(7)モルモン教歴史家オドノヴァンの詳細な資料「ボストンにおける初期モルモン教徒と宣教師名リスト(JからZまで)」は、マッケアリー夫妻について次のように簡潔かつ明確に報告している。「ウォーナー・〝ウィリアム〟・マッケアリー(別名オカ・チュビー)」の項目は、以下のとおり。「マッケアリーは、ミシシッピ州ナッチェスの逃亡奴隷で、ルシール・アン・セレスタ・スタントン(末日聖徒イエス・キリスト教会の教区部長ダニエル・スタントンの娘)と一八四六年、ナヴーで結婚した。マッケアリーは、同地にてオーソン・ハイド師によって、同年二月に長老に叙任された。彼とその白人モルモン教徒の妻は、アメリカン・インディアンであると身分を偽っていた。すなわち、マッケアリーは〝チョクトー〟戦士のオカ・チュビー、ルシールは、〝モホーク族〟のラー・シール・マナトイと名乗っていたのである。マッケアリーはインディアンの扮装で歌い、さまざまな楽器(最も有名なのは「トマホーク」をフルートに変化させた楽器)を演奏し、一方、ルシールは、禁酒演説をしていた。一八四六年、西部各地で講演した後、彼らはボストンを含む東部海岸地帯の各地で公演した。」この後、歴史家は、一八四八年一一月八日付の『ボストン・デイリー・アトラス』からの抜粋を掲載し、ボストンのトレモント教会にて、当時「有名」な禁酒演説家だったジョン・ゴフ(John B. Gogh)とともに、マッケアリー一家の公演および禁酒演説が催されたと紹介している。またオドノヴァンの資料の「ルシール・アン・セレスタ・スタントン(バセット・マッケアリー・バセット)」の項目では、「ルシールは、ミシシッピはナッチェスの逃亡奴隷ウォーナー・〝ウィリアム〟・マッケアリーと一八四六年ナヴーで結婚。それ以前の彼女は、カークランドでブラック・ピートの信奉者であった。彼女は、一八三七年頃にオリバー・ハーモン・バセットと結婚したが、二人は一八四三年九月六日にナヴーで離婚している。このとき、父親のダニエル・スタントンは、ナヴーの教区部長を務めていた。ルシールがマッケアリーと結婚したのは、一八四五年末頃であったと思われる」と記している。モルモン・キャンプを追放された後の夫婦のインディアン偽装に関しては、マッケアリーの項目と同じである。

（8）バセット一族の家系資料は、若干揶揄をこめて、感嘆符つきで、次のように記している。「『オカ・チュビーの人生』は、一九八八年に、インディアン研究家のダニエル・リトルフィールドによって書かれた［正確には、編集・再出版と言うべきだろうけれども］。リトルフィールドは、この本のなかで、ルーシーが主張するとおりに、一貫して、彼女がデラウェア・インディアンであると信じていたのである！」リトルフィールドは、『人生』におけるラー・シールの主張を全面的に信じたがゆえに、彼女が先住民女性であることに疑義を挟まず、夫婦のモルモン・コネクションについては発見しえなかったが、だからと言って、彼の詳細なリサーチが意義を失うわけではない。リトルフィールドは、『自伝』に付した解説終結部において、以下のような尖鋭な指摘をしている。「このように、オカ・チュビーのナラティヴとは、ある人物の決意の記録であり、抜け目なく、強靭なる意志をもつ彼は、人種的帰属先および個人としてのアイデンティティを変えるために、社会状況を巧みに利用したのである。南部以外の地域で、彼は「パッシング」の機会を得たが、それを可能にしたのは、複数の人種集団に対する認識や人種に対するさまざまな態度を有す地理的変数であったのだ。よって、彼のナラティヴは、奴隷体験記の興味深いヴァリエーションなのである。なぜならば、そこにいるのは、奴隷問題が公に論じられる時代にあって、東部全域の数多の観客に近侍しながらも、決して奴隷制度とその廃止について、語ろうとせず、語ることもできずにいた元奴隷の存在なのだから。だが、それこそが、彼の先住民としてのルーツではなく、恐らくはアフリカ人としてのルーツに、人々の関心を向けることになったのだろう。……このナラティヴは、また、夫と同様のひたむきな意図を持った書き手たる妻の精神によって結ばれた書でもあるのだ。彼女は、忌むべき屈従を強いられる奴隷ウォーナーから、インディアン・ドクター兼チョクトー首長の息子オカ・チュビーへと変貌するため、あらゆる機会をものにするよう、夫を助けたのである。」(xxxviii)。

◉引用・参考文献

"An abridged sketch of the life of Semira L. Wood written March 24th 1881 Springville, Utah." Bassett.net, http://www.bassett.net/

genealogy/Bassett/SketchSemiraLaCelestineRosalinBassett.shtml. Accessed July 20, 2019

Brennan, Jonathan. "Speaking Cross Boundaries: The nineteenth-Century African-Native American Autobiography." *When Brer Rabbit Meets Coyote: African-Native American Literature*, edited by Jonathan Brennan, U of Illinois P, 2003, pp. 167-193.

Bringhurst, Newell G. "Elijah Abel and the Changing Status of Black Within Mormonism." *Neither White nor Black: Mormon Scholars Confront the Race Issue in a Universal Church*, edited by Lester E. Bush, Jr. and Armond L. Mauss. Midvale, Signature, 1984..

---. *Saints, Slaves, and Blacks: The Changing Place of Black People within Mormonism*. Greenwood, 1981.

Gilmore, Paul. "The Indian in the Museum: Henry David Thoreau, Okah Tubbee, and Authentic Manhood." *The Genuine Article: Race, Mass Culture, and American Literary Manhood*. Duke UP, 2001. 67-97.

Hudson, Angela Pully. *Real Native Genius: How an Ex-Slave and a white Mormon Became Famous Indians*. U of North Carolina P, 2015.

Littlefield Jr., Daniel. F. "Introduction." *The Life of Okah Tubee*. 1852. U of Nebraska P, 1988.

"Lucy Celesta Stanton aka Laah Ceil Manatoi." Rhinehart & Bassett Family Tree: Bassett.net Genealogy Pages., http://www.bassett.net/gendata-o/p12369.htm. Accessed July 20, 2019..

O'Donovan, Connell. "The Mormon Priesthood Ban & Elder Q. Walker Lewis: 'An example for his more whiter brethren to follow.'" *The John Whitmer Historical Association Journal*, vol. 26, 2006, pp. 48-100.

---. "'I would confine to their own species' :LDS Historical Rhetoric & Praxis Regarding Marriage Between Whites and Blacks." *Mormon and Black-White Intermarriage*, http://connellodonovan.com/black_white_marriage.html. March 28, 2009 Accessed July 20, 2019.

---. "Lucile Ann Celesta Stanton (Bassett McCary Bassett)." *Early Members of the Boston Branch of the Mormon Church, 1832 to 1860*, http://www.connellodonovan.com/boston_mormons.html. Accessed July 20, 2019/

---. "Warner 'William' McCary (alias Okah Tubbee)" *Early Members of the Boston Branch of the Mormon Church, 1832 to 1860*, http://www.connellodonovan.com/boston_mormons.html

"Oliver Harmon Bassett." Rhinehart & Bassett Family Tree: Bassett.net Genealogy Pages. http://www.bassett.net/gendata-o/p11400.htm. Accessed July 20, 2019.

Simms, William Gilmore. "Oakatibbee, or the Chocktaw Sampson." *The Wigwam and the Cabin.* 1845, edited by John Caldwell Guilds. FU of Arkansas P, 2000.（「オウカティッビ——チョクトー族のサムソン」『シムズ短編集』中村正廣編訳、愛知教育大学出版会、二〇〇八年、二四一–八四頁。）

Stone, John Augustus. *Metamora; or The Last of the Wampanoags.* 1829. *America's Lost Plays: XIII: The Seninels & Other Plays; XIV: Metamora and Other Plays.* Edited by Eugene R. Page. Indiana UP, 1965, pp. 1-40; 401-13.

Tubbee, Okah. *A Sketch of the Life of Okah Tubbee, (Called) William Chubbee, Son of the Head Cheal, Moshleh Tubbee, of the Choctaw Nation of Indians. By Laah Ceil, Manatoi Ellah Tubbee, His Wife. Tronto: 1852, by Henry Stephens. The Life of Okah Tubeem* edited by Daniel F. Littlefield, Jr. U of Nebraska P, 1988.

---. *A Thrilling Sketch of the Life of the Distinguished Chief Okah Tubbee, Alias, William Chubbee, Son of the Head Chief, Mosholeh Tubbee, of the Choctaw Nation of Indians. By L L. Allen, Author of "Pencillings Upon the Rio Grande," &c.*. 1848. NP: Dodo P, NY.

Turner, Jerald and Sandra Turner. "Curse of Cain?: Racism in the Mormon Church." *Utah Lighthouse Ministry*, http://www.utlm.org/onlinebooks/curseofcain_part4.htm. Accessed July 20, 2019.

Turner, John G. *Brigham Young: Pioneer Prophet.* Belknap P, 2012. Kindle Edition.

常山菜穂子「代表的野蛮人——『メタモラ』（一八二九）にみるインディアンのリプリゼンテーション」『西洋比較演劇研究』第1巻、二〇〇二年、三一–四二頁。

第7章　帝都の物語

――アンテベラムの都市犯罪小説と建国祖父の遺産継承

0. 都市の発展と都市物語の盛隆

一九世紀半ばのアメリカが、帝国主義的領土拡大や奴隷制論議の激化といった国家の地政を大きく変化させる問題を抱え、建国の理念が試される時期を迎えていたことは良く知られている。だが、こうした諸問題に関連するいま一つの顕著な変化は、急激な都市の拡大・成長であった。一九世紀に入り、工業の発達による産業構造や移送手段の進化、およびそれに伴う移民流入と人口増大の結果、都市は瞬く間に成長し、北東部には複数の主要大都市が生成されていったのである。いかに急速に都市が巨大化していったかは、人口統計からも明白に窺える。たとえば、トマス・ル・ビヤン（Thomas Le Bien）が参照したデータによると、一八二〇年から一八六〇年までの四〇年間に、全米の総人口は二三〇％増加し、八千名以上の人口を有する都心部に限定すると、その増加率は八〇〇％という驚異的な数字を叩き出した。一八四〇年代の一〇年間に絞ってみても、都市人口は九二％以上の増加率を見せており、東北部主要都市であるニューヨーク、ボストン、フィラデルフィアにおける一八四〇年の人口は、それぞれ三六万三二三人、二二万四二三名、一一万八八五七人であった。また一八四〇年から一八五〇年までの各都市の人口増加率は、ニューヨークが八一・六二％、フィラデルフィアが五四・二七％、ボストンが七六・一二％、さらに一八六〇年までには、ニューヨークの人口は一〇〇万、フィラデルフィアは五〇万を超えた（Le Bien 11）。特にニューヨークは、単なる一大都市である以上の地位を獲得する。統計上の優勢のみならず、アメリカの産業、経済、文化、知識、ひいては巨悪の中心ともなり、「帝都《エンパイア・シティ》」と呼ばれるに至ったのである。

こうした都市の発展に呼応して、出版産業もまた急激に進化を遂げる。製紙、活字鋳造、製本の諸技術の向上、そして何よりも平版円圧印刷機《シリンダー・プレス》の導入によって安価な印刷物を大量に出版できるようになったのである。一八三〇年から一八四二年までのアメリカの出版社は、年間平均一〇〇点の書物を提供していたにすぎないが、一八五三年には、一年間だけで八七九点、一八五五年には一〇九二点の書物が出版され、一八五六年の業界推定収益は、一六〇〇万ドルであった。そのうち約一二〇〇万ドル（全米収益のおよそ四分の三）はニューヨーク、フィラデルフィア、ボストンの出版社によって生み出されており、さらに六万ドル（全米収益のおよそ八分の三）がニューヨーク単独で担われていた（Tabbel 221; Blumin 14）。同様に、新聞発行部数も急増した。一八四〇年には、一四〇四紙によって年間総計一億八千万部が発行販売されていたが、一八五〇年までには、新聞紙数はおよそ二倍に、販売部数は四億部以上に膨れ上がり、さらにその一〇年後の一八六〇年までには、新聞紙数、発行部数ともに引きつづき二倍以上の増加となったという（Le Bien 12）。こうした状況を背景に、一八五五年、『アメリカ出版社回覧文芸新聞』は次のように喧伝した。曰く、アメリカの出版界は「書籍を提供しうる未曾有の『読書する帝国《ア・リーディング・エンパイア》』を有している。」（Tabbel 224）と。

大衆に好んで受容されたのは、確かに洗練された純文学とは言い難い煽情的な三文小説の類でしかなかったが、それでもアメリカが「読書する帝国」を構築しえたのは、識字率の上昇のお陰であった。読む内容ではなく、読めることそのものが出版の拡大を支えるもう一つの要因だったのである。公立学校における識字率を研究したリー・ソルトウとエドワーズ・スティーヴンス（Lee Soltow and Edward Stevens）は、一八四〇年までの北部における非識字率の劇的な低下を数値化すると同時に、都市の繁栄と識字率の上昇との間に密接な関係があることを示唆している（189-201）。読書する大衆を確保したアメリカは、「ペーパーバック革命」を巻き起し、安価な価格設定と親しみやすい内容ともあいまって、とりわけ都市についてのスケッチや都市ミステリ小説が量産されるようになっていく。エイドリアンヌ・シーゲル（Adrienne Siegel）によると、一七七四年から一八三九年までの六五年間に、都市について書かれた小説は、わずか三八点しかなく、しかもそのうちの二〇点は一八三〇年代に出版されたのだが、一八四〇年代の一〇年間では、一七三点、一八五〇年代には一六七点、一八六〇年代には九七点の都市小説が市場に出たという。さらに興味深いことに、この時期は、アメリカが西方へ領土を拡大していた「帝国」建設の最盛期であり、ならば西部冒険譚こそが一番人気と思いきや、実際には、都市を描写する小説の人気の方が勝っており、アパラチア山脈以西のフロンティアの状況や経験を描く物語の三倍も多い数の都市小説が出版されていた。都市物語のなかでも、ニューヨーク人気は帝都の名にふさわしかった。一八二〇年から一八七〇年までの半世紀間に出版された都市生活について書かれた小説四六八点のうち、およそ半数の二三〇点がニューヨークを舞台としていたのである（Siegel 16-17）。なるほど、アメリカの都市化と都市小説の興隆とが、時期的一致を見せるのは道理であるものの、注目すべきは、アメリカ「帝国」拡大の時代に、「帝都」物語が流行していた事実である。すなわち「帝国」の夢と「帝都」の悪夢とは、分かち難く結びついていたことになる。

アメリカン・ルネサンスと名づけられた文学黄金期に、正典作品を遥かに凌駕する人気を博し、量産された都市小説には、では一体何が書き込まれていたのか。産業と都市の拡大によって生成された帝都物語には、大衆に訴えかけ、その生活に直結するどのような物語要素が内包されていたのだろうか。無論、これら大方の大衆小説は、内容以前に量産され流通することそのものが文化的所産であったに相違ないのだけれども、読み棄てられ、忘れ去られたテクスト群中に、アメリカ繁栄の暗部を改めて読み取るのは、決して無益ではあるまい。本章の目的は、都市小説の流行期に、煽情的大衆小説を出版し、人気を博した三人の作家による帝都物語を取り上げ、そこに描写されたアンテベラム・ニューヨークおよびアメリカの諸問題を提示することにある。具体的にはジョージ・G・フォスター（George G. Foster, ca.1815-1856）、ジョージ・トムソン（George Thompson, 1823- ca.1873）、ジョージ・リッパード（George Lippard, 1822-1854）の作品を取り上げ[1]、ほぼ同時期に発表されたこれら三人のジョージの煽情的犯罪大衆作品に、どのような差異や共通点が見出せるのかを考察する。そして各作家のテクスト内容を概観する過程で、三者同様に帝都を描写しながらも、都市問題を捉える作家の認識が、局地的観察から巨視的模索へと変化し、より複雑化していくさまを指摘するとともに、帝都と帝国の関連を示したい。独立・建国期から、「帝都」を頂くアンテベラム期に至る過程で顕現した階級格差は、底辺に追いやられた労働者や貧困がゆえの犯罪者を生み出した。こうした社会の末端に位置する抵抗者の物語を描いた大衆作家たちは、二〇世紀初頭に文学的兆候となる暴露作家——マックレーカーズ

(muckrakers）――らの先駆けとなっていたと言えるのである。

1．フォスターの帝都スケッチ

近代工業の発展により、有産階級と無産階級の差異が顕現化していったのは周知であるが、それに伴い引き起こされる都市問題や貧富の差による犯罪が、都市小説のなかに描きこまれていったのも、自然な成り行きであった。一九世紀半ばの都市の風俗や流行を写し取り、性倫理の紊乱や飲酒、犯罪、抑圧者に対する抗議を描いた一種の暴露小説でもあり社会改革小説とも言えるアンテベラムの物語ジャンルは、「都市ミステリ小説」あるいは当時の大衆作家たちが多用したタイトルの一部を援用し「都市の秘密と窮乏」（urban mysteries and miseries）の物語と呼ばれている（Ashwill 293; Reynolds and Gladman x; Blumin 24-25; Le Bien 7）。あるいはまた、トムソン作品のタイトルに倣い、「都市犯罪小説」と呼ぶこともできるだろう。

煽情的ジャーナリズムや大衆文学において、実際の都市犯罪がいかに取り扱われ、大衆に受容されたかについては、カレン・ハルツゥーネン（Karen Halttunen）の研究に詳しいが、実際の犯罪にヒントを得て小説化される数多の事例は、ジャンルの虚実の境界が当初より不可侵たりえないことを如実に物語る。

このジャンルのもともとの火付け役は、フランス人作家ウジェーヌ・シューの新聞連載作品『パリの秘密』（Eugene Sue, *Les Mysteres de Paris*, 1842-43）であると考えられている。一八四二年から四三年にかけて連載されたシューのパリ描写は、直ちに英米読者のために英訳され、連載終了以前に書物としてアメリカで出版されるほどの人気ぶりであった（Blumin 22）。シューの例から端的に窺えるように、安価な日刊紙や物語雑誌などのいわゆるタブロイド・ジャーナリズムが都市の「秘密」を抉り出し、それが大衆の興味と関心を引き、その結果、連載後に書籍として出版される場合が多かった。

出版の経緯と好評な売れ行きに鑑みれば、ジョージ・フォスター作品は、シューに倣ったニューヨーク版秘密暴露本と言えよう。彼の『実録のニューヨーク——手練れの筆が描く』(*New York In Slices By An Experienced Carver*, 1849, 以下、『実録』) は日刊二万部を誇る『ニューヨーク・トリビューン』誌 (*The New York Tribune*) に一八四八年六月から一〇月にかけて三〇編が連載され、翌年には拡大改定され書籍として出版の運びとなる。たちまち二万部が流通する好評につき、一八五〇年には続編『ガス燈下のニューヨーク——一条の陽光とともに』(*New York by Gas-Light With Here and There a Streak of Sunshine*, 1850, 以下、『ガス燈』) が刊行された (Blumin 18)。一八五四年当時のフォスター自身の言葉によると、『実録』は初年度には三万から四万部、その後も毎月千部ずつ売れつづけた。また『ガス燈』はさらに好調で、初版から一ヵ月以内に少なくとも三版にまで及び、トリビューン誌の広告には「国中からすごい注文」、「比類なき需要」の文言が躍った。こうした数字や表現には、幾分誇張もあるやも知れぬが、いずれにしても売れ行きは決して悪くなく、続編は最終的に総計二〇万部以上にまで達した (Blumin 38)。

新聞、雑誌出版界で活躍したフォスターは、これ以外にも都市ネタものを執筆し、ニューヨークに関しては、たとえば、『シィリオ——地上と地下のニューヨーク』(*Cilio: or New York Above-Ground and Under-Ground*, 1849) といったロマンスや『十五分で巡るニューヨーク』(*Fifteen Minutes Around New York*, 1853)、『ニューヨークの真相』(*New York Naked*, 1853) といったスケッチを上梓したが、『実録』と『ガス燈』以外は、世間の注目を集めず、売れ行きもはかばかしくはなかった (Blumin 40)。

当然ながら、フォスター以外の筆による、同様のニューヨークの風俗描写も出版されつづけた。たとえば、マシュー・ヘイル・スミスの『ニューヨークの光と影』(Matthew Hale Smith, *Sunshine and Shadow in New York*, 1869)、ジュニアス・アンリ・ブラウンの『メトロポリス映写——大都市ニューヨークの歴史、生活、社会』(Junius Henri Browne, *The Great Metropolis, A Mirror of New York: A Complete History of Metropolitan Life and Society*, 1869)、ジェイムズ・D・マッケイブ・ジュニアの『ニューヨーク生活の光と影、あるいは大都市の煽情的光景』(James D. McCabe, Jr., *Lights and*

Shadows of New York Life; or, the Sights and Sensations of the Great City, 1872）は、名所、風景、建造物、典型的な都市の人物描写、あるいは著名人などを図版入りで説明した七〇〇頁以上（マッケイブは八〇〇頁以上）の大著である。こうした帝都スケッチの原型は、フォスター作品にも求められるし、一九世紀後半のアメリカ都市の様子を国内外に知らしめる広告的役割も果たす。

さて、『実録』『ガス燈』【図版1】両作は、形式・構成ともに、ほぼ一致しており、遊歩者《フラヌール》（flaneur）としてニューヨークを歩き回った作家が、特徴的な都市の風物を観察し、それを一章ごとに紹介するスタイルをとっている。つまりここでフォスターが描くのは、創作物語ではなく極めて写実的かつジャーナリスティックな都市のスケッチである。『ガス燈』の冒頭で、彼は、ニューヨーク描写の目的を、街の真実を伝えることにあると宣言するのだが、この宣言そのものが、すでに十分「煽り」になっている。

【図版 1】
（左）Foster, *New York in Slices* 表紙
（右）Foster, *New York by Gas-Light* 表紙

> ガス燈の光の下にニューヨークを照らし出すとは！　なんという任務をわれわれは引き受けてしまったのだろうか。夜の深い帳をあけて都市の暗く恐ろしい秘密を白日の下に晒し、売春の浮かれ騒ぎや、貧民のどんちゃん騒ぎ、窃盗や殺人の根城、酩酊と野卑な乱痴気騒ぎの光景の数々、そしてニューヨークの下層階級者の生活の秘めたる物語を司るあらゆる悲惨な現実を明らかにしようとは！　この惨憺たる一帯に入り込み、彼らの恐るべき秘密を暴き出す目的とは一体何なのであろうか？　われわれと一緒に来てみたまえ。現代の義務とは、この邪悪で惨めな階級の現状がいかなるものであるのか、その真実をつきとめることにあるのだ。博愛や正義が正当な鉄槌

を喰らわせることができるように。はばかりながら、われわれは真実を描くのだと言いたい。真実にあるがままを語らせようではないか。(69)

こうした筆者の意図に従い、両作品には、実際、人々によって交わされる会話が小気味良く紹介されている。また、文字ばかりでなく、特に『実録』には、通りの街並みや建物、人物などの風俗図版が数多く挿入されているため、読者は作家の視覚や聴覚を追体験し、自らが「真実」を目撃しているかのような鮮明さを覚えられるよう構成されている。

フォスターの真実追求のための街探索は、両作ともブロードウェイから始まっている。その後、『実録』においては、ウォール街、通称「墓穴」("Tomb")と言われた市刑務所、貧民地区の犯罪の巣窟であったファイブ・ポインツ(Five Points)、更に細部に立ち入り、賭博場や質屋へとつづく。通りや建物内部の描写のみならず、詐欺師、消防士、お針子、新聞売りの少年、マンハッタン南部の労働者居住地区の荒くれ青年と娘たちといった人物描写、あるいはまた、酒場やオイスター・バー、劇場や競売会場、文学サロンや乗合馬車で展開される人間模様も盛り込まれている。『ガス燈』は、タイトルが示すとおり、夜のニューヨークの風俗が列挙されており、たとえば、「活人画」(tableau vivant)によるいかがわしいモデルの展示や、玉突き場やボーリング場兼、酒場にたむろする無頼漢や詐欺師、退廃の館内部と売春婦、安酒場が立ち並ぶバワリー街で、賭博のカモにされて身を持ち崩す素人たちの模様などが、時に当事者の体験談および筆者の箴言とともに紹介されている。

市井の人々の生活を鮮明に紹介する両作品は、都市の堕落と劣悪のみを俎上に載せているわけではなく、帝都の夜をスケッチした『ガス燈』においてすら、陽気で素朴な風俗が散見される(Blumin 48; 54)。だがその根幹にある精神は、理不尽な搾取に苦しむ下層階級への同情と社会的不均衡に対する憤りである。『実録』序章の言には、とりわけ、フォスターのこの姿勢が如実に表れている。彼は、人間の高邁な精神と叡智の結集である大都市の文明が作り上げた大通りや壮麗なる建造物、乗り心地良い馬車やホテル、木陰の遊歩道や大理石の玄関口、繊細で高価な衣装といった洗練された贅沢を享受する階級が存在する一方で、何万もの貧困層が、都市の恩恵から隔離され苦悩していると指摘する(3-5)。

たくさんの大邸宅や娯楽の数々で満ち溢れた、陽気で美しいこの都市にはまた、赤貧を自認する者が七万もおり、その多くが、ある者は病で、あらゆる者が絶望しながら、ニューヨーク市が郊外周辺に建てた別の「邸宅」［と呼ばれる貧民窟］に暮らしているのだ。街の中心には、犯罪者や治安判事、警察官、けちな窃盗犯、よっぱらいや浮浪者、暴徒、黒人、あらゆる程度のあらゆる類の惨めな貧民でいっぱいのもう一つの巨大な「邸宅」が存在する。また穏やかで透き通る海に取り囲まれた美しい緑の島には、……また別の「邸宅」が、建設維持されており、それは善良な市民に多大なる犠牲を強いているのだ。その不快で汚染された小部屋は、棺桶ほどの大きさしかないのに、そこには不幸な住人が層のように折り重なって詰め込まれており、あまりにもひどく不潔で、虫食われ、忌むべき様相を呈しているため、死神ですらも、これら貧民の命を我が物にせんとするとき、笑いを放つ骸が恥ずかしさで赤面する始末なのである(5)。

抑圧する側とされる側の明白な対比は、『実録』内の「移民」や「お針子」と題する章にも見出せる。アメリカへ押し寄せる大量の移民を食い物に「商売」をする移民エージェントによって、英語を満足に話せない移民たちは、法外な値段の劣悪な下宿屋に居住するように仕向けられ、身ぐるみ剥れて放り出されることすらある。かつて豚が飼われた不快でひどく狭苦しい移民用の住居は、害虫が巣くう不衛生な環境にあり、乾いた地下の床もなければ、十分な換気もできない(84-85)。またお針子たちは、終日の過酷な縫製作業をしても、僅かばかりの賃金しかもらえず、まともな生活は送れない。にもかかわらず縫製工場の経営者たちは、既に熟練縫製工としての技能を持つ針子に対して、六ヵ月間の無償の見習い期間を強要した挙句、見習い期間が終了した後にはお払い箱にして、また新たな熟練「見習い工」を雇い入れる詐欺を働いている。「そしてこの行為がつづいた結果、縫製工場の威勢のいい女将は、ますます裕福に、貴族的になっていき、貧しい娘たちは、結局、飢えと絶望の果てに死ぬか、恥ずべき行為に身を落とすしかすべがないのである」(51)。北部都市の紡績・縫製作業の背後に、原産物の生産があるのは、言うまでもない。南部諸州が「綿花帝国」として奴隷労働に依拠する一方、マサチューセッツ州の、ことにローウェルでは、繊維工場の女工が危険な紡績機の前で過酷な労働にいそしみ、帝都ニューヨークのお針子たちもまた、苦汗労務に泣いていたのである。つまりフォスターが描く北部都市の階級的搾取構造から、読者は、南部の人種的差別組織を幻視的に想起することもできるのである。

フォスターのニューヨーク描写が、単に読者うけする風俗紹介のみならず、移民労働者や女工、針子のような持たざる者たちの現状を知らしめるとき、われわれは、作家の先見性に気づかされる。一八九〇年にジェイコブ・リース(Jacob Riis)によって写真に収められたニューヨークの苦汗工場《スエットショップ》(Sweat Shop)やスラム街の安アパート《テネメント》(tenement)に匹敵する描写を、彼は、四〇余年も前に先取りし文字化していたのである。世紀転換期のアメリカでは、新移民の大量流入に伴い、下層階級を食い物にする社会悪を白日の下に曝す「汚物搔き集め屋《マックレーカーズ》」が席巻し、また自然主義の文学潮流による生々しい現実描写が際立ったが、フォスターは、来るべきリアリズム文学の一手法を先取りするかのように、局地的観測によるジャーナリスティックかつリアリスティックな手法で都市の暗部と問題点を抉り出すアンテベラム版の帝都の醜聞暴露屋であり、リースと同様、「豊かさの向こう側」("How the Other Half Lives")を注視した人物であったのである。その鮮烈な描写は、写真によらずとも、搾取される者たちの苦悩を写実的に映し出している。

2. トムソンの猥雑悪漢ロマンス

フォスターと並んで、数多の都市ミステリ作品で人気を博したアンテベラムの大衆作家のなかで忘れてはならないのがジョージ・トムソンである。大衆誌の編集者兼、作家として健筆をふるい、「青二才《グリーンホーン》」（"Greenhorn"）というペンネームで煽情的かつエロティックな都市犯罪ロマンスを量産しつづけた彼は、こんにち現存するタイトルだけでも六〇作以上、恐らくは推定一〇〇作以上を創作した。現在では無名に等しいこの文士は、最多産期の一八四八年から一八五四年までには二四作以上、また一八五五から一八五八年までには、少なくとも一二作以上の新作を生み出したと言われている（Reynolds and Gladman xi, xiv-xv）。当時広く大衆に流布したトムソン作品は、現在は文学史上ほぼ黙殺されているに等しいけれども、都市の発展期に出版された作品の多くには、都市問題に関する社会改革意識が窺え、またアメリカ犯罪物語の系譜上の特徴にも一致する物語要素を有している。一九世紀半ばに既に都市の移民流入の顕現化を意識していたフォスターに呼応するかのようなトムソンのペンネームは何とも皮肉に響く。というのも、彼は騙されやすい新参者どころか相当に世慣れた作家で、ニューヨーク警察当局を敵に回して、堂々と揶揄するほどの肝の据わった人物であったからだ。

たとえば、こんなエピソードが残っている。トムソンが編集・論説を担当していた『ブロードウェイ・ベル』（*The Broadway Belle, and Mirror of the Times*）は、プレスコット・F・ハリス（Prescott F. Harris）が書籍販売促進のために一八五五年に刊行を開始した週刊紙であったが（Horowitz 142）、煽情的で性に関するかなりきわどい記事を掲載する大衆紙であったために、平素より当局に注目されていた。そんな折、一八五五年一月三〇日付けの『ニューヨーク・デイリー・トリビューン』（*The New York Daily Tribune*）が、ある猥褻記事に対して、『ブロードウェイ・ベル』発行者ハリスならびに想定執筆者トムソンを当局が逮捕したとの記事を誤報掲載すると、これを読んだトムソンが、ことの真相を確認すべく、ただちに、自らニューヨーク市刑務所へ出頭。結果、問題となった猥褻記事は、トムソンの筆によるものではなく、別人の記事であることが判明し、二人は訴えを取り下げられた。この騒動が、からかい半分で、『ブロードウェイ・ベル』誌上（一八五五年二月一二日）で取り上げられたのは言うまでもない（Reynolds & Gladman xv-xviii）。『ブロードウェイ・ベル』の第一面には、意気揚々と警察権力に挑戦する意向満々のトムソンの

【図版2】
（左）*The Broadway Belle* 1855年2月12日号
巨漢トムソンの図版下部のキャプションには、「われわれの元編集者ジョージ・トムソン氏は、逮捕され、保釈金500ドル未納で拘留中と報じた日刊紙を見て（そんなことは初耳だったので）、事の真相を確かめるべく、ニューヨーク市拘置所、通称「墓場」（Tombs）に向かう。階段を上がりながら、彼は、タリオーニ氏を警戒し続けている」(Reynolds &Gladman xviii) と記され、さらには、同年出版された P.T. バーナムの自伝のパロディー *The Autobiography of Petite Bunkum, the Showman* (1855) においてもトムソンは、同様の図版を掲載し、そのキャプションに「〈青二才氏〉、敵どもに完全勝利し、そやつらを足下の粉塵に踏みつけて、名誉の殿堂へと上がっていく」(55) と記している。
（右）Thompson, *City Crimes* 表紙

姿が映し出されているが、このエピソードから、トムソンが、他誌にも当局にも、躊躇なく「噛みつく」性質の持ち主であったことが窺える【図版２（左）】。

こうしたトムソンが描く物語が、煽情的でないはずがない。『都市犯罪』（*City Crimes*, 1849）【図版２（右）】は、タイトルどおり、都市の流行や貧困を写しとりながら、そこで秘密裏に繰り広げられる犯罪や堕落を暴きだす都市ミステリジャンルの典型である。だが、フォスターが、基本的には場に力点を置いて都市の諸相を明示したのに対して、トムソンは、人物描写とプロット展開に焦点をあてることによって都市問題を浮き彫りにする。つまり、前者が直接的かつ実際的にニューヨークの風俗を描写したのに対して、後者は物語の枠組み内で、ニューヨークの犯罪者たちを描くことによって、後景であった都市が抱える悲惨さを前景化しているのである。トムソン作品は、単に猥雑なのではなく、その視線が捕らえる先にいるのは、権力によって摩耗させられていく名もなき弱者たちなのだ。

物語は、叔父の遺産を受け継ぎ、結婚を目前に控えた二一歳の主人公フランク・シドニー（Frank [Francis] Sydney）の気高い決意から始まる。健康で眉目秀麗、かつ妖艶な婚約者と財産に恵まれた彼は、自身の幸運に感謝する一方で、

貧困に喘ぎ、助けを必要とする惨めな人々の苦しみを取り除きたいとの社会改革意識を発揮する。フォスターの都市描写では、筆者自身がフラヌールとなり帝都の諸相を読者に提示したが、トムソンは、主人公にその役割を与え、悪名高き歓楽街を夜な夜な歩き回らせる。その過程でフランクは、上流階級の悪徳の栄えを目撃し、事件に巻き込まれていくのである。都市ミステリの定番である勧善懲悪の筋立てに不可欠な主人公の宿敵は、ファイブ・ポインツは「暗黒の地下魔窟」（the dark vaults）の頭目、通称、死人《デッド・マン》（the Dead Man）と呼ばれる極悪人である。リッパードの『クエーカー・シティ』（*Quaker City*, 1845）において畸形の悪党デビル・バグ（Devil Bug）が支配する「モンク・ホール」（Monk Hall）が上流階級の悪の温床であるのなら、「地下魔窟」は、さながら下層階級者の犯罪の展示場であろう。地下魔窟への入り口である納骨堂には、胸に絞首の刺青を付されたデッド・マンの子供が眠っており、階下には強盗や贋金作りのためのさまざまな機器が配され、誰とも分からぬ死体が捨て置かれ腐臭を放っている。複雑に入り組み、下水に繋がる迷宮には、デッド・マンのもう一人の畸形の息子が幽閉監禁されているばかりか、これまでに魔窟の頭目によって殺害された判事や警官や上流階級の面々——下層階級の敵——の残骸を、死体愛好の「活人画」さながらに着飾った姿で展示する部屋まであるのだ。

このように、トムソンの『都市犯罪』には、明らかにリッパード作品に近似する設定が散見され、繁栄する都市の暗部で放蕩と不道徳を重ねる上流階級者の犯罪が列挙されている。しかもこれら犯罪者の煽情性は、リッパードに勝るとも劣らない。たとえば、フランクの婚約者ジュリア・フェアフィールド（Miss Julia Fairfield）は、黒人使用人との不義密通でできた混血の嬰児を産み落とした直後に自ら殺害し、フランクと別れた後には、資産家の老紳士ヘッジ氏を篭絡して結婚するも、その後、あるイタリア人青年に惹かれ、邪魔になったヘッジ氏を殺害してしまう。ジュリア以外の上流階級女性たちも過激に醜悪だ。自らの性的快楽のために家長フランクリン氏を毒殺したルクレチア（Mrs. Lucretia Franklin）とジョゼフィン（Josephine）母娘は、邪魔になった父親似の敬虔な妹娘ソフィア（Sophia Franklin）を叔母の元へと追い払い、不貞と放埒に耽る。ところが夫／父殺害の弱みをデッド・マンに握られ脅迫されたのち、硫酸で顔を焼かれた姉娘は自殺を遂げ、母は売春宿の女主人となる。またデッド・マンと共に悪事を働き、地下魔窟に出入りするフレデリック・アーチャー（Frederick Archer）は、良家の子女であったマリアを陵辱し、妻とした彼女に売春を強要することによって自身は放蕩をつづける悪党である。マリアから別れを切り出されたことで激高したアーチャーは、妻を殺害するのだが、最期は、ウォール街の銀行強盗の最中に、誤って金庫に自らを閉じ込める失態を犯し、窮屈な鉄扉のなかで陰惨な窒息死を遂げる。牧師の悪徳を描くのもこのジャンルの定番である。高い世評とは裏腹に、放蕩を重ねるシンクレア牧師は、仮面舞踏会で知り合ったフランクリン母娘と、さらにはフランクの妻ジュリアとも性的関係を持つ。フランクリン母娘の犯罪を知って恐れをなし、またデッド・マンにも弱みを握られて脅された牧師は、教会を追放され、酒場で物乞いをするまでに身を窶し、罵られた挙句、夜道で陥穽に落ち死亡する。悪人の頭目デッド・マンの死もまた、その極悪ぶりにふさわしい。彼は、かつてフランクの善行に救われた医師によって静脈に毒薬を注入され、数時間に及ぶ火刑の苦しみを味わった挙句、腹に火薬を仕込まれて文字通り身体を散乱させて爆死するという壮絶な最期を迎えるのである。

フランクとソフィア——作中、数少ない善良な男女——をご都合主義的に結婚させる唐突な大団円に加えて、こうした因果応報と勧善懲悪に貫かれた犯罪者の末路に鑑みれば、本作は典型的な大衆小説の様相を呈する。だが、トムソンが提示しているのは、決して単なる煽情的な娯楽のみではない。『都市犯罪』において実行される犯罪の多くが、上流階級の放蕩や不義によって引き起こされる不幸であることからも窺えるように、そこには、上流階級の悪徳と無法に対する嫌悪感、ひいては、勤労倫理を踏みにじり、階級格差と経済的不均衡を助長する近代資本主義都市社会とそれを制御できない政府に対する批判が明示されているのである。拘置所内で死にゆく貧民の模様を、トムソンは以下のように説明する。

恐ろしい夜が徐々に明けて、壁の細い隙間から早朝の光がかすかに差し込み始めると、惨憺たる光景が明らかになっていった。悪徳と悲惨な暮らしによっておぞましくも人非人と成り下がった者たちは、地下牢の汚物と湿気のなかに横たわり、互いに残忍な視線を注ぎあっている。そしてほどなく、恐ろしいことに、このうちの一人が夜のうちに凍死していた事態が明らかになった。そうなのだ、この冷たく、ぞっとするような留置所の寝台の下には、硬直した遺体が横たわっていたのである。その惨めな輩の唯一の罪は貧困でしかなかったというのに！　こうした非人道的行為を黙認してはばからぬ正義や法とは、何というざまだ！　このような者の不幸は、同情されこそすれ、堕落した悪しき政府のさもしい役人によって成される唾棄すべき残酷に見舞われるべきではないのである。（216）

有産階級者が道楽のために罪を犯すのに対して、無産階級者は、貧困のために罪を犯さざるをえない。犯罪にも階級格差が存在する実体に対して作家は憤りを顕わにしているのだ。

トムソンはまた、労働者を搾取する経営者側の卑劣さを例示し、金持ちの吝嗇と欺瞞を非難する。赤貧に喘ぐ者に同情し、なけなしの施しを与えるのは、同じく貧困に苦しむ労働者であって、裕福な者ではない。その冷酷さを作家は揶揄する。

おお、労働者よ！　汝は粗野であるからと見下され、髭面に汚れたシャツ、ペンキや油の臭いの浸み込んだ作業着に身を包み、正確な英語を話さず、物腰も洗練とはほど遠い。だが汝は、その実直なる助けの手、暖かく寛大なる真心を、自らを汝が主人と名乗る、あの自分勝手でけちな犬畜生よりも五十万、否、百万倍もすみやかに与え給うのだ！

そして、おお、豊かな所有者よ、汝が面は、どれほどなめらかで、笑みをたたえ、どれほどぴったりの、雪のように白き亜麻の衣装に身を包み、（貧民に対して以外は）入念に吟味された言葉を選び、正確な英語を話すことか。世間は汝に敬意を払い、「尊敬すべき」であり「すばらしい」ともてはやす。だが、汝は腐った心を持つ悪党でしかない! 道徳的には、汝は、汝が使用人と呼ぶ者の牛革の靴にブラシをかけるにも値しない存在なのだ! この恥知らずな卑劣漢め、消えうせろ! (183-84)

無産階級の労働者は、生産の主体であるにもかかわらず、ますます貧しく、一方、有産階級の経営者は、自身は実質何も生産していないにもかかわらず、ますます富みつづける。しかもトムソンによると、持たざる者こそが、同様に持たざる仲間を救わんとする慈愛の精神を発揮し、持つ者は持たざるを切り捨てる傲慢に気づかない。

トムソン、フォスター、リッパードを含む都市ミステリ作家作品を分析したル・ビヤンは、労働原則の模範的生産主体であるにもかかわらず貧困を余儀なくされる無産階級と勤労の倫理に反する非生産主体でありながら裕福に暮らす有産階級とを対比的に捉え、前者が劣悪なる条件の下で後者に搾取され、ゆえに犯罪に手を染めざるをえない現状を指摘している。都市ミステリの存在意義はこうした社会構造を暴く点にある。これら作家たちの社会改革意識とは、単に下層階級に属する犯罪者個人の矯正を目指すのではなく、犯罪を誘発する環境因子を持つ社会そのものを批判し、改革しようとする試みであり、その点が同時代アンテベラムの福音主義的社会改革者による個の救済の意識と決定的に異なるのである。(Le Bien 50)。

しかしながらトムソンの『都市犯罪』に関してもう一つ考慮すべきは、あたかもル・ビヤンの指摘通り、社会悪の根絶を実践しているかのように思われる主人公フランクが、実は無力な傍観者、あるいはせいぜい福音主義的善行の諫言者でしかなく、反対に、その敵役デッド・マンに暗示された社会批判こそが、苛烈で実践的なそれであるという皮肉である。つまり両者間には、本来ジャンルの要請であるはずの善悪の二項対立の揺らぎが散見されるのだ。確かにフランクは作中、慈愛の精神を発揮する稀有な善人であるけれども、そもそも特権的な立場を有する彼は、非生産者にして有産階級に属しており、また貧者救済と悪の撲滅のために献身してはいるが、彼が自身の力量のみでそれを実行しているとは言い難い。自らの労働対価ではなく叔父からの相続遺産によって支えられ、かつ常に周囲の協力者に助けられて危機を脱するフランクは、その非力さゆえ最大の敵役デッド・マンを手ずから死に追いやることすらできない。さらにフランク自身の助けによって救われた人物は、ほぼ皆無である点も指摘しておくべきだろう。主人公は、都市の諸悪の目撃者であり、それに対峙せんとする意識はあるものの、実際に社会を改善する真の当事者とはなりえていないのだ。

他者依存型であるフランクに対して、デッド・マンは悪人でありながら、徹頭徹尾、自身の力量によって世を渡る機知と才覚を携えている。デッド・マン自身が語った来歴によると、彼は両親に捨てられ、貧窮院にて「鞭打たれ、服従し、抑圧されて」育った、いわば貧困の犠牲者だ。「世間が俺から奪い取るのなら、今度は俺が世間から奪い取ってやろう」と決心した彼は、一四歳で貧窮院を飛び出し、以降、生来の「若々しく美しい」顔つきを、現在の悪魔の形相に変化させていった（227)。デッド・マンが略奪し、殺害するのは、彼から「奪い取る」側の有産階級および弱者を抑圧する権威者たちであり、彼が脅迫する相手は、その多くが既に罪を犯し堕落した上流階級者、あるいはそれに与する手下のみだ。その好例が、地下魔窟に展示されている元警察官や判事たちの遺体である。デッド・マンの敵である彼らは、「ニューヨークの地方行政官」のなかに多く見うけられる「不正によって堕落した役人」であり、「猥褻さという資質」のみが際立つ「正義を遂行するに値しない連中」なのだ（217)。とすると、その是非はさておき、デッド・マンが行なっているのは、不均衡なアンテベラムの都市社会に対する直接的な暴力的抗議であり、方法は誤っているにせよ、都市の闇に隠蔽された権力者の犯罪を、手ずから裁いているとも考えられる。ゆえにデッド・マンは善悪の基準双方を併せ持つ人物であると解釈でき、だからこそ主人公以上に読者の印象に残る存在となりうるのである。

デッド・マンを通じて表象される善悪の境界の揺らぎは、われわれにアメリカン・ナラティヴの一系譜を思い出させてくれる。都市犯罪ミステリジャンルの系譜を遡ると、その起源は、植民地時代の「処刑の日の牧師の説教と犯罪告白記」（execution sermons and criminal confessions/crime narratives）に行き当たる。また、本来、糾弾されるべき犯罪者および犯罪行為が、アメリカ独立革命における国家的叛逆精神の発露によって、むしろ正当化され、不当な体制への抵抗を示す犯罪者がアンチヒーローと化していった経緯は、序章でも言及したように、既に多くの批評家によって確認されてきた。独立革命期においては、愛国的英雄と叛逆者、すなわち権威への体制転覆的暴力の実践者とは同義であった。だとすれば、本来唾棄されるべき犯罪者デッド・マンが不条理な体制に抵抗するある種の勇者として評価される要素を内在させていたとしても、なんら不思議はあるまい。「専制王」を戴く王政・貴族支配から決別してなお、階級の残滓は依然アメリカに蔓延っていると、まさにトムソンのテクストは証明している。一八四〇年代、一八五〇年代に、都市と共に発達した煽情的ジャーナリズムの成果としての都市ミステリは、帝都で展開されるあらゆる不道徳かつ残忍な犯罪を暴露し、社会の不正を糾弾する一方で、アメリカン・ナラティヴの伝統であるアンチヒーロー像の隆盛を、表面的には勧善懲悪の糖衣に包みながらも、裏書したと言ってよい。

トムソン作品に代表される都市ミステリジャンルは、真の社会悪とは、デッド・マンのような下層階級の凶悪犯ではなく、むしろ非生産者である有産階級の冷酷さと腐敗・放蕩によって構築されるのだと説き、ジャンルが銘うつ都市の秘密を暴いた。加えて都市の発展に伴い出現する犯罪者が、糾弾も正当化もされうる矛盾の起源が、アメリカ独立革命時の国家成立過程のなかに存するとともに、この煽情的大衆物語ジャンルにも貫かれているという秘密を知らしめた。しかし仮に都市の暗部が暴かれたにせよ、その問題が全面解決したわけではない。結局、都市犯罪小説は、こうした階級格差を根本解消するためにはいかなる方法があり、今後も大西洋岸の大都市を存続させるためには安全弁をどこに求めなければならないのかに関して、新たなる謎を改めて読者に投げかけたのである。そして、その答えの一例を示したのが、リッパードなのである。

３. リッパードの父祖遺産継承ミステリ

フォスターの帝都物語は、都市の風景を直裁にスケッチした。またトムソンの帝都物語は、都市犯罪を提示しただけでなく、ジャンルの起源が国家成立の歴史的矛盾に関連しているさまを暗示した。これら二人と同様、アンテベラムの都市犯罪ミステリの第一人者としてさらに注目したいのがジョージ・リッパードである。ただし本章で考察対象とするのは、リッパードの代表作として揺ぎない人気を博した大ベストセラー『クエイカー・シティ』ではなく、これまで多くの批評家から注目されずにきた帝都二部作『エンパイア・シティ』（*The Empire City*, 1849/50、以下、*EC*）とその続編『ニューヨーク――少数の上流階級と数多の下層階級』（*New York: Its Upper Ten and Lower Million*, 1853、以下、『ニューヨーク』あるいは*NY*）である。概してリッパードの煽情的なテクストは、複雑な都市問題を看破し、社会的矛盾を批判する点においてフォスターやトムソンの手法に等しい。またリッパード作品の迷宮のように入り組んだプロットは、そのまま近代資本主義社会における都市の複雑さを反映しているとのアッシュウィルの指摘は（Ashwill 299）、前述の作家作品にも共通して言えることだろう。両作品中の登場人物の大半が二重のアイデンティティを有し、真の姿を隠しつつ都市の錯綜しあった諸相を提示する仕掛は、大衆的都市ミステリとしても十分に楽しめる。

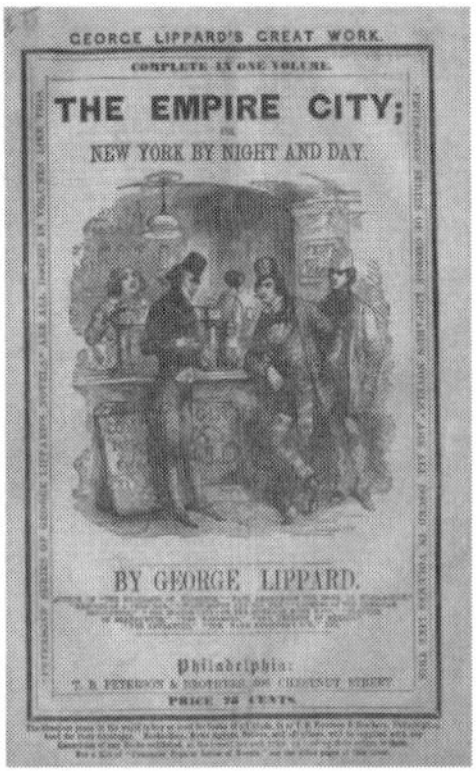

【図版】
（左）George Lippard 肖像
（右）Lippard, *The Empire City* 表紙

だがリッパードのこれらの帝都二部作、ことに、生前最後の長編作品となった続編の『ニューヨーク』において作家が問うているのは、都市の諸問題という個別時代性を凌駕するアメリカの理念とその継承の問題

でもある。都市の階級的不均衡が、建国時に保証されていたはずの自由・平等・幸福追求の権利をいかに無効化したのか、そして勤労の精神に一致しない富の不均衡は、誰によって、いかに解決されるべきなのかについての見解を提示している点にこそ、本作の面白味がある。アンテベラムの都市問題と建国の歴史とは、一見共通点が希薄であるように思われるかも知れない。ところがリッパードに関して言えば、これらは決して唐突な取り合わせではない。独立戦争にまつわる建国父祖の理想の物語を創作し、革命の精神を賞揚した作家が、(3) 不平等な社会体制を改革・転覆することで、権力者による搾取から脱却する自由解放の起源を建国時に求めたのは、至極自然であった。リッパードにとって、アメリカ独立革命は、「都市に横行する残酷なまでの不平等と資本家の搾取をなくすために必要な労働改革のモデル」(Reynolds, *George Lippard*, Twayne, 1982, 49) であり、労働者、すなわち小数の富裕層ならぬ多数の貧困層こそが、建国の理念の真の継承者であるべきなのだ。しかも自らが設立した労働組織「同胞組合」(the Brotherhood of the Union) の役職名に建国の祖父の名をあてた彼自身が、組織の終身職につき、「至高のワシントン」(the "Supreme Washington") と呼ばれていたのだから (Reynolds, *Goerge Lippard*, Peter Lang, 1986, 7-8)、労働者による社会改革と独立革命とは切り離せない関係にあるのだ。

これら帝都二部作を、アメリカの起源と矛盾がいかに後世に継承・相続されていくかに関する疑問提起の作品であると考える理由は、両作が、文字通り莫大な資産を有する名門ヴァン・ホイデン一族 (the Van Huydens) の遺産相続の物語であり、それが都市犯罪およびアメリカの国家問題とも密接に関係しているからである。そもそも二小説の前・後編の仕立て自体が、いわば物語形式上の継承・相続と言えよう。だが厳密に言えば、『ニューヨーク』は『エンパイア・シティ』の完全な続編とは言い難い。両作品間には、主要登場人物に関する生い立ちやエピソード提示の有無に違いがあり、従って、その説明のために焦点化される事件の配列には、一見時間軸上の前・後編の連続性があるように思えるけれども、実のところ、遺産相続問題にまつわる設定や物語の基本的枠組、つまりヴァン・ホイデン家当主の自殺からの生還と家族再会によって幕を閉じる結末までの基幹プロットそのものは二作とも一致しているのである。

この点については少々詳しく説明しておくべきだろう。『エンパイア・シティ』は全四部の物語構成である。第一部で一八二三年のヴァン・ホイデン家当主グリアンの自殺の背景が提示された後、第二部から第四部までは、一八四四年一二月の約一ヵ月間が物語の時間枠として設定されている。一方、『ニューヨーク』では、当主自殺と遺言内容は、前提としてエピローグにおいて紹介され、その後、全七部から成るテクストで描かれる事件は、一八四四年一二月二三日から二五日までの三日間に展開されるよう構成されている。当然ながら、両作品ともに、事件の真相と謎解きの過程で、登場人物の過去の記憶とエピソードが、時間を遡及する形で語られる。従って、ナラティヴ上の枠組みとして措定されているのは、双方ともに、結局、一八二三年のクリスマスから二一年後のクリスマスまでということになる。要するに、通常の連作ないしは前・後編作品が、時間の経過と物語進捗の明白な連続性を有すのに対し、リッパードのこの帝都物語連作の場合は、時間枠そのものが同じで、変化がないのである。両作品内で個別に説明されるエピソードをつなぎ合わせたとき、全体の相関がより詳細に理解できる構成に鑑みれば、両者は相互補完しあう物語、あるいは、後編『ニューヨーク』は、前作『エンパイア・シティ』の詳細再提示版物語と呼ぶにふさわしい。

にもかかわらず、両作品には、終末部分に重要かつ決定的なふたつの差異がある。同じ時間枠内に提示され、登場人物の多くが重複する物語であるのに、物語の結末が大きく違うのは、かなり奇異に映る。だが、これこそが、本連作の最重要点と思われるのだ。煽情小説の生産者であると同時に革命伝説の伝播者でもあったリッパードが、都市問題や階級格差といった帝都の負の側面をいかに国家の起源の継承という表象枠組のもとに捉えたのか、それを読み解く鍵がここにある。では、本作品には、都市および社会問題に対する作家の意識がいかに表明されているのか。まずは物語のプロットを概観しながら確認しよう。

物語は、一八二三年に起きたヴァン・ホイデン家当主の自殺事件に端を発する。ヴァン・ホイデン家は、メイフラワー号がプリマスに到着した同年の一六二〇年にニューヨークに渡った祖先から始まるアメリカ最古の家系の一つである。「このニューヨーク島の岸辺に降り立った」当家の祖先は、「文無しで乞食のような放浪者」(*EC* 28)でしかなかったにもかかわらず、不動産、株式、西方の土地、金塊および金融資産など合わせて二〇〇万ドルの財を築くに至り、さらに一九世紀半ばに開通した鉄道に代表される近代工業化とそれに伴う急激な土地の高騰によって、一八四四年には、一家が保有する資産総額は、一億ドルにまで膨れ上がった。その資産の後継者であるべき当主グリアン（Gulian Van Huyden）は、妻と弟チャールズとの不義に絶望して、一八二三年のクリスマス・イヴの夜、妻が男女の双子を出産した直後に、先に生まれた男児カール・ラファエル（Carl Rachael）を秘かに職人夫婦に里子に出し、遺産管理を親友のマーティン・フルマー医師（Dr. Murtin Fulmer）に委託して入水自殺を遂げたのであった。ほどなく妻は産褥のため死亡。彼が残した奇妙な遺言状には、一家の遺産は、二一年後まで相続の実施が保留され、遺言執行の当日に正当な嫡子が姿を現さなかった場合には、初代ヴァン・ホイデンの傍系子孫である七名によって受け継がれると定めてあった。死んだはずのグリアンは、しかしながら、生命を救われて、その後、名前や身分を隠しローマ教皇特使となって生存しつづけており、物語終結部では、グリアンの妻が産んだ男児は、不義の子ではなく、当主の継嗣であることが確信され、数奇な運命を辿った息子カール・ラファエルの存在と、兄の誕生から三〇分後に生まれた双子の妹アリスが、グリアンの財産を狙う弟チャールズに攫われて男性として育てられてきた事実が発覚する。こうして財産相続の遺言執行の日に、グリアン一家は二一年ぶりに家族再会を果たし、一族の遺産が、悪徳に満ちた傍系子孫たちや、遺産を我がものにしようと悪事を重ねてきた弟の手に渡る危険は回避され、無事、成人した正当な嫡子へと引き継がれていくのである。

リッパードがなぜ複雑な遺産相続お家顛末物語を構築したのかは、作家が当主に語らせた言葉を見れば明らかだ。グリアンは、富の危険性とそれが一部の人間に独占される悪しき社会構造を批判する。

巨万の富は、ひとえに由々しき犯罪にすぎない。どんな呼び方をしても構わないが、一人の人間、一企業の手に巨万の富が集中するのは、世のすべての王冠を戴いた専制君主たち以上に、国家の幸福と自由にとって危険に満ちた悪である。……もし銀行家が王であり、商人が専制君主であり、教会が独裁者だとしたら？　独立革命の際に、われわれの父祖たちは、専制制度に対して戦った。彼らは子孫たちに荘厳なる遺産を遺したのである。そう、彼らは、将来の子孫たちに、専制主義社会体制に対して永遠なる戦いをすべしと遺言したのである。（*EC* 30 強調原文）。

富の集中という「都市の野蛮なる文明」によって引き起こされた赤貧が、人間の美徳や尊厳、慈悲の心を失わせしめ（*NY* 206-07）、北部「白人奴隷制」という名の搾取構造が、「工場の冷酷な束縛で、自由なる者たちを踏みにじり、あるいは土地もなければ希望もない悲運の苦役」を味わわねばならない者たちを続出させる（*EC* 75-76）。ニューヨークの貧民街では、凍える手で縫製作業をし、パンのために身売りをする娘がいる一方で、秘密の館に出入りをする金満家は淫蕩にふける。こうした状況下で、貧者の血肉を賭した労働とその犠牲の上に成立する有産階級の最たる事例であるヴァン・ホイデンの金銭遺産は、そのまま後世に受け継がれてはならない。個人の勤労による努力の結果ではなく、市場経済原理による資産価値の高騰から得た巨万の富は、社会的不均衡を助長するのみである。直系・傍系双方に存在する悪しき「少数の富豪」の悪徳を暴き、それを滅し、物理的な財産ではなく、専制を廃する建国の祖父の理念という遺産をこそ体現しうる継承者を定めなくてはならないのだ。受け継がれるべきは、建国時の正統かつ理想的イデオロギー――生命、自由、幸福追求の権利――なのであって、その上澄みの下部に必然的に糊塗されつづけてきた経済的不均衡という実態ではない。そう考えると、独立宣言が、所与の権利の最後を財産所有権ではなく幸福追求権としたのは、まこと「正しい」ことであったわけだ。

よって、両作品においては、ヴァン・ホイデンの末裔と彼らに関わる者たちの悪行が徹底的に暴かれていく。兄グリアン亡き後、自身に相続権が無いことに激怒した弟のチャールズは、グリアンの双子の娘アリスや自身の娘フランクを利用して遺産を手に入れようと画策する一方で、七名の傍系末裔の一人である悪徳商人を殺害し、その罪をグリアンの息子カール・ラファエルの里親となった職人に着せようとする。相続可能性を持つ傍系末裔たちも、いずれ劣らぬ悪役ぞろいである。ダニエル・ウェブスター(Daniel Webster)をモデルに造形された老猾な政治家ガブリエル・ゴッドライク(Gabriel Godlike)、家庭を持ちながら無垢な良家の娘を誘惑し、堕胎を強要して死に至らしめる牧師ハーマン・バーンハースト (the Rev. Herman Barnhurst)、倒産詐欺を繰り返して貧者を苦しめ、私利私欲を満たす銀行家イスラエル・ヨーク (Israel Yorke)、白人同様の容姿を持つ混血の異母兄姉ランドルフ (Randolph) とエスター (Esther) を奴隷として酷使するサウス・カロライナの農園主ハリー・ロイヤルトン (Harry Royalton, of Hill-Royal, S.C.)、世慣れた放蕩文士ビバリー・バロン (Beverly Barron)、金の亡者である商人のイーヴリン・ソマーズ (Evelyn Somers)。七名のうち唯一、アーサー・ダーモイン (Arthur Dermoyne) だけは例外的な善人である。彼は、心優しく正義感に満ちた怪力と実直なる精神を持つ職工で、犯罪を暴き、悪を正す一助としての役割を担う。縁戚にあたるこれらヴァン・ホイデンの複雑な相関関係を示す過程で、帝都で展開される悪徳、すなわち、堕落した金満家が女性を誘惑し放蕩を繰り広げる秘密の館「寺院」("Temple") での仮装晩餐会の退廃や、女性の堕胎をとり行なう闇のマダムの犯罪、グリアンの遺言執行人に指名されたフルマー医師が「最高判事」(the Supreme Judge) に扮し、現行法では裁けない上流階級の横暴を処罰する闇の「貧民法定」(the Court of Tem Millions) の模様などが紹介され、トムソンの地下魔窟に劣らぬ都市の秘密が暴かれていくのである。

二一年間の長きにわたる各人のさまざまな罪が明かされた後、相続権を有する正当な嫡子として父グリアンに認められたにもかかわらず、カール・ラファエルは、遺産相続を拒否する。彼は、あらゆる者に不幸をもたらしたヴァン・ホイデンの財産には、「一ドルたりとも関与しない」と誓うのである (*EC* 204; *NY* 278-79)。とはいえ、巨万の罪の遺産相続を否定するカールの高貴さも、不完全なものでしかない。というのも、妻メアリの父でありカールの芸術の師でもある故コーネリアス・バーマン (Cornelius Berman) が、七名の傍系相続人の一人、故イーヴリン・ソマーズの縁戚であったため、メアリはソマーズ家の遺産を相続することになり、それによってカール夫婦は裕福に生活しうる財を確保するからである（*EC* 204; *NY* 282）。さまざまな犯罪を引き起こしたヴァン・ホイデン直系本家の遺産を相続しなかったにせよ、当主の息子には、傍系の、しかも叔父チャールズによって死を迎えた吝嗇商人の遺産を引き継ぐという何とも皮肉な結末が用意されているのだ。ここには犯罪の温床である帝都に暮らしつづける限り、負の遺産から免れえない旨が暗示されている。

しかしながら、われわれがさらに注目すべきは、両作品の結末に顕著に見られる変化である。前述のように、『エンパイア・シティ』と『ニューヨーク』とは、時間枠からいっても、物語設定からいっても、ほぼ同じ基本構造の繰り返しでありながら、興味深いことに、帝都第一部（『エンパイア・シティ』）から数年を経て出版された第二部（『ニューヨーク』）では、「負の遺産」をいかに解消するのかについて、二つの点で相続の行方が決定的に異なるのだ。そして両作品間に見られるその違いにこそ、アンテベラム社会が抱える人種および階級問題の解決に向けたアジェンダ提示の可能性と、同時に、拡大する帝国のフロンティアに都市問題の破局化を回避する安全弁を幻視する作家の洞察が仄めかされているのである。

まず、差異の一点目は、七名の傍系相続人の一人、南部農園主ハリー・ロイヤルトンの異母兄である奴隷のランドルフの処遇の仕方に見出される。トマス・ジェファソン（Thomas Jefferson）とサリー・ヘミングス（Sally Hemings）のスキャンダルに倣い、二世代にわたり白人正妻と奴隷愛人との親子・義兄弟関係を有する某有名政治家家系に誕生した混血のランドルフは、プランターの弟に奴隷として扱われ、その暴行に耐えられずに妹とともにニューヨークに逃亡する。優雅な物腰と白人同様の容姿を持つ彼は、奴隷捕獲人の追跡から逃れつつ、逃亡先のニューヨークにおいて、イタリア人貴族のエレノア・リン嬢（Eleanor Lynn）に再会し、恋に落ちる。かつてイタリアにて、ランドルフに命を救われた彼女は、このときちょうど父のバーナード・リン氏（Bernard Lynn）とともに父の故郷ニューヨークを訪れていたのだが、『エンパイア・シティ』では、こうした成り行きが唐突に導入され、十分な背景説明もないままに、イタリア貴族の娘と白き混血奴隷が結婚するという、幸福な結末を迎える。富豪のリン氏は、その出自と身分を知ってなお、ランドフルを息子として迎え入れ、よってランドフルは、アメリカの「負の遺産」奴隷制から逃れ、イタリア貴族の遺産を相続すべく渡欧するのである（*EC* 202）。

ところが続編『ニューヨーク』においては、前編の幸運は不幸へと逆転する。なぜならリン氏の人種見解には、忌まわしい記憶のエピソードが付加され、それがランドルフに前編とは正反対の影響を与えるからだ。パッシング・ナラティヴ（passing narrative）を先取りするかのごとく、ランドルフは、自身の出自の秘密を明かすべきか否かで逡巡するが、その苦悩が報われることはない。妻を黒人奴隷によって暴行され失った経験を持つリン氏は、南部農園主ハリー以上に徹底的に黒人を憎み、ランドルフの「黒き血」を知るや娘との結婚を猛反対する。エレノア嬢もその事実を知り、ランドルフを苛烈に侮蔑するに至る。絶望と怒りに駆られたランドルフは、エレノアを陵辱。その後、ランドフルは姿を消し、恐らくはフルマー医師の助けでヨーロッパに逃れ、またリン父娘もイタリアへと戻り不幸な人生を閉じたと報告される（*NY* 246-51; 279）。帝都第一部においては、負の遺産はとりあえず清算されたものの、帝都第二部では、それが解決不能だと明示されたわけだ。リッパードは、都市の資産家による貧困労働者への抑圧を、南部黒人奴隷制に匹敵する白人奴隷制であると考えたが、ここに帝都の諸悪が、起源と相続の概念を伴って、アメリカの国家的矛盾と直結しているさまが映し出される。

もちろん、この背景には、一八五〇年の妥協以降、奴隷制論議が深刻化した事情が関係していると容易に推察できるだろう。そもそもヴァン・ホイデン家傍系子孫として白人農園主と混血の兄妹が設定されているということは、帝都の諸問題と南部の「奇妙な制度」（"the peculiar institution"）とが分かち難く関連しているという証左に他ならない。また一見幸福な結末に映る帝都第一部におけるランドフルの解放と渡欧も、実際には、作家が否定して止まない旧世界の貴族階級制の相続・継承によって可能になる類でしかない。奴隷から貴族への階級越境は、ある意味、世襲による特権階級とその遺産の温存という旧世界の悪しき因襲に対するリッパード的復讐とも言えようが、生産する労働者階級から無生産の貴族階級への移行が、作家が賞揚する建国の理念に反するのは明らかだ。となると、異人種間結合

（結婚）と階級上昇という『エンパイア・シティ』の結末も、異人種間憎悪（破局）と階級間決裂という『ニューヨーク』の結末も、どちらであれ、帝都で展開された負の遺産相続は、根本解決には至らない。要は、国家の負の遺産がアンテベラムの帝都に生きる人々の不幸を生み出し、その結果、建国時に曖昧にされたまま内包されてきた奴隷制問題が、本来アメリカが否定・克服したはずの旧世界の階級差を反復・肯定するか、あるいは、階級的、人種的抑圧の制度そのものが徹底的に不幸しかもたらさず、解決不能であると追認したことになり、いずれにせよ不毛な選択しか用意されていないことになる。

遺産相続に関する二作品間の結末の差異二点目は、カール・ラファエルの双子の妹アリスとヴァン・ホイデン家傍系の職人アーサー・ダーモインに関するそれである。『エンパイア・シティ』においてアーサーは、プロット進行の全過程で、バーンハースト牧師に誘惑され、堕胎を強要されたために死亡した娘アリス・バーニー（Alice Burney）を愛し、彼女の安否を慮っていた。ところが、そのアーサーは、最終段落の後日談において、なぜか唐突にカールの妹アリスと結婚し、ヴァン・ホイデンの遺産を受け継いだと報告される。アーサーの、職工＝労働者階級から有産階級へ、傍系から直系への移行という展開が、奴隷から貴族へと階級越境したランドフルの上昇構図と一致しているのは、指摘するまでもない。もっとも、作家が賞賛して止まぬ技術と才覚を持つ職人を、「負の遺産」の相続人とするのは気が引けたのか、リッパードは「この若い夫婦は豊富な財にふさわしい者たちだ。なぜなら二人は、この金を十全かつ積極的に慈悲のために費やしたからだ」（*EC* 205）と弁解じみた説明を付し、下層階級への遺産還元による負の浄化を匂わせる。ともあれ帝都第一作では、直系と傍系末裔の幸福な結婚によって、ヴァン・ホイデンの遺産は、相続人を得て物理的に引き継がれ、実直な労働者階級者が報酬を手にする旨が暗示されるのである。

一方『ニューヨーク』における結末は、これとまったく異なる。アリスとアーサーとは結婚せず、アリスは、兄のカール・ラファエロとメアリ夫婦と共に静かな田舎にて隠遁生活を送っており、彼女が一族の遺産を相続したとの説明はない。一方、アーサーもまた遺産とは無縁の展開を迎える。彼は愛する娘の仇である牧師を殺害した後、悪徳の帝都を離れ、ミシシッピ川を越え、ロッキー山脈のかなたに広大に広がる西部辺境の「新世界」へと向かう移住労働者三〇〇名の先導者として、陣頭指揮をとる、いわばモーゼの役割を与えられるのである。いまや作家に「社会主義者」と呼ばれるに至ったアーサーは叫ぶ。

遠く自由に向かって行くのだ！　さあ、行こう、大西洋岸の都市の虐げられた三百の貧民は、貧困や奴隷のような賃金労働、競争という名の戦いや、家主の支配から逃れたのだ！　遠くの土地に向かって行こう、そこでは、自分の地所が持てるのだ、さあ、自由の地へと向かおう。おお、万人の兄弟愛のために生まれ、死したキリストよ、汝が祝福をわれらに与えたまえ。常にわれわれとともに在り、われわれの出エジプトにともにおわさんことを。（NY 284）。

彼は、帝都の貧民を、「残酷で非情な力によって人を破滅させ、あるいは資本と労力節約のための機械化と企業の拝金主義という合法的な措置によって徐々に人を死に追いやる非道な行為から」救うべく、「出エジプト」を敢行し、「約束の地」を目指すのである（NY 284）。将軍ジョージ・ワシントンが、頻繁に解放者モーゼに喩えられてきた革命の文化史に鑑みれば、武闘派アーサーがワシントンのイメージに重なると理解することは難しくない。さらに言えば、「白人奴隷」たる北部労働者たちの解放にも、南部奴隷解放の修辞として頻繁に用いる出エジプト記を援用し、アーサーにモーゼの役割を課しているのだ。つまり、貧者の犠牲によって蓄積された財の遺産を放棄し、貧者を解放する建国の理念という真っ当な遺産を継承する者が、ここについに確定したことになる。

リッパードが帝都二部作を上梓した一九世紀半ばと言えば、ジョン・L・オサリヴァンがテキサス「併合論」（John L. O'Sullivan, "Annexation," 1845）のなかで、かの有名な「明白な運命」（"Manifest Destiny"）による合衆国の膨張拡大を主張した時期である。[4]　事実、アメリカはテキサス併合以外にも、カリフォルニア、ニューメキシコ地域をメキシコより割譲（一八四八）し、またイギリスとの間では、オレゴン地方に関する協定を成立（一八四八）させ、更には鉄道建設のためにメキシコよりガズデン地域を購入（一八五三）する。こうした拡張を保障したのは、インディアン殲滅政策にせよ、奴隷制拡大論争にせよ、メキシコ好戦論にせよ、当然ながら「明白な運命」ならぬ「明白な暴力」である。アメリカが帝国主義的領土拡大に沸き立っていたとき、『エンパイア・シティ』において帝都の巨悪から逃れるために下方から上方へと階級越境をした下層階級の職工は、『ニューヨーク』に至っては、東方から西方へと地理的移動をすることで抑圧と階級差から逃れようと実際的かつ幻視的な夢を追った。リッパードにとって、建国の理念を無効化する都市の「白人奴隷制」を解消するためには、非人間的工業生産体系ではなく、個人の職工の技量を発揮できうる幻想の西方新天地が不可欠であったのだ。こうした意識は、アメリカ伝統的精神の拠所であり、かつ都市の安全弁としてのフロンティア理論とも一致していると考えられるだろう。

しかしながら、幻想の影には、帝国の暴力が潜んでいる。ジョサイア・ストロングの『われらが祖国』（Josiah Strong, *Our Country: Its Possible Future and Its Present Crisis*, 1885）に顕著に窺えるように、都市文明の悪徳は西部へ侵食する可能性を増し、アングロサクソン中心主義に基づく拡張の肯定は、本来リッパードが目指すところの階級的、人種的平等の夢に抵触するイデオロギーだったはずだ。しかも、西方領土の拡大による南北の均衡の破れは、本作上梓の頃にはすでに政治的に顕現化し、さらに数年後には、実際、南北戦争となって現れる。よって、リッパードが最たる忌避感を示した、「労働者による労働者の、貧民による貧民の殺戮」（Reynolds, Anthology 166）という兄弟抗争は現実の惨事となってしまうのだ。独立革命から南北戦争に至るアメリカ史を「祖先の遺産（奴隷制）を引き継いだ帰結としての兄弟争い」とみなしたとき、読者は、まさに帝都二部作の物語構造――メイフラワーの昔に端を発した遺産相続を巡るお家争い――そのものと、この史観が一致していた事実に気づくのである。リッパードは、「黒人／白人奴隷制」の負の遺産を解消すべく新たな選択肢を設定・提示したにもかかわらず、皮肉にも無意識のうちに、それを転覆させる要素をも暗示してしまったのだ。帝都の負の遺産が解消され、建国の理想が実現されるはずの「約束の地」には、帝都に劣らぬ暴力と閉塞が待ち受けていることを作家はこの時点で予期できず、しかも、階級平等が約束されるべき理想の場も、結局は、混血奴隷をアメリカの枠外に退けた後にしか完成しえない。

もちろん、こうした皮肉と矛盾をリッパードの限界と見るのは容易いけれども、しかしながらわれわれは、むしろ作家が二作品目の結末を、劇的に変更して再提示せざるをえなかったことをこそ考えるべきであろう。彼は、労働者アーサーにアメリカ発展神話の完成を担わせた。彼は、帝都第一部の超ご都合主義の結末に忸怩たるものを感じるとともに、大衆小説のプロット上の「都合」ではなく、アメリカの予型論言説的「要請」によって物語を閉じなくてはならないと感じたからこそ、あえて最後の作品を斯様に提示したのではなかったか。仮に、矛盾や齟齬があろうとも、暴力と閉塞が盤踞していようとも、また再度の人種問題解消の棚上げを余儀なくされようとも、自由と平等言説をあくまでも建国の理念に据え、それを是として表象しつづけるのがアメリカの「明白な運命」なのだと作家が予見し、それを実行すべく物語を再生したのならば、独立の正義と労働改革の接続を、遺産相続をテーマとする都市犯罪ミステリ内部にて行なったリッパードは、むしろ相当な思弁的先見の明《ヴィジョナリー》の持ち主であったことになるだろう。

リッパードの『ニューヨーク』は、帝都の諸問題の解決を帝国の幻影のなかに見出し、希望を喚起するオープンエンディングで幕を閉じた。彼は、都市を写実的に描写したフォスターや、都市犯罪を反英雄的視点から煽情的に提示したトムソン同様、階級格差を暴き解決しようと試みたばかりか、アンテベラムの「読書する帝国」は、帝都の悪夢のなかでこそ開花するとの意識に穴を穿ち、帝都の悪夢と帝国の夢との変換不/可能性を、奇しくも読書する大衆に知らしめたのである。都市の最下層階級者による犯罪や搾取の現状を煽情的に描き出し、体制批判をするこれら大衆作家たちもまた、彼らのテクスト内に表象される犠牲者と同様、抵抗精神の持ち主であったと言えるだろう。

●註

（1）フォスターの作品解説および伝記的背景に関しては、Blumin を参照のこと。トムソンの作品解説および伝記的背景に関しては、Reynolds & Gladman, Cohen (119-22), および Stewart 参照のこと。なお、トムソン自身の自伝『わが人生』(*My Life*) は、『都市犯罪』とともに、Reynolds & Gladman 編著に収められているので、参考になる。ただし、トムソンの自伝は多分に芝居がかった創作的作品であることを断っておく。フォスター、トムソンの作品批評が少数であるのに対して、リッパードの生涯についての解説、作品の批評は数多く存在するものの、作品論に関しては、その大方が『クエーカー・シティ』に関する論考であり、他作品の分析は依然少ない。『エンパイア・シティ』と『ニューヨーク』を扱った数少ない批評に、Ashwill, Streeby があり、後者は、米墨戦争時のアメリカ帝国主義と大衆小説の興隆の関連性を *American Sensation: Class, Empire, and the Production of Popular Culture* (U of California P, 2002) において分析している。なお、リッパードについての伝記的解説および作品については、Reynolds および Reynolds & Gladman を参照のこと。

（2）"Muckraker" の "muck" は、「汚物、動物のふん、堆肥」の意味で、"raker" は、「熊手を使う人、掻き集める人、市街清掃員」の意味。一九〇六年の演説内で、セオドア・ルーズベルト大統領が、ジョン・バニヤンの『天路歴程』(John Bunyan, *Pilgrim's Progress*) にて使用されている表現 (to muckrake) を用いて各地の市政、労働問題やトラスト批判を繰り広げるジャーナリストを批判したことから、マックレーカーズと呼ばれるようになった。

（3）リッパードは、都市ミステリ以外にも、たとえば、以下のような独立革命に関連する伝説物語を上梓している。*The Battle-Day of Germatown* (1843); *Herbert Tracy; or, The Legend of the Black Rangers. A Romance of the Battle-field of Germantown* (1844); *Blanche of Brandywine* (1846); *The Nazarene; or, The Last of Washington* (1846); *The Rose of Wissahikon; or, The Fourth of July, 1776. A Romance, Embracing the Secret History of the Declaration of Independence* (1847); *Washington and His Generals; or, Legends of the Revolution* (1847); *Washington and His Men: A New Series of Legends of the Revolution* (1850); *The Legends of the*

American Revolution "1776" (1876). よって、リッパードが、入植の開始時から始まる名門一族の父祖の遺産継承の物語を書いたのは、そもそも作家の関心に合致したテーマであったのだと理解できるし、建国父祖の負の遺産が、いよいよ齟齬をきたすアンテベラム期には、単に独立革命時の英雄表象のみを書くのでは事足りなかったのだという作家意識も窺える。

（4）「併合論」のなかで、オサリヴァンは、テキサスのみならず、カリフォルニア地域の獲得にも触手を伸ばし、カリフォルニアも、近々にメキシコからの支配（ひいてはスペインからの継承）を脱し、独立すべきであると述べている。もちろん、ここで言う「独立」とは、アメリカ参入に直結している。だが、テキサス併合は、西方への拡大と同時に、ある意味、南方への拡大を意味するとも考えられる。オサリヴァンは、テキサス併合への賛同を呼びかける際に、論考中で、併合と奴隷制度の拡大や奴隷制度擁護とは無関係だと述べているが、これらが「無関係」であるはずがないのは、誰の目から見ても明らかだ。テキサス併合と奴隷制との関連についてのオサリヴァンの見解は、以下の通り。併合の対象地域かつ、現在、人々が居住している地域は、地理上の諸関係から言って、たまたま奴隷制度を有する地方にあるというだけのことである。テキサス併合によって、南部奴隷州のうち、北寄りに位置する州から、下方（つまり南方）への奴隷労働力の移行が期待されるので、結果的に、現行の奴隷制度施行地域の消滅を促進することにつながる。併合によって、仮に新たな奴隷州が増えたとしても、現行の奴隷州が自由州化するならば相殺できるし、現在、西部および北西部にヨーロッパや北東州から移民・移住者が流入し、新しい州が拡大しつつあるのだから、奴隷制度の現行以上の拡大とはならない。また、奴隷制度廃止論の高まりによって、もし最終的に奴隷制が消滅するのならば、解放奴隷たちの処遇を考える際に、テキサスは有意義な地域となる。テキサス境界線を通じて黒人を南のメキシコや中央アメリカに移送できるからだ。メキシコや中央および南アメリカには、スペイン＝先住民＝アメリカの混血の人々が、既に多く存在しており、そこは、アメリカで問題視される人種の混交に対する忌避感が、もともとない場であるがゆえに、奴隷解放時に、合衆国からの黒人たちを受け入れてくれるための有益な場となるだろう。混血に対する偏見がないのだから、黒人が隷属状況から脱して向上するためにもふさわしかろうし、こうした環境は黒人を惹きつけるはずだ。よって、奴隷解放の際には、テキサスから元奴隷を移送するチャンネルを持つのは有益なのだ。リッパードが、オサリヴァンの「併合論」を読んでいたかどうか、また、右記の論旨に賛同したかどうかは不明である。もちろんリッパードは、奴隷制度そのものに賛成したわけではないが、両者の人種問題解決案への安直かつ希望的見解には、ある種の時代的通底概念が存するのかも知れない。

◉引用・参考文献

Ashwill, Gary. “The Mysteries of Capitalism in George Lippard’s City Novels.” *ESQ*, vol. 40, no. 4, 1994, pp. 293-317.

Blumin, “Introduction: George G. Foster and the Emerging Metropolis.” *New York by Gas-Light.* U of California P, 1990, pp. 1-61.

Cohen, Patricia Cline. *The Flash Press: Sporting Male Weeklies in 1840s New York*. U of Chicago P, 2008.

Foster, George G. *New York by Gas-Light with Here and There a Streak of Sunshine*, 1850, edited by Stuart M. Blumin, U of California P, 1990.

---. *New York in Slices: by an Experienced Carver; being the Original Slices Published in the N. Y. Tribune*, 1849. W. F. Burgess, 1850.

Halttunen, Karen. *Murder Most Foul: The Killer and the American Gothic Imagination*. Harvard UP, 1998.

Horowitz, Helen Lefkowitz. *Attitudes toward Sex in Antebellum America: A Brief History with Documents*. Palgrave Macmillan, 2006.

Le Bien, Thomas. *The Corrupting City: Environmentalism in the Mystery and Misery Tales of the 1840s and 1850s*. MA diss. UMI number 1377027.

Lippard, George. *The Quaker City; Or, the Monks of the Monk Hall*. 1845. U of Massachusetts P, 1995.

---. *The Empire City*. 1849/1850. T. P. Peterson, 1864.

---. *New York: Its Upper Ten and Lower Million*. Cincinnati: H.M. Rulison, 1853, reprinted in Irvington, 1993.

O’Sullivan, John L. “Annexation.” *Democratic Review*. Vol. 17, No. 85. July-August, 1845, pp.5-10.

Reynolds, David. *George Lippard*. Twayne, 1982.

---, ed. *George Lippard: An Anthology.* Peter Lang, 1986.

---. "Introduction." *The Quaker City, Or, The Monks of Monk Hall*. U of Massachusetts P, 1995, pp. vii-xliv.

Reynolds, David S and Kimberly R. Gladman, eds. "Introduction." *Venus in Boston and Other Tales of Nineteen-Century City Life*. U of Massachusetts P, 2002, pp. ix-liii.

Siegel, Adrienne. *The Image of the American City in Popular Literature, 1820-1870*. Kennikat, 1981.

Soltow, Lee, and Edward Stevens. *The Rise of Literacy and the Common School in the United States, A Socioeconomic Analysis to 1870*. U of Chicago P, 1981.

Stewart, David M. "Consuming George Thompson." *American Literature*. Vol. 80. No. 2, June 2008, pp. 233-63.

Streeby, Shelly. "Opening up the Story Paper: George Lippard and the Construction of Class." *Boundary 2*, vol. 24, no. 1, Spring 1997, pp. 177-203.

Tabbel, John. *A History of Book Publishing in the United States*. Vol 1. R R. Bowker, 1972.

Thompson, George. *City Crimes; or Life in New York and Boston. A Volume for Everybody: Being a Mirror of Fashion, a Picture of Poverty, and a Startling Revelation of the Secret Crimes of Great Cities 1849. Venus in Boston and Other Tales of Nineteen-Century City Life,* edited by David S Reynolds and Kimberly R. Gladman, U of Massachusetts P, 2002, pp. 106-310.

---. *My Life: Or, The Adventures of Geo. Thompson. Being the Auto-Biography of an Author. Written by Himself. 1854. Venus in Boston and Other Tales of Nineteen-Century City Life*, edited by David S Reynolds and Kimberly R. Gladman, U of Massachusetts P, 2002, pp. 310-78.

---. *The Autobiography of Petite Bunkum, the Showman; Showing his Birth, Education, and Bringing up; His Astonishing Adventures by Sea and Land; His Connection with Tom Thumb, Judy Heath, the Wooly Horse, the Fidge Mermaid, and the Swedish Nightingale; Together with Many Other Strange and Startling Mates in his Eventual Career; All of which are Illustrated with Numerous Engravings. Written by Himself.* P. F. Harris, 1855.

第8章　奴隷的不服従

——ルイザ・メイ・オルコットのセンセーショナル・スリラー

O．コンコード・ソロー・オルコット

奴隷制度とメキシコ戦争に反対し、人頭税拒否のため投獄されたヘンリー・デイヴィッド・ソロー（Henry David Thoreau）が「市民の不服従」（"Civil Disobedience," 1849）、「マサチューセッツの奴隷制度」（"Slavery in Massachusetts," 1854）によって州政府を批判したのは、もはや周知である。またボストン有名新聞各紙が日和るなか、ジョン・ブラウンの叛乱擁護を早々に叫び、「キャプテン・ジョン・ブラウンのための弁明」（"A Plea for Captain John Brown," 1859）、「ジョン・ブラウンの殉教」（"The Martyrdom of John Brown," 1859）、「ジョン・ブラウン最期の日」（"The Last Day of John Brown, 1860）によって奴隷叛乱教唆首謀者を讃えた彼の一連の行為は、一般的に、行動する政治社会改革者としてのソロー像を提示してきたように思われる。独立の最初の砲火を轟かせたコンコードは、ラルフ・ウォルド・エマソン（Ralph Waldo Emerson）、エイモス・ブロンソン・オルコット（Amos Bronson Alcott）、ウェンデル・フィリップス（Wendell Philips）、あるいはフランク・B・サンボーン（Franklin Benjamin Sanborn）やセオドア・パーカー（Theodore Parker）等の数多の有名奴隷制廃止論者の活動拠点であったが、これら著名人とならんで、ソローもまた積極的活動家の一人であると目されてきたのだから、「アメリカの抵抗者」の系譜において、ソローは、必須の人物であると考えて然るべきでる。

だが、昨今さらに注目されているのは、彼らの周囲にいた女性たちの存在であろう。表舞台に立つ男性の思索と行動を支え、導いたのは、むしろソローの母、姉、おば、エマソンの妻、友人、隣人、そしてまたオルコットの妻や娘たちであり、その活動の中心が、コンコード反奴隷制女性協会（Concord Female Anti-Slavery Society）であったと批評家サラ・ハーバート・ペトルリオニス（Sandra Harbert Petrulionis）は指摘している。当初、改革は個々人の取り組みであると考えていた「不承不承の社会改革者」ソローを、ギャリソン的奴隷廃止論に導き、右記の公的政府批

判演説ののち、ジョン・ブラウンを雄弁に擁護させせしめた源流は、コンコードの女性たちにあったというのである（Petrulionis, *To Set* 1-3; "Swelling" 396-99）。

コンコード、ひいてはボストンの著名男性奴隷制廃止活動家・思想家に影響を与えた女性たちのなかには、ソローと交流があったブロンソンの妻アビゲイル・メイ・オルコット（Abigail May Alcott）もいた。実際には『若草物語』（*Little Women* 1868）のマーミーの温和さに似つかぬアッパの強烈な個性は、ジェラルディン・ブルックスの『マーチ家の父』（Geraldine Brooks, *March* 2005）のなかで遺憾なく示されており、ボストン名家メイ家の急進的気質を受け継ぐ彼女の兄サミュエル・J・メイ（Samuel J. May）もまた、奴隷救済や地下鉄道に積極的に従事した急進的活動家牧師であった。一家の社会改革信条は、母から娘ルイザ（Louisa May Alcott, 1832-88）へと引き継がれ、ルイザ自身、二代にわたる「熱烈なる奴隷制廃止論者」であることを誇っていた（Cohn 572; Elbert ix）。アンテベラムの社会改革運動と文学的豊穣の地コンコードにて知識人と広く交際して育ったルイザは、マーチ家の四姉妹の物語によって揺るぎなき地位を獲得したけれども、子女教育のための金字塔でその名を世に知らしめる以前から、匿名およびペンネームでおびただしい数の煽情的物語を執筆していた[1]。そしてそのなかには、あたかもソローの直接抗議に対抗するかのように、奴隷制度に対する弱者の抵抗物語が含まれていたのである。

ソローとオルコットには、幾つかの具体的な接点がある。彼女がコンコードに暮らした七歳から一五歳までの間、オルコット家は、ソローと頻繁に交流し、父親のブロンソンがソローの簡素な生活を賞賛したのはつとに有名であるし、人頭税支払拒否に関して言えば、ブロンソンはソローの先達でもある。短期間ではあるが、ソロー兄弟の教える学校に通ったルイザは、ソローの自然散策の恩恵を享受し、彼が漕ぐボートに乗った姉妹は、ウォールデン湖畔を満喫したと言う。ソローはオルコット家の三女エリザベスの葬儀で棺を担ぎ、長女アナの結婚式にも参列している。また、ソローの死に際して、ルイザは共通の友人ソフィア・フォード（Sophia Ford）に手紙を送り、彼の最期と葬儀の様子を伝え、その夭逝を悼んでいる。一八六四年三月に『アトランティック・マンスリー』誌（*The Atlantic Monthly*）

に掲載された「ソローのフルート」(“Thoreau's Flute”) は、オルコットの詩作のなかで最も良い出来のひとつであるとみなされている。ソロー同様、オルコット一家も、ジョン・ブラウン信奉者で、居間にはその肖像が掲げられていた。ブラウン亡き後は、しばらく彼の妻子を滞在させ、手厚くもてなした。さらに彼女がジョン・ブラウン処刑の日に創作した詩「ジョン・ブラウンの殉教の日に咲いたバラに寄せて」(“With a Rose, That Bloomed on the Day of John Brown's Martyrdom” 1860) は、『リベレーター』誌 (*The Liberator*) に掲載されたのち、ソローの「弁明」とともに、奴隷廃止論者の出版業者ジェイムズ・レドパスの『ハーパーズ・フェリーのこだま』(*James Redpath, Echoes of Harper's Ferry*) に再録されている。ちなみに、ソロー一家が一八五〇年から一八七七年にかけて暮らした家は、姉アナ・オルコット・プラットが買い取り、のちにオルコットは、このソロー・ハウスで『ジョーの息子たち』(*Jo's Boys* 1886) を執筆することになる。

実生活での交流のみならず、オルコット作品におけるソローの影響についても、幾つかの言及がなされている。たとえば、オルコット初の小説『気まぐれ』(*Moods* 1864, rev. ed. 1882) におけるアダム・ウォーリックのモデルはソローを理想化した姿であり、『仕事——体験談』(*Work: A Story of Experience* 1873) の園芸家デイヴィッド・スターリングもソローに酷似している (Eiselein and Phillips 4, 324-25)。地元小学校の展覧会のために書かれた詩歌「子供たちの歌」(“Children's Song” 1860) では、隣人たちを讃え、ソローを「青いウォールデン湖畔の隠遁者」(“the Hermit of blue Walden”) と表現している (Myerson & Shealy 101)。オルコット自身の分身であるジョーの夫ベア教授の真摯な朴訥さに、ソロー的規範を見ることも可能であるかも知れない。

とはいえ、一般的に、比較的寡作かつ哲学的思索を文章化したソローと多作の大衆小説家オルコットとでは、文学的対極に位置しているというのが大方の見解であろう。しかも彼女自身が、道徳的な家庭小説よりも背徳的スリラーの執筆のほうが向いていると考えていたほどであるのだから、ソローの思索の影響を直接的にオルコット作品中に見出す作業は、実際、困難である。結局のところ、両者の文学上の影響関係として指摘されるのは、オルコット作品における登場人物造形に対して「ソロー的なる人物」を探る作業が中心となっているようにも思われる。よって、もしソローが与えた影響をあえてオルコットに探るのならば、それはむしろ、ある種の苛烈な自己主張を、怯むことなくしつづけた精神にこそあると言うべきだろう。オルコットの作品群が興味深いのは、そこに理想的道徳規範や女性の自我確立の葛藤を知らしめる物語だけでなく、奴隷叛乱や逃亡奴隷の復讐をテーマ化した短編が含まれている点である。ソローは、奴隷制反対を「市民の不服従」や「ブラウン弁明」として語ったが、オルコットは、奴隷的不服従を復讐劇に仕立て上げ、ソロー同様、当時の一般的社会通念に揺さぶりをかけるナラティヴ提示をしながらも、最終的には読者反応に抵触しない巧妙さを発揮しているのだ。

本書タイトルが示すとおり、アメリカにおける「抵抗者の物語」について論ずるならば、ソローの著作や奴隷自身の体験記は、なるほど有益な素材であろうけれども、本章で取り上げたいのは、女性として、従軍看護師として、作家として、あるいはまた一家の経済を支える大黒柱として、生涯、南北戦争前後の社会規範に挑戦しつづけ、葛藤しつづけたオルコットの作品群である。なぜならば、これらの短編のなかで、「奴隷」の抵抗、犯罪を描いたオルコットもまた、主人公の女性たちと同じように、独立精神を発揮した主体であったからである。実際に、家族を支えつづけ、人頭税を払った彼女がなす社会批判は、ある意味においてソローよりも、実質的かつ戦闘的であったとも考えられるだろう。本章の目的は、よって、オルコットの四篇の奴隷にまつわる抵抗物語、具体的には、「M. L.」("M. L." 1863)「私の逃亡奴隷」("My Contraband" 1863)、「一時間」("An Hour" 1864)、「ヴァラゾフ伯爵夫人」("Countess Varazoff" 1868) を取り上げ、彼女の代名詞とも言える家庭小説とは異なる物語が、いかに当時の道徳的枠組と社会秩序に挑戦する体制転覆的な主題を提示していたかを示すことにある。奴隷的不服従を容認・賞賛しつつも、それを巧みにずらす物語構成によって、オルコットは、ソローと近似のラディカルな精神性を発揮し、また彼とその言動に影響を与えたコンコードの反奴隷制女性協会へも敬意を表しているように思われるのである。

1．パッシングと異人種間結婚ロマンス

スティーブン・ダグラス（Stephen Douglas,1813-1861）との論争で、一躍、知名度を高めたリンカーンが一八六〇年の大統領選挙で共和党の指名を受け、勝利して以降、黒人と白人との雑婚を懸念する潮流が高まった。こうした懸念は、なにも南北戦争直前に初めて巻き起こったわけではない。農園主の資産増大と労働力確保のために行なわれる「奴隷繁殖」は、南部では至極当然のようになされてきたし、一方、北部中上流階級を「侵犯」する黒人の存在については、一八三〇年代後半以降、たとえば、E・W・クレイ（E. W. Clay）の「人種混交」（amalgamation）と題する戯画化によって盛んに取り上げられてきた。

くわえて、ニューヨークの民主党支持派であるデイヴィッド・グッドマン・クローリー（David Goodman Croly）とジョージ・ウェイクマン（George Wakeman）によって「異人種間結婚」を表す "miscegenation" なる語が、一八六三年に鋳造され[2]、その新語をタイトルに含むパンフレット『異人種間結婚とは！　リンカーンが再選された今、われわれに何が期待できるのか？』（L. Seaman, LL. D, *What Miscegenation is! And What We are to Expect Now that Mr. Lincoln is Re-elected*, 1864）が法学博士のシーマンによって、翌年、上梓された。語の意味紹介から始まるわずか六頁の小冊子は、奴隷解放宣言とリンカーン再選によって現実になると思われる社会の危機——黒人の容姿・容貌を美とする当世風流行、参政権獲得による黒人市長、黒人裁判官、黒人知事誕生の可能性、白人と黒人との立場の逆転、主要教会や宗教的地位も上位席を占めるようになる黒人たちの隆盛——が、これでもかとばかりに偏見をもって描かれている。だが異人種間の結びつきを認め

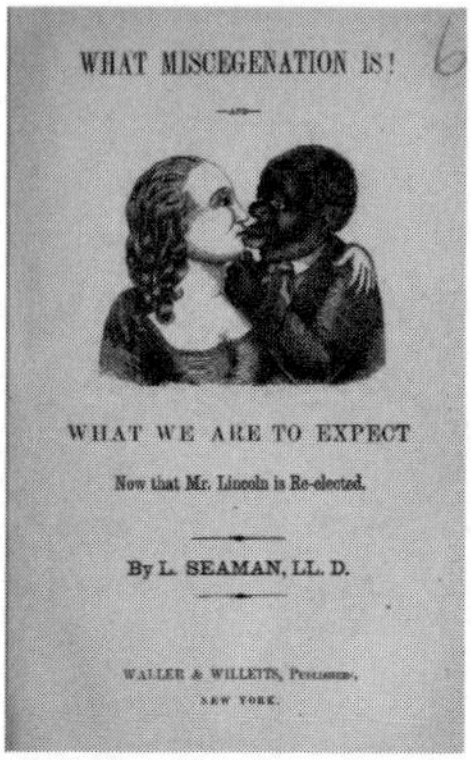

【図版 1】
L. Seaman, LLD., *What Miscegenation Is! And What We are to Expect Now that Mr. Lincoln is Re-elected*. Waller & Willetts, 1864. 表紙

る先にある懸念を最も如実に物語るのは、文字による説明以上に、表紙に付された図画であろう【図版1】。シーマンの憂患は、トマス・ディクソン・ジュニア（Thomas Dixon Jr.）の小説『クランズマン』（*The Clansman*, 1905）、およびそれをD・W・グリフィスが映像化した『國民の創生』（D. W. Griffith, *The Birth of a Nation*, 1915）にて描かれる懸念と、まさに一致している。これによって、改めて政治的権利および社会的通念としての異人種間結合の是非が問われ、さらには恐怖されるようになるわけだが、こうした新語と冊子の完成は、オルコットが人種に関する複数の短編を発表したのとほぼ同時期であった。殊に「M. L.」は、裕福な白人女性と音楽家の混血男性との愛を描くがゆえに、まさに「時流に乗った」短編であったのである。

ボストンの『コモンウェルス』誌（*The Commonwealth*）二一号から二五号まで五回（一八六三年一月二四日、三一日、二月七日、一四日、二一日）にわたって掲載された「M. L.」は、実は出版のおよそ三年前に書き上げられていた。一八六〇年二月、オルコットは、奴隷制廃止を謳う『アトランティック・マンスリー』誌に原稿を送ったものの、「奴隷制反対を唱えており、南部の怒りを買う」との理由で、却下された。南北戦争勃発後にやっと日の目を見た本作は、ジョン・ブラウンの叛乱と殉教に触発されて執筆されたと言われているが（Eiselein and Phillips 44; Elbert xxiv）、アメリカの社会秩序の根幹を揺るがすパッシングのテーマをいち早く扱った点に関して言えば、暴力的破壊行為による奴隷制廃止を目論んだブラウンやその正当性を主張したソローー以上に転覆的である。ちなみに、本作は、一九二九年一〇月号の『黒人史研究雑誌』（*The Journal of Negro History*）一四巻四号にも再録されており、黒人研究の側からの注目度の高さが窺える。

物語は、裕福で、美しい社交界の花形クローディア（Claudia）が、とあるパーティで、浅黒く端正な顔立ちをしたスペイン人貴族風の音楽家ポール・フレール（Paul Frere）に出会うくだりから始まる。これまでの多くの求婚者に対してとは異なる感情を覚えたクローディアは、すぐにポールに惹かれ、二人は恋に落ちる。だが、ポールは、キューバ人農園主の父と1／4の混血の母との間に生まれた「白き奴隷」であった。ポールの体験は、奴隷物語の典型である。将来の自由を約束してくれていた父が一五歳のときに突然亡くなると、それまでの裕福な暮らしから一転し、彼は奴隷として売られてしまう。数年後、逃亡を図るが失敗し、その際、奴隷主の名前モーリス・ラクロワ（Maurice Lecroix）の頭文字 M. L. の焼印を掌に入れられる。その後、偶然、異母妹に助けられ、自由の身となったポールは、自らの掌を傷つけて焼き鏝の文字を消し去り、出自と悲惨な経験を隠蔽し、パッシングして過ごす。優雅な風貌と音楽の才によって、彼の人種的越境は見事に成功し、スペイン大公の血を引くとさえ噂される。しかし、クローディアと恋に落ち結婚の運びとなったとき、二人に嫉妬したスノーデン女史（Mrs. Jessie Snowden）が、彼の過去を調べ上げ、脅迫するに至り、自ら隠蔽していた過去を婚約者に打ち明ける。クローディアは、ポールの「黒い血」や、周囲の反対にも怯まず、彼と結婚。二人は白人共同体から追放されるが、強き信念と愛をもつ彼女は、あらゆる世俗的偏見と偽りの友情を退け、二人は、「虚栄の市」（Vanity Fair）を去り、すべての兄弟が慈しみあう「神の国」（Celestial City）において、子供たちに恵まれ、幸福な家庭を築くのであった。

オルコットは、この物語出版の前年の正月に、従軍看護師として負傷兵の介護にあたっていた首都ワシントンＤＣ郊外のユニオン・ホテル病院にて、腸チフス性肺炎で弱った身体を抱えつつも、奴隷解放宣言に小躍りして喜びを表している（『病院のスケッチ』95-97）。奴隷制度の廃止に政治的決着をつけたリンカーンその人が、ドレッド・スコット判決やダグラス論争に際して、黒人種の劣性を繰り返し、異人種間結婚を明確に嫌悪していたことに鑑みれば、オルコットが、白人女性と元奴隷との性的な結びつきを肯定し、理想的な家族像を印象づけて物語を終えたのは、極めて斬新な提示であったと言えよう。というのも、アメリカで最も忌避される白人女性と黒人男性との異人種間結婚は、白人男性性を無効化し、アングロサクソン帝国を家庭内部から瓦解させる危険に直結していたからである。

もちろん、だからと言って、オルコットに矛盾がないわけではない。彼女は、自身を二代つづく「熱烈な奴隷制廃止論者」とみなしていたけれども、白人種の優越性を標榜する一九世紀半ばの人種規範から完全に免れていたとは考えにくい。オルコットが描く黒人は、白人的特徴が際立つ１／４や１／８の混血であり、端的なアフリカ的容貌を見出せない。換言すれば、ポールがクローディアと結婚できたのは、ひとえに、彼の外見、知性、人間性が、白人と同等、ないしはそれ以上に優れていたからであり、混血と純血の身体的差異は、物語冒頭から無効化されている。しかも二人の家庭がいかに宗教的・道徳的高潔を体現し、同志による理想郷の構築を可能にしようとも、それは、結局一般的白人コミュニティの枠外に配置されざるをえない。

オルコット批評家サラ・エルバートは、「M. L.」のテーマの源泉を、一八五三年に起こった混血大学教授ウィリアム・G・アレン（William G. Allen）と白人女子学生メアリ・キング（Mary King）との実際の異人種間結婚に対する迫害事件にあると推察している（Elbert, "Inter-Racial Love" 19-40; *The American Prejudice* 1-30）。不合理な人種差別に憤りを覚えたオルコットが、クローディアとポールの結婚を理想的に描いてみせたのは、なるほど道理であろうが、本作をよりラディカルな物語にしているのは、皮肉にも、異人種結婚の肯定的提示だけではない。他者の体験記を換骨奪胎して利用せんとするオルコットの作家意識と、混血男性に対する白人女性の隠蔽された支配と所有の概念にあると言えるだろう。なぜならば、混血奴隷から自由黒人へ、白人女性の正当な配偶者へと社会的上昇を果たすポールは、一見、人種的抑圧から解放され、社会的地位と自律性を確立したかに見えるけれども、その実、クローディアによって、象徴的再奴隷化を余儀なくされているからだ。

白人女性による混血男性の所有化の作為は、本作タイトルを通じて二重に示唆されている。第一に、奴隷に刻まれた白人農園主の所有の痕跡 M. L. を、オルコットは、強き女主人公クローディアに、「愛しき人」（My Love）と読み替えさせる。

あの時と同様に彼女［クローディア］はいま、彼の手を取り、体を曲げて、唇でその傷ついた掌に触れ、優しくささやくと、彼の唯一の罪の痕跡である文字［M. L. の跡］は、瞬時に、甘やかな意味を帯びるのだった。「愛しいあなた、［My Love］、この傷は、苦悩でも屈辱でもないわ。私は全世界を司る主の束縛を受け入れるわ。」

話しながらポールは、より幸せに見えた。南部が誇る驚くべき囚われ人の奴隷よりもずっと満ち足りた奴隷のように見えたが、そう見えるのはつらかった。(23-24)

愛する女性の同情と信頼を得たポールは、白人農園主の奴隷ではなく、いわば「愛の奴隷」となる。南部が喧伝する理想的隷属状況下においてよりも「さらに満ち足りた奴隷」となったポールの過去を引き受け、彼の新たなる世界を支配する主人の地位に立つのは、他ならぬクローディアである。二人にとって、婚姻とは、ポールの比喩的隷属なのである。

興味深いことに、出会った当初、クローディアが苛烈な魅力を感じていたポールの男性的な身体性は、これ以降言及されない。それどころか、世間的禁忌をものともせず、男性的決断力と確固たる姿勢でポールへの愛を貫くクローディアの雄姿に対して、女性的繊細さと気弱さを際立たせるポールには、いまや独立の気概や自律の精神は見出せない(22, 24)。オルコットは、男性化された女性の強さと、女性化された男性の弱さを対比させ、二人のジェンダー役割の逆転によって、社会的にタブー視された男女の性的結びつきを薄めた。同時に、M. L. に込められた支配の含意を読み替え、白人男性農園主によって所有されていた混血奴隷が、裕福な白人女性にいわば譲渡されるさまを、かつそれが、神の祝福を受ける聖なる結びつきであると示すことで、二人の結婚生活の道徳的・宗教的崇高さを力説し、社会規範の逸脱行為を、修辞的に隠蔽したのである。すなわち作家は、混血奴隷に対する南部白人男性の暴力による所有を、北部白人女性の慈愛による支配へとずらしたのである。

もし、批評家たちが指摘してきたように、本作のタイトルが、Louisa May の頭文字の逆転であるならば (Eiselein and Phillips 209)、このロマンスにはオルコット自身による物語所有の概念が、いま一度表明されていると言えるだろう。アレンの体験記をポールの物語に仕立て上げたオルコットは、タイトルに幾分控えめに自身の名を忍ばせた。M. L. が、南部農園主の支配から北部白人女性の慈愛へと、表層的意義の変遷をたどりつつ、潜在的所有権の移譲を暗示するとき、タイトルに更に己が名を重ねる作家の行為は、異人種間結婚という「正義」／奴隷の所有という「物議」の提示者＝権威者としての自己顕示となる。分身としてのクローディアに母の慈愛を発揮させ、悲劇的混血男性を救済せんとするオルコットの作家意識は、次の作品にも引き継がれるのである。

2. 個人と国家の兄弟殺し

アイスレインとフィリップが上梓した『ルイザ・メイ・オルコット事典』の「復讐（テーマ）」の項目で、批評家は、オルコットのゴシック・スリラーにおける主人公たちを、無力な犠牲者ではなく、性的魅力や狡猾な才覚を駆使して父権制社会における敵との権力闘争に積極的に関わる復讐する主体とみなし、その具体例として「ポーリーンの激情と罪」（“Pauline's Passion and Punishment” 1863）、「V. V.」（“V. V.: or, Plots and Counterplots” 1865）、「仮面の陰で」（“Behind a Mask: or, A Woman's Power” 1866）の三作品を挙げて解説している（285-86）。清廉な哲学者ブロンソンの下、「不道徳な女性の力」が発揮される作品を秘密裏に発表しつづけることで、一家の経済と父の高邁な理想主義を支えつづけた皮肉は、父権制社会に対するオルコット的復讐と評しうるのかも知れない。売れる作品を量産せねばならなかった彼女自身が、奴隷制度廃止を標榜しつつ社会的弱者の抵抗物語を描くとき、オルコットは、作品のみならず、己が環境に対しても、劇的な効果を無意識的に生み出してしまう。

『アトランティック・マンスリー』誌の一八六三年一一月号に、当初、「兄弟」（“The Brothers”）というタイトルで発表され、のちに「私の逃亡奴隷」と改題された本作は、看護師フェイス・デイン（Miss. Faith Dane）の一人称の語りによる混血奴隷の復讐劇の顛末を紹介する短編である。オルコットは、この物語出版の前年末より、首都ワシントンDC郊外のユニオン・ホテル病院にて従軍看護師として負傷兵の介護にあたっていた【次頁の図版２】。従って、本作には、彼女自身の体験が色濃く反映されている。とりわけ注目すべきは、物語終結部に、デインと混血逃亡奴隷

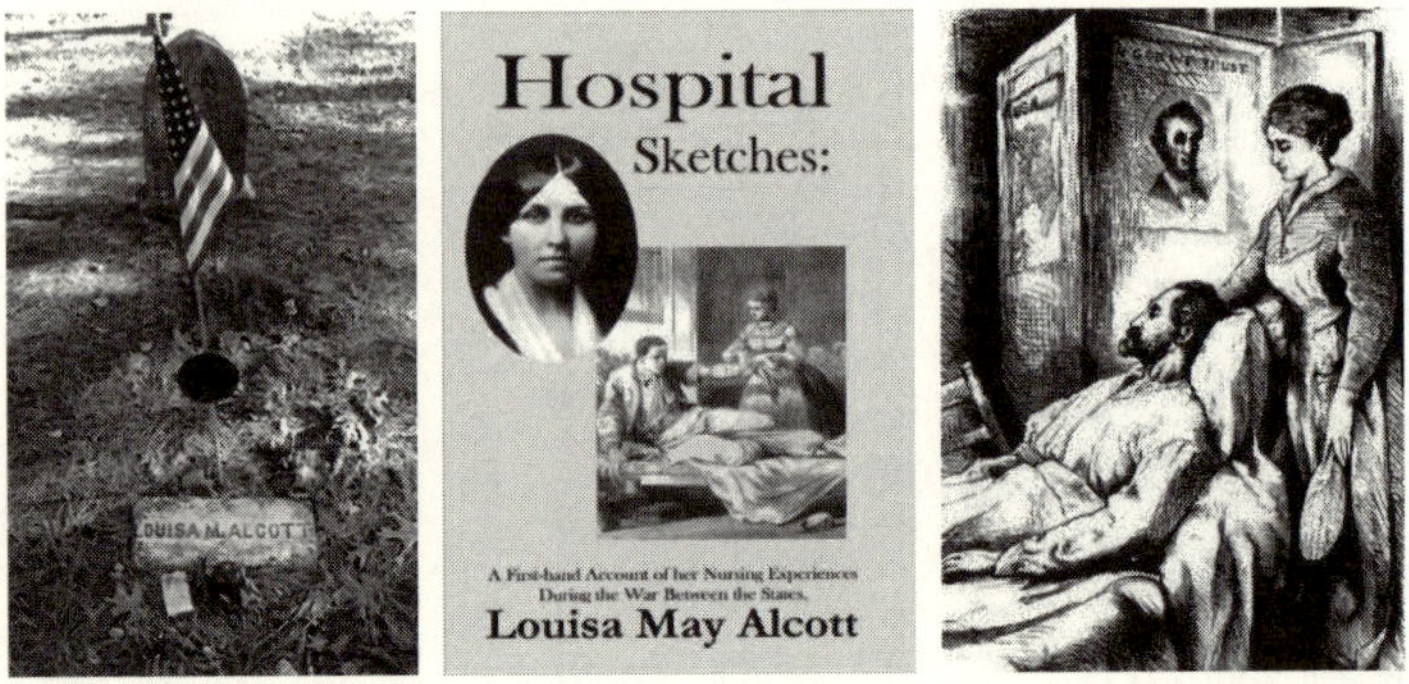

【図版 2】
(左) スリーピーホロー墓地にあるオルコットの墓石　南北戦争時の連邦軍篤志看護師としての貢献を表す合衆国国旗が飾られている。
(中)・(右) 『病院のスケッチ』表紙と挿絵

とをめぐる性と姓のレトリックが仕掛けられている点である。作家は、奴隷と農園主の異母兄弟間の三角関係および復讐劇を、「兄弟間抗争」と言われた南北戦争の激戦を背景に描きながら、北部白人看護師が混血の逃亡奴隷に魅了され、しかしその性的意識を抑圧させざるをえないさまを、個人の呼称と本作タイトルに二重に忍ばせているのだ。

北部従軍看護師のミス・フェイス・デインが担当する病棟に、ある日、ボブと名乗る逃亡奴隷が運び込まれる。兵士を姓で呼ぶ慣習に倣い、彼の苗字を尋ねたデインに対して、ボブは、白人農園主一家の呼称で呼ばれるのを拒む。このいわくありげな混血奴隷に、独立と抵抗の気概を感じとった看護師は、彼に「ロバート」という新たな名を与える。ほどなく彼女は、ロバートと、もう一人の入院患者である南部連合のキャプテン・ネッド (Captain Ned) との間に、ただならぬ事情が存在することを察知する。風貌がよく似た二人は、実は異母兄弟であり、ロバートの農園主であるネッドが、腸チフスによる譫妄状態で、北軍側の元奴隷兵士と偶然にも同じ病院に運ばれたのであった。二人には、戦前からの遺恨があり、ネッドがロバートの妻ルーシーを凌辱し、自殺に追いやった悲劇的事件の軋轢が燻りつづけていたのだった。院内でネッドを殺害し個人的復讐を果たそうとするロバートに、デインは、キリスト教の道徳——「復讐するは我にあり」の意——を説き、思いとどまらせる。その後、回復し、退院したロバートは、マサチューセッツ第五四連隊に入隊。ワグナー要塞の戦闘で、妻を奪った農園主に、敵対する南北の兵士同士として再度まみえたロバートは、敵ネッドとの死闘の末、致命傷を受け、再びデインのもとに搬送される。すっかり面変りしたロバートのさまに、最初、デインには、彼が誰だか分からない。だが、名札に記された「ロバート・デイン」の文字によってやっと彼に気づき、かつ、名前だけでなく苗字も自身のそれと同じ姓を、瀕死の元奴隷が名乗っているのを知り、驚くのであった。ロバートを救出し、彼に付き添う自由黒人の戦友が、ネッドの刃に倒れたロバートの復讐を二重の意味で代行し、キャプテン・ネッドを殺害した旨をデインに語り終えると、それを静かに聞いていた元奴隷は満足して力尽きる。

「私の逃亡奴隷」の中心課題は、言うまでもなく兄弟間の復讐劇の顛末であるが、異母兄弟である主人と奴隷という所有関係の不幸が、農園主と奴隷兄弟の妻、および白人看護師と混血兵士との間に明示／暗示される性的発露によって展開する複雑なプロットを有している。注目すべきは、デインが、出会った瞬間からロバートに惹きつけられるくだりだ。スペイン人に見紛うような「サクソン人の特徴をもった」１／４混血のロバートに「あきらかに興味を覚え」た彼女は「彼を知り、慰めたい」と切望する。これまで「多くの逃亡奴隷を見てきたが、これほど魅力的な者に出会ったことがなかった」からである。しかしながら、混血男性の身体的、性的魅力に忌避感を覚える彼女の白人中産階級的自己抑制意識は、すぐに女主人と奴隷という上下関係のヴェールをまとい、彼女は自らの欲望を、慈愛と友情にすり替えてしまう（Elbert xli-xlii）。衝動に駆られたデインがロバートの肩に触れるや否や、「男は姿を消し、奴隷が表れ」る。以降、彼女は「友人としての安らぎと、単に女主人としての秩序を提供すべく」彼に接するようになる（70-71）。

白人主人公が混血の性に惹かれるさまは、典型的コーケイジアンの容貌を持った温和な父や姉ではなく、母方メイ家の激しい気性と「土気色」、あるいは「褐色」の肌を受け継いだオルコットのアングロ・サクソンらしからぬ性質への自覚とも関連し、作家の潜在意識下に頻繁にたち現れ、かつ作中や日記にも頻出される事象であった（Elbert xv-xvi; Myerson & Shealy 116-17）。デインは、一旦は自身の性的欲望を隠蔽し、かつ混血奴隷の復讐心を諌めて、彼と別れる。にもかかわらず、彼女の姓を名乗ったロバートが、農園主の死後、身体的自由を失って戻って来たとき、デインの個人的所有意識は、象徴的結合と獲得の意識を伴い、公的に追従確認されることになる。今や「私の」と彼女が呼ぶ逃亡奴隷は、看護師によって新たな名を与えられただけでなく、デインと同じ姓を名乗り最後の激戦を戦ったと明かされるのである。まさしく、姓名ともに「私の」のものとなった生命が、自らの前に横たわり、身体的には、看護師デインに全面的に依存するしかない状態にある。しかし人種と階級を越境する結びつきに対するオルコットのずらしは、ロバートの死の床においてのみ、両者の擬似的所有と象徴的結合を可能にするに過ぎない。

本作の煽情性は、白人農園主ネッドとロバートの妻との間の近親相姦的暴力が、デインとロバートとの象徴的婚姻ないしは養子縁組を誘引する契機となり、その際に、本来否定されるべき個人的復讐が、奴隷解放を謳う国家的戦闘の大義によって肯定されてしまう錯綜にある。興味深いことに、最終場面のロバートの復讐は曖昧にしか描かれず、結局ロバート自身が手ずからネッドを殺害しえたのか、あるいは、最後の一撃が代補である同じ連隊の自由黒人兵によってなされたのか、はっきりしない。

「……あいつ［ロバート・デイン］は銃を放り出して、あん将校野郎に飛んでって襲いかかりましただ。まるで［メリウェザー・］ジェフ［・トムソン］将軍や、［ピエール・グスタフ・トータント・］ボーレガード将軍や、［ロバート・E・］リー将軍が*、みんな一緒くたになって、あん野郎になっとるみたいでした。あとのことはできるだけ早くお話すんべ。でも、わしが見たのは、あいつが剣で貫かれて、溝に崩れ落ちたってことなんでして。次にわしが何をしたかなんて、尋ねんで下さいよ、奥さん。わしだってよくわからんのですから。はっきりしとるのは、何とかしてあの死んだ南部将校を、砦に投げ込んで、それからあいつを救い出したです。かわいそうに！わしらは、死んでも生きてても、攻撃しようって言っとりましたが、あいつは、自分は突撃して死ぬんだって言いましたです。ほんとにそうなっちまっただが。（85）［＊ここに挙げられた三人は、すべて南部軍将軍」

南部白人将校を最終的に死に至らしめたのが、ロバートであれ、彼を助けに入った同胞の自由黒人であれ、異母兄弟間の最後の死闘が、個人的事由と同胞的協力によって劇化されているのは明白だ。実兄ネッドとの血縁を唾棄したロバートは、擬似的兄弟関係を結んだ同胞の黒人兵士とともに「叛逆者」を殺害するのだから。しかもロバートは、そもそも戦闘開始以前に自身の死を覚悟しており、一家の罪の清算は、国家の罪の清算の場において、兄弟相討ちによる断罪で幕を閉じる。

デインが一旦は封印した混血奴隷に対する心情を再度発露させ、彼との象徴的結びつきを全うできるのは、看護師が病院内でロバートに断念させた個人的復讐が戦場にて完結した後である。皮肉にも、彼女が異母兄弟の復讐の場としての南北戦争に従軍看護師として参戦し、ロバートの象徴的身内となるとき、奇しくもデインは、混血の元奴隷の復讐劇に図らずも擬似加担してしまう。個人的兄弟間の復讐劇が国家的兄弟抗争に接続する瞬間に立ち会う白人女性の性的・道徳的意識は、国家的大義のための個人の殺傷が、果たして違法行為か正義かを問う契機ともなる。この問いは、オルコットやソローを含むコンコード知識人が賞賛したジョン・ブラウンの行為とも関連しうるだろう。

結局、オルコットが、南部の兄弟間の罪の清算に、無名の北部自由黒人を介在させたのは、当時の読者受容を意識したゆえんであると思わざるをえない。ロバート個人の復讐は、虐げられし数多の黒人たちの解放へと、その意義が変換されうる余地を与えられる。デインによって姓名／生命を再生され、独立した一個人となった元奴隷が、新たな同胞との絆を構築し、彼女の正しき道徳的教えに従い、兄もろとも殉死するとき、奴隷に対する「白人女性」の道徳的影響力・支配力は、いま一度前景化されることとなる。しかも、ロバートの死闘について報告する第五四連隊の北部兵士は、いまやデインと完全に共感し、ロバートの奴隷的抵抗を支えた二人の北部の良心は、この不幸な悲劇の真相に関する物語完成にむけて補完しあう。こうした復讐の大義と遂行のテーマ、およびオルコット的道徳提示は、奴隷叛乱首謀者の混血女性を主人公とする「一時間」という作品において再確認されることになる。

3. 叛乱回避説諭としての自発的奴隷解放宣言

ボストン『コモンウェルス』誌（*The Commonwelth*）に一八六四年一一月二六日と一二月三日の二回にわたって掲載され、のちに『病院のスケッチと駐屯地物語』（*Hospital Sketches and Camp and Fireside Stories*, 1869,『病院のスケッチ』の第二版）に再録された短編「一時間」は、タイトルが示唆するとおり、とある南部農園の事件にまつわる一時間を克明に描いたゴシック風のメロドラマである。前述の「私の逃亡奴隷」が個人の復讐を前景化していたのに対して、本作の焦点は、農園主一家に対する、二〇〇名にも及ぶ奴隷の集団的叛乱計画の顛末である。作中、頭目として狡猾な叛乱計画のすべてを指揮するのは、混血女性のミリー（Milly）である。南北の妥協と均衡が一八五〇年以降に顕著に崩れはじめ、南部の優位と奴隷制拡大への懸念が増していくに従って、コンコードの奴隷廃止運動には、暴力行使を止むなしとする潮流が高まったが、それを反映するかのように、戦時下での奴隷解放宣言発表後に出版された本作にも、一見、報復と復讐を容認するかのような姿勢が表象されている。

時計が一一時の鐘を打ち鳴らしたとき、嵐の前の荒れた夜の海を覗き込んだガブリエル・バトラー青年（Gabriel Butler）は、言いようのない不安に駆られる。来るべき悪天候は、その直後に明らかになる「南部の暴力」が明かされる前触れであった。彼は南部プランターの父をもつものの、北部出身の母たっての希望により、北部に育ち、ついぞ奴隷制に接したことはない。しかし、南部の老いた父の農園の跡を継ぐために、かの地に赴き、いまはそこで継母と二人の異母姉妹とともに、突然の発作で瀕死の状態にある父を支えるべく、医師の到来を待っている最中なのであった。ところが、ずいぶん前に奴隷を遣わせたのに、医師はついぞやって来ない。それもそのはず、このとき、プランテーションの二〇〇名の奴隷たちは、美貌の首謀者ミリーの指示の下、主人一家を皆殺しにして自由を入手すべく、叛乱の準備をしていたのである。ミリーの役割は、屋敷中の武器を調達し、入手しきれぬ類の武器はあえて廃棄して主人側に使用されないようにし、かつ奴隷叛乱の知らせが、農園がある島から外部に漏れぬように、白人一家を孤立させるようあらゆる手配を整えることであった。

　その美貌と優雅さゆえに農業労働を免れたミリーがガブリエルの父バトラー氏に買われたのは、北部人の息子に、混血奴隷娘をあてがい、白人男性が享受する南部式生活の悪徳に息子を引き入れるためであった。だが、プランターの父がお膳立てした南部式罪に、二人が陥ることはなかった。むしろ、ガブリエルとミリーとは、互いに慈しみ、ひそかに思いを寄せ合うようになる。奴隷としての立場を熟知し、彼女の「血管のほんの数滴の黒人の血」(54)が、ガブリエルとの間に越えがたい壁を作っている状況に絶望したミリーは、叛乱後、自死する覚悟を決めており、叛乱開始の手はずを整えた後のほんのひと時が、従順な奴隷の仮面を脱ぎ去り、彼女が最初で最後の自由を甘受できる「一時間」であったのだ。

　いまや農園全体の指導者となったミリーは、五〇名の叛乱実践部隊にむけて合図を送る。叛乱の作戦本部である精米所に集まる奴隷たちは、既に農園監督を殺害し、次はバトラー一家を殺そうと復讐に燃えている。だが、ほどなく老バトラー氏は病死。さらにミリーの変化に気づいたガブリエルによって、入念な叛乱計画は実行に移される前に中止されるのであった。半狂乱に陥るバトラー母娘の命乞いと自由になるための身代金を提示されても、ミリーは、その取引を頑なに拒否しつづけたが、ガブリエルの慈愛に満ちた優しさに触れ、彼の申し出を受け入れ、仲間の行動を変更させるべく、屋敷を後にする。一方、ガブリエルは、折檻や拷問、子供売買や奴隷一家離散といった日常のなかで、狂暴化する奴隷の存在を知り、その非人間的制度の実態に驚愕する。ミリーの知らせを受け、盲目の老女カッサンドラが、仲間に叛乱の中止を要請し、主の救いを待つよう諭すなか、ガブリエルは、突如、彼らの前に進み出て、奴隷の即時解放を宣言する。

　そしてガブリエルは、暗闇から奴隷たちの間に進み出た。驚いた彼らの迷信深い目には、彼がこの世の者ではなく、美しく、慈悲深い天使に映った。素晴らしい知らせをもたらすガブリエルは、そこにたたずみ、武器ならぬ高潔なる決意を携え、雄弁よりも真実を賦与され、強き情動で魂の中核を揺さぶられて、この忘れがたき時間が生み出した厳粛なる雰囲気に気持ちを高揚させるのであった。

「私の皆さん！『私の』と呼びかけるのは、私がこうして話をする間だけです。叛乱の同盟を解いて、武器を置いて下さい。涙を拭いて、あなた方が赦されたように、どうぞ赦しを与えて下さい。この島には、もはや主人も奴隷もいません。すべての者は、永久に自由なのです。」(67)

奴隷たちが継母や義妹を殺害するまえに、こうして、奴隷たちは解放され、自由を得た。すると、ほどなく歓喜する奴隷たちの耳に、屋敷の外から数多の話し声と足音が聞こえてくる。それは、南部を解放しにきた北軍兵士の足音であった。そのとき、時計は、深夜零時の鐘を轟かせるのであった。

叛乱が実行されなかったのは、直接的には、ガブリエルの真摯な説得と愛情に胸打たれたミリーの改心と奴隷老女カッサンドラの弁舌のお蔭であるものの、結局、奴隷の閉塞状況に救いを与え、暴力的解決でなく英雄的解放をもたらすのは、北部白人による愛の力と道徳的対処ゆえである。ただし、白人男性主人と混血奴隷女性との愛情を伏線として描く本作には、その結びつきが南部では頻繁に見られたにもかかわらず、両者間の身体的・性的関連への示唆が希薄にしか表象されない。「M. L.」のクローディアは、混血青年と子を成し、「私の逃亡奴隷」における看護師フェイス・デインは、明らかに混血元奴隷に身体的魅力を感じ、性的欲望を喚起させられていたが、それらに対して、本作のガブリエルがミリーに対して性的魅力を感じるくだりは書かれていない。

むしろ両者は、ジェンダーの役割を交差させている。ヨーロッパ的美貌を持つミリーは、その女性的容姿にもかかわらず、勇壮さと決断力、実行力に秀で、農園全体を指揮する男性的資質を有している。一方、オルコットが称揚する「女性的な男性」(Elbert ii) であるガブリエルの慈愛は、ミリーの決死の行為を踏みとどまらせ、聖母に救済者の誕生を予言せしめる天使がごとく、北部解放兵士の訪れ以前に、奴隷たちに自発的解放をもたらす存在でもある。作家は、南部の暴力的奴隷支配に対する奴隷の抵抗を一旦肯定しつつ、女性叛乱首謀者の白人若主人への愛情によって、その暴力的側面を緩和させているのだ。と同時に、ガブリエルの奴隷解放に、単に政治的解決というよりも、あたかもコンコード女性奴隷反対協会の指針のごとき、道徳的慈愛の念を付与しているのである。南部奴隷叛乱実行と北部側勝利行軍の間のプランテーションでの「一時間」は、ガブリエルの良心的説諭が前景化される時間となり、北部軍到着以前に自発的解放を宣言するオルコット的解決提示の瞬間となる。

だとすれば、暴力に身を賭した者は、北部の良心に従って自発的に退かねばならない。緻密な奴隷叛乱計画と、奴隷コミュニティの協力体制を容認する本作が、文字通り体制転覆的であるのは、言うまでもないけれども、「一時間」における中心課題は、何と言っても、叛乱計画中止以降、奴隷解放宣言、北部の勝利、罪の清算というアメリカ史上の時間経過がそのまま作中に反映されている物語構成にある。叛乱を計画し、主人一家を人質にとり、武力行使によって奴隷解放を図るミリーの冷酷なる情念は、さながらジョン・ブラウンのそれに匹敵する。だが、本作発表時には、既にブラウンの叛乱の失敗は周知であったのだから、叛乱実行の前に、農園主による奴隷の即時解放と北部による南部救済を用意するのは、物語上の当然の要請でもある。叛乱を実行したのち処刑されたブラウンに対して、ミリーは叛乱を事前に中止し、死を免れる一方で、邪悪な計画を立てた罪を引き受けるべく、愛するガブリエルを諦め、去らなくてはならない。事実、叛乱計画中止を仲間に伝えるべく屋敷を離れた後のミリーの行動は、不自然なまでに一切報告されない。結局、血気にはやる奴隷たちを説得し、制止させるのは、ミリーではなく、カッサンドラの説教とガブリエルの解放宣言である。オルコットは、ガブリエルにリンカーン的役割を与え、北部白人による自主的かつ即時解放によって奴隷叛乱を未然に防ぐとともに、首謀者のミリーを叛乱実行者の処刑台ならぬ物語の舞台から撤退させることによって、体制転覆物語を受容しうる余地を読者に与え、ひいては北部の両英雄の栄光を今一度、知らしめたのである。

オルコットは、この物語出版の前年の正月に、従軍看護師として負傷兵の介護にあたっていた首都ワシントンＤ

C郊外のユニオン・ホテル病院にて、リンカーンの奴隷解放宣言に小躍りして喜びを表している（『病院のスケッチ』95-97）。実際の戦闘は、奴隷解放宣言によって終結するべくもないものの、ガブリエルによる即時解放の実施によって、叛乱は事前に回避され、斯様な物語の提示ゆえに、オルコットは、ブラウンの殉教から暴力要素を差し引いた抵抗と解放の理想像のみを抽出することができたのだと考えられるだろう。これにより読者は、物語の背後にギャリソン、ブラウン、リンカーンという北部の三大良心の修辞的な実践を透かし見る。なるほど、本作で死亡するのは、奴隷たちの苦悩の原因である農園主と農園監督のみであり、実質的な暴力の提示は最小限に抑えられており、事実、ほぼ皆無である。叛乱の正当性を主張しつづけたナット・ターナー（Nat Turner）と異なり、ミリーは、叛乱実行以前に、すでに復讐の苦さを味わい、勝利よりも後悔を覚えている。農園主を叛乱の実行以前に病死させ、首謀者に復讐の空虚さを痛感させ、奴隷に主人の悪行を赦すキリスト教的精神を付加させながら、オルコットは、本来、過激に暴力的な物語を、解放の希望を印象づける物語に変容させたのだ。徹底的に排斥せねばならない南部の「奇妙な制度」は、個人が暴力的復讐劇を実行に移す前に、北部の良心によって崩壊し、それゆえに、この緊迫した一時間の終わりに、北部軍の勝利の足音がより効果的に響くのである。こうしてオルコットはジェンダーの役割交差を巧みに利用しつつ、本来暴力的な奴隷の抵抗を受容可能な物語に仕立て上げ、犯罪者の意識を無意識化したのである。

4. 伯爵夫人の結婚、農奴の復讐

一八六三年一月、奴隷解放宣言が発布された歓喜もつかの間、オルコットは、戦時下の病院で腸チフス性肺炎に倒れ、生死の境をさまよったのち一命を取りとめ、自宅療養を余儀なくされていた。アメリカとオルコットが「生命と自由と幸福の追求」のために死闘を繰り広げていたとき、アメリカから遠く離れたワルシャワでは、ロシアの支配からの解放を求めてポーランドの士族階級が起こした最後かつ最大の叛乱、一月蜂起が勃発していた。

アメリカ南北戦争とポーランド士族叛乱という取り合わせは、唐突に聞こえるかもしれない。もちろんオルコットの人生と異国の暴動にも、直接的な接点はない。しかしながら、合衆国と作家が生命の危機に瀕していた一八六三年は、「私の逃亡奴隷」や「一時間」だけでなく、オルコットがのちに描く短編および代表作にも大きく関連する年であったと判明する。なぜなら一八六五年のスイス旅行時に、オルコットが出会った若干二〇歳の青年ラディスラス・ヴィシニェフスキー（Ladislas Wisniewski）は、一八六三年ロシアに対して蜂起したポーランド叛乱軍の退役軍人であり、彼との交友を通じて作家はロシアとポーランドとの間の隷属と支配の闘争について知ったからである（Stern and Shealy xxi-xxii）。ついでに言えば、ヴィシニェフスキーは、『若草物語』の五人目の「姉妹」ローリーのモデルでもある。

『若草物語』とほぼ同時期に執筆出版された「ヴァラゾフ伯爵夫人」（"Countess Varazoff" 1868）は、この一月蜂起後の敗者の悲劇を、ドラマチックな復讐劇にしたゴシック・スリラーである。この短編は、煽情的物語を売りとしていた『フランク・レスリーズ・レディズ・マガジン』（*Frank Leslie's Lady's Magazine*）に匿名で発表された後、長らく忘れ去れていた。その後、オルコットの会計簿を綿密に調べたヴィクター・バーチによって作家の筆によることが発見され（Eiselein and Phillips 65）、一九九五年にオルコット研究者マデレインとシーリー編により『失われたオルコットの物語』（Madeline B. Sterm and Damiel Shely, eds, *The Lost Stories of Louisa May Alcott*）に載録された。

ポーランドと大国ロシアとの歴史的背景に基づく本作は、従って、「M.L.」や「私の逃亡奴隷」や「一時間」のように、直接的にアメリカ奴隷制について描写する作品ではない。しかしながら、大国ロシアの権威に対する弱者側の抵抗や、隷属状況下の復讐と独立精神の発露といったテーマに関して言えば、これら四編には、共通要素が見出せる。ポーランドとアメリカの内戦について、ヴィシニェフスキーと共に語り合ったとき、作家の想像力は、両戦争に共通する支配と隷属のレトリックをすぐに察知したはずだ。既に南北戦争は終結し、まがりなりにも憲法修正条項によって奴隷の公民権や投票権が保証されると、人種的完全平等の社会意識構築というよりも制度の廃止を旨としていたニューイングランドの奴隷解放論者の直接目標は、事実上消滅するわけだが、オルコットは、アメリカが経験した奴隷の抵抗とポストベラムに顕現化するパッシングの現状を、設定を変化させて先行提示したのである。実際、本作は、農奴が伯爵夫人に成りすますことによって社会的復讐を遂げる物語であり、随所に奴隷制の遺産および支配・被支配の関係を如実に示す表現が散見される。

ポーランドを追われた美貌の伯爵夫人イルマ・ヴァラゾフ（Countess Irma Varazoff）は、「誇り高い抵抗者の一人」（18）であり、祖国の窮状を憂う愛国者である。彼女にとって、「悪魔のような気質と自尊心」（21）をもつ傲慢なロシア大公アレクサンダー・チェルツキー王子（Prince Alexander Czertski）は、あきらかに祖国の敵であり、本来ならば嫌悪して然るべきであるのに、なぜか彼を拒む様子はない。そうした彼女の態度を、周囲は不可思議に思い、噂話をささやき合う。ある日、仮装舞踏会に登場した彼女のいでたちに、全員は息を呑む。頭から足先まで黒一色のポーランド守護神の衣装をまとい、両手を銀の手枷鎖で結んだ夫人の姿には、ポーランドの隷属状況に対して喪に服す姿勢と、屈従を拒否し、自由を希求する精神が明示されていたからである。「亡命者であり、家も友人も故郷もなく」（24）、結局、仇相手と結婚せざるをえない窮状を察して、周囲は、彼女を「金の鎖につながれた奴隷」（21）であると評す。彼女の挑戦的な態度と不屈の抵抗精神に、少なからず不快感を覚えながらも、その美しさに魅せられたチェルツキー王子は、その夜、ヴァラゾフ夫人に求婚。夫人は、オーストリアの牢獄に幽閉されている祖国の恩人クレムリン老伯爵（the old Count Cremlin）の釈放と彼の英国での自由の確保のため、チェルツキーが権力行使することを条件に、この結婚を承諾する。だが、このときイルマは、実は友人である英国人青年ヴェイン（Vane）を秘かに愛していたのであった。

結婚後、クレムリン伯爵釈放のための証書を入手したイルマは、思いを寄せるヴェインに恩人の救済を託し、チェルツキーとの空虚な生活に耐える。その豪奢な屋敷も、囚われ人の彼女にとっては「壮麗なる監獄」（34）に過ぎない。やがて英国のヴェインより、クレムリン伯爵の身の安全を告げる手紙を受け取った彼女は、これでやっと自由になったとつぶやき、自害する。握っていた遺書には、彼女の出自の真相が書かれてあった。彼女は、貴族階級どころか本当は卑しい「農奴」（"serf" 34）の身分であり、かつてこうした奴隷状況から解放し、養育してくれたのが、恩人の老クレムリン伯爵であったのだ。彼女は、誇り高い王子に農奴への求愛と婚姻の事実をつきつけ、彼の名誉と誇りを損なうことにより、ロシアがポーランドに与えた屈辱に対する復讐を果たしたのであった。

喪服に手枷鎖、権威に囲われる農奴、捕囚と解放のための命を賭した抵抗、身分を偽り体制に復讐する被抑圧者といった極めて分かりやすい物語要素は、アメリカ黒人たちの苦難と抵抗にそのまま合致する。こうした直截さは、チェルツキー王子とイルマとの間で交わされる台詞にも見出せる。

「恐ろしくはございませんわ。失うものなどないのですもの。――わたくしの人生は重荷なのです。喜んでそれを下ろしたいものですわ。」

苦々しく言うと、深い悲しみが彼女を飲み込んだ。王子はしばらく鋭い目を彼女に向けていたが、微笑んで、軽い調子で言った。

「他の者を幸福にすると自らも幸せになると言います。あなたもそうなさったらいかがでしょう。汝が敵を愛せと言うではありませんか。簡単なことです。あなたはそうなさろうとは思わないのですか？　マダム、私の情熱に気づかぬふりをなさらないでください。何度も告白申し上げてきたのに、あなたは希望の印をお返しくださらないのですね。ああ、お願いですから、あなたをお守り申し上げる特権を私に与えてください。私は喜んでそういたします。どうか私の苦悩を取り去ってください。」そうして彼は、彼女の顔を覗き込んだ。

「差し上げることのできる希望などございませんから、印もございませんわ。お礼申し上げますけれども、もしお苦しみでしたら、ごめんあそばせ。」

彼女の顔には何の感情もなく、その物憂さは、「もしお苦しみならば」というわずかに強められた言葉よりも、より王子を立腹させた。「彼女は、私のことをまだ疑っているのだ。あるいは、まだヴェインを愛しているのかもしれない。」そう思うと、彼は怒りで顔がほてった。非常に冷静にお辞儀をし、自信たっぷりに答えた。

「ではもうお引止めすることはありませんから、馬車までお送りいたしましょう。あなたにお目にかかったことで、噂話は、今後なくなるでしょうし、これ以上あなたを苦しめることはございますまい。私には力があります。あなたのためにそれを使うにやぶさかでありません。」

この最後の言葉に、彼女はあることを思いついた。数歩、押し黙って歩いたあとで、彼女は突如、輝くような笑みをたたえて顔を上げたので、王子はどきりとした。思いを打ち明けるかのように彼の腕によりかかり、伯爵夫人は、そっと言った。

「ええ、そうですわね、ご親切に、お力をお使いくださいますのね。恩知らずに思われましたらごめんあそばして、なぜあなたの有難いお申し出を私がお断り申し上げたのか、ご説明させて頂けますかしら。もしよろしければ。」

「どうぞ何なりと。私はあなたの奴隷なのですから。」

「奴隷どころか、あなたは私のご主人様ですわ。私こそが奴隷なのです。ですが今では束縛の鎖は、さほど重くはございません。」そして彼女の眼は、すっかり心奪われた王子の顔から銀色の鎖へ向けられた。二人で歩きながら、王子は、その鎖を何気なく引き寄せるのであった。(25-26)

伯爵夫人の、このあからさまな変貌ぶりは、明白な戦略による。二人が互いに対して使いあう「奴隷」とは、比喩表現であると同時に字義通りの意味をも有す。片やピョートル大帝の衣装、片や「黒人」奴隷とも読める黒衣をまとってなされる婚姻の同意が、南部奴隷制下の性的状況を彷彿させる思惑で描かれているのは、言うまでもない。もちろんイルマは、自身の美貌と身体的価値を熟知したうえで、王子の利用価値を知り、彼を籠絡し、復讐しようと考えている。よってイルマが、恩人の自由を得るために命を賭して「貴重な文書」(32)を入手し、さらに残忍な「主人」

への報復の真相を綴った遺書に、「クレムリン伯爵の安全が確認されたいま、私は鎖を断ち切って永遠の自由に向かうのです」（34）と記すとき、この報復劇は、ある意味において、悲劇というよりむしろ、「奴隷の勝利宣言」となり、ハリエット・ジェイコブズ（Harriet Jacobs）に見られる女性奴隷体験記フォーミュラを換骨奪胎したオルコット版のテクストとして機能することになる。

奴隷制時代にパッシングが逃亡奴隷の常套手段であった実態を、オルコットは熟知していた。事実、「ヴァラゾフ伯爵夫人」執筆に先立ち、すでに彼女は、前述の短編「M. L.」にて、スペイン人貴族同様の容姿を持つ混血奴隷のパッシングを取り上げているのだから、オルコット作品群中における階級および人種攪乱の具体例として、本作テーマは、さして目新しくはないだろう。だが注目すべきは、奴隷解放宣言と同年に出版された「M. L.」におけるパッシングが主人公の幸福な結婚で終わるのに対して、南部再建期に発表された「ヴァラゾフ伯爵夫人」での結婚は破綻して終わる、まさに正反対の結末である。オルコットは、のちに尖鋭化するアメリカ人種分離政策を先取りし、アンテベラム期以上にタブー視されるようになる人種混交の直接描写を避けるべく、敢えて舞台をヨーロッパに設定して支配構造逆転の物語を創作したのかもしれない。「主人」を偽りの愛の「奴隷」へと陥れる農奴の復讐物語は、その背後に、敗戦から再建を経て、復権へと至る南部史の展開を予感させ、だからこそ、読者は、イルマが、こうした一連の行為を「苦い殉教」（34）と表現してこと切れるさまに合点がいくのである。

もちろん、殉教者である以上、農奴は死してその復讐の罪を贖い、社会秩序は回復されなければならない。三篇のオルコット作品に共通するのは、支配者に対する被支配者の叛逆精神であるとともに、決死の抵抗のあとに訪れる裁きでもある。オルコットが称揚する奴隷的不服従が、最終的にニューイングランド的道徳規範内部に回帰されざるをえない結末を、オルコットの限界と呼ぶのは容易い。だが、崇高な思想を掲げる男性知識人とは一線を画しながらも、自らのアイデンティティを隠して煽情作品を量産することにより、実質上、一家を支えた彼女の大衆小説が、弱者の抵抗精神を無意識のうちに女性読者に刷り込んでいったのは事実であろう。オルコット家の大黒柱であった彼女は、道徳的児童小説家の仮面の陰で、奴隷的不服従という煽情的テーマを物語化する女性的不服従の精神、またそれを確信犯として行なう犯罪物語作家的無意識をも発露させていたのである。

マイケル・T・ギルモア（Michael T. Gilmore）は、奴隷制度に対する抗議に関して、ソローを言行一致（Words as Deeds）の人物とみなしているが、人頭税拒否による投獄、ブラウン擁護講演といった直接的政治行動に従事するソローの背後には、それを支える女性の奴隷制反対活動家が存在していたのである。そうした女性たちの娘として、また、父の活動を可能にするために家計を支えるべく「書きまくった」オルコットは、また別の意味で言行一致の作家であったと言えるのではなかろうか。ソローとブラウンの死に際して発表したオルコットの哀悼詩は、イデオロギー喧伝のためというよりも、もの書きとしての自身を世に知らしめる手段であったに相違ない。後年、ずっと女権獲得運動に従事しつづけたオルコットは、一八八〇年九月の日記に以下のように記している。「初めて人頭税を払った。私には頭が最高に貴重な財産なので、二ドルの人頭税は安いと思う」（Myerson & Shealy 226）。これはソローへのオマージュであると同時に、苛烈な自己主張でもあるのだろう。こうして「最高に貴重な財産」である彼女の頭と筆から生産された煽情的な作品は、同時代のキャノン作家を凌駕する直裁な影響力を発揮する社会改革物語であったと言えそうである。オルコットは、こうしてアンテベラムの奴隷体験記に匹敵するほどの抵抗者の物語をひそかに後世に残していたのである。作家は被抑圧者たちの抵抗を、犯罪者意識なくして、描き切ったのである。

◉註

（1）家計を支え、家族を実質上、扶養する必然性を痛感したオルコットは、一八五〇年代、煽情小説が安価なタブロイド紙面で人気を博している状況を知り、収入源として執筆する作品を、このジャンルにするよう狙いを定めた。彼女のスリラーは、主に六〇年代、ほぼすべての作品について、匿名かペンネームで発表された。彼女の、いわば作家としての二重生活は、長らく隠蔽されてきたが、特にマデレイン・B・スターン（Madeleine B. Stern）の仕事を皮切りに、こんにち、オルコットのセンセーショナル・スリラー群の多くが再版されており、『若草物語』およびその関連作品のみのイメージは完全に払拭されている。『ルイザ・メイ・オルコット事典』によると、スリラー作品のテーマは、「権力闘争（特に男女間の）、狂気、マインドコントロール、催眠術、麻薬の使用」が多く（328）、この文言を見る限り、こんにちでも十分通用しうる類のネタであることがわかる。なお、Joel Myerson and Daniel Shealy, eds, *The Journal of Louis May Alcott*（宮本陽子訳『ルイーザ・メイ・オールコットの日記――もうひとつの若草物語』）および Norma Johnston, *Louis May: The World and Works of Louisa May Alcott*（『谷口由美子訳、『ルイザ――若草物語を生きた人』）の、それぞれの和訳書巻末には、オルコット作品および関連書のリストが付されており、彼女がいかに多くの煽情的大衆作品を執筆してきたかがよくわかる。

（2）"miscegenation"は、ラテン語の miscere=to mix, genus=race の鋳造語。

◉引用・参考文献

Alcott, Louisa May. "Countess Varazoff." 1868, *The Lost Stories of Louisa May Alcott*, edited by Madeleine B. Stern and Daniel Shealy, Citadel,1995, pp. 17-35.

---. *Hospital Sketches. Louisa May Alcott's Civil War*, edited by Jan Turnquist, Edinborough P, 2007, pp. 42-110.（『病院のスケッチ』谷口由美子訳、篠崎書林、一九八五年。）

---. "M. L." 1863, *Louisa May Alcott: On Race, Sex, and Slavery*, edited by Sarah Elbert, Northeastern UP, 1997, pp. 3-28.

---. "My Contraband." 1863, *Louisa May Alcott: On Race, Sex, and Slavery*, edited by Sarah Elbert, Northeastern UP, 1997, pp. 69-86.

---. "One Hour." 1864, *Louisa May Alcott: On Race, Sex, and Slavery*, edited by Sarah Elbert, Northeastern UP, 1997, pp.47-68.

Alcott, Louisa May and Nan Cooke Carpenter. "Louisa May Alcott and 'Thoreau's Flute': Two Letters." *The Huntington Library Quarterly*, vol. 24, no. 1, Nov. 1960, pp. 71-74.

Alcott, Louisa M. and Lorenzo Dow Turner. "Anti-Slavery Story." *The Journal of Negro History*, vol. 14, no. 4, Oct. 1929, pp. 495-522.

Broderick, John. "Thoreau, Alcott, and the Poll Tax." *Studies in Philology*, vol. 53, no. 4, Oct. 1956, pp. 612-626.

Brooks, Geraldine. *March*. 2005. Penguin, 2006.（『マーチ家の父——もうひとつの若草物語』（高山真由美訳、武田ランダムハウスジャパン、二〇一〇年。）

Cohn Jan. "The Negro Character in Northern Magazine Fiction of the 1860s." *The New England Quarterly*, vol. 43, no.3, Dec. 1970, pp. 572-92.

Eiselein, Gregory, and Anne K. Phillips, eds. *The Louisa May Alcott Encyclopedia*. Greenwood P, 2001.（『ルイザ・メイ・オルコット事典』篠目清美訳、雄松堂出版、二〇〇八年。）

Elbert, Sarah. "An Inter-Racial Love Story in Fact and Fiction: William and Mary King Allen's Marriage and Louisa May Alcott's Tale, 'M. L.'" *History Workshop Journal*, vol. 53, Spring 2002, pp. 17-42.

Elbert, Sarah, ed and intro. *Louisa May Alcott: On Race, Sex, and Slavery*. Northeastern UP, 1997.

---. *The American Prejudice against Color*. Northeastern UP, 2002.

Kilmasmith, Betsy. "Slave, Master, Mistress, Slave: Genre and Interracial Desire in Louisa May Alcott's Fiction." *ATQ*, vol. 11, no. 2, June 1997, pp. 115-35.

Lemire, Else. "Miscegenation": *Making Race in America*. U of Pennsylvania P, 2002.

Gilmore, Michel T. *The War on Words: Slavery, Race, and Free Speech in American Literature*. U of Chicago P, 2010.

Myerson, Joel and Daniel Shealy, eds. *The Journals of Louisa May Alcott*. U of Georgia P,1997.（『ルイーザ・メイ・オールコットの日記——もうひとつの若草物語』宮木陽子訳、西村書店、二〇〇八年。）

Petrulionis, Sandra Harbert. "Swelling That Great Tide of Humanity": The Concord, Massachusetts, Female Anti-Slavery Society." *New England Quarterly*, vol. 74, no. 3, Sep. 2001, pp. 385-418.

---. *To Set This World Right: The Antislavery Movement in Thoreau's Concord*. Cornell UP, 2006.

Redpath, James. *Echoes of Harper's Ferry*. Thayer and Eldridge, 1860.

Seaman, L., LL.D. *What Miscegenation Is! And What We are to Expect Now that Mr. Lincoln is Re-elected*. Waller & Willetts, 1864.

第9章　そして誰もが黒くなった

――アリス・ランダルの『風は去っちまった』における再生の政治学

0．不朽の名作をパロディーする

本書の最後の二つの章――第9章、第10章では、現代アメリカ作家による先行作品の改変小説を取り扱いたい。ここまで、建国期からアンテベラム期までの文学的、文化的事象において、周縁にいた者たちがいかに雄弁に主張し、抵抗精神を示しているかの実例を、多くが忘れ去られたテクストのなかに探ってきたが、最後の2章は、先行作品と同様に、南北戦争前後の時期を舞台にしながらも、南部白人作家のテクスト――具体的には、『風と共に去りぬ』と『アーサー・ゴードン・ピムの物語』――には、描かれなかった実体を、先達とは別の人種的立場に位置する現代作家が、いかに再生させていったのかを取り上げる。先行作品を含めたこれら2章で扱う物語にもまた、ふんだんに暴力や犯罪が描かれ、被抑圧者側の抵抗と独立がテーマとして描かれる。しかもアリス・ランダルとマット・ジョンソンの両作品は――異なる次元においてではあるが――先行するテクストをいかに取り扱うかに関して、出版事情に込み入った背景を呈する点でも一致している。ランダル作品の場合は、作品の公正使用を巡って、出版に際してスティーヴンズ・ミッチェル受託財団（the Stephens Mitchell Trust, 以下、ミッチェル財団）と訴訟事件となったが、一方、ジョンソン作品の場合は、『ピムの物語』出版時のポウによる剽窃の謎が、虚構として物語内に提示されているのだ。

本章で考察するランダルの『風は去っちまった』（Alice Randall, *The Wind Done Gone*, 2001）は、タイトルから如実に窺えるように、マーガレット・ミッチェルの『風と共に去りぬ』（Margaret Mitchell, *Gone with the Wind*, 1936）のアフリカ系アメリカ人版パロディーである。本作は、オハラ家当主ジェラルド（Gerald O'Hara）と乳母マミーとの間に生まれたスカーレットの異母姉妹シナラ（Cynara）の視点から、ミッチェルが描かなかったオハラ家の実態を再構築する物語である。南北戦争後、識字力を得た二八歳の混血主人公シナラは、自身の来し方――タラに生まれ、奴隷市場に出され、ベルの娼館でレットと出会ったのち、その情婦となった自身の半生――と、その後、黒人政治家に惹かれ、レットを捨てるさまを日記に綴る。こうした彼女のネオ・スレイヴ・ナラティヴは、同時に、南部農園主一家を支配していたのが、実は黒人使用人たちであった事実をもあぶりだす。その過程で、ジェラルドの男系嫡子早逝や、アシュリーのホモセクシュアリティ、スカーレットの死の事由が暗示され、挙句に、フランス貴族系の名家の出であったはずのエレンが、黒人の血を引いていた秘密もが語られていく。

シナラの日記には、過去の苦い奴隷経験が綴られ、白人一家によって独占された母から愛情を受けられなかった記憶に苦しむが、ミッチェルのスカーレットよろしく、シナラには、未来に向かう独立の気概が本来的に備わっている。だが、本作主人公の起点が、母への愛憎にあることに鑑みれば、ナラティヴを司る基盤は、マミーから始まる過去に遡及されざるをえない。物語冒頭で死を迎える老いた乳母や狡猾な黒人従者に、暗黙のうちに支配されてきた白人一族の凋落と、その貴族的農園の根底に流れる黒き血の継承、すなわち人種をめぐる死と再生が、物語、ひいては、アメリカの地脈に流れているさまが浮かび上がる。というのも、そもそも、農園主ジェラルドをめぐる白人女主人と黒人奴隷情婦の三角関係が、レットをめぐる異母姉妹スカーレットとシナラへと、子の世代にまで引き継がれる複雑な人種模様のひな形は、トマス・ジェファソンの義父ジョン・ウェイルズ（John Wayles）をめぐる妻マーサ・エップス（Martha Eppes）と情婦エリザベス・ヘミングス（Elizabeth Hemings）のそれが、第三代大統領をめぐる異母姉妹の妻マーサ・ウェイルズ・ジェファソン（Martha Wayles Skelton Jefferson）と情婦サリー・ヘミングス（Sally Hemings）に継承された史実と酷似しているからだ。実際、作中では、シナラが真に愛するようになる黒人議員と初めて出会った際に、黒人議員は、シナラとR.を、ジェファソンとサリー・ヘミングスになぞらえて、その洒落をシナラと笑いあう場面が盛り込まれている（75）。こうしてみると、ジェファソン家の白人一家と黒人一家を巡る入り組んだ血縁ないしはその類型は、本書第5章および第7章でも指摘してきた通り、アメリカ文学内に頻出される物語素であると確認できる。二一世紀の脱農園神話が、奇しくもアメリカ建国当時の実話に倣って構築されたのだとすれば、ステレオタイプに過ぎると批判されたミッチェルの描く老いた善良なる乳母が、ランダルによって、農園基盤を支える異人種間雑婚（miscegenation）の作為的遂行者として再提示されたのは、むしろ極めて自然な成り行きに映る。ランダルは、「マミー」それ自体を、アメリカ文学史上、不滅の南部神話体現者から体制転覆的抵抗主体に変化させしめ、老いてなお、否、死してなお、その娘シナラを独立へと導く、農園の文字通り中心的存在に作り替えたのである。

興味深いことに、『風は去っちまった』は、ミッチェル財団から著作権侵害の誹りをうけ、出版差し止めの訴訟を起こされ、法廷闘争の挙句、最終的には和解し、「無認可のパロディー」（"The Unaurhorized Parody"）と表紙に明記することで出版を容認された経緯を有する。歴史改変小説や、名作に対するパロディー、パスティーシュ、また異なる作家による視点を変えた再提示や続編等の派生物語は、文学史上、枚挙に暇なく、『風と共に去りぬ』に関しても、その続編が絶えず希求されてきたことそのものが、作品を「決して死なない」大衆小説たらしめている。実際、これまで続編執筆依頼を模索しつづけてきたミッチェル財団による執筆条件交渉は、不成功であったときでさえニュースになってきた。また、現在までに幸運にも正式な出版許可を与えられたアレクサンダー・リプリーの『スカーレット』（一九九一）とドナルド・マッケイグの『レット・バトラー』（二〇〇七）および『ルースの旅』（二〇一四）が――その文学的評価は別にして――話題となり、多くの読者を獲得してきたのは周知であろう。だが、「不朽の名作」を伝統的南部白人史観に抵触せぬよう継続させるための政治学が、ランダルのパロディーによって試され、黒人作家が表現の自由を勝ち取るとき、アフリカ系アメリカ文学ジャンルの物語再提示力が、いかにアメリカ史そのものを再生させてきたのかを知らしめることにもなる。

パロディーとは、積極的な書き換え行為によって、先行作品を常に再活性化させる行為に他ならないわけだが、ポウ作品にせよ、ミッチェル作品にせよ、南部白人作家がアンテベラム期の世界観を描き、その作品に二一世紀の黒人作家が依拠しつつ、まったく新たな作品を描くとき、そこには、どういった精神性の発露がみられるのか。ランダルも、ジョンソンも、『風と共に去りぬ』が、そして『アーサー・ゴードン・ピムの物語』が、描かなかった事情を敢えて書くことにより、隠蔽された過去を再生・回復する物語なのである。ことに、こんにちでも読み継がれ熱狂的なファンを生み出しつづけるアメリカにおける超大ベストセラー『風と共に去りぬ』のパロディーは、ジェファソン家同様、皮肉にも、オハラ家の血が、白人直系よりも、マミーによって生み出された黒人の血のなかに回収されていく実態を示してしまう。

本章と次章の主たる目的は、従って、それぞれのパロディーを、「文学の消尽」を人種的政治性の観点から否定していく作品ととらえることにある。先行するテクストに対するパロディーという物語の派生形式そのものが、原型的言説およびアメリカ／南部神話に対する補完と修正、再生と再評価を同時に行なう機能を有しており、本作がその一例であるならば、その出版事情にこそ、不朽と改変の政治性の標榜がみられるはずである。本章で取り扱う『風は去っちまった』は、文学的表現力に関して、極めて凡庸かつ未熟であるとみなされているけれども、本作がアメリカ言説の再活性化を拓くのは、ランダルがミッチェル作品に対するカウンター・ナラティヴを提示したからばかりではない。ミッチェル財団との訴訟の結果、言論の自由が著作権侵害を凌駕する法的決着となったことも、再生しつづけるアメリカン・ナラティヴ、換言すれば「不朽の」アメリカの物語再生能力を知らしめたことになるのだ。こうした事情を論ずるにあたり、まずは本作がいかなる批判精神を発揮した内容となっているのかを示すことから始めたい。

1．そして誰もいなくなった

ランダルは、中学生時代に最初に『風と共に去りぬ』を読んだとき、大方の読者同様、小説に「恋をした」という。だがそれは「当初から問題の多い恋だったのです。野心的で、がむしゃらに働き、熱烈な愛の人スカーレットを尊重するためには、紋切り型の人種差別にもクランのごまかしにも目をつぶらなくてはならなかったのです。」その後、異人種間雑婚の歴史を知ったランダルは、ある日「タラに混血はいなかったのか？　スカーレットに姉妹はいなかったのかしら？」と思い立つ（Bates 126）。こうしてマミーに混血の娘がいたとの発想を得たランダルは、ミッチェル作品の設定を踏襲しながらも登場人物の名前を風刺的に変化させ、伝統的南部史観を全面的に反転させる続編を作り上げていく。【登場人物対応表を参照】

ミッチェルに対するパロディー精神は、本作主人公の命名およびテクスト枠組設定の段階からすでに明示されている。主人公の名前シナラは、ローマの詩人ホラティウス（Horac, 65-8B.C.）の『頌歌』（*Odes*）をもとに英国叙情詩人アーネスト・ダウソン（Ernest Dowson, 1867-1900）がかつての恋人を謳った詩「われ今や、かつて麗しきシナラの御代もとにありきものなかりぬ」（"Non sum qualis eram bonae sub regno Cynara" ＝英訳は、"I am not as I was in the reign of good Cinara"）に由来するのだが、この詩の第三スタンザ第一行目は、ミッチェル作品のタイトルとなる、かの有名な句「われ多くを忘れたり、シナラよ！　風と共に去りぬ」（"I have forgot much, Cynara! Gone with the Wind"）を含んでいる。またダウソンの詩には、四つのすべてのスタンザの最終行に、「われ汝に忠誠を尽くしたり、シナラよ！我なりに」（"I have been faithful to thee, Cynara! In my fashion"）が計四回繰り返されているのだが、この行間に、批評家インディラ・カラチェティ（Indira Karamcheti）は、改変作家の皮肉な含意を看破している。すなわち、ミッチェル作品に対して、「彼女なりの流儀で忠実を示してきた」ランダルが、「今や多くを忘れ」、『風と共に去りぬ』から「去っちまった」という意思表示とも読めると言うのである（Karancheti 22）。要するに、スカーレットの異母姉妹である本作の主人公の名前を措定するときから、ランダルは、ミッチェルのみならず、彼女に先行するダウソンやホラティウスも含めて、三者の文学コネクションを「積極活用」しているのだ。

さて、ランダルは、このダウソンの詩片が、シナラの皮革版日記帳に挟み込まれていたと言い、作品冒頭に掲げている。またその前頁に配された「本作に関する覚書」にて、作家は、本作出版の経緯を紹介する。そもそもシナラの日記帳は、プリシー・シナラ・ブラウン（Miss. Prissy Cynara Brown）なる黒人女性によって所有されていた。元来「素晴らしく健康な人生を謳歌していた」ブラウン夫人が、突如、激しい情緒的虚脱状態によって入院したのは一九三六年七月。その後一九四〇年の元旦に再度、入院を余儀なくされており、これらは「偶然にもマーガレット・ミッチェ

【『風と共に去りぬ』と『風は去っちまった』の登場人物対応表】

異母姉妹の異なる視点によって、同時期のプランテーションおよびアトランタでの生活が語られるのだから、ミッチェル作品とランダル作品とでは、登場人物たちも「共有」されることになるわけだが､スカーレットの視点から見たときの登場人物と、シナラが日記に綴るそれとでは、名称が異なるので、両者の関係を以下に示す。なお、本章の文中においては、括弧内に、ランダル作品での原語名称とミッチェル作品における相当名称とを併記する（但し、初出に限る）。

Margaret Mitchell （マーガレット・ミッチェル） ***Gone with the Wind*** (1936)	**Alice Randall** （アリス・ランダル） ***The Wind Done Gone*** (2001)
Mammy　オハラ家の乳母・使用人　エレンの結婚前からロビヤール家に仕えており、結婚後エレンとともにタラにやって来た。	Mammy/Pallas　シナラの母
Scarlet O'Hara	Other　本章では「アノヒト」と訳す
Rhett Butler	R.
Gerald O'Hara　スカーレットの父	Planter　シナラの父
Ellen O'Hara　スカーレットの母	Lady
Philippe Robillard　母エレンのいとこ・元恋人（死亡）	Feleepe
Ashley Wilkes　スカーレットの憧れの人	The Dreamy Gentleman
Melanie Wilkes　スカーレットの最初の夫の妹	Mealy Mouth
Bell Watling　娼館のおかみ	Beauty
Bonnie Blue　レットとスカーレットの娘	Precious
Pork　結婚前からジェラルドに仕えていた黒人奴隷・使用人	Garlic
Prissy　ポークの娘	Miss Priss
Tara 農園名	Tata/Cotton Farm
Twelve Oaks 農園名	Twelve Slaves Strong as Trees

〈ミッチェル作品には登場しない新たな登場人物〉

・主人公女性　マミーとジェラルド・オハラとの間に生まれた混血奴隷娘　Cynara
・シナラが惹かれ、関係をもつ新進気鋭の黒人議員　The Congressman

ルの『風と共に去りぬ』の出版および映画のプレミア時期と一致する」という（v）。ブラウン夫人は、シナラの日記を出版する準備をしていたが、叶わず、結局、一九九〇年代初頭に日記の現物とタイプ打ちされた原稿が発見され、このほど日の目を見たのであった。

ミッチェル作品のタイトルとランダル作品の主人公という二つの名称が、同一男性詩人（ダウソン）の創作詩に由来するのと同様、シナラとその異母姉妹スカーレットもまた、同一男性（プランター＝ジェラルド・オハラ）によって誕生し、同一男性（R.＝レット・バトラー）を共有することになる。まさに南部神話を標榜するミッチェルが描かなかった農園の異常な茶飯事が暴かれていくのである。たしかに奴隷制という制度そのものが「暴力」ではあるが、その制度内に生きることを強制された側も、遺憾なく暴力的犯罪を、粛々と実行していくのだ。

物語は、シナラ二八歳の誕生日に、R.から贈られた日記帳に、過去の記憶と現状の出来事とを綴り始めるくだりから幕を開ける。シナラ（通称シナモン、またはシンディ）は、一八四五年五月二五日午前七時半、アイルランド移民の農園主《プランター》（Planter＝ジェラルド・オハラ）とタタ（Tara＝タラ）の奴隷パラス、通称マミーとの間に誕生した。ほぼ同時期に貴族的フレンチ・クレオールのレディ（Lady＝エレン・オハラ）が産んだ異母姉妹アノヒト（Other＝スカーレット）の乳母として母を奪われ、孤独な幼少期を過す。異母姉妹に実母の母乳を奪われた空腹のシナラに、グラスのミルクを飲ませるのみならず、秘かに自身の母乳を与えて慰めてくれたのは、他ならぬレディであった（15-16）。「私はレディの娘で、アノヒトはマミーの娘なのだ」とシナラが断言するがごとく、皮肉にも、代理的母娘関係を構築させざるをえなかったレディによって慰めを見出したシナラは、幼少より威厳的かつ高雅な気質を発芽させ（48）、マミーに育てられたアノヒトは「生命力と生気と奴隷の実質的気質」を持った「白人女性の姿をした奴隷」となったのであった（47）。シナラはまた、次のようにも回想し、二組の母娘の交錯した関係を明示する。「私が覚えているのは、マミーがアノヒトにコーヒーを注ぎ、マミーが彼女のカップを満たすと美しい白い手が震えていたったこと。そしてレディが私に冷たいミルクが入ったグラスを差し出してくれたことだ」（25）。ここでマミーはアノヒトを黒色化し、レディはシナラを白色化しているとも読めるが、最も皮肉なのは、これら四人の母娘が、みな黒人の血を有している事実が、のちに暴かれる点にあるだろう。

批評家パトリシア・イエイガー（Patricia Yaeger）は、黒人乳母の役割に注目し、ランダルの『風は去っちまった』とキャラ・ウォーカー（Kara Walker）の影絵とを比較対照している。白人社会に略奪される黒人女性身体の豊穣なる生産性の背後に、環大西洋奴隷貿易社会経済の歴史を重ね、マミーの授乳行為に潤沢と搾取の政治性を読み込む。階級序列を逆行し、白人女性が黒人赤子に授乳する行為は、黒人乳母の頻出例に比べ、圧倒的少数であるが、シャーリー・アン・ウィリアムズの『デッサ・ローズ』（Sherley Anne Williams, *Dessa Rose*, 1986）にその例が見られ、かつ本作において、それは、レディのシナラへの授乳にも通底する。もちろん、レディがシナラにミルクを与えるさまは、レディのなかに潜む黒人性の顕現であるとも考えられるけれども、黒人女性が授乳によって生命を育む行為、およびそれが果たせぬ場合の苦悩は、トニ・モリソンのミルクマン（『ソロモンの歌』）やセサ（『ビラヴド』）にも暗示されている（Yaeger 781）。こうした文学的事例に鑑みれば、ランダル作品におけるこの代替的母娘関係も、あながち奇異とは言えないのかもしれない。

ところで、一見、幸福に見えるタタ農園は、その実、徹頭徹尾奴隷たちによって支配されていた。プランターとレディの結婚も、従者ガーリック（Garlic= ポーク）とマミーによって仕組まれたものだったのである。もともとセント・サイモン島の別の農園主の奴隷であったガーリックは、有能で聡明な若主人の下では、一生屈辱的な奴隷の地位に甘んじざるをえないと悟り、現行主人と「白い肌と酒と労働以外には何も持たぬ」プランターとを博打《カードゲーム》で競わせた挙句、「若主人のグラスに一杯盛る」ことによって、彼を敗北させ、自分が支配しうる愚鈍なる新主人を得たのであった。もちろん犯罪者として故郷を追われたアイルランド移民の新主人に、広大なタタの土地、別名コットン・ファームを獲得させたのも、ガーリックが仕組んだ賭博による（51-52）。奴隷は、プランターを通じて、自身が事実上の農園所有者となるべく、奸策を弄したのである。

一方、レディの母の代からサヴァンナの名家に仕えていたマミーは、彼女の恋人である従兄弟のフェリーペ(Feleepe= フィリップ)が不慮の死を遂げたとき、女主人の悲恋に同情したものの、同時に、「もしレディが彼と結婚していたら、パラスは奴隷のまま」であると考えた。だが「もしレディが、一族から離れ、周囲に知人もいない場所で男性と結婚したら、パラスはその土地を管理し、自由になれるだろう」と。両者の利害が一致したとき、ガーリックとマミーは、二八も年齢が離れた二人を結びつけ、ほんの子供であった一五歳のレディに対して、プランターに夫としての義務を強制的に果たさせる。そして自身は、プランターを性的に満足させ、骨抜きにさせる情婦となったのであった(60-61)。以降、ガーリックとマミーとは、従順な奴隷の仮面の背後で農園を支配すべく、主人夫婦の間にできた嫡男を次々に殺害し、女児のみを生かすよう画策しつづける。要するに、タタの出産・養育、家族構成の管理は、マミーの仕事だったのだ。

フレデリック・ダグラスが自伝で語ったように、大抵の奴隷たちは自分の誕生日を知らないが、マミーは、主人の嫡男を排除する一方で、自分の娘の誕生に際しては、日にちのみならず、時間までをもレディに書き取らせたのだった(153)。白人ですら通常は記録しない正確な出生時間を混血の娘に与える行為は、支配者逆転のもう一つの具体例であると同時に、従来の奴隷体験記形式に対する挑戦でもある。しかもシナラの誕生が、分のレベルまで正確に記述されているのに対して、ミッチェル作品におけるスカーレットの誕生日は、そこまで詳細にわからない。サムター要塞攻撃(一八六一年四月一二日)から二日後(つまり、一八六一年四月一四日)の物語開始時に、スカーレットは、一六歳であることから、彼女が一八四五年生まれであることは、確実である。ミッチェル作品を熟読していたランダルは、あえて黒人奴隷女性の出生記録を白人農園主の娘のそれよりも詳述し、前者の存在を際立たせているのだ。

さて、シナラが成長するに従い、二人の娘の間の将来的な緊張関係を察知したプランターは、一三歳になったシナラを知人の農園主の下に託すものの、ほどなく彼女は、チャールストンの奴隷市場に出され、そこでレズビアン娼館の女将であるビューティー(Beauty = ベル・ワトリング)に小間使いとして買われる。娼館に出入りしていたR.は、シナラを見初め、自身の情婦とするべく彼女を囲う。こうして彼女は、R.との生活を始めるのだが、実は、R.にアノヒトへの関心を持つよう仕向け、奴隷の木屋敷（Twelve Slaves Strong as Trees ＝樫の木屋敷 Twelve Oaks）へと向かわせたのは、シナラであったのだ。混血である自分とは正式に結婚できないにもかかわらず、R.がアノヒト以上に自分を苛烈に愛しているのを熟知した上で、シナラは、母を奪われた恨みを晴らすために、敢えてアノヒトと同一男性を取り合うべく、二人を結婚させるよう促し、義理の姉妹に敗北感を味わわせたのだった。シナラはR.がアノヒトに惹かれたのは、彼女が自分と似ていたからだと言い放つ（132）。事実、プレシャス（Precious ＝ボニー）を失ったR.は、亡き娘にアノヒトではなくシナラを付き添わせ、揚句、白人妻を棄て、混血情婦の元に戻る。ミッチェルのスカーレットが有す美貌と策略に富んだ気質は、ランダル作品においては、完全にシナラのものであり、プレシャスとマミーを失ったアノヒトは、その美貌をも失い、自殺した旨すら暗示される。「逝ってしまった。階段から落ちたのだ。最初は天然痘だった。曰く、彼女は鏡を見て、そして階段から落ちたのだと。飲んだくれていたのだそうだ」（96）。ここまで徹底的に「剥奪」されてしまっては、本家本元のスカーレットも立つ瀬がない。

オハラ家を巡る二代にわたるミセジェネイションと、アノヒトの唐突な死以外にも、本作には、通常ミッチェル財団が、続編執筆を依頼する際に、必須禁忌事項とする要素が複数、明示されている。たとえば、作家は、アノヒトが生涯慕う夢見る紳士（Dreamy Gentleman ＝アシュリー・ウィルクス）を、ホモセクシュアルの黒人愛好者としたのである。ランダルは、多くの邪悪な登場人物たちのなかで、純然たる白人かつ善良なる性質を有す者については、ゲイ・キャラクター（ビューティと夢見る紳士）として造形したと、フレッド・ゴス（Fred Goss）とのインタヴューで語っている。アシュリーを、娼館経営者ベルと同等の性的嗜好とするのは、なかなか劇的だが、タブーはこれだけでは終わらない。ガーリックの息子と夫との道ならぬ情事を知った妻のミーリー・マウス（Mealy Mouth ＝メラニー・ウィルクス）は、奴隷を鞭で叩き殺す。ガーリック家が、ミーリーによって失った子供は、一人だけではない。さらにもう一人の息子をも亡くしたのだった。というのも妻ディルシー（Dilcey）がミーリーの息子の乳母となったため、奴隷の子は、実母の乳を飲めずに飢死したからである。ここでも実子に乳を与えられぬ奴隷母の悲哀が描かれる。二人の兄弟を失ったミス・プリス（Miss Priss ＝プリシー）は、白人たちからはもっぱら気がふれたと噂されているのだが、「殺された」兄弟の恨みを抱きつづけ、出産時にミーリー・マウスとその赤子を殺害したのだった。アシュリーのホモセクシュアリティは言うまでもなく、南部女性の慈愛を体現していたはずのメラニーが鞭を振るう残忍な姿は、ミッチェル信奉者の逆鱗に触れるところであろう。またランダルが彼女にミーリー・マウス、つまり「口先だけで誠意のない」を意味する名をつけている点は、メラニーの誠実さの対極であり、かつプリシーの虚言癖への揶揄でもある。「お産のことは何も知らない」愚鈍なプリシーは、ランダル版では、ミーリー母子を「自然に」殺害することができるほど、出産事情に精通したあざとい復讐者となる。ついでに言えば、シナラの日記内に名前は記されていないものの、アノヒトの前夫との間の子供たち、すなわちチャールズ・ハミルトン（Charles Hamilton）との最初の結婚でできた男児ウェード・ハンプトン・ハミルトン（Wade Hampton Hamilton）、およびフランク・ケネディ（Frank Kennedy）との再婚でできた女児エラ・ロレーナ・ケネディ（Ella Lorena Kennedy）もまた、ガーリックによって、殺害されるであろうことが、作中、暗示的に描かれている（56）。

これらの「驚くべき事実」もさることながら、本作を最も煽情的にしているのは、レディが黒人の血を有していた事実が判明するくだりであろう。作中には、レディと従兄弟フェリーぺとの間の書簡によって、一族がひた隠しにする「ハイチの呪い」（122）、すなわち二人の曾祖母が黒人であった秘密（124）が明かされる。周囲が二人の結婚に忌避感を示したのは、近親者婚によって色の黒い子供が生まれる可能性を懸念したからだ。フェリーぺの死後、プランターと結婚することになったレディは、マミーとともに、この秘密を最後まで守り抜き、従って、アノヒトも自身の黒人性を知らぬままに早世する。プレッシー対ファーガスン事件判決（*Plessy v. Ferguson*, 1896）にむけて人種分離を確定化せんとする再建期以降の南部復権時代にあって、黒人の血の一滴は、ミッチェル作品を根底から覆す。パッシングしていたのは、レディとアノヒトの側だったのだから。結局、ランダル作品では、すべての登場人物が「黒人」

であるか、あるいはアフリカ的資質を持ち、黒人との濃密な性的関係を持つ者たち（プランター、R.）のみで構成されており、加えて、後者は前者によって支配されて存在しているに過ぎない。

なるほど、スカーレットを出し抜くシナラは、明らかに悲劇の混血というステレオタイプから逸脱している。ウェルナー・ソラーズによると（Werner Sollers）、アメリカ文学における異人種間関係は、伝統的に、混血の自死で終わるのが定番であり、その悲劇を回避できる唯一の手段は、渡欧によるパッシングであった（qtd. in Gomez-Galisteo 83）。だがシナラは、R.と結婚し、タタの女主人の立場となり、かつ渡英して「白人妻」となる生活が約束されていたにもかかわらず、それを辞し、自らR.を棄てる。そもそもアノヒトの死後、張り合う相手がいなくなったとあっては、R.への関心は急速に冷めざるをえない。R.の情婦として豪奢な生活を送りつつも、新進気鋭の黒人議員と惹かれあい、彼との第二の人生をシナラは夢見始める。だが実際、シナラは、極めて狡猾だ。かつて南部軍人の美貌の情婦であり、いまやR.の「妻」としての立場が、議員を支持する黒人コミュニティから嫌悪され、W・B・E・デュボイス（W. E. B. DuBois）の言うところの「才能ある十分の一」（201）であるアフリカ純血の議員の前途を阻むと知ると、彼女は、不妊の黒人女性コリーン（Corinne）を彼と結婚させるように仕向け、自分と議員との間にできた子供――議員とその妻によってサイラス（Cyrus）と名づけられた――を彼とコリーンの正式な嫡子として、「与える」のである（201）。白き魅力の権化アノヒト以上の美貌のシナラが、黒い皮膚の子供を望み（203）、黒人議員との間にできた我が子を、彼とその妻の正式な嫡男とするということは、ランダルが伝統的な悲劇的混血の物語形式を逆手にとり、主人公に黒さではなく、白さを隠蔽する逆パッシングをさせていると言ってよい。また、R.との離婚ができぬまま夫を棄てる行為は、彼女の独立心と奔放さゆえというよりも、ややもすると、タタ相続の機会と経済的基盤の確保を目論むがゆえの行動だったとの穿った見方も可能になる。

母を奪われ、タタから排除されたシナラがアノヒトを赦し、自身の黒人性を取り戻すのは、自分を棄てたと思っていた母の愛とマミーの人生の実情を知ったからである。自らの精神に深く刻まれた黒人性を苛烈に意識するに至った彼女の真の自立（160-62）は、R.からのプロポーズの折に見せられた手紙が、娘を想うマミーによるR.への婚姻の懇願であると分かったときに訪れる。母が娘に用意した白人としてのパッシングの機会を、娘は、母親に倣って、黒人としての支配力を行使する選択へとずらしたのだ。

となれば、本作の影の主人公は、若きシナラならぬ、老いたマミーであるといっても過言ではない。ランダルが本作を書く契機の一つを「先の［ミッチェル］作品におけるマミーを嘲笑し、批判するため」（Premer 26）と述べていることからも窺えるように、マミーの修正と再評価が『風は去っちまった』の真骨頂となっている。だからこそ、この対抗策のためにも、のちにミッチェル財団は、再度ドナルド・マッケイグの筆により、マミーの前日談（『ルースの旅』）を用意せねばならなかったのだろう。ランダル作品においては、生きて登場することのないマミーこそがタタの歴史と物語を司る「真の女主人」（52）であり、その老猾さは、娘に受け継がれると同時に、常に物語を駆動し、再生させる契機ともなっている。マミーの死は、夢見る紳士による正式な葬儀と、元奴隷たちによる秘密裏のそれという二重の儀式によって執り行なわれ、シナラを含む元奴隷たちによって、今一度、タタの中枢として再確認される。アノヒトたっての願いにより、レディの傍らに埋葬されたその棺は、一見、白人夫婦に寄り添うように見えつつも、実際には、マミーの遺体が主人の横に鎮座するように、プランターとレディの棺の位置が交換されたのであった（49）。こうして黒人使用人の都合に合わせて白人主人側の墓が配置し直され、コットン・ファームに眠るマミーは、白人一家の消滅と黒人たちの繁栄を促しつづけるタタの土壌そのものと化す。

タタと人々のその後が簡単に紹介される「後記」において、ガーリックの肖像画が掲げられたコットン・ファームの屋敷は、今や、彼とその娘ミス・プリスによって引き継がれており、さらには黒人議員とシナラの子孫たちが国政で活躍する旨が紹介される。すべての事情を記したシナラの日記は、ミス・プリスの孫の代へと伝わり、あたかも一族の歴史が南部史内部に還元されるかのように、物語冒頭の「覚書」へと循環的に接続して読者に提示される。タタの大地には、「黒人」と判明したプランターの一族郎党が眠り、物語は幕を閉じる。かくして、ミッチェルが愛した旧南部の伝統の幻影が「去っちまった」後にはランドルが刷新の風を吹かす。マミーとガーリックによって徹頭徹尾支配運営し尽くされたタタから、白きものはいなくなり、そして誰もが黒くなったのである。

2．告発の行方

『ニューヨーク・タイムズ』の文芸書評欄でミチコ・カクタニ（Michiko Kakutani）は、ランダル作品について寸評し、「ぎこちなく、尊大で、時に笑いだすほど馬鹿馬鹿しいが、『風は去っちまった』は、『風と共に去りぬ』で描かれた南北戦争以前のロマン化された南部史観に果敢に抗い、その代わりに黒人中心的な歴史観を提唱している」と述べた。批評家評が必ずしも好ましからざる本作に関して、カクタニは、核心を突く。曰く、「ミッチェル財団による『風は去っちまった』出版差し止め訴訟の皮肉の一つは、それが本書に対する興味を恐ろしく大きなものにしてしまったことである。もし当初予定されたように普通に出版されていたら、恐らくは、好奇心をあおるものの上手く執筆されなかったアイディアとして、少々の物議を醸すに過ぎなかったであろう。従って、多くの凡庸な書籍同様、すぐに消えてなくなっていたであろう。だが、いまや憲法修正第一条の表現の自由を懸念する人々にとっては、まったくもって大関心事となった」と。

だとすれば、『ハーヴァード・ロー・レビュー』が本件訴訟を報告したのも、不思議ではないだろう。『レヴュー』は、訴訟内容や進捗の詳細を報告する前提として、わざわざランダル作品に対する評価が一様でないと指摘し、カクタニに加えて、『ボストン・グローヴ』（*Boston Globe*）に掲載されたゲイル・コールドウェル（Gail Caldwell）評――「本小説の筋は浅薄で、言語的にも統一を欠き、宿根に対する単なる報復が、作品の効果を損ねている」――を紹介している。その上で、『風は去っちまった』は、本来文学的に取り上げられるべき以上の注目をメディアから集めた例であると公言している（*Harvard Law Review*, 2364）。

確かに『風は去っちまった』は、続編パロディーという性質上、良くも悪くもミッチェル作品に全面的に依拠せざるを得ないがゆえに、文学的完成度よりも政治的主張ばかりが目立つ。マミーとシナラの母娘二代にわたる複雑な異人種間結婚設定は、一応は新規であるものの、本作には、フレデリック・ダグラス（四八、五〇、五二章）やサリー・ヘミングス（75）に関する取ってつけたかのような言及や『アンクル・トムの小屋』（7）「八月の光」（72-73）「風と共に去りぬ」（58）といった語の直截かつ粗雑な使用が散見され、ランダル独自の文学的物語特性は希薄であると言わざるをえない。本作に対する文学研究者の批評がそれほど多くはなく、雑誌の話題本の紹介欄に留まるか、あるいは、かえって法律分野の雑誌で取り上げられているのが目に付くのも、道理である。もちろんミッチェル財団との騒動によって、『風は去っちまった』の売り上げは増し、当初の二万五千部から一八万三千部に刷増され（Premer 26）、ベストセラーリストに躍り出た。一躍時の人となったランダルは、アル・ノイハース・フリー・スピリット賞（Al Neuharth Free Spirit Award）を受賞し、二〇〇二年度NAACP文学部門話題賞（the 2002 NAACP Image Award in literature）では、最終選考者に残った。

駆け出し作家のデビュー作が、アメリカ文学文壇の大御所やらノーベル賞作家、そしてアメリカ文学・批評理論の大物研究者を巻き込み法廷論争を引き起こすとき、『風は去っちまった』は、単なる偶発的センセーション以上の効果を及ぼすことになる。ランダルは、法廷を、言うなればアメリカ文学史の教育現場へと変容させ、文学・歴史研究分野ではクリシェと化したミッチェルの歪曲史観をことごとく指摘・列挙した上で、ブラック・パロディーの政治的意味に法的権威を与え、ひいてはこうした一連のアフリカ系アメリカ文学側の勝利を広く世間に知らしめたのである。皮肉なことに、『風は去っちまった』は、ミッチェル作品なくして成立しえないにもかかわらず、その伝統的南部白人史観に対する抵抗と修正を、奇しくも、文学ならぬ法学の場で公示してしまったのだ。ならばミッチェル財団に対するランダル側の戦いは、どのようなものであり、この法廷劇から何が見出されるのを確認しておくのも、アメリカン・ナラティヴ再生手段を考える上で、あながち無駄ではないだろう。

サントラスト・バンク対ホートン・ミフリン社事件（*Suntrust Bank v. Houghton Mifflin Co.*）は、ボストンの老舗出版社が、二〇〇一年三月、ランダル作品を出版・販売したことに端を発する。『風と共に去りぬ』の著作権およびその派生関連作品の創作・販売の認可を厳格に管理しているミッチェル財団の管財者サントラスト・バンクは、依頼も許可もないまま書かれたランダルによる続編出版という由々しき事態に即座に反応した。ランダル作品の設定・内容は、ミッチェルの小説世界とほぼ一致しており、こうした直接的かつ過度の借用は著作権侵害にあたるとして、ホートン・ミフリン社に『風は去っちまった』の出版販売を控えるよう申し入れた。そして同社がこれを拒否すると、サントラストは、ジョージア州北部地区地方裁判所に提訴。スカーレットの死に驚いた判事チャールズ・A・パネル・ジュニア（Judge Charles A. Pannell Jr.）は、原告側の主張を全面的に受け入れ、ランダル作品が、『風と共に去りぬ』の販売を阻害するとして、被告に予備的差し止め命令(a preliminary injunction)を言い渡した。原告側は、ランダルによってスカーレットが小説舞台から排除された事態について、財団が将来、続編執筆の依頼や認可をする際に、妥協せねばならない不都合を訴えた。なぜなら主人公がいなくなってしまっては、続編そのものの創作を阻むことにもなりかねないからだ。パネル判事は、財団側のこの主張に対して理解を示し、いくぶん苛苛しながら、「私を実に困らせたのは、スカーレット嬢が殺されたことであったと思う」と述べた（Jarrett 440）。もちろん、判決を不服としたホートン・ミフリン側は、第一一巡回区連邦控訴裁判所（the Court of Appeal for the Eleventh Circuit）に異議を申し立て、ここにミッチェル財団が著作権を持つ『風と共に去りぬ』に対する公正使用の原則を巡る論議が、いま一度、展開されることとなったのである。

争点となったのは、両作品間に、実質的類似があるのか否か、また、類似がある場合、パロディー『風は去っちまった』によるミッチェル作品からの借用が、公正使用と判断できうるか否かであった。ホートン・ミフリンは、以下のように主張した。地方裁判所が、ミッチェル作品の著作権保護を優先し、後発作家ランダルによる作品改変の政治的意図を退けるのは、言論の自由を抑圧する決定であり、不当である。また、先の法廷における出版差し止め命令は、事前

【図版1】
The Wind Done Gone 表紙。"The Unauthorized Parody" とかなり目立つように明記されている。

抑制（裁判の進行を妨害し、または国家の安全を侵害すると裁判所が認めた資料や手続きの公開を禁ずる裁判所命令）にあたり、違憲であると。原告側、被告側の双方が、作家、文学研究者、専門知識人の証言を提出し合い論争を展開した後、控訴裁判所は、サントラスト側の言い分を棄却し、差し止め命令を無効とする見解を示した。控訴審は、一九九四年のキャンベル対エイカフ・ローズ・ミュージック事件（*Cambell v. Acuff-Rose Music, Inc.*）における最高裁判決に基づき、パロディーを、先行する作品に対する批判ないしは論評を目的とした社会的・政治的営為とし、オリジナルの要素を含みつつも再構築された新たな芸術作品であると解釈した。ランダルの言論の自由は、こうして認められたのである。その後、両者は、最終判決言い渡しを待たずして、二〇〇二年五月、法廷外で和解を成立させ、決着する。ミッチェル財団側は、ホートン・ミフリンが、アトランタの伝統ある黒人大学モアハウス・カレッジ（Morehouse College）に不特定額の寄付をすることを条件に、ランダル小説の出版・販売を許可し、『風は去っちまった』の表紙には、「無認可パロディー」（"The Unauthorized Parody"）の表記が付されることになった【図版1】。

ちなみに、本件裁判に関わった主要専門家は、おおむね以下の通りである。ミッチェル財団側証人（無宣誓証言および宣誓供述）は、ケヴィン・アンダーソン（Kevin J. Anderson, SF作家）、ガブリエル・モトーラ（Gabriel Motola, CUNY教授、ユダヤ文学、ホロコースト文学、パロディー・揶揄の専門家）、ジョエル・コナロウ（Joel Conarroe, ジョン・サイモン・グッゲンハイム記念財団理事長兼、詩の専門家）、ルイス・ルービン・ジュニア（Louis Rubin, Jr., 南部文学専門家）、アラン・レルシャーク（Alan Lelchuk, 作家兼、ヨーロッパ、ユダヤ文学専門家）。ランダル側証人（無宣誓証言）は、ジョン・シッター（John Sitter, エモリー大学教授）、バーバラ・マッキャスキル（Barbar McCaskill, ジョージア大学教授アフリカ系アメリカ文学専門家）、ジェイン・チェリウス（Jane Chelius, 著作権代理会社社長）、フランク・プライス（Frank Price, 映像作家、映画会社ＣＥＯ）トニ・モリソン（Toni Morrison, 作家）パット・コンロイ（Pat Conroy, 作家兼『風と共に去りぬ』六〇周年記念版の序文執筆）、アントン・ミューラー（Anton Muller, ホートン・ミフリン社編集主任）、ヘンリー・ルイス・ゲイツ・ジュニア（Henry Louis Gates, Jr., ハーヴァード大学教授、デュボイス・インスティテュート所長）。また、ハーパー・リー（Harper Lee）、アーサー・シュレジンガー・ジュニア（Arthur Schlesinger Jr.）、チャールズ・ジョンソン（Charles Johnson）らを含む計三〇名の作家・大学教授・研究者・映画監督らが、二〇〇一年四月一〇日付で、ランダル擁護の陳述書「支持表明状」（Letter of Support）を提出している。そのなかには、『パロディー理論』の著者リンダ・ハッチオン（Linda Hatcheon）の名前も見られることを記しておこう。さらに、ランドル支持団体として、国際ペンクラブ・アメリカン・センター（PEN American Center）、表現の自由のためのアメリカ・ベストセラー財団（American Bestsellers Foundation for Freedom of Expression）、読書の自由推進財団（Freedom to Read Foundation）、芸術のためのワシントン地区弁護士会（Washinton Area Lawyers for the Arts）、憲法修正第一条プロジェクト（The First Amendment Project）、全米検閲反対連合（The National Coalition Against Censorship）といった団体が弁論趣意書を提出している。なお本件訴訟の全資料は、ホートン・ミフリン社のウェブ頁から閲覧できる。

世に「正式認可された」パロディーなるものが、どれだけ存在するのか分からないけれども、少なくともランダルは、財団が派生作品に対して課す執筆条件――スカーレットの死、異人種間雑婚、同性愛を描かないこと――をすべて覆し、いわば巨大権力に挑戦したのだから、「無認可」烙印は、かえって財団に向けての鮮烈な揶揄としての効果を発揮する。しかもこれまで派生作品の著作権を獲得操作してきた財団に対して、ランダルが禁忌要素満載の改変物語で対抗し、最終的に、自作著作権の保持者となった結末は、皮肉としか言いようがない。今や彼女は、他の作家によって『風は去っちまった』を修正提示しようとする試みが発生した場合、その後続改変作品に対して、認可も拒否もできる権利を獲得し（Schur 25）、その意味においてランダルは、ミッチェル財団と同等の立場となったのである。

要するに、パロディーの存在意義を争った本件も、作品に付されたパロディーという表記そのものも、メタ・パロディーと化したのである。

本件訴訟において、またアフリカ系アメリカ人の文学再生・再提示様式を考える上で、最大の注目点となるのが、ランダルおよびホートン・ミフリン側の巧みな「パロディー喧伝法廷戦法」であったのは、もはや自明であろう。批評家リチャード・シューアによれば、ランダル作品がいつの時点でパロディーとして広く世間に認識されたのか定かでないものの、ミッチェル財団より訴訟を起こされる以前に、ホートン・ミフリン社がランダル作品を明確にパロディーと銘打って売り出すことはなかったと言う（18）。そもそもパロディーは、オリジナルからの借用あるいは援用によって前作を揶揄する政治的意図を前提としている芸術形式であるがゆえに、政治的言論の自由を保障する修正条項第一条の適応が、本件で効果的に発揮されるのは、十分予想できたはずだ。しかも、パロディーが必然的に有する諧謔の具体例が、ミッチェル財団の禁忌事項とあざといまでに合致する場合、知的所有権保護という名目は、正当な法的権利というよりもむしろ検閲の様相を呈してしまう（Premer 25, 26）。それが南部白人の保守的歴史認識とアフリカ系アメリカ人のそれとの間の差異の顕現化を煽り、ある種、時代錯誤的にすら思われる「人種戦」を余儀なくしたのは、サントラスト側の証言者に、アフリカ系アメリカ人の著名知識人がみられなかった事実からも窺えよう。

たとえば、ランダル側の法廷外無宣誓証人であるトニ・モリソンは、奴隷制の実態を歪曲し、黒人奴隷の劣性を強調し戯画化した『風と共に去りぬ』に対して、出版差し止めを提示される事態はこれまでなかったではないかと反論する。そもそもミッチェル自身が、それ以前の「トマス・ネルソン・ペイジのような甘ったるい旧南部のセンチメンタル小説の類」を一蹴し、ロマンチックな南部像に対してラディカルな修正の提示をせんとする意図の下、旧来の弱々しく、貧弱な南部女性のイメージを覆す強靭で独立したスカーレットを生み出したのだから、ミッチェル同様に、物語および歴史認識を改変しようとしたランダルの言論の自由のみを封じ込めるのは、不当であると主張するのだ。モリソンは、すなわち、こうした訴訟自体が、アフリカ系アメリカ人の声を阻む、奴隷制の残滓であると暗示しているのである。「差し止め命令の真の要点、つまりこの論議の根底にある問題とは、歴史がいかに想像され、それを誰がコントロールするのか、奴隷たちにとって奴隷制とはいかなるものであったのかを誰が語るのか、ということなのだと私には思われるのです。今回の権利主張が示唆するのは、将来のすべての世代にかかわる、ある種の奴隷であり、『風と共に去りぬ』が描き、依拠し、それに関して戦いが展開された人種的構造を、留め置く事態なのです。」（ホートン・ミフリン裁判記録）

モリソンが強調した歴史修正と物語改変の権利所有の概念は、同様に、ヘンリー・ルイス・ゲイツ・ジュニアの証言においても繰り返されている。ゲイツとランダルは、ミッチェル作品に描かれたアフリカ系アメリカ人に対する偏見に満ちた描写の具体例を列挙して供述書に添付し、法廷に提出している。ほんの一例であると記した上で提示されたゲイツの指摘箇所は計二八、ランダルは、六一ヵ所にも及んでいる。二人は、むしろ、ミッチェル作品における差別表現を、これでもかとばかりに、指摘してみせたわけだが、模倣と擬態によって権威を欺き、最終的には、それを凌駕していく文学的政治戦略、すなわちシグニファイン（Signifyin'）の一形態としてのランダルのパロディーは、アフリカ系アメリカ人の伝統的文学様式の具体例である。その法的正当性を問うた本件裁判で言論の自由を勝ち取った事実によって、ランダルは、ミッチェル財団が有する知的所有権をもシグニファインしてしまったと言えるだろう。そしてそれはまた、アフリカン・アメリカンの伝統的文学様式に法的裏書を与え、「文学の消尽」に反駁し、アメリカン・ナラティヴの文学的再生に貢献するアフリカン・アメリカンの文化的豊穣をも印象づけた。

ゲイツは、ランダル改変パロディーを読み、「涙が出るほど笑い転げた」という。先行作品を老化させず、後発の物語の「新しさ」のなかに意図を見出し、それら双方のテクストの異なる有益性を意識化する反復的戯譃様式を世に知らしめた理論家として、それは、正しい読み方だ。かくして、ハーヴァードの高名な教授にして全米きってのアフリカ系超有名知識人スキップ・ゲイツを抱腹絶倒たらしめた『風と共に去りぬ』の揶揄改変版は、憲法修正第一条という合衆国が最も重視する言論の自由を争点として、南部白人文学きっての権威財団を大真面目に洒落のめした挙句、勝利したのである。

3. 風は永久に去りえず

大衆小説作品としての完成度以上に、話題性ばかりが目立ってしまった本作を、字義通りパロディーとして読み、笑い転げるのが、恐らく本来的な楽しみ方なのだろう。だが、ランダルの改変小説は、それ以上のことを、われわれに教えてくれているのではなかろうか。ランダルは、巻末謝辞の最終行に「マーガレット・ミッチェルの『風と共に去りぬ』が私に着想を与えてくれた」(210) と記し、小説を閉じている。ミッチェル財団に対する政治的勝利に比して、必ずしも文学的勝利をおさめたとは言い難い本書が、最終的にもたらした最たる貢献は、もしかすると、皮肉にも、ミッチェル大衆小説の高次の完成度を、今一度、世に再確認させしめる素材として立ち働いてしまったことにあるのかもしれない。ランダルは、法廷をアフリカン・アメリカンの歴史・文学伝統再提示のための教育現場とし、先行する文学的伝統を修正したミッチェル作品を再度揶揄してみせることによって、アメリカン・ナラティヴの批評的相承を実演した。だが翻って考えれば、それは『風と共に去りぬ』が「なかなか消えない《ダイハード》」再生力をいまだに発揮しているからに他ならない。公式認可の有無を問わず、また文学的完成度の高低によらず、続編が話題となる度に、読者は、そして批評家は、再度ミッチェル作品に立ち戻らざるをえないのだ。

それは、ミッチェル作品に対する派生物語が、複数出版されてきた経緯によっても示されている。ミッチェル財団から正式認可を受けて執筆されたのは、ランダル以外には、アレクサンドラ・リプリーの『スカーレット』(Alexandra Ripley, *Scarlett*, 1991, authorized sequel)、ドナルド・マッケイグの『レット・バトラー』(Donald McCaig, *Rhett Butler's People*, 2007, authorized prequel)、同じくマッケイグの『ルースの旅』(Donald McCaig, *Ruth's Journey*, 2014, authorized prequel) で、それぞれスカーレット、レット、マミーの視点から、ミッチェル作品の前景・後景を補強せんとしている。

ランダルと同様に、財団の認可を受けない作品としては、キャサリン・ピノッティの『タラの風』（Katherine Pinotti, *The Winds of Tara: the Saga Lives On*, 2008, unauthorized sequel）があるが、案の定ミッチェル財団と訴訟となり、著作権侵害による出版差止となったため、こんにち英・米を含む世界の主要市場では入手できない（ただし、オーストラリアでは著作権に抵触せず、販売・入手可能となっている）。また、こうした派生小説に関して、M・カルメン・ゴメス・ガリステオは、批評書（M. Carmen Gomez-Galisteo, *Wind is Never Gone : Sequels, Parodies and Rewritings of Gone with the Wind*. 2011）を上梓した。当然ながら、こうした派生物語およびその研究書の出版は、本家本元の訴求力なくしては、成立しない。しかも、いかに後発の物語が「良く書けて」いたとしても、派生物語を希求する読者が、結局はミッチェルには及びえないという、ある種の「安堵」を内在させながら読むであろうことは、想像に難くない。

ややもすると「トンデモ本」の類にみなされてしまうランダル小説が、これほどの話題を提供したのは、奴隷側の抵抗と犯罪を、ごく「自然に」物語化してしまったランダルの政治的無意識なのかもしれないし、それは彼女のアフリカ系アメリカ人という人種的背景に裏打ちされているのかもしれない。本作は、アンテベラム／ポストベラム期の抵抗者精神を二一世紀に蘇らせただけでなく、ミッチェルという大物先達に挑戦し、かつ、こんにちでもつづく、憲法および修正条項を巡る解釈の諸相を大々的に提示した数少ない大衆作品であると言えるのだろう。しかし、それにしても、ミッチェルの影響力は、深く、大きい。ランダルは『風は去っちまった』としたものの、ミッチェルの風は、依然、去りえぬのだ。

◉註

（1）シナラとアノヒトは同い年である。作中には、一八五五年、シナラが一〇歳のとき、「アノヒト」も「同じく一〇歳だった」(3)

とあることから、ほぼ同時期に生まれた設定であると考えられる。作中には、単にsisterと記されるのみで、出生日の早遅を明示するくだりはないので、厳密には、どちらが姉でどちらが妹かは不明である。本章では、マミーとガーリックが共謀し、レディとプランターを結婚させ、かつマミーがプランターを性的に籠絡したという事情に鑑み、本章においてシナラとアノヒトとの関係を表記する際には――日本語表現としては、少々、奇異ではあろうが――あえて年齢の差異を示さず、「姉妹」と記すことにする。いずれにしても、ランダルの意図は、スカーレット・オハラの「隠蔽された黒きダブル」を提示することにあったはずである。

（2）マミーの本名パラスは、ギリシャ神話において知恵と豊穣、芸術と戦術の女神アテナの別称であると同時に、ローマ皇帝クラウディウス一世に仕えた解放奴隷の名前でもある。彼は財政秘書官として富と実権を握り、のちの皇帝ネロの母アグリッピナの秘密の愛人であったとも言われている。ランダルのマミーの造形には、神話および歴史上のこれら二人のパラス像が反映されていると思われる。

（3）本件は、ラップ・グループ、ツー・ライブ・クルー（2 Live Crew）が、ロイ・オービソンとウィリアム・ディーズの有名な「オー・プリティ・ウーマン」（Roy Orbison and William Dees, "Oh, Pretty Woman," 1964）をもとに創作した猥褻なリミックス曲「プリティ・ウーマン」（"Pretty Woman," 1989）に対して、オリジナルの著作権を有していたエイカフ・ローズ・ミュージック社（Acuff-Rose Music Co.）が、その歌詞に卑猥さゆえに、オリジナル本来の気品を損ない、名誉を傷つけたとして、起こした訴訟である。オービソンとディーズの再録音を織り交ぜたリミックス曲が、著作権の公正利用に当たるか否かを諮る本件争点は、ミッチェルの小説舞台をそのまま利用して創作されたランダル作品を、コピーではなく、新たな創作物であるとみなせるか否かを問う『風は去っちまった』訴訟と酷似している。よって、ホートン・ミフリンがランダル作品をパロディーとして喧伝する戦略に出たのは、この前例判決について熟知していたがゆえであると推測できる。というのも、プリティ・ウーマン訴訟において、最高裁判所は、一九九四年、ツー・ライヴ・クルー作品をパロディーとみなし、既製の著作物の再構築による二次的著作物として新規の著作性を認める判決を言い渡したからである。なお、この折に、最高裁判所のデイヴィッド・H・スーター判事（Justice David H. Souter）は、批判・批評の目的で著作権を有するオリジナル作品をパロディーに使用するのは公正であり、その際、改変されたパロディーが良識や品位を備えたものか、あるいは単に俗悪なものであるかは、著作権公正使用の判断基準とならないとした（Jarrett 439）。それにしても、白人の「プリティ・ウーマン」を黒人の「ヘアリー・ウーマン」に改変させたリミックス・パロディーの猥雑が、ミッチェル・ランダル訴訟判決の判例に適応されること自体が、最たるパロディーに映る。ミッチェル財団側からしてみれば、ランダル作品は、ツー・ライヴ・クルーの創作曲並みの野卑な愚弄と思ったのかもしれない。にもかかわらず、双方の事件ともに、本家本元が敗訴した。こうした裁判事情が話題となり明示されるということは、パロディーの求心力は、先行作品と後続作品との双方の認知度／話題性が高く、また両者が共存共栄できうるという前提において担保されるのだと気づかされる。

（4）アフリカ系アメリカ文学研究領域におけるヘンリー・ルイス・ゲイツ・ジュニアの経歴および功績は、以下のハーヴァード大学の頁および添付CVを見れば、十二分であろう。〈https://aaas.fas.harvard.edu/people/henry-louis-gates-jr〉ゲイツは、DNA鑑定結果に基づき、有名人の人種的起源と家族の歴史を探るPBSの人気番組「あなたのルーツを見出そう」（Finding Your Roots with Henry Louis Gates, Jr.）のメインホストをつとめている。以下のURLも併せて参照。〈http://www.pbs.org/weta/finding-your-roots/home/〉

◉引用・参考文献

Argall. Nicole. "A Rib from My Chest: Cynara's Journey as an African Womanist." *C.L.A. Journal*, vol. 47, no. 2, 2003, pp. 231-43.

Bates, Karen Grigsby. "A Through-the-Looking-Glass Version of *Gone with the Wind*." *The Journal of Blacks in Higher Education*, vol. 33, Autumn 2001, pp. 126-27.

"Copyright Law—Fair Use of Doctrine—Eleventh Circuit Allows Publication of Novel Parodying *Gone With the Wind—Suntrust Bank v. Houghton Mifflin Co.*" *Harvard Law Review*, vol. 115, no. 8, Jun. 2002, pp. 2364-71.

Gates, Henry Louis Gates, Jr. "Declaration of Henry Louis Gates." Information about *SunTrust Bank v. Houghton Mifflin Company*, http://www.houghtonmifflinbooks.com/features/randall_url/pdf/Declaration_Henry_Louis_Gates.pdf. Accessed July 31, 2019.

Gomez-Galisteo, M. Carmen. *The Wind is Never Gone: Sequals, Parodies and Rewritings of Gone with the Wind*. McFarland, 2011.

Goss, Fred. "Gay with the Wind." *The Advocate,* vol. 846, Sep 11, 2001, pp. 63.

Haddox, Thomas F. "Alice Randall's *The Wind Done Gone* and the Ludic in African American Historical Fiction." *MFS*, vol. 53, no. 1, Spring 2007, pp. 120-39.

"Information About *Suntrust Bank v. Houghton Mifflin Company*." Houghton Mifflin Harcourt: Trade and Reference Publishers, http://www.houghtonmifflinbooks.com/features/randall_url/courtpapers.shtml, Accessed July 31, 2019.

Higgins, Geraldine. "Tara, the O'Haras, and the Irish *Gone With the Wind*." Southern Cultures,. Vol. 17, no. 1, Spring 2011, pp. 31-49.

Jarrett, Gene Andrew. "Law, Parody, and the Politics of African American Literary history." *Novel: Forum of Fiction*, vol. 42, no. 3, Fall 2009, pp. 437-41.

Kakutani, Michiko. "*The Wind Done Gone*; Critic's Notebook: Within Its Genre, a Takeoff on Tara Gropes for a Place." *New York Times*, May 05 2001, http://www.racematters.org/thewinddonegone.htm. Accessed July 31, 2019.

Karamcheti, Indira, "Re: Wind." *The Women's Review of Books*, vol. 18, no. 10/11, Jun., 2001, pp. 22-23.

Morrison. Toni. "Declaration of Toni Morrison." Information about SunTrust Bank v. *Houghton Mifflin Company*, http://www.houghtonmifflinbooks.com/features/randall_url/pdf/Declaration_Toni_Morrison.pdf. Accessed July 31, 2019.

Premer, Ann. "'*Wind Done Gone*' Author Seeks Right to Parody Classic." *News Media and the Law*, vol. 25, no. 3, Summer 2001, pp: 25-26.

Randall, Alice. *The Wind Done Gone.* Houghton Mifflin, 2001.

Schur, Richard. "*The Wind Done Gone* Controversy: American Studies, Copyright Law, and the Imaginary Domain." *American Studies*, vol. 44, no. 1-2, Summer/Spring 2003, pp. 5-33.

Williams. Bettye. "Glimpsing Parody, Language, and Post-Reconstruction Theme in Alice Randall's *The Wind Done Gone*." *C.L.A. Journal*, vol. 47, no. 3, 2004, pp. 31-25.

Yaeger, Patricia. “Circum-Atlantic Superabundance: Milk as World-Making in Alice Randall and Kara Walker.” *American Literature*, vol. 78. no. 4, December 2006, pp. 769-98.

第10章　ツァラル島再訪

——マット・ジョンソンの『ピム』におけるダーク・ピーターズの復権

0. メタ冒険旅行記の連鎖

初期アメリカにおける抵抗する主体を——しかも正典文学や正史の影に隠れた存在を——見出そうと試みてきた本書の旅路も、最終章まで到達するに至った。アメリカ建国と同様、不合理な権威や体制に反抗し、独立せんとするものたちは、そうであるがゆえに、意識／無意識によらず、時に犯罪にもかかわらざるをえないわけだが、そうした精神性が、いかに大衆文学や煽情的事象のなかに表象されていたのかを、われわれは巡ってきた。先の章につづき、本書の最後に考察するのは、現代作家マット・ジョンソン（Mat Johnson 1970-）のパロディーである。

【図版1】
Pym (2011) の表紙とマット・ジョンソン。

二〇一一年に出版されたマット・ジョンソンの『ピム』（*Pym*, 2011）【図版1】[1]は、言うまでもなく、エドガー・アラン・ポウの『ナンタケット島出身のアーサー・ゴードン・ピムの物語』（Edgar Allan Poe, *The Narrative of Arthur Gordon Pym of Nantucket* 1838, 以下、『ピムの物語』）の続編物語である。一見、完全に人を食ったかのような露骨な剽窃的タイトルを有する本作は、出版されるや否や大手新聞・雑誌各紙の書評欄に絶賛の文言が躍る好評を得た。既にグラフィック・ノヴェルや歴史的ノンフィクション作品を含む複数の執筆で評価され、小説の仕掛け技法を熟知するヒューストン大学創作科教授でもあるジョンソンが、大御所ポウによる唯一の長編小説の続編パロディーを書いたのだから、早々に注目されても何ら不思議はない。試みに、『ピム』のペーパーバック版に記載された各誌書評――ごく一部に過ぎないけれども――の文言を見てみよう。「文句なく面白い」（『ニューヨーク・タイムズ・ブック・レビュー』）、「桁外れの面白さ……フィリップ・ロスの真面目さとコミカルさと奇怪さを易々と混ぜ合わせたような風を思わせる」（『ワシントン・ポスト』）、「最近読んだなかで最も切れが良く、類まれなる物語……ジョンソンの風刺的洞察力は、カート・ヴォネガットのような自由闊達さと同等の熱烈なる人道的博愛主義に彩られている」（『ニューヨーク・タイムズ・マガジン』）、「ヴォネガットがラルフ・エリソンとジュール・ヴェルヌと一緒に麦酒を飲んでいるのを想像してみたまえ」（『ヴァニティー・フェア』）。いずれの有名紙も先達の著名作家に匹敵するジョンソンの才覚を認めているが、彼はウェブ上でも人気のようで、オンラインメディアのスタッフライターであるアイザック・フィッツジェラルドが二〇一五年三月に選んだ「絶対読むべき二二の現代作家」の第二位に掲げられている（Fitzgerald）。

『ピム』の高評価は、ジョンソンがアメリカ文学（ないしはアメリカ社会）の人種的潜在意識を作為的にパロディーとした点に起因する。ジョンソンが白人と見紛う容貌をもつフィラデルフィア出身のアフリカ系アメリカ人作家であり、幼少期より常に自身の人種的アイデンティティにつき葛藤してきたと知ったあとで(2)本作を読むと、作中に多々盛り込まれた人種的揶揄やエッジの効いた捻りは、より精鋭的に映る。そもそもポウ作品に表象されているアンテベラムの人種状況を想起させる物語素の数々――たとえば、グランパス号（*the Grampus*）上での黒人料理人による叛乱やツァラル島の黒き先住民たちの狡猾さ――が、奴隷制下における作家自身の恐怖を写し取り、(3)かつ唐突に閉じる物語の南極大陸の完全なる白き世界が、ハーマン・メルヴィルの『白鯨』（Herman Melville, *Moby-Dick; or, The Whale*, 1851）に文学的イメジャリーを与え、ひいては、こうしたポウの黒白対比への鮮烈な揶揄が、トニ・モリソンの『白さと想像力』（Toni Morrison, *Playing in the Dark: Whiteness and the Literary Imagination*, 1992）に通底しているのならば、ジョンソン作品の背後に、読者が、アメリカ文学史上の数多の暴力的・人種的潜在意識を無／意識的に書き込んだテクスト群の介在を透かし見るのは、至極当然であろう。要するに、ジョンソンの『ピム』は、メタ・ナラティヴであると同時にメタ批評でもあるのだ。

ポウ作品からジョンソン作品へと引き継がれているのは、人種的要素だけではない。本家本元の『ピムの物語』自体が、ベンジャミン・モレル（Benjamin Morrel, 1795-1839）やジェレマイア・N・レナルズ（Jeremiah N. Reynolds, 1799-1858）、ジョン・L・スティーヴンス（John L. Stevens, 1820-1895）、キャプテン・クック（Captain James Cook, 1728-1779）、R・トマス（R. Thomas, 不明）といった複数の海洋探検旅行記を——場合によっては剽窃と非難されるほど——参照して書かれ、さらには、ポウに触発されたジュール・ヴェルヌ（Jules Verne [1828-1905], *An Aectic Mystery*, 1897）、チャールズ・ロメイン・デイク（Charles Romeyn Dake [1849 -1899], *A Strange Discovery*, 1899）やH・P・ラヴクラフト（Howard Phillips Lovecraft [1890-1937], *At the Mountains of Madness*, 1936）が、ジョンソンに先んじて、『ピムの物語』の続編を描くとき、何よりもまずポウその人が、小説によって実録文書のパロディーを提示し、かつその対象者として措定されることになる。これら一連の派生物語は、空想科学小説や、旅行記・冒険譚としての文学的ジャンル枠内にくくられるのみならず、連鎖する物語の生成系譜そのものが、ある種の文学史を形成してしまう。

ジョンソンの『ピム』は、確かに前述のジャンル規範に入るけれども、主人公一行が、移動しつづける過程で、人種を巡る思索を展開し、新たな発見を重ねるさまは、本作がロード・ナラティヴとしても成立することを示しているのかもしれない。(4)もともと体制内に存続するのを拒否して、旅の道程に身を置く冒険譚は、それ自体が抵抗精神に満ちている。しかも、数多の災難を乗り越え移動しつづける主人公の不屈の精神や、入り組んだ枠組み構造に連結する不可解なオープン・エンディングからして、ジョンソンの『ピム』以前に、ポウの『ピムの物語』もまたロード・ナラティヴの準拠枠に入るのは明白だ。パロディーとは、いわばオリジナルの反転や反復に他ならないのだから、プロットの運びそのもののなかに、ポウが糊塗した人種的物語素の反転的提示がなされるのだとすると、ジョンソン作品は、メタ・ロード／レース・ナラティヴ（meta road race narrative）と呼ぶにふさわしい。

両作家による物語の道筋は、人種を巡って比喩的に競い合う。ダーク・ピーターズ（Dirk Peters）を従えた白人主人公の太平洋から南極海域へと至る冒険探求譚が、アングロ・アメリカの拡大支配に対するポウの無意識的な正当化であるならば、前者に疑義を呈するジョンソン作品は、文学史上黙殺されたピーターズの自伝に導かれて始まる混血主人公の人種的・社会的自己探求譚であり、かつ両者の明白なる連鎖は、アメリカ文学／批評史という道程をも知らしめる物語素の一部としても機能する。人種的多様性を恣意的に標榜するアメリカ大学教育の欺瞞を主人公が暴くエピソードで本作が始まるとき、『ピム』は、単なる移動と自己探求の物語では終わらない。巨像が凌駕する白き世界を描いたポウは、ピムが語る物語の背後にピーターズを埋没させ、混血の先住民に語らせはしなかったけれども、ジョンソンのナラティヴは、剥奪されたピーターズの声を復権させ、マイノリティーから見た物語の再構築によって米文学の修正を試みるのである。

ジョンソンの『ピム』を本書最終章で扱うにふさわしいと考えるのは、本作がアメリカン・ナラティヴの一ジャンルと批評史形成に一役買うだけでなく、また前章とのパロディー相関を呈するからだけでもなく、あたかも『ロビンソン・クルーソー』のフライデーのように、まったく端役にすぎないダーク・ピーターズの「失われた自伝」を、ジョンソンが、作家の分身たる混血主人公に再生・復権させるからなのである。幾重にも重なった被抑圧者側の抵抗を示すのに、これほど適したテクストはないだろう。本章は、前述の要素を示すこと意図しているが、それは、以下、作家の批評的揶揄を示すことによって必然的に詳らかになるだろう。

1．真正ダーク・ピーターズ発見

『ピム』が、作者ジョンソンの分身とも言うべきクリストファー・ジェインズ（Christopher Janes）の自己探求譚であるのは間違いない。主人公を南極海域へと誘う契機そのものにも、人種を巡る大学の組織的戦略過程と米文学史上の想像的新発見といった複数の意識的偶然——暴力的解雇や剽窃という「犯罪」——が仕組まれている。本作は、ニューヨークはハドソン川沿いの「伝統的白人大学」バード・カレッジ（Bard Collage）の英文学部にて、終身職《テニュアル・トラック》の地位獲得を否認され免職となったクリスが、大学研究機関の欺瞞に対して吐く痛烈な批判で始まる。そして、彼の人種に関する社会意識こそが、ダーク・ピーターズ復権の道程を拓くのである。

だが、そもそも、なぜクリスは辞職に追いやられたのか。一見白人にしか見えない（135）主人公が、伝統的な白人大学において唯一の黒人教授として採用されたのは、大学側が人種的多様性検討委員会（the diversity committee）にマイノリティー・メンバーとして彼を参入させる必要があったためだ。無論、委員会は名目にすぎず、人種割り当てやら規定を大学が遵守していると世間に示すために他ならない。白人研究機関が黒人を利用する構図は、ラルフ・エリソン（Ralph Ellison）が描いた小説世界と同じく、徒労と知りつつ、「この黒人青年を走らせつづける」ためのあざとい戦略でしかない実態をクリスは知っている。「怒れる黒人」として雇用され、名目だけの委員会に入れられても、それでは「白人性」に対して戦っていることにはならず、むしろ倒錯した白人性を助長しているに過ぎない（17-18; 20）。委員会に黒人を組み込む既成事実によって、大学は、実質的に白人中心主義の罪の意識を和らげているのであって、委員会の存在が根本的な人種的不公平を解消する訳ではない。白人性の補完のために「走りつづける」黒人役を否定するべく、彼は委員会への出席を拒否しつづけ、割り当てられた黒人文学ではなく、あえて白人作家――特にポウ――における差別的人種表象を研究対象とする。トニ・モリソンの文学論に倣い、クリスは「黒き戯れ――文学的想像力における白人性」（"Dancing with the Darkies: Whiteness in the Literary Mind"）と題する授業によって、人種問題の根本は、黒人教授が黒人文学を教えるという本質主義では解決しえないと訴えかける（7-8）。白きアメリカが黒き存在をいかに無意識的に恐れ、意識的に無効化してきたのかを解き明かさなくてはならないのであって、形式だけの委員会設置といった人種問題の表層的な糊塗では意味がない。クリスの授業は学生から不評で、「集客」上も大学に貢献できないのだが、彼は意に介さない。こうした反抗精神によって、彼は大学を解雇されるのである。大学側にとって都合の良い黒人にならず、かといって、研究者として助成奨学金を外部から獲得するわけでもないクリスは、終身雇用審査を通過《パス》できず、学長に侮蔑された挙句、大学を後にせざるをえない。組織の要請に従ってさえいれば、終身教授として「通用する《パッシング》」はずなのに、クリスは敢えて、「黒さ」にこだわるがゆえに、生活上の利益恩恵をえられないのだ。よって、人種に関するアメリカ文学批評史における問題点を指摘し、高等教育機関における文学教育の現状を露呈するクリスの批判精神が南極への旅の発端であるならば、本作は、アメリカ文学／批評史の形成に関する真相探究譚でもあるわけだ。

さて、失職したクリスは、同じころ、馴染みの古書商ベン・カープ（Ben Kerp）――ジョンソン自身の同名の従弟をモデルに造形されている――から、元奴隷らしき人物によって一八三七年に書かれた未刊の体験記『有色人種ダーク・ピーターズが自ら書いた真実の興味深い体験記』（*The Ture and Interesting Narrative of Dirk Peteres, Colored Man. As Written by Himself. Springfield,* Illinois, 1837）を入手する。そして、ダーク・ピーターズが拙い筆で記したこのナラティヴこそが、クリスをツァラル島（the Tsalal Island）探索へと向かわせ、本作の物語を駆動させるバックボーンとなるのである。つまり、ポウがフィクションとして描いたピーターズ（およびピム）は、「実在」していたのだという米文学史上の「新発見」が、ポウ作品の謎――唐突に閉じる終結部の白き世界は何なのか、そしてピムの「死」の一方で、最終的に唯一生き残ったにもかかわらず、物語上から姿を消したダーク・ピーターズは「その後」どうなったのか――を解くためのクリスの出発点となるのである。

ただし、ここで注意しておきたいのは、ピーターズを混血の先住民とするポウの人種規定とは異なり、ジョンソンが彼を「黒人」としている点だ。ピムと同等以上の有能さを発揮し活躍する混血の相棒は、クリスによって改めて「黒人」として「新発見」されるのだ。作家は、『ピム』の作中、先達ポウの他作品から多くの箇所を引用し、アンテベラムの白人作家による黒人表象が、ピーターズのそれに近似している事実を、失職した主人公に列挙させている（24-25）。アンテベラムの南部白人作家による先住民と黒人との差異の無効化は、二一世紀の「クオドロン」作家ジョンソンによって、修正されて示されるのである。もちろん、ジョンソンは、ここでも洒落心を忘れていない。主人公クリスは、ピーターズの謎解明の第一歩として、現存する彼の子孫を見出し、マハリア・マティス（Mahalia Mathis）のもとを訪れる。マティスは、自身をクロウ・インディアン（Crow Indians）の末裔と主張し、出自を詐称。インディアンの血統を誇らしく喧伝しているのだが、なんということはない、DNA鑑定の結果、その血筋に先住民のそれはほぼ皆無である事実が判明してしまう（第四章）。ジョンソンの筆致は、一貫してコミカルであるものの、黒人性を否定して、ロマン化された先住民性を前景化する歪んだ人種概念は、ポウだけでなく二一世紀の黒人自身の内部にも根深く残存している皮肉が、ここにはある。

書籍の経年劣化と読み書きが不完全な黒人が書いた拙い文面ゆえ、失われていたピーターズの自伝の判読には時間を要したけれども、何とか解読して明らかになったポウの『ピムの物語』におけるエンディングの謎は、以下の通りであった。もちろんこの「真相提示」も爆笑のツボ満載である。ツァラル島を離れ、南極点付近で白き巨像と出会ったとき、ピーターズは、「黒人」であるがゆえに、ピムとともにその白き謎の巨人らが生息する地へ同行することが許されず、文字どおり足蹴にされて、ボードに戻される（67）。ピーターズは、餌づけ用にヌーヌーの遺体を刻み、ナマコを食すことで何とか飢えを凌ぐ（110）。漂流していた彼は、幸運にもブルー・フォーチュン号に助けられ（67）、アメリカに帰還するのだが、そののち、自らの体験を自伝として出版しようと考え、拙い筆致で体験記の構想を書く。とはいえ、語る主体が有色である場合、体験記を出版しうる体裁にするためには、文学的素養をもった白人の代筆者が必要だった。アンテベラムの識字格差ならびに、出版格差は、現前と存する。そこで彼は、ピムの友人であるポウを訪ねてみようと思い立つ。ポウが『南部文芸通信』誌（*The Southern Literary Messenger*）に書いた二号分のナラティヴを読み、この作家こそ自伝執筆の補助依頼をするにふさわしい人物であると考えたからである。ピーターズは、ポウが好奇心を持つであろう失踪したピムの情報と、ピムとの冒険に関する内容を記した自伝構想の三頁分を、まずは作家に送り、書面で自伝の代筆を依頼。その後、実際にポウの住まいを訪ねたピーターズは、作家の机上に、自分が送った数頁分の紙束が置いてあるのを見つけ、それを掴んで、酩酊しているポウがいる酒場へと向かう（65）。もちろんポウは、この唐突な依頼を断り、黒人訪問者を追い返す。その後、白人作家はピーターズのナラティヴ内容を盗み、勝手にふくらませ、念願の長編小説としての『ピムの物語』を完成させるのである（第五章）。ところがピーターズがポウに送った原稿には、南極点での白い世界以降の内容が書かれていなかったため、ポウのエンディングは中途のまま唐突に閉じられた。これが、現在、われわれが知るところの、ポウの「未完」作品である。

ピーターズは、それでも諦めなかった。なんと齢八〇を過ぎてなお、彼は、フランスのジュール・ヴェルヌを訪れ、自伝の代筆を依頼したのである。ここでもあえなく拒絶され、ピーターズの懇願を無視したヴェルヌが『氷のスフィンクス』（*Le Sphinx des Glaces* 1897）を上梓するのは、これより二年後であった（310-12）。ピムには足蹴にされ、米仏二人の白人作家の剽窃の罪を明かせぬまま、ピーターズは没する。結局、彼は、流通可能な書籍として自伝を印刷出版することはなかった。しかしながら、その未刊の手書き自伝、唯一無二の『ピーターズの体験記』が、大学解雇のタイミングで、古書商から偶然クリスの手に渡り、これにより、ツァラル島再発見と「ピーターズ復権」を果たすべく、主人公の南極圏への旅が開始されるのである。

子孫マハリア・マティスが保存してきたピーターズの遺骨を「いまだ発見されていない偉大なるアフリカン・ディアスポラの故国」、換言すれば「西洋化や植民地化」といった「白人性による堕落を免れた」（39）伝説のツァラル島に埋葬するのが、クリスの旅の究極目的だ。自らの黒人性を否定し、先住民であらんと熱望するマハリアにとって、ピーターズは、ある種の人種的重荷に過ぎない。ポウやヴェルヌに文学的に搾取され、「先住民の混血」というポウの記述を盾に、二一世紀の現在に至るまで、身内からすらも体よく利用されているピーターズの偽りの出自を正し、黒人のみの完璧なる独立島を目指し、彼の歴史的、文学的貢献のために、社会復権させしめるのだと、クリスは誓う。ツァラル島の第一発見者であり、そこからピムを脱出させることによって、以降、白人至上主義による堕落、植民地主義、人種殺戮や奴隷制といった諸悪から島を守ったのは他ならぬピーターズなのだから、世界で唯一、白人支配から免れた純粋黒人文明が存続するツァラルの地に埋葬されることこそ、ピーターズ伝説にとって望ましい完成形であるとクリスは考える（83）。つまり彼は、ピーターズと文化的／文学的継承関係を結び、比喩的な「真正」子孫として立ち働くのである。従って、これ以降、幻のツァラル島を再発見し、訪れる路程こそが、文学史上、地理学上の従来的な通念を覆さんとするクリスのナラティヴの執筆意義となるのである。それは、とりもなおさず、自らの黒人としてのアイデンティティ模索を、伝統的白人大学のご都合主義によって否定されたクリス自身の復権でもあり、真の独立でもあるのだ。こうして人種に関する大学求職競争《アカデミック・ロード・レース》で、敗北したクリスが『ピム』における人種的謎を解明する冒険譚《ロード・ナラティヴ》が始まるのである。

2. ピムとの遭遇

南極圏への旅は、クリスのいとこで元公民権活動家のブッカー・ジェインズ船長（Captain Booker Janes）が加わることで、具体的に稼働しだす。奴隷制時代の遺物収集を趣味とする船長は、愛犬ホワイト・フォークス（White Folks）の首輪に、実際の奴隷の枷鎖を使用するラディカルさを有している（99-100）。船長の名前ブッカーにも犬の名前にも、皮肉が効いているのは、言うまでもない。だが、いとこの船長がクリスの旅に同行するに至ったのは、失職した元大学教師の高邁な人種意識に共感したからではない。その名が示唆するように、経済的営為を基盤とする人種参画を仕切るブッカー・ジェインズは、南極圏の氷をアメリカで飲料水として販売するビジネス「クレオール氷雪掘削会社」（Creole Mining Company）を設立し、クルー全員の事業への参加を前提条件に、職業としての船長役を引き受ける。要するに、元手いらずの「南極の水ビジネス」での金儲けを狙っているのだ（73）。

船長のみならず、旅に同行する他のメンバーもまた商業主義に貫かれている。クリスの幼馴染ガース・フライァソン（Garth Frierson）は、肥満のジャンク菓子中毒で、ことに「デビーちゃん印のケーキ菓子」【図版2】を片時も手放せない。シャーリー・テンプル（Shirley Temple）に似た白人少女の絵つき菓子の他に、もうひとつ、ガースが

【図版3】トマス・キンケイドの作品の一例

【図版2】Little Debbie Snacks

こよなく愛しているのは、トマス・カーヴェル（Thomas Karvel）の風景画で、これは、すべてのアメリカ家庭に一枚は必ずあると言われるほど有名な大衆画家――「光の画家」とも称される――トマス・キンケイド（Thomas Kinkade, 1958–2012）作品【図版3】のパロディーだ。カーヴィル絵画の熱烈なる収集家であるガースは、失業中のせいもあって、南極圏に暮らしていると噂される画家の居場所――風景画の「白き幻想」の世界（185）――を探る目的でクリスと行動を共にする。ジャンク菓子といい大量生産されるキンケイド的絵画といい、ガースの心身は、安価な経済流通品に支配されている。クレオール・カンパニーは、水のペットボトル販売ビジネスが主要目的なのだから、クルーには、一応の「専門家」が必要となる。ジェフリーとカールトン・デイモン・カーター（Jeffree and Carlton Damon Carter）は、ゲイのカップルで、胡散臭くも、水質処理サービス業とブログ用のビデオクリップ制作業者というふれこみだ。彼らは南極冒険を『氷上の黒人たち』（*Negroes on Ice*）というアフロ・アドベンチャー・ブログにして有名になろうと目論んでいる（75-77）。さらに、クリスの元恋人アンジェラ（Angela）が二度目の夫同伴でクルーに加わるが、洒落者の弁護士ナサニエル・レイサム（Nathaniel Latham）とアンジェラは、いわば新婚旅行の物見遊山で南極に来たのであって、社会的地位を確立したレイサムに、黒人としての人種意識などまったくない。新規事業遂行のため、アメリカ商法上なくてはならない弁護士も、南極の氷上での過酷な「肉体労働」に関しては、ひとえに足手まといであって、実質上、何ら役に立たない。

ポウ小説において、ピム一行がツァラル島で狡猾な黒色蛮族の襲撃を受け、それを乗り越えた後に、神秘的な気配漂う白色世界に到達したならば、クリスらもまた、伝説のツァラル島を再発見し、ピーターズ復権の目的を遂げる前には、同様に「人種的苦難」を体験せねばならない。南部白人作家が提示する路程の逆転、つまり、クリスとクレオール・カンパニー一行による白色巨人テケリ族《テケリアン》との遭遇は、新捕囚／奴隷逃亡体験記の様相を帯びる。テケリ族、ないしはテケリアン・モンスターズ（the Tekelians/the Tekelian Monsters）とは、ポウの『ピムの物語』終結部に現れる、雪のように純白な経帷子をまとった巨像を、ジョンソンが怪物化した架空の生命体であり、「テケリ・リ！」の叫びに由来している。彼らは、南極圏の氷を掘った地下、迷宮のようなトンネルの先の群落に生息している巨大サイズのアルビノで、特有の言語――訳のわからない擬声語のような言葉――を持ち、長老クン・ニー（Kuhn Knee）に率いられている。ポウにとって畏怖の念を喚起する白き像は、ジョンソンによって意味不明の滑稽な怪物に転じ、アンテベラム期の白人ピムにとっての理想の世界は、ポストモダン時代の黒人文学研究者クリスにとって、新たな隷属の場に反転するのである。批評家ジェニファー・M・ウィルクスは、さらに敷衍して、テケリアンの身体を覆いつくす白いケープ（“hodded capes that hung broadly from the shoulder s and concealed their bulk in folds” 124）は、KKKの装束を想起させると指摘している（Wilks 12）。唯一覆われていない頭部ですらも、クリスには「恐ろしいマスク」（“horrific masks” 125）に見えたほどなのだから、ここに人種的暴力の含意があるのは明らかだ。だが、そもそも、クレオール・カンパニーの一行が、このテケリ族に捕囚され、奴隷労働を強いられることになる経緯については、一寸、説明が必要だろう。

白皮症の巨大な野人的怪物――クリスら一行は、侮蔑的に「不細工なデカ頭の白子白人」（ugly, big-jheaded honky albinos 142）とか「白雪野郎」（snow honky bullshit 105）、「雪猿」（snow monkeys 258）と呼ぶのだが――と氷雪の地下迷宮で彼らと共に暮らすピムの存在を知ったクレオール・カンパニーのメンバーは、この発見によって金儲けができると色めき立つ。新種生命体の発見に対する知的所有権の獲得、ピムの推定年齢と人間離れした不死の謎――本来ならば二〇〇歳に近いはずなのだから――これは、「クラクト」(*krakt*)と呼ばれるテケリ族の食物による効果らしい(218)――を解明して不老長寿を謳う奇跡の食品ビジネスを立ち上げる可能性、いや、もっと単純に、南極版氷のホテル経営や、これらをウェブで動画配信して有名になるための版権入手や命名権など、あらゆる商業的利得に思いをめぐらす(111-13; 128; 132; 142-43)。彼らは、テケリアンというエイリアンをアメリカ式資本主義の搾取対象として捉えているのである。

一方、翻って一九世紀前半の価値観を保持しつづけているピムから見れば、クレオール・カンパニー一行は、皮肉にも、白人のように見える指揮者クリス――つまり、見た目上、彼は「白人奴隷商人」と映るのだ――に率られた黒人奴隷集団にしか映らない(134)。端的に言って、双方の側が経済営利を基盤として他者を商品化しようと考えているわけだ。ともあれ、世紀の発見を世に知らしめるために、一行は、まずテケリ族の男女一組――クラキアとハンカ(Krakeer and Hunka)――を「サンプル」としてアメリカに連れて行くよう契約を締結する。そしてその報酬として、デビーちゃん印のケーキ菓子を、大量に――ただし、せいぜい三〇〇ドル程度の金額にすぎないのだが――テケリ族長老に支払うという契約を取決める(147-49)。ところが、ベースキャンプに戻った一行を待ち受けていたのは、同時多発テロの影響を想起させるような世界規模の大惨事(97-98)と思われる通信の混乱――「ハルマゲドン」をタイトルに謳う奇妙なメイル受信――という予想外の事態であった(151-53)。電子機器の完全不通によって、テケリ族をアメリカに連れ帰るどころか、彼ら自身の身動きがとれず、南極からどこにも移動できない事態に陥ってしまう。しかも、有り余るほどあったケーキ菓子を、ガースが不用意にも食べてしまったため、すぐに約束の報酬を支払うこともできず、契約不履行を問われた彼らは、テケリ族のために奴隷奉仕をするよう言い渡されるのであった(150-55)。「裏切者」のガースは、ちゃっかり食べ残した菓子を差し出し、自分だけ奴隷労働を免れるのだが、ここでクレオール・カンパニー一行を隷属状況へと陥れる取引が、白人少女印のジャンク菓子によって成される廉価さは失笑を誘う。極寒の地での過酷な肉体労働と飢えのため、クリスは、スナック・ケーキのパッケージに描かれている白人少女が、現実世界に飛び出してきて、跳ね回る幻想を見る（192）。ジョンソンは、奴隷制度が今も昔も砂糖ビジネスに関与しているとの揶揄を忘れない。安直な営利主義発想は、クリスの本来的目的を阻み、ピーターズ復権どころか、自らが捕囚され、奴隷化される高い代償を支払う羽目になるのだ。

クレオール・カンパニーの「奴隷」を使用するテケリ族には、奴隷体験記にしばしば描かれる典型的白人主人像の類型が当てはめられている。たとえば、クリスの主人クラキア（Krakeer）――のちにクリスは、ポウへのオマージュとしてオーガスタス（Augustus）と勝手に命名し直す（163）――は、温厚で同情的な性質の持ち主である。ウィルクス曰く、この名称は、「南部貧乏白人」を意味する“cracker”に近く、その資質を示唆している（Wilks 12）。一方、ソーセージ・ノーズ（Sausage Nose）は激しやすく残虐な暴力型主人のモデルで、怒りにまかせてジェフリーの左目を突き失明させる（171-72）。またハンカは、「奴隷」であるブッカー・ジェインズと男女の仲となってしまう。ここでは、アンテベラム期の定番タブー――白人女性と黒人男性との性的混交――のテーマがコミカルに反復されるとともに、強硬な元公民権活動家が、何ともたやすく「奴隷情夫」となる諷刺が示されている。仕える主人の性質は異なるものの、クレオール・カンパニー一行にとってテケリ族の地下迷宮は、ピムが言うところの「天国そのもの」（213）とは程遠い。ポウは、『ピムの物語』終結部にて、かの地の暖かさを強調したが、二一世紀の奴隷制を再現するジョンソンの南極圏は、字義的にも比喩的にも、白く冷たい。

テケリ族の時間概念に従うと隷属契約期間が百年にも及ぶと知ったクリスは、親友ガースを伴って逃亡を企てる。果てなくつづく氷原を移動し、飢えと寒さに苛まれた二人が偶然にも到達したのは、ガースの旅の本来的な目的地である敬愛する画家トマス・カーヴェル夫妻の「白き幻想」（185）の世界であった。アメリカの「各種税金と大きな政府とテロリストの戯言」（236）から逃れてきた夫妻は、来たるべきハルマゲドンに備えて、南極域にテラリウム「三・二ウルトラ・バイオドーム」――またの名称を「光のドーム」――を建設し、外界から遮断された密閉空間で暮らしていたのである。カーヴェル氏は、ドーム内部を自作絵画や人工池の景観で人為的に装飾しており、「光の画家」よろしく、その風景内部を理想郷にしつらえている（239-41）。ところが、一見、楽園に映るドームは、実際には、機能的な綻びを巧みに隠す偽装空間であり、肝心のソーラーパネルすら壊れたままである。ドームの天上は、絵画の空の写真で覆われ、滝や池は、水の代わりにクールエイドのジュースが流れている。そもそもバイオドームは、生態系に負荷をかけぬ装置であるべきなのに、ここでは過剰なエネルギー消費と空調システムのために、周囲の環境を破壊しているのだった。

　カーヴェルのドームは、白人中産階級的価値観を標榜するトマス・キンケイドの絵画世界を、三次元的に示す「牧歌的」な表象世界だ。だが、ガースがこよなく愛するこのアメリカ式理想は、表層的で独善的だ。カーヴェル夫妻は人種的偏見を持つ者ではないけれども、ドーム内の労働や管理はすべて妻が担っており、労働主体を性差によって規定する意識に貫かれている。クリスとガースを歓迎しつつも、彼ら二人が居住を赦された古風な英国風のコテージには、建物の裏面がない。通常の居住に適した設えになっているのは、建物全体の3／5の表面部分でしかなく（244）、裏面は、あたかも「神がナイフで建物を半分に切ってしまった」（242）かのように、バイオドームのメタルの壁に突き当たって、終わっているのである。ウィルクスは、ジョンソンによるこの3／5の不完全な建物の描写を、合衆国憲法の「3／5条項」の投射であると指摘している（Wilks 14）。何よりも皮肉なのは、テケリ族の奴隷制を逃れて到着したカーヴェルの理想郷においてすら、クリスとガースに農作業の労役が課されている事態だろう（243）。『ピム』を現代消費資本主義社会イデオロギーへの揶揄であると読む批評家クリステンセンは、ガースの菓子消費と虚構絵画への傾倒を、「白さへの妄執的追求」（Christensen 167, 174, 191）とみなしているが、カーヴェルのドームは、結局は、性差化され、人種化された（183, 184, 185）虚像空間であって、黒人訪問者は「二級市民」（Johnson 254）でしかなく、いわば「プランテーション」（Johnson 249）の野働き《フィールド・ハンド》の奴隷としての役割を負わされている。

　ちょうどそのころ、テケリアンの一団が、クレオール・カンパニーの残りの「奴隷たち」を伴い、ドームに向かってやってくる。ドーム内部の気温を保つために作動させているボイラーが、排気口から高熱を放ち、その排気管は、テケリ族の地下帝国の氷雪を溶かしているため、存続の危機に直面した彼らは、カーヴェルに対してボイラーの作動停止を要求しに来たのであった（第二〇章）。この怪物どもを迎えたカーヴェル夫妻とクリスらの一行は、テケリ族のうち特に凶暴なソーセージ・ノーズらを一掃すべく、彼らに友好的なふりをしつつ、食事に招き、共謀して毒殺を図る。ところが殺鼠剤の犠牲になったのは、残虐な「主人」だけではなく、クリスに友好的であったオーガスタス（テケリ族名クラキア）や罪のないテケリアンの子供も含まれてしまったのであった（290-91）。ポウのピムが、グランパス号上にて死んだ水夫の偽装をして黒人料理人側を欺き、叛乱首謀者たちを鎮圧したエピソードに対して、歯磨き粉で白塗り《ホワイト・フェイス》の偽装をしたガースは、死んだソーセージ・ノーズに成りすまして毒殺の事実を隠そうとするが、一行のたくらみはすぐに露呈し、テケリアンとの全面抗争となる（291-302）。

この間、「奴隷」のブッカー・ジェインズ船長と親密な関係となった「女主人」のハンカは、テケリアン仲間の怒りを買い、ともに殺害される。白い怪物との攻防は、銃撃戦では埒が明かず、クリスらは、熱に弱い彼らの特性に鑑み、ボイラーを全開にすることで「雪猿」を一掃し、テケリアンの氷の帝国を破壊しようと考える。この折、ボイラー爆破の危険な役目を買ってでたのは、ジェフリーとカールトン・デイモン・カーターであった。ゲイ・カップルの命を賭して、ドームの壊滅は完了する（第二三章）。このドームの爆破が、ポウの『ピムの物語』における第二二章のジェイン・ガイ号の爆発解体に相当しているのは、言うまでもない。したがって、ポウ作品において、ピムとピーターズが、ツァラル島での蛮族捕囚からの逃走と解放に際し、ジェイン・ガイ号の仲間をすべて失ったように、ジョンソン作品においても、クリスとガースは、この爆破によって、クレオール・カンパニーの一行を失い、だからこそ、唯一生き残った二人は、物語の最終移動段階へと進むことができるのである。南極環境の利己的な破壊とテケリ族殲滅というアメリカ式文明の罪を清算するためには、カーヴェル夫妻やクレオール・カンパニーの一行もまた、白氷帝国とともに終焉を迎えなくてはならないし、支配者側と隷属者側双方の犠牲を払ってこそ、氷上の白色至上主義は、瓦解するのだ。

大団円へ向かう直前にも、『ピム』は、『ピムの物語』の図式を反転踏襲する。ポウ作品において、ピムとピーターズが蛮族ヌーヌーを人質として乗船させ南極点に向かったように、クリスとガースは、ピムを伴い、最終目的地である幻のツァラル島に向かうのである（第二四章）。白きものを異常に恐れるツァラル島の民のヌーヌーが、南極点海域にて謎の死を遂げるのならば、ポウをパロディーするジョンソンは、アルビノのテケリ族を神と崇めるピムにも、ツァラル島へ近づくボート上で死を与えるのが物語上の要請であると知っている（319）。こうしてクリスの旅の終結部において、白き存在は皆無となり、いまやクリスとガースの目前には、ツァラル族と思しき純粋黒人文明を堅持する者たちが、こちらへと手を差し出して振りながら、二人を出迎えるのであった（322）。

3. ピムは二度死ぬ

かくして、ニューヨーク北西部の大学町から始まったクリス・ジェインズの旅路は、故郷デトロイトを経てシカゴ郊外に暮らすダーク・ピーターズの子孫のもとへと向かい、ピムの冒険とポウの物語の「真相」を知ったことで、北半球から南半球へと大きく展開していく。アルゼンチンはブエノス・アイレス経由で南極点付近まで航行し、テケリ族の地下迷宮からカーヴェル夫妻のバイオドームへと雪原を逃走ののち、更にボートでの移動をつづけ、最終的にツァラル島と思しき陸地へと迫る。テケリアンによる二一世紀南極版奴隷捕囚を体験したクリスの路程の先に用意されているのは、ポウ作品終結部における「謎」の反復的循環である。

ジョンソンは、ポウによる物語素と枠組み構造をあざといまでに盗用する手法によって、アンテベラム期の南部白人のナラティヴを戦略的に奪取するのである。たとえば、エンディングに至る直前、ボートで南極海域を移動する三月一日から二二日までの様子を日記風に綴る筆は、「白き世界」ならぬ「黒き世界」に接近しつつある周辺環境の変化を読者に伝えている。もちろん、ここで記録に付される日づけが、ポウの『ピムの物語』におけるそれと完全一致しているのは、言うまでもない。クリスとガースとピムを乗せた小舟は、灰色の火山灰が降りしきる生暖かい大気のなか、アザラシや巨大な黒鳥といった黒さを強調する生態系を観察ながら航行する。周辺海域は、完全に黒白逆転の世界だ。「ツァラル、ツァラル」と聞こえるその鳴き声の先に島を見つけたとき、クリスは、ダーク・ピーターズの遺骨袋を胸に抱き、勝利の感情で言葉にならぬ叫びをあげる。そして、ふと見ると、黒きものを異常に恐怖するピムが、傍らで既にこと切れていた(315-321)。ここでクリスの南極冒険記は、茶褐色の人種を対岸に見たまま、ポウの『ピムの物語』同様、突如断絶し、幕を閉じる(322)。これより先、クリスとガースの消息の詳細は不明のままである。

かろうじて、二人のその後の片鱗が示されるのは、ポウの『ピムの物語』と同様の枠組み提示、すなわち、「序文」(“Preface”)および「筆者覚書」(“Author's Note”)の説明によってである。クリスの南極体験を挟んで物語の前後に配置される、本作出版の経緯説明と後日談部分は、固有名詞と若干の表現の変更以外は、徹頭徹尾、ポウの文言の複写となっている。二〇〇九年一月一九日、フィラデルフィアにて記されたクリスの「序文」によると、数ヵ月前にアメリカに帰還した彼は、南極での奇妙な体験を発表するよう周囲から勧められるものの、それらの信憑性を明示しうる証拠がなく、またこれらの経験があまりにも信じがたいものであったため、出版を躊躇していた。だが、「歴史的白人研究機関であるバード・カレッジの言語文学部の准教授ジョンソン氏」より、フィクションとして出版してみてはどうかと提案をもちかけられ、承諾。それが意外にも好評を博したために、改めて、自身の筆によって「実話」として体験記を上梓する運びとなったと説明される(3-4)。

加えて、ポウの『ピムの物語』の「後註」(“Note”)に匹敵する『ピム』の「筆者覚書」部分でも、ほぼ同じ体裁がとられている。ピムの死後、その原稿欠損部分を補うよう期待されたポウが、その任を拒否したのと同様に、クリス・ジェインズ氏の失踪によって、ツァラル島の真相に関するナラティヴの最後の数章が紛失した後を補うためには、「序文のなかでその名前が述べられている件《くだん》の紳士」が適任と思われるのだが、彼は、「詳細について不確かで、概要しか提供できず、物語の終わりの部分が、自分には、どうしても信じられないのだという、まことに尤もな理由から」、仕事を引き受けようとしない。ことの真相を熟知しているはずのガース・フライァソンは、現在、ミシガン州在住だが、依然、黙したままである（327）。

ジョンソンによってピムは再び死したが、後続作家によって、クリスも二度目の死を迎えるのだろうか。無論、ジョンソンが、欠損補完をしないままにしておくのは、ポウの描いた黒人蛮族島とは異なるはずのツァラルの真実を、未来へと先送りするためである。その意味において、クリスが見出したであろう黒き民の真相は、依然わからないのだから、ジョンソンは、極端な理想化や期待値を高める読者を抑制してもいる。白人至上主義のイデオロギーを批判する側、換言すれば、歴史のシミを無効化するご都合主義を諌める側が、同じような轍を踏んではならないし、単一視座からのみで事象を解釈してはならぬことを、混血作家は知っている。とはいえ、ジョンソンは、彼自身がポウに対して人種的側面から戦略的に行なった物語の剽窃搾取というメタ・ナラティヴの提示を、実質上、後続作家に対して許可しているわけでもないだろう。ポウのピムとピーターズに相同させるべく、作家は、クリスを行方不明にさせると同時に、ガースをアメリカに帰還させたが、『ピムの物語』において主従関係であった白人青年と混血インディアンに対して、クリスとガースは、同じ人種の幼馴染の親友関係にある。だとすると、作中、ピムがピーターズの主体的体験を無効化し、かつポウがその物語を奪ったように、クリスがガースを疑似的に抹消し、かつバード・カレッジの准教授ジョンソン氏が、二人の物語を奪って本作をしたためたのだろうという穿った反復的構図は、想定できない。なぜならば、ジョンソンの分身であるクリスとその相棒ガースとの間に、人種的な上下関係は成立していないからである。むしろ、ポウの物語枠組みを踏襲することによって、ジョンソンは、クリス（とガーズ）の物語を奪うのではなく、それを完成させるとともに、ポウに対するピーターズの復讐を便宜上代行していると読むのが正しい。「序文」と「作者覚書」にて言及される「ジョンソン氏」、「C・ジェインズ」、「ガース・フライァソン」には、後続の作家によって復讐されるべき人種の搾取関係は見いだせないのだ。

それにしても、「序文のなかでその名前が述べられている例の紳士」がキャラクターとしての「ジョンソン氏」ならば、この「覚書」を記した「筆者」とは、一体誰なのか。ポウ同様、ジョンソンもまた、手ごわく狡猾だ。虚構内虚構を提示したポウの『ピムの物語』を自作内に取り込むことによって、さらに物語構造をメタレベルで深化させ、バート・カレッジ准教授ジョンソン氏を登場させる作家ジョンソンは、ポウを揶揄しつつ、読者を煙に巻く。ナラティヴの主体かつ語り手であるクリスは作家ジョンソンの、そしてまた「序文」で登場するジョンソン氏の分身なのだから、当然、「筆者」の概念自体が幾重にもメタ化されることになる。しかも長篇物語の出版を切望するがゆえにピーターズの物語を盗んだポウの「盗作」という「虚構」を、ジョンソンは、ポウの『ピムの物語』に全面依拠しながら「創作」し、ピムを生き返らせた後に、再び死に至らしめたのだから、これほど込み入った――だが刺激的な――パロディーは、見つけにくい。「序論」でクリスが述べているように、現実がとてつもない嘘の上に築かれる当世、真実を提示しうるのは、むしろ虚構の場なのだ（4）という逆説的真理に、作家は手ずから説得力を与えているのである。

物語が未完のまま循環し、反復されるオープン・エンディングは、ロード・ナラティヴや冒険譚の特徴の一つと考えられるだろうし、また、それはとりもなおさず、ジョンソンが、後続の作家や批評家に、創作的、批評的余地を残す行為でもある。「筆者覚書」の最終部には、以下の記載がある。「［クリス・ジェインズ氏の］最後の二、三章（わずか二、三章だからこそ）を失ったことは、返す返すも残念である。というのは、その失った部分は、ツァラル島そのもの、あるいは、少なくともそれに近似の地方に関する事柄に及んでいるに違いないからである。この暗黒島に関する筆者の言及について、より理解を深められるように、われわれは、エドガー・アラン・ポウ自身が選んだオリジナルの物語を、一字一句変えることなく提示する」（328）。この直後にポウの『ピムの物語』の第一八章から二二章までを、そのまま抜粋掲示して本作は閉じられている。ちなみに、第二二章は、ジェイン・ガイ号の爆破により船室から吹き飛ばされた奇妙な白い動物の死体を見て、蛮族が「テケリ・リ！　テケリ・リ！」叫ぶくだりで終わっているのだが、これは、物語冒頭で大学を解雇されたクリスが、自分の代替として雇用されたヒップ・ホップ理論家モザイク・ジョンソン（Mosaic Johnson）に対して叫ぶことばでもある（21）。一見、拳を振り上げ、虚勢を張って、大学の人種政策に抵抗しているように見えつつも、実際には、白人権威に追従する新任黒人教員に対し、主人公は、ツァラルの蛮族が白きものを恐れる折に発する「テケリ・リ」という語を浴びせかけ、痛烈に「口撃」する。「実在」するテケリアンの白い帝国を崩壊させたのは、他ならぬクリス一行であり、かつ本作において、この語が、物語の出発地点と終結部に配置されるとき、読者は、物語素の反復的循環と同時にクリスの究極的な勝利を「感じとる」のである。

ロード・ナラティヴにおいて、その先につづく道は、歴史同様、常に開いているがゆえに、小説の合理的終結いかんによらず、物語の進行の継続を暗示させ、修正の可能性を拓く。『ピム』のオープン・エンディングに関して言えば、それは、一九世紀南部作家ポウが提示した虚構空間を、黒人現代作家ジョンソンが奪還する行為に他ならない。テケリ族を一掃し、ピムの死を目撃した旅路の果てに、クリスは、ピーターズをツァラル島へと連れ戻す。そこは、世界中で唯一、白人がもたらした奴隷制度や植民地主義の諸悪に毒されずに存在するディアスポラの幻影空間であり、黒人にとっての約束の地である。つまり、ピムを生み出したポウに対して、クリスを主人公としたジョンソンは、ピーターズを比喩的に介在させながら、ツァラル島の黒人文明を守った真の英雄として権威を回復させたのだ。しかも、白人作家のナラティヴ構造をそのまま乗っ取り反転反復することによって、ポウに自身の物語を奪われたばかりか、「黒人」としての本来の人種的アイデンティティまでをも無効化されたピーターズの無念を代理的に晴らしているのである。加えて突如クリスが物語舞台上から姿を消すさまは、暴力的爆破によってテケリアンを滅ぼした罪に対する罰を甘んじて受け入れているかのような、二重の効果も上げている。要するに、ポウの『ピムの物語』においては物語上の欠陥と見なされざるをえなかったオープン・エンディングを、ジョンソンは、戦略的にプラスに転ずる装置として提示したのだ。なぜならば、その先に何があるのかはわからないという事態は、既存の権威的決定を阻み、あらゆる主体にとっての可能性を拓くからである。

クレオール・カンパニーの一行を「奴隷」とみなし、黒人を侮蔑するピムとの会話は、クリスに改めて「白さ」の意味を考えさせる。もともと終身教授職を逃してまでもクリスが追及したかったのは、ポウの人種表象を形成している「白さという病理」(pathology of Whiteness, 14) の正体であった。そして彼は、白さとは、「何か」なのではなく、何ものでもないことなのだと結論づける。白さとは、事実を隠蔽し、存在や歴史の痕跡を消し去り、無効化してしまう「無」なのだとクリスは言う。「こうやって白人ってのは、真っ白でいつづけるんだ。歴史の染みを認め、受け入れるのを拒否することで、奴らは白くありつづける。白さとは、何かであるということではなくて、何物でもないことと、何もないこと、つまり、すべてを消去するということなんだ。現実の虚無の積み重ねによって真実を蔽い隠すことなんだ。ちょうどいま、雪嵐が僕たちのテントを蔽い尽くし、この未開の地から僕たちの存在の痕跡をすべて払いのけようとしているのと同じように」(225)。ジョンソンが行なっているのは、ポウ＝ピムによって奪われたピーターズの体験記を取り戻す作業であり、それは、白色化され、無効化された「黒さと想像力」を奪還する路程の提示なのだ。換言すれば、ポウの犯罪者的無意識を、ダーク・ピーターズの抵抗精神を介在させつつ物語化し、それに文学的制裁を加えたのが、本作であると言えるのである。クリスのロード・ナラティヴは、黒い「存在の痕跡」を隠蔽してきたアメリカ文学／史の「罪」に対する修正主義的メタ批評としての効果をも発揮する。ピムに代わりナラティヴを司るクリス／ジョンソンによって、ダーク・ピーターズの重要性が再発見され、彼の権威はかように復活したのである。

◉註

(1) マット・ジョンソン（一九七〇―）は、コロンビア大学で美術学修士号を取得後、ラトガーズ大学、バード大学、コロンビア大学で教鞭を執り、現在は、ヒューストン大学創作科教授。ジョンソンの作品には、『ドロップ』(*Drop*, 2000)、『ハンティング・イン・ハーレム』(*Hunting in Harlem*, 2003)、一七四一年のニューヨークの奴隷陰謀疑惑事件を扱ったノン・フィクション作品『大いなる奴隷の陰謀』（*The Great Negro Plot*, 2007）があり、エドガー・アラン・ポウの『ナンタケット島出身のアーサー・ゴードン・ピムの物語』の続編パロディー『ピム』（*Pym*, 2011）は、出版されるや否や各紙の書評欄に絶賛の文言が躍る好評を得た。『ピム』につづく最新作『ラヴィング・デイ』（*Loving Day*, 2015）も高い評価を得て、NPRや『ガーディアン』誌上等でのインタビュー記事や『ニューヨーク・タイムズ』、『ロサンゼルス・タイムズ』、『ボストン・グローブ』、『ガーディアン』、『エスクワイア』といった大手紙上／誌上に書評が数多く掲載されている。この最新作の注目度の高さは、出版からおよそ三ヵ月後の二〇一五年八月、ショータイム社が、本作をコメディー・シリーズとしてケーブルテレビでのドラマ化する権利を買い取ったと発表した事実からも窺い知ることができるだろう。ジョンソンは、グラフィック・ノヴェル作品も手掛けている。作画そのものは別人によるが、『ジョン・コンスタンティン・ヘリブレイザー・シリーズ――パパ・ミッドナイト』（*John Constantine Hellblazer: Papa Midnite*, 2005）、『インコグニグロ』（*Incognigro*, 2008）、『黒い雨――ニューオーリンズ物語』（*Dark Rain: A New Orleans Story*, 2010）、『ライト・ステイト』（*Right State*, 2013）といった作品群も、タイトルから察せられるように、アメリカにおける人種状況を前景化している。ジョンソンは、これまでにジェームズ・ボールドウィン米国芸術家助成金、ハーストン／ライト伝統遺産賞、バーンズ・アンド・ノーブル選出主要新進作家の名誉、ドス・パソス文学賞を獲得しており、小説の仕掛け技法を熟知する創作科教授の肩書に鑑みても、これら受賞歴から判断しても、こんにち最も注目されている作家のひとりであると考えてよいだろう。マット・ジョンソンについては、以下のペンギン・ランダムハウスの頁が参照になるだろう。〈https://www.prhspeakers.com/speaker/mat-johnson〉

（2）ジョンソンの見た目と自身の人種的アイデンティティとの隔たりと、それがゆえの葛藤については、Johnson, "Proving," LaValle, Lindsey, Miller を参照のこと。特にジョンソン自身の「僕の黒さの証明」は、自身と母親のDNAテストによって、人種パーセントが判明した旨の報告である。ジョンソンの最新作『ラヴィング・デイ』は、こうした葛藤を扱った作品であり、現在のアメリカ合衆国における黒人コミュニティーの複雑さや対立などを示した作品として、非常に興味深い。白川恵子「フィラデルフィアの幽霊屋敷――マット・ジョンソンの『ラヴィング・デイ』における混血《ムラートー》アイデンティティの呪縛と解放」

『幻想と怪奇の英文学II——増殖進化編』（春風社、二〇一六年、120-44）を合わせて参照。

（3）スーザン・ビーゲルは、グランパス号上での反乱に関して、ポウは、ナンタケットの捕鯨船グローブ号上での実際の叛乱を参照していたのではないかと推測している。なお、この叛乱には、ポウ作品同様、黒人使用人も加担している。

（4）ロード・ナラティヴのジャンル的特徴については、ロナルド・プリモウ、シェリルによる序章部分を参照のこと（二〇一三年にドナルド・プリモウによって上梓された『批評的洞察力——アメリカのロード文学』は、本ジャンルの先行研究を手際よく整理してくれている）。ただし本稿では「ロード」を自動車による陸路移動という狭義の使用に限定しない。実際、「ロード」という語には比喩的含意があるがゆえに、文学／文化的適応範囲を明確に定義するのは、存外難しい。たとえば、アメリカ大陸探検記や未知の領域への旅行／冒険記、あるいは居住地を追われる強制移動の旅回りや、（犯罪）逃亡記、はては時空を超える空想科学小説や悪漢小説に至るまで、作中登場人物たちが、移動の道程で展開される事件や事象を自己探求と自我の発見・成長を交えて提示するナラティヴはおしなべて、広義の「ロード・ナラティヴ」に他ならない。そこには教養小説的要素もあれば、抵抗精神の発露もある。さらには、アメリカが建国以前より担っている帝国主義的拡大神話（あるいは反神話）の幻影すら見いだし得よう。『ピム』について言えば、こうした広義の比喩的な意味での路程を多分に示している。

◉引用・参考文献

Beegel, Susan F. "'Mutiny and Atrocious Butchery': *The Globe Mutiny as a Source for Pym*." *Poe's Pym: Critical Explorations*, edited by Richard Kopley, Duke UP, 1992, pp. 7-19; pp. 277-80.

Christensen, Tim. "Little Debbie, or the Logic of Late Capitalism: Consumerism, Whiteness, and Addiction in Mat Johnson's *Pym*." *College*

Literature, vol. 44, no. 2, Spring 2017, pp.166-99.

Davis, Kimberly Chabot. "The Follies of Racial Tribalism: Mat Johnson and Anti-Utopian Satire." *Contemporary Literature*, vol. 58, no. 1, Spring 2017, pp.18-52.

Dirda, Michael. "Mat Johnson's 'Pym' R-imagines Poe's Social Satire." *Washington Post*, March 10, 2011, http://www.washingtonpost.com/wp-dyn/content/article/2011/03/09/AR2011030905316.html. Accessed 30 July, 2019.

Johnson, Mat. *Pym: A Novel.* Spiegel & Grau, 2011.

---. "Proving My Blackness." *New York Times Magazine*, May 19, 2015, https://www.nytimes.com/2015/05/24/magazine/proving-my-blackness.html. Accessed 30 July, 2019.

---. "Why You Can Kiss My Mulatto Ass." *Buzz Feed Books*, May 26, 2015, https://www.buzzfeed.com/matjohnson/kiss-my-mulatto-ass. Accessed 30 July, 2019.

LaValle, Victor. "The Great American Mulatto: Mat Johnson Talks Identity and Facing Ghosts." *Gawker Review of Books*, May 20, 2015, http://review.gawker.com/the-great-american-mulatto-mat-johnson-on-mixed-ident-1705614423. Accessed 30 July, 2019.

Lindsey, Craig. "Mat Johnson on What It Means to Be Mixed-Race in America." *Esquire*, May 29, 2015. https://www.esquire.com/entertainment/books/interviews/a35341/mat-johnson-interview-mixed-race-in-america/. Accessed 30 July, 2019.

Mansbach, Adam. "Looking for Poe in Antarctica." *The New York Times Sunday Book Review*, March 4, 2001, https://www.nytimes.com/2011/03/06/books/review/Mansbach-t.html. Accessed 30 July, 2019.

Miller, Laura. "'You Get a Cookie for Being Offended': Mat Johnson on the Fine Art of Racial Satire." *Salon.* May 25, 2015, https://www.salon.com/2015/05/24/you_get_a_cookie_for_being_offended_mat_johnson_on_the_fine_art_of_racial_satire/. Accessed 30 July, 2019.

Poe, Edgar Allan. *The Narrative of Arthur Gordon Pym of Nantucket*. 1837. New York: Modern Library, 2002.

Primeau, Ronald. *Romance of the Road: The Literature of the American Highway*. Bowling Green State University Popular P, 1996.

---, ed. *Critical Insights: American Road Literature*. Grey House P, 2013.

Shawl, Nisi. “Studying the White Man: *Pym* by Mat Johnson.” TOR.COM, April 17, 2019, https://www.tor.com/2019/04/17/studying-the-white-man-pym-by-mat-johnson/. Accessed 30 July, 2019.

Sherrill, Rowland A. *Road-Book America: Contemporary Culture and the New Picaresque*. U of Illinois P, 2000.

Wilks, Jennifer M. “‘Black Matters’: Race and Literary History in Mat Johnson’s *Pym*.” *European Journal of American Studies*, Vol. 11, No. 1, 2016, pp.1-20

あとがき

序章から一〇の章を重ねた本書の道程もまもなく終わる。これらの章内で言及はしたものの詳細に分析しえなかった作品、事象や論考内容が多く残っているさまを思うにつけ、最終章で論じたロードナラティヴ・ジャンルのように、本書もまた、ある種のオープンエンディングとならざるをえない。関連するテクストなり、背景なりがいかに興味深くとも、ひとたびまともに俎上に乗せようとしだすと、本論趣旨を超える別のところにまで展開していってしまうジレンマに、毎度、苛まれつつの執筆なのだけれども、とはいえ、次なる段階への可能性や展開の余地を残すという意味においては、オープンエンディングもあながち悪くはないだろう。敷衍しうる伸びしろがあると思えることは——かりにその余白部分が、結果的に埋まらなくとも——先を見ることだと思えるからだ。

終わらない物語の連鎖、すなわち次なるナラティヴを引き出す駆動力は、反復的批評精神あるいは自省的深化行程に裏打ちされている。だからきっとわれわれの営為のなかで物語への希求がなくなることはないだろうし、よって文学批評がなくなることもないのだろう。仮にそれが細々とした所作に見えようとも、文学の消尽への抵抗は確実につづくのだと思う。その意味において、物語を成し、それを精査し、反駁し、時に反復し、また新たな何かを作り上げようとする鋭意が止むことはないはずだ。よって、個人のレベルであれ、集団であれ、歴史を語り、物語を発想し、修辞的言説を構築せんとする場は、常にオープンエンディングであると言えるのだろう。

本書をまとめてみて筆者自身が、改めて気づかされたのは、物語を紡ぐ行為が潜在的に有する——良い意味での——疑義の提示でもある。もちろん、言説の生成営為には、反証のみならず、個の主張や、他への賞賛、裏書きの作用も見られる場合があるだろう。だが、およそ新たなナラティヴを生み出さんとする意識には、必ずや既存のそれを批評的に越えていく啓発や気概があるはずだ。ならば、先行作品への、あるいは一定の社会通念への、さらには法的規定への反応や再評価をもって、物語を創作する行為には、何らかの意味で抵抗する精神性が——明示的であれ暗示的であれ——偏在しているように思えてならない。殊に本書の最終二章が示すパロディーという文学形式とオープンエンディングは、文学の発展的再生産、すなわち既存の価値観との間の対話や反復、オマージュや修正行為である。本書序章にて引用したサーグッド・マーシャルは、二世紀を経た憲法の祝賀ムードを諫め、合衆国という国家基盤の最たる文書に対して、社会正義と民衆の利益に則した改定を求めつづけた過去を、いま一度、大衆に思い起こさせた。文学は、その背後にある意義と苦悩を映し取ってきたはずだから、国家の最高法と文学とは——あくまでも各々の「約束事」に倣いつつはあるが——いわば、常に開かれ、多様な解釈が可能であるとの通底概念を共有していることになるだろう。言説形成の場は、スリリングでレトリカルな抵抗に満ちており、だからこそアメリカン・ナラティヴの形成過程とは、建国期以前からのアメリカ史およびアメリカ文学史が、内省と精査を要請しつつ、複合的重層性を再生しつづけることの証左になる。

昨今のアメリカは、一元的な自国の利益や任意の個別集団の優位を強調するあまり、ある特定の方向から見た折に不都合に映る事実を隠蔽するための手段として「別の真実」を訴求する動向があるように思われる。だが、抵抗する物語が果たすべき「もう一つの真実」とは、本来的には、ある特定集団の一方のみからの固定化された見解や、単一解釈を常に疑い、多種多様な批判や批評を受け入れるだけの器量を発揮するものではなかったか。殊にアメリカにおいては、不都合な事実を隠蔽するための狭量で否定的な文言ではなく、抵抗精神の発露として、「多の一」を体現するための肯定的な使用を求められるべきものだと、否が応でも規定せねばならないのではなかろうか。叛逆を愛国に読み替えて成立した合衆国だからこそ、こんにちに、あらゆる「文書」は「生きている」のだと再確認することの意義は、より大きく、重要になるのだと思われる。そして幸いにも、常に自浄作用は働いている。つくりものの背後に潜む何かを見定める高度な叡智が、文学の約束事のなかにあることをわれわれは知っているし、それを可能にする一つのツールとして、「抵抗者たち」の「物語」が役割を担うのだと思う。

文学的造形や素養がないと自覚する筆者が、そしてアメリカ文化史プロパーの専門家ではない筆者が、右のように記すのは、分を超える気がするけれども、正典作家・作品研究ではない、埋もれているテクストや、読み捨てられる類の大衆作家作品を中心に扱った本書のあとがきだからこそ、そんな感を強くしたのだろう。名もなき者たちの取るに足りない営為の総体が、ナラティヴを成すのだと思いたいから。

本書は、筆者がここ十余年の間に各所に書いてきた論考をまとめたものである。出版に際して、以下に掲げるすべての論考に、大幅な加筆修正を施した上で章として収録した。以下、各章の初出を一覧として記す。

序章　書下ろし

第1章「売れる偉勲・憂うる遺訓――ウィームズの『ワシントン伝』再考」、『独立の時代――アメリカ古典文学は語る』（世界思想社）入子文子、林以知郎編著、二〇〇九年六月、二九–五八頁。

第2章「アメリカン・イーグルとバード・ウーマン――初期アメリカの国家形成と先住民政策」、『バード・イメージ――鳥のアメリカ文学』（金星堂）松本昇、西垣内磨留美、山本伸編著、二〇一〇年四月、一七–四二頁。

第3章「魔女の物語とインディアン――John Neal の *Rachel Dyer* とアメリカ（文学）の独立」、『アメリカ研究』（アメリカ学会誌）第四一号、二〇〇七年三月、一三三–一五一頁。

第4章　"American Victim, Rebel, and Author-ity in *Memoirs of Stephen Burroughs*." *Ways of Being in Literary and Cultural Spaces*, edited by Leo Loveday and Emilia Parpala, Cambridge Scholars Publishing, October, 2016, pp. 93-105.

第5章　「ナンシー・ランドルフの幸福の追求——歴史／小説にみるジェファソン周辺の『幸福の館』」、『アメリカ文学における幸福の追求とその行方』（金星堂）貴志雅之編、二〇一八年二月、二三五—二五一頁。

第6章　「ある逃亡奴隷の奇妙なパッシングの一事例——オカ・チュビー、インディアン・パフォーマンス、モルモン・コネクション」、『エスニック研究のフロンティア』（金星堂）多民族研究学会編、二〇一四年三月、一九九—二一七頁。

第7章　「帝都の物語——フォスター、トムソン、リッパードにおけるアンテベラム・ニューヨーク」『〈都市〉のアメリカ文化学』（ミネルヴァ書房）笹田直人編著、二〇一一年三月、一七—五一頁。

第8章　「奴隷的不服従——ルイザ・メイ・オルコットのセンセイショナル・スリラーにおける抵抗と復讐」、『ソローとアメリカ精神——米文学の源流を求めて』（金星堂）日本ソロー学会編、二〇一二年一〇月、三三〇—三四五頁。

「ルイザ・メイ・オルコットの煽情的混血奴隷物語」、『ヘンリー・ソロー研究論集』第三七号、二〇一一年九月、一—一二頁。

第9章 「そして誰もが黒くなった――アリス・ランダルの『風は去っちまった』における再生の政治学」、『アメリカ文学における「老い」の政治学』(松籟社)金澤哲編著、二〇一二年三月、二七三―九七頁。
第10章 「ツァラル島再訪――マット・ジョンソンの『ピム』におけるダーク・ピーターズの復権」、『アメリカン・ロードの物語学』(金星堂)松本昇、中垣恒太郎、馬場聡編、二〇一五年三月、一五五―七二頁。

本書は、同志社大学文学部英文学科に入社以降に構想され、初出出版されたもののなかから、タイトルテーマに合致するそれを選び、一〇の章として構成したものであるが、これを可能にできたのは、言うまでもなく、上司、同僚の先生方、拙い授業につきあってくれた学生の皆さん、研究活動を支援してくれた職員の方々のおかげである。所属学部・学科はもとより、それを超えて、学内のアメリカ研究領域の先生方には、大いに啓発され、刺激を得た。また本書が二〇一九年度同志社大学研究成果刊行助成を得て、出版に至ったことも、ここに特記しておきたい。

そして学究の姿勢や研究の基礎をお教え下さった慶應義塾大学の指導教授の先生方に、心からお礼を申し上げたい。学部時代には唐須教光先生に、修士課程時代には山本晶先生に、博士課程時代には巽孝之先生に、多大なるご教示を頂いた。研究者になることを想定しておらず、複数の局面でブランクをはさみ、最終的に博士課程に戻った時期以降、こんにちに至るまで、巽先生には、お世話になりつづけている。彼のご指導があったればこそ、私は現在、研究者の末席にいることを大いに自覚している。思えば、博士号請求論文のタイトルは、"Antebellum Monsters: Race and the Subversive Imagination in the American Narrative Tradition" (2003) であったから、具体的内容や考察対象はまったく異なるものの、「抵抗精神の発露による体制転覆的意識」という発想は、以前から持続的にあり、本書にも受け継がれている。もちろんこの間、そして今でも互いに信頼し、切磋琢磨できる同窓の仲間の存在は、貴重で大きい。

また巽先生を通じて、博士論文副査としてご指導頂いたカリフォルニア大学バークリー校教授サミュエル・オッター先生と、在外研究時にお世話になったブランダイズ大学教授故・マイケル・ギルモア先生、およびハーヴァード大学教授ディヴィッド・ホール先生にも多くの示唆を頂戴したことを感謝申し上げたい。本書第6章のオカ・チュビーによる奇妙なテクストの存在を、最初に教えて下さったのは、オッター先生であるし、第2章のインディアン・ピース・メダル関連およびオルコットの構想・初出執筆は、在外研究の時期であった。第4章のバロウズ父子の説教が容易に入手できたのは、ホール先生のおかげである。ギルモア先生の遺作となった『言葉をめぐる戦争——アメリカ文学における奴隷制と人種、そして言語の自由』(*The War on Words: Slavery, Race and Free Speech in American Literature*)出版の折に在外研究の一年を過ごせた偶然、そしてその翻訳に携われることになった僥倖を噛みしめてもいる。

本書に関連する論考構想とリサーチ、執筆に際して、現在に至るまで複数回の科研費の支援を頂いたことにも、謝意を表し、以下、記しておきたい(白川の代表のみ)。「アメリカ独立・建国神話の構築と南北戦争以前期の大衆文化受容との関連についての研究」日本学術振興会科学研究費補助金基盤研究(C)課題番号20520259(2008-2012);「初期アメリカの体制反逆事件とその文化的・文学的影響に関する研究」日本学術振興会科学研究費補助金基盤研究(C)課題番号24520327(2012-2016):「初期アメリカにおける奴隷叛乱事件——文学的・文化的想像力の創生と影響」日本学術振興会科学研究費補助金基盤研究(C)課題番号 16K02517(2016-2021)。

もうお一方、大きな信頼と敬意をこめて、小鳥遊書房の高梨治氏に、お礼申し上げる。本書構想を、学会懇親会でお話申し上げたのは、何年前だったろうか。遅々とした進捗を、いつも暖かく見守り、さまざまにご尽力頂き、常に適切なご助言を下さった。彼の忍耐と、熱意と、真切には、感謝してもし足りない。高梨様、ありがとうございました。

最後に、本書を、故・白川(石井)千代子に献ずる。本書内の章のいくつかの部分は、彼女の闘病中に、時に病室で、あるいは癌再発の知らせの最中に発想されたり、形成されたりした。数えきれないほど往復した新幹線車中で仕事をした記憶もある。私は、この母のもとに生を受けたことを、最大の幸福であると考えている。諸般の事情から二〇年で嘱望されたキャリアを断念し、専業主婦となったが、公正かつ俯瞰的に事象の大局を捉え、人の本質を見抜く勘どころは、職を辞したのちも、娘が時として辟易するほど抜群で、正確だった。彼女の資質のなにがしかが、微小な、ほんの僅かな部分であっても、自分にあれば良いと切に願う。鬼籍に入ればほどなく忘れられてしまうかもしれないような市井の人の反骨や苦悩や逡巡が、物語となりうるのだと思えるのは、きっと彼女のおかげである。

今出川にて

二〇一九年七月二〇日

著者識

索引

※五十音順。作品名などの関連項目は人物名ごとにまとめた。

【ア行】
アダムズ、ジョン・クインシー（John Quincy Adams）**127**
「あの放埒なる輩」（"the wild fellow"）**107, 112**
アメリカン・ルネサンス（American Renaissance）**13-14, 18, 113, 115, 250**
アレン、ルイス・レオニダス（牧師）（the Rev. Lewis Leonidas Allen）**223-226, 241**
　『アレン牧師によって書かれたチョクトー・インディアンの首長モショレー・チュビーの息子で、別称ウィリアム・チュビーと呼ばれた偉大なる首長オカ・チュビーのスリリングな人生の物語』（*A Thrilling Sketch of the Life of the Distinguished Chief Okah Tubbee Alias, Wm. Chubbee, Son of the Head Chief, Mosholeh Tubbee, of the Choctaw Nation of Indians. By Rev. L. L. Allen*）**223**
アレン、ポーラ・ガン（Paula Gunn Allen）**96**
　「サカガウィーアいろいろ」（"The One Who Skins Cats"）**96**
アンソニー、スーザン・B（Susan B. Anthony）**91, 96**
異人種間結婚（異人種間雑婚）（miscegenation）**21, 230, 233, 286, 288-289, 291, 315, 326, 329**
イーストン条約（the Treaty of Easton or the Easton Treaty）**71**
イロコイ連合（The Iroquois Confederacy）**63-65, 74, 128**
インディアン強制移住法（Indian Removal Act）**127**
インディアン・ピース・メダル（Indian peace medal）**20, 63-64, 77-78, 80, 82, 96, 99, 370**
インディアン捕囚（Indian captivity）**40, 108, 111, 114, 128**
ヴィシニェフスキー、ラディスラス（Ladislad Wisniewski）**301**
ウィームズ、メイソン・ロック（牧師）（the Rev. Mason Locke Weems）**19, 30-46, 48-52, 54-57**
　『真の愛国者』（*The True Patriot*）**34-35, 51**
　『博愛主義者』（*The philanthropist*）**34-35, 44-45**
　『ワシントン伝』（*The Life of Memorable Action of George Washington ／ The Life of George Washington; with Curious Anecdote, Equally Honourable to Himself and Examplary to His Young Countrymen*）**19, 30-38, 41-42, 44, 46, 48, 50, 54**
ウィリアム王戦争（第二次インディアン戦争）（King William's War（the Second Indian War））**109-110, 118**
ウィリアムズ、シャーリー・アン（Sherley Ann Williams）**319**
　『デッサ・ローズ』（*Dessa Rose*）**319**

ウェイン、アンソニー（将軍）（General Anthony Wayne）**80, 82**
ヴェルヌ、ジュール（Jules Verne）**341-342, 347**
ウォーカー、キャラ（Kara Walker）**319**
ウーンディッド・ニーの戦い（the battle at Wounded Knee）**89**
エドワーズ、ジョナサン（Jonathan Edwards）**140-141**
オサリヴァン、ジョン・L（John L. O'Sullivan）**274, 278**
「併合論」（"Annexation"）**274, 278**
オルコット、アビゲイル・メイ（Abigail May Alcott）**283**
オルコット、ルイザ・メイ（Louisa May Alcott）**22, 283-285, 287-291, 293-295, 298-302, 305-307**
「一時間」（"An Hour"）**285, 295-297, 299-301**
「ヴァラゾフ伯爵夫人」（"Countess Varazoff"）**285, 301, 305**
「M.L.」（"M. L."）**285, 287-289, 298, 301, 305**
「ジョン・ブラウンの殉教の日に咲いたバラに寄せて」（"With a Rose, That Bloomed on the Day of John Brown's Martydom"）**284**
「ソローのフルート」（"Thoreau's Flute"）**284**
『病院のスケッチと駐屯地物語』（*Hospital Sketches and Camp and Fireside Stories*）**296**
『若草物語』（*Littele Women*）**22, 283, 301, 307**
「私の逃亡奴隷」（"My Contraband"）**291, 293, 296, 298, 301**

【カ行】

カクタニ、ミチコ（Michiko Kakutani）**325**
カメラリウス、ヨアヒム（Joachim Camerarius）**73-75**
苦汗工場（スエット・ショップ）（sweat shop）**256**
共和政期（the Republican period）**19**
キャンベル対エイカフ・ローズ・ミュージック事件（*Cambell v. Acuff-Rose Music, Inc.*）**328**
キンケイド、トマス（Thomas Kindake）**349, 353**
グッドエイカー、グレナ（Glenna Goodacre）**95**
グッドリッチ、サミュエル・G（Samuel G. Goodrich）またはピーター・パーリー（Peter Parley）**32**
クーパー、アリス（Alice Cooper）**91, 93**
クーパー、ジェイムズ・フェニモア（James Fenimore Cooper）**126, 227**
『モヒカン族の最後』（*The Last of Mohicans*）**227**
クラーク、ウィリアム（William Clark）**78, 81-88, 90, 99**
グリフィス、D. W.（D. W. Griffith）**287**
『國民の創生』（*The Birth of a Nation*）**287**
グリーンヴィル条約（the Grrenville Treaty（or the treaty of Greenville））**80**

ケアリー、ヴァージニア・ランドルフ（Virginia Randolph Cary）**201**
ケアリー、マシュー（Mathew Cary）**31, 34**
ゲイツ・ジュニア、ヘンリー・ルイス（Henry Louis Gates, Jr.）**329, 331, 335**
ゲティスバーグ演説（the Gettysburg Address）**51**
憲法修正第一条（The First Amendment to the United States Constitution）**21, 199, 211, 325, 329, 331**
国璽（合衆国国璽）（the Great Seal of the United States）**20, 62-65, 68-74, 76-77, 79, 85, 95-99**
告別演説（退任演説）（George Washington's Farewell Address）**46-48**
骨相学（phrenology）**168**
コーリー、ジャイルズ（Giles Corey）**109**
コンコード反奴隷制女性協会（Concord Female Anti-Slabery Society）**282, 285, 299**
コンデ、マリーズ（Maryse Condé）**106, 121-122, 133**
『わたしはティチューバ――セイラムの黒人魔女』（*I, Tituba, Black Witch of Salem*）**122**

【サ行】
「才能ある十分の一」（"the Talented Tenth"）**323**
サカガウィーア（バード・ウーマン）（Sacagawea（Bird Woman））**20, 63-64, 84-98, 100-101**
サカガウィアーの金色一ドルコイン（Sagacawea gold one dollar coin）**95**
（サカガウィーアの）「先導者」神話（the guide myth（of Sacagawea））**90**
「サカガウィーアの日」（Sacagawea Day）**91**
3/5 条項（the Three-Fifths clause）**11, 53, 198**
サントラスト・バンク対ホートン・ミフリン社事件（*Suntrust Bank v. Houghton Mifflin Co.*）**327**
ジェイ、ジョン（John Jay）**47**
シェイズ、ダニエル（Daniel Shays）**162-164, 180**
シェイズの叛乱（Shay's Rebellion）**21, 47, 155, 161-166, 170-171, 179**
ジェイムソン、フレデリック（Fredric Jameson）**18**
ジェファソン、トマス（Thomas Jefferson）**13, 21, 32, 35, 44-45, 48, 52, 63, 74, 77, 80, 84-86, 100, 112, 125, 133, 186-190, 193, 195, 197, 199, 204, 206-211, 271, 313**
『ヴァージニア覚書』（*Notes on Virginia*）**112**
シムズ、ウィリアム・ギルモア（William Gilmore Simms）**328-329**
「オウカティッビィ――チョクトー族のサムソン」（"Oakatibbee, or the Chactaw Sampson"）**228, 236**
『ウィグワムとキャビン』（*The Wigwam and the Cabin*）**228**
ジャクソン、アンドリュー（Andrew Jackson）**127-128**
シャルボノー（ポンプ）、ジャン・バプティスト（Jean-Baptiste Charbonneau（or

Pomp)）**87**
シャルボノー、トゥーサン（Toussaint Charbonneau）**86-88, 96**
シュー、ウジェーヌ（Eugene Sue）**251-252**
『パリの秘密』（*Les Mysteres de Paris*）**251**
ジョージ三世（英国王）（George III）**15, 26, 41, 52, 158, 211**
ジョージ・ワシントン・ピース・メダル（George Washington Peace Medal）**79-80**
女性選挙権獲得運動（suffrage movement）**89**
ジョンソン、マット（Mat Johnson）**22-23, 312, 314, 340-343, 345-346, 350, 352-361**
『ピム』（*Pym*）**23, 340-343, 345, 348, 353, 355-356, 359, 361-362**
人種混交（amalgamation）**286, 305**
1964年の包括的公民権法（the Civil Rights Act of 1964）**12**
スタントン、ルシール（ルーシー）・アン・セレスタ（Lucile (Lucy) Ann Celesta Stanton）**220, 231, 233, 235, 238-240, 242**
ストーン、ジョン・オータスタス（John Augustus Stone）**229**
『メタモラ、最後のワンパノアグ族』（*Metamora: of The Lst of Wampanoags*）**229**
スプリングフィールド（マサチューセッツ州）（Springfield, Massachusetts）**146, 161, 163, 224-225**
スミス、ジョーゼフ（Joseph Smith）**231, 233**
ゼンガー裁判（The John Peter Zenger trial）**199, 210-211**
先住民（インディアン／アメリカン・インディアン）（Native Americans（Indians, American Indians)）**11, 13, 20-21, 23-25, 48, 63-70, 73-82, 84-99, 101, 112, 114, 121-122, 127, 130, 133, 214-223, 225, 227-231, 233-235, 237-238, 240, 242-243, 278**
センセーショナル・スリラー（sensational thriller）**307**
ソロー、ヘンリー・デイヴィッド（Henry David Thoreau）**22, 171, 234, 282-285, 287, 295, 306**
「市民の不服従」（“Civil Disobedience”）**282, 285**
「マサチューセッツの奴隷制度」（“Slavery in Massachusetts”）**282**
「キャプテン・ジョン・ブラウンのための弁明」（“A Plea for Captain John Brown”）**282**

【タ行】

ダイ、エヴァ・エメリー（Eva Emery Dye）**90-91**
ダイアー、メアリ（Mary Dyer）**107, 116-117**
ダウソン、アーネスト（Ernest Dowson）**316, 318**
「多からなる統一」（多の一）（“E Pluribus Unum”）**24, 45, 63, 70, 72, 91-92, 128, 366**
ダグラス、スティーヴン（Stephen Douglas）**286**
ダグラス、フレデリック（Frederick Douglass）**12-13, 320, 326**
「奴隷にとって七月四日とは何か？」（“What to the slave Is the Fourth of July?”）**12**

タッカー、セント・ジョージ（St. Goerge Tucker）**192-194**
ダートマス大学（Dartmouth College）**138-139, 145, 169**
『妻であるラー・シール・マナトイ・エラー・チュビーによって書かれたチョクトー・インディアンの首長モショレー・チュビーの息子で、別称ウィリアム・チュビーと呼ばれた偉大なる首長オカ・チュビーの人生のスケッチ』（*A Sketch of the Life of Okah Tubbee, Alias, William Chubbee, Son of the Head Chief, Mosholeh Tubbee, of the Choctaw Nation of Indians. By Laah Ceil Manatoi Ellah Tubbee, His Wife*）**225**
チュビー、オカ（Okah Tubbee）**214, 216, 223, 225, 227-230, 237, 241-243, 370**
チュビー、ラー・シール・マナトイ・エラー（Laah Ceil Manatoi Elaah Tubbee）**215, 225, 240**
デイヴィス、アンジェラ（Angela Davis）**122**
デイク、チャールズ・ロメイン（Charles Romeyne Dake）**342**
ディクソン・ジュニア、トマス（Thomas Dixon, Jr.）**287**
『クランズマン』（*The Clansman*）**287**
ティチューバ・インディアン（Tituba Indian）**106, 114**
帝都（the Empire City）**248, 250-251, 253-254, 256, 259, 267, 270-276**
ディンウィディー副総督（LL. Gov. Dinwiddie）**38, 40**
デュボイス、W. E. B.（W. E. B. DoBois）**323**
同胞組合（the Brotherhood of the Union）**266**
『遠い地平線』（*The Far Horizons*）**94**
独立宣言（the Declaration of Independence）**10-12, 14-15, 20-21, 38, 41-42, 47-48, 53, 65, 69-70, 73, 121, 123-128, 130, 153, 158-159, 162, 166, 198-199, 204, 206, 211, 269**
トマス・ジェファソン・ピース・メダル（Thomas Jefferson Peace Medal）**79, 81**
トムソン、ジョージ（George Thompson）**22, 250, 256-262, 264-265, 270, 276-277**
『都市犯罪』（*City Crimes*）**258-260, 262, 277**
『わが人生」（*My Life*）**277**
トムソン、チャールズ（Charles Thomson）**72-77**
奴隷制度（slavery/the instituion of slavery）**11, 24, 198, 243, 278, 282-283, 288, 291, 306, 352, 359**
ドレッド・スコット判決（the Dread Scott Decision）**12, 288**

【ナ行】
内戦（civil war）**10, 46, 48-52, 54, 301**
『ナイトミュージアム１』『ナイトミュージアム２』（*Nights at the Museum 1, Nights at Museum 2*）**94**
『南部文芸通信』（*The Southern Literary Messenger*）**346**
南北戦争（the Civil War）**12-14, 18-19, 22, 32, 48-50, 52, 54, 111, 237, 275, 285-287, 292, 295, 301, 312, 325**

南北戦争以前期／アンテベラム期（the antebellum period）**12 -13, 22, 32, 35, 37, 46, 123, 127, 142, 210, 214, 250, 278, 312, 314, 350, 355**
ニューイングランド（New England）**11, 16, 21, 27, 47, 107-109, 111-112, 114-115, 117, 121, 124, 129-132, 139, 169-170, 195, 305**
ニューヨーク（New York）**41, 144, 149-150, 195-196, 198-199, 205, 210-211, 220, 223, 231, 236, 248-250, 252-258, 263, 267, 269, 271-272, 286, 355, 360**
ニール、ジョン（John Neal）**20, 106-108, 110-127, 129-130, 133**
　『レイチェル・ダイアー』（*Rachel Dyer*）**20, 107-108, 111-114, 116-117, 119, 122-126, 128, 133**
　「偉大なる共和国文学のもひとつの独立宣言」（"another Declaration of Independence, in the great Republic of Letters"）**126**

【ハ行】

白頭鷲（the American bald eagle）**20, 62-65, 68-70, 72-77, 79-82, 84-86, 89, 91-92, 94**
ハチンソン、アン（Anne Hutchinson）**97-99**
パッシング（passing）**214-215, 217-218, 230, 243, 286-288, 302, 305, 322-324, 345**
ハッチオン、リンダ（Linda Hutcheon）**329**
　『パロディー理論』（*Theory of Parody*）**329**
ハドソン、アンジェラ・プリー（Angela Pulley Hudson）**217, 219, 228, 230, 235-236, 238-240, 242**
バートン、ウィリアム（William Barton）**72**
バーナム、P. T.（P. T. Barnum）**235, 258**
ハミルトン、アレグザンダー（Alexander Hamilton）**47, 198**
ハリソン、ランドルフ（Randolph Harison）**188, 191-192**
パリス、サミュエル（Samuel Parris）**107-108, 114**
バロウズ、エデン（Eden Burroughs）**138-139, 141, 167**
バロウズ、スティーヴン（Stephen Burroughs）**140-166, 168-172, 179, 241**
　『回想録』（*Memoirs of Stephen Burroughs*）**21, 140-150, 152, 160-162, 166-172, 179**
　『乾草上の説教』（*Hay-Mow Sermon*）**141, 146, 160-166, 172-179**
バロウズ、ジョージ（George Burroughs）**107-111, 114-115, 117-125, 127-133**
反律法主義者（アンチノミアン）（antinomian）**108, 116**
ピーターズ、ダーク（Dirk Peters）**23, 342-348, 350, 352, 354-360**
フィリップ王戦争（第一次インディアン戦争）（King Philip's War(the First Indian War)）**109-110, 117**
ファウラー博士（Lorenzo Niles Fowler）**168**
フォスター、ジョージ・G（George G. Foster）**22, 250, 252-254, 256-259, 262, 265, 276-277**
　『実録のニューヨーク――手練れの筆が描く』（*New York in Slices By An Experienced Carver*）**252-255**

『ガス燈下のニューヨーク――一条の陽光とともに』（*New York by Gas-Light With Here and There a Streak of Sunshine*）**252-254**
フォスター、ハナ・ウェブスター（Hannah Webster Foster）**192**
『コケット』（*The Coquette*）**192**
フォレスト、エドウィン（Edwin Forrest）**229**
ブラウン、ウィリアム・ヒル（William Hill Brown）**192**
『親和力』（*The Power of Sympathy*）**192**
『ブラックウッド・マガジン』（*Blackwood's Magazine*）**112, 126**
ブラドック、エドワード（将軍）（General Edward Braddock）**38-40**
フランクリン、ベンジャミン（Benjamin Franklin）**33, 43, 51, 64-65, 71, 74, 76, 98-99, 133, 140-141, 171, 197**
ブルックス、ジェラルディン（Geraldine Brooks）**283**
『マーチ家の父』（*March*）**283**
プレッシー対ファーガソン事件（*Pressy v. Ferguson*）**12, 322**
フレンチ・アンド・インディアン戦争（French and Indian War）**16, 19, 30, 38, 42, 50, 76**
フロスト、ロバート（Robert Frost）**140, 142-143**
『ブロードウェイ・ベル』（*The Browdway Belle, and Mirror of the Times*）**257**
「分離すれども平等」（"Separate but Equal"）**12**
ペラム（マサチューセッツ州）（Pelham, Massachusetts）**145, 154-155, 160-161, 163-166, 170, 172-179**
ベントレー、バーバラ（Barbara Bentley）**207**
『ミストレス・ナンシー』（*Mistress Nancy*）**207**
ヘンリー、パトリック（Patrick Henry）**125, 159, 193, 196**
ポウ、エドガー・アラン（Edgar Allan Poe）**23, 112, 312, 340-348, 352, 354-362**
『ナンタケット島出身のアーサー・ゴードン・ピムの物語』（*The Narrative of Arthur Gordon Pym of Nantucket*）**340, 342, 346, 348, 352, 354, 356-358, 361**
ボゥドウィン、ジェイムズ（James Bowdwin）**163, 165**
ポカホンタス（Pocahontas）**86, 188**
牧師の説教と犯罪者の告白（execution sermons and crime narratives）**16, 27**
ホーソーン、ナサニエル（Nathaniel Hawthorne）**27, 106-108, 112, 114-115, 132**
『七破風の屋敷』（*The House of Seven Gables*）**115, 133**
『緋文字』（*The Scarlet Letter*）**27, 114-115**
捕囚奴隷体験記（captivitiy slave narrative）**227, 230**

【マ行】

マザー、コットン（Cotton Mather）**27, 107, 109, 111, 132-133**
マサチューセッツ第五四連隊（The 54th Massachusetts Volunteer Infantry Regiment）**192**

マーシャル、サーグッド（Thurgood Murshall）**10-12, 14, 23, 26, 198, 366**
　「憲法――生きている文書」（“The Constitution: A Living Document”）**10**
マーシャル、ジョン（John Marshall）**30, 34, 38, 188, 193, 196**
マッケアリー、ウォーナー（Warner McCary）**21, 214-242**
マッケイグ、ドナルド（Donald McCaig）**314, 324, 332**
　『レット・バトラー』（*Rhett Butler's People*）**314, 332**
　『ルースの旅』（*Ruth's Journey*）**314, 324**
マディソン、ジェイムズ（James Madion）**47, 197-198, 211**
ミッチェル、マーガレット（Margaret Mitchell）**22-23, 312-318, 320-324, 326, 330, 332-334**
　『風と共に去りぬ』（*Gone with the Wind*）**312, 314-318, 325-327, 329-332**
ミッチェル財団（the Mitchell Trust）**23, 312, 314-315, 321, 324-335**
ミラー、アーサー（Arthur Miller）**106, 114, 120, 130-131**
　『るつぼ』（*The Crucible*）**106, 120, 130**
「明白な運命」（“Manifest Destiny”）**63, 65, 89, 91-92, 274-276**
メルヴィル、ハーマン（Herman Melville）**92, 341**
　『白鯨』（*Mody-Dick; or, The Whale*）**92, 341**
「無認可のパロディー」（“the Unauthorized Parody”）**314, 328**
モシュラチュビー（あるいはモショレー・チュビー）（Moshulatubee（or Mosholeh Tubbee））**217-218, 222, 227, 229**
モリサニア（Morrisania）**195-196, 198, 200, 203, 205-207**
モリス、ガバヌーア（Gouverneur Morris）**21, 195-197, 200, 202-207**
モリソン、トニ（Toni Morrison）**319, 329-331, 341, 344**
　『白さと想像力』（*Playing in the Dark: Whiteness and the Literary Imagination*）**341**
　『ソロモンの歌』（*Song of Solomon*）**319**
　『ビラヴド』（*Beloved*）**319**
モルモン教会（末日聖徒教会）（the Mormon church（The Church of Jesus Christ of Latter-day Saints））**231, 240**
モンロー、ジェイムズ（James Monroe）**127**

【ヤ行】

安アパート（テネメント）（tenement）**256**
ヤズー詐欺事件（Yazoo land fraud）**148, 241**
ヤング、ブリガム（Brigham Young）**231-232**

【ラ行】

ラトランド（ヴァーモント州）（Rutland, Vermont）**146, 164, 172-174**
ラヴクラフト、H. P.（H. P. Lovecraft）**342**

ランダル、アリス（Alice Randall）**22-23, 312-324, 326-335**
『風は去っちまった』（*The Wind Done Gone*）**22, 312, 314-315, 317, 319, 324-329, 333-334**
ランドルフ・ジュニア、トマス・マン（Thomas Mann Randolph, Jr.）**188, 191, 195**
ランドルフ、ジュディス（Judith Randolph）**191**
ランドルフ、ジョン・（ジャック）（John “Jack” Randolph）**190, 192**
ランドルフ、リチャード（Richard Randolph）**187, 189, 191, 199**
リース、ジェイコブ（Jacob Riis）**256**
リーズ、セリア（Celia Rees）**106**
リッパード、ジョージ（George Lippard）**22, 32, 37, 54, 250, 259, 262, 264-268, 272-279**
『エンパイア・シティ』（*The Empire City*）**265-267, 271, 273, 275, 277**
『クエイカー・シティ』（*The Quaker City, or The Monks of Monk Hall*）**37, 265**
『ニューヨーク——少数の上流階級と数多の下層階級』（*New York: Its Upper Ten and Lower Million*）**265-267, 271-273, 275-277**
リトルフィールド・ジュニア、ダニエル・F（Daniel F. Littlefield, Jr）**216-217, 219, 224-228, 235, 238-241, 243**
『オカ・チュビーの人生のスケッチ』（*The Life of Okah Tubbee*）**216, 224-225**
リプリー、アレクサンドラ（Alexandra Ripley）**1314, 332**
『スカーレット』（*Scarlett*）**314, 332**
リンカーン、エイブラハム（Abraham Lincoln）**31-32, 50-53, 286, 288, 299-300**
リンカーン、ベンジャミン（将軍）（General Genjamin Lincoln）**164-166, 174-176**
ルイジアナ購入（the Louisiana Purchase）**47, 63, 81-82**
ルイス、メリウェザー（Meriwether Lewis）**81**
ルイス＝クラーク探検隊（踏査隊）（Lewis and Clark Expedition）**63, 81, 87, 89, 95**
ローソン、スザンナ（Susanna Rowson）**192**
『シャーロット・テンプル』（*Charlotte Temple*）**192**

【ワ行】

ワシントン、オーガスティン（Augustine Washington）**32, 38, 42**
ワシントン、ジョージ（George Washington）**12, 19-20, 30-57, 61-62, 65, 78-80, 83-84, 98-100, 164, 188, 274**

【著者】

白川恵子
（しらかわ　けいこ）

東京都出身、同志社大学文学部英文学科教授
慶應義塾大学大学院文学研究科英米文学専攻博士課程修了、博士（文学）。

共著：『エスニシティと物語り——複眼的文学論』（金星堂、2019 年）、

『繋がりの詩学——近代アメリカの知的独立と〈知のコミュニティ〉の形成』(彩流社、2019 年)、

『アメリカ文学における幸福の追求とその行方』（金星堂、2018 年）、
Ways of Being in Literary and Cultural Spaces (Cambridge Scholars Publishing, 2016)、

『幻想と怪奇の英文学 II——増殖進化編』（春風社、2016 年）、

『アメリカン・ロードの物語学』（金星堂、2015 年）、

『ヒッピー世代の先覚者たち——対抗文化とアメリカの伝統』（小鳥遊書房、2019 年）他。

抵抗者《ていこうしゃ》の物語《ものがたり》

初期《しょき》アメリカの国家形成《こっかけいせい》と犯罪者的無意識《はんざいしゃてきむいしき》

2019年10月15日　第1刷発行

【著者】

白川恵子

発行者：高梨 治

発行所：株式会社**小鳥遊《たかなし》書房**

〒102-0071　東京都千代田区富士見1-7-6-5F

電話 03 (6265) 4910（代表）／FAX 03 (6265) 4902

http://www.tkns-shobou.co.jp

装幀　渡辺将史

印刷　モリモト印刷株式会社

製本　株式会社難波製本

ISBN978-4-909812-20-9　C0098